COLONIZACIÓN DE MARTE

una historia de ficción hasta donde se comience a ver

ISBN: 979-8735-677-88-8
Sello: Independently published
3ª Edición

maxiolsum78@hotmail.com
     Tel. +598 - 97 451 445
     Montevideo – Uruguay

Ilustración de portada: Lucas Albanese
                        Andy Gabriel Viera

COLONIZACIÓN DE MARTE

*una historia de ficción
hasta donde se comience a ver*

MÁXIMO OLIVERA SUM

Máximo Olivera Sum

Nació en Tacuarembó, en 1978. Una vez finalizado el Bachillerato, inició su carrera como Oficial de la Fuerza Aérea Uruguaya en la Escuela Militar de Aeronáutica, graduándose en 2001 como aviador. Posteriormente impartiría clases de Historia Nacional en la Escuela Técnica de Aeronáutica y de Juego de Guerra *"Fénix"* en la Escuela de Comando y Estado Mayor Aéreo. Es piloto de aeronaves de ala fija y helicópteros.

Al día de hoy se encuentra realizando la carrera de Periodismo en el Instituto Profesional de Enseñanza Periodística (IPEP).

Es investigador, además de poeta, cuentista y ensayista. Tras publicar su primera novela *Esteban, el Discípulo*, y luego de sacar a la luz dos libros de cuentos cortos *Momentos* y *La Caramelera*, vuelve con una nueva novela titulada *Colonización de Marte*.

Para más información, visite la página del autor en Facebook: Maximooliverasum
O contáctelo a través de su casilla de correo: maxiolsum78@hotmail.com
También puede encontrarlo en Amazon.

*A todo aquel
que aún no se haya cuestionado
si hay algo más.*

PRÓLOGO

Colonización de Marte desnuda el sueño de la humanidad de volver a surcar el intimidante espacio exterior. La deslumbrante fascinación por explorar y el poco indulgente desafío de conquistar el cosmos, que se presenta tan infinito como misterioso. Permite que llegue a hacerse realidad una hazaña que ha estado en el imaginario colectivo desde siempre y ha ocupado los proyectos más ambiciosos de las principales organizaciones y potencias del mundo. Solo que en esta oportunidad lo hace con el rótulo de: <<Próximo destino: PLANETA ROJO>>.

El autor nos brinda, en las primeras instancias, una oportuna introducción a la vida de los personajes. En lo sucesivo, logra una exquisita comunión entre los preparativos técnicos a tal fin, y la formación individual de los tripulantes, llevada a cabo para emprender una aventura inédita hasta el momento en la historia de la humanidad.

El lector seguirá a cada personaje tanto en momentos de instrucción técnica y preparación física, como así también en el aspecto mental de los mismos. La presente obra permite interiorizarse en momentos claves de la vida privada de cada protagonista, la cual revelará la motivación que cada uno cotejó para aventurarse en este viaje sin precedentes, pero que también implica un recorrido sin retorno.

De esta forma, no resulta difícil identificarse con algunos de los personajes, ya que los mismos son poseedores de personalidades que, independientemente de la diferencia de culturas, siempre confluyen en los mismos intereses que comparte el común de la gente: amor, miedo, culpa, incertidumbre, anhelos, esperanza. Sentimientos que nos unen como especie y que, a fin de cuentas, son la palanca y el motor que mueve al mundo. Esa curiosidad que lleva al hombre al extremo de sus posibilidades y, en ocasiones, la inconciencia que lo empuja al punto de no retorno, cual si cayera vertiginosamente por un acantilado.

En el transcurso de esta obra, acompañaremos a la tripulación paso a paso en su camino hacia el transbordador como trampolín al gran salto de la humanidad. Estaremos allí, expectantes junto a cada conciudadano que sigue el rimbombante espectáculo desde la comodidad de su hogar, en cada rincón del mundo, a través de los medios de comunicación. Es probable que nos lleve a especular en cuanto a la posibilidad o no de alcanzar tan alto propósito. Seguramente, cada uno adoptará a su personaje favorito y también aquel a quien nos gustaría bajar de un brazo de la nave. De este modo, pasaremos a convertirnos en espectadores privilegiados del gran hermano interplanetario en que acabará transformándose toda la misión.

Ajústese el cinturón y emprenda este viaje sin precedentes, que sin duda le dará mucho en qué pensar. Y, sobre todo, sugiero que preste atención de comienzo a fin, porque el destino último de este increíble periplo distará mucho de lo que está preparado para encontrar.

Claudia Viera

PREFACIO

Lo primero que quiero aclarar es que todas las descripciones de las diferentes reparticiones de la Administración Nacional de la Aeronáutica y del Espacio norteamericana, las tareas allí realizadas y los datos técnicos aportados, así como de otras agencias gubernamentales mencionadas en la presente obra, fueron recabados de sitios oficiales. Todos los lugares a que se hace referencia a lo largo de la obra son reales y los personajes son casi ficticios. Es preciso resaltar, a su vez, que el final es enteramente producto de la imaginación del autor.

Dicho esto, me gustaría decir unas palabras en cuanto al acto de escribir y la forma. Una cosa fascinante de escribir es que uno puede transitar caminos inexistentes que solo forman parte del imaginario propio, otros reales, y algunos una mezcla de ellos, y todo a través de las palabras (esto lo dejo por escrito). También se debe poseer empatía para poder sufrir con los personajes, amar como ellos aman y alegrarse cuando se alegran, así como recurrir a lo más bajo de nuestro ser para tener un repertorio en cuanto a sentimientos tales como la ira, el rencor, e incluso el odio.

En cuanto a mí, cuando escribo siempre trato de plasmar algo ameno y hacerlo de la manera más profesional y neutral que puedo o que mis capacidades me lo permitan. Por esta razón, vas a encontrar diálogos donde procuré utilizar la segunda persona del plural, por ejemplo; aunque en Uruguay no se usa o se use muy poco. Ten en cuenta que escribir como hablo sería mucho más fácil. Pero a mí me gusta lo difícil, a parte de lo bello y lo bueno, por eso me casé con mi amada. Otra cosa, por mi parte, siempre abogaré, aunque vaya a contracorriente, por que no se pierda la riqueza del lenguaje.

Pero ahora quiero ser franco contigo, estimado Lector (un espécimen sin duda en grave peligro de extinción). Deseo hablarte con naturalidad y sin ambages, confesándote algunas hilachas muy personales, porque si tendrás tela para cortar conmigo.

Siendo un escritor comparable con gran exactitud a una de esas máquinas de hacer chorizo con manivela (y no es broma), el producto sale lento, de forma pesada y pausada, con mucho esfuerzo y tras una gran dedicación. Si apuro la máquina, la tripa corre serio riesgo de romperse, y si no le pongo suficiente empeño, el chorizo sale fofo y de mala calidad. Se puede decir que a mí todo me cuesta un fangote. Es como si a la máquina le faltara grasa para lubricar los engranajes. No soy como esos escritores que pueden escribir más de dos mil palabras por día como si nada, si es que los hay. Eso sí, puedo ser muy persistente. Tengo que enfocar toda mi energía mental para que a la larga la cosa vaya tomando una forma medianamente reconocible al menos, pero te aseguro que no es para nada fácil.

Por eso te voy a pedir que valores tanto esfuerzo, asando esta generosa rueda de chorizo a las brasas de tu imaginación. Fue sazonado con los mejores condimentos que encontré en plaza y puse toda la carne más sabrosa que tenía a disposición en la picadora. No escatimé en denuedos al recorrer mentalmente medio mundo buscando las especias más exóticas. Y, sobre todo, puedes degustarlo con tranquilidad, porque lo hice con mucho amor y cariño, de todo corazón para ti.

Te cuento que tuvo varios lectores/correctores/degustadores, y yo mismo lo probé unas ciento cincuenta veces más o menos, a fin de comprobar la calidad del producto. Todo para poder entregar una pieza de primera, única como los extra extra. Pero como ya te confesé antes, siempre le hallé y le hallaron errores, así que te advierto que puede ser que te encuentres masticando, en cualquier oportunidad, alguna bolita de pimienta o un pedacito de laurel. Sin embargo, te aseguro que nunca vas a encontrar nada tóxico o agregado con mala fe. Por estos inconvenientes extiendo mis más sinceras disculpas.

Enterado de esto, te pido que lo saborees bocado a bocado, tratando de ver el vaso medio lleno hasta que te lo bebas todo. Con esto apelo a tu comprensión para que evites ser demasiado quisquilloso o que le andes buscando el pelo al huevo, como reza el dicho. Porque defectos siempre va a tener; recuerda que solo quien nada hace, nunca se equivoca. Fíjate en las fortalezas y virtudes, que algunas debe de tener, y al final te va a gustar.

Disfrútalo al pan como yo disfruté dándole vueltas a la chirriante manija hasta que se me acalambraron los brazos; del cerebro ni te cuento porque se me terminó fritando.

PD: Mi querido y exigente comensal, te deseo un buen provecho y nunca te olvides de compartirlo con la familia, que es lo más importante en esta vida.

'Es más fácil engañar a la gente,
que convencerlos de que han sido engañados.'
Mark Twain

El cuerpo de la serpiente
es la mayor parte del animal;
sin embargo,
solo la cabeza hace daño.

I

Instalaciones de Space Dragon.
Westmont, California, EE.UU.
Veinte meses atrás.

CONTRATO DE TRABAJO

En la ciudad de *Westmont* el día *13* del mes de *Enero* de dos mil *diecisiete*, por una parte, la *Compañía Space Dragon & Asociados, S.A.* y por la otra parte, *Odinrod Gadhavi*, oriundo de *Bombay, India*, se conviene el siguiente contrato de trabajo, que se ajustará a las siguientes pautas y condiciones:

PRIMERO: El Sr. *Odinrod Gadhavi*, como condiciones de trabajo, desde el momento que sea seleccionado pasará a prestar eventualmente servicios en *Planeta Marte*, cumpliendo funciones como *Odontólogo* con la categoría de *Astronauta vitalicio*, sin que haya previsto un eventual ascenso durante el transcurso de la relación laboral ni ningún otro recurso que pudiera presentarse de forma remota por cualquier representante en la Tierra. Días y horario a cumplirse en el desempeño de las labores: *Tiempo completo*. Duración de las vacaciones: *A consideración del empleado*, en coordinación con el resto de los cohabitantes, contando con el asesoramiento y la oportuna intervención del Control de Misión como órgano moderador. No se prevé salario vacacional ni ninguna otra remuneración por fuera del salario nominal pactado.

SEGUNDO: Iniciará percibiendo un salario correspondiente a su categoría de *Recluta* de U$S *911* por jornal nominal. En caso de ser seleccionado como uno de los integrantes de la tripulación del Conqueror, pasará a percibir el salario vigente para su categoría de *Astronauta* de U$S *10833* por jornal nominal, más comisiones y beneficios, realizándose el traspaso al momento de la partida definitiva al pariente más cercano que quedare en el planeta Tierra o a quien poseyera el poder correspondiente.

TERCERO: La contratación es atemporal, con fecha de inicio de la prestación de servicios el *13 de enero de 2017* y de culminación *De por vida*, en la empresa arriba mencionada, aun cuando hayan finalizado las tareas de su especialidad o cuando el avance en el proyecto justifique la disminución de los trabajadores de su categoría laboral. La empresa no podrá dar por finalizados sus servicios, con las excepciones de encarcelamiento punitivo o deceso, en cuyo caso no tendrá el trabajador derecho a indemnización alguna, salvo el cobro de los rubros salariales generados, los cuales serán entregados a quien corresponda.

CUARTO: No se establece dentro de este mismo contrato un período de prueba, salvo por el tiempo de permanencia en la Tierra. No pudiéndose dar por terminado el contrato luego de la partida, salvo por causa de fallecimiento del trabajador, ante lo cual no corresponderá el pago de indemnización alguna. Por lo tanto y de acuerdo a lo antes mencionado, ante cualquier hecho fatal que pudiera ocurrir, la empresa contratante se acoge a la inexistencia de legislación en el planeta ajeno.

QUINTO: El trabajador se obliga a observar buena conducta y a obedecer las órdenes que, desde la Tierra, le impartan técnicos y directores de la Compañía. En caso de mal comportamiento, y en base a la gravedad del mismo, podrá ser recluido por los demás integrantes de la plantilla seleccionada, permaneciendo a la espera de ser juzgado por el resto del equipo, con la correspondiente anuencia del Control de Misión, en cuyo caso cesará ipso facto el pago del sueldo pactado.

SEXTO: El trabajador se compromete a abstenerse de todo acto que ponga en peligro su seguridad, la seguridad de los demás y del lugar de trabajo, debiendo cuidar de los útiles y materiales que le son entregados, so pena de ser pasible de sufrir los correspondientes descuentos e incluso el confinamiento involuntario. Se obliga asimismo a utilizar con estricto cumplimiento todos los implementos de seguridad que le sean entregados, dando lugar al confinamiento en caso de no uso de los mismos en tanto sobreviva al uso inadecuado o al no uso de los mismos.

SÉPTIMO: Las demás condiciones contractuales de la relación laboral son las previstas en el recibo extendido al trabajador, y a cuyo documento se remiten las partes, todo sin perjuicio de la aplicación de las leyes que rigen la materia con carácter general y las disposiciones específicas del ramo de la colonización. Y para constancia, previa lectura del presente contrato y ratificación, celebran el contrato entre las partes implicadas firmando dos ejemplares del mismo tenor en el lugar y fecha ut supra indicados. Sellando de esta forma dicho convenio en cuanto al estricto cumplimiento de sus cláusulas.

Firma del trabajador   **Firma del empleador**

....

Al terminar de leer, levantó la vista para encontrarse con la mirada fija de los tres sujetos al frente. Eran el director ejecutivo de la compañía, flanqueado muy de cerca por el asesor legal y más alejado, uno que no se había presentado, pero que parecía estar muy por encima de los otros dos.

El elegante despacho era tan amplio como para albergar cuatro despachos de buen tamaño. Varios perfumadores dejaban un ambiente embriagador. Completamente amueblado en maderas nobles y surtido de sofás de cuero. Con todo su aspecto confortable no logró evitar que Odinrod fuera tensionándose a medida que avanzaba cláusula a cláusula, hasta el corolario de un escalofrío recorriendo su espina al sentir sus ávidas miradas fijas en él.

Estaba convencido de que, a aquellas alturas, bien podría pedir un aumento a cambio de estampar su firma y, por cierto, se lo concederían. Era lo que siempre había soñado y, sin embargo, habiendo alcanzado el momento culminante, no se sentía para nada seguro de lo que estaba por hacer. Bajó la mirada otra vez al papel, le pareció como si las letras se mezclaran. Los nervios lo aturdían y no le dejaban pensar con claridad. Comenzó a sudar copiosamente. Por si fuera poco, los tres sujetos se mantenían impasibles, en completo silencio, como aves rapaces aguardando a que la víctima acabase de morir y se convirtiera en un cadáver de una buena vez, para por fin poder devorar su carne.

Recordó a su madre en aquel lejano barrio de Bombay. La visualizó viviendo en un miserable apartamento en la zona más carenciada, con un millón de problemas de salud. Tan solo el primer sueldo podría cambiar dramáticamente la vida de su madre. Ya no más perros por todos lados, sumidos en hediondos basurales, ya no más drogadictos tirados por las calles, ya no más necesidades insatisfechas y dolores sin mitigar. Y la familia que había sido como su propia familia por fin estaría orgullosa de él.

Tomó el bolígrafo y firmó. Entonces, viendo su firma se sobrecogió al percatarse de que en realidad aún no había tomado la decisión. No podía echarse para atrás. Tragó saliva; ya estaba hecho.

Ahora, los dos que estaban próximos a la mesa sonrieron ominosamente, en tanto que el otro se puso de pie y se retiró sin más.

II

Bombay, República de la India.
Dos años atrás.

¿Cómo no maravillarse con la imponencia del cielo estrellado? Esa sobrecogedora inmensidad cuajada de todo tipo de fenómenos estelares en constante ebullición. Todo pese a la quietud que Odinrod podía percibir estando recostado sobre el césped del patio trasero de la mansión de su patrón. Amaba la sensación de sentirse tan pequeño, contemplando el negro infinito. Solía disfrutar del sosiego de la noche, aderezado por el canto de los grillos. Un letargo embellecido por los titilantes bichitos de luz que, volando al ras, se encargaban de imitar en tierra al firmamento, cual lago en calma reflejando las estrellas en lo alto.

—¡Odinrod! —gritó su jefe desde el umbral de una de las puertas traseras —¡Ven aquí de inmediato!

Odinrod se sentó como si tuviese un resorte en la espalda. ¿Qué habría hecho? No podía perder aquel trabajo tan rentable justo ahora. Mientras caminaba con rapidez iba pensando. Lo que más le apenaba era la posibilidad de haber defraudado en algo a sus señores, habiendo sido estos siempre tan generosos con él. Quién pudiera saber qué habría roto o de qué se habría olvidado. Nunca lo llamaban de aquella manera, sino que desde un principio lo habían abreviado cariñosamente a Odín. Lo inquietaba, sobre todo, el tono tan intempestivo que había usado.

Se descalzó antes de entrar. Luego, se asomó a través de la puerta corrediza por temor a meterse de una y ofender aún más a aquellas personas tan buenas. Mientras se deshacía en tratar de demostrar comedimiento, la señora de la casa le hizo señas con la mano. No era precisamente enfado lo que manifestaban sus rostros. El ambiente que percibió lo confundió aún más.

—¡Ven ya! —ordenó la mujer.

Cuando se acercó a unos metros, recién notó que estaban mirando la televisión. Sin embargo, no apartó la vista del sofá en que estaban sentados.

—Observa, Odín —dijo una de las hijas—. Te lo estás perdiendo.

Más que nervioso o aprensivo, ahora estaba desconcertado. Volteó hacia el enorme aparato cóncavo de ultra alta definición, para ver a dos presentadores de noticias. En una primera instancia no escuchó nada, hasta que comenzó a interpretar de nuevo las palabras a medida que le volvía el alma al cuerpo: <<La empresa norteamericana *Space Dragon* continúa realizando sucesivos lanzamientos con la finalidad de desplegar material y equipamiento al planeta rojo. Estos preparativos son la antesala de la subsecuente colonización que tienen planificado dar comienzo a mediados de 2020. Esto se verificará cuando sean enviadas diez personas a la superficie marciana, las cuales deberán permanecer allí de por vida, sin posibilidad alguna de retornar. Pero esta empresa no está sola en este sideral desafío, pues viene siendo asesorada y supervisada por los científicos y expertos de la NASA[1]. Además, cuenta con el apoyo monetario de diversas

---

[1] Administración Nacional de la Aeronáutica y del Espacio.

compañías del ámbito civil y el aval de organizaciones gubernamentales.>>

Volvió a mirar hacia el grupo familiar para toparse con sonrisas de complicidad y algunas uñas siendo mordisqueadas. Todavía no se daba por enterado si habría desconfigurado el televisor o si se trataba de algo relacionado con aquella noticia.

—Tenemos una propuesta para hacerte —dijo Madhur, el patriarca de la familia—, pero solo si estás interesado. Por supuesto, no haremos nada que tú no desees o que vaya contra tu voluntad.

Fue evidente que la cara de Odinrod lo dijo todo.

—Te paso a explicar. Resulta que se realizará un sorteo a nivel mundial entre todos los interesados en participar y que, lógicamente, cumplan con los requisitos necesarios. De esta manera, en un inicio se completará el cupo de mil participantes. Luego de un riguroso periodo de prueba, se hará la selección de los privilegiados diez integrantes de la misión *Conqueror*.

—Discúlpeme usted, pero todavía sigo sin entender.

—Odín, te hemos costeado tus estudios de odontólogo porque eres como un hijo para nosotros. Siempre ha sido tu sueño tender puentes. ¿Recuerdas cuánto lo repetías? Además, te la pasas admirando el cielo y soñando con las estrellas. Esto constituye una gran oportunidad para ti, viajarías al otro lado del planeta, para representar a tu país. Podrías convertirte en un verdadero astronauta, y de esta manera, llegarías a ser el nexo entre la Tierra y otro mundo. ¿Te imaginas? También para tu madre sería muy provechoso. Si bien se verían separados, hay que tener en cuenta que el salario es muy bueno, de más de diez mil dólares.

—Viajar a Estados Unidos, ir a Marte —musitó Odinrod—, diez mil dólares…

—Sabemos que la posibilidad de salir sorteado entre todo el mundo es ínfima, pero no se pierde nada con intentar. El que no arriesga no gana.

—Y ¿cuál es la propuesta que me iba a hacer?

—Bueno, mi querido Odín. Estando tú de acuerdo, primero hay dos condiciones indispensables. Si a fin de año efectivamente te gradúas de odontólogo, ya que este requisito es uno de los presentados por la compañía, y, por supuesto, si sales sorteado, costearemos cualquier gasto que surja para que puedas presentarte a hacer las pruebas de selección. Además, le haremos llegar a tu madre el dinero de tu sueldo de acuerdo con el tiempo que estés en Norteamérica. ¿Qué te parece?

Lograron dejarlo boquiabierto, sin saber qué decir. Por un lado, la generosidad de aquellas personas que lo habían acogido como a uno más de la familia era encomiable. Por el otro, no estaba tan seguro de querer siquiera aceptar tal propuesta, por muy buenas intenciones que llevara implícitas. Les debía todo y sentía un agradecimiento inmenso para con ellos; no obstante, todo el asunto le infundía un miedo terrible y no lo seducía en lo más mínimo.

Dejar a su madre para quizá no volver a verla, era una cuestión muy penosa y poco grata. Aunque también era cierto que, de quedar seleccionado, el sueldo que percibiría cambiaría su vida por completo. Era el único motivo que lo mantenía atado a aquel lugar, puesto que no tenía novia y lo más parecido a una familia que había conocido, la de sus jefes, por lo visto estaba encantada de poder cumplir su sueño.

—Me han tomado completamente desprevenido. Ni en mis más locas fantasías hubiera imaginado algo así.

—Tómate tu tiempo, hijo. Somos conscientes de que no es una decisión sencilla, pero creemos que se merece al menos una seria consideración de tu parte. Piensa en la gran aventura que sería y también en los beneficios. Ni que hablar del gran privilegio que implicaría.

—Gracias, como siempre muchas gracias —dijo—, voy a pensarlo. Con su permiso —solicitó, y volvió a tratar de seguir disfrutando de su tiempo libre, bajo las miríadas de estrellas.

Dándole vueltas la cabeza, se recostó de nuevo sobre la hierba. Trató de volver a deleitarse en aquel magnífico espectáculo, pero sin resultado. Comprendió que la paz no la brindan momentos de serenidad como el de estar admirando el cielo estrellado, sino que proviene de las condiciones climáticas inmanentes. Habían sembrado una semilla de discordia en su interior, sobre la cual no tenía la más remota idea de en qué clase de árbol acabaría convirtiéndose.

De un salto se puso de pie. Debía arriesgarse una vez en su vida ante tan grandiosa ocasión. No podía seguir siendo un cobarde por siempre. Se armó de valor y corrió al interior de la casa.

—¿Qué debo hacer para inscribirme en el sorteo?

III

Instalaciones de Space Dragon.
Westmont, California, EE.UU.
Veinte meses atrás.

El enorme sujeto llevaba puesto un gorro de visera con un logo de la NASA al frente. Portaba un mono azul lleno de parches bordados y bolsillos por todas partes. Separó los pies a un ancho de hombros, erguido frente a la formación de mil personas. Encendió el altavoz y con mirada despiadada, comenzó a decir a voz en cuello:

—Señoras y señores. Hoy comenzaréis lo que podría significar el cambio más radical y absoluto de vuestras vidas. Naturalmente, también el más arduo y difícil. Hasta ahora, tan solo erais unos miserables que se arrastraban por el polvo como el resto de los mortales. Sin embargo, en este preciso instante comienza vuestra carrera por tener una oportunidad de acceder a la cúspide del mundo y pasar, de esta forma, a integrar el cuerpo de miembros más selecto del planeta.

>>Hasta hoy habíais sido unos simples *hipillos* deambulando por la Tierra al igual que el vulgo corriente. Aquí os daremos la oportunidad de dejar de serlo y para ello, deberéis recibir dosis extras de entrenamiento, adquirir conocimiento que nunca habíais escuchado o siquiera soñado que existía y, por sobre todo, sobredosis de

disciplina. Para que este verdadero milagro ocurra y diez de vosotros puedan llegar a convertirse en legítimos astronautas, lo cual sería semejante a la conversión de una larva de mosca en una grácil mariposa, tendréis que entregaros a ser de mi entera propiedad.

>>Si yo o uno de los oficiales que me secundan, lo cual es lo mismo, os dijere que saltéis como un cabrito, vosotros saltaréis, así como se os ordena sin cuestionar nada en absoluto. Si se os ordenase que rodéis como un perrito, vosotros rodaréis sin pensarlo. Si se os exigiese morir como una rata, vosotros ofrendaréis vuestras vidas ante nosotros con un completo beneplácito.

>>Durante el breve periodo de algo más de un año y medio, nosotros haremos posible lo imposible, formándoos como astronautas. Una prodigiosa hazaña que normalmente representaría un proceso de entre cinco y ocho años. Es por dicha razón que, de toda esta enorme manada de puros borregos, extraeremos de manera quirúrgica a los diez privilegiados integrantes del *Conqueror*. Una decena de genuinos trasmutados que representarán el producto más idóneo y capaz que las esferas de la plebe puedan regurgitar. Esto será el equivalente a convertir basura en oro. Cuestión que requerirá que seáis purificados en el horno de las aflicciones. Así que, si no queréis acabar retornando a casa para continuar con vuestras patéticas vidas, habréis de esforzaros más allá de vuestros límites, rindiendo mucho más del cien por ciento; deberéis darme un mil por ciento para apenas lograr alcanzar tan alto objetivo. Aun así, será por gracia que se os concederá tal honor.

>>Dormiréis poco y comeréis lo necesario, esto incluye ingerir únicamente alimentos saludables, cosa que hasta ahora desconocíais. Estudiaréis en cada segundo que tengáis libre. Incluso vuestro tiempo para asearos y hacer vuestras necesidades corporales estará contado. El resto del día permaneceréis corriendo, cuando no haciendo abdominales,

lagartijas, sentadillas y todo otro tipo de cosas divertidas como las ya mencionadas. Vuestra preparación será en cuerpo, mente y alma, si es que poseéis.

Cuando el grandulón gritaba, se podía ver cómo saltaban gruesas gotas de saliva que brillaban bajo el sol de la mañana. Las yugulares parecían que le estallarían en cualquier momento. La mano izquierda daba brincos como un saltamontes. Muy pocos de los mil que integraban la formación estaban familiarizados con semejante discurso. Mucho menos en cuanto a tanto griterío, motivo por el cual más de uno dejó escapar una risita de sorpresa.

Hubo un repentino silencio. La mirada severa del hombre confrontaba a la de los mil a su frente.

—Aprovechad a reír ahora, pues seré yo quien ría por último. Para entonces, vosotros ya no tendréis más deseos ni ganas de hacerlo.

Dicho esto, le entregó el altavoz al gigante patizambo que le secundaba y se fue. El otro comenzó a gritar todavía más fuerte:

—¡Muy bien, señoritas! Pasarán a ocupar las barracas en orden alfabético según sus nombres. Sobre la puerta encontrarán sendos carteles con las letras que corresponden a esa compañía. Miembros del personal que trabajará con vosotros en la tarea imposible de convertiros en astronautas os acompañarán hasta vuestras respectivas literas y allí os explicarán con más detalle el resto de las cosas. Rompan fila —gritó y esperó, pero viendo que todos se quedaron sin saber qué hacer, volvió a aullar— ¡Largo, muévanse!

Todos corrieron en estampida hacia las barracas, las cuales no hacían distinción según el sexo. Poco a poco, viendo los letreros sobre el umbral de cada acceso, fueron agrupándose en la que pertenecía cada uno. Tenían diez monitores por cada barraca. Estos fueron dando instrucciones a los desorientados reclutas de manera que fueran ubicándose en sus respectivas cuchetas. Las camas estaban alineadas en cuatro hileras, dos de ellas de doce y dos de trece. Las dos cuchetas que sobresalían estaban ubicadas inmediatas al corredor central, frente a la puerta delantera. A una de aquellas dos camas privilegiadas fue conducido Odinrod.

Frente a él, parada firme junto a los pies de la cucheta, del lado izquierdo estaba una mujer de cabello lacio y negro. Del otro lado había un hombre rubio de casi dos metros de altura, que parecía sacado de una revista de comics. No tenían mucho tiempo para sociabilizar. Con todo, poco a poco, aunque fuera a través de pequeñas bromas y comentarios al azar, de seguro irían conociéndose mejor y estrechando vínculos.

IV

Daca, República Popular de Bangladesh.
Dos años atrás.

El día había amanecido cálido y húmedo. El smog cubría con un velo amarillento la ciudad. Un rumor tumultuoso ocasionado por el denso tráfico se adueñaba de las calles. El sopor que sentía era el resultado de una larga noche de estudio y unas pocas horas de sueño entrecortado. Era un mal momento para que las energías comenzaran a fallarle.

Nunca pasa tan rápido el tiempo como cuando se está en un examen final. Y nunca es tan apremiante como cuando se trata del que dará acceso al título. El silencio era sepulcral. Cada uno de los que rendían el examen estaba encorvado sobre su pupitre con expresión preocupada y, en algunos casos, de angustia. Sin embargo, Naila Purkait no solo había estudiado mucho, al igual que la mayoría de los examinados, sino que su coeficiente intelectual extraordinariamente elevado le brindaba una seguridad extra frente al resto. Se graduaría de médica veterinaria con dos años de anticipación y ello demostraba la ventaja con que corría.

Sus sandalias estaban gastadas de tanto caminar. Era una mujer morena exuberante, aun estando tan delgada por las difíciles circunstancias económicas en las que le había tocado nacer y vivir. En reiteradas ocasiones tuvo que elegir entre un emparedado o fotocopiar unas pocas hojas de un libro de estudio. Se había ganado la vida en precarios trabajos para poder costearse la carrera. Muchas veces tuvo apenas cuarenta minutos para dormir, entre el horario de clase, los estudios y el trabajo. Además, tenía que calcular el tiempo requerido para los interminables desplazamientos por la enorme y populosa capital del octavo país más poblado del mundo, situada a orillas del río Buriganga.

Había trabajado en plantaciones de arroz, también cultivando flores de Loto y, por un tiempo, se había desempeñado como camarera. Hasta que consiguió trabajo en una importante firma internacional de ropa y calzado deportivo. Allí soportó con perseverancia todo tipo de vejaciones hasta culminar sus estudios.

Las condiciones laborales continuaban siendo infrahumanas. Con salarios paupérrimos, horarios interminables y poca o ninguna seguridad en el trabajo, al menos no se le prendían las sanguijuelas a las piernas ni se le infectaban los pies de estar sumergida hasta la rodilla en el agua cenagosa durante doce horas. Además, dentro de aquellas factorías inmensas, no solo no corría el riesgo de ser mordida en cualquier momento por una serpiente ponzoñosa, sino que, con los gruesos delantales que portaban, era poco probable que algún hombre la acosara sexualmente. Aunque había más posibilidades de perder la vida a causa de un incendio, muy comunes en factorías clandestinas de aquel tipo, o por derrumbes de los destartalados talleres de confección, que por el ataque de un tigre de Bengala al caminar por la campiña.

Al principio, había decidido ser veterinaria para ayudar a los animales en peligro de extinción que habitaban la fecunda fauna de la desembocadura del río Ganges, el delta fluvial más grande del mundo, por causa del cambio climático. Después fue dándose cuenta de que era necesario, antes que nada, ayudar a los niños hambrientos de la cuadra, siguiendo después con los del barrio, para luego dedicarse a salvar al mundo. Había perdido a sus padres y tres hermanos en las riadas de 1998, durante las cuales el país sufrió una de las inundaciones más graves de la historia del mundo moderno. Aquella experiencia traumática que había sufrido de pequeña la había marcado a fuego. Un hito que sentó las bases para que fuera convenciéndose, con el paso del tiempo, de que el clima estaba cambiando.

Una semana después, llegó a la facultad para recibir los resultados de los últimos cuatro exámenes. Al ingresar al centro de estudios, se encontró con los pasillos desiertos. Pocas veces había visto un panorama semejante en un lugar tan concurrido, comparable solo con los días feriados. Quizá fuese a raíz de un paro general de trabajadores. Aunque durante los años de carrera había visto cómo, a fin de cada año lectivo, se solía hacer la broma de esconderse todo mundo a medida que iba llegando cada graduado de veterinario. Se coordinaban para hacer que los pasillos, siempre bullentes de alumnos y profesores, parecieran completamente deshabitados.

Súbitamente, hurgando entre sus sospechas, salieron de todos lados hordas de alumnos. Sonrientes, gritaron al unísono las felicitaciones al novel graduado. Naila sonrió con un sobresalto, sin poder evitar desbordarse en llanto luego de tanto sacrificio.

V

Instalaciones de Space Dragon.
Westmont, California, EE.UU.
Veinte meses atrás.

Los monitores, encargados de asistir a los recién llegados, fueron explicando las reglas básicas dentro de las instalaciones. Desde cómo doblar y guardar la ropa dentro de los casilleros, pasando por la forma de lustrar las botas y el estado final en que debían de quedar. Hasta cómo se debía tender la cama, tan estirada que rebotara una moneda sobre ella, y lavar con cepillo las instalaciones completas, desde los zócalos hasta el techo.

Hacía un hermoso día soleado. No obstante, el ambiente tenso y constantemente apremiante no permitía disfrutar de él. Todo mundo estaba nervioso, situación causada por el desconocimiento y la falta de preparación. La presión era permanente y el trato muy duro. No daba tiempo a observar las instalaciones ni mucho menos conocerse demasiado entre los mismos reclutas. Solo eran como un montón de autómatas que hacían lo mejor posible por obedecer todo el enjambre de directrices que recibían en tropel y de forma continua.

El cepillo de dientes, la pasta dentífrica, el peine, la espuma y la máquina de afeitar, las toallitas femeninas, el papel higiénico; todo debía estar en orden. Cada cosa ocupando su lugar específico dentro de las reparticiones dispuestas para ello. Detalles a tener en cuenta, a riesgo de no pagar cincuenta flexiones de brazos por cada ítem que se hallase fuera de su sitio o no estuviese perfectamente alineado a la hora de las revistas sorpresa. Con todo, eran preferibles las flexiones a la andanada de gritos despectivos de que venían acompañadas.

No estaba previsto el uso de aspiradoras, en cambio las escobas y las palas sobraban. Luego de lavar el piso y pasar cera por toda la superficie, la mitad de un viejo colchón envuelto en una frazada con una silla invertida sobre él, hacía las veces de lustradora industrial de tracción a sangre humana. En tanto que el resto hacía patinaje sobre recortes de mantas viejas hasta que fuese posible aun afeitarse utilizando el piso como espejo.

Los baños debían ser cepillados hasta el último rincón. Los vidrios de las ventanas no podían exhibir una sola manchita; tenían que verse completamente transparentes. Luego llegaría el monitor en jefe, portando un guante de algodón blanco. Con el personal formado en un extremo de la nave, pasaría el dedo índice por las partes superiores de todo aquello que sobresaliera, como ser cuadros, repisas, marcos de puertas y ventanas, e incluso de los zócalos. Era cual sabueso, con la salvedad de que, en vez de rastrear una presa, buscaba polvo.

Acto seguido, pasaron a informarles y explicarles el horario que deberían de seguir en cada jornada del reclutamiento. Mientras les detallaba cada punto, clavó la hoja con una chincheta a la cartelera de corcho.

Horario:

06:00   Diana (Uniformarse, hacer la cama e higiene personal).
06:15   Formación, revista y entrega de novedades.

06:45	Desayuno.
07:00	Fajina[2].
08:00	Actividad física.
09:00	Clase.
12:00	Formación, revista y entrega de novedades.
12:30	Rancho (Almuerzo).
13:00	Arreglo de equipo personal.
13:30	Clase.
17:00	Llamada General (Formación, revista y entrega de novedades).
17:30	Merienda.
17:45	Instrucción militar teórica y práctica.
19:00	Natación.
20:00	Rancho (Cena).
20:30	Dispersión, actividades varias, estudio.
21:30	Retreta (Formación, revista y entrega de novedades).
22:00	Silencio (Descanso).

Uno de los reclutas levantó la mano. Una monitora lo advirtió:

—A partir de este momento, para pedir la palabra dirán con voz fuerte y clara: Solicito autorización para hablar, mi monitor. ¿Qué desea?

—¿Qué significa 'Diana'?

—No es la mucama que vendrá a traerle el desayuno a la cama, eso téngalo por cierto. Significa que es hora de levantarse. El que duerme a la izquierda frente a la puerta, será el derecha[3] del grupo. Tendrá la responsabilidad de formar[4] a sus compañeros y de entregar novedades al monitor encargado de su barraca. Si alguno mete la pata, pagará las flexiones correspondientes junto al derecha. El

---

[2] En la jerga militar, hacer limpieza.
[3] El de mejor calificación y, por tanto, responsable del grupo.
[4] Hacer que un grupo de personas se aliñen en formación.

derecha, por ser derecha, siempre pagará. Hoy, por ser el primer día, harán una recorrida para conocer las instalaciones. Más tarde, se irán a clase para recibir todos los detalles del funcionamiento diario y luego pasarán a Rancho.

Otro gritó:

—¡Solicito autorización para hablar, mi monitor!

—Autorizado —dijo con displicencia.

—¿Qué es 'Rancho'?

—La hora del almuerzo y de la cena. Ahora, ¡muévanse!

Muchos se fueron el primer día. Otros lo tomaron como un juego y continuaron. El resto, se lo tomó muy en serio; Odinrod fue uno de ellos.

VI

Moscú, Federación de Rusia.
Dos años atrás.

Un cielo nuboso cubría la ciudad. Finos copos de nieve caían intermitentemente. La temperatura había bajado por debajo del cero. Con todo, las calles se caldeaban.
    Svetlana Smirnov era una joven esbelta y espigada. Llevaba la mitad del cabello teñido de un verde azulado, aunque era castaña clara; la otra mitad se la había rapado. Un aro colgaba de la columela de su nariz. Los tatuajes se extendían a lo largo de gran parte de su cuerpo. Tenía una mirada agresiva, semejante a quien busca problemas.
    Se terminó el café de un sorbo y salió disparada. Tomó de pasada el enorme rollo de nylon con los colores del arco iris que estaba sobre el sofá. Bajó las escaleras del edificio de apartamentos a toda prisa. Se encontraría con su novia en la marcha LGBT.
    Saliendo al gélido exterior se topó, como era de esperarse, con una marea de gente con atuendos multicolores. Hondeaban banderas y portaban pancartas, mientras se desplazaban por la calle con ritmo distendido. Se dirigían hacia la avenida Tverskaya, por donde marcharían hasta concentrarse multitudinariamente en la Plaza Roja. Con una sonrisa, se sumó a la horda de gente orgullosa de pertenecer a aquel grupo.

—¡Sveta! ¡Sveta! —se escuchó entre el gentío la voz de una joven.

Svetlana se volteó y, escaneando entre toda la gente, pudo divisar a la muchacha. Irina no era gay, pero iba a acompañar a su amiga. Se conocían desde la universidad y, argumentaciones mediante, se había volcado a compartir el motivo de sus reivindicaciones.

—¡Irina! Qué alegría de verte —exclamó Svetlana.

—Lo mismo digo. Venía para tu casa y, por lo que veo, te encontré de pura casualidad. ¿Y Nastia?

—Bueno, me dijo que saldría del trabajo y me esperaría en el bar *Bosco*, casi frente a la plaza.

—Muy bien, vayamos hacia allá entonces.

La marcha había surgido con una convocatoria masiva a través de las redes sociales. Germinó espontáneamente en protesta por una serie de leyes contra la promoción de la homosexualidad, auspiciadas por el presidente electo. En poco tiempo, se contaban por miles los que estaban dispuestos a asistir. Incluso gente de otros países viajó a Rusia para apoyar aquel movimiento.

Mientras caminaban las catorce cuadras que las separaba de la avenida Tverskaya, aprovecharon para ponerse al día.

—¿Recuerdas cuando me contabas que desde pequeña siempre soñaste con ir al espacio? —dijo Irina en una pausa de la conversación.

Venían hablando de los escasos derechos que poseen los homosexuales en Rusia y de las arbitrariedades que suelen sufrir a manos de la policía. Así que, a Svetlana le llamó la atención que cambiara de tema de manera tan abrupta. Aunque, le sorprendió aún más que le saliera con aquel tema tan disímil.

—Claro que lo recuerdo. Mientras jugábamos al póker en tu habitación.

—¡Exacto!

—Y ¿a qué viene tu comentario?

—Bueno, es que vi en el noticiero que se está organizando un sorteo a nivel mundial para participar de un viaje a Marte.

Svetlana la miró con una expresión socarrona.

—Incluso tengo anotado el número —añadió con timidez.

—Estás loca, Irina. ¿Qué podría ir a hacer yo a Marte? ¿Me lo puedes explicar? —dijo fijándole la mirada—. Mi vida está aquí.

—Tú hablas muy bien el inglés y te graduaste de ingeniera mecánica, uno de los títulos con que se puede acceder al concurso. Además, eres atlética y perseverante. Creo que tienes muy buenas posibilidades.

Svetlana meneó la cabeza, sonriendo, pero no dijo nada. Continuaron caminando entre la nieve hacia la principal avenida moscovita. A medida que se aproximaban, iba en aumento el sonido de las bocinas a gas comprimido. Los tambores repiqueteaban y todo otro tipo de instrumentos que hiciese mucho ruido servía para los fines buscados. Algunos integrantes incluso llevaban el torso desnudo pese al intenso frío. Un penetrante olor a marihuana flotaba en el ambiente.

Irina había pasado a contarle sobre el resultado positivo del examen de próstata que se había realizado su padre.

—Qué desgracia. Y tú, ¿cómo estás amiga con esta noticia?

—Por ahora no hay de qué preocuparse. Parece que, si sigue el tratamiento al pie de la letra, tiene grandes chances de recuperarse.

—Bueno, me alegro mucho entonces.

Dos cuadras antes de llegar al lugar donde se reunirían con su novia, frente a la Plaza Roja, Svetlana se detuvo en seco. Irina la observó un instante y luego siguió la mirada de ella con la suya. La gente pasaba a su alrededor en un flujo constante, esquivándolas sin que Svetlana lo notase. Era como si el mundo hubiese desaparecido a su alrededor. Las casualidades de la vida están para ser descubiertas. Nastia se encontraba besando efusivamente con otra mujer.

De pronto, comenzó a caminar con rapidez hacia ella. Irina trataba de seguirle el paso. Iban sorteando la miríada de personas que se atravesaban en su camino. Avanzaron unos metros con dificultad, chocándose contra todos. De repente, Svetlana fue impedida de continuar. Irina la estaba sosteniendo por el brazo.

—¡Suéltame! —dijo con furia en la mirada.

—Y ¿qué vas a hacer? ¿Te vas a tomar a golpes de puño frente a la gran cantidad de policías que vigilan la marcha? Terminarás con un mayor problema del que ya tienes.

Svetlana respiraba fuerte mientras contemplaba a su novia restregándose contra la otra mujer. Con aquel aro en la nariz parecía un toro a punto de embestir. Tenía muchos defectos, pero ser irracional no era uno de ellos.

Volvió la mirada hacia su amiga.

—Larguémonos de este lugar.

Irina la observó desconcertada.

—Pero...

—¿Vienes conmigo o prefieres quedarte?

VII

Instalaciones de Space Dragon.
Westmont, California, EE.UU.
Veinte meses atrás.

A las seis de la mañana, el cuartelero[5] apostado en segundo turno hizo sonar el toque de llamada, presionando el botón verde (el rojo era para disparar la alarma) ubicado junto a la entrada. Se podía escuchar la melodía del clarín a través de los altavoces. Nadie entendía nada, estaban todos desorientados. Aún no se habían acostumbrado a la idea de estar viviendo en régimen de internado dentro de aquellas parcas instalaciones.

Odinrod, medio dormido todavía, entreabrió los ojos para ver el techo abovedado de chapa color negra. Cuando se sentó en el borde de la cucheta, el que estaba acostado en la cama de arriba casi le cae encima al saltar al suelo. Más del noventa por ciento de todos los que estaban siendo reclutados no tenía incorporada la costumbre de acostarse y levantarse tan temprano, por ende, la resaca era general y bastante incapacitante.

Mientras aún se desperezaba, notó, desde su punto de observación privilegiado, que algunos continuaban durmiendo plácidamente. Nunca falta aquel que tiene el

---
[5] Guardia nocturno.

sueño profundo. Entretanto, otros corrían a los lavabos y algunos se vestían a toda prisa, para después tender la cama. Cada cual aplicaba una estrategia diferente según le parecía mejor. Odinrod se mantuvo ajeno a toda aquella locura, sacándose el pijama con parsimonia. Luego de plegarlo de forma perfectamente simétrica, lo guardó debajo de la almohada como se lo habían enseñado el día anterior.

Comenzó a uniformarse sin apuros, como solía vestirse en su casa. Aún no había adquirido el hábito de andar a las apuradas. Se puso el pantalón color caqui con amplios bolsillos a los costados de las piernas. Luego se acordonó las botas, metiendo las puntas para adentro de la caña, la cual llegaba hasta la mitad de la pantorrilla. Encima de la remera verde, se abotonó la casaquilla, también de color caqui. Recién después comenzó a tender la cama. Para ese entonces, ya había algunos que cruzaban la puerta a toda carrera. Como resultado, decidió echar un vistazo al reloj en su muñeca, por si acaso. Se quedó petrificado al ver que faltaban tres minutos para las seis y cuarto. Terminó de estirar la colcha y salió corriendo. A los dos segundos estaba de vuelta buscando su quepí[6]. Justo en ese momento, llegó uno de los monitores vociferando por el megáfono:

—¡Largo! Están llegando tarde señoritos y señoritas. ¡Muevan sus gordos traseros, si no quieren ser apaleados!

Al llegar a la plaza de armas echando el bofe, de los cien integrantes de su compañía, había tan solo doce formados. El resto no había aparecido aún. Para colmo, él mismo estaba llegando tarde, quien se suponía que debía ser el primero a fin de dar el ejemplo como derecha que era. De continuar así, nunca llegaría a ganarse el respeto del grupo a su cargo. De los otro nueve grupos, solo cuatro ya estaban completos.

---

[6] Gorra militar, en este caso de tela con visera muy sencilla.

—Mande alinear por la izquierda, recluta Gadhavi. Luego mande firme —gritó una de las monitoras.

Odinrod se vio sorprendido de que ya se hubiese aprendido su apellido entre tanta gente, pero no tenía tiempo para detenerse a pensar demasiado en ello.

Mientras iban llegando los que faltaban, la monitora mandó llamar a los derechas de las compañías que estaban completas y formadas correctamente. Cuando se acercaron a un metro, dieron un respingo ante el vozarrón de la monitora:

—¡Retrocedan y preséntense a cuatro pasos, como corresponde, reclutas!

Los siete dieron media vuelta y calculando una distancia de cuatro pasos de la monitora, cada uno se presentó con voz fuerte y clara desde la derecha hacia la izquierda.

—Avancen —dijo la recia mujer—. ¿Qué novedades tienen?

—Ochenta y siete en formación de una fuerza efectiva del mismo número, mi monitora —gritó el primero de la derecha.

La monitora dirigió la mirada hacia el siguiente.

—Noventa y uno en formación de una fuerza efectiva del mismo número, mi monitora.

—Ochenta y cuatro en formación de una fuerza efectiva del mismo número, mi monitora.

—Ochenta y uno en formación de una fuerza efectiva de ochenta y dos, mi monitora.

La monitora siguió el recorrido de sus ojos hacia el que seguía, hasta que volvió de inmediato atrás.

—¿Qué sucedió con el que falta?

—Está llorando en el baño, mi monitora. No pudimos convencerlo de que viniera a la formación.

—Pague cincuenta, recluta Nakamura —mientras el recluta, de origen japonés, se lanzó de bruces al suelo, la monitora se refirió a los restantes—. Los derechas de las tres compañías que están completas, manden romper formación y diríjanse al comedor para tomar el desayuno. Luego, hagan formar y marchen hacia los salones. No quiero enterarme de que llegaron tarde a clase.

Todos se quedaron mirándola.

—¿Qué me están mirando? ¡Largo de aquí!

Dicho esto, avanzó hacia las otras siete compañías que ya estaban completas.

—Muy bien, señores y señoras. Por lo visto, hoy se irán a clase sin desayunar, ya que no tuvieron ningún apuro en pasar a formar. También tendrán que soportarse en el salón completamente transpirados, apestando a voluntad, ya que sus formaciones no estuvieron completas cuando debieron estarlo —dijo con voz suave pero siniestra, luego comenzó a gritar—. ¡Ahora a tierra, pila de reclutas!

Todos adoptaron de un salto la posición para hacer flexiones de brazos. Casi seiscientas personas dispuestas para comenzar a pagar. En ese momento, se presentó a cuatro pasos el recluta Nakamura.

—Entre en formación, recluta Nakamura, e imite a sus compañeros —le gritó por el megáfono en la cara, haciendo que le flamearan los cabellos. A lo que el recluta salió corriendo despavorido.

La monitora paseó su mirada por sobre la enorme formación de hombres y mujeres puestos como una tabla sobre sus brazos estirados. Los cuerpos flácidos y carentes de entrenamiento temblaban bajo la vigilancia de los cien monitores más que había distribuidos por todo el lugar. Sin haber hecho una sola lagartija aún y con el sol apenas por encima del horizonte, las gotas de sudor ya comenzaban a rodar por los rostros de la mayoría.

—¡Uno! —gruñó la monitora.

—¡Uno! —repitieron todos a una voz, al terminar la primera flexión.

—¡Dos! —continuó la monitora, luego de unos intersticios.

—¡Dos! —respondieron a coro.

En ese momento, uno se puso de pie.

—¡¿Qué desea, recluta?! Dese prisa que sus compañeros esperan en una cómoda posición, gracias a usted.

—¡Voy a abandonar el reclutamiento si me autoriza, mi monitora! —chilló haciendo pucheros.

Emulándolo, fueron levantándose consecutivamente otros siete y, a continuación, repitieron la misma frase.

—¡Retírense de mi vista y no me hagan perder un solo segundo más de mi valioso tiempo! —luego se dirigió al resto— ¿Alguien más quiere irse de baja?

Solo el sonido de las fuertes respiraciones fue audible.

—Muy bien—dijo sonriendo y luego agregó—. Continuemos divirtiéndonos entonces. ¡Tres!

—¡Tres! —repitieron al unísono y volvieron a bajar con dificultad.

VIII

Tokio, Estado del Japón.
Dos años atrás.

Las gruesas gotas de transpiración corrían por la frente del prestigioso neurocirujano Akira Nakamura. El bisturí en su mano se deslizaba con una habilidad innata por entre las circunvoluciones y los surcos cerebrales. Manejaba aquel filoso instrumento como si lo hubiera heredado de una ascendencia samurái. El equipo de profesionales que lo rodeaba era de los mejores. Y pese a los miles de operaciones que había realizado con éxito a lo largo de toda su impecable carrera, aquella no era una más. La vida del hijo menor de su mejor amigo estaba en sus manos.

El pequeño de tan solo doce años había sido diagnosticado de meningioma intracraneal supratentorial. Aquel tipo de neoplasia originada en las meninges, pese a ser relativamente rara y poco frecuente en edad pediátrica, se había confirmado. Estaba afectando la irrigación de la parte superior del cerebro y presionando, a su vez, la masa encefálica. Debido a ello, había sido necesario asumir riesgos y recomendar a los padres la inmediata intervención quirúrgica del niño. Ellos le rogaron solícitamente que fuera él quien la realizara.

Un extenso estudio arrojó como resultado que la localización del tumor era superficial y que se había formado a partir de la membrana que recubre el cerebro. Daba toda la impresión de que la resección y la operación en su conjunto, sería relativamente sencilla dentro de la complejidad que siempre representaba una intervención de aquella naturaleza. Para transmitirle tranquilidad a los desesperados padres, les había asegurado que aquel tipo de cirugía tenía altas probabilidades de éxito. Les explicó en detalle la razón de augurar una recuperación muy auspiciosa, así como una recidiva muy baja.

El silencio era interrumpido únicamente por los pedidos de Nakamura de los diferentes instrumentos que iba necesitando a medida que avanzaba la cirugía. Los pitidos del monitor que indicaba los signos vitales acompañaban de fondo. Había solicitado que secaran su frente más veces de lo usual y que cualquier otra cosa. Los enfermeros asistentes, anestesistas y los otros doctores presentes en la cirugía, lo conocían bien y sabían que estaba nervioso. Aunque era algo raro en él, podían percibirlo. Suspiraba profundo muy seguido. Llevaba la cabeza de un lado al otro tratando de relajar el cuello. De todas formas, conociendo sus antecedentes brillantes y teniendo en cuenta que era una operación casi de rutina según su destreza y experiencia, no veían de qué preocuparse realmente.

Por lo general, aquella clase de tumor no solía ser canceroso (aunque algunos pueden serlo e incluso llegar a manifestarse de forma agresiva), como era el caso del niño. Aun así, podía causar serias complicaciones e incluso la muerte, debido al tamaño que alcanzaba a desarrollar. Las fatalidades también estaban íntimamente relacionadas a la localización que tuviera dentro de la cavidad intracraneal.

Las horas fueron pasando lentamente, como en cuenta gotas. Todo había transcurrido según lo previsto durante las largas reuniones que habían mantenido en lo previo los tres cirujanos encargados de realizar dicha extracción. Se habían alternado por turnos. Nakamura convino con los otros dos en tomar la posta en los momentos más álgidos de la ejecución de lo programado, pues había asumido toda la responsabilidad. Ahora se encontraba en la recta final, así como también en uno de los momentos más complejos. Ya comenzaba a sentir el peso en sus hombros, pero sobre todo en sus ojos, de las más de cinco horas que había tomado la operación hasta ese punto.

Comenzaba a alegrarse haciendo las últimas incisiones, con las cuales extirparía completamente el tumor del cráneo. Decidido a no cantar victoria antes de tiempo, afirmó más el pulso. Centró toda su atención en la punta del bisturí eléctrico, con el cual iba separando el tejido maligno del sano, al tiempo que cauterizaba el corte evitando de esta manera una posible hemorragia. Eran los últimos movimientos antes de proceder a retirar el tejido dañino. Acto seguido, reemplazaría el colgajo de hueso por una pequeña placa de metal, finalizando de esta manera el proceso denominado craniectomía.

De pronto, sonrió de forma imperceptible por debajo del cubrebocas. Había separado completamente el tumor del cerebro. Pidió una bandeja al asistente y depositó el tejido tumoral en ella. Luego le alcanzaron la placa de metal. La estudió un momento para asegurarse de no colocarla de un modo incorrecto. Con satisfacción, procedió a encastrarla con mucho cuidado de hacerlo a la perfección. Cuando estaba acercando la pequeña pieza con la sutileza de un artista, súbitamente, el niño comenzó a convulsionar y los signos vitales se dispararon.

Nakamura quedó en estado de shock ante los ojos en blanco del niño y los bruscos movimientos de sus miembros. Otro de los cirujanos, ante la inacción de Nakamura, solicitó con premura doscientos miligramos de fenobarbital. La enfermera inyectó la dosis a través de la vía conectada a la muñeca del niño y, poco después, los violentos espasmos comenzaron a remitir paulatinamente.

—¿Estás bien? —inquirió el otro cirujano.

—Sí, sí —contestó Nakamura, con los ojos grandes.

—¿Quieres que yo termine?

—No, yo puedo hacerlo, no te preocupes —dijo más seguro de sí mismo, y volvió a disponerse a colocar la delgada pieza metálica con precisión milimétrica. Les había hecho una promesa a los padres del niño.

En ese momento, tanto el respirador artificial como el monitor de signos vitales comenzaron a dar indicaciones de que había una caída de la tensión y que comenzaba a tener un paro cardiorrespiratorio.

—¡Ha tenido un choque anafiláctico! —exclamó el segundo cirujano—. Preparen el desfibrilador.

Nakamura se apartó para no estorbar al equipo encargado de restablecer los signos vitales del niño. Su estado de conmoción le impediría realizar cualquier acción efectiva.

Hicieron varios intentos por reanimarlo, pero todo fue en vano. El niño fue declarado muerto mientras Nakamura aún sostenía tembloroso la pequeña pieza de metal entre la punta de sus dedos.

IX

Instalaciones de Space Dragon.
Westmont, California, EE.UU.
Veinte meses atrás.

Todos estaban sentados en un asiento al azar. La mayoría se había echado de bruces sobre los pupitres, dormitando con un hilo de baba colgando de la comisura de la boca. La peste a sobaco rivalizaba con el fétido olor a pies que subía desde el nivel del suelo hasta el fondo de las narices. La falta de entrenamiento había suscitado que aquellos dos primeros días fueran especialmente demoledores. Estaban hechos una verdadera piltrafa humana. Les dolía cada músculo del cuerpo y, a diferencia del primer día, no había ánimos como para ponerse de charla ni, mucho menos, andar derrochando demasiada energía.

Habían sido divididos por compañía en una especie de auditorios ordenados en forma de abanico orientado hacia una tarima. Todo era muy sencillo y austero, pero amplio e impecable. Las paredes estaban dominadas por afiches con los objetivos de la empresa y collages publicitarios. Había también tablas periódicas, murales de los prototipos de cohetes que se habían utilizado hasta la fecha, un gran poster con la *Blue Marvel* a todo color, entre otra serie de cosas. Adelante, al medio, estaba el escritorio del encargado en dar la clase (el cual no había llegado aún). Una gran pizarra blanca colgaba detrás y un proyector sobresalía oculto tras un panel del cielorraso.

Cuando entró el monitor y se encontró con aquel panorama, discretamente llamó al derecha y lo llevó afuera del aula. Allí, antes de comenzar a hablar, lo hizo pagar cincuenta flexiones de brazo como para comenzar a entenderse mejor. Una vez que se hubo puesto de pie a punto de reventar, le masculló en la cara:

—Escúcheme bien, residuo de escoria. Le voy a dar diez segundos para que entre a ese salón, haga posicionar a sus compañeros de pie junto a sus correspondientes asientos, y cuando yo ingrese, usted gritará con todas sus fuerzas: ¡atención! Yo le mandaré continuar, y, acto seguido, me entregará novedades como corresponde. ¿Ha entendido usted con claridad o necesita pagar otras cincuenta lagartijas?

El sudoroso Odinrod, con expresión de espanto y la respiración agitada, respondió de inmediato:

—¡No, señor!

—Entonces, ¿a qué está esperando? ¡Muévase!

El descontrol fue generalizado. Todos corrían de un lado al otro, utilizando el mismo orden que tenían según sus camas para ubicarse. Cuando Odinrod mandó atención, todos se pararon firmes. Para entonces, ni los insectos se atrevieron a continuar volando.

El hombre rubio entró con paso decidido sin fijarse en ningún momento en los alumnos, quienes lo seguían de hito en hito.

—No os atreváis a mirarme —dijo sin desviar la mirada de los papeles que sacaba de su maletín y que iba ordenando sobre el escritorio.

Todos levantaron la mirada al techo.

—Si osáis posar vuestros ojos en mí, os juro que moriréis pagando flexiones —agregó, mientras depositaba la laptop y la carpeta negra que traía bajo el brazo encima del escritorio. Recién entonces giró hacia el auditorio. Recorrió con la mirada a todos los presentes, quienes a su vez estaban concentrados en un punto a lo lejos.

Aparentaba ser joven, de unos treinta años. Debía medir fácilmente uno noventa. Vestía un mono azul claro lleno de parches, entre los cuales sobresalía el logo de la NASA a la derecha del pecho. En toda su imponencia, se paró con los puños en la cintura.

—Buenos días.

—¡Buenos días, mi monitor! —gritaron todos a una sola voz, haciendo retumbar el lugar hasta los cimientos.

Luego, dirigiéndose al derecha, inquirió:

—¿Cuántos van quedando?

—Sesenta y siete, mi monitor —gritó Odinrod.

—¡Guau! La depuración viene siendo efectiva —exclamó con ironía—. Derecha, haga tomar asiento en completo silencio.

Esperó a que todos se hubieron sentado para continuar.

—Pasaré a presentarme, yo soy el capitán Samuel Butler. Y miradme cuando os dirijo la palabra, manga de ineptos, salvo que os indique lo contrario.

Todos clavaron la mirada en el instructor.

—Soy piloto del F-18 *Hornet*, con casi cuatro mil trescientas horas de vuelo. Tengo experiencia en combate, luego de haberme desempeñado en misiones reales en Afganistán, Siria e Irak. Además, soy científico en el área de la astrofísica. Me gradué en CALTECH, el prestigioso Instituto de Tecnología de California, ubicada en la localidad de Pasadena, en dicho estado. Y recientemente finalicé con honores mi formación como astronauta.

Cuando hizo una pausa, todos dejaron escapar una discreta expresión de asombro. Se notaba la admiración del auditorio por aquel hombre. De haber podido, se habrían echado a aplaudir efusivamente y algunos, inclusive, se habrían lanzado a besar sus pies.

—Dado que soy integrante de la Fuerza Aérea de los Estados Unidos de Norteamérica, seré uno de los encargados de instruiros de forma somera en todo lo relacionado con la disciplina y la formación militar. Quizás os sorprenda un poco saber que deberéis convertiros en este breve período en pseudo militares, a fin de que vuestra estadía en Marte tenga mayores probabilidades de éxito. Si no aprendéis lo básico en cuanto a la corrección en el comportamiento, luego de permanecer por algún tiempo en un ambiente tan hostil, sin posibilidades de retornar y con la única compañía e interacción de vuestro reducido grupo, pronto acabaríais matándoos unos a otros como auténticos animales salvajes.

>>También os introduciré en el fascinante mundo de la astronáutica. Seré vuestro acompañante en la mayoría de las visitas guiadas que haréis a las instalaciones de la NASA de mayor relevancia. Dichas experiencias os brindarán el mejor aporte para vuestra preparación como futuros astronautas. Y si os portáis bien y sois buenos chicos, algunos de vosotros seréis seleccionados, como forma de premiaros por ello, para dar un vertiginoso paseo (con algunas piruetas incluidas) en la aeronave que tengo el privilegio de volar.

Un murmullo se generalizó por todo el amplio salón. Algunas sonrisas aparecieron encubiertas.

—Para comenzar, por ser el primer día y para romper el hielo, os concederé un tiempo de preguntas. Luego pasaremos a incursionar en las nociones básicas de la vida militar.

Uno levantó la mano.

—Sí, el de atrás a la derecha. ¿Cómo es tu nombre, hijo?

—Carlos, mi monitor.

Samuel sonrió, meneando la cabeza.

—Oye, cuando te presentas debes hacerlo con tu apellido, no con tu nombre de pila. Recuerda que no estamos en una rueda de amigos, sino en uno de los centros de capacitación y entrenamiento más rigurosos y cualificados que existe. ¿Cuál es tu pregunta?

El tono más afable que comenzaba a utilizar sorprendió a todos.

—¿Por qué no ha vuelto el hombre a la luna? —soltó muy tranquilo.

La cordial expresión en el rostro de Samuel se demudó drásticamente. La primera se la había perdonado, pero, sin duda, hasta aquí había llegado. Una sensación apocalíptica descendió sobre la clase. Parecía el momento previo al estallido de una bomba nuclear.

—¡A tierra, un, dos...! —ordenó disgustado—. Deme cincuenta.

—¡...tres, cuatro! —gritó el recluta, lanzándose al suelo, y comenzó a subir y bajar a toda velocidad, como si tuviese resortes en los codos.

—Aprovechad para hacer preguntas constructivas, que os sirvan para vuestra formación y no perdáis el tiempo con idioteces —continuó diciendo Samuel—. Dejad vuestras locas teorías de conspiración de lado y centraos en la dura preparación que tenéis por delante. Y ahora, ya que habéis desperdiciado la valiosa oportunidad que os he dado, pasaremos entonces a lo que veníamos: Instrucción militar teórica, que, a partir de este momento, será conocida como IMT.

>>Lo primero que tenéis que saber y que asumo que con seguridad ya lo tendréis muy claro, es que cualquier indisciplina, por pequeña que sea, debe tener la correspondiente sanción o penalidad. Si es un descuido o una falta menor o leve, pagaréis con flexiones de brazos o sentadillas, hasta que llegue el punto en que ni se os ocurra repetir ese tipo de tonterías. Como son muchas, sería

imposible enumerarlas todas, así que las iréis conociendo poco a poco. Y las aprenderéis a puro rigor, todo lo cual lo hace más interesante y entretenido para nosotros los instructores.

>>Las infracciones de mayor consideración, como pueden ser la falta de higiene, llegar tarde, demostrar falta de voluntad, dormitar fuera de horario, etcétera, serán sancionadas con arrestos simples. Esto significa que, además de pagar flexiones hasta que os arrepintáis de haber hecho o no lo que fuere, os quedaréis recluidos en las instalaciones durante el fin de semana, pero tendréis derecho a recibir visitas y a pasar al casino[7] durante el horario de dispersión.

>>Las violaciones graves, como ser la falta de respeto, la desobediencia, el faltar a la verdad, etcétera, serán pasibles de sanciones de arresto a rigor, lo cual implica que permaneceréis en las instalaciones, mientras vuestros compañeros se retiran con licencia durante el fin de semana, sin poder recibir visita alguna ni pasar al casino. Otras faltas más graves, como agresión o indisciplina, pueden acarrear consecuencias más penosas como terminar recluidos en el calabozo, a la espera del veredicto que probablemente sea la expulsión del programa, si es que no requiere dar intervención a la Justicia. Por regla general, puede decirse que, cualquier acto cometido que quebrante la ley, como robar, violar, matar, etcétera, será causa de inmediata expulsión y puesto en el acto a disposición de la policía. Es bueno aclarar que la compañía Space Dragon queda exenta de toda responsabilidad penal que deviniere de vuestra imprudencia o acciones ilícitas, por supuesto.

---

[7] Sector dispuesto para la distención del personal.

X

São Paulo, República Federativa del Brasil.
Dos años atrás.

Haces de brillantes luces blancas atravesaban el salón a gran velocidad. Las luces de colores giraban de un lado al otro, hasta que cambiaban de sentido bruscamente. Entonces comenzaban a subir y en un instante volvían a bajar, para luego comenzar todo el repertorio de rápidos movimientos otra vez. Los láseres formaban en el humo artificial que cubría por completo el ambiente todo tipo de fractales. Estos diseños se deformaban sobre la ondulante muchedumbre en penumbras, como si cayera una cascada de agua sobre ellos. Entonces comenzaba el *drop*[8] y todas las luces acompañaban de forma estroboscópica, creando una sicodélica locura de potentes destellos y sonidos estridentes.

    El local estaba provisto de una pista principal de casi cinco mil metros cuadrados. Dicha superficie contaba con dos barras centrales de forma elíptica que, iluminadas desde el suelo, se asemejaban a los típicos platillos voladores alienígenas. Además, estaba rodeada por otras cuatro pistas secundarias dispuestas en un segundo nivel. Se comunicaban entre sí por medio de balcones y se accedía a ellas a través

---

[8]En la música electrónica, breve clímax en el que se descarga toda la furia de la canción.

de amplias escaleras de mármol rojo ubicadas en los cuatro extremos.

João Carvalho hacía los movimientos clásicos, sosteniendo con la punta de los dedos hacia abajo un escocés en las rocas. Flavia, su compañera de baile, se meneaba en torno a él con movimientos sensuales. Era la tercera chica con la que salía esa semana; sin embargo, esta vez era diferente. Le había costado mucho tiempo, paciencia y esmero poder por fin llevarla a aquella discoteca. Todo lo cual, lo había atraído mucho más que cualquier otro aspecto en las demás mujeres que había conocido hasta ahora. Su objetivo era claro y estaba decidido a conseguirlo.

Flavia no era extraordinariamente hermosa, pero João era un depredador, y el solo hecho de que se resistiera tanto, lo hacía empeñarse cada vez con mayor ahínco, de puro terco. Había hecho muchos intentos de aproximación y buscado por todos los medios poner en práctica sus métodos de seducción, pero sin éxito alguno, hasta el momento. Por esa razón, andaba desesperado tras ella desde hacía un tiempo, pasando de ser un simple capricho a convertirse en toda una obsesión.

A medida que las horas pasaban y ellos continuaban bailando, la transpiración corría por sus cuerpos. Potentes aires acondicionados inundaban de frío el inmenso salón pero no alcanzaban a aplacar la radiación humana. João comenzaba a impacientarse viendo que el entusiasmo de Flavia iba en aumento a medida que transcurrían las piezas musicales. No era muy fanático de las discotecas. De hecho, le daba igual, más bien las consideraba un medio para atrapar a sus víctimas. De esta manera, de llegar a congeniar, solía marcharse con su presa de turno bastante antes de la hora de finalización o, mejor dicho, lo antes posible.

La selección del pinchadiscos era buena. Se movía de las menos conocidas a las más populares y pedidas por todos. Así que Flavia iba enfervorizándose con cada tema que se enganchaba y también con cada trago que bebía. Y en esto João vio la oportunidad, con lo que aumentó la frecuencia de incursiones a la barra y disminuyó con disimulo la distancia que los separaba de la misma. Sugería brindar cada vez con más asiduidad e insistencia, aunque él apenas mojaba sus labios. No quería perder el control de la situación.

En determinado momento, Flavia perdió el equilibrio y casi se fue al suelo. Era el efecto que João estaba buscando. Para evitar que cayera, la rodeó con su brazo libre por la cintura. Aprovechando la proximidad, acercó la boca a su oído:

—Hermosa, creo que ya estamos por hoy de tragos, ¿no te parece?

Ella dudó unos instantes. Tenía energía de sobra y aún más deseos de seguir bailando, pero consideró apropiada la moción de João. Asintió con la cabeza.

—¿Por qué no subimos a la terraza por aire fresco, así nos despejamos un poco, y de paso charlamos un rato? —propuso João, viendo el momento oportuno. Previamente, la había invitado a marcharse, pero la respuesta fue un rotundo no.

Sintiéndose un poco mareada, notó que el ambiente estaba sofocante. Formó una pequeña trompa con los labios y entrecerró los ojos. Después le hizo una seña con la cabeza, indicándole que le seguiría. João no lo dudó. La tomó de la mano y comenzó a atravesar el mar de gente, que se ondulaba como las olas agitadas por el viento, en dirección a la escalera más cercana.

De camino a la cima, João se topó de frente con la chica que había estado saliendo hasta ese momento. Casi se detuvo; sin embargo, siguió con decisión, apretando la mano de Flavia. Tragó saliva, rogando porque no le hiciera un escándalo frente a todo mundo. La otra lo siguió con una mirada que lanzaba chispas; con todo, su amor propio fue más fuerte y se contuvo. Solo lo ignoró con desdén. João suspiró luego de haberla dejado atrás. Había sido demasiado para un hombre como él llevar tres semanas de relación sentimental.

Una vez en la azotea, Flavia se recostó contra el parapeto. Un céfiro mitigaba los vahídos provocados por el alcohol. João apoyó la mano sobre la barandilla al lado de ella y se inclinó hacia un costado. La observaba detenidamente; ella se miraba los pies. Aún seguía levemente con su cuerpo la música que subía por todos lados como resonancias de ultratumba. La ciudad dormía a esa hora y el cielo se extendía cuajado de estrellas.

Él sonrió.

—¿Te estás divirtiendo?

Ella asintió con la cabeza.

—¿Por qué me has estado evadiendo? —averiguó João en un tono suave.

Ella levantó la mirada hacia él.

—Por la misma razón que tú me has estado persiguiendo.

João arqueó las cejas, sorprendido.

—¿Yo, persiguiéndote?

—Así es.

Él lanzó una carcajada.

—Bueno, será porque me gustas.

—O porque soy de las pocas chicas que aún no se han acostado contigo.

Aquella aseveración causó una mezcla de sentimientos en su interior. Lo impactó, lo indignó y a su vez, lo enamoró de una manera que él consideraba peligrosa. Como siguiera haciéndole desplantes de aquel calibre, acabaría indefectiblemente de rodillas a sus pies, pidiéndole matrimonio.

—Y ¿si te dijera que siento algo muy especial por ti?

—¡Jaja! —soltó ella, con un retintín.

—¿Qué tendría que hacer para demostrártelo?

—¿Te estás refiriendo a una especie de prueba de amor o algo por el estilo? —inquirió ella, levantando una ceja.

João se echó para atrás con los ojos bien grandes al escuchar aquella pregunta. Ante su reacción, Flavia hizo una mueca de resignación.

—Deja, no hay nada que puedas hacer — aseguró, convencida de que era un caso perdido. Estaba segura de que ni siquiera él se creía su actuación.

—¡Espera! ¿Cómo que no hay nada que yo pueda hacer? ¿Acaso tendría que viajar a la luna para demostrarte que estoy realmente interesado en ti?

Flavia meditó un momento en sus palabras. La cabeza le daba vueltas, pero todavía podía ser lo suficientemente aguda. João le gustaba, pero sabía que no valía la pena. Tenía claro que era un tiro al aire. Aunque el alcohol la había predispuesto a encontrar cualquier excusa para entregarse a él, no se la iba a hacer tan fácil. Entonces recordó una noticia que había visto por la tarde.

—No digo la luna. ¿Qué te parece Marte?

—¿De qué estás hablando?

—Hay un sorteo a nivel mundial en el que cualquiera podría salir seleccionado para ir. Si te anotas al sorteo sería suficiente para mí.

—¿Estás de broma? No soy un mocoso que debe andar haciendo promesas alocadas para demostrar nada. Tampoco considero que fuera necesario.

—Ahí tienes la respuesta.

João se retorció la barbilla, mientras se mordisqueaba el labio. Su cerebro trabajaba a mil por hora. ¿Qué posibilidades había de que saliese sorteado? Cerró los ojos, mientras meneaba la cabeza en señal de no poder creer lo que estaba a punto de hacer. Se la tenía que jugar si quería salirse con la suya.

—Está bien. Si con eso es suficiente para ti, me anotaré.

Ella sonrió complacida.

—Okey, bajemos a seguir bailando que ya he tomado suficiente aire por hoy.

Él la miró como pidiendo una explicación, mientras intentaba reclamar:

—Pero...

—Vamos a bailar, que aún no te has apuntado al sorteo, picarón —deslizó, mientras le sacudía el rostro por la barbilla—. No olvides que todavía te falta la prueba de amor, corazón.

XI

Instalaciones de Space Dragon.
Westmont, California, EE.UU.
Veinte meses atrás.

Cuestiones tales como el estricto cumplimiento del horario establecido, la absoluta imposibilidad de dormir o siquiera dormitar en otro momento que no fuera en la noche, comenzaron a ser parte consumada de la rutina diaria. El poner voluntad en cada cosa que se efectuase y correr para cada desplazamiento, entre otras muchas cosas, quedaron muy claras desde un principio. Prestar extrema atención al instructor de turno y la integral higiene personal habían sido asimiladas. Tanto fue así, que el adoctrinamiento impartido llegó a grabarse a fuego en el inconsciente colectivo. Era lo más parecido a ir completando la instalación de un programa en una computadora.

La *pista de guerra* había aguardado a por ellos como una bestia hambrienta de sufrimiento. Era un circuito que constaba de veinte obstáculos distribuidos a lo largo de los mil metros que abarcaba. Debía ser efectuada en menos de seis minutos; dicho cálculo había sido estimado en base al test de Cooper. De no finalizar la prueba dentro del tiempo estipulado, se debía repetir sin cronometrar. Aunque, al finalizar la segunda ronda, le estarían esperando cincuenta flexiones y cien abdominales de castigo. La instalación de prueba constaba de troncos, cuerdas y hormigón armado pintado con cal. Aquel sencillo perímetro (pero solo en apariencia) había visto caer rendidos, llorando de impotencia, a los más valientes atletas que se atrevieron a enfrentar el desafío.

Llegaron las diez formaciones a paso ligero, golpeando al unísono con fuerza las botas en el suelo. Era tal el ruido que emitían, rebotando entre los edificios circundantes, que causaba un efecto de sonido que recordaba a una gran catarata vertiendo millones de litros cúbicos de agua por segundo. Cuando terminaron de alinearse, el instructor de gimnasia los estaba esperando con los brazos cruzados, cual domador de leones.

—¡Muy bien, señoritas y señoritos! —gritó el instructor a los pocos más de setecientos reclutas remanentes—. Ahora es tiempo de transformar vuestros gordos y fungosos cuerpos en esbeltas esculturas al mejor estilo Miguel Ángel. En este lugar, en el gimnasio y la piscina, será donde recibiréis un exigente entrenamiento físico, cada día a la misma hora, por parte de quien les habla.

>>Y todo este martirio será para que logréis soportar las fuerzas de aceleración de diez metros por segundo al cuadrado a las que os veréis sometidos durante el despegue y aterrizaje del *Conqueror*, así como a la escasez de gravedad que experimentaréis durante los más de ocho meses de duración que tendrá lugar vuestro viaje espacial.

El silencio invadió todo el lugar. La mañana estaba en calma, solo se podía escuchar el trino de los pájaros. Muchos estaban decididos a continuar, otros tantos iban fluctuantes en su determinación, en constantes altibajos. Luego estaban los que avanzaban de día en día y de prueba en prueba, esperando ver si esa sería la definitiva, la que los convencería de irse a casa de una vez por todas.

—Como calentamiento, primero comenzaremos con tres series de cien polichinelas o saltos de tijera, cincuenta toques de los pies con las manos y veinte sentadillas. Esto para ir poniendo en circulación la sangre. Luego vendrán las abdominales y las lagartijas. No quiero que os desgarréis antes de cumplida la primera semana de reclutamiento. Seguidamente, pasaré a explicarles de qué se trata esta joya de la tecnología que pueden admirar a su frente —dijo señalando la pista de guerra—. Ahora, los derechas hagan romper fila y distribúyanse por toda la cancha que se encuentra en medio de la <<*devoradora de hombres*>>.

A la voz de los respectivos derechas, todos golpearon los puños a los bandos y se dirigieron a toda marcha hacia el césped, aún mojado por el rocío matinal. Al llegar, se quedaron parados, esperando la orden.

—¡Qué estáis esperando, soquetes! —farfulló el instructor— ¡Comenzad a saltar como las ranas que sois! Dadme cien.

De esta forma, iniciaron una rítmica danza coordinada, cual burdo remedo de una compañía de ballet. Una vez que terminaron las primeras tres series, pasaron al siguiente nivel. Al momento de terminar la última serie de sentadillas, no solo las piernas ya no les respondían, sino que todo el cuerpo flaqueaba exhausto.

—¡Vamos! ¡Qué sucede! Esto recién ha comenzado. No ha sido más que la entrada en calor. Todavía faltan las series de cincuenta lagartijas y cien abdominales —dijo sonriendo con mordacidad—, y ni hablemos de la pista de guerra. Siempre hay que cuidarse de dejar lo mejor de postre. ¡Voluntad!

Todos se lanzaron al suelo y comenzaron a flexionarse sobre sus temblorosos vientres, en todo iguales a la gelatina. De inmediato, sintieron la espalda empapada. La mayoría, a las veinte repeticiones ya estaban tan colorados como un tomate. Daban unos resoplidos que bien pudieran confundirse con los emitidos por las ballenas al emerger a tomar aire. Los calambres sobrevenían repentinamente, haciendo que los músculos se agarrotaran como piedras. A las cuarenta ya estaban largando la lengua a un metro de distancia. Tan solo el precalentamiento había representado un suplicio en toda regla.

Cuando comenzaron con las lagartijas ya no les daban más los pulmones. A poco de la primera, sentían como si los brazos se les fuesen a desgarrar por el esfuerzo. Luchaban con todas sus fuerzas por hacer una más, pero a mitad de camino caían a tierra, mordiendo el polvo. Unos cuantos fueron poniéndose de pie y, tras solicitar abandonar el reclutamiento, comenzaron a retirarse del campo. Entretanto, los demás continuaban padeciendo, pero para sus adentros no dejaban de considerar la posibilidad de seguir el ejemplo.

—Recién habéis conseguido que vuestra espesa sangre comience a correr por las venas, señoras y señores. Aún tenéis la prueba más difícil por afrontar. Id posicionándoos, según el orden en que finalicéis las series, sobre el punto de partida.

Todos trataban de correr hacia la línea pintada sobre el suelo, empero parecían unos pánfilos con sus torpes movimientos. Ya habían regado el césped con su transpiración y algunas lágrimas bien disimuladas entre los retorcidos gestos de dolor. Ahora, con la pista extendiéndose ante ellos, todos sus peores temores se materializaron repentinamente.

—Hoy seré benevolente y no os tomaré el tiempo, pero, luego de que vayáis finalizando, os dirigiréis al gimnasio a hacer pesas. De aquí en delante no quiero ver más carnes flácidas ni debilidad manifiesta. Cuando termine el proceso, os habréis convertido en unas atléticas gacelas saltando por ahí con gracilidad.

Algunos obstáculos se percibían más accesibles; sin embargo, eran compensados con creces con el siguiente. De esta forma, correr saltando de un tronco a otro no resultaba tan impresionante (más allá del riesgo de errar la pisada y acabar fracturándose un tobillo) como cruzar un intimidante pasamano de diez barras. Subir una escalera de cinco metros y lanzarse desde la cima hasta el suelo de arena podía presentarse como un reto capaz de amedrentar a unos cuantos. Aunque, el célebre foso, un pozo de concreto de tres metros de profundidad y cuatro de ancho, si bien no daba la impresión de ser gran cosa, ocultaba un oscuro historial. Pese a no verse demasiado amenazante, siempre lograba dejar a la exhausta víctima encerrada entre sus paredes, en completa resignación, a la espera de que la sacaran de allí, cubierta de afrenta.

De manera que, treparon cuerdas, escalaron paredes, reptaron por debajo de alambradas de púa tendidas a ras del piso, semisumergidos en el barro, asaltados por los calambres y un ahogo constante.

No hubo uno solo que no acabase de arrastro, dando el último aliento. Sin duda que aquella pista apodada cariñosamente la <<*devoradora de hombres*>>, era mucho más dura de lo que pintaba en un inicio. Al terminar, los primeros comenzaron a regresar para ayudar a los que iban quedando por el camino. El profesor observó callado, asintiendo con la cabeza como gesto de aprobación hacia la actitud solidaria de dichos reclutas.

—¡Apresuraos, que no tengo todo el día! Cuanto antes os pongáis en forma, montón de vagos, antes dejaréis de ser una carga para vuestros compañeros —volvió a sonreír por el disfrute, antes de decir—. Pedazos de una cosa, si gemís así con estas bagatelas, ¿qué haréis cuando tengáis que nadar tres largos de piscina, vestidos con el traje de vuelo y calzando zapatillas?

XII

Shanghái, República Popular China.
Dos años atrás.

La moderna ciudad hervía de gente desplazándose por todos los medios, pero sobre todo a pie y en bicicleta. No solo el bajo poder adquisitivo de la gran mayoría de la población se veía reflejado en ello, sino la profunda incidencia de la política de reducción de las emisiones de dióxido de carbono aplicada por el gobierno. Una urbe repleta de enormes rascacielos que le conferían un aspecto similar al de un puercoespín. El smog apenas dejaba vislumbrar al sol como una moneda brillante a través de las sombras de los altos edificios. De esta forma, la luz se traslucía en claros abanicos por la divergencia de los rayos. El ruido de la zona urbana alcanzaba niveles muy molestos, casi en el umbral del dolor; sin embargo, la gente estaba acostumbrada y ya había dejado de notarlo.

La ingeniosa forma en que Ming Zhou había logrado, en tiempo récord, elevar la cúpula de un edificio durante la remodelación había cambiado su vida, catapultándolo al estrellato. No había sido una obra cualquiera, sino la base de operaciones de un ente público del gobierno chino. Tal hazaña le había valido el elogio de toda la dirigencia política de la ciudad, logrando encumbrarse como una respetada personalidad en el ámbito de la construcción. Lo había conseguido básicamente, ensamblando el enorme techo abovedado con partes prefabricadas. Pero la clave estuvo en izarlas mediante un innovador sistema de poleas que iban encajando cada bloque como piezas de un titánico rompecabezas.

Había transcurrido noches enteras sin poder dormir, devanándose los sesos entre cálculos matemáticos y surrealistas ideas. Se la pasaba pensando en cómo haría para coronar en tan poco tiempo una estructura tan colosal. El gobierno chino había conminado a la empresa constructora para la que trabajaba a que adelantara su culminación en tres semanas. Asimismo su fuerte era su capacidad de abstracción para obtener proyectos sagaces. De modo que, siempre se había caracterizado por concebir formas de hacer las cosas que parecían métodos sacados de otro mundo, una realidad paralela o un universo alterno, y aquella era una ocasión que lo exigía.

Su capacidad de superación tampoco tenía límites y comprendía con claridad que no debía conformarse con las glorias pasadas. Mientras la mayoría dormía, él solía trabajar. Por tanto, cuando le encomendaron la construcción de aquel puente (uno de los tantos que propiciaría el desarrollo de una renovada ruta de la seda), no lo dudó un instante. Aquella estructura sería, sin lugar a duda, una insignia del poderío chino en los tiempos modernos. Con todo, cuando firmó el contrato nunca creyó que terminaría acarreándole tantos dolores de cabeza. Resultó que el lecho marino era en extremo inestable. Además, tenía una capa de sedimentación muy profunda y, por si fuera poco, se había convertido en limo. Tenía la certeza de que los planos proyectados resultarían inviables.

Le habían informado de la imposibilidad, por cuestiones políticas, de desviar temporalmente el cauce del río. Era consciente, a su vez, de que la cimentación mediante concreto ciclópeo, zapatas combinadas o de algún otro tipo, se volvía prácticamente imposible o en su defecto, demasiado costosa. De manera que se le ocurrió una osada técnica, contraviniendo a la planificación del grupo de arquitectos que habían proyectado la construcción de la obra. La misma consistía en un par de estructuras aerodinámicas flotantes sostenidas por anclajes hincados en el lecho de roca. Una especie de boyas suspendidas debajo del agua por áncoras clavadas a la roca sólida debajo del cieno. Sobre estas se apoyarían los pilares que sostendrían el flexible y moderno puente en la superficie. Probablemente dirían que estaba loco, pero a su modo de ver era la única alternativa.

Para cuando el alcalde de la ciudad rompió la botella de champagne contra la sofisticada estructura del puente, como parte de la ceremonia de inauguración, Ming Zhou ya era un héroe nacional consagrado. Había sido convocada la banda de músicos municipal, la cual era precedida por una reducida formación miliar. Ninguno de los principales políticos y empresarios de la ciudad había faltado a la cita. Y el hecho de que estuviera presente la televisión central de China, además de la agencia de noticias Xinhua (la agencia oficial de noticias del gobierno), siguiendo los acontecimientos, evidenciaba que estaba entrando en los anales de la rica historia del gigante asiático. Su nombre estaba en boca de todos. De los aplausos generalizados y la multitud de felicitaciones, pasó a estar embarcado en un vuelo comercial en primera clase con destino a Beijing, la capital de China. El motivo: entrevistarse con el presidente del país.

Durante el vuelo le sirvieron cuanto quiso. La comodidad del asiento le permitió dormir por momentos, pese al estado de nervios que traía. Por fin sentía que podía estar algunas horas sin pensar en trabajar, aunque la inquietud era la misma. Hacia el final del viaje, una de las azafatas se aproximó con una gran sonrisa y le pidió un autógrafo en una pequeña libreta. Ming Zhou la complació y luego besó su mano, contraviniendo el protocolo cultural. Ella sonrió sonrojada y se fue con sus compañeras a contarles lo sucedido.

En el aeropuerto Shanghái Pudong lo estaba esperando un chofer. El hombre lo saludó de forma muy efusiva y cargó su equipaje hasta un LUXGEN5 sedán negro con banderines de la República en ambos extremos del capó aparcado en la zona oficial. No estaba acostumbrado a aquella clase de lujos. Recorrieron la populosa Beijing hasta que se detuvieron en la plaza ubicada frente al complejo de edificios Zhongnanhai, la Administración Gubernamental Central. Ante ellos, flameaba la bandera de China en un alto mástil ubicado al medio de una plazoleta ovalada. Ming Zhou había visto algunas partes de aquel enorme entramado de edificaciones solo por televisión, pero nunca soñó con estar ingresando a través de la entrada sur, la puerta de Xinhua[9], la más importante de todo el complejo.

La entrada estaba consignada por un pequeño edificio de estilo imperial con la terminación de los extremos del techo en una pequeña curvatura hacia arriba, típica de la arquitectura china. Era predominantemente de color rojo con ribetes verdes. Tenía a los bandos sendos carteles, donde se podía leer: <<Larga vida al gran Partido Comunista de China>> y <<Larga vida al invencible pensamiento de Mao Zedong>>. Todo el complejo estaba asentado sobre tres lagos (del sur, central y del norte), los cuales originalmente habían sido un solo jardín imperial. Todo el lugar estaba lleno de verdes árboles perfectamente podados, sobre todo a la orilla de los lagos. Muchos templos, palacios y sepulcros, que se podían apreciar por la zona, eran procedentes de dicho periodo.

---

[9] Puerta de la Nueva China.

Lo condujeron hasta el despacho del presidente. Mientras avanzaba con mil pulsaciones por minuto, pudo apreciar una pintura del tamaño de la pared, de unos cinco metros por tres. Era una réplica de la que se hallaba en el Gran Palacio del Pueblo, ubicado frente a la plaza de Tiananmén. El chofer lo condujo hasta un guardia que sostenía de la correa a un pastor alemán, quien lo cacheó de arriba abajo. Las rodillas le temblaban. A continuación, lo registró con un detector de metales. Luego fue dirigido hasta la guardia personal del presidente, los cuales se anunciaron con el secretario. La hora había llegado.

De repente, sin dar crédito a lo que estaba viviendo, se abrió la pesada puerta. Había olvidado cómo hizo para llegar hasta aquel punto; el pánico lo dominó por completo. Cuando reaccionó, se encontraba de pie ante el presidente. A su ingreso al amplio despacho, el presidente se levantó de su sillón y rodeó el amplio escritorio finamente labrado. Con una sonrisa, se acercó hasta donde estaba Ming Zhou. Por su parte, Ming repitió un par de veces el tradicional saludo chino, inclinándose desde la cintura hacia arriba. Para su asombro, el presidente estrechó su mano.

—Usted debe ser el renombrado ingeniero Ming Zhou, de quien he escuchado maravillas.

Ming Zhou tragó saliva.

—Sí, señor —dijo tartamudeando.

—Quería felicitarlo en persona. Lamentablemente no dispongo de mucho tiempo, ya que debo volar hoy mismo a Nueva York para asistir a la Asamblea General de las Naciones Unidas. Así que, quisiera aprovechar esta oportunidad para extenderle la invitación del gobierno chino de representar a la República Popular China en el sorteo internacional que realizará la empresa norteamericana Space Dragon, con el objetivo de seleccionar a los diez participantes de la misión Conqueror, encargada de colonizar el planeta Marte.

Ming Zhou solo veía al presidente hablar, pero no entendía nada. Se esforzaba por tener el control de sus acciones, pero la situación lo desbordaba. Fuera lo que fuera aquello que le estuviese ofreciendo o proponiendo, definitivamente no podía negarse. Daba igual la invitación que fuese, viniendo del presidente era una orden.

—Sí, señor. Sería un gran honor para mí —aseguró una vez que se hubo cerciorado de que el presidente había terminado de hablar.

El presidente sonrió satisfecho.

—Me alegra mucho escuchar esa respuesta de su parte. Haré que mi secretario personal se encargue de todos los trámites requeridos, incluyendo los diecisiete dólares de inscripción por supuesto —dijo sonriendo—. Él le pondrá al corriente de cada uno de los pormenores. No tiene de qué preocuparse; ya recibirá noticias. Ahora, si me permite, debo darme prisa para abordar mi vuelo.

XIII

Instalaciones de Space Dragon.
Westmont, California, EE.UU.
Diecinueve meses atrás.

Luego de cenar, tenían poco menos de una hora para lo que se conocía como recreación y esparcimiento. Podían pasar al salón donde había algunas mesas de pingpong, de pool y de ajedrez. Además, contaba con televisión por cable, una barra donde se servían algunos snacks y amplios sofás en torno a mesas ratonas. Los tentempiés se acababan en un santiamén y las mesas de juegos se abarrotaban igual de rápido, así que la mayoría se iba directo a los sillones a formar rondas de conversación. Estos mítines fueron haciéndose tan populares que poco a poco comenzaron a suplantar las mesas de juegos, incluso a la pantalla hipnotizante con todo su poderoso influjo mágico.

A los pocos días de iniciado el reclutamiento, ya se habían establecido algunos grupos entre aquellos que existía mayor afinidad. Odinrod se sentaba siempre con seis integrantes de su compañía, tres hombres y dos mujeres. Solían, al inicio de la charla, narrar sus diferentes anécdotas. Lo que se conocía como *la contada*. Luego, a poco de comenzar, iban pasando con fluidez a la crítica incisiva del sistema y la burla de los instructores. Hacían catarsis, despotricando contra todos sus padecimientos. Reprobaban desde la comida fría y en ocasiones pastosa y asquerosa, hasta el cansancio extremo y crónico; todo lo cual era conocido en la jerga como *la murmurada*.

Dedicándoles un somero vistazo, ya era suficiente para poder discernir con facilidad en qué faceta de la charla se encontraban. Si reían a carcajadas, estaban en plena contada. Por el contrario, si se inclinaban hacia los otros con las cejas arqueadas, se hallaban en una ferviente e intrigante sesión de murmurada. Las que más murmuraban eran las dos mujeres, pero los hombres tampoco se quedaban muy por detrás. Odinrod, por su parte, se hacía la astilla. Prefería omitir opinión en la medida de lo posible a emitir comentario que pudiera acarrearle consecuencias. Por aquello de que el hombre es amo de su silencio y esclavo de sus palabras.

—¿Vieron cuando la gordita pelirroja de la tercera compañía saltó de la escalera? ¿Se dieron cuenta cómo se le rajó el pantalón de arriba abajo? —susurró Coralina, una de las dos mujeres, proveniente de Bolivia.

—¡No! ¿En serio? —preguntó con evidente asombro Cristóbal, el ecuatoriano.

Todos se echaron para atrás, desternillándose de la risa.

—¡Claro! —aseguró Eustaquio, el único uruguayo que había—. Si se le vio hasta el apellido.

Si antes les había causado gracia, ahora literalmente lloraban de la risa.

—Se me acalambró la mandíbula de tanto reír —se quejó Leiva, oriundo de Chile, pero sin dejar de reír.

Luego de que hubieron bajado un tanto las pulsaciones y lograron recuperar el aliento lo suficiente como para poder continuar hablando, Ishemunyoro, oriundo de Zimbabue, el único que había poco más que sonreído, dijo:

—En mi país hay tribus cuyos integrantes andan desnudos y ustedes hacen tanta alharaca por haber visto la ropa interior de una mujer.

Otra vez echaron a reír, hasta que Elar, una joven de corta estatura natural de Laos, intervino:

—Querido Ishe —habían preferido abreviar desde un principio su nombre, por obvias razones—, si no encontramos algo de qué reírnos, ciertamente nos volveremos locos dentro de este siniestro manicomio.

Entonces Eustaquio aprovechó para sacarse una duda:

—Elar, ¿en qué parte de África queda Laos?

Todos volvieron a descostillarse de la risa.

—Mi querido europeo, Laos es un país asiático.

Eustaquio se sonrojó por la ignorancia que había manifestado. Pero, en su celo por su paisito, el uruguayo no pudo contenerse en aclarar aquel detalle no menor:

—Bueno, paso a informarte que Uruguay tampoco se encuentra en Europa.

Y al aclarar algo que se desprendía de una broma, todos se echaron a reír otra vez.

—¿De qué se ríen? Uruguay queda en América del Sur.

Odinrod, ubicado de pie junto al extremo de uno de los sillones, estaba ansioso por intervenir. El hecho de haber sido elegido derecha de su compañía lo hacía sentirse incómodo. Le parecía como si todos lo observaran por encima del hombro, con recelo, y esto no ayudaba en su integración al grupo. Esperando un intervalo, aprovechó que no podían parar de reír para hacer su observación:

—¿Qué les pareció el capitán Samuel Butler? Empezó bastante recio, pero luego demostró ser todo lo contrario. ¿No les parece?

—Yo me lo quedaría para mí —exclamó Coralina.

—¡Ay, no! No es de mi tipo —acotó Elar.

Negando con la cabeza, Odinrod comentó:

—No me estaba refiriendo en ese sentido, digo como persona. En cuanto a su forma de ser.

—Es que veo en él una hermosa persona —agregó Coralina—. Me parece hermoso por dentro y por fuera.

Todos rieron.

—Se mostró amigable, pero no estoy seguro si confiar del todo en él. Hay algo que no me termina de convencer —declaró Ishemunyoro.

Odinrod observó su reloj y dejando los ojos como platos, de inmediato puso en alerta a sus compañeros:

—Estamos en hora, debemos formar para ir a retreta.

Se formaron rápidamente, alineándose por la derecha. Luego de dar la voz de *firmes*, a continuación, mandó iniciar *paso ligero*, un trote sincronizado donde se debía golpear con fuerza los pies contra el suelo. Recorrieron el trecho que había desde la pequeña plaza frente al casino hasta la plaza de armas mayor, ubicada a unos seiscientos metros de distancia, detrás del edificio de la piscina. Al arribar, el derecha mandó *marcar el paso en su lugar* y enseguida, firmes de nuevo. Luego de mandar alinear, esperaron a que saliera el instructor de servicio para recibir las últimas novedades del día, como cada jornada.

Las formaciones se mantenían a pie firme durante la entrega de novedades que realizaban los derechas. Ya quedaban muchos menos que al principio. Era el toque de retreta, antes de irse a descansar. Las luminarias de vapor de sodio irradiaban su luz amarillenta por los alrededores. Girones de niebla comenzaban a ascender a ras del suelo cual fantasmas levantándose de sus sepulcros. Luego de que pusieran al corriente de las novedades al instructor de turno, este los mandó entrar en formación. Parecía el final de un día más, pero pronto descubrirían que distaba bastante de serlo así.

—Muy bien, señoras y señores. Les traigo una sorpresa; mañana partirán en aerolínea Janet, la flota de aviones Boeing 737-200 operada por la Fuerza Aérea, al estado de Alabama. Seis aviones han sido facilitados cordialmente por la Fuerza Aérea para transportarlos hasta el aeropuerto de Huntsville, con el objetivo de visitar las instalaciones del Centro de vuelo espacial Marshall —hizo una pausa, disfrutando de la eufórica reacción de todos. Luego continuó—. Allí recibirán un tour por el lugar, una charla introductoria, y luego pasarán a la parte más importante: realizar vuelos parabólicos en un Navy C-9 para experimentar la microgravedad, simulando la ingravidez que se sufre en el vacío del espacio.

Un murmullo de sorpresa recorrió todo el recinto conformado por los muros de los diferentes edificios que circundaban el espacio abierto entre ellos. De una tediosa formación nocturna, como solía ser, pasó en el acto a ser una velada magnífica.

—Guarden silencio —ordenó el instructor, por mera formalidad. Nunca se debía permitir que el control se fuera de las manos—. Formación, buenas noches —gritó el saludo.

—¡Buenas noches, mi instructor! —respondieron a coro, haciendo que retumbaran todas las paredes y muros cercanos, más de lo que se costumbraba motivados por el entusiasmo generado por la noticia que acababan de recibir.

—Ahora, los derechas, conduzcan a sus respectivos grupos a los alojamientos. Mañana partirán a las 0600 en los autobuses de la compañía hacia el aeropuerto de Los Ángeles.

Aún no había salido el sol y todos ya estaban aprontando sus cosas para el viaje que harían. Era el primer evento excitante que iban a experimentar tras quince días de cumplir un estricto horario. Una apabullante rutina de levantarse, uniformarse, hacer la cama e higienizarse en tiempo récord. Todo esto para lograr comer algo a las corridas, correr a estudiar, estudiar durmiéndose, dormir un poco para poder ejercitarse nuevamente al día siguiente, y luego, volver a empezar.

Odinrod tomó asiento en una de las últimas filas de uno de los ómnibus que los transportaría hasta el aeropuerto. Le sorprendió ver el exterior de los vehículos cubierto de logos de marcas reconocidas. El ómnibus se fue llenando, hasta que una mujer rubia, de ojos verdes, subió y observó si había asientos libres. Quedaba un único asiento sin ocupar, el de al lado de Odinrod. Recorrió el extenso pasillo bajo la atenta mirada de todos los presentes, incluidos el instructor y el conductor, quien reguló nervioso el espejo retrovisor. Parecía salida de una película de Hollywood. Había surgido por aquel portal en todo perfecta. Odinrod tragó saliva.

Antes de que llegara, Odinrod se puso de pie y con amabilidad, le cedió la ventanilla. Ella agradeció con un leve movimiento de la cabeza y apoyó la barbilla sobre la palma de la mano, y a su vez descansó el brazo con el codo sobre el marco. Así permaneció sin dejar de mirar hacia afuera todo el trayecto. Como el compañero que tenía al otro lado del pasillo insistía en hacerle gestos, Odinrod se encogió de hombros. La peculiar situación solo le generó un hondo suspiro de resignación.

De camino al aeropuerto, ante la euforia de los reclutas, los instructores asignados a cada ómnibus recalcaron las pautas de conducta que debían mantener durante todo el viaje. Siempre procuraban mantener corta la correa con que sujetaban a aquel enorme número de individuos.

—Señoras y señores, presten cuidadosa atención a lo que van a escuchar. De más está decir que su comportamiento en todo tiempo y lugar debe ser intachable. Son gente adulta y como tal deben conducirse. No se permitirá ningún tipo de proceder inapropiado, por insignificante que parezca. Ante cualquier acto que contravenga las normas más estrictas de convivencia, la persona en cuestión será sancionada con calabozo en cuanto estemos poniendo un pie de vuelta en Westmont. ¿Quedó entendido?

—¡Sí, mi instructor! —dijeron a una voz, haciendo vibrar el techo del vehículo.

—Muy bien, ahora disfruten del paseo, porque en un par de días estarán de regreso en Westmont.

Al llegar al aeropuerto, más de uno vio con deseo los puestos de venta libres de impuestos, allí estaban relucientes para ser adquiridos: perfumes, aparatos electrónicos y bebidas alcohólicas. Sin embargo, fueron conducidos a través de la zona militar para pasar directo a las mangas. La diversión siempre parecía mantenerse a distancia. Ante ellos estaban alineados los seis aviones de la aerolínea apodada Janet, por el apelativo que utilizaban para reportarse con la torre de control, aunque nadie sabía si realmente tenía un nombre oficial. Lo que sí se tenía por un secreto a voces, era que aquellos aviones, pintados de blanco con una línea roja a todo lo largo, se utilizaban particularmente para llevar personal al enigmático campo de pruebas y entrenamiento de Nevada y Groom Lake, una base de la Fuerza Aérea de Nellis, mejor conocida como Área 51.

Ya sentados en sus respectivos asientos, podían percibir el sibilino hermetismo que flotaba en el ambiente. Un sentimiento de fascinación se había apoderado de ellos. Casi podían respirar el misterio y exotismo que transmitía todo el aparato, testigo silencioso de quién sabe qué clase de cosas increíbles. Con todo, a poco de despegar, habían caído rendidos, todos sin excepción. Los instructores no perdieron la oportunidad de retratar aquella elocuente escena. Parecían bebés dentro de tibias incubadoras en una sala de neonatología.

XIV

Centro de vuelo espacial George C. Marshall.
Huntsville, Alabama, EE.UU.
Diecinueve meses atrás.

Cuando tocaron tierra, casi cuatro horas después, la mayoría despertó con un hombro todo babeado. Se habían perdido de ver en altura el impresionante espectáculo de relampagueantes luces de una tormenta eléctrica que la tripulación del avión debió evitar, realizando un amplio rodeo. Al salir del aeropuerto de Huntsville en Alabama, los estaban esperando los autobuses cedidos por la Fuerza Aérea para transportarlos hasta el Centro de vuelo espacial George C. Marshall, la sede original de la NASA.

A cierta distancia de las enormes instalaciones, ya se podía apreciar los grandes edificios, dos plataformas de lanzamiento colosales y un observatorio con su característico domo abovedado. A medida que fueron aproximándose, pudieron observar con más detalle las aeronaves en exposición en el exterior de algunos recintos. La primera máquina que hizo su aparición estelar fue un avión Northrop YF-5A, primer prototipo de la posterior variante militar designada como F-5A *Tiger*, pintado con los característicos colores de la NASA. En orden de imponencia, surgió un poco más lejos un transbordador montado sobre el *Centauro*, una fase superior de cohete o lanzadera espacial. Más allá se podían apreciar algunos ejemplares de propulsores al descubierto, entre otras menudencias menos impresionantes.

Tras descender de los vehículos, fueron conducidos hasta un centro de conferencias. Allí les pasaron un PowerPoint sobre las instalaciones, sus labores y servicios, la misión y los objetivos del Centro. Luego vieron un corto sobre los comienzos, la evolución y algunos lanzamientos célebres. Por último, antes de terminar, se mostró la misión del OSIRIS-Rex, una sonda encargada de tomar muestras de materiales de la superficie del asteroide Bennu y retornar a la Tierra para su posterior estudio. Como broche de oro un cierre de película. Al finalizar, el encargado de la recepción, el tercero al mando se dispuso a agasajarlos y a darles las directivas iniciales:

—Buenas tardes, damas y caballeros. Es un placer y un privilegio para nosotros acoger en nuestras instalaciones a tan distinguido grupo de visitantes. Como habéis podido ver, estáis en uno de los mayores centros de la NASA. Nuestra misión es la de dirigir todo lo relacionado con la propulsión del Transbordador espacial. Otra de nuestras funciones es el entrenamiento de los astronautas. También somos los responsables del diseño y construcción de la Estación Espacial Internacional (ISS).

>>Aquí hemos diseñado y ensamblado el hardware de SLS, responsable de conectar la parte superior del cohete a la etapa central. Allí se albergarán muchas de las computadoras de vuelo y también la aviónica de la Misión de Exploración 1. Aquí llevamos a cabo experimentos con tecnología de impresión 3D en condiciones de Cero-G y también el entrenamiento en dichas condiciones.

>>Cuando nos informaron que erais más de setecientos, debo confesaros que nos alarmamos un poco. Veo que no se esperaba que resistieran tantos los primeros quince días. Pero no hay problema, iremos haciendo turnos de cincuenta

participantes en cada vuelo y probablemente para mañana ya podréis estar de regreso a vuestro entrenamiento en Westmont.

Un rumor de queja generalizado recorrió todo el inmenso salón. Los instructores abrieron grande los ojos, al tiempo que les subía el color al rostro. Las miradas que les lanzaron fueron claramente amenazadoras.

—Guarden silencio —ordenó el instructor en jefe.

El subdirector adjunto del Centro Marshall sonrió y luego prosiguió diciendo:

—Ya que habéis llegado justo para la hora del almuerzo, lo primero que haremos será dirigirnos hasta el comedor. Pasaremos a comer media hora antes que el personal de la unidad para evitar atolladeros. Más tarde, tendréis una visita guiada por las instalaciones y a las catorce horas está prevista la primera salida. Se os han asignado instructores para cada vuelo, quienes os instruirán respecto de las normas básicas de seguridad y el comportamiento del avión. Luego os explicarán sobre las maniobras que deberéis realizar a los efectos de vuestro entrenamiento en gravedad cero, simulando las condiciones que podríais llegar a experimentar en el espacio si eventualmente algo saliera mal.

El comedor era tan amplio como un campo de fútbol. Relucía bajo la abundante luz que entraba por los grandes y numerosos ventanales. Todo el complejo era sostenido por estructuras tubulares de acero. Un servicio tercerizado de tenedor libre se extendía en dos hileras de diez metros cada una. Dispensadores de agua mineral y máquinas expendedoras de todo tipo de refrescos, completaban el lugar para servirse a gusto.

Una vez que hubieron almorzado, se reunieron en la plataforma de vuelo. Se ubicaron entre un hangar y el avión que los llevaría a experimentar la sensación de estar en el vacío del espacio. El ambiente distendido les hizo olvidar lo aprendido hasta ese momento, de manera que estaban todos dispersos, conversando muy relajados en pequeños grupos. Pero esta despreocupada situación pronto cambiaría, tomando a todos desprevenidos.

—¿Sería mucho pedir que os forméis y alineéis para recibir el briefing[10] de parte del instructor? —dijo en un tono irónico uno de los instructores de Westmont, visiblemente molesto.

Ante aquel incómodo recordatorio, todos salieron corriendo como si los hubieran apaleado. Cuando estuvieron en posición firme, el instructor comenzó a decirles con una amplia sonrisa:

—Muy bien, damas y caballeros. A mis espaldas tenéis al McDonnell Douglas C-9B *Skytrain* II, la versión militar del DC-9. Estáis de parabienes, pues este avión ha venido a suplantar recientemente al ya retirado KC-135, apodado cariñosamente <<*Cometa Vómito*>>. A bordo de esta excelente máquina podréis experimentar la microgravedad o ingravidez, como queráis llamarla. Mediante vuelos parabólicos, en los cuales la aeronave comenzará a descender con un ángulo de cuarenta y cinco grados aproximadamente, podréis sentir que flotáis en el vacío por alrededor de veinte segundos, lo que es también conocido como G negativa. En realidad, estaréis cayendo y acelerando a 9,8 m/s^2, pero al no oponerse ninguna fuerza a esta atracción mientras os desplomáis, como por ejemplo la fricción del aire, sentiréis que estáis completamente suspendidos en el aire mientras dure el descenso.

>>Próximo a este tiempo de caída de veinte segundos, (para vuestro control tendréis un reloj indicando los segundos transcurridos), os empezaréis a preparar para un nuevo ascenso. Durante el mismo, sentiréis cómo se

---

[10]Término utilizado en aeronáutica y en otros ámbitos referente a una reunión informativa o instructiva que se realiza antes del comienzo de una misión.

multiplica progresivamente por dos vuestro peso, hasta recomenzar un nuevo ciclo. Para ello tendréis correas de las cuales sujetaros e indicaciones de los instructores en toda etapa del vuelo.

>>¿Alguna duda hasta aquí? Responded solo si tenéis dudas.

Un silencio fue la respuesta.

—Muy bien, continuemos entonces. Primer implemento de seguridad de suma importancia a tener en cuenta: una bolsa para el vómito. No quiero que me inundéis la cabina con vuestros deshechos. Subiréis descalzos y dejaréis en tierra cualquier objeto cortopunzante con el fin de no dañar el revestimiento acolchonado o a vosotros mismos. Ya en vuelo, imitaréis las piruetas de vuestros respectivos instructores y os limitaréis a disfrutar del vuelo y sus sensaciones. Es una orden. ¿Quedó claro?

Todos se sorprendieron del trato tan afable que estaban recibiendo. Se hacía patente que no se encontraban en Westmont. Aquella, sin duda, sería una experiencia fantástica e inolvidable. Eufóricos, respondieron juntamente con todas sus fuerzas:

—¡Sí, mi instructor!

A medida que los grupos iban abordando, los demás podían estar en el casino, utilizando los recursos disponibles. Todos coincidieron en que era mucho más entretenido que el que contaba Space Dragon. Tenía videojuegos, más cantidad de mesas de pingpong, pool y ajedrez. Había máquinas dispensadoras de snack libres, con lo que la muchedumbre se hizo cargo de ellas (aunque esto significara tener que pagar las consecuencias de regreso a Westmont). Además, con respecto al lugar de donde procedían, se le sumaban máquinas de pinball, de tiro al blanco, futbolitos, y hasta un minijuego de bolos.

Le había llegado el turno a Odinrod. En la primera bajada, la sensación de caída igual a la de una montaña rusa le revolvió el estómago. Resistió incólume el vómito, pero no había podido disfrutar demasiado del momento. Durante la reestablecida y el ascenso, la sensación de aplastamiento lo fue descompensando aún más. Era como si estuviese por asomarse su esófago por la boca. Para cuando el piloto dio inicio al segundo descenso, llevando el morro abajo y la potencia de los motores al mínimo para contrarrestar la resistencia del aire, ya había sido demasiado para Odinrod. Para aquellas instancias, ya estaba preparado para expulsar todo el almuerzo y los abundantes snacks que había consumido esa jornada. Cómo se arrepentía de haber abordado.

Blanco como un papel, se sentía tan mareado como si lo hubiesen revuelto en una batidora. Asediado por las náuseas, luchaba por no arrojar hasta los intestinos por la boca. En tales circunstancias, se vio impedido de completar todas las piruetas que le indicaban los instructores. Sin embargo, no todo era tan malo. Una compañera del reclutamiento, la derecha de una de las otras compañías, se compadeció de él. Cuando tuvo oportunidad, se acercó hasta donde se hallaba Odinrod, que se aferraba con todas sus fuerzas a las bandas que sobresalían del fuselaje. Nunca había deseado con tanta desesperación que algo acabara de una buena vez, como en aquella ocasión.

—Hola, amigo. Noté que no la has pasado tan bien durante el vuelo. Y como ya he terminado mi parte, decidí venir a hacerte compañía —dijo mientras le extendía la mano—. Me llamo Naila, Naila Purkait.

Odinrod no estaba para entablar conversaciones, pero por no ser descortés, se esforzó por seguir el hilo:

—Odinrod Gadhavi. Mucho gusto.

—Estás muerto. Creo que ya faltan pocos ciclos. ¡Arriba ese ánimo!

Odinrod sonrió débilmente, tragando saliva. Tenía la garganta quemada por los ácidos gástricos y sentía como si la cabeza le fuera a explotar.

—A decir verdad, preferiría estar muerto en este momento. Y a ti, ¿cómo te ha ido? Por lo que veo, mucho mejor que a mí.

—Bueno, no lo voy a negar, yo lo he disfrutado de cabo a rabo. Podría subirme cien veces más, sin problemas.

Al escuchar aquello, Odinrod sintió que se descomponía aún más. El solo hecho de pensar en volver a subirse a aquel avión se tornaba en una angustiosa pesadilla.

—Te felicito. Por mi parte, si debo volver a casa por no haber pasado esta prueba, no hay inconvenientes. Firmaría en este instante, con todo gusto.

—No digas eso —dijo apretando los labios—, lo has hecho bien. Vomitar es normal. No te preocupes. Por cierto, hay algunas píldoras para contrarrestar este síntoma.

La plática no prosperó demasiado. Odinrod estaba en otra. Luego que por fin hubieron aterrizado, y transcurridas algunas horas, Odinrod volvió a estar casi como nuevo. Comenzó a buscar a aquella chica tan amable, para agradecerle de la forma debida y ponerse más al tanto, pues durante el vuelo no se había enterado de nada. De pronto, la vio. Tan mal se sentía durante aquel vuelo que no había reparado en cuan bella era. No sabía nada sobre ella, poco más que su nombre, pero le interesaba conocerla más en profundidad. Tenían mucho de qué hablar.

—Hola Naila —dijo con una tímida sonrisa.

Naila rápidamente descubrió que le costaba sostenerle la mirada.

—¡Hola de nuevo! —exclamó—. Has vuelto a la vida, pues hace un rato parecías un zombi.

Odinrod asintió avergonzado.

—Te debo una disculpa.

—¿Por qué razón? —preguntó sorprendida.

—Por haberte tratado con tanta indiferencia —dijo, deteniéndose en su exótica belleza.

—No te preocupes. Era comprensible, estabas totalmente descompuesto.

—Estaba hecho paté, diría yo.

En ese momento pasaba por allí Cristóbal, el ecuatoriano. Al ver que estaba charlando con aquella hermosa mujer, le hizo una exagerada guiñada a espaldas de Naila y continuó su camino. Odinrod lo ignoró.

—¿Quieres que tomemos asiento? —insinuó Odinrod, vacilante.

—Oh, sí, por supuesto. Conversemos un rato.

Luego que se hubieron acomodado en uno de los sofás, ella hizo la primera intervención.

—Y ¿de dónde eres Odinrod?

—Si te apetece puedes llamarme Odín. Así me dicen mis amigos.

—Ok, Odín.

—Vengo de la India. Nací y me crie en Bombay.

—¡Qué sorpresa! Yo soy de Bangladesh, oriunda de Daca. Así que somos vecinos.

—¡Qué casualidad! Entre tanta gente de tantos países, justo se da esta coincidencia.

XV

Lagos, República Federal de Nigeria.
Dos años atrás.

Las fumarolas negras ascendían a gran altura cual escalofriante pira pagana. Se percibía en el ambiente un clima de devastación. Había visto muchas cosas horripilantes, y, aun así, en cada ocasión le impactaba como la primera vez. Eran cosas a las que nadie podría acostumbrarse jamás, salvo que poseyera un núcleo siniestro, tan duro como el diamante.

No quería ver, realmente no deseaba llegar nunca al lugar donde ahora se encaminaban, entre baches y promontorios. Sin embargo, tenía que hacerlo. Muchos dependían desesperadamente de su ayuda y para auxiliarlos debía renunciar a sí mismo. No bastaban las palabras vacías, había que pasar a la acción. Tenía mucho trabajo por hacer.

Kingsley Osayande, psicólogo de profesión, hacía solo veinte días se había trasladado de Lagos, su ciudad natal, al estado de Plateau, en la zona centro de Nigeria. Lo hizo a pedido del gobierno, con objeto de dar contención a los sobrevivientes de los conflictos que habían estallado entre grupos étnicos en la región de Jos. Fue volviéndose un especialista en socorrer emocionalmente a las víctimas que escapaban de las matanzas. Sangrientas hecatombes que surgían por diferentes causas entre facciones antagónicas.

En dicha ocasión, los grupos nómadas musulmanes, buscando pasto para sus ganados y compitiendo por el agua, habían destrozado los campos de cultivos de los granjeros cristianos locales. Una eterna rivalidad que nada podía aplacar. Surgió así un enfrentamiento que acabó con la muerte de ochenta y una personas, entre ellas cuatro niños. Poco tiempo antes, había tenido que prestar sus servicios en el oeste del país, a raíz del histórico conflicto entre la población local de etnia berom y los haussa (provenientes del norte), entre quienes se habían profundizado las divisiones religiosas.

Los berom, pertenecientes a la Iglesia de Cristo, se vieron acosados por los haussa, de creencia musulmana. De tal manera que se produjo un enfrentamiento en el que murieron ciento sesenta y ocho personas. Treinta y cinco de ellas fueron asesinadas a manos del mismo ejército nigeriano. Bajo las órdenes del gobierno, la Fuerza Aérea tenía como procedimiento habitual lanzar misiles aire-tierra, desde aviones y helicópteros de combate, sobre los pobladores[11] en señal de advertencia o como un medio de reprimir dichas escaramuzas para lograr dispersar las masas.

Luego de veinte días en Plateau, fue llevado al norte. Allí la situación era aún más dramática, si tal cosa podía ser posible. El movimiento islámico extremista Boko Haram[12], se había autodefinido desde hacía más de diez años como un brazo talibán. Había surgido a comienzo de los años ochenta en Maiduguri, capital del estado de Borno, cerca de la frontera con el Chad. Luchaba por imponer la aplicación de la Sharia, la ley islámica, en toda Nigeria. Tenía como detractores a la etnia yoruba, preponderante en el sur, donde más de la mitad eran cristianos, y en el grupo igbo, predominantemente cristiano, el conjunto étnico más grande del sudeste. Por tanto, el Boko Haram se había ensañado con

---

[11]Esto, que puede parecer muy descabellado, es información real.
[12]«La instrucción occidental está prohibida.»

dichas poblaciones, realizando brutales masacres, numerosos secuestros e incalculables estragos.

Cuando llegó a la aldea, la escena era desoladora. Todas las casas estaban quemadas y el humo aún ascendía desde los cimientos de madera. Un reguero de cuerpos carbonizados, retorcidos aún por el dolor que habían padecido, salpicaba todo el lugar. No se había hecho distinción. Debido al estado que presentaban, solo se podía adivinar de los bultos negros, cuales eran adultos y cuales niños por el tamaño de los restos deformados.

El olor nauseabundo a carne chamuscada se impregnaba en la ropa. Aquel característico hedor que había inundado todo el lugar, era acarreado por el viento a kilómetros de distancia. Pese a lo siniestro que se presentase aquel panorama, muchas de las atrocidades que solían cometer por lo general superaban en truculencia a lo que ahora se podía observar. Bajo una tortura atroz la muerte siempre era preferible. El conteo había arrojado una cifra de muertos escalofriante: trescientos veinticuatro[13].

Buscaban sobrevivientes en aquel baño de sangre, rogando porque no fuera demasiado tarde. Normalmente, a las niñas las secuestraban inicialmente como esclavas sexuales. Tiempo después eran utilizadas para negociar intercambios por prisioneros en manos del gobierno. A las mujeres adultas las violaban in situ y les cercenaban los senos, previo a rociarlas con combustible y prenderlas fuego. A los hombres les cortaban la cabeza, cercenándole el cuello con un machete. A los niños, en ocasiones, los reclutaban para formar parte de su propio ejército. La barbarie parecía haber alcanzado límites insospechados. De igual forma, la masacre parecía haber sido completa.

Los soldados del ejército nigeriano recorrían la zona en busca de sobrevivientes. De pronto, uno de ellos escuchó un

---

[13]Cifras y datos recabados de diversos diarios y periódicos internacionales.

murmullo. Levantó una tapa hecha de tablas que cubría la boca de un pequeño agujero excavado en la tierra y se encontró con grandes ojos de terror de una mujer junto a cuatro pequeños, tres varones y una niña. La tapa, a su vez, había quedado cubierta por unas ramas desgajadas de un árbol, con lo que había pasado inadvertida. Dio la voz de aviso y Kingsley Osayande, junto al oficial que lo acompañaba, se dirigieron a toda prisa hacia aquel punto.

Extrajeron a los cinco trémulos sobrevivientes, los cuales forcejearon con vehemencia. Presentaron decidida batalla, hasta que Kingsley logró convencerlos de que no había nada que temer. Tras asegurarles que nada malo les ocurriría, recién pudieron comenzar las primeras sesiones de terapia. El trauma era demasiado profundo. Dichas entrevistas se realizaron en un consultorio improvisado dentro de la caja cubierta por una lona de uno de los camiones militares. Kingsley Osayande abrigaba la esperanza de que aquella mujer fuera la madre de los niños, pero no fue así. La mujer escapó de milagro, logrando salvar a aquellos pequeños, en cambio perdió a sus tres hijos.

Kingsley había visto el escenario subsiguiente a algunas matanzas. Había experimentado el dolor en carne ajena, como si fuera en su propia carne. Había visto el más atroz sufrimiento en los ojos de los desdichados. No obstante, cuando comenzó a hablar con el segundo de los cuatro niños, sintió que ya era demasiado para él. El niño había sido obligado a presenciar la violación de su madre y las posteriores vejaciones a las que fue sometida, antes de que la prendieran fuego delante de sus ojos. De la misma forma, había sido testigo de la muerte ignominiosa de sus cuatro hermanos varones y de su padre, como consecuencia de haberse resistido. A sus dos hermanas se las habían llevado.

Sacó un dulce de uno de los bolsillos de su chaqueta y se lo obsequió. El niño lo tomó; sin embargo, su rostro inexpresivo, con una mirada perdida, no varió en nada. Por consiguiente, se puso de pie y abandonó el vehículo. Dando un salto sobre la puerta de la caja trasera del camión, se alejó corriendo con todas sus fuerzas.

Lloraba amargamente mientras corría. No sabía a dónde se dirigía, solo quería escapar lo más lejos posible de todo aquello. Una especie de ataque de pánico se había apoderado de él. Estaba cansado de tanto salvajismo, hastiado de asesinatos masivos. Ante tanto odio, algo se había roto definitivamente en su interior.

Cuando se quedó sin fuerzas, ya sin aliento, también había agotado sus lágrimas desconsoladas. Se quedó inclinado hacia adelante, apoyado con las manos sobre las rodillas, jadeando entrecortadamente. Se incorporó para echar un vistazo a su entorno. Los paisajes eran de una belleza increíble, bullentes de vida y repletos de verde; con todo, el mundo se había derrumbado en derredor suyo.

Su corazón estaba amarrado a aquellas tierras tan ricas, donde había crecido y vivido toda su vida; y, aun así, la realidad reinante lo había asqueado al extremo de repelerle. Solo anhelaba marcharse de aquel lugar para no volver jamás.

XVI

Instalaciones de Space Dragon.
Westmont, California, EE.UU.
Diecinueve meses atrás.

Tan rápido como comenzó, se había acabado. En un santiamén, estaban otra vez de regreso en sus tristes compañías. Nuevamente a dormir en las duras e incómodas cuchetas, comer comida tan desabrida como fría, y fregar de forma constante hasta los cimientos. Había vuelto la demoledora rutina de ir a paso ligero todo el tiempo a todos lados. Correr del comedor a los salones y de los salones a cambiarse para hacer educación física, y de educación física a instrucción militar. Luego, a dormir siempre horas insuficientes, para otra vez comenzar todo de nuevo al siguiente día.

Odinrod había esperado con ansias la llegada de la primera noche después de retornar de Alabama. Tenía muy claro a quién buscar durante los cincuenta minutos de esparcimiento para continuar una plática que había quedado inconclusa. Se engulló la comida a grandes bocados y luego de lavar la bandeja metálica y los cubiertos con que había cenado, se dirigió directo al casino, el cual se encontraba contiguo al comedor.

Al ingresar ya había un centenar de reclutas, la mayoría se apresuraba para adueñarse de las mesas de juegos, conseguir un lugar en los sofás frente a los televisores disponibles o posicionarse a la cabeza o al menos en los primeros puestos de la fila para la barra de golosinas. Recorrió someramente con la mirada entre todos ellos, pero no halló a quien andaba buscando. Miró la hora, ya habían pasado diez preciosos minutos. Volteó hacia el vestíbulo que comunicaba ambos salones, tratando de encontrarla entre los que iban llegando. Entonces, dio un respingo al percatarse de que tenía a sus espaldas a Naila Purkait, sonriendo, con sus grandes y bellos ojos fijos en él.

Deseaba que no se hubiese percatado de que la buscaba con ansias desde hacía rato entre todo aquel gentío que vestía el mismo mono. De la misma forma, esperaba que su reacción al verla no hubiese sido demasiado evidente.

—¡Naila! ¡Qué sorpresa!

—No querrás decir susto, ¿verdad?

Odinrod sonrió.

—No, para nada. ¿Cómo podría asustarme...? —dejó inconclusa la frase, al advertir que estaba siendo por demás obvio. Y otra vez rogó para que no lo fuese tanto a juicio de Naila.

—Bueno, gracias, si eso se ha aproximado a ser un cumplido.

Aquella breve oración había echado por tierra todos sus intentos de disimular cuánto le gustaba. Su pelo negro azabache, pese a estar recogido en un ajustado moño hacia la nuca, posibilitaba poder ver su grácil cuello y sus orejas perfectas. Con el grueso uniforme no podía apreciar mucho más, pero para él ya era más que suficiente. Cayó en la cuenta de que, no solo en la oportunidad que compartió un momento con ella durante el vuelo de ingravidez, sino también en el siguiente encuentro, no se había siquiera aproximado a apreciar en su justa medida la belleza que poseía en toda su amplitud. Definitivamente, no podía ser más hermosa.

—No nos quedemos aquí de pie entre esta marea de gente. Vayamos a buscar algún sitio para sentarnos, ¿te parece? —la invitó Odinrod, que se había apartado contra la pared, tratando de aparentar que no había quedado turulato.

—Me parece buena idea —asintió ella—. Yo te sigo.

Se sumergieron en el mar de gente que avanzaba hacia el lugar de esparcimiento. Se le cruzó por la mente tomarla de la mano para no perderla. Enseguida eliminó aquella descabellada idea de su mente, pues pensó que podría tomarlo como un mero pretexto (si en realidad no lo era). De pronto, sintió su suave mano tomando la suya. Una descarga de un millón de voltios recorrió su cuerpo. No hizo nada, solo la guio hacia los taburetes que había cerca de una esquina, donde se había acondicionado con una falsa barra de tragos. No tenía caso buscar otra alternativa a estas alturas, debían de conformarse con los pocos remanentes de asientos que fueran quedando.

Cuando por fin llegaron, luego de atravesar todo el extenso salón, Odinrod la invitó con un gesto de la mano a tomar asiento. Ella aceptó con una leve sonrisa y una sutil inclinación de cabeza. Él tenía las neuronas a una increíble cantidad de revoluciones. Hurgaba en busca de alguna frase que poseyera una perfecta combinación de ingenio, gracia y distinción. No obstante, su delicado rostro lo desconcentraba de manera apabullante.

—¿Vas a decirme algo o simplemente nos vamos a quedar aquí sentados viéndonos las caras? —preguntó ella, ante el prolongado silencio de Odinrod.

A él no le hubiese importado quedarse un par de horas más contemplando sus ojos, su nariz y su boca, pero sabía que estaba haciendo agua por todos lados. Debía actuar con prontitud a riesgo de hacer el ridículo en exceso.

—Bueno, en primer lugar, quería pedirte disculpas debidamente por cómo me comporté durante el vuelo —

atinó a decir—. Creo que fui poco amigable y tal vez estuve un poco disperso.

Por lo pronto era un buen comienzo.

—Oh, no te preocupes por eso. Entiendo que estabas muy mareado y te sentías pésimo. Yo tuve un ataque de vértigo hace algunos años y sé lo mal que se siente. Era lógico que no estuvieras en condiciones como para andar haciendo relaciones públicas.

Encima de linda, era amable y comprensiva. Aquella situación no era conveniente para su salud cardíaca. Estaba totalmente dispuesto a hacer cualquier cosa por atrapar su corazón.

—Me gustaría poder invitarte un trago, pero no solo no disponemos de bebidas espirituosas, sino que, como ya sabes, está prohibido beber alcohol dentro de las instalaciones de Space Dragon. Además, esta barra es de mentira.

Ella sonrió ante el chiste.

—De todas formas, no bebo alcohol.

Odinrod arqueó las cejas.

—Qué casualidad, yo tampoco —agregó, tratando de congraciarse con ella—. Dime, ¿qué hacías antes de venir aquí y qué te motivó a hacerlo?

—En realidad, soy recientemente graduada de veterinaria, pero antes de terminar mis estudios, trabajé haciendo todo tipo de cosas. Me las rebuscaba como podía.

Odinrod volvió a levantar las cejas, ante lo cual Naila reaccionó enseguida.

—¡Oye! No pienses mal. Admito que quizá fueran trabajos poco comunes, pero nunca tuve que hacer nada que infringiera mis principios.

Él puso una cara como de haberse chupado un limón. Era lo último que hubiera querido que ella pensara.

—Bueno, nunca pensé mal ni por un momento. Solo me intrigó saber más.

—Ya lo sé, solo estaba bromeando —replicó, dándole un leve empujoncito.

Odinrod suspiró disimuladamente. Era lo más parecido a ir cuesta abajo por un sinuoso camino al borde de un acantilado.

Cuando Naila le contó sobre todas las tareas en las que se había desempeñado, Odinrod quedó realmente sorprendido. Sin temor a equivocarse, aquella mujer era una verdadera luchadora digna de admiración, cosa que lo embelesaba aún más. De humildes orígenes, estaba en ideales condiciones de comprender sus propias circunstancias antes de embarcarse en aquella aventura.

—Y tú, ¿a qué te dedicabas?

Antes de comenzar a contarle, viendo que algunos comenzaban a dirigirse hacia la salida, Odinrod echó un vistazo a su reloj de pulsera. Se vio contrariado al ver que ya casi era hora de formar para ir a retreta.

—Se acabó el tiempo, debemos pasar a formar —dijo, lamentándose para sus adentros de no poder continuar con aquella conversación—. Es increíble lo rápido que se pasa.

—Pero no creas que te vas a escapar de contármelo todo. La próxima vez te toca a ti.

Transcurrió una semana de abundante teoría, adoctrinamiento en cuanto a la disciplina y exigente preparación física. Entonces volvieron a tener una nueva retreta que, como cada noche, parecía ser el simple final de otro día cualquiera; sin embargo, en esta ocasión, una vez más, les deparaba sorpresas adicionales.

Mientras se presentaban los derechas a cuatro pasos del instructor de turno, Odinrod descubrió que Naila era una de los derechas. Se sorprendió de no haberlo advertido antes. Tampoco era que tuviesen muchas chances de andar fisgoneando demasiado. Entregaron las novedades de cada compañía y luego volvieron sobre sus pasos para entrar en formación.

—Señoras y señores, mañana, luego del desayuno, a las 0700 estaréis partiendo en los ómnibus con destino a Silicon Valley. La ocasión será para que conozcáis el Centro de Investigación Ames. El motivo principal de este viaje será el de que podáis experimentar la sensación de la aceleración y los efectos de la fuerza centrífuga en vuestros organismos. Este hermoso cúmulo de sensaciones lo disfrutaréis al montaros en la máquina centrífuga de 20-G que allí poseen.

Todos se alegraron por la noticia, aunque no tenían muy claro de qué se trataba toda aquella perorata. Además, el tono que había utilizado no fue de lo más cándido que habían escuchado hasta el momento.

—¡Reclutas, buenas noches!

—¡Buenas noches, mi instructor! —gritaron todos eufóricos.

XVII

Centro de investigación Ames.
Moffett Field, Silicon Valley, California, EE.UU.
Un año y medio atrás.

En punto, partieron hacia aquella nueva y desconocida aventura. Odinrod buscó a Naila con la intención de hacer el viaje juntos. Pero todos sus esfuerzos fueron en vano. Cuando la encontró, fue para descubrir que estaba a siete vehículos de distancia. Al verla ya casi por subir al vehículo, disgustado desistió de su idea. En cambio, tuvo la agradable compañía de un tipo enorme. Ocupaba un asiento y medio. El corpulento sujeto lo aplastaba contra la ventana y, por si fuera poco, hedía a algo que Odinrod creyó reconocer en una mezcla a pimientos y cebollas verdes recién peladas.

Cuando por fin se detuvo el ómnibus y el gigante se puso de pie, de nuevo tuvo completa libertad para respirar a pulmón lleno y secarse los ojos llorosos. Reiteradas veces creyó que tendría un ataque de pánico claustrofóbico.

Habían ingresado por una calle central cercada de grandes construcciones. La impresión que daba a primera vista era la de un lugar repleto de edificios, de los cuales salían grandes tubos estriados que los rodeaban por completo. Tres hombres vestidos de traje los estaban esperando para darles una calurosa bienvenida.

—Buenos días, damas y caballeros. Sean ustedes bienvenidos a nuestras instalaciones. Esperamos que podáis sentiros como en vuestra casa. Este centro se especializa, entre otras muchas cosas, en sistemas de reingreso, informática avanzada y aerociencias. Aquí nos encargamos de gestionar el tráfico aéreo, nos ocupamos también en astrobiología y ciencias de la vida, del espacio y de la Tierra. Desarrollamos sistemas inteligentes y adaptativos, y todo lo que tenga que ver con la excelencia en ingeniería. De todo ello, recibiréis una breve descripción en un vídeo institucional en el anfiteatro del ARC[14]. Sin embargo, a lo que venís es a ser probados en nuestra super centrifugadora y a ello vamos a enfocarnos de lleno a posteriori —dijo el CEO del sitio con una gran sonrisa.

Se instalaron en un amplio anfiteatro con cómodos asientos reclinables. El video inició con un pantallazo de la misión, luego se enfocó en algunas de las tareas del centro como por ejemplo el desarrollo de pequeños satélites, la búsqueda de planetas habitables, exploración lunar robótica, supercomputación, astrobiología, protección térmica avanzada, y la astronomía espacial. Como síntesis, se recalcó su búsqueda de profundizar los conocimientos, de optimizar los procesos, fortalecer las capacidades técnicas y ampliar perspectivas.

El video finalizó con un resumen de las principales misiones astronómicas y espaciales con las que había estado involucrado, pese a ser un centro de investigación y no uno de vuelo. Entre las misiones que habían cumplido se destacaban las del programa Pioneer de 1965 a 1978. A modo de ejemplo, les presentaron la realización del sobrevuelo a los planetas Júpiter y Saturno en las misiones Pioneer 10 y Pioneer 11 en 1972. Luego se describió el Lunar Prospector como parte del programa Discovery.

---

[14]Centro de investigación Ames, por sus siglas del inglés.

A continuación, hicieron una recorrida por los lugares más significativos del Centro. Primero visitaron el Tubo de Choque en Arco Eléctrico. Este enorme complejo era utilizado para investigar los efectos de la radiación y la ionización que ocurren durante la entrada a la atmósfera a alta velocidad. Luego se detuvieron en el Campo de Tiro Vertical, donde se estudiaba el proceso de formación de cráteres mediante micro simulación. A continuación, se dirigieron al Campo de Vuelo Libre a Hipervelocidad. Allí se analizaban los efectos de alcanzar velocidades superiores a veinticinco veces la del sonido. Seguidamente, los guiaron hasta la División de Sistemas de Aviación. En aquel sitio vieron el Área de Administración de Tráfico Aéreo y el de simuladores de vuelo de alta fidelidad.

—Aquí probablemente retornarán más adelante para utilizar el simulador de vuelo más grande del mundo— ostentó con orgullo.

Todos hubiesen deseado tener sus teléfonos celulares para llenar la memoria de fotografías de todo el imponente complejo. Continuaron hasta llegar a un gran salón.

—En este lugar es donde se desarrolla el Proyecto de Alianza Robótica, con el objetivo de implementar las misiones de exploración espacial llevadas a cabo por sistemas autómatas.

Luego de caminar otro poco, llegaron a un hangar de dimensiones descomunales con un portal de un marco de acero tubular aún más grande.

—Tengo el agrado de presentarles al túnel de viento más grande del mundo. La aerodinámica de los principales transportes comerciales y cada avión militar construido en este país durante los últimos cuarenta años han sido probados en este coloso. Además, los modelos de las naves Mercury, Gemini y el cohete Apolo también fueron analizados en este túnel.

Dentro de aquel lugar todos se sentían como hormigas. La voz del hombre resonaba en el ambiente.

—Ahora procederemos a lo que han venido, la *"licuadora humana"*. —el apelativo no ayudaba a que pudieran relajarse.

Se desplazaron hasta otro edificio más pequeño, donde fueron pasando en grupos de cien. Ingresaron para descubrir un salón semicircular todo blanco, donde se apreciaban dos brazos metálicos que se extendían hasta poco más de un metro de la pared. Aquel enorme mecanismo estaba suspendido sobre un eje central, que, a su vez, sostenía sendas cabinas en sus extremos. Era la poderosa centrifugadora de 20-G.

—Ante ustedes está la centrífuga más grande del mundo, de dieciocho metros de diámetro. Se estarán preguntando cuál es el propósito de este costoso proyecto. Sirve para estudiar cómo se ajustan los humanos a los cambios de gravedad. También es utilizado para que el piloto pueda experimentar las sensaciones al realizar virajes cerrados y sostenidos, y de esta manera, entrenarse para tener una mayor capacidad de soportarlas después. Otra de sus aplicaciones es el adiestramiento de los astronautas, o aspirantes a serlo como en vuestro caso.

>>Aquí, se preparan en cuanto a grandes aceleraciones al percibir las fuerzas que actúan sobre él y el esfuerzo que implica poder respirar, así como el empuje de la sangre hacia las piernas. En pocas palabras, en este maravilloso aparato, os exprimiremos como a unas jugosas naranjas hasta que perdáis la visión inicialmente y, posteriormente, el conocimiento. Puedo aseguraros que de aquí no saldréis hasta que vuestras cabezas caigan como si hubieseis sido noqueados por un peso pesado. Es por ello que a esa instancia se la conoce como G–LOC[15] —puntualizó sonriente.

Ahora comenzaban a comprender que aquello no sería una aventura tan agradable como habían imaginado en su momento. Recibieron un pormenorizado briefing sobre lo que harían, las mejores técnicas para soportar la aceleración, y los efectos sobre la biología humana. Luego, fueron pasando por compañías, hasta que le tocó el turno a Odinrod, el primero de la suya por ser el derecha. Tomó asiento en uno de los dos cubículos del aparato, de espaldas a la pared circular. Lo ayudaron a atarse con los cinturones de seguridad y luego cerraron la escotilla. Odinrod tragó saliva e inhaló profundo, antes de que todo comenzara a dar vueltas como en un torbellino.

Esperó nervioso a que empezara a girar. El tiempo pareció detenerse. Había un silencio absoluto dentro de aquel reducido espacio. Le daba la sensación de asfixiarse. Hubiera preferido estar sentado en el asiento del ómnibus bajo el peso de aquel gorila antes que haberse subido a aquella condenada máquina. Podía escuchar a su propio corazón bombeando a toda marcha. Había visto cómo sacaban a algunos del grupo anterior en andas, blancos como un papel y completamente desvanecidos. Sabía que aquella prueba no sería fácil. De hecho, por lo que había escuchado de algunos testimonios, era una experiencia cercana a los límites de la resistencia humana.

—¿Está listo? —se escuchó por el intercomunicador.

Silencio.

—Listo —respondió Odinrod, luego de tomarse su tiempo. Intentaba prepararse para lo que se venía.

De repente, un sonido metálico chasqueó y todo pareció tambalearse. A través del casco le informaron que, tras una cuenta regresiva de cinco, se daría inicio al ejercicio. Lentamente comenzó a moverse. Sintió cómo empezaba a acelerar. En determinado momento le

---

[15] Pérdida de conciencia inducida por excesiva fuerza G.

comunicaron que estaban alcanzando las dos fuerzas G, o sea, dos veces su masa corporal. Se sentía realmente pesado. Había comenzado a transpirar copiosamente. Le sobrevino un desesperado deseo de abandonar aquella claustrofóbica cabina, pero sospechó que era demasiado tarde. Poco después escuchó <<tres G>> por los audífonos. Ahora sí que le costaba respirar, era como si, en efecto, una fuerza invisible estuviera oprimiéndole el pecho de manera paulatina.

Previamente, les habían explicado cómo debían respirar, en inhalaciones y exhalaciones cortas y rápidas. Se hizo hincapié en que trataran de no dejar de respirar en ningún momento. Al llegar a las cuatro G ya casi no podía despegar la cabeza del respaldo. Al sumarse una G más se sentía como si alguien se hubiese parado sobre su pecho. Ahora, continuar respirando parecía más fácil decirlo que hacerlo. Apretaba la mandíbula en un angustiante intento por introducir una bocanada de aire a sus pulmones. Tal vez no saliera vivo de aquella, pensó.

También les habían ilustrado en cuanto a la sensibilidad de la retina a la falta de oxígeno. Les advirtieron que, al llegar a las seis G sostenidas, por motivo del desplazamiento y acumulación de la sangre en otras partes del cuerpo, comenzaría a deteriorarse la visión. Experimentarían un efecto tubular al principio hasta que, de manera rápida y progresiva, irían perdiendo el sentido de la vista hasta quedar por completo a ciegas. Efectivamente, enseguida comenzó a ver todo como a través de un tubo y pronto ya no pudo ver. Trató de no asustarse más de lo que se encontraba, pero ya casi no podía respirar y sin ver nada, el pánico se apoderó de él.

Entre las siete y las ocho G de plano ya no pudo respirar, ni siquiera moverse. Estaba remachado a la butaca. Sentía que se le esponjaba la cabeza. Se vio obligado a soportar consciente la ceguera y la asfixia temporaria, a consecuencia de la extrema presión ejercida sobre todo su cuerpo. Era como estar muriendo en cámara lenta. A las nueve y media G dejó de luchar bajo los efectos de un desmayo a causa del drenaje de la sangre del cerebro hacia el cuerpo, quedando completamente laxo. Su cabeza bailoteaba sin control, al igual que sus miembros. Por la cámara instalada frente al piloto monitoreaban el estado del participante. Luego de asegurarse que hubiese perdido la conciencia, se comenzaba entonces una lenta y progresiva desaceleración.

Cuando Odinrod despertó, se encontraba tendido sobre una camilla, siendo atendido por un par de paramédicos. A su vez, era rodeado por algunos compañeros que esperaban ansiosos. Estaban llenos de curiosidad por saber cómo había sido todo el asunto. Exigían detalles. Al principio no recordaba mucho de lo que había ocurrido allí dentro, pero si de algo estaba bien seguro, era de que no volvería a subirse a aquella maldita máquina del infierno nunca más en lo que le quedaba de vida.

XVIII

Ciudad de México, Estados Unidos Mexicanos.
Dos años atrás.

Flexionó la muñeca hasta acelerar a fondo un instante. El motor de mil centímetros cúbicos bramó como una fiera salvaje al ser aguijoneada por un látigo. Los ciento noventa y ocho caballos de fuerza pugnaban por retorcer el chasis. Al llegar al corte hizo un estruendoso repiqueteo, entonces soltó el acelerador. En ese momento, una contra explosión recorrió todo el vecindario haciendo eco cual cañonazo de un obús.

Portaba una indumentaria reforzada de cuero negro (como le gusta a la mayoría de los motociclistas de alta gama), con protecciones anticaída por todos lados. Miró a su contrincante a través del visor del casco, también de color negro, solo que en este caso estaba adornado con unas llamas de fuego inclinadas hacia atrás, muy vistosas, por cierto. De pie a un costado, estaba un sujeto, todo tatuado y lleno de piercings, quien sería el encargado de dar la señal de largada. Cuando bajó el brazo extendido, ambas máquinas salieron disparadas hacia adelante como una bala. Todo el primer esfuerzo fue dirigido a evitar que la rueda delantera se encabritara.

El cuentakilómetros digital aumentó más rápido de lo que el ojo podía captar. Las revoluciones de los motores indicadas de forma análoga fueron subiendo y bajando vertiginosamente al tiempo que ambos competidores hacían los cambios. Las máquinas fueron pasando de un ronquido a un zumbido cada vez más agudo a medida que aumentaba la velocidad. El viento rugía afuera de todas las protecciones que traían puestas. Sin embargo, los corredores no reparaban en ello, solo en perfeccionar la aceleración. Los objetos del entorno empezaron a pasar cada vez más rápido hasta que se convirtieron en una mancha borrosa que desfilaba como una exhalación a los bandos. Lo cierto era que no veían nada más que la meta a tres kilómetros de distancia en línea recta al frente.

Inclinados sobre el tanque de combustible, luchaban por no ser arrancados de sus asientos por la sumatoria de la presión ejercida por el viento y el efecto de la poderosa aceleración. El monstruoso torque que los impulsaba hacia adelante era en extremo potente. Las vibraciones iban incrementándose al punto de producir un cosquilleo en todo el cuerpo. Se podía sentir el calor del motor chocando contra las piernas. Restaba el último kilómetro de recorrido y ya se encontraban en la última etapa de aceleración. Iban cabeza a cabeza entre los contrincantes, empero aún quedaba realizar el último cambio, el cual sería decisivo. El mínimo error y le costaría al incauto un abultado pozo de apuestas y lo que era más importante, el oprobio público.

En un momento, cuando menos lo esperaba, su rival se apresuró a poner sexta y el motor se desinfló. Fue como si lo hubieran jalado dos metros hacia atrás con respecto a la otra motocicleta. Dicho error significó un margen más que suficiente para casi asegurarse la victoria. Cuando puso sexta una fracción de tiempo después, se despegó del otro como un rayo. Pasados unos segundos, cruzó la meta con algo más de ocho metros de ventaja.

Liberó el acelerador y se soltó de manos, antes de levantarse el visor con una gran sonrisa de satisfacción en el rostro. Con los puños en alto dejó que su máquina recorriera quinientos metros más, disfrutando a pleno de su triunfo. Dio un toque a los frenos y derrapó sobre la grava suelta, con lo que describió un semicírculo. De esta forma, retornó al punto de partida a recibir los vítores y, por supuesto, el acumulado.

Tras detener por completo su motocicleta, un amigo calzó en la rueda trasera el soporte para sostenerla erguida. Desmontó y se quitó el ajustado casco. Todos emitían estridentes silbidos de ovación y aplaudían frenéticamente. Su contendiente, un norteamericano musculoso, también acompañaba los aplausos con el casco bajo el brazo, asintiendo con la cabeza. Guadalupe Canul se acercó al sujeto, el cual era una cabeza más alto, entre rechiflas y aclamaciones. Con su cabellera ondeando al viento, le extendió la mano y aquél se la estrechó en señal de ratificación de su superioridad, mientras la felicitaba por su gran victoria.

Luego que la mayoría se hubo marchado, Guadalupe se acercó a su amiga de la infancia y le dijo por lo bajo:

—Ahora no tienes excusa, has perdido la apuesta y te anotarás conmigo al sorteo del viaje a Marte. ¿Me has escuchado?

Su amiga la miró de reojo, frunciendo la comisura de la boca.

—Total, ¿qué tengo para perder?

—Vamos, tú y yo no hemos ganado un solo sorteo en toda nuestra vida. No tienes de qué preocuparte. No puedes dejarme sola en esto. Es por la aventura nada más, y por la adrenalina que genera, por supuesto.

—Sí, claro —farfulló con pocas ganas.

—Además, imagínate que salieras sorteada: irías a un lugar donde estarías rodeada de fortachones astronautas. ¿No sería eso una delicia?

—Ya te he dicho que sí, ¿qué más quieres?

—Que cambies él ánimo, mujer. Solo eso —replicó, poniendo las palmas de las manos hacia arriba—. Ahora, vayamos a festejar que me lo tengo bien merecido. Tú escoge el lugar, que yo te llevo.

La amiga miró a un costado, pensativa.

—Mmmmm… vayamos al lugar de siempre. Para qué vamos a estar inventando.

—Uf, ¡qué aburrida! Está bien, yo invito —dijo, y puso en marcha el escúter de color rosado.

—Con todo el dinero que has ganado, bueno sería que tuviera que invitar yo.

Luego de sonreír jactanciosamente por el comentario, atisbó a los hombres que estaban subiendo su motocicleta a la camioneta. El aparato relucía bajo los rayos del sol. Su aspecto agresivo intimidaba con solo contemplarlo.

—¡Eh, con cuidado chicos! —exigió Guadalupe al notar cierto descuido—. Dejadla en el taller de Carlos, que ya casi está para hacerle el servicio. Y de paso que aproveche a cambiarle la transmisión.

Los hombres asintieron y se dispusieron a sujetarla bien al vehículo con las cintas de amarre.

—Súbete, no tengas miedo —bromeó con gesticulación socarrona—. Cuentas con un excelente chofer al volante.

Su amiga sonrió y se puso el casco blanco con los dibujos de Piolín y Silvestre en la nuca. Luego de montarse a la Speedy Gonzáles, se marcharon dejando una nube de polvo detrás. Eso sí, sin superar en ningún momento los sesenta kilómetros por hora reglamentarios.

XIX

Houston, Texas, EE.UU.
Un año y tres meses atrás.

La noche anterior, durante el toque de retreta, les habían informado que, temprano en la mañana, partirían para Houston, Texas. Al día siguiente, de camino al aeropuerto, la agitación se podía percibir en el aire. Tendrían el privilegio de visitar las instalaciones del Centro Espacial Lyndon B. Johnson y el Centro Espacial Houston, uno de los lugares más icónicos de la NASA. No veían la hora de arribar a destino.

Al llegar al aeropuerto, simplemente ignoraron los DutyFree; sabían que no podrían ni acercarse siquiera a ellos, así que no tenía caso hacerse ilusiones. Pasaron directo a los aviones como siempre. Era mejor no ver. Ya quedaban menos de seiscientos reclutas. Hacía pocos días que se había convocado a una rueda de prensa para comunicar de manera formal que se había alcanzado la cifra redonda.

Si bien había mucho entusiasmo, el comportamiento en general había mejorado muchísimo. Poco a poco, se iban volviendo más disciplinados y, por ende, más civilizados. A estas alturas, solo pensaban en llegar al cómodo asiento del avión para echarse a dormir como unos lirones. No había ánimos para derrochar energías en tonterías. Hasta la expectativa de volar en la aerolínea Janet había pasado y todo el halo de misterio que la envolvía se había esfumado en pos de un sueño reparador. A aquellas alturas, el tema extraterrestre definitivamente había dejado de ser tan cautivante, resignando paso al fiel compañero llamado tedio. La rutina comenzaba a acapararlo todo.

Luego de arribar al aeropuerto William P. Hobby, antes de ascender a los clásicos autobuses, Odinrod buscó a Naila, pero no la encontró. Se preocupó de que hubiese abandonado en pleno período de reclutamiento y él no se hubiese enterado. Sin ella ya nada sería lo mismo. Ahora, con el asiento solo para él, marcharon por la estatal cuarentaicinco hacia el Centro Espacial. El establecimiento estaba ubicado a veinticinco kilómetros al sureste, próximo a la amplia bahía de Galveston.

De camino, pudieron disfrutar de hermosos paisajes verdes, alternados con grandes collados pedregosos donde predominaba el marrón. En los valles se podían apreciar amplias extensiones de campo repletas de flores rosadas y púrpura que hermoseaban la vista. Por lo demás, en casi todas partes había centros poblados. A cierta distancia, antes de llegar a destino, descollaba el enorme Boeing 747 con un transbordador montado en su lomo. También se podía apreciar un emplazamiento con varios tipos de cohetes apuntando hacia el cielo. Al ver todo aquel espectáculo, era imposible no recordar algunas épicas películas sobre astronautas y viajes espaciales. Poco a poco, comenzaban a entrar en ambiente.

Recibieron la bienvenida por un administrador del lugar. Todo el sitio parecía una pequeña ciudad con sus manzanas cuadradas repletas de edificios de mediano tamaño y grandes playas de estacionamiento. Destacaba uno en especial, donde se podía ver en una de sus fachadas una enorme bandera de los Estados Unidos pintada a un lado y el logo de la NASA al otro.

A poco de comenzar la recorrida pudieron admirar, sobre soportes en el suelo, apoyado en forma horizontal, a uno de los tres cohetes Saturno V en exhibición en el mundo. Con sus 111 metros de largo y más de 2.8 millones de kilogramos, aquella bestia colosal sin duda impresionaba por el lado en que se la mirase. Los tres segmentos, llamados etapas, que contenían los potentes motores F1, estaban separados para que la gente pudiera ver más en detalle toda la estructura del cohete más formidable y poderoso jamás construido hasta entonces.

Como dictaba el protocolo, los guiaron hasta el anfiteatro en forma de abanico que poseía el centro y les proyectaron un video institucional. Luego realizaron un recorrido por los lugares más significativos, entre ellos el simulador de la ISS y las Instalaciones de Prueba de Vacío, donde se encontraba la cámara de altitud o hipobárica. A continuación, pudieron ver un vehículo Apolo verdadero cuyo viaje fue cancelado en su momento.

Dejaron como anteúltimo punto de recorrido el Control de Misión, donde una gran sala de control, repleta de monitores y pantallas en las paredes, se desplegaba ante ellos. Allí pudieron ver a una vasta cantidad de controladores trabajando en las operaciones de la misión de la Estación Espacial Internacional y el Programa Orión, el último vehículo tripulado de exploración espacial. Debido al ajetreo no ingresaron para evitar entorpecer la labor que desempeñaban.

Visitados aquellos emblemáticos sitios, pasaron a lo que venían, entrenar en una de las piscinas interiores más grandes del mundo: el Laboratorio de Flotabilidad Neutra[16], ubicado en la instalación de entrenamiento Sonny Carter. La cámara hiperbárica la podrían ver y usar cuando llegaran al NBL ubicado en el Centro Espacial Johnson.

---

[16]NBL por sus siglas en inglés.

—Muy bien, damas y caballeros. Ahora pasaremos al Laboratorio de Flotabilidad Neutra. Iremos alternando entre los que comenzarán a hacer las inmersiones y los que ingresarán a la cámara de altitud o hipobárica. Allí experimentarán la baja presión atmosférica que podrían sufrir ante un repentino problema con el sistema de presurización del módulo espacial.

Fueron divididos en dos grandes grupos y conducidos por los instructores dispuestos para explicarles y dirigirlos en los ejercicios que realizarían tanto en la piscina como en la cámara de baja presión. Odinrod continuaba buscando a Naila, pero sin éxito, lo cual le impedía concentrarse cabalmente. Le tocó en una primera instancia ir a darse una zambullida.

Les explicaron los procedimientos para colocarse correctamente el traje y las distintas funciones del mismo, el cual era una réplica del que llevarían durante el viaje a Marte. De esta forma, lograban matar dos pájaros de un tiro. A continuación, pasaron a detallarles las posibles emergencias que podrían tener bajo el agua, entre las cuales, una de las más peligrosas era la despresurización del traje. Y luego se centraron en las maniobras y los diferentes ejercicios que deberían realizar una vez se encontraran bajo el agua.

La primera impresión al comenzar a sumergirse fue la de claustrofobia, la cual dio paso a la apremiante sensación de asfixia. En todo momento, los reclutas eran rodeados por instructores con traje de buzo, quienes se aseguraban visualmente de que todo estuviese en orden. Desde la superficie, un instructor les transmitía por interfono las indicaciones y las recomendaciones. Constantemente se los instaba a respirar con naturalidad, para ayudarles en su intento por vencer la falsa sensación de ahogo que los abordaba.

Luego de un proceso de adaptación a aquellas condiciones, comenzaron a manipular instrumentos de diversos tipos. Esto se hacía a fin de que pudieran experimentar las dificultades de operar herramientas en el vacío. Las similitudes eran muy estrechas. El próximo paso era simular las caminatas espaciales. Debían desplazarse por los diferentes sistemas, estando sumergidos bajo el agua. Para ello podían utilizar el método que mejor les resultase. El más común era asirse de los objetos para impulsarse. También debían abrir y cerrar escotillas, y cualquier otro tipo de procedimientos y prácticas que les indicaran los instructores.

No veía la hora de terminar. Tras un tiempo indefinido, pero que había parecido eterno, por fin se le indicó que podía salir a la superficie. Todo el trabajo realizado dentro de la piscina le había resultado tan arduo como fastidioso. Ya en tierra firme, se desembarazó del enorme traje esperando pasar de una vez a la cámara hipobárica. Albergaba la ilusión de que fuese un poco más divertida y menos apremiante. Al poco rato, se hizo una pausa en los ejercicios para ir a almorzar.

En esta oportunidad, los dividieron en dos grupos. Cada uno de los cuales fue llevado a diferentes locales de comida mexicana, ubicados en lugares distintos, para que no se hiciese diferencia entre todos los participantes. El grupo de Odinrod ocupó todo el lugar, habiendo sido invitados por el centro espacial. Les recomendaron probar los menús típicos de la cultura culinaria mexica que figuraban en la carta.

Todos tenían como indicativo de una a cuatro llamas de fuego al final de cada receta. Siendo así, se propusieron mantener la política de que no irían a un restaurante de comida mexicana solo para comer comida común y corriente, así que ordenaron con cuatro llamas. Aunque siempre hay excepciones, quienes solicitaron sin picante. La reprobación del grupo no se hizo esperar y de inmediato los atravesaron con la mirada, al tiempo que hacían burla de ellos. Al finalizar la velada, los pocos cautos rebañaban el plato con un trozo de pan, mientras la mayoría contemplaba relamiéndose sin haber podido comer más que unos pocos bocados de los suyos.

Odinrod estaba más preocupado por encontrar a Naila que por comer. De repente, sus inquietos ojos, que escaneaban todo el lugar, sobrevolaron una imagen conocida para volver atrás con celeridad a posarse sobre ella. Su mirada se encontró con los bellos ojos azabaches de Naila, quien hacía rato lo observaba desde otra mesa con una sonrisa ladina. Odinrod no pudo menos que sonreír sonrojado al saberse sorprendido.

Luego de comer, volvió cada grupo a sus tareas y ya no la vio más. Cayó la tardecita y los grupos aún no habían cambiado de actividad. Como a Odinrod le había tocado ser uno de los primeros, también le tocó esperar a que todo su grupo finalizara los trabajos en la piscina para después pasar a la cámara hipobárica. En determinado momento, dieron por concluida la jornada y se fueron a dar una ducha al hotel del complejo que había sido reservado para los visitantes. Se reunirían a las veinte horas para cenar en una pizzería de la zona. Todavía restaba casi la mitad de su grupo por concluir el entrenamiento en la piscina. Por lo visto, permanecerían allí un par de días más.

Hubo canilla libre de pizzas y fueron de una variedad de sabores increíble. Todas estaban esquisitas. Nadie quiso añadirle nada que tuviera algo que ver con llamas de fuego. Comieron hasta hartarse y disfrutaron de lo lindo. Todos menos Odinrod, que a estas alturas comenzaba a creer que Naila lo estaba evitando. Así que, terminó rápido su porción de pizza y se fue a dormir.

Al día siguiente, continuó temprano el tedioso ciclo de enfundar a cinco reclutas por vez en los trajes espaciales, realizar las maniobras estipuladas, y luego volver a desenfundarlos para recomenzar otra vez. Para ese entonces, era evidente que Naila le había tocado el grupo de la cámara hipobárica. Pero, para su sorpresa, ese día a media mañana autorizaron a quienes fuesen terminando, a recorrer las muestras históricas del centro, bajo el estricto cuidado de regresar para el mediodía.

Odinrod no lo dudó y se fue de inmediato al área oficial para visitantes del Centro Espacial Lyndon B. Johnson. Allí encontró unas salas muy bien decoradas. Era notorio que se había reparado hasta en el más mínimo detalle. Se podía apreciar unas especies de cubículos, los cuales contenían una sucesión de diferentes trajes de astronautas. La muestra representaba la evolución de la tecnología aplicada que hubo con el transcurso del tiempo en el proceso de la carrera espacial. Odinrod se entretuvo leyendo la cartelería que abundaba por todo el lugar. Allí se relataban los grandes acontecimientos de la historia de la era espacial.

Hacia la tarde, luego de almorzar en un par de cantones chinos, finalizaron en la piscina e intercambiaron con el otro grupo. Cuando le llegó el turno a Odinrod, ya había escuchado la experiencia de los precedentes. No parecía tan amenazante según los relatos. Sin embargo, nada podía prepararlo a cabalidad para lo que vendría. Al tomar asiento dentro de aquel gran receptáculo hermético, que recordaba una píldora gigante, se les suministró papel y lápiz. Se les indicó que anotaran allí todas las sensaciones que tuvieran a medida que transcurriera la prueba.

Colgado del techo había un guante de látex. Mucho se especuló en cuanto a aquel implemento misterioso, pero nadie tenía ni remota idea de cuál sería su función. Enseguida, de modo conciso, les explicaron que serviría para brindarles una noción del comportamiento de los gases dentro de sus propios intestinos. Igualmente, pronto comprenderían mejor (por experiencia propia) de qué iba el asunto. Tan solo se limitaron a recomendarles que no se resistieran a emanar todos aquellos gases que pugnaran por escapar al exterior. La recomendación les pareció tan exagerada como irrisoria.

Comenzó así la lenta despresurización del recinto en forma de cápsula redondeada. Algo parecido a un reloj indicaba el descenso de la presión atmosférica. Al lado, el guante comenzaba a hincharse al igual que sus intestinos. De pronto, antes de que sintieran ningún tipo de sensación extraña aún, un olor nauseabundo subió al nivel de las narices. Todos se miraron entre sí, encogiéndose de hombros. Solo podían intercambiar sonrisas de complicidad. Habían sido puestos sobre aviso y eran completamente libres de hacerlo (el guante era testigo de ello), aunque ciertamente resultara difícil de asimilar. Las recomendaciones no habían sido exageradas.

Al poco rato, la asquerosa nube de flatulencias que flotaba densamente en el poco aire que quedaba, pasó a segundo plano. Comenzaron a sobrevenir todo tipo de sensaciones incómodas, según la reacción particular de cada participante. Algunos les abordaban unos calorones en el rostro y/o pesadez corporal, a otros les zumbaban los oídos y/o sudaban copiosamente. Muchos se mareaban y sentían ganas de vomitar, también se presentaron hormigueos de manos. También se pudo comprobar que ponía hilarantes a la mayoría. Sin embargo, el efecto predominante fue que comenzaran a balbucear incoherencias cuando se les preguntaba qué sentían.

Al principio, cuando comenzaron a escribir todo iba correctamente, hasta que acabaron en una sinuosa raya ininteligible al final del ejercicio.

Cuando terminó aquella cámara demencial, nadie podía creer lo que había escrito en la hoja de papel. Podían apreciar la rápida pérdida de control que se efectuaba a medida que iba aumentando la hipoxia. Deberían recordar siempre aquellas sensaciones tan atípicas que habían sufrido a raíz de la falta de oxígeno al cerebro como una cuestión de vida o muerte. Era preciso tenerlas muy presentes durante un vuelo, pues saber reconocerlas sería lo que salvaría sus vidas en caso de una descompresión repentina. Llegado el momento, sabrían que contarían con poco tiempo para colocarse sus máscaras de oxígeno y realizar una maniobra que los sacara cuanto antes de aquella situación, a fuerza de no acabar sepultados en un hoyo en la tierra si no morían por asfixia primero.

Antes de regresar a Westmont, comieron comida chatarra con tanto afán como hacía mucho no lo hacían. Volvieron con unas cuantas anécdotas que compartir y un par de experiencias más superadas.

Naila continuaba preocupantemente escurridiza.

XX

Yakarta, República de Indonesia.
Dos años atrás.

Una sola mirada, el roce de las manos, el mínimo gesto sutil entre los protagonistas bastaba para que Lestari Hidayat convirtiera aquella telenovela en su favorita, suplantando a todas las anteriores. Pasaba a considerarla de allí en más en una magistral obra de arte. Un beso apasionado haría que su corazón latiera al galope. Seguía fielmente cada culebrón que se emitiera, iniciando a primeras horas de la tarde cuando llegaba del trabajo. Continuaba en una cadena ininterrumpida hasta la hora del noticiero vespertino. Se conocía de memoria todos los nombres de los personajes. Era una genuina soñadora, de las que adolecen empedernidamente de remedio.
    Desde los primeros años del colegio hasta el bachillerato, y durante sus estudios de ingeniería química en la facultad, se había enamorado de casi todos sus compañeros. Bastaba con que tuviera un solo gesto de caballerosidad hacia ella para que se transformara en su príncipe azul. Aunque todo permanecía en el más absoluto secreto, diluyéndose paulatinamente en el anonimato. Su vida entera había sido un romance platónico. No obstante, solo una vez había tenido un novio formal. Concluida dicha relación, tras abandonarla por su mejor amiga, no pudo amar

a ningún otro como lo amaba a él. Los hombres nunca entendían su manera de concebir un idilio y por extensión, le atribuía a la mala suerte sus magros resultados con el género masculino.

Había terminado sus estudios como química hacía un tiempo atrás. Consideraba que todos los fundamentos de la vida se basaban en los conceptos de la fusión de los elementos. Se había esforzado tanto y había pasado por tantos momentos difíciles, que el día de su graduación, en cuanto le otorgaron el diploma, inmediatamente después estaba en la parada para tomarse el primer autobús que pasara hacia su barrio para ir a refugiarse en una de sus telenovelas predilectas. Allí los desencuentros no duraban para siempre y las historias de amor siempre tendrían un final feliz.

Vivía sola en un modesto apartamento monoambiente. Su madre había fallecido recientemente. Su padre las abandonó cuando ella era solo una niña, mientras lloraba desconsoladamente abrazada a la pierna de su madre sin comprender qué estaba ocurriendo. Trabajaba durante la mañana en una cafetería donde ganaba lo suficiente como para costearse los estudios y lograr sobrevivir. Ahora que se había graduado, la excusa era el temor que le causaba la incertidumbre. A las quince estaba en casa para ver el resumen del capítulo anterior comiendo papas fritas con refresco cola. ¿Qué otra cosa se necesitaba para vivir la vida? Ser más ambicioso siempre traía aparejado mucho sufrimiento innecesario. Así era más que suficiente para ser relativamente dichosa, el límite que se podía alcanzar durante esta existencia.

Desde la experiencia traumática con su gran amiga de la infancia, la que le había robado al amor de su vida, no profundizaba mucho en las amistades y, por ende, se mantenía al margen. Esto también promovió que fuera objeto de burla y de maltrato tanto psicológico como físico.

Había llegado a la conclusión de que, si no dependía de nadie, sobre todo en el aspecto afectivo, no podría ser lastimada. No tenía pensado desprenderse del amparo que ofrecía su corteza defensiva, allí dentro se sentía segura. La soledad era la solución salvadora.

De esta forma, se había vuelto en extremo retraída hasta llegar a convertirse en una verdadera huraña, aunque ella no lo advirtiera en realidad. Tanto así que difícilmente abandonara su actual empleo, al cual se había adaptado a la perfección. Allí no la juzgaban por su forma de vestir, de hablar o su estado físico. Qué sentido tendría cortar la cuerda de vida, para buscar un trabajo que estuviera relacionado con la carrera que había elegido seguir y arriesgarse a incursionar en un mundo completamente nuevo y repleto de quien sabe qué tipo de peligros subyacentes. Su temor a ser rechazada la había dominado por completo, al punto de encerrarse en su caparazón protector sin ninguna intención de salir algún día al mundo exterior.

Tenía una base de datos inmensa con las películas dramáticas y las comedias románticas que iba descargando de Internet a medida que las iba consumiendo. Cada tanto volvía a sumergirse en el tibio pasado, asida a los suaves recuerdos. Se pasaba todo el día tirada en el sofá viendo películas los fines de semana, cuando no trabajaba ni había telenovelas para disfrutar. Una caja con pañuelos descartables siempre estaba disponible sobre la mesita ratona, junto a los infaltables tentempiés. Se podría decir que su vida era sencilla; no necesitaba mucho más que aquellos pocos implementos para ser feliz. Lo que ella necesitaba siempre iba a estar allí para ella, sin fallarle jamás ni darle algún tipo inesperado de disgusto o revés emocional.

Cierto día, en un comercial emitido durante un corte de la novela de las seis, aparecieron en la pantalla del televisor de tubo de imagen con perillas, seis astronautas. Cuatro de ellos eran hombres y dos mujeres. Iban posicionándose uno detrás del otro como si fuesen a subir a un cohete espacial. Todo era ambientado como en la década de los sesenta, con un claro estilo retro acentuado por la sobreactuación. Como era de esperarse, todos eran hermosos y fornidos, maquillados y peinados para la toma, tal como Lestari se imaginaba el mundo. Aparecían algunos letreros del tipo dibujo animado ofreciendo la gran oportunidad de ser partícipe de una aventura sin precedentes. Lestari iba a ponerse de pie para ir a buscar más papas, cuando algo llamó su atención. El ofrecimiento era para ir a colonizar el planeta Marte y entrar así en los anales de la historia contemporánea. La oportunidad no hacía acepción de personas.

Sin pensarlo dos veces, tomó papel y bolígrafo y comenzó a anotar el número de contacto y la dirección del lugar donde la gente que reuniera las condiciones necesarias pudiera registrarse para el sorteo que se realizaría en un mes. No sabía por qué había quedado con aquella información, pero algo la instaba a, por lo menos, considerar la posibilidad, aunque fuera de manera lejana. Sin admitirlo en forma consciente, sabía que, si pudiese irse para no volver, sería como dejar atrás todos los desplantes que le habían hecho, todos los agravios recibidos y todas las heridas aún abiertas. Sería también una buena excusa para no tener que enfrentarse a ningún otro hombre y evadir cualquier responsabilidad o compromiso.

Saltaría a la fama viviendo su propia película de ciencia ficción, siendo ella misma la protagonista estelar. Muchos se morderían la lengua por haberla ignorado y todas ellas, las que la habían despreciado, definitivamente se morirían de la envidia. Sería necesaria, con lo que la respetarían y aun valorarían. Llegaría a ocupar el lugar de las estrellas de cine que emprenden el periplo sideral para terminar en un lugar virgen, nunca antes pisado por el hombre y quizás en brazos de su caballero cósmico. De todas formas, no creía que fuese ni remotamente probable que saliese sorteada, pues era consciente de su ineludible mala suerte.

Dejaría grabando su telenovela y se iría en el acto a anotarse para ser una astronauta portadora de conocimientos en ingeniería química. Siempre supo que la decisión que había tomado en aquel entonces, cuando se volcó por la química, le abriría puertas, pero nunca soñó con que fuera algo tan a lo grande. Ya podía verse a sí misma cabalgando en un enorme cohete, asida de la cintura de un corpulento astronauta, con su cabello ondulando al viento. No podría ser más perfecto. Al fin y al cabo, soñar no costaba nada y era apasionante.

Ya no tendría que conformarse con tan solo las historias de amor de las telenovelas, ella misma podría vivir su propio idilio de ensueño al mejor estilo de Hollywood. No más cafetería con gente desdeñándola sigilosamente solo porque era ella quien servía la mesa y ellos los que ordenaban. No más eterno olor a comida en el pelo y manchas de café o salsa de tomate en la ropa. Estaba claro que podría llegar a ser la personificación de una moderna Cenicienta de la era espacial, con la salvedad de que su príncipe azul iría al mando de una nave espacial y la poseería en un romance de otro planeta.

No había nada que pensar, se inscribiría en dicho sorteo de inmediato y sin dilación alguna. Desde aquella misma hora comenzaría la consecución de sus sueños.

XXI

Instalaciones de Space Dragon.
Westmont, California, EE.UU.
Un año y tres meses atrás.

Fueron transcurriendo largas y agotadoras clases de matemáticas avanzadas, entre complejos cálculos de trayectorias de escape de la atracción gravitacional de la Tierra y cómputos de reingreso en caso de tener una eventual falla. Estudiaron cuidadosamente la ruta que debían mantener, a fin de evitar la mortífera radiación de los anillos de Van Allen. Una cubierta protectora que envuelve las latitudes ecuatoriales por encima de las órbitas bajas de la Tierra, concentrándose en una especie de embudo al alcanzar los polos magnéticos.

Así también debían aprenderse las ecuaciones que se aplicaban a la distinta fuerza de gravedad que poseía Marte. Tenían que saber desentrañar el álgebra compleja que describía de cabo a rabo el viaje que realizarían. Era necesario que se sumergieran en las fórmulas vectoriales que les posibilitarían desenvolverse desde el despegue hasta el aterrizaje efectuado a sesenta millones de kilómetros de distancia. A las que seguía el estudio de los datos sobre física y química del planeta marciano, al conocimiento recabado durante todas las misiones exitosas que se habían realizado desde la década de los sesenta hasta la fecha.

—Como podréis verificar luego de esta clase, para que se pudiese superar los múltiples obstáculos que se interponían entre el hombre y la colonización de Marte, hubo que hacer mucha investigación previa. Para tener una certeza en la concreción de este desafiante viaje tripulado, se debió experimentar en base a la información obtenida para hacer frente a problemas que se fueron presentando desde los más triviales hasta los más complejos. Por citar algunos ejemplos: la baja gravedad, mitigar los efectos de la exposición a radiación cósmica e ionizante, baja luminosidad y temperatura, alimentación, respiración, entre otros —comenzó diciendo el instructor.

\>\>Debéis tener en cuenta que estaréis en el espacio, uno de los lugares más inhóspitos y letales que existen. Iréis en camino a un lugar no mucho más afable, donde la temperatura media superficial es de unos cincuenta y cinco grados centígrados bajo cero, aunque la temperatura en la superficie depende de la latitud. Además, allí el clima presenta oscilaciones estacionales. Aunque, los cambios a tener más en cuenta son las que van en función de la hora del día, ocasionando un amplio margen entre la mínima y la máxima. En este sentido las variaciones son mucho más bruscas.

\>\>La variabilidad diurna de las temperaturas es muy elevada a causa de la tenue atmósfera que posee el planeta. Las máximas diurnas, en el ecuador y en verano, pueden alcanzar los veinte grados centígrados e incluso más. Mientras que las mínimas nocturnas pueden llegar fácilmente a los ochenta grados centígrados bajo cero. En los casquetes polares, en invierno, las temperaturas pueden bajar hasta los ciento treinta grados bajo cero.

\>\>En este sentido, en la Tierra hay lugares donde se presentan condiciones similares como por ejemplo el desierto de Atacama, en Chile. En dicha área por las noches la temperatura fluctúa mucho, presentando un comportamiento similar al que comprobarán por ustedes mismos en Marte. Puede bajar hasta los veinticinco grados centígrados bajo cero en la zona de Ollagüe, mientras que en el día la temperatura se puede situar entre los veinticinco en invierno y los cincuenta grados centígrados a la sombra en verano. No hay mucha diferencia entre el verano y el invierno, porque está situado al límite del trópico de Capricornio.

Luego de una breve introducción, empezaron analizando las fotos tomadas de la superficie marciana. Continuaron con la información sobre la radiación cósmica, el campo magnético del planeta rojo, los impactos de meteoritos visibles, la radiación en el ambiente y la estructura de la atmósfera. Observaron las grandes tormentas de polvo que se formaban en el vecino planeta, estudiaron su comportamiento y las diferentes formas en que podrían llegar a afectarlos. Vieron las fotografías de la superficie obtenidas en 1976 por las sondas Viking 1 y Viking 2, en la zona de las planicies de Chryse y Utopía. Luego estudiaron la información emitida por el astromóvil autopropulsado Sojourner, el primer rover marciano, transportado por la misión Mars Pathfinder en 1997, luego de descender en el valle de Aris. Entre todas las fotografías tomadas por el artilugio, descubrieron una roca a la cual apodaron cariñosamente Mickey, por el extraordinario parecido que tenía con un ratón.

Continuaron examinando los datos recopilados por la sonda Mars Odyssey enviada en 2001, en su misión de cartografía de la distribución y concentración de elementos químicos y minerales de la superficie. Oportunidad en que se hizo el vital descubrimiento de la existencia de hielo. Siguieron con la información enviada por los rovers Spirit y Opportunity, como parte de la misión Mars Exploration Rover desde 2003. Leyeron los resultados de las exploraciones de la superficie y las mediciones de las condiciones atmosféricas. Gracias a este sondeo más exhaustivo se pudo confirmar la enorme cantidad de agua existente en estado sólido.

De esta forma, explorando en la vasta cantidad de información que había disponible, fueron aprendiendo cada aspecto referente al destino final que alcanzarían al concluir su reclutamiento de salir airosos. Comprendieron que la delgada atmósfera de dióxido de carbono que poseía el cuarto planeta en distancia al sol y su alejada distancia al mismo, hacían que la temperatura media fuera de menos cuarenta y seis grados centígrados. Esto les posibilitaría deambular por el planeta únicamente entre las once de la mañana y las catorce horas con una temperatura máxima de veinte grados, debido a que, fuera de esas horas, la temperatura comenzaba a descender abruptamente, alcanzando casi los noventa grados bajo cero en horas de la madrugada durante el pico de frío.

Restaba por analizar todos los datos obtenidos por el Curiosity, el astromóvil de exploración marciana dirigido por la NASA. Aquella maravilla de la creación había sido lanzada en noviembre de 2011 por la misión Mars Science Laboratory. Como era de esperarse, se dejó para el final la porción más jugosa.

—Señoras y señores, este vehículo es tres veces más pesado y dos veces más grande que los vehículos utilizados en la misión Mars Exploration Rover de 2004. Algunos de los instrumentos que porta fueron proporcionados por la comunidad internacional. Fue lanzado utilizando un cohete Atlas V 541.

>>Aunque estaba previsto que su misión durara poco menos de dos años, aún se encuentra realizando sus tareas en Marte, analizando muestras de las rocas y el polvo del suelo. Uno de sus objetivos era investigar la capacidad actual o pasada de Marte para alojar vida, lo cual ya se ha confirmado, llevando a cabo los necesarios ajustes de

adaptación al medio por supuesto. También encontró evidencia de la existencia pasada de un lago de agua en donde hoy está el cráter Gale, e hizo una estimación de la presencia de un dos por ciento de agua en la composición global del suelo del planeta. Además, el 16 de diciembre de 2014, registró con el instrumento SAM aumentos bruscos en los niveles de gas metano en el cráter Gale. Esto indica que hay una fuente adicional de metano de origen desconocido.

Aquellas afirmaciones sorprendieron a todos. ¿Qué era lo que quería decir con que se había confirmado la capacidad del planeta de alojar vida? ¿Qué conexión podría haber entre el elemento vital y aquella fuente de metano de origen desconocido? ¿Sabrían algo más de lo que les estaban contando? O peor aún, ¿pudiera ser que desconocieran detalles de capital importancia para su supervivencia en aquel remoto rincón del universo?

—Y lo más interesante de esto es que aquellos de ustedes que tengan el privilegio de salir seleccionados podrían llegar a encontrarse con esta maravilla de la creación humana, allá en aquellas lejanas tierras —agregó emocionado—. Sepan valorar todo el esfuerzo que se está realizando para lograr este gran objetivo. Para cuando apoyen el pie sobre la superficie de Marte, habrán transcurrido diecisiete años de espera y planificación para encontrar al planeta rojo en oposición. Es decir, en posición perihélica a una distancia de cincuenta y siete millones de kilómetros de la Tierra.

El profesor hizo una pausa y observó a los alumnos por encima de la armazón de sus anteojos.

—Veo que ya se me están durmiendo. Bueno, para despertarlos les voy a dar una interesante noticia.

Todos abrieron los ojos. Desde la primera vez que habían salido a visitar otras instalaciones, siempre estaban esperando anuncios de aquella índole. Quién sabe qué tipos de aventuras les estarían esperando.

—Mañana estarán atravesando todo el territorio rumbo a la Estación de Plum Brook, ubicada en Sandusky, en el estado de Ohio, una instalación de prueba remota para el Centro de Investigación Glenn de la NASA, lugar que también aprovecharemos a visitar por su cercanía.

Todos hicieron gestos de satisfacción, al tiempo que intercambiaban miradas pícaras. Era lo que hacía semanas venían esperando con ansiedad. Nuevas aventuras que los sacaran de la tediosa rutina.

—Dicho sitio alberga cuatro instalaciones de prueba de naves espaciales de clase mundial. Allí, en el Complejo de Ambientes Espaciales, se alojan las instalaciones de simulación espacial más grandes, potentes e inigualables del mundo, incluida la Cámara de Vacío de Simulación Espacial de treinta metros de diámetro por treinta y siete metros de altura. La Instalación de Prueba Acústica Reverberante es la cámara de pruebas acústicas de las naves espaciales más poderosa del mundo. Puede simular el ruido emitido durante el lanzamiento de una nave espacial, hasta ciento sesenta y tres decibelios o tan alto como el sonido producido por el empuje de veinte motores a reacción en plena potencia. El Mecanismo de Vibración Mecánica es el sistema de agitadores de naves espaciales más potente y de mayor capacidad del mundo, sometiendo los artículos de prueba a las rigurosas condiciones de un lanzamiento.

Un murmullo de asombro recorrió todo el salón.

—Pero no quiero arruinaros la sorpresa, contándoos todo lo que podréis ver allá. Ya lo veréis al llegar. Allí se os explicará de forma más pormenorizada cada sección de dicho centro de investigación. Mañana a primera hora estaréis partiendo con destino a Cleveland.

XXII

Cleveland y Sandusky, Ohio, EE.UU.
Un año y tres meses atrás.

Ya ubicado en el avión, esperaba poder ver a Naila por alguna parte. Acabó sentándose a su lado un tipo que llevaba una cara de muy pocos amigos, el cual lo miró de arriba abajo para, a continuación, echarse a dormir. Unos minutos después ya producía unos ronquidos de hipopótamo con apnea del sueño. Continuó así durante las siguientes cinco horas que duró todo el vuelo, aunque para Odinrod parecieron ser cinco días.

Arribaron a un gran complejo de edificaciones. Quizá no era tan impresionante como algunos de los otros centros que habían visitado con anterioridad. De todas formas, era al estilo de la NASA, con un gran despliegue de amplitud y opulencia. Luego de la bienvenida protocolar, vino el video institucional. Una voz femenina relataba de fondo: <<El Centro de investigación Glenn diseña y desarrolla tecnología innovadora para avanzar en las misiones de la NASA en lo que respecta a la aeronáutica y la exploración espacial. Simulamos con precisión algunas de las condiciones más extremas del aire y el espacio, para permitir avances tecnológicos que posibiliten hacer frente a cada desafío con mayor eficiencia y seguridad. Desarrollamos y verificamos

tecnologías de vanguardia en las áreas de la aeronáutica, la industria aeroespacial y el espacio.>>[17]

Una vez terminada la primera parte, salieron a recorrer las diferentes reparticiones de todo el vasto complejo. Primero fueron hasta las Instalaciones Acústicas. Ingresaron a un gran salón abovedado completamente acolchonado. El encargado de dirigir la visita comenzó a explicar las pruebas que allí se llevaban a cabo:

—Glenn ofrece servicios de pruebas sobresalientes en la reducción de ruido acústico de propulsión de aeronaves e investigación de rendimiento.

Todos recorrieron con la mirada el enorme domo de veinte metros de alto por cuarenta de diámetro. Ninguna clase de sonido llegaba a retumbar dentro de aquel lugar.

—Toda esa superficie dentada que podéis apreciar son diecisiete mil cuñas de fibra de vidrio de sesenta centímetros de espesor. Han sido diseñadas a medida y montadas en las paredes interiores de la cúpula y en las áreas del piso adyacentes a las plataformas de prueba. Cualquier consulta, no dudéis en interrumpirme para planteármela en cualquier momento.

Tras una breve recorrida, se dirigieron a las Instalaciones de Combustión. De camino pasaron por las Instalaciones de Investigación de Vuelo, donde alojaban las aeronaves utilizadas por el Centro de Investigaciones, pero no se detuvieron allí. Al llegar, se encontraron con la Sala de Control de Equipos de Combustión Subsónica Avanzada, donde le repartieron a cada uno protección para los oídos.

Desde aquella sala se monitoreaban las pruebas realizadas en las diferentes turbinas. Sin detenerse demasiado en explicaciones excesivamente técnicas, pasaron a la Plataforma de combustión subsónica avanzada propiamente dicha, donde estaban testeando un motor. Se

---

[17]https://www1.grc.nasa.gov/facilities/

podía apreciar la tobera de escape al rojo vivo y cómo expulsaba un intimidante chorro de fuego, cuyo calor podían sentirlo aun en el rostro, pese a la distancia en que se encontraban. Aquel sitio se destacaba por su capacidad única para simular pruebas de combustores de hasta sesenta atmósferas.

Desde allí, transitaron hasta el Complejo de Investigación de Propulsión Química. Fueron pasando a observar el interior por grupos, puesto que sus dimensiones eran más reducidas. En aquel lugar se evaluaban los propelentes más seguros para vehículos de lanzamiento, propulsores de vehículos espaciales y sistemas de encendido avanzados, destinados a los vehículos de lanzamiento de próxima generación.

La siguiente parada fue el edificio de investigación de motores. Cada edificio y artefacto que podía apreciarse a lo largo de aquellas inmensas instalaciones impresionaba por su tamaño y complejidad. El guía comenzó a ilustrarlos:

—Este es el complejo de instalaciones de prueba más grande y adaptable en Glenn. Con cuarenta y seis mil quinientos metros cuadrados, alberga más de sesenta plataformas de prueba. La mayoría de los aspectos del desarrollo de motores se pueden estudiar aquí, gracias a las numerosas instalaciones que se especializan en turbomáquinas, tribología, física de flujo, combustión, electroquímica, componentes mecánicos y transferencia de calor.

>>Hemos llegado al Complejo Criogénico Creek Road —comenzó a explicar luego de llegar al otro hangar—. Esta es una instalación con tecnología de punta. Evalúa tanto el rendimiento de los sistemas de protección térmica, como el de los diferentes materiales de aislamiento a medida que van efectuándose nuevos descubrimientos.

>>Continuemos por aquí, por favor. Antes de ir hasta los autobuses para desplazarnos hasta las instalaciones de la

Estación Plum Brook, en Sandusky, daremos una rápida recorrida por el Centro de Seguridad de la NASA, colindante con el Centro de Investigación Glenn. Allí se busca incansablemente mejorar el desarrollo del personal, así como los procesos y las herramientas necesarias para el logro seguro y exitoso de los objetivos estratégicos de la NASA. Luego iremos a almorzar para después continuar con la recorrida.

Tomaron los vehículos y se fueron hasta la ciudad a inundar de gente un par de locales de comida. Más tarde, se hallaban montados nuevamente en los duros autobuses Blue Bird, recorriendo los cien kilómetros que los separaban de la Estación Plum Brook. Al llegar se encontraron con un lugar bastante más pequeño, con una notable ramificación de calles y un gran edificio central que dominaba toda la escena.

—Muy bien, damas y caballeros, estas son las Instalaciones Criogénicas: la cámara de efectos combinados. El Complejo de Pruebas Criogénicas en la Estación Plum Brook permite que los experimentos a gran escala con hidrógeno líquido se realicen de manera segura. Los sistemas de datos y control están ubicados en un edificio remoto por seguridad. Los sistemas de control eléctrico incluyen hardware a prueba de explosiones.

Continuaron caminando hasta llegar a la Instalación de Propulsión en el Espacio.

—Esta es la única instalación del mundo capaz de probar vehículos de lanzamiento y motores de cohetes en etapas superiores a gran escala en condiciones simuladas de gran altitud. El motor o el vehículo puede estar expuesto por períodos indefinidos a bajas presiones ambientales, bajas temperaturas de fondo y calentamiento solar dinámico, para simular el entorno de los viajes orbitales o interplanetarios.

Enseguida ingresaron al Laboratorio de Interferencia Electromagnética.

—Este sitio ofrece análisis de los requisitos del equipamiento y comparaciones de especificaciones. También se pueden efectuar pruebas de dispositivos electrónicos, testear componentes para la eficacia del blindaje y pruebas de calificación final de experimentos. El Laboratorio de Propulsión Eléctrica apoya la investigación y el desarrollo de los sistemas de propulsión eléctrica y de energía de las naves espaciales. Presenta dos cámaras de ambientes espaciales muy grandes; cámaras de simulación de ambientes intermedios y pequeños, para probar motores o equipos pequeños; jarras de campana utilizadas para el desarrollo a pequeña escala y pruebas de diversos componentes; y por último están las áreas de apoyo. Continuemos por aquí, por favor.

Atravesaron una pequeña esplanada hasta otro edificio relativamente pequeño. El grupo de alumnos estaba fascinado igual a que si fueran de primaria.

—Este es el Laboratorio de Dinámica Estructural. Aquí se realizan pruebas a cualquier estructura para verificar la capacidad de supervivencia de un sistema o conjunto de ellos, cuando se expone al estrés producido por vibración en cualquier rango de frecuencia. También se calibran sensores de detección de dichas vibraciones.

>>Hemos llegado a la Instalación de Investigación de Gravedad Cero —dijo luego de caminar otro trecho—. Es la principal instalación de la NASA para la investigación de la microgravedad en tierra y la instalación más grande de su tipo en el mundo. Proporciona a los investigadores un entorno casi sin presión atmosférica durante una duración de 5,18 segundos. Para ello, se utilizan estas dos torres de 132 metros para realizar la caída libre de objetos en el vacío.

>>Y, por último, hemos arribado al Laboratorio de Propulsión Eléctrica —indicó al llegar al último recinto de todo el complejo—. En este laboratorio estriba la investigación y el desarrollo de los sistemas de propulsión eléctrica y de energía de naves espaciales.

>>Pido disculpas por haberse hecho tan tarde. Me solicitaron que pudiéramos terminar la recorrida antes de la hora prevista para vuestra partida de regreso a Westmont. Por este motivo, de camino al aeropuerto, aprovecharemos para cenar en un restaurante bastante grande que queda de paso. Espero que os haya gustado y que haya sido enriquecedora e ilustrativa la visita.

Todos estaban más que satisfechos.

De este modo, cenaron con bastante prisa y continuaron hacia el aeropuerto. Mientras descendían de los autobuses, Odinrod vio en la multitud a Naila. Fue aproximándose por entre los demás participantes, hasta que, cuando estaban por abordar los aviones, la tuvo lo suficientemente cerca como para asegurarse de abordar el mismo avión que ella.

XXIII

Instalaciones de Space Dragon.
Westmont, California, EE.UU.
Catorce meses atrás.

Se podía percibir tensión en el ambiente. El nerviosismo estaba instalado en cada uno de los participantes, los cuales se hallaban sentados inquietos en sus correspondientes asientos del aula. Ese día era la prueba sobre las emergencias del Conqueror. Habían tenido un par de semanas para estudiarse de memoria toda la extensa cartilla de procedimientos que deberían aplicarse en caso de necesitar solucionar una falla o mal funcionamiento de algún sistema. Una detallada lista de instrucciones pensadas para resolver las diferentes posibles emergencias que pudieran ocurrir durante la operación de aquella formidable máquina. Eran hojas tras hojas de interminables datos técnicos y complejos pasos concatenados a seguir en caso de alguna anomalía durante cualquier fase del vuelo, ya fuera dentro de la atmósfera de la Tierra o de Marte, o bien en el vacío absoluto del espacio.

Luego que el instructor hubo ingresado en silencio al salón (lo que provocaba aún más pánico), se dispuso a repartir un manojo de hojas en blanco. Le dio una cantidad suficiente al primer alumno de cada fila, para que se quedaran con dos y fueran pasando el resto hacia atrás.

—Muy bien, señoras y señores. Tendréis una hora reloj para completar en vuestras respectivas hojas diez emergencias de las ochenta y nueve que posee la cartilla, las que pasaré a enumeraros una vez hayáis terminado de distribuir las hojas entre vuestros compañeros. Recordad que la nota es diez, por lo que no podréis tener ningún tipo de error. Tenéis claro que cualquier fallo en los procedimientos de emergencia realizados en un caso real, conllevaría la pérdida de toda la tripulación. En esto os va vuestra propia vida y la de vuestros compañeros. En caso de perder este test, tendréis una segunda oportunidad dentro de una semana y, de volver a reprobarlo, seréis automáticamente eliminados del curso. ¿Está claro?

Las caras de cansado, con grandes ojeras por haber permanecido las últimas noches casi sin dormir por aprovechar todo momento libre para estudiar, se notaban a lo lejos. Para muchos, había sido una tarea casi imposible de realizar, lo que se podía adivinar en su actitud desahuciada. En cambio, otros lo habían arrostrado como un monumental desafío que sería muy interesante de superar.

—Muy bien. ¿Estáis todos listos a copiar? Comencemos entonces: Fuego en la cabina, falla del tren principal, falla de la turbina número tres, descompresión explosiva, sobrevelocidad de compresor, alta temperatura de cámara de combustión, falla total y parcial eléctrica, falla hidráulica, excesiva temperatura exterior en el ingreso y reencendido de motor.

Cuando el instructor terminó de listar las emergencias previamente seleccionadas, muchos se levantaron y solicitaron retirarse del salón. Hubo otros que se querían morir, asimismo se quedaron de todas formas por si acaso; en tanto que, algunos se pusieron de inmediato a escribir. Uno levantó la mano:

—¿Sí? ¿Qué necesita? —inquirió el instructor.

—Usted dijo que serían diez emergencias para el test.

—Así es. Y ¿cuál es el problema?

—Bueno, que falla total eléctrica es una emergencia y falla parcial eléctrica es otra distinta, por lo que en realidad nos ha puesto un total de once emergencias, en vez de diez.

El instructor le lanzó una mirada de rayo láser y con una leve sonrisa, la cual portaba una siniestra acrimonia, respondió pausadamente:

—Y usted ¿va a disponer de la posibilidad de seleccionar la emergencia que desee tener o ignorarla a su antojo porque no le guste, o porque le parezca demasiado extensa o no se la sepa? Hágame el favor y póngase a escribir, y no pierda más tiempo, antes de que acabe por expulsarlo del salón con una sanción encima.

—¡Sí, mi instructor! —gritó el recluta y se sentó de un golpe.

—¿Alguien más tiene alguna otra brillante duda que yo pueda evacuársela?

Un sepulcral silencio flotó por todo el recinto.

Escribieron lo más rápido que pudieron, hasta que se les acalambró el brazo. La mayoría pidió más hojas. Se notaba la concentración de cada uno encorvado sobre su pupitre.

De repente, el profesor se levantó de su escritorio y comenzó a caminar lentamente. Muchos ni lo notaron, tan absortos estaban en completar las emergencias. Llevaba las manos cruzadas hacia atrás. Iba sigiloso como un gato que se prepara para atrapar a su presa. Atravesó el salón por entre las filas de asientos hasta que se detuvo al lado de uno de los alumnos. El joven dejó de escribir y levantó la mirada hacia el profesor.

—Entrégueme el rollo que tiene dentro de la manga —dijo de forma pausada pero enérgica.

El joven tragó saliva y, desahuciado, sacó un pequeño rollo parecido a uno de papiro. Podía sorprender la ingeniosidad de algunos para encontrar formas de copiar en un examen.

—Tome sus cosas y retírese del salón. Preséntese en Bedelía para pedirle órdenes al director.

Del grupo de Odinrod, dos más fueron expulsados (con la consiguiente baja del curso de forma inmediata) al ser sorprendidos tratando de copiarle a un compañero. Cuando finalizó la hora, el instructor comenzó a retirarles las hojas de las manos. Nadie estaba completamente seguro de haber contestado todas las emergencias de forma correcta, con la única excepción de Lestari, que poseía una prodigiosa memoria fotográfica. Por razones que solo el corazón entiende, Odinrod rogaba que a Naila le hubiese ido bien con su prueba, tanto como por sí mismo.

Las notas serían comunicadas una semana más tarde. Asimismo no tendrían ese tiempo para aprovecharlo en continuar repasando las emergencias ante una eventual pérdida del examen, puesto que el día de entrega de los resultados sería el de la prueba de límites operacionales. Esto era todo lo relacionado a los rangos normales, así como los máximos y mínimos. Abarcaba las diferentes velocidades que debería mantener o podría soportar la nave, temperaturas de turbina, aceite, combustible, líquidos refrigerantes e hidráulico, y sus correspondientes cantidades y presiones. Además, incluía ángulos de cabeceo y de viraje, niveles de los diferentes fluidos, porcentajes de oxígeno, cargas estructurales indicadas en fuerzas G, entre otros varios factores más.

Luego tendrían una semana más hasta la nueva entrega de resultados, momento en el cual tendrían el test de procedimientos normales. Con lo que estarían siempre a una semana de desfasaje. Los procedimientos normales eran aquellos que hacían posible el desarrollo de todo el vuelo, desde el inicio hasta el final del mismo. Desde los chequeos prevuelo, los de antes de la puesta en marcha y los de puesta en marcha. Luego estaban los chequeos de cada uno de los sistemas que poseía la nave y a continuación el rodaje[18]. Le seguían las sucesivas fases del vuelo: despegue, ascenso, escape, ingreso y aterrizaje. Culminando con el rodaje hacia la plataforma de estacionamiento, apagado y post-vuelo.

Una vez transcurridas las seis semanas de las pruebas de límites operacionales, procedimientos normales y de emergencias, con su única oportunidad subsiguiente, el número de reclutas se había reducido considerablemente. Para los sobrevivientes, había llegado el examen de sistemas. Todo lo relacionado a la mecánica, elementos estructurales, instrumentos y sistemas misceláneos de la nave. Después vendrían los de aerodinámica y dinámica espacial, meteorología, cosmología, física, química, matemáticas, biología, geografía tanto terrestre como marciana, medicina básica (incluido primeros auxilios), reglamentaciones y fraseología aeronáutica (donde aprenderían a reportar por radio). Por último, para los que salvaran todo, se impartirían clases de presentación en público, conocido en la jerga como curso de instructor académico. Las correspondientes exposiciones ante compañeros e instructores servirían a manera de evaluación final.

Transcurrido el agotador e interminable período de exámenes, la membresía había caído a menos de la mitad del número inicial. La fatiga en la corporación de reclutas se podía sentir tanto en el cuerpo como en la mente. De igual forma, la evolución de los que restaban era ostensible. Odinrod se alegró más de que Naila hubiera salvado todos los exámenes que por su propio éxito.

---

[18]Término utilizado en aeronáutica para denominar al trayecto realizado por una aeronave en tierra, desde que abandona la pista hasta la zona de aparcamiento y viceversa.

Un buen día, sin saber ya qué esperar encontrar en el salón de clases, el instructor ingresó con una gran sonrisa. No portaba nada en las manos. Se suponía que ya se había acabado la teoría, el pasaje a la práctica era inminente.

—Buenos días, damas y caballeros. Tengo el privilegio de informaros que, luego de tanta letra, ha llegado el momento tan esperado de comenzar a aprender a volar el Conqueror —dijo emocionado—. Para ello tendréis que pasar por muchas cosas, pero estaréis bien encaminados.

Todos abrieron la boca, dominados por el asombro. No comprendían muy bien a qué se estaría refiriendo. ¿Realmente volarían aquella colosal nave espacial? Tal vez irían hasta el espacio en un vuelo breve de demostración y retornarían, o quizá tendrían sus prácticas en el área restringida de vuelo de la Base Aérea Vandenberg sin salir de la atmósfera terrestre por ahora.

—Hemos conseguido que la Fuerza Aérea nos facilitara los tres aviones que necesitábamos de la Aerolínea Janet para vuestro traslado. La verdad es que nos han hecho un gran favor, consintiéndonos en casi todos nuestros requerimientos. Hemos formado un muy buen equipo de trabajo. Mañana partiréis con destino a San Francisco, con el fin de que podáis utilizar el simulador de movimiento vertical perteneciente al Centro de Investigación Ames, al cual ya habéis visitado antes.

Ahora entendían; solo un super simulador podría posibilitarles experimentar todas las sensaciones de un vuelo en aquellas condiciones tan particulares antes de poder echarle mano a la "bestia". El marco teórico representaba tan solo un tercio de la totalidad de la formación requerida. Necesitaban experimentarlo por sí mismos para alcanzar un epílogo de aprendizaje para luego llevarlo a la práctica de manera aceptablemente segura.

—Además de las impresionantes capacidades del simulador, la eficiencia operativa del laboratorio se ve reforzada por el sistema de Cabina Intercambiable que posee. Este novedoso recurso, el cual permite instalar cabinas personalizadas que se adapten al curso que esté realizando el estudiante —continuó explicando el instructor—. La flexibilidad que despliega este sistema proporciona la capacidad de simular cualquier tipo de vehículo aéreo o espacial, emulándolo con un nivel de realismo absoluto. Para ello, hemos creado una cabina completamente idéntica a la que posee el Conqueror y un software que simula todas sus capacidades operativas y de funcionamiento a la perfección.

Todos sonreían, al tiempo que se cruzaban miradas de alegría. Luego de tantos libros y exámenes y test de todas clases, aquello era el equivalente a tocar el cielo con las manos.

—Luego de que alcancen las cien horas en el simulador —siguió diciendo—, comenzarán a asistir al Centro de Investigación de Vuelo Neil A. Armstrong, ubicado en la Base Edwards de la Fuerza Aérea. Allí les volarán los sesos, mientras suden a mares intentando dominar un avión de alta performance como lo es el entrenador Northrop T-38 *Talon*, para luego pasar a experimentar lo que es un avión de combate con todo su poder. Estamos hablando del McDonnell Douglas F-15D *Eagle*.

Cada vez se ponía más interesante toda aquella sustancia. Aunque no todos estaban tan contentos con la idea de que le "volaran los sesos"; Odinrod era uno de los pocos.

—Con estos vuelos de entrenamiento, que demandarán unas veinte horas en total por cada uno, estarán completando su preparación para, en primera instancia, estar capacitados para pilotar el Conqueror y, por extensión, en condiciones de emprender el viaje de sus vidas.

XXIV

Centro de Investigación Ames.
Moffett Field, Silicon Valley, California, EE.UU.
Ocho meses atrás.

El día había amanecido gris. Se podía percibir un ambiente pesado. Estaba pronosticado que les esperaría toda una jornada agobiante y pegajosa. Al momento de formar para abordar los autobuses que los transportarían hasta el aeropuerto había comenzado a precipitar una fina llovizna. Sin embargo, pese a las pocas ganas que tenían de hacer nada (puesto que la educación física del día anterior había alcanzado niveles legendarios), estaban entusiasmados con su viaje al Centro de Investigación Ames.

Odinrod había llegado a ilusionarse con Naila. Aquella impactante morena, de vertiginosas curvas y una mirada hipnotizante, lo había cautivado por un momento. Y aunque el comienzo había sido bastante prometedor (pese al traspié inicial), con algunas oportunidades de interacción muy interesantes, sus constantes evasivas en lo sucesivo le fueron demostrando que quizá no hubiesen sido más que falsas esperanzas de sí mismo. Tal vez hubiera cobijado expectativas demasiado ambiciosas. Así que, pronto desistió, tras repasar las ocasiones en las que habían coincidido. Al analizar lo sucedido, descubrió que solo habían representado unos ilusos escarceos por su parte.

Comprendió que en realidad nunca había tenido ninguna posibilidad, ante la inexistencia de reciprocidad real.

Sería un viaje relativamente corto, de una hora y cuarto de vuelo sin escalas, para recorrer los quinientos ochenta kilómetros que separaban al Aeropuerto de Los Ángeles del Aeropuerto de San Francisco. Desde allí abordarían los autobuses que los transportarían hasta Moffett Field a cuarenta kilómetros, lo que le añadiría otros cuarenta minutos a todo el periplo. Algo así como la buena siesta de un bebé, interrumpida solo para cambiar de cuna, y luego a seguir durmiendo bien acurrucado al fondo.

Rumbo al aeropuerto, contemplaba el paisaje con el gris del cielo de fondo. La campiña era desdibujada por las pequeñas gotas de agua que corrían por el vidrio de la ventanilla. Procuraba conciliar el sueño, desconectarse de la realidad tan poco auspiciosa. Pero no podía dejar de pensar en ella. Se sentía tal como se veía el clima.

Cada vez sobraban más asientos; ahora quedaban poco más de cuatrocientos reclutas. Había llegado a la conclusión de que el viejo adagio: *mejor solo que mal acompañado*, era una verdad absoluta. Lo mejor que le podría pasar sería irse bien lejos, algo así como hacer un viaje interplanetario hasta Marte y quedarse allá de por vida.

Para cuando arribaron al aeropuerto caía una lluvia torrencial sobre Los Ángeles. Pese a su demostración de autosuficiencia emocional, por dentro llevaba un aguacero de iguales proporciones. Deambuló por los grandes espacios interiores del aeropuerto hasta las mangas donde los estaban esperando los aviones de siempre. Casi se conocía de memoria el recorrido. Subió a uno cualquiera, sin hacer cálculo alguno ni planificar estrategias de acercamiento. Solo quería descansar y que no lo molestaran. No estaba de ánimo como para sostener pláticas insustanciales por complacer a alguien aburrido.

Recobró la conciencia de un sobresalto con el chirrido de las ruedas del tren principal al aterrizar sobre la pista. Le parecía como si apenas hubiese dormido un par de minutos. Se había despertado de mal humor y, para complementar su irritabilidad, con un molesto dolor de cabeza. El avión efectuó un extenso rodaje hasta la plataforma de desembarque. El suave andar del aparato le provocó un gran bostezo y luego se desperezó con parsimonia cuan largo era. Afuera continuaba cayendo un agua mansa sacudida por ocasionales ráfagas de viento. Fueron conducidos hasta los autobuses y de allí hasta Silicon Valley. Ni rastros de Naila y creía que tampoco le interesaba demasiado.

Una vez en el Centro de Investigación Ames, el responsable de la bienvenida les guio a través de los grandes edificios del complejo hasta las instalaciones que albergaban el simulador en cuestión. Puesto que ya habían visitado con anterioridad el Centro, se ahorraron la recorrida de las instalaciones y de lo que, a estas alturas, era ya todo un clásico: el video institucional. Odinrod agradeció no tener que volver a pasar por la *licuadora humana*. El solo recuerdo hacía que surgieran nuevamente los severos traumas que le había ocasionado. Allí, el guía los ilustró en cuanto al artefacto que utilizarían a continuación:

—Todo el Complejo es un simulador de movimiento vertical que cuenta con un sistema de movimiento de gran amplitud. Esto es posibilitado por el mecanismo de cilindros hidráulicos más colosal jamás construido, el cual tiene el mayor desplazamiento vertical entre todos los simuladores del mundo. Todo lo cual, proporciona el nivel más alto de fidelidad de movimiento disponible.

>>Ha sido instalado en una torre de diez pisos, lo que posibilita un desplazamiento de hasta dieciocho metros verticalmente y doce metros lateralmente. Así que, si sufrís de vértigo o sois dueños de estómagos frágiles, no os lo recomiendo. Funciona con tres ejes que poseen una

completa libertad de traslación (vertical, lateral y longitudinal) e independencia de rotación en cuanto a inclinación, balanceo y giro. Por supuesto, les voy a solicitar encarecidamente que lleven consigo bolsas para vómito, además de tomar, aquellos que lo necesiten, las correspondientes píldoras para evitarlo. Las estadísticas en cuanto a este tipo de incidentes son muy desfavorables. Y debo advertirles que puede funcionar a máxima capacidad en todos los ejes simultáneamente, con lo que se asegura una similitud absoluta respecto de un vuelo real.

Se detuvo para observarlos. Todos miraban hacia arriba con la boca abierta, impresionados por la enorme estructura que se elevaba muy por encima de ellos.

—Pero no quiero aburriros más. Pasemos a lo que realmente os interesa y para lo que habéis venido aquí. Como ya sabéis, el Conqueror es una nave espacial completamente automatizada, requiriendo básicamente de vosotros que toméis asiento y nada más disfrutéis del viaje. Pero como la ley de Murphy siempre está presente y algo puede fallar en cualquier momento, es necesario que estéis plenamente capacitados para dominar la nave, tornillo por tornillo y lucecita a lucecita. Así que, con este fabuloso aparato podréis desempeñaros tantas veces como sea necesario sin que rompáis nada, para que logréis volveros unos verdaderos expertos en la materia. Ya conocéis el dicho: la práctica hace al maestro y la corrección al escritor.

Aisha levantó la mano.

—Dime.

—¿En qué momento comenzaremos a ser afectados por los efectos de la ingravidez?

—Buena pregunta. En realidad, a los efectos prácticos, casi no notaréis la falta de gravedad. Esto será así debido a que, cuando la atracción de la Tierra comience a disminuir hasta un punto determinado en el que no llegaréis a flotar o cosa por el estilo, en ese momento, al sensar el mínimo recomendable, la computadora activará el despliegue del mecanismo de centrifugado asistido. Esto no es más que un sencillo sistema que consta de un contrapeso dispuesto en oposición al Conqueror y una serie de cohetes que los harán girar alineados con el objeto estelar más cercano.

>>La computadora se encargará de hacer los cálculos requeridos según la distancia al cuerpo celeste, que, en este caso, durante gran parte del viaje será la Tierra. Luego, por un corto periodo de tiempo pasará a ser el sol, para finalizar con la alineación al propio Marte. Dichos cálculos están supeditados no solo a la distancia a la que se encuentre sino, además, a cuán masivo sea el objeto que ejerza la atracción, para determinar mediante complejos procesamientos de datos algebraicos la cantidad de revoluciones que debe mantener para proveer la percepción de una fuerza de gravedad suficiente, la cual será incluso un tanto superior a la percibida en la superficie lunar.

>>¿Quedó claro?

—Sí, muchas gracias.

—Muy bien, si no hay más dudas, comenzad a formar grupos de a diez para ir turnándoos a medida que vayáis pasando. Dentro de vuestros grupos, iréis rotando para que todos podáis desempeñaros en cada estación de la nave. Si bien, una vez que hayan sido seleccionados los diez tripulantes definitivos, tendréis una especialización de tareas dentro de la cabina de vuelo y como miembros de la tripulación, esto os servirá para conocer lo que estará haciendo el resto de vuestros compañeros. De esta manera, podréis tener una noción más cabal de todo el funcionamiento de la nave y sus sistemas, y así perfeccionar el trabajo grupal. Esto también permite que podáis suplantar a un compañero que, por alguna razón, quede temporalmente indispuesto o permanentemente incapacitado de cumplir con su función a bordo.

Comenzaron a ponerse de acuerdo para formar los equipos de diez. Odinrod no se preocupó demasiado; alguien lo seleccionaría en algún momento. No tenía preferencias ni reparo en trabajar con alguien en particular. Tampoco estaba de ánimo como para andar convenciendo a la gente. De repente, una voz femenina conocida le susurró:

—¿Quieres formar equipo conmigo?

Odinrod se dio media vuelta, para ver una cálida sonrisa. La invitación lo sorprendió, pero logró levantarle el ánimo. Estaba claro que no iba a darse el lujo de desperdiciar aquella oportunidad.

—Por supuesto, ¿por qué no?

—Pregunto porque, como has estado tan distante y evasivo últimamente, no sabía si te interesaría la idea — espetó Naila con una inflexión en la voz que denotaba belicosidad.

Él arqueó las cejas, perplejo. Pensó en trabarse en una discusión cerrada, pero luego consideró que desistir sería la opción más inteligente por el momento.

Un sujeto se aproximó a ellos con una sonrisa. Parecía de procedencia china.

—Buenas, mi nombre es Ming Zhou. Si no tenéis inconvenientes, ¿podría unirme a vuestro equipo?

—Oh, sí. No hay problema —expresó Naila—, eres bienvenido. Haremos un buen equipo.

Odinrod hubiera preferido hacer solo una dupla con Naila, pero los buitres eran inevitables. Y aquel le daba la impresión de ser especialmente carroñero.

Luego de juntarse con otros siete, estuvieron formulando algunas estrategias para desempeñarse de la mejor manera posible como equipo dentro de la cabina. En estos menesteres se encontraban cuando por fin les tocó el turno de montarse en aquel formidable toro mecánico, cuyo costo de construcción no querían saber.

La cabina de vuelo era enorme, repleta de pantallas táctiles, las cuales eran sistemas electrónicos de instrumentos de vuelo, mejor conocidos en la jerga aeronáutica como EFIS por sus siglas en inglés. En lugar de instrumentos analógicos electromecánicos, poseían aquellos pequeños recuadros negros dotados de tecnología de visualización OLED[19] rodeados de unos pocos botones esenciales. Allí encontrarían toda la información integrada, indispensable para completar con éxito su misión.

Fueron ubicándose en las posiciones preestablecidas. Los puestos para los que habían estado repasando en los manuales previamente. De todas formas, todos ocuparían en algún momento cada una de las estaciones de pilotaje. El interior, ostensiblemente más pequeño que el tamaño real de la cabina de mando del Conqueror, había sido adaptado para portar todos los instrumentos, los controles de vuelo y los asientos a una escala más reducida. Solo subir hasta la plataforma que comunicaba con la entrada a la cabina de vuelo causaba vértigo. Era como estar montado sobre la cabeza de una titánica jirafa, lista para comenzar a bellaquear hasta demostrar que, en realidad, era indomable.

Comenzaron a hacer todos los extensos y tediosos chequeos estipulados, siguiendo mediante la cartilla electrónica ubicada en un recuadro de uno de los EFIS cada uno de los pasos (la impresa en cartulina que llevaban ajustada al muslo era de respaldo ante una falla total eléctrica). Utilizaban el método de control cruzado para cerciorarse de no omitir ningún ítem. Tan solo los límites y algunos de los procedimientos de emergencia, por su gravedad decisoria, tenían que ser aprendidos de memoria. A los efectos de una rápida resolución se bregaba para que fuera una acción casi instintiva. Por esa razón era requerida tanta calistenia sobre una silla en la soledad del dormitorio.

---

[19] Organic light-emitting diode (diodo orgánico de emisión de luz).

Ciertamente, en tal caso, no habría tiempo de estar buscando en la cartilla y, por cierto, no lo permitirían los nervios.

Siguiendo los procedimientos estandarizados, llegaron a la puesta en marcha del primer motor. Ming Zhou, siendo el primer encargado de realizar los reportes, se comunicó por radio. Solicitó autorización al Centro de Misión para iniciar la puesta en marcha. Una vez autorizados, procedieron según la cartilla.

Los impresionó la potencia del sonido. Aunado a las vibraciones y sacudones que producía, como un efecto secundario del encendido, emulaba muy bien al de un motor cohete. Tan real parecía que, de existir alguna diferencia, era prácticamente imperceptible para los sentidos humanos. Al pasar a encender el tercer motor, comenzaron a surgir los problemas. Una luz ámbar se encendió en el panel de avisos, donde se concentraban las diversas luces de notificaciones, advertencias y emergencias que pudieran ocurrir. La verdadera diversión (la de los instructores) daba inicio.

Detectaron la falla, la cual no era seria ni de difícil restauración, y procedieron según la cartilla, en la sección de emergencias indicada por una pestaña de color rojo. La solucionaron y continuaron con los procedimientos como estaban previstos. Sin embargo, de allí en adelante las luces rojas, alternadas con las de color ámbar, verde y azules irían encendiéndose paulatinamente cual auténtico árbol navideño. Así era como se convertía un vuelo de rutina en una tortura desquiciante en toda regla.

Las situaciones que les planteaban con el objeto de que entrenaran cómo resolverlas, les devanaron los sesos. Los bruscos movimientos de la nave, sumados al realismo de las imágenes proyectadas, les saturaron la sangre de adrenalina. Al finalizar, salieron deshidratados de lo que había sido tan solo el primero de los muchos vuelos que realizarían de allí en más. Odinrod vomitó hasta que casi se le salió el estómago por la boca, que por suerte ocurrió antes de que se llenara por completo la bolsa que traía consigo.

Ming Zhou falló en reiteradas oportunidades en la aplicación de algunas emergencias que requerían una acción inmediata y de memoria. Cuando por fin abandonaron aquel infierno, inundado de un nauseabundo hedor a vómito, pudieron respirar un poco de aire fresco en el exterior. Para entonces, todos estaban convencidos de que no tendrían ninguna posibilidad de continuar con el reclutamiento y llegar a convertirse en verdaderos astronautas. El desafío parecía imposible.

Luego de algunos vuelos más, fueron sintiendo cómo adquirían gradualmente más soltura y dinamismo, con lo que se armaron de mayor confianza. No terminaron en aquella ocasión de ocupar todos los puestos, sino que se limitaron a hacer cuatro horas por grupo. Una verdadera paliza tanto física como mental. En cada oportunidad sería así, puesto que estaba previsto que volverían a menudo a continuar utilizando aquel simulador. Algo más de una semana más tarde estaban retornando a las instalaciones de Space Dragon en Westmont tan machacados como una manzana hecha papilla.

XXV

Karachi, República Islámica de Pakistán.
Dos años atrás.

En una populosa ciudad donde se alberga a más de trece millones de habitantes, dentro del quinto país más poblado del mundo, es fácil pasar desapercibido y sentir que se es nada. Cuando ese país es profundamente religioso y se ha nacido dentro de un credo absolutamente minoritario, como lo es el hinduismo, inmerso en una apabullante mayoría musulmana, es natural sentirse indeciso, confundido y carente de sentido de pertenencia. Y cuando a esa persona un grupo de radicales ha asesinado a toda su familia, la esperanza flaquea y la fe en las personas se debilita sobremanera. Pero cuando la justicia no da ningún tipo de garantías, debido a un sistema judicial corrupto, donde el pago de sobornos a jueces, testigos y hasta fiscales es cosa común y corriente, el descreimiento en el sistema pasa a ocupar casi toda noción del mundo.

Aisha Nawaz, rodeada de gente estresada, iracunda, violenta e intolerante, se esforzaba por alcanzar una armonía dentro de los cuatro Purushartha. Estos objetivos o verdades básicas de la vida humana para alcanzar la liberación eran: el deber religioso o Dharma, que incluía la ética y las obligaciones; la prosperidad y el trabajo o Artha; los deseos y las pasiones o Kāma, la liberación, la libertad y la salvación o Moksha. Mediante la acción, el intento y las consecuencias o Karma, el ciclo de renacimiento o Samsara, y los caminos y prácticas, a través de varios tipos de Yoga, se lograba Moksha. No era fácil, pero sabía que era parte de la vida misma, y el medio para lograr un propósito.

Para ello se centraba en las prácticas hindúes tales como la oración, la recitación y la meditación, en la medida de lo posible. Y cumplía con rituales y ceremonias requeridas como la del pasaje a la pubertad, así como los festivales anuales y las ocasionales peregrinaciones a lugares sagrados. Cada uno de aquellos preceptos eran cual herramientas que la ayudaban a sobrellevar las dificultades y continuar esforzándose.

Siempre había querido ayudar a los afligidos. Así que estudió enfermería, porque su familia era muy pobre. No podían ayudarla pagando los estudios de una profesión tan onerosa como la de médico. Si bien lo hubieran preferido, les habría resultado imposible de costear. En un país con problemas tan graves como el terrorismo, el analfabetismo, la pobreza e inestabilidad política, lo que sus padres habían conseguido con ella, no solo había sido encomiable, sino el resultado de una empresa superlativa. Nunca llegó a agradecerles por todo su sacrificio, solo podía conformarse con llevarlos siempre en su corazón y retribuirlas mediante su realización personal.

Absorbida por una bulliciosa metrópoli con hermosos edificios de estilo clásico y colonial europeo, siendo Karachi conocida en Pakistán como la ciudad que nunca duerme, le costaba mantener la integridad de sus principios y cumplir a cabalidad con los cánones que profesaba. La mayoría de los hombres andaban a la caza de mujeres con quienes dormir. Ella se sentía tan sola y hubiese deseado formar una familia numerosa como la de sus padres, pero resultaba tan difícil, que había concluido por renunciar a sus sueños.

Había tenido un novio que al inicio de la relación se mostró amoroso, pero conforme iba transcurriendo el tiempo, fue presionándola cada vez más para que mantuviese relaciones íntimas con él. Dado que ella deseaba fervientemente ser desposada antes de consumar el acto sexual, lo mantenía a raya lo más que podía. Él siempre la llevaba desde el hospital en que trabajaba hasta su casa. Tanto en el trayecto como en cualquier otra oportunidad que se le presentase, sus manos se volvían un verdadero torbellino, por demás difícil de contener. Ella transigía hasta cierto punto, con la ilusión de mantenerlo a su lado y que por fin se concretara su unión conyugal a él.

Toda su familia había sido incinerada dentro de la casa donde había nacido y crecido. Mientras esto ocurría, ella se encontraba estudiando en la escuela de enfermería. Los conflictos de origen étnicos, tribales y religiosos habían provocado que el sicariato medrara en la ciudad. Se consideraron dos hipótesis en la investigación: que su familia hubiese sido confundida con inmigrantes mohajirs, los cuales rivalizaban con los baluchis, pastún y sindhis, o que un grupo de extremistas sunníes los hubieran considerado de origen chiita.

Siempre se creyó que alguno de estos grupos había contratado a ciertos malvivientes para que llevaran a cabo aquellos asesinatos. No era necesaria demasiada experticia, solo un poco de combustible. Sin embargo, la justicia nunca llegó a dilucidar en concreto quiénes habían sido los verdaderos responsables. Finalizadas las pesquisas, se determinó enviar a unos pobres infelices a la cárcel como resultado de un forzado esclarecimiento, dándose así por cerrado el caso. Al fin y al cabo, no interesaba demasiado seguir profundizando en aquel tema.

Por esta razón, vivía sola en un monoambiente rentado. De manera que, cada vez que llegaba a su casa acompañada de su novio, este insistía en pasar, pero ella no se lo permitía por decoro. De manera que, desde la puerta, lo despedía del modo más amable posible tratando de que no se enfadara. Lo hacía a sabiendas de que la prevención era la solución más efectiva. Y aunque ella tomaba todas las precauciones posibles, él aprovechaba hasta el último minuto para besarla apasionadamente, entre otras cuestiones un tanto más peliagudas. Hasta que cierto día, ante el estupor de la joven, el sujeto la empujó con violencia, cerrando la puerta tras de sí. Aquella fue la ocasión en que acabó violándola en su propio domicilio.

Por causa de su profesión había visto el sufrimiento de mucha gente a la cara. La ciudad de Karachi era atravesada por dos ríos principales: el Malir y el Liari. Solía tener inviernos suaves, pero veranos muy calurosos, con lo que, al situarse en la costa experimentaba una elevada humedad. Por esta causa, recibía un promedio de precipitaciones de doscientos cincuenta milímetros anuales, que era contribuida principalmente por las lluvias monzónicas. Y al sobrevenir inundaciones masivas, cada vez más habituales y frecuentes, surgía el temido enemigo de las enfermedades endémicas. De esta manera, se multiplicaban los casos de trastornos de la piel como eccemas o sarna, infecciones respiratorias agudas, así como de cólera y malaria. Las muertes por ahogamiento se disparaban y los daños materiales se tornaban en portentosas cifras. A esto debía sumarse la poco envidiable posición que la ciudad ocupaba en las estadísticas, con la cifra anual de asesinatos más alta del país.

Con tan solo veintiún años, ya estaba cansada de ver tantas atrocidades y también de haberlas sufrido en carne propia. Tan solo deseaba abandonar el ciclo de reencarnaciones, conocido como Samsara y retornar al principio divino, lo cual, en la escala de sus creencias como hinduista, constituía el mayor de todos los logros. Lo único que pedía era un poco de paz y felicidad, de ser alcanzable.

En la enfermería del hospital, donde se reunían todas las enfermeras luego de las recorridas estipuladas, tenían una pequeña televisión donde veían de a ratos algún programa que fuese interesante o bien los noticieros según el turno. Cierta guardia nocturna, que le había tocado por escalafón, poco después de efectuar el relevo, le llamó la atención los adelantos de las noticias sobre un concurso relacionado con el planeta Marte. Recién había vuelto de asear a un anciano que se había hecho encima. Se fue a terminar de suministrar los medicamentos recetados por el médico de guardia a cada uno de los pacientes y se volvió corriendo para no perderse aquel reportaje. Un fétido olor se había impregnado en ella durante aquella ronda.

Cuando regresó ya había comenzado, pero alcanzó a pescar lo necesario. Consistía en un sorteo a nivel mundial de un viaje a Marte. Las condiciones eran bastante asequibles: ser mayor de edad, sin antecedentes policiales, que poseyera al menos uno de los títulos que se enlistaban en la pantalla, entre otros datos más frecuentes. Y ella cumplía con todos los requisitos. Cuando terminó de anotar la dirección y el número de contacto, se encendió el testigo ubicado en la pared frente a ella. Aquella luz le indicaba que un paciente solicitaba su presencia con urgencia.

Leyó las palabras que había resumido en el papel con letra ganchuda por el apuro: sorteo internacional, astronauta, viaje espacial, y sonriendo, salió a prisa hacia la habitación donde requerían de su cuidado.

XXVI

Instalaciones de Space Dragon.
Westmont, California, EE.UU.
Ocho meses atrás.

—Buenos días. Hoy comenzaremos con la planificación de vuestra estadía en Marte. Es de rigor que os informe que ya ha sido efectuado casi todo de antemano, de cara a lo que se viene, de manera que no os desveléis por causa de estos menesteres. Quiero creer que cuando pasáis al casino luego de la cena, en los televisores que hay disponibles para vuestro uso ponéis las noticias en vez de estar perdiendo vuestro tiempo enganchados con programación basura.

>>Por si no estáis enterados, os informo que se han estado enviando misiones no tripuladas a Marte desde hace años con el fin de transportar robots y materiales de construcción. Dichos autómatas han sido enviados para que lleven a cabo el montaje de todas las instalaciones que han sido consideradas esenciales dentro del proyecto, en el cual estáis incluidos vosotros. Esto se ha logrado gracias a que portaban instrucciones precisas de los planos ideados para que dichas estructuras posean una funcionalidad eficiente y segura. Es así que, en este mismo momento, se están edificando vuestras alcobas en aquellas lejanas tierras. No tenéis nada de qué preocuparos. Iréis a pasarla como unos reyes sin veros obligados a afligiros por minucias ni

ocuparos de otra cosa que no sea vuestra propia supervivencia. Casi podría admitir que os envidio.

\>\>Tanto la NASA como Space Dragon, en un esfuerzo conjunto junto a aportes minoritarios de otras entidades, han estado despachando desde hace bastante tiempo numerosas sondas encargadas de recabar todos los datos necesarios para vuestro establecimiento en aquel planeta. A esto se añade la información obtenida gracias a las múltiples misiones que se han realizado anteriormente desde la década del setenta. También se han llevado comestibles disecados, tierra cultivable, medicamentos e implementos de primeros auxilios. Ha habido mucha logística en adquirir y transportar instrumentos quirúrgicos, semillas, combustible, baterías, maquinaria y herramientas varias.

\>\>No se ha pasado nada por alto. Contaréis con electrodomésticos, muebles, ropa, entre un montón de otros artefactos indispensables para que podáis tener las vacaciones de vuestras vidas en aquellas áridas tierras. En resumen, vuestros reclutadores se han anticipado literalmente a todas las contingencias que pudieran surgir. Por si fuera poco, os han construido un confortable hotel de siete estrellas donde podáis morar sin sobresaltos, exentos de toda contractura ocasionada por estrés alguno.

\>\>Incluso se ha previsto la construcción de una pista de aterrizaje para las naves que irán llegando en futuras misiones. Esto se podrá efectuar a medida que el avance de la tecnología permita un "amartizaje" estandarizado en una atmósfera tan ligera. Somos los orgullosos responsables de acuñar este nuevo término a raíz de nuestra empresa de colonizar Marte. Por el momento, vosotros lo haréis mediante el empleo de retrocohetes, activándose tres paracaídas en la etapa final del descenso. La idea es que a futuro se instalen fábricas de diversos productos, cosa que nos acercará más al objetivo de colonizar de forma definitiva y consolidada el cuarto planeta en distancia al sol.

Un recluta levantó la mano.

—¿Sí? —inquirió el instructor, levantando la barbilla.

—El agua, ¿de dónde y en qué forma la obtendremos?

—Los robots se han encargado de perforar profundos pozos semisurgentes, desde donde podréis extraer agua mediante bombas conectadas a tuberías que han sido previamente instaladas para dicho propósito. Gran parte de esta agua proviene de la licuefacción del hielo presente en el subsuelo. Todas las obras sanitarias, además del sistema de purificación, incluyendo grandes plantas potabilizadoras y desalinizadoras, han sido cuidadosamente diseñadas y montadas por duplicado, al igual que todos los servicios vitales.

>>Entre los miembros de la tripulación habrá un ingeniero mecánico y un ingeniero informático que podrían encargarse ante un posible desperfecto. También contaréis con la asistencia de un enfermero y un médico cirujano si se presentase un problema sanitario, además os acompañará un ingeniero agrónomo, un odontólogo, un veterinario, un psicólogo, un ingeniero y un óptico, por si se presentase cualquier otro imprevisto en el área que sea. Sin embargo, se ha acometido el desafío de dejar todo preparado para que, cuando lleguéis a Marte, seáis recibidos sin ningún tipo de inconvenientes ni preocupaciones innecesarias, más allá de las que pudieran surgir de manera espontánea o natural. Para ello contáis con vuestra inteligencia y capacidad de resolución de problemas.

Otra mano se elevó.

—Proceda con la pregunta.

—¿Habrá animales?

—Por supuesto, tantos como queráis. Irán a bordo de vuestra nave. Llevaréis ovejas, cerdos, gatos, conejillos de indias, y algún otro animal a solicitud vuestra, siempre y cuando sea de pequeño tamaño, al menos en una primera instancia. Después de todo, seréis vosotros quienes moraréis en Marte. Como veis, podréis tener hasta mascotas inclusive. En suma, hemos tratado de satisfacer cualquier capricho que os pudiera surgir.

Todos quedaron sorprendidos.

—No sabía que la astronave tuviera capacidad suficiente como para transportar a tantos animales —indicó el mismo recluta.

—No la tiene. Llevarán embriones en frigoríficos criogénicos, los cuales serán desarrollados en probetas in situ.

Otra mano. El instructor le autorizó la palabra con un leve movimiento de cabeza.

—Tengo entendido que el viaje tendrá una duración aproximada de ocho meses.

—Así es. Por esto deberéis despegar el veinticuatro de diciembre, a fin de que estéis amartizando el treinta y uno de julio de 2018[20], puesto que es el día en que nos encontraremos a algo más de cincuenta y siete millones de kilómetros de distancia de Marte. Momento en que ambos planetas se encontrarán en lo que se conoce como oposición astronómica. Para que tengáis una idea, cuando se encuentran en conjunción[21], la máxima distancia que los separa, en el afelio[22] de Marte, será de trescientos noventa y nueve millones de kilómetros. El punto perihélico[23] de Marte, evento astronómico que se da cada quince años, aunado a la oposición de ambos planetas, que se da cada dos años y cincuenta días, es lo que hemos estado esperando para realizar el lanzamiento.

>>A los efectos de ilustraros, el mayor acercamiento en sesenta mil años se verificó el veintisiete de agosto de 2003,

---

[20] El año de referencia es extrapolable al 2033.
[21] El sol se encuentra entre los planetas.
[22] Punto de órbita más alejado del sol.
[23] Punto de órbita más cercano al sol.

y la distancia fue de algo menos de cincuenta y seis millones de kilómetros.

—¿Por qué tardaremos tanto? Según mis cuentas, si dividimos la distancia del recorrido por la velocidad que llevaremos, no nos debería de tomar más de tres meses —razonó uno de los reclutas.

El instructor sonrió ante la audacia del alumno.

—Es que tienes que incluir las dos órbitas de aceleración alrededor de la Tierra que tendréis que efectuar para obtener un efecto de tipo catapulta. A esto se debe añadir el recorrido parabólico que hará el Conqueror en dirección a un punto de intercepción de la órbita de Marte. Todo lo cual, casi duplica la distancia medida en línea recta. Pues no iréis directos a Marte, sino que lo interceptaréis en su trayectoria. También debéis tener en cuenta el proceso de desaceleración a medida que os aproximéis a destino. Creedme, no querréis penetrar la atmósfera marciana a más de treinta mil kilómetros por hora, por muy delgada que sea esta.

—¿Dónde llevaremos tantas provisiones para consumir durante tanto tiempo?

—Esa es una muy buena pregunta. Se os suministrará un suero que os mantendrá en una especie de hibernación o estado suspendido. A su vez, se os irá administrando lo indispensable para vuestra supervivencia durante el periodo de tiempo que durará toda la travesía. En estas condiciones consumiréis sesenta veces menos de energía y cuarenta por ciento menos de oxígeno. Necesitaréis por cada uno, tan solo doscientos litros de este suero potenciado para todo el viaje. ¿Alguna otra duda?

Otra mano indicaba que sí.

—Adelante.

—En cuanto a la tonicidad muscular y la densidad ósea a raíz de la falta de gravedad, ¿qué precauciones se han tomado?

—En este punto hay dos salvedades. Primero que nada, como os venía diciendo, se ha previsto un coctel con todos los nutrientes necesarios para el correcto funcionamiento de vuestro organismo: minerales, vitaminas, proteínas, grasas, carbohidratos y agua. Algunos de los cuales debieron ser sintetizados en nuestros propios laboratorios. Esta combinación específica para resolver este problema la obtendréis mediante el suero que os será inoculado, del cual os estuve hablando someramente en la respuesta a la anterior pregunta. De manera que tendréis una nutrición perfectamente balanceada como pocas personas de las que deambulan por las calles.

>>Relacionado con lo anterior, está el hecho de que vuestros trajes poseen una tecnología similar a las utilizadas en las camas solares, y aun mejorada, con el fin de que vuestra piel produzca vitamina D y vuestros intestinos logren la correcta absorción del calcio y el fósforo, y evitar su total pérdida a través de los riñones por la orina. Y antes de que preguntéis, iréis conectados a tubos con tecnología de punta, encargados de succionar vuestros deshechos con gran eficiencia e higiene.

>>Lo segundo es que seréis despertados diariamente mediante un mecanismo instalado en los asientos que estaréis ocupando para que podáis ejercitaros. También tendréis un retrete para cuando estéis despiertos. Esto se llevará a cabo de manera automática, según una tabla formulada a través de los estudios que se han venido haciendo desde la época de las misiones Apolo hasta la era moderna con la ISS, sobre la degeneración del sistema musculoesquelético.

>>Es bien sabido, a raíz de las experiencias obtenidas hasta el presente, que la ingravidez puede ocasionar no solo deterioro óseo sino también problemas físicos tales como náuseas, mareos y vómitos, entre otros. También es conocido que van remitiendo con el transcurso de dos días.

A su vez, a causa de un exceso o estancamiento de sangre en algunas partes del cuerpo, se produce hinchazón en los pies, las manos y la cara, con lo que pueden ocurrir eventos de hormigueo e incluso rigidez facial. Asimismo las funciones cognitivas básicas se mantienen intactas como ser la memoria o la percepción; sin embargo, respecto de las funciones psicomotoras, podemos afirmar que se ven afectadas en los movimientos, puesto que se vuelven imprecisos, y a esto le añadiremos el hecho de que se ralentizan.

>>En dichas instancias, realizaréis alternadamente sesiones vigorosas de ejercicio con otras de flexibilidad y tensión, según se los indique la computadora de abordo. También contaréis con el buen complemento de electrodos corporales para tonificar aquellos músculos que son menos utilizados y, por ende, más dificultosos de trabajar. Esto podréis utilizarlo durante el sueño, mediante la programación tanto del encendido como del apagado, así como de la intensidad, que también podrá ser automática.

>>A todo esto, podréis incorporar las pesas que se han fabricado especialmente para compensar la escasez de gravedad. Las colocaréis en la cintura, muñecas y tobillos cuando comience a disminuir la fuerza de gravedad (esto os lo indicará en su momento la IA[24]). Al usarlas, la sensación será casi la misma de la que sentiréis en Marte. Cuando lleguéis a Marte casi no notaréis la diferencia de atracción. De todas formas, recordad que, en aquel planeta, donde la fuerza de gravedad es menos de la mitad que la que encontramos en la Tierra, no necesitaréis tanta densidad ósea ni tonicidad muscular, por la sencilla razón de que allá tendréis que ejercer menos de la mitad de la fuerza que necesitáis para desplazaros y mover el objeto que sea aquí en la Tierra.

---

[24]Por las siglas de inteligencia artificial.

>>Además, recordad que contáis con el mecanismo de centrifugado asistido, el cual se ha ideado y provisto en la astronave para contrarrestar en gran medida estos efectos nocivos. Todas estas previsiones se han tomado procurando que vuestra adaptación sea perfecta e imperceptible.

Luego de unos momentos apareció otra mano.

—Lo escucho —dijo el hombre a cargo de la clase.

—Si vamos en estado inconsciente, mi pregunta es: ¿cómo podríamos hacernos cargo del control del cohete en caso de que ocurriera alguna falla? No me gustaría despertarme y encontrarme con que el barco estuviese hundiéndose.

—El Conqueror es una estupenda máquina completamente autónoma, siendo controlada por una computadora de última generación, que viene siendo el cerebro de toda la operación (de hecho, un cerebro cuántico). No obstante esto, de ocurrir cualquier situación inesperada, fuera de los parámetros o que amerite vuestra intervención, la inteligencia artificial que dirige la astronave se encargará de despertaros mediante el mecanismo que os acabo de mencionar. De hecho, el suero no os mantiene inconscientes, sino que nada más estaréis dormidos, eso sí, con vuestras funciones fisiológicas reducidas al mínimo. Podréis ser despertados y puestos a funcionar en cuestión de algunas decenas de segundos, dependiendo de cuán dormilones seáis, claro está.

>>Por otra parte, debéis recordar que el Control de Misión estará permanentemente supervisando de forma remota todo el funcionamiento del Conqueror. Esto incluye vuestro estado de salud, con el fin de salvaguardar el éxito de la misión. Tened en cuenta que vosotros sois la parte más importante de dicha misión. Creedme cuando os digo que todo ha sido pensado, no hay nada que no haya sido tenido en cuenta. De todas formas, seréis puestos a dormir recién cuando la nave esté en curso establecido a Marte. Mientras

tanto, estaréis atentos a cualquier problema que pudiera surgir.

>>Cambiando de tema, una vez amartizados, y en esto hago especial hincapié, deberéis observar con estricto cuidado el termómetro que vuestros trajes poseen en la zona de la muñeca. Como sabéis, la temperatura en la superficie depende de la latitud y también está sujeta a las variaciones estacionales, por lo que se ha elegido un posicionamiento ecuatorial donde se presenta más auspiciosa. Durante las horas más cálidas, es decir, entre las once y las catorce horas, las temperaturas pueden subir hasta los treinta grados centígrados o incluso más, debido a su atmósfera tan tenue. Por esta misma razón, el agua puede hervir a la intemperie a treinta y siete grados. Sin embargo, comienza a decaer rápidamente, hasta llegar a bajar por debajo de los ochenta grados centígrados bajo cero durante el período más frío de la noche, es decir en la madrugada próximo al amanecer.

>>A resultas de esto, del termómetro y vuestra prudencia en usar constantemente y en la forma adecuada el traje espacial mientras os halléis en el exterior, dependerá vuestra propia supervivencia. Recordad, fuera de las horas que os mencioné estaréis muertos en poco tiempo. De más está mencionar que sin el traje de veintidós kilos que portaréis todo el tiempo que permanezcáis en el exterior de las instalaciones, estaríais respirando dióxido de carbono en un noventa y seis por ciento, además de algo de argón y nitrógeno. Sin embargo, este sería el menor de los problemas que tendríais. Sin esta protección, vuestros órganos explotarían por la baja presión atmosférica, incluso antes de que vuestra sangre comenzara a hervir o vuestra piel se derritiera como cera bajo los letales rayos cósmicos.

Los alumnos abrieron más los ojos.

El instructor continuó diciendo:

—Y, ya que traje el tema a colación, os contaré que en estos magníficos relojes que se han integrado en ambas muñecas del traje, están incluidos: el medidor de eventos de protones solares, los indicadores de radiación cósmica de alta energía y de rayos gamma, entre otra multitud de radiaciones mortíferas diferentes, ya que Marte no posee magnetósfera que los proteja de ellos. También encontraréis información sobre los niveles de oxígeno, temperatura interior y exterior, hora, presión atmosférica y humedad ambiente. Pese a la protección de vuestro traje, deberéis observar con estricto cuidado su uso constante, las horas de exposición y los pronósticos del clima. Esta vital información será brindada por las sondas que orbitan el planeta a través de los cascos que portaréis o en los monitores colocados por toda la base de operaciones. El más mínimo descuido en este sentido y estaréis literalmente fritos.

Luego de una pausa, mientras asimilaban toda aquella información tan crítica como extrema, otro recluta formuló una nueva pregunta:

—¿Cómo obtendremos energía?

—La energía la recibiréis de dos maravillas de la tecnología moderna. Hablo de reactores nucleares miniaturizados, los cuales estarán respaldados mutuamente. Estos portentos de la ingeniería ya han sido instalados y puestos a prueba. Están listos para comenzar a funcionar a plena potencia tan pronto os poséis sobre suelo marciano. No obstante, como complemento, por cualquier situación imprevista que pudiera surgir o cuando se deba proceder a hacer el mantenimiento por calendario de los reactores, se han instalado paneles fotovoltaicos para que podáis obtener la energía del sol que recibiréis mientras no os azoten las severas tormentas de arena que se producen a menudo, cosa que reduce en un noventa y nueve por ciento la luz en la superficie. También hay un parque eólico como respaldo, por si acaso.

>>De aquí se desprende, y lo explico antes de que preguntéis (aunque me sorprende que aún no lo hayáis hecho), que obtendréis el oxígeno para respirar de la electrólisis del agua. Debido a que el agua encontrada en su inmensa mayoría es salada, facilita enormemente el proceso. Pero no os preocupéis por estos asuntos técnicos. También han sido instaladas las máquinas encargadas de realizar esta descomposición del agua y de distribuir el aire resultante al interior de las instalaciones, las cuales han sido diseñadas para ser completamente herméticas.

>>Tendréis múltiples estaciones de fácil recarga del oxígeno para vuestros trajes. En la medida que os adaptéis a esta rutina diaria de desenvolveros en el planeta de manera cotidiana, estaréis a salvo. De hecho, llevaréis con vosotros dos iguanas que os acompañarán todo el viaje. Irán en estado de congelación para que no consuman oxígeno ni alimentos. Al ingresar a la base, habiéndolas descongelado en lo previo, las soltaréis antes de sacaros el casco. Con esto os cercioraréis de que el ambiente sea amigable para la vida.

>>Debo advertiros en cuanto al transporte. Debido a las condiciones atmosféricas reinantes en el planeta rojo, de la superficie rocosa y polvorienta, y al uso de baterías, es muy lento y poco eficiente. Dispondrán de unos tipos de buggies o areneros cuya velocidad máxima será de cuarenta kilómetros por hora. Asimismo, de utilizarlos a esta velocidad, su tiempo de autonomía disminuirá drásticamente, por lo que la velocidad recomendada será de treinta kilómetros por hora.

>>Todo lo cual, aunado al poco tiempo de que dispondréis para permanecer en el exterior por causa de la temperatura ambiental, que comenzará a descender abruptamente con riesgo de congelamiento casi instantáneo, la exposición a los rayos cósmicos y la autonomía del traje en cuanto al oxígeno, hace imposible el poder recorrer grandes distancias. Se ha estimado que, inicialmente,

podréis tener un rango máximo de acción de unos diez kilómetros de radio, tal vez un poco más, dependiendo de vuestra habilidad en racionar las energías y administrar los medios con que contáis. Esto irá aumentando a medida que se extienda el área edificada que facilite los temas logísticos.

>>Pero no os preocupéis por todos esos detalles menores. El mayor problema que deberéis afrontar cuando estéis viviendo allá será la convivencia. Por eso es tan importante la disciplina y el buen comportamiento. Por fuerza deberéis ser pacientes, tolerantes y pacíficos. Por obvias razones, tendréis vedada la tenencia de cualquier tipo de arma.

Otra mano se levantó.

—Dime.

—¿Cómo estableceremos contacto con la Tierra?

El instructor golpeó las manos y lo señaló.

—Buena pregunta. Obtendréis conexión mediante antenas de superficie, las cuales se enlazarán con las seis sondas orbitales. Estas fungen en este momento como satélites. Tomad nota: el orbitador Mars Odyssey puesto en órbita en 2001 por la NASA, el Mars Express de la Agencia Espacial Europea en órbita desde 2003, el orbitador Mars Reconnaissance de la NASA puesto en órbita en 2006, la Mars Orbiter Mission, informalmente llamada Mangalyaan, la cual es una sonda puesta en órbita en 2014 por la ISRO, la Organización de Investigación Espacial India, la MAVEN, un orbitador de la NASA, cuya inserción orbital fue realizada en 2014, y el ExoMars Trace Gas Orbiter (TGO), puesto en órbita en 2016, en una misión colaborativa entre la Agencia Espacial Europea (ESA) y la Agencia Espacial Rusa (Roscosmos), compuesta por un orbitador transportador robótico.

El instructor observó su reloj; se había pasado volando la hora.

—Dicho esto, damos por concluida la clase por hoy. Mañana estaréis camino al hospital para que os extirpen la vesícula biliar y el apéndice, por precaución. Debido a los cambios de presión que sufriréis a lo largo de todo el viaje y aun luego de instalados en Marte, aumenta considerablemente la probabilidad de sufrir algún trastorno de estos órganos del cuerpo.

>>Hoy comenzaréis un ayuno en preparación para la realización de dichas intervenciones quirúrgicas. No os preocupéis, estas operaciones serán realizadas de manera ambulatoria con el método laparoscópico, el cual es muy poco invasivo. Ni siquiera tendréis necesidad de someteros a internación hospitalaria, solo algunos días de reposo en Westmont, eso sí, tomando mucha agua —dijo, restándole importancia al asunto con el fin de tranquilizarlos—. Hasta la próxima.

XXVII

Bombay, República de la India.
Veintitrés meses atrás.

Estaba a punto de terminar sus estudios de odontología gracias a la ayuda de sus patrones. Pero sabía lo difícil, aún casi imposible, que le resultaría conseguir un empleo con la carrera que había decidido graduarse.

Pese a ser un hombre intuitivo y con amplios dotes de líder, su título de poco valía en una sociedad que se manejaba rígidamente por un estructurado sistema de castas. Era cuestión de creencias, iba más allá del sentido común o cualquier raciocinio posible. Sencillamente no tendría cabida en la sociedad con aquella profesión.

Siendo Odinrod un ksatri, por ser hijo de un varón de la casta shudra (miembro de la cuarta y última casta, la de los siervos, simples peones que debían trabajar por comida y techo) con una mujer vaisia (un miembro de la tercera de las cuatro castas de la sociedad india tradicional), nadie lo contrataría para ocupar una función semejante. A lo sumo le estaba reservado el límite de llegar a ser un artesano, un agricultor, un comerciante o un terrateniente en el mejor de los casos y tras mucha labor. De hecho, todos los años de estudio fueron un suplicio a causa de los desaires que sus compañeros se encargaban de dejarle bien en claro.

Siendo muy joven, había cedido a las persuasiones de sus amados patrones. Ellos eran una excepción. Desde un primer momento, cuando lo acogieron en su hogar y le brindaron el sustento más importante que una criatura puede recibir: el emocional, sintió un cariño hacia ellos que fue creciendo hasta convertirse en un amor incondicional. En el momento que le instaron a que estudiara lo que quisiese, asegurándole que todos los gastos correrían por cuenta de ellos, no habría podido negarse por mucho que hubiese deseado. Cada cosa que hizo fue a sabiendas de que al final todo sería en vano.

Se encontraba en la última etapa del Seminario Interáreas, el cual debía ser promovido mediante la presentación de un proyecto académico que comprendía varias materias con sus correspondientes pruebas, monografías y la tesis final. Justo cuando estaba a punto de lograr aquel inmenso esfuerzo que habían hecho en conjunto, todo se tornaba en una sombría incertidumbre de sabor amargo.

A medida que se acercaba al momento cúlmine en que vería la realización de tantos años de esmerado estudio, iba comprendiendo que había sido un grave error de su parte, producto de una ingenuidad de proporciones épicas. Al menos habría saciado la satisfacción propia de culminar un ciclo y cumpliría a su vez en enorgullecer a sus paladines. Lo había hecho por amor a ellos.

Había pensado muchas veces en migrar al exterior, en busca de más auspiciosas oportunidades laborales y el reconocimiento de sus logros y méritos. Sin embargo, cada vez que leía el periódico o veía el noticiero se encontraba con un bullicioso y caótico panorama en lo referente a este asunto. Si bien era un hombre dispuesto a perseguir sus sueños, no se consideraba una persona intrépida capaz de cualquier locura por conseguir sus propósitos. Huir del país sería una temeridad que él jamás podría llevar a cabo.

Prefería manejarse con un perfil bajo hasta alcanzar las cotas que le brindaran sus posibilidades y, en última instancia, el propio destino.

En breve sería poseedor de un título que muchos envidiarían, pero que en realidad nunca llegaría a ejercer u ostentar. No podría permanecer por siempre bajo el ala de aquella familia, que, aunque bondadosa, le había manifestado sus intenciones de abandonar el país en algún momento próximo en el tiempo. Había desperdiciado tantas noches de desvelado estudio para acabar ganándose la vida como mejor pudiera en la jungla de las calles de Bombay. Apenas lograría proveer para sí mismo, ¿cómo alimentaría a su anciana madre? ¿Cómo haría frente a los costosos tratamientos a que estaba sometida por las penosas afecciones que sufría?

Redobló sus estudios, fue puliendo los detalles y se esmeró en sus composiciones. Cuando llegó el día, cerró el año con un moño de oropel. El proyecto había sido presentado, ahora era cuestión de aguardar el resultado. Cuando quiso darse cuenta, ya estaba en bedelía recogiendo unos cuantos papeles que certificaban que era un odontólogo.

No tenía intenciones de encuadrar ninguno de aquellos pergaminos, no valía la pena gastar un centavo en ello cuando jamás llegaría a tener su oficina propia donde lucirlos ni podría ufanarse a causa del desdén ajeno. La señora le entregó los distintos diplomas que avalaban los diversos seminarios que había cursado y que había aprobado. Nada de ceremonias extravagantes ni aparatosas formalidades, tan solo un apretón de manos de parte de la adscripta y una sonrisa acompañando las felicitaciones. Probablemente no se habría enterado de su ascendencia.

Esa misma tarde, tras la insípida sensación de haber culminado su carrera y luego de ponderar tantas cosas de suma relevancia, optó por ir a hablar con su patrón.

Golpeó la entrada de la sala de trabajo de su jefe. Luego de ser admitido, entreabrió la pesada puerta para apenas asomarse.

—Adelante, Odín. ¿Qué necesitas?

—Disculpe la molestia. Quería informarle que he tomado la decisión.

El jefe arqueó las cejas.

—Si me permite, enseguida del mediodía iré hasta la sucursal de esta agencia espacial aquí en Bombay a inscribirme para el sorteo.

No recordaba un acto tan audaz de su parte. Siempre había sido muy tímido e inseguro. Disponerse a una acción tan radical como aquella implicaba un esfuerzo interior extraordinario para su personalidad tan retraída. El corazón le golpeaba el pecho.

El hombre enjuto, sentado detrás de su elegante escritorio de madera noble, se alisó el fino bigote con el índice y el pulgar. Siendo un hombre de negocios, le sobraba determinación y solidez.

—Me parece una excelente decisión, y muy valiente, por cierto —comentó a sabiendas de la forma de ser de su empleado—. Estoy seguro de que lo has considerado con mucho reparo, porque sé que eres una persona muy responsable. Tienes todo mi beneplácito. Mi chofer te llevará hasta el lugar. Te deseo mucha suerte.

—Disculpe el atrevimiento —dijo apenado mientras bajaba la mirada—, pero necesitaría que me diera un adelanto de sueldo de diecisiete dólares para la inscripción. Es que…

El hombre sonrió, mientras se dirigía a la pequeña caja fuerte que se encontraba en la pared detrás de una pintura.

—Odín, considéralo mi primera contribución con lo que podría ser el viaje de tu vida.

Odinrod agradeció con una leve sonrisa. Cuando iba dándose la vuelta para marcharse, su jefe lo llamó. Odinrod contuvo la respiración.

—¿Dígame?

—Si no me equivoco, hoy te entregaban los resultados de tus últimos exámenes.

—Así es.

—Entonces cuéntame, ¿cómo te ha ido?

—Salvé el último seminario.

El hombre frunció el entrecejo.

—Y eso, ¿qué significa?

Odinrod sonrió tímidamente.

—Que ya soy oficialmente un odontólogo diplomado.

El hombre levantó las manos con alegría.

—¡Enhorabuena! Felicitaciones querido Odín. Ven aquí que quiero darte un abrazo.

XXVIII

Instalaciones de Space Dragon.
Westmont, California, EE.UU.
Ocho meses atrás.

La instructora de rubia cabellera y labios pintados de rojo carmesí, entró al salón contoneándose. Exhibía una gran sonrisa y observaba a todos por encima de unas gafas puntiagudas. Era secundada por un grandulón con aspecto de no haber dormido muy bien la noche anterior.

—Muy bien, chicos y chicas. Se puede decir que van quedando los finalistas, dado que ya son menos del diez por ciento de los que comenzaron inicialmente —dijo con tono alegre la mujer—. Es así que, ya podemos comenzar con las clases de locución en público en esta materia desarrollada para formar instructores académicos. Debéis tener en cuenta que a partir de ahora pasaréis a convertiros en figuras públicas, con lo cual estaréis bajo la lupa popular. Seréis presa de los medios de comunicación, quienes estarán constantemente al acecho. No habrá clemencia una vez que pongáis un pie fuera de estas instalaciones, por esa razón, deberéis estar preparados para enfrentar el mundo y nosotros nos encargaremos de daros todas las herramientas indispensables para defenderos.

El gigante tomó su turno, una vez que la mujer lo observó:

—Habiendo completado la pista de guerra dentro del tiempo estipulado, esto será muy sencillo para vosotros, ¿no es así? Solo tendréis que exponer frente a diversos tipos de público, sobre diferentes temas, disponiendo de distintas cantidades de tiempo tanto para preparar la presentación como para exponer, debiendo respetarlo a rajatabla. Aun seréis constreñidos a la improvisación en todo momento y lugar, sin previo aviso. A esto le sumaremos algunas situaciones un tanto incómodas o desagradables para someteros a un poco de presión (pero solo un poco nada más), hasta que acabéis estallando en llanto o poseídos por la ira. Luego de este divertido curso, estaréis en condiciones de plantaros ante cualquier tipo de entrevista y aun salir airosos.

Dicho esto, con una mirada le cedió la palabra a la mujer. Ella tomó la posta con mucha soltura, como si estuviesen siguiendo un guion de manera perfectamente coordinada:

—Comenzaremos por lo básico e iremos incrementando el nivel de dificultad hasta llegar al punto de probaros al límite de vuestras capacidades y tolerancia. Primer punto y tan fundamental como el resto de los que iremos viendo subsiguientemente: si tenéis la oportunidad de pasar un PowerPoint, un video confeccionado por ustedes mismos, un Prezi o cualquier otro medio de presentar un tema, lo haréis. Pero no sin antes revisar la ortografía y la gramática hasta que no haya ninguna duda de que está todo perfecto. De lo contrario, con el primer error perderéis toda credibilidad y ya con el segundo os habréis convertido en el payaso hazmerreir parado al frente. A partir de ese momento ya nadie prestará atención a lo que tenéis para decir, pues estarán todos muy ocupados buscando las siguientes faltas, ya que tomarán como una victoria cada error (por pequeño que sea) que logren descubrir.

>>Luego chequearéis varias veces (las que sean necesarias) que el medio de reproducción funcione a la perfección. Os cercioraréis de que la presentación corra sin inconvenientes y que el volumen del audio sea el correcto. Examinaréis cada detalle. Comenzando por comprobar que las pilas del puntero láser no estén agotadas, que los marcadores tengan tinta y que la pizarra esté limpia. Os pasaréis revista a vosotros mismos para aseguraros de que vuestra pulcritud resista la crítica más cáustica, de modo que el público desvíe rápidamente su atención de vuestro aspecto a aquello que tengáis para decir. Os volveréis a prueba de fallas.

Hubo un breve silencio. Continuaron alternando.

—Como habréis podido percibir, abordaremos los aspectos técnicos, primeramente, para luego pasar al desempeño personal. La idea es proveeros de las herramientas para que no seáis unos mentecatos balbuceantes y muertos de miedo a la hora de enfrentar las cámaras o un auditorio repleto. Además, os haremos perder el miedo, exasperando vuestros nervios al límite. De aquí saldréis convertidos en unos granujas hechos y derechos de pura cepa.

>>Una vez que os halléis delante de todos, habrá cosas que las suprimiréis de vuestro proceder, somo si extirpaseis una horrible verruga de vuestro rostro. Bajo la atenta mirada de un público expectante, dispuesto a ponerse de pie para aclamaros con un efusivo aplauso o a descuartizaros con un gesto tan sencillo como levantarse en plena presentación y abandonar la sala, jamás de los jamases os cruzaréis frente de la pantalla.

>>Acciones tales como poner las manos en los bolsillos o cruzarse de brazos serán causal de desprecio. Nimiedades como jugar con cualquier clase de objeto que poseáis en la mano, rascarse, o incluso permanecer inmóviles, están terminantemente prohibidas. Bajo ningún concepto andaréis esgrimiendo con el puntero láser como quien se enzarza en una contienda de espadachines. Deberéis aprender a desplazaros con soltura a lo largo del estrado, sin perder la concentración sobre aquello que estéis transmitiendo. No dejaréis de observar a todos los presentes, pero sin mirar a ninguno en realidad, si no queréis quedar en panes. Vuestra mente estará abroquelada como un ejército detrás de las murallas de un castillo asediado.

Ahora era el turno de ella:

—Comenzaréis con un llamado de atención, para que todos permanezcan en vilo a partir de allí. Evitaréis el tono monocorde que languidezca al público. Hablaréis pausadamente; ni demasiado rápido, que parezca como si os están corriendo, ni tan lento que todos acaben durmiendo una siesta. Vosotros estableceréis las pautas de cómo se desarrollará la exposición, así como del ritmo a llevar. De esta manera, os aseguraréis al inicio de dejar bien claro algunos puntos como ser: si el auditorio podrá interrumpir o no durante el transcurso de la charla y de qué manera deberá hacerlo. Esto lleva al siguiente punto, si habrá un espacio de preguntas y en qué momento. Luego aclararéis si interactuaréis con los concurrentes o será más tendiente a un monólogo, cosa que no es lo más recomendable, por cierto. Aunque esto también dependerá de las inclinaciones del público. Huelga decir que siempre convendrá investigar por anticipado a quienes asistan. No querréis encontraros de repente rodeados por el enemigo y desprovistos de armas con que enfrentarlo.

>>Siempre tendréis a mano un vaso de agua, pues de seguro se os secará por completo la boca, así como la garganta, por causa de los nervios. Llegado el punto, comenzaréis a carraspear y a tratar de tragar saliva. De esta manera, perderéis rápidamente la focalización del tema y daréis motivo para que los oyentes también lo hagan. Vuestro barco comenzará a hundirse en ese preciso instante.

>>Demostraréis seguridad en todo momento, aunque os tiemblen las rodillas y no tengáis ni la más remota idea de qué va la pregunta. Si no sabéis por dónde se come el asunto, recurriréis a tragarlo. Previniendo esto, siempre portaréis una chicharra escondida en el oído que os ayude a desatar aun el nudo más gordiano. A esta os asiréis cual salvavidas en medio de una tempestad, mientras aprovecháis para beber un buen sorbo de agua que aclare tanto vuestra garganta como vuestras ideas. Para esto deberéis coordinar cada aspecto tras bastidores.

Ella hizo la pausa correspondiente, era como si lo hubiesen ensayado en lo previo. Él continuó con toda naturalidad:

—La amabilidad y el buen humor serán vuestro estandarte, pero sin convertiros en unos bufones. No dejaréis de enarbolarlo, aunque os estén arrojando verduras a la cara y pidan vuestra cabeza en una bandeja. Siempre será preferible una sonrisa a un ceño fruncido. No olvidéis que ellos son multitud y vosotros estaréis solos. Aprenderéis a como dé lugar a utilizar vuestras manos para expresaros, pero sin exagerar.

>>Os aseguro que saldréis de aquí pronunciando correctamente las palabras, así sea lo último que hagáis en vuestras miserables vidas o de lo contrario nos veremos obligados a sacrificaros en el altar de la oratoria. Usaréis todos los medios disponibles, pero sin abusar de ellos. Evitaréis la repetición de palabras como quien elude minas antipersonales y, sobre todo, nos encargaremos de que eliminéis las muletillas, aunque tengamos que arrancaros la lengua con una tenaza para lograrlo.

—¿Alguna duda hasta ahora? —inquirió la mujer con un malévolo mohín apenas perceptible.

Todos inhalaban apenas el aire suficiente.

—Muy bien, entonces continuaremos haciendo una representación como para ir poniéndoos en contexto. Luego os daremos un tiempo para que preparéis un tema elegido por vosotros. Por ser el comienzo os facilitaremos las cosas. Tendréis cinco minutos para presentar el tema. Recordad todos los ítems que os hemos remarcado y tratad de ir aplicándolos uno a uno o la pasaréis mal. Más vale que os esforcéis por puliros a vosotros mismos o nos encargaremos de que sufráis las consecuencias.

Todos comenzaban a tragar saliva, pese a que aún no habían hecho la primera exposición.

—A medida que vayáis ganando práctica, iremos incrementando la complejidad, no os preocupéis —agregó el gigante con una siniestra sonrisa—. Ya llegará el momento en que nos odiaréis en buena ley.

XXIX

Daca, República Popular de Bangladesh.
Veintitrés meses atrás.

Rebosante de alegría y confianza, Naila Purkait había salido con su título a cuestas a comerse el mundo. Habiendo superado la etapa más ardua y difícil en tiempo récord, ahora era solo cuestión de conseguir un lugar donde desempeñarse, nada más. Sabía que tenía mucha obra para efectuar, mucho bien por hacer y ahora contaba con el conocimiento de su formación como herramienta. Podía encarar cualquier desafío que se le presentase más segura de sí misma.

Comenzó pidiendo trabajo en la primera veterinaria que se cruzó. Su sonrisa y entusiasmo se dieron de bruces con la negativa irrevocable y los comentarios negativos en cuanto al estado actual del mercado laboral. Con todo, no se desanimó. A fin de cuentas, era el intento inaugural. Fue a la siguiente y luego a otra más, siempre con el mismo resultado, pero con el optimismo equivalente en valiente oposición.

Al cabo de un mes, había perdido la cuenta del número de veterinarias que llevaba recorridas en busca de empleo. Pese a todo su esfuerzo, no había conseguido ni siguiera un puesto para trapear pisos. De hecho, la mayoría manifestaba que estaban en época de recortes y reducción de personal.

La recesión económica se hacía sentir. En los tiempos muertos, tratando de olvidar el hambre y la frustración, se la pasaba viendo videos en YouTube desde su celular, cada vez que podía engancharse a una red wifi gratis.

Entre tantas cosas que se podía encontrar recorriendo los incontables videos que existían y que día a día iban apareciendo, sus favoritos eran los graciosos sobre animales (los tiernos la hacían llorar y prefería verlos en la intimidad de su casa, junto a un paquete repleto de pañuelos descartables). De paso, escudriñaba alguna que otra noticia sobre los desastres naturales ocasionados por el efecto invernadero. Asimismo se encontró con muchos videos que hablaban de teorías conspirativas, entre las cuales se hacía mención de que el antes llamado calentamiento global, y ahora denominado cambio climático, era una gran falacia.

Al principio le restó importancia, considerando todas aquellas propuestas una gran estupidez. Pero como contaba con tanto tiempo libre subida en autobuses y subterráneos, donde tenía recepción libre, había acabado por prestarle atención e interiorizarse en el tema. Sin darse cuenta, poco a poco fue interesándose por la supuesta razón de fondo de todo lo que estaba ocurriendo: un arma de destrucción masiva capaz de controlar el clima y aun los movimientos telúricos. Aquella supuesta arma era conocida como HAARP (según la versión norteamericana), la cual debía ser mantenida en secreto a toda costa y para ello, no se reparaban en gastos, según el youtuber que exponía sus investigaciones. Por la misma razón se insistía tanto con el presunto aumento de temperatura y el consiguiente derretimiento de los casquetes polares, para ocultar los efectos causados por su aplicación.

De este modo, aparecían las imágenes de osos polares sobre pequeños islotes de hielo flotante y pululaban los videos de catastróficos incendios forestales.

—Si tuvieras un arma como esta en tus manos, ¿querrías que todo mundo lo supiese y fueses de esta manera denunciado como un genocida? —preguntaba el *youtuber* de uno de los canales que más había llamado su atención pese a tener relativamente pocos subscriptores—. Definitivamente que no. Lo mantendrías en el más hermético secreto tanto como pudieras para utilizarlo a tu antojo todo lo que quisieras en tu propio beneficio.

>>Sin lugar a ningún tipo de dudas, es el arma más poderosa y a la vez más sigilosa que haya existido alguna vez —continuó reflexionando—. Sería tan frustrante no poder utilizarla a tu voluntad y placer, sin que nadie sospeche que lo has hecho, como lo sería de peligroso que otras naciones descubran el medio de utilizarla en tu contra, a sabiendas de que tú ya lo habías hecho previamente en perjuicio de ellas.

Luego de darle el pulgar arriba indicando que le gustaba el video, acabó suscribiéndose a aquel canal y dándole clic a la campanita para recibir todas las notificaciones de los próximos videos.

Luego de indagar mucho en cuanto al tema, fue recorriendo otros que la llevaron a otros muchos más. Era como ir quitando capa tras capa de una cebolla. A medida que iba recapacitando sobre las investigaciones realizadas y las pruebas presentadas, fue abriendo los ojos a tal punto que acabó concluyendo que la civilización humana estaba basada en tan solo mentiras, urdidas a través de los más diversos medios de adoctrinamiento posibles, que parecían abarcar cada aspecto de la vida, según la conocía o creía conocer desde que era pequeña.

Con tal descreimiento, perdió la confianza y aun el sentido de todos sus más loables propósitos. Paralelamente, iba sintiendo como si le fuese a estallar el cerebro en cualquier momento al ir descubriendo una realidad que se desmoronaba ante ella. Cada nueva evidencia removía los cimientos más profundos del paradigma sobre el cual había estado parada toda su vida. Comprendió azorada que su noción de las cosas había sido manipulada a través de sofisticados métodos de fascinación, parecido al hechizo lanzado por las brujas.

Decidió volver a casa a reponer energías y a desenchufarse un poco. Toda la información que había ido acumulando, le provocó un verdadero cortocircuito cerebral que la dejó en tal tensión como nunca lo había experimentado hasta ahora, al punto que se agotaron sus fuerzas por completo. Sentía algo así como una desarmonía interna, completamente desorientada, como si su sistema de ideas, creencias y emociones se hubiese desbaratado por completo y ya no tuviese de qué sostenerse. Todo cuanto percibía del mundo que la rodeaba se tornaba una mera ilusión. Le parecía como si los pensamientos que surgían en su mente estuviesen en conflicto entre ellos mismos. Dos voces que retumbaban en su cabeza rebatiéndose la una a la otra, a pesar de que provenían del mismo sitio.

—*Eso se conoce como disonancia cognitiva, uno de los estados mentales muy bien estudiados por el Instituto Tavistock, por cierto* —explicaba otro youtuber de manera vehemente—. *Y constituye uno de los mayores obstáculos que se presentan a la hora de que una persona inmersa en la matrix pueda despertar del profundo sueño en el que se encuentra sumida.*

Entonces se encontró con un aviso que hablaba del sorteo que la compañía Space Dragon llevaría a cabo en poco más de cuatro meses. Como siempre, a primera vista no consideró con seriedad semejante idea. No obstante, una vez que volvió en su mente a discurrir sobre el asunto, se sorprendió a sí misma llenando el formulario que le daría la posibilidad, azar mediante, de eventualmente encontrarse camino a las estrellas. Los diecisiete dólares de la inscripción fueron un duro golpe en su diezmada economía doméstica; ojalá valiera la pena el esfuerzo, pensó. Al salir del local, tuvo una sensación comparable a la primera vez que dos amantes hacen el amor, aunque en realidad se lo estaba imaginando, porque su primera y única vez había sido un completo desastre, desde todo punto de vista.

Deseaba olvidar por un momento todas aquellas locuras que habían invadido su mente, al punto de debilitarla hasta los huesos. Deseaba no pensar en la desilusión que se había llevado al no poder encontrar trabajo por mucho que se había esforzado. Deseaba llevarse un bocado a la boca y que la existencia misma fuera radicalmente diferente.

Con la calle para ella sola, salió dando pequeños brincos como cuando era niña, al tiempo que sonreía de la emoción. Entre tantos saltos, el celular voló de su bolsillo y se estrelló contra el pavimento, haciéndose añicos. Había hecho su primera locura en mucho tiempo y por fin tenía verdaderas esperanzas en un objetivo concreto. Esto le ayudó a sobrellevar la pérdida de su preciado caleidoscopio.

Con aquella expectativa en mente, volvía a tener paz en su vida y un poco de alegría, aunque se hubiese visto algo empañada por el desafortunado percance con su teléfono móvil.

XXX

Pasadena, California, EE.UU.
Ocho meses atrás.

Habían transcurrido muchos días de ardua preparación física, rigurosa incursión en la disciplina y el estudio de las más diversas áreas de la ciencia. Estaban todos los ingredientes dispuestos, ahora tocaba el turno de poner las manos en la masa: harían una recorrida por las diferentes clases de laboratorios con que contaba la NASA, con los cuales abarcaba la mayoría de los campos del conocimiento descubiertos hasta la actualidad.

Cada cual, según su especialidad, tendría la oportunidad de conocer los últimos avances en materias tan disímiles como el monitoreo de aguas subterráneas y el estudio de los cambios a nivel global, pasando por telescopios espaciales hasta llegar al soporte vital de las misiones.

Para entonces, habían sido reagrupados en una sola compañía y ya comenzaban a conocerse mejor entre sí. De todas formas, tendían a mantenerse los grupos que se habían consolidado desde los meses previos en que formaban parte de diez compañías por separado. Sobre todo, los remanentes de cada compañía persistían en tomar como referencia a los antiguos derechas.

Por cercanía, comenzaron por el Laboratorio de Propulsión a Chorro[25], ubicado en Pasadena, en el condado de Los Ángeles. Allí, la Oficina de Servicios Públicos les ofreció una visión general de las actividades y logros del laboratorio y luego los acompañó en una visita por el Centro de Visitantes von Kármán, nombrado así en honor a Theodore von Kármán, un ingeniero y físico húngaro-estadounidense que realizó muy importantes contribuciones en los campos de la aeronáutica y la astronáutica. Visitaron luego la Instalación de Operaciones de Vuelos Espaciales y el Centro de Ensamblaje de las naves espaciales. De allí todos salieron sorprendidos por las ingeniosas técnicas de armado de los componentes, en especial los de gran tamaño. En aquel sitio todo era descomunal, haciendo que se sintieran tan pequeños como insectos.

—El Laboratorio de Propulsión a Chorro ayudó a abrir la Era Espacial, desarrollando el primer satélite científico de América puesto en órbita terrestre, creando la primera nave espacial interplanetaria exitosa y enviando misiones robóticas para estudiar todos los planetas del sistema solar, así como asteroides, cometas y la luna —dijo el encargado de la recorrida—. Además de sus misiones, este laboratorio fue encomendado para el diseño y desarrollo de la Red de Espacio Profundo de la NASA. Este sistema mundial de antenas que se comunica con las naves interplanetarias enviadas desde la Tierra también se encuentra bajo su gestión.

Todos asentían con la cabeza, impresionados por los grandes logros de aquella célula de la NASA. Era evidente el frenético trabajo que realizaban dentro de aquellas magníficas instalaciones, cuyas salas de laboratorio relucían por la excesiva pulcritud.

---

[25] JPL por sus siglas en inglés.

El día estaba nublado y amenazaba con llover, pero aun así no les impidió disfrutar de toda la interesante información que iban recibiendo, la que iban absorbiendo como verdaderas esponjas.

—Como parte de Caltech, estamos trabajando en nuevas herramientas para crear formas de moléculas espejadas. También hemos sido los responsables del giroscopio óptico más pequeño del mundo. Como un solo equipo, hemos emprendido la tarea de lograr la energía solar espacial, así como también hemos abordado el desafío de hacer que la ciencia del clima sea comprensible para todos. A su vez, nos hemos abocado a la búsqueda de hacer que los paneles solares sean más eficientes.

João se acercó a Svetlana por detrás y le comentó por lo bajo:

—Espero que no hagan preguntas de esto en el examen, porque de lo contrario estoy frito.

Ella miró de reojo a un costado para no llamar la atención y asintió con una sonrisa.

Luego se trasladaron al Centro de investigación de vuelo Neil A. Armstrong, ubicado en la Base de la Fuerza Aérea Edwards, en California. Allí conocieron el Observatorio Estratosférico de la NASA para Astronomía Infrarroja, conocido como SOFIA, el observatorio astronómico aerotransportado más grande del mundo. Este observatorio complementaba los telescopios espaciales de la NASA, siendo un escalón intermedio entre aquellos y los principales telescopios terrestres. El SOFIA presentaba un telescopio de infrarrojo lejano construido en Alemania, con un diámetro efectivo de dos metros y medio. Todos los físicos e ingenieros entre los reclutas babeaban a mares al ver aquella maravilla de la tecnología.

De pronto, para alegría de todos, les informaron que serían llevados en un vuelo a bordo de un DC-8 llamado el Laboratorio de Ciencias Aerotransportado.

—El exclusivo *laboratorio volador* DC-8 recopila datos para, posteriormente, someterlos a numerosos experimentos. Esta tarea se realiza en apoyo a proyectos científicos que prestan servicios a la comunidad científica mundial, incluidos investigadores de la NASA y otras instituciones federales, estatales, académicas y extranjeras —explicó quien había sido comisionado para acompañarlos en la visita—. Disfrutad de las bondades de esta gema de la ciencia.

Culminado el vuelo, habían tenido la posibilidad de aprender someramente sobre su funcionamiento y de manipular los costosos equipos instalados en el interior del avión, asesoramiento y supervisión mediante. Ya en tierra, les condujeron hasta el hangar donde se hallaba guardado el ER-2, conocido como la plataforma de gran altitud.

—La NASA opera dos aviones de recursos terrestres Lockheed ER-2 como laboratorios de vuelo en el Programa de Ciencia Suborbital bajo la Dirección de Misión Científica de la Agencia. Lamentablemente no podremos invitaros a dar un paseo a bordo de esta magnífica aeronave, puesto que se encuentra en período de mantenimiento —algunos paneles laterales faltantes daban fe de ello—. Pero podréis acceder a su interior para observar su equipamiento. Os iré haciendo una escueta reseña acerca de sus capacidades tecnológicas a medida que vayáis pasando y vaya surgiendo cualquier duda.

A continuación, se dirigieron hasta un aeroplano bimotor de mediano porte, que estaba estacionado en las cercanías. El estilizado avión relucía pese a la tenue luz del día, opacado por la nubosidad intermitente.

—En esta aeronave de insuperable practicidad, el Grumman Gulfstream C-20A, se valida un radar de apertura sintética en una vaina especialmente diseñada para que sea interoperable con aeronaves tripuladas y no tripuladas.

Se podía ver la envoltura blanca, una especie de crisálida, que contenía el radar de referencia colgado de la panza del avión, entre el tren principal y el delantero. Sin embargo, todos los ojos se desviaban con disimulo hacia el misterioso objeto que había a pocos metros de la aeronave que les estaban enseñando. El guía lo percibió de inmediato.

—Muy bien, pasemos a ver la llamada Aeronave Ciencia, uno de los dos UAVSAR que posee la NASA.

No podían creer, a medida que iban aproximándose al artefacto en cuestión, que tenían en frente suyo a un avión no tripulado. Era muy similar a los que aparecían en las películas o los noticieros.

—Esta preciosura, es un proyecto de demostración de capacidades de ciencias de la Tierra, desarrollado conjuntamente por el Laboratorio de Propulsión a Chorro y el Centro de Investigación de Vuelo Armstrong de la NASA. Con los dos Northrop Grumman RQ-4 *Global Hawk* con que cuenta el Laboratorio, se estudian cuestiones que van desde la dinámica de la corteza terrestre hasta el ciclo del carbono.

A Ming se le antojaba más divertido lanzando misiles que aplicado al servicio de la ciencia.

—Para esto se utiliza una técnica que envía pulsos de microondas desde el sensor en la aeronave al suelo, llamado interferometría. El radar que porta es capaz de penetrar fácilmente en una zona cubierta por nubes o incluso en zonas con tormentas de arena. Aunque estoy seguro de que estaréis más familiarizados con la versión militar, utilizada para destruir a los enemigos de los Estados Unidos.

Cuando estuvieron todos parados alrededor del aparato, recién pudieron apreciar su verdadero tamaño. Por medio de la televisión nunca se hubieran imaginado que sería tan enorme, pues con sus trece metros de longitud, treintaicinco de envergadura y un peso máximo de diez toneladas, era por lo menos colosal. Su morro tenía un extraordinario parecido con la cabeza de la criatura que protagonizaba la película *Alien*.

—Esta plataforma fue seleccionada debido a los récords que ostenta en su haber: la gran altitud que puede alcanzar de hasta 20 000 metros, su rango de vuelo autónomo de 14 500 kilómetros y la duración nominal de vuelo de veintidós horas. Esta extraordinaria performance hace posible que se puedan realizar campañas en regiones tan lejanas como la Antártida. Y gracias al equipamiento que porta, permite la observación a largo plazo de eventos tales como volcanes y terremotos.

Continuando con la recorrida, pudieron apreciar los aviones de apoyo Gulfstream G-III de investigación aerodinámica, el avión experimental X-57 *Maxwell*, de propulsión eléctrica desarrollado por la NASA, los Beechcraft Beech 200 *Super King Air*, utilizados como bancos de pruebas para experimentos de investigación de vuelo, así como para entrenamiento y adquisición de dominio del piloto, y el *Ikhana*, un Predator B operado por la NASA para diferentes misiones de reconocimiento.

—Este General Atomics MQ-9 *Reaper*, conocido en sus comienzos como "Predator", ha sido modificado para llevar a cabo misiones de ciencia de la Tierra de larga duración y validar las prometedoras tecnologías aeronáuticas.

João volvió a susurrarle a Svetlana:

—En este yo podría sacarte a dar un paseo.

—Ah, ¿sí? —se admiró la rusa.

—Claro, porque es no tripulado —dijo con una risita encubierta el brasilero.

Ella se inclinó hacia él, como para hablarle, y él hizo lo propio a fin de escucharla.

—Yo preferiría llevar a Aisha o a Naila.

João se enderezó, sin comprender del todo aquel comentario. Quizá considerara que Naila o Aisha fueran más lindas que ella. De todos modos, no le importaba demasiado los complejos de las mujeres; para él Svetlana tenía un diez y con gusto la llevaría a dar un paseo en uno de aquellos aviones.

El guía continuó hablando:

—Y, como broche de oro, porque ya tendréis el privilegio de montar uno de ellos, allá al frente tenéis a nuestros bebés.

Para lo último, habían quedado los McDonnell Douglas F-15D *Eagle* y F/A-18 *Hornet.*

—Estos magníficos aparatos, utilizados para el más riguroso entrenamiento tanto de pilotos de combate como de astronautas, han sido puestos a prueba en condiciones reales en el campo de batalla, en múltiples tipos de misiones. Ya los iréis conociendo a medida que vengáis en sucesivas visitas a probarlos.

Aquel dato que ahora mismo estaban recibiendo de primera mano no lo conocían. El hecho de estar desayunándose de aquella manera provocó que sus corazones desfallecieran, en algunos casos por la emoción y en otros, por el terror de pilotear aquellas poderosas máquinas de guerra.

Odinrod se quedó paralizado.

XXXI

Moscú, Federación de Rusia.
Dos años atrás.

Cuando Svetlana cerró la puerta de un golpe tras de sí, todo lo que se esforzaba por aparentar ser se derrumbó a tierra. Tiró la pancarta al costado de la entrada y se echó a llorar sobre el destartalado sofá. Ya no tenía que aparentar invulnerabilidad, no había nadie que pudiera presenciar su flaqueza. Alrededor había latas de cerveza, botellas de vodka y bolsas de papas fritas desparramadas por todas partes.
    Su aspecto rudo: campera de cuero negro con tachas puntiagudas, pantalón de tipo cargo haciendo juego con cadenas colgando a un lado y un par de botas que se veían desproporcionadas para su tamaño, iba a la par con su manera de enfrentar la vida. Ante los demás nunca vacilaba, o se retractaba, mucho menos cabía que fuese a amedrentarse por algo o alguien. Era cual locomotora que avanza incontenible, arrolladora y carente de manifestaciones sentimentales. Sin embargo, aunque nunca se lo había demostrado abiertamente, había acabado enamorándose de aquella mujer que ahora le clavaba un puñal por la espalda.
    Era una mujer aguerrida, pero no quería terminar degollando a aquella desgraciada. Nunca había podido

conseguir empleo en lo que era realmente buena y para lo que se había capacitado, o sea de ingeniera mecánica. No obstante, al menos había tenido por algún tiempo un trabajo de vendedora en una ferretería cerca de su casa, donde podía ir caminando. Esta facilidad le posibilitaba llevar una vida nocturna activa. Hasta que por fin permutó la ferretería por una planta automotriz. No quería echarlo todo a perder por culpa de alguien que no valía la pena.

Laika, una husky siberiana, salió como siempre a recibirla con alegría. Svetlana, al principio, apartó sus lengüetazos directos a la cara, pero luego se sentó y la tomó entre sus brazos. Así permanecieron un largo rato. Laika no necesitaba nada más.

—En ti sé que puedo confiar siempre. Tú nunca me traicionarías, ¿verdad? —dijo, mirando a la perra a los ojos—. Tú eres la única con permiso para verme llorar, pero como se lo cuentes a alguien te mato.

El contraste del gélido aire de afuera con el interior entibiado por la losa radiante hizo que se quitara las grotescas botas, dejándolas caer al piso, y recogiera las piernas a un costado sobre el sofá. Laika se acomodó a su lado y antes de que se dieran cuenta, ambas ya estaban dormidas.

Despertó con un sobresalto. Había dormido tan profundamente que no sabía ni siquiera qué día era. Estaba confundida; abrigaba la esperanza de que todo hubiese sido tan solo un mal sueño, pero en el fondo sabía muy bien que era la cruda realidad. La pancarta semi destruida en el suelo le testimoniaba de ello.

Dio un brinco y fue hasta el mueble aéreo de la cocina. Sacó una botella de vodka, y luego de destaparla, se la empinó hasta que le quemó el gaznate. Por seguro que no lloraría más, pensó para sus adentros, jurándose que en ese mismo instante comenzaría a recuperarse de aquel traspié. Entretanto, observó cómo la veía su fiel compañera.

—¿Cuánto hace que no te doy de comer? Tienes todo el derecho de recriminármelo en la cara.

Sacó de la enorme bolsa de veinte kilos un tarro lleno de pastillas con forma de huesos y lo vertió en el plato de Laika. Completó el otro recipiente con agua y se fue a echar al sofá otra vez, pero llevándose consigo la botella.

Tratando de no pensar demasiado, tomó el control remoto y apuntó hacia el televisor, pero antes de oprimir el botón rojo se arrepintió y lo arrojó en el otro sillón. Dio un nuevo sorbo al pico de la botella en su mano. Las burbujas subían desordenadamente.

Una andanada de recuerdos acometió su mente, empujándola a ceder e incumplir con su juramento. Estaba sola en su apartamento, nadie la vería llorar. Entonces levantó la mirada enrojecida y vio el póster que colgaba de la pared, en donde se podía ver al transbordador espacial *Challenger* despegando desde la plataforma de lanzamiento, envuelto en una nube de humo blanco mezclado con vapor de agua, lanzando un largo y brillante chorro de fuego por las toberas de escape.

De pronto, le sobrevino la imagen de Irina. Surgió el recuerdo del descabellado planteamiento que le había hecho mientras caminaban hacia la plaza Roja. Le daba todo igual. Después de todo, si no salía sorteada no pasaría de continuar en la misma patética situación en que ahora se encontraba. De lo contrario, tendría la aventura de su vida, haciendo lo que a ella le gustaba y dejando muy lejos las cosas que resultaban nefastas para su integridad emocional.

—¿Qué tengo para perder? —le preguntó a Laika, quien le devolvió una mirada de amor puro—. Tú ya estás vieja, en cualquier momento te da un patatús y también me dejas más sola que el uno en este mundo cruel. Y yo seguiría aquí, sufriendo en soledad, tan amarga como una alcachofa.

Desprendió el botón del bolsillo del costado de la pierna y sacó el celular. Desplazando la pantalla con el dedo, buscó en las últimas llamadas realizadas y pulsó el botón digital.

—¡Sveta! ¿Cómo estás? Me quedé preocupada hoy cuando te fuiste a casa. ¿Hay algo que pueda hacer por ti?

—Todo bien, Irina. Hoy en día, esas son cosas que pueden pasarle a cualquiera. Te digo la verdad, me tiene sin cuidado. Despreocúpate.

—Me alegro entonces de que así sea. Ánimo que la vida continúa.

Las cursilerías de las mujeres siempre la aburrían, así que cambió rápido de tema:

—Te llamaba por otra cosa.

Hubo una pausa.

—Adelante, ¿qué necesitas?

—Hoy, durante la marcha, me estuviste comentando sobre un sorteo para ir a Marte. ¿Recuerdas?

—Ah, sí, eso. Dime.

—¿Qué debo hacer para apuntarme?

XXXII

Instalaciones de Space Dragon.
Westmont, California, EE.UU.
Siete meses atrás.

El día amaneció espléndido. El sol de la mañana reverberaba en todas partes y ya comenzaba a calentar. Los sesenta y ocho reclutas que quedaban fueron conducidos hasta una pradera contigua a las edificaciones. Como todo el reclutamiento había estado plagado de sorpresas, no sabían con qué encontrarse ni qué esperar, aunque la pala pocera que llevaba uno de los tres hombres que los encabezaban, dejaba entrever alguna pista. Asimismo de algo estaban seguros y era que otra vez salían de la rutina y cada vez que esto ocurría no podían evitar ponerse ansiosos.

Caminaban con la sensación de una jornada de pícnic, ya que no fueron en formación, sino que lo hicieron en tren de paseo. Indulgencias resultantes de ir avanzando el curso. Entretanto, Kingsley Osayande se acercó a Akira Nakamura, con quien había estrechado lazos de amistad desde hacía un tiempo.

—Hola Akira.

—Hola, amigo. ¿Qué se cuenta?

—Parece que nos llevan a dar una caminata —observó Kingsley.

—Tal parece —repuso Akira.

—Sabes que a mí me recuerda a mi Nigeria querida, con sus fértiles tierras. Creo que estoy algo melancólico por la lejanía de mi lugar de origen y el tiempo que ha transcurrido desde la última vez que pisé aquellas tierras. ¿Tú no extrañas el Japón?

—En cierto sentido lo añoro y, por otro lado, por cuestiones diversas, lo repulso.

Kingsley frunció el ceño.

—Es un tanto contradictorio, ¿no crees?

—Tienes razón, algunas cosas pueden resultar contradictorias, pero perfectamente explicables.

—Siendo tú un prestigioso neurocirujano, me cuesta entender qué podría haberte motivado a embarcarte en un disparate como este.

El japonés sonrió.

—Quizá la misma razón que te motivó a ti, ¿no?

—No, enserio. ¿Qué te ocurrió Akira? Si quieres puedes contármelo.

Akira, mirando hacia el frente, volvió a ponerse circunspecto, como siempre.

—Es largo y difícil de contar, pero dicen por ahí que hablar sobre aquellas cosas que nos aquejan es una buena terapia. Esto tú, que eres psicólogo, lo sabrás mejor que yo. Así que, para no aburrirte demasiado, la haré corta.

El nigeriano, asintiendo con la cabeza, se aprestó a escucharlo con atención.

—Lo resumiré de esta forma: imagínate que conoces a la mujer de tu vida y como si esto fuera poco, ella concibe a los pocos meses de casados y da a luz a la criaturita más hermosa que uno pudiera imaginar. Y luego, en el transcurso de lo que pareció un instante, esa alegría de la vida, siendo tan solo una bebé, parte de este mundo como resultado de una muerte súbita.

Kingsley se contristó a causa de su amigo.

—Doce años más tarde, cuando creía que lo había superado, teniendo la oportunidad de salvar la vida de un niño de la misma edad que tendría mi pequeña de no haberse ido, vi cómo se iba el hijo menor de mi mejor amigo. Se murió ante mis ojos y yo no hice nada.

\>>Nunca había visto tanto odio en la mirada de un hombre, como el que vi en la de mi mejor amigo durante el aciago momento en que tuve que comunicárselo. Por supuesto que esto me afectó tanto que acabó siendo la ruina de aquel matrimonio de ensueño de que te hablaba al principio. El día en que ella se marchó por aquella puerta, por donde habíamos entrado doce años atrás mientras la cargaba en mis brazos estando ella ataviada con su vestido blanco, entendí que no había nada más que me importase en este mundo o me atase a él.

Kingsley era una persona muy compasiva y no pudo evitar que se compungiera su alma. Todas las atrocidades que había presenciado en su Nigeria natal no habían logrado desensibilizarlo en lo más mínimo. Tenía la vocación intrínseca de ayudar a todo aquel que lo necesitase, así como el don de sufrir el dolor ajeno en carne propia. Su compasión nacía de forma espontánea y natural.

—Oh, Akira. ¿Cómo podría mitigar tu dolor?

—No te preocupes, amigo. Ahora tengo mi mente enfocada en culminar mi vida en un punto de luz que ahora está muy lejos allá arriba en el cielo.

—De alguna manera creo que estarás más cerca de tu pequeño ángel, ¿no te parece? —dijo Kingsley, tratando de infundirle ánimo.

Akira sonrió.

—Agradezco tus sinceras palabras Kingsley, pero recuerda que soy budista, y los budistas no creemos en los ángeles.

Kingsley se sonrojó por el descuido, pero antes de que continuara flagelándose a sí mismo, Akira se apresuró a agregar:

—Pero en cierto sentido siento que estando allá, será como estar un poquito más cerca de mi bebé. En eso tienes toda la razón.

Cuando llegaron al sitio designado para que recibieran la clase correspondiente del día, el instructor mandó que se armase un círculo en torno a él y a los dos hombres que lo acompañaban.

—Muy bien, señoras y señores. Os presento a Estanislao Rubick, como el cubo, pero con una C antes de la K —sonrió—. Él es un querido vecino de la zona, un importante agricultor que aceptó trabajar con nosotros y lo viene haciendo desde hace casi cuatro años. Por sus amplios conocimientos en la labranza de la tierra, le hemos solicitado su cooperación en este proyecto conjunto sobre la siembra de algunas áreas específicas, muy especiales por sus condiciones particulares y que vosotros ya comenzáis a familiarizaros, el suelo del planeta Marte. También nos acompaña nuestro ingeniero agrónomo, quien se ha encargado de analizar las muestras del suelo marciano traídas por algunas misiones a su regreso.

\>>En este tiempo hemos reproducido las condiciones exactas del suelo y la atmósfera de Marte. Así llegamos a la conclusión de que la única forma de poder cultivar algo allá sería transportando algunos elementos que son claves para que cualquier vegetal pueda desarrollarse. De todas formas, aunque os proveeréis de vegetales mayoritariamente por hidroponía, también necesitaréis ser instruidos en el cultivo de la tierra. Pero aquí el perito es el ingeniero agrónomo, así que le cederé la palabra.

—Buenos días, procederé a presentarme, antes que nada. Mi nombre es Anthony C. Charquero y soy el ingeniero agrónomo asociado a este proyecto. Podemos comenzar diciendo que para lograr una adecuada nutrición vegetal necesitamos la presencia tanto de algunos macroelementos como así de microelementos específicos. Remitiéndonos al primer orden, podemos dividirlos en Primarios y Secundarios. Dentro de los primarios están el nitrógeno, el potasio y el fósforo. Y como secundarios tenemos al calcio, el azufre y el magnesio. Luego están los microelementos o elementos menores, pero que también son indispensables, como el cobre, el zinc, el boro, el manganeso, el molibdeno y el hierro.

>>Sabiendo esto, vosotros seréis los encargados de dosificar estos elementos en el polvo marciano según las cantidades que os suministraremos mediante detalladas tablas confeccionadas por nuestros técnicos.

Todos se miraron unos a otros con evidente pánico. Parecía una tarea muy compleja y delicada de cumplir. Una más que se sumaba a la lista.

El ingeniero agrónomo rio sonoramente.

—Es broma chicos. Cuando lleguéis a Marte encontraréis todo preparado para cultivar. Una vez de vuelta al salón de clases, os enseñaremos cómo utilizar la pantalla táctil que se encuentra a la entrada de cada vivero allá en Marte, con la cual podréis regular todas y cada una de las condiciones ambientales de cada vivero y la fertilización de la tierra y la aplicación de químicos en el riego por el método hidropónico. La computadora hará el resto.

>>Aquí hemos venido a que aprendáis cómo lidiar con la tierra y las diferentes semillas que irán con vosotros. Tendréis un catálogo completo con todas las características de los tipos de semillas con que contaréis, las temperaturas, horas de luz solar, humedad, entre otros factores determinantes para la correcta germinación y desarrollo de cada planta. Estanislao, tuya la palabra.

El hombre de aspecto rústico y barba negra, se aclaró la garganta y clavó la pala en el suelo. A continuación, metió la mano en el bolsillo para sacarla con una semilla.

—La mayoría subestimamos el poder que existe aquí dentro —exclamó alzando la pequeña semilla entre sus dedos índice y pulgar—. Es un milagro en sí misma. Alguien muy inteligente dijo alguna vez que la vida se abre paso y así será allá arriba. Pero por lo menos necesitaréis lo elemental para que esto pueda ocurrir y como no podemos dar por sentado que todos vosotros tenéis conocimientos sobre agricultura, tendremos que comenzar por lo básico y desde el principio. Lo primero que debéis saber es cómo conservar las semillas por largos períodos de tiempo. Para esto debemos proporcionarles un ambiente seco, en un lugar siempre oscuro (recordad que las semillas crecen bajo tierra) y un ambiente fresco, entre dos y dieciséis grados centígrados, libre de altas temperaturas o cambios bruscos en este sentido.

>>Es muy importante que el recipiente no contenga más de un diez por ciento de humedad, ya que, por encima de este valor, puede comenzar el proceso de germinación o, lo que es peor y que suele pasar más a menudo, que acaben pudriéndose o se llenen de hongos.

—Disculpa que te interrumpa —dijo el ingeniero agrónomo—, para ello contaréis con polvo de tiza, para que se lo agreguéis a los recipientes como medio absorbente de la humedad. Continúa por favor.

—Gracias por tu aporte, Anthony. Como os venía diciendo, otra recomendación que debo haceros es el etiquetado de las diferentes clases de semillas. Esto os facilitará mucho las cosas, sobre todo si no tenéis un buen conocimiento de su morfología. También es importante que no mezclemos en los envases, semillas que hayamos recolectado en diferentes épocas o que sean de diferentes sobres, siempre lo ideal será separarlas para su correcta conservación. De todas formas, allá en Marte no tendréis problemas tales como gorgojos o gusanos que puedan atacar las semillas, ya que irán desde aquí completamente libres de este tipo de plagas.

>>Dicho esto, pasaremos al siguiente paso: la siembra.

Apoyándose en la pala que había traído con él y que había clavado al suelo, comenzó a explicar:

—De arranque, aunque no lo creáis, vosotros correréis con ventaja pese a estar en Marte. No deberéis tener en cuenta las heladas ni los cambios bruscos de temperatura. No tendréis que preocuparos por el granizo ni los efectos producidos por vientos fuertes, ya que contaréis con varios viveros por separado de última generación, con ventilación, iluminación, termostato incluidos, y un sistema de riego, todo supervisado y regulado por la IA. Tampoco necesitaréis arar o utilizar esta herramienta —dijo señalando la pala que había llevado como una figura emblemática—. Solo tendréis que ceñiros a las tablas que se os suministrará a su tiempo a los efectos de llevar a cabo un mero control y nada más.

>>Contaréis con semilleros donde prepararéis las semillas que más tarde serán trasplantadas. Cada semilla necesita de dos y medio a cinco centímetros de espacio para germinar y echar raíces. Las semillas tienen todos los nutrientes necesarios para germinar, así que no se necesita un medio de crecimiento que haya sido enriquecido con nutrientes. Para las siguientes etapas del desarrollo contaréis con compostaje apropiado.

>>Humedeceréis muy bien la mezcla y luego introduciréis la semilla por lo general a un centímetro y medio de profundidad y a no menos de esta medida de la orilla del recipiente, ya que esto es lo único que los robots no pueden hacer por sí mismos, por ahora. A continuación, colocaréis el semillero en el vivero, regulando la luminosidad al máximo, simulando un área bien soleada, al igual que la ventilación, la cual debe ser generosa. La temperatura será alta, en el entorno de los veintiséis grados centígrados (pero puede variar en algunos casos) y tiene que ser constante. Deberéis verificar en las tablas para saber de qué forma se pueden esparcir las semillas y también la profundidad, pues depende del espécimen.

>>Regularéis el riego por goteo para que sea constante, ya que el compostaje tenderá a secarse rápidamente, de manera de asegurarse de que estén siempre húmedas, pero nunca empapadas.

>>Transcurridas de una semana a dos, ya podréis ver las plántulas, es decir los pequeños brotes que comienzan a aparecer. Deberéis entonces deshaceros de las más frágiles para que las más fuertes tengan más lugar para crecer, o sea que le suministraréis el espacio vital natural.

>>Con un grupo de hojas maduras, la planta ya estará preparada para ser trasplantada. A la sazón, la trasladaréis a la tierra preparada, en los casos que no vayáis a utilizar hidroponía, pero regulando las condiciones del invernadero con un clima más suave, según las tablas provistas, para que tengan un tiempo de acostumbramiento antes de que aumentéis el rigor de las condiciones, siempre ciñéndoos a la tabla correspondiente.

>>La tierra de los viveros en Marte tendrá un pH, nutrientes y un drenaje adecuados. También el sistema de microclima simulado está regulado para proporcionar las horas ideales de luz y oscuridad para el mejor crecimiento de la planta. Aunque todos los parámetros podrán ser manipulados a voluntad, se recomienda dejar en manos de la IA todo el proceso.

>>Haréis el trasplantado cavando un pequeño orificio en la tierra a la profundidad determinada en las tablas, desprendiendo la raíz de la planta del compostaje con cuidado. Luego, la introduciréis en el hueco y aterraréis hasta el comienzo del tallo sin mucha presión. El primer día regularéis en el monitor que se encontrará en la pared un

aumento de abono y de riego. Estos parámetros se reducirán automáticamente.

\>\>Dicho esto, os haré una demostración simbólica de la manera tradicional de plantar una semilla y luego volveremos al salón, que por hoy ya alcanzó para despabilaros. Estoy seguro que estaréis agradecidos de haber podido estirar un poco las piernas.

XXXIII

Tokio, Estado del Japón.
Veintidós meses atrás.

La amplia casa, del tipo ryokan, había sido ubicada en el residencial barrio de Asakusa por su corte discreto. Se buscó un ambiente alejado de la avasallante modernidad y el estruendoso bullicio imperante en Tokio. Asimismo, también había sido construida y decorada al estilo japonés tradicional.

Todo había sido planeado, incluso el propio diseño, para albergar a una familia numerosa. Eligieron un sitio a las afueras donde hubiese el menor tránsito posible en consideración a que un niño saliese corriendo y prevenir así que se produjese un accidente. Sus paredes interiores, hechas de papel y madera, hacían las veces de puertas corredizas y tenían el cometido de amortiguar el ruido producido eventualmente por varios hijos correteando y dando gritos en sus juegos. Eran ideales también para evitar el infortunio de que alguno se cortase con un vidrio roto, además de conferirle un toque cálido y acogedor. Sin embargo, las vueltas de la vida habían querido que muchos años después estuviera casi desierta, siendo habitada por unas pocas horas nada más, cuando Akira Nakamura y su esposa volvían de trabajar.

El material que más resaltaba era la madera, por su calidez natural y belleza inigualable. Se apreciaban algunas leyendas en japonés pintadas sobre ciertos lugares específicos, como si fueran cascadas de sabiduría corriendo por los muros. Una de ellas rezaba: *El marido y la mujer deben ser como las manos y los ojos: cuando duele la mano, los ojos lloran, y cuando los ojos lloran las manos secan las lágrimas*[26]. Todo el mobiliario era sencillo y muy bajo, casi al ras del suelo, fabricado con técnicas japonesas de unión sin clavos tales como la conocida con el nombre de *isukatsu* y también la denominada *okuriari*. No había un solo espacio que estuviese sobrecargado de adornos. En el medio de las dos salas de estar que poseía la casa había sendas estufas que no poseían chimeneas, sino que más bien parecían típicos fogones de campo en un hueco en el suelo. Los colores privilegiados eran los pasteles y nunca variaban más allá del verde, el marrón, el ocre o a lo sumo el gris, aunque en menor grado.

Akira habría preferido que su esposa no saliese a trabajar. De hecho, no era necesario; tan solo con sus honorarios como cirujano podían llevar una vida de clase alta. No obstante, desde que había fallecido su pequeña, siempre le advertía que ya no soportaba estar en casa y cierto día tomó la decisión de comenzar a desempeñarse nuevamente como abogada. Los inciertos horarios de Akira, aunados a las muchas horas que su esposa permanecía fuera de casa, llevaron a que fuera prácticamente un milagro que coincidieran en el hogar fuera de las horas nocturnas. Cuando se encontraban, ambos estaban extenuados y no había muchos deseos de conversar. Llegó un punto en que el mero hecho de verse el uno al otro significaba un penoso y mutuo recordatorio de la pérdida de su bebé. Así,

---

[26]Proverbio tradicional japonés, al igual que los citados a continuación.

inconscientemente y en silencio adjudicaban la culpa al otro del dolor que carcomía sus corazones.

Había muy buena iluminación proveniente del exterior, mediante tragaluces convenientemente distribuidos por el techo y amplios ventanales que llegaban hasta el suelo. La bañera o *furô*, así como las tablillas para el sushi o los recipientes de cocina, fueron construidos en madera de cedro *sugi*, por ser de contextura suave y clara, y por la agradable fragancia que desprendía. Tenían varios *tansu*, muebles con cajoneras, confeccionados en madera de zelkova, de color amarillento, por ser especialmente dura y resistente. Los artículos hechos exclusivamente con corteza de cerezo, tales como recipientes para guardar el té, ceniceros o bandejas, conocidos como *kabazaiku*, eran también utilizados como objetos decorativos por sus elegantes tonalidades oscuras y el acabado suave y a la vez rústico que permitían.

Ese día Akira tenía una cirugía planificada para la tarde, por lo que contaba con toda la mañana libre. Cuando abrió los ojos, con un gran desperezo, notó que su esposa ya se había marchado muy temprano al trabajo, como solía hacerlo. Resaltados por las motas de polvo en suspensión, los finos rayos de sol que entraban a través de las rendijas formadas entre las cortinas lo llenaron de energía. Gustaba de cocinar, así que decidió prepararse un desayuno típico de la tradición culinaria japonesa. De esta forma, se preparó sopa de miso blanco, cuyo significado literal es fuente de sabor, encurtidos, arroz cocido, salmón a la parrilla, un estofado de algas y *sunomono*, es decir una refrescante ensalada de judías y *umeboshi*[27]. Le tomó buena parte de la mañana, pero valió la pena, tanto por el placer de prepararlo como al degustarlo.

---

[27] Un encurtido del ume o ciruela que se seca, sala en barriles y se pone un peso encima para exprimirle el jugo.

Mientras comía, pensando en la cirugía que tendría, se entretuvo observando uno de los tantos bonsáis de pino negro que había distribuidos por algunos puntos de la casa. Este árbol cuyo nombre japonés *matsu*, significa <<esperar que el alma de un dios descienda del cielo>>, en la cultura japonesa representa la longevidad y la virtud. De las responsabilidades pasó rápidamente a la meditación sobre toda la simbología que pendía de aquel pequeño espécimen. Terminó su desayuno casi al mediodía y, sin darse cuenta, se había ido muy lejos en sus pensamientos.

Caminó por la casa muy lentamente, bordeando algunos futones, un tipo de colchón de algodón tendido directamente en el suelo, sobre *tatamis* o esteras confeccionadas con paja o junco y terminadas en un borde de tela verde oscura. De pronto, se detuvo al ver el *koto* o arpa japonesa de principio del siglo XIX depositada en su soporte. Lo había reservado para cuando su hija tuviera la edad suficiente para aprender a tocarla. Tomó asiento en el suelo sobre uno de los cojines dispuestos para tal fin, con las piernas cruzadas. Cogió el exquisito instrumento construido en madera de paulonia; clara, ligera y flexible, tan tierna que era considerada la "joya" de la carpintería. Tensó una de las cuerdas y la soltó para escuchar su dulce y arcano sonido. La vibración alcanzó su alma.

Sumido en una soporífera tranquilidad, dio un sobresalto cuando de repente ingresó a la casa su esposa. Ella no percibió su presencia, pero él la contempló mientras ella se quitaba las zapatillas y las depositaba en el *tansu* a la entrada. Se sentía como si fuera invisible, observándola sin que ella pudiera notarlo.

Ella se hallaba abstraída en los problemas del día. Él leyó por enésima vez el proverbio que se exhibía en la pared contigua a la entrada: *Cuando hay amor hasta las cicatrices de la viruela son iguales a los hoyuelos en las mejillas.* Cuánta razón tenían aquellas palabras, pensó mientras reflexionaba sobre cuánto amaba a aquella mujer. Estaba dispuesto a luchar por ella, a reencender la chispa del pabilo que ahora solo humeaba débilmente. Entonces, se preguntó por qué habría regresado tan temprano.

Ella, siendo que, desde el momento en que había empezado a trabajar, se habían vuelto casi un par de extraños, dio un respingo al encontrarse con su marido sentado inmóvil y en silencio en la sala de estar. Notó que tenía entre sus manos el koto que hubiese sido de su hija de haber permanecido con ellos. Esto no le cayó nada bien, fue como si un invasor estuviese profanando algo sagrado para ella. Había olvidado que su esposo se iría por la tarde; podría haber hecho tiempo almorzando fuera para no encontrarse con él. Ahora era demasiado tarde para escapar.

—Hola, has vuelto temprano —dijo Akira con tono suave.

Ella, por su parte, le increpó como si hubiese mancillado lo más valioso en su vida:

—¿Por qué has cogido el koto de nuestra hija? Sabes que es muy delicado. Estás contribuyendo a que se deteriore más aprisa.

A Akira no le sorprendió el comentario de su esposa. No era la primera vez que le reconvenía por hacer cualquier cosa que le recordase a la hija que había perdido, pero sin hacérselo notar directamente. Aunque él lo intuía por aquello de que a buen entendedor pocas palabras.

—No me has respondido.

—Tú tampoco me escuchas cuando te pido que cuides las cosas de nuestra hija.

Akira reaccionó:

—Sabes que tiene más de dos siglos de antigüedad. No le hará ningún daño que lo sostenga entre las manos un momento. Si se conservó en buen estado hasta ahora, creo que durará más tiempo que cualquiera de nosotros dos.

—Por esa misma razón, es que debes tener mucho cuidado. Y también es el motivo de que siempre terminemos discutiendo, porque te empeñas en contrariarme. Para ti todo está bien, no hay nada de qué preocuparse. Como de costumbre me dirás que todo tiene solución. Y, sin embargo, no siempre todo está bien. Por lo general hay muchas cosas de qué preocuparse y definitivamente no, hay cosas que no tienen solución.

—Está bien, lo dejaré en su lugar.

—Es que ya lo has engrasado con tus manos y...

—Aún continúas sin responder a mi pregunta.

Ella se puso roja de cara.

—¡Me despidieron! ¿Satisfecho?

Él sintió como si ella estuviese deduciendo que disfrutaría de aquella mala noticia, cosa que le dolió.

—¿Por qué lo dices así? Lo mencionas como si ello pudiera causarme alegría.

—¿Acaso no es lo que siempre has querido?

—No —replicó Akira—, solo he deseado lo mejor para ti. Y en todo caso, lo que siempre quise fue estar contigo.

Ella no respondió, solo se mordió el labio mientras miraba a un lado.

—¿Qué ha ocurrido? ¿Por qué te han despedido?

—Me dijo que siempre ando dispersa. Quizá no me pueda concentrar porque tengo la cabeza en otra cosa, por la sencilla razón de que tengo que ocuparme de todo, como por ejemplo del koto de nuestra hija...

Akira no la dejó terminar, tuvo que interrumpirla. Aquella escalada fue colmándole la paciencia hasta que no pudo contenerse por más tiempo.

—¡Kaori está muerta y aferrarte a este simple pedazo de madera no va a cambiar esa realidad!

Los ojos de ella, rojos por la ira, se llenaron de lágrimas. De pronto, estalló en indignación.

—¡¿Cómo puedes decir una cosa así?!

—No he dicho nada que no sea verdad. Tal vez sea momento de enfrentar lo sucedido y dejar de negar la realidad. Cerrar los ojos no impedirá que te encuentre. Ignorar lo sucedido no la traerá de vuelta.

—¡No te soporto más! —rugió histérica—. No quiero saber nada más de ti.

—Acaso eso cambie el hecho de que nuestra hija esté muerta —le reprochó Akira.

—Hoy mismo me iré de casa.

Aquella afirmación le sacudió hasta los cimientos.

—Y ¿a dónde irás? —preguntó con la voz quebrada.

—Me iré a casa de mi madre.

—No cometas una locura. No hagas algo por un arrebato de ira de lo cual te puedas arrepentir después.

—Te aseguro que no me arrepentiré. Hace mucho que tendría que haberme ido de este lugar que me causa tanto sufrimiento. No quiero verte más, para no tener que odiarte cada vez que lo hago. Solo es una decisión que he estado dilatando por testaruda —farfulló casi sin que se le pudiese entender lo que decía porque temblaba de los nervios—. Pero que ya he tomado hace mucho tiempo.

Akira sintió miedo al ver su mirada resuelta. Parecía como si la desolación volviera a cernerse sobre todo lo que más le importaba.

—No te vayas, te lo pido…

—Ya no te amo, el solo hecho de verte me causa un dolor insoportable.

—Pero… —musitó Akira angustiado.

—Ya no puedo.

Media hora después, cuando cerró la puerta tras de sí llevándose dos maletas de ropa, Akira leyó con desdén el proverbio que estaba grabado sobre la madera: *Una palabra bondadosa puede calentar tres meses de invierno.*

XXXIV

Instalaciones de Space Dragon.
Westmont, California, EE.UU.
Seis meses atrás.

Había llegado la hora de enfrentar la entrevista con el psicólogo. Entre los reclutas había algunos profesionales en aquella materia que trataban de calmarlos, diciéndoles que se comportasen con naturalidad, remitiéndose a ser ellos mismos. Les aseguraban que, si usaban el sentido común, no tendrían mayores inconvenientes. Sin embargo, había algunos que brindaban minuciosos detalles sobre las cosas que buscaban en la mente de las personas, infundiendo temor e inseguridad entre sus compañeros. Bastaba con unos pocos que contasen todo tipo de historias en torno a las siniestras técnicas usadas en el mundo del psicoanálisis, para que cundiera el pánico entre las filas.

Muchos temían realmente llegar a quedar eliminados por una simple charla, cuyo resultado no se podía rebatir ni confutar. De manera que podía llegar a ser un filtro completamente subjetivo, dejando al entrevistado a merced de una invisible arbitrariedad difícil de ser impugnada.

Guadalupe Canul, la simpática ingeniera agrónoma de origen mexicano, se inclinó hacia Ming Zhou, el impasible chino que no se amedrentaba por nada, para decirle por la comisura de la boca:

—Dicen que si te piden que dibujes una persona y optas por una de tu mismo sexo, te considerarán gay y te bocharán.

Ming frunció la barbilla en un gesto pensativo.

—Se supone que esto sea un reclutamiento de personas aptas para llegar a ser astronautas y no un test de sexualidad. ¿No es así? Eso sería discriminación, algo que no sería muy bien visto, supongo.

—No lo sé, solo sé que si no le dibujas un suelo sobre el cual se apoye la persona, te rotularán como desquiciado o algo por el estilo. Lo sé por un amigo mío que dio pruebas para ingresar a una aerolínea comercial y lo enviaron a casa por no hacer una simple raya debajo de la figura.

Ming sonrió meneando la cabeza.

—No creo que sea para tanto; pero sea como fuere, llegado el momento trata de disimular tu locura en la medida de lo posible, no quisiera que te pusieran de patitas en la calle por una tontería. En verdad me gustaría que fueras conmigo a Marte, estoy seguro de que nos divertiríamos mucho allá.

Fueron llevados hasta una gran sala de espera pintada toda de blanco en un gran edificio con vistas al océano Pacífico. En la distancia se podía apreciar las olas rompiendo en la playa. La espuma salía despedida hasta caer dando giros a lo largo de la rambla costera. Odinrod podía imaginarse el olor de la sal y el agua fluyendo por entre los dedos de sus pies. El lejano tronar emitido por el golpe del agua contra la arena provocaba que se relajara, lo que propiciaba que sus pensamientos se echaran a volar al igual que las gaviotas, las cuales no dejaban de pasar de un lado al otro.

Previamente, les habían dado un par de hojas. Una para que terminaran cincuenta frases incompletas, tales como: cuando estoy solo…, cuando estoy con los chicos me gusta..., si me dan órdenes..., etcétera. La otra era para que dibujaran un horizonte. Cuando uno de los reclutas preguntó a qué se refería con dibujar un horizonte, la joven de grandes anteojos respondió que dibujaran el horizonte que les viniera en ganas.

Casi todos los que pasaban por uno de los cuatro consultorios disponibles salían con ínfulas de triunfo. Solo unos pocos se arrastraron a través de aquellas puertas como perros lamiéndose las heridas. Hasta aquel edificio habían llegado sus interplanetarias expectativas. Para ellos todo había acabado como consecuencia de un cuestionario y un dibujo a lápiz. No habían logrado pasar por el tamiz.

Cuando le tocó el turno a Odinrod, ni siquiera estaba pensando en el motivo de haber llegado hasta allí ni mucho menos en posibles respuestas. Al escuchar su apellido, despertó de su ensueño. Se dirigió a la puerta donde estaba asomado un hombre alto y enjuto. Tenía grandes y marcadas ojeras, que eran aumentadas por los lentes de fondo de botella que llevaba puestos. El aspecto de aquel hombre le puso los pelos de punta. Su mirada lo delataba, parecía estar más loco que el peor de sus pacientes.

—Por aquí —le dijo indicándole una silla con la palma de la mano hacia arriba, de una manera demasiado afectada que llamó la atención de Odinrod. Luego continuó con movimientos fluidos hasta ocupar su escritorio.

—Gracias.

El sombrío sujeto no le quitaba los ojos de encima. Odinrod sentía como si le estuviese realizando una tomografía. Le daba la impresión de que buscaba causas para enviarlo a casa, aun en sus más ínfimos movimientos. Todos los que habían pasado previamente habían comentado que era terrible. El hombre no hablaba; se había configurado una ridícula e incómoda situación. El indio trató de actuar con naturalidad y no mostrarse nervioso, pero el silencio que mantenía le crispaba los bellos de la nuca. Pese a que estaba algo desmotivado, no quería quedar por el camino luego de haber transitado tanto. A la verdad, tenía sentimientos encontrados que lo mantenían en fluctuantes vaivenes.

Luego de unos momentos, que se dilataron más de lo que hubiese deseado, el tipo de la túnica blanca cruzó la pierna y, a continuación, refirió de forma pausada:

—No eres una persona muy sociable, ¿estoy en lo correcto?

Odinrod abrió los ojos más de la cuenta.

—Prefieres estar solo antes que lidiar con la gente, pero no te molesta su proximidad. Para ti está bien que haya gente en tu entorno, mientras no se metan contigo, ¿es así? —continuó diciendo el extraño individuo.

—Bueno, se puede decir que hasta cierto punto...

Quería evitar toda rispidez y no sabía muy bien qué contestar.

—Dime una cosa... —interrumpió como si no le interesase lo que tuviera para decir. Leyó el nombre escrito en la hoja levantando la quijada para ver a través de los lentes— Odinrod Gadhavi. ¿Qué es esto que has dibujado? ¿Un amanecer o un atardecer?

—Un atardecer.

—Muy bien —comentó mientras continuaba observando el dibujo.

—Y ¿cuál es la diferencia? —la curiosidad comenzaba a hacer mella.

El sujeto levantó la vista hacia él y tomándose su tiempo, como siempre, dijo:

—Hay una enorme diferencia. Como de un extremo al otro. Quiere decir que te gusta comenzar algo y seguir hasta verlo finalizado. ¿Quieres saber más?

—Sí, ¿por qué no?

—Te lo explicaré entonces. Has dibujado una playa y en ella una sombrilla, una pelota y hasta lo que parece ser una roca, pero no has dibujado a ninguna persona en la escena. Por ese motivo fue cómo supe que no te molesta que haya personas cerca; sin embargo, no eres muy afín a interactuar con ellas. Te agradan las cosas claras, con total ausencia de nubes en el cielo, como el dibujo que has hecho. Y prefieres estar parado sobre algo sólido como la tierra firme, aunque, a juzgar por tu cercanía con la orilla, aspiras a aventurarte al inestable medio que representa para ti la mar, aun cuando te cause temor.

Odinrod se quedó anonadado. No daba crédito a cuánto podían transmitir unos sencillos garabatos que había trazado sin mayor esmero. Solo esperaba que su transparencia no le impidiera cumplir su meta. Después de todo, no era tan mala la devolución o al menos eso creía. Deseaba no tener que apelar como último recurso a la compasión de aquel despiadado hechicero moderno. Sería más probable que tal esperpento realizara con él un ritual de sangre sobre aquel tenebroso escritorio cual altar pagano, a que tuviera misericordia de la más mínima mácula en lo recóndito de su superyó psíquico.

El sujeto volvió a verlo con una ceja levantada, como inquiriendo por alguna otra duda o consulta. No parecía andar de muy buen ánimo. Se podía adivinar cierto dejo desdeñoso en su expresión o quizá tedio por la rutina. Odinrod buscaba alguna señal positiva en todo aquel irrisorio episodio, que no dejaba de ser algo tragicómico. Entonces, antes de que comenzara a sudar por la ansiedad, se decidió por romper el hielo, a riesgo de meter la pata hasta la cadera:

—Y ¿qué más ve allí, doctor? Me interesa saber.

El sujeto sonrió de forma intimidante.

—Veo además que eres un hombre sencillo o de lo contrario muy haragán para dibujar —musitó esbozando un gesto irónico.

Odinrod tuvo que reírse.

—Eso quiere decir que... —dijo ya impaciente Odinrod.

—Ya puedes retirarte, hijo. No veo nada malo en ti. Si al final resultas ser un asesino serial lo disimulas muy bien —aportó con una leve sonrisa. Para finalizar, agregó con indiferencia— Al salir dile a Hidayat, Lestari que pase, por favor.

XXXV

São Paulo, República Federativa del Brasil.
Veintitrés meses atrás.

Mientras se besaban apasionadamente, João Carvalho comenzó a bajar su mano lentamente desde la parte baja de la espalda hasta el muslo. Flavia le detuvo la mano con la suya. Viendo que sus métodos de distracción no habían funcionado, comenzó a subirla despacio hasta meterla por debajo de la blusa que llevaba puesta.

Ya había perdido la cuenta de cuántas veces había tratado de salirse con la suya, pero sin éxito. Flavia, agotada su paciencia, apoyó la mano en el pecho de João y lo echó para atrás.

—¡Espérate!

—¿Qué ocurre? Creí que te gustaba.

—Oye, mi amigo. Ese no fue el trato. Han pasado más de dos semanas y tú aún no has ido a inscribirte en el sorteo como habíamos quedado.

João puso los ojos en blanco, al tiempo que producía un ruido gutural.

—No puede ser. Todavía sigues con eso. Vamos mujer. Somos grandes. ¿Enserio me quieres mandar a Marte? ¿No preferirías que me quedara aquí en la Tierra contigo?

Ella sonrió.

—Nada de eso. Solo quiero una demostración de tu sinceridad y tu compromiso. Y por ahora, no he visto ni lo uno ni lo otro.

Él la miró de reojo, con deseos de decirle muchas cosas no muy amables, pero prefirió acortar camino y ahorrarse los dolores de cabeza.

—Está bien. Dime un día y una hora y vamos.

—Hoy.

—¡¿Hoy?!

—Ahora mismo, ¿o tienes alguna otra cosa mejor para hacer? Es ahora o nunca —replicó ella—. O tal vez no estés tan ansioso después de todo.

—Anda, vamos. Sube a la moto —dijo ofuscado.

Se colocaron los cascos y salieron para el centro de la ciudad. El movimiento de las calles cariocas era intenso, produciendo un ruido atronador. El calor tropical sofocaba con el sol cayendo a plomo. La megalópolis de São Paulo hervía de gente entre los modernos rascacielos que movían buena parte de la actividad bursátil y financiera del país. En uno de aquellos espigados edificios se encontraba la oficina donde efectuaban el registro de los interesados en el sorteo.

—¿Te das cuenta hasta dónde me has hecho venir para cumplir con un simple capricho tuyo? —comentó en tono enfadado João, mientras bajaba de la moto y se sacaba el casco.

—Es un acuerdo que teníamos, ¿recuerdas? Además, no sé de qué te quejas, si ya estamos aquí. Para mí ha sido muy divertido y lo será después para ti.

—Sí, cómo no. Casi nos atropellan al menos diez veces a lo largo del trayecto. Solo yo te hago caso —le gritó justo cuando iban subiendo el cordón de la vereda.

João le puso candado a la rueda e ingresaron a través de la puerta giratoria. Se anunciaron con el recepcionista y subieron por el ascensor hasta el piso treinta y tres. Los atendió una simpática secretaria que le pidió los documentos de identificación, le tomó los datos y le guio en el proceso de llenado de los formularios. Al concluir de registrarse, pagó los diecisiete dólares de la inscripción. A cambio, la muchacha le extendió un boleto donde figuraba el número con que participaría en el sorteo, la fecha del mismo, entre otros detalles.

—De llegar a perderlo, puede pasar nuevamente por nuestras oficinas a retirar otra copia o descargarlo desde nuestro sitio web. De todas formas, en caso de que saliera sorteado, nos pondremos en contacto con usted. Que tenga usted mucha suerte, señor Carvalho.

Cuando el ascensor se cerró, João le lanzó una mirada de psicópata que hablaba por sí misma.
—¿Qué? —dijo ella.
—Ya sabes. Puede ser aquí mismo o cuando lleguemos a casa, tú eliges. Ahora, ten por seguro de que hoy no te escapas.

Cinco meses después, cuando su celular sonó mostrando un número que no conocía, la relación con Flavia hacía tiempo que se había terminado. De hecho, ni bien ella cedió a sus peticiones, a los pocos días João ya andaba detrás de otra mujer. La llamada le cayó justo en medio del clásico São Paulo versus Corinthians. Casi rechazó la llamada por lo inoportuno del momento, pero al final atendió por la insistencia. No fuese que se hubiese ganado algo y él se diera el lujo de rechazarlo.

La comunicación de que había sido uno de los agraciados en el sorteo le cayó peor que un baldazo de agua fría. Fue más parecido a un pesado cubo de hielo en medio de la cabeza que una buena noticia para festejar. Por poco y no se atraganta con los palitos de queso que estaba devorando. Ya ni siquiera recordaba que había cometido aquella locura.

Trató de tranquilizarse pensando en que, al fin y al cabo, no tenía obligación de presentarse. Sin embargo, una semana después, cuando recibió otra llamada, pero esta vez procedente de la Secretaría de la República, la sangre se le heló por completo. Al otro día, estaba en el insospechado despacho presidencial, el Palacio do Planalto situado en Brasilia, siendo saludado por el mismísimo presidente de su país.

—João Carvalho, sea usted bienvenido a mi despacho —comenzó diciendo—. Tome asiento, por favor.

—Muchas gracias, señor presidente —dijo João, con un susto tremendo. No se decidía qué le atemorizaba más: si el insólito hecho de que el presidente le estuviese dirigiendo la palabra o la certeza de que estaría en carrera para ir a Marte. Se alentó a sí mismo pensando en que todavía podía echarse para atrás. Aún no estaba todo perdido. Se suponía que era un ciudadano libre con todas sus facultades para escoger.

—Muy bien, señor Carvalho. Es un honor para mí y un verdadero privilegio estar en presencia del hombre que podría representar al Brasil en algo tan trascendental como lograr un lugar entre aquellos primeros astronautas en colonizar el indómito planeta Marte. Quiero que sepa que cuenta con todo el apoyo de un servidor y el respaldo de una nación entera. Sin lugar a duda, ha sido usted un hombre muy valiente en estar dispuesto a intentar lograr este alto propósito. No dudamos de que podrá hacerlo y haremos todo lo que esté a nuestro alcance por que así sea.

João no sabía qué decir. El sudor manaba por todos lados. Admitía que estaba pagando por todas las bromas de mal gusto que había hecho a lo largo de su vida y por los muchos engaños que había cometido. Tragó saliva, esperando que alguna respuesta surgiera como por arte de magia, pero estaba tan petrificado como el busto de Pedro I a las espaldas del presidente.

—Hijo, ¿te sientes preparado para enfrentar semejante desafío?

—Haré todo lo que pueda, señor presidente —dijo tratando de sonar convincente cuando ni él se lo creía. En realidad no quería, pero no lo podía admitir.

—Así me gusta, muchacho. Cualquier cosa que necesites no dudes en llamarme.

Aún con los nervios que tenía, hasta João se percató de que aquella frase armada sonaba irrealizable, cuando no ridícula. A quién en su sano juicio se le ocurriría llamar al presidente por algo así. Quizá pudieran entablar una amistad a raíz de haber sido seleccionado.

Nunca gané nada en toda mi vida, pensó, y vengo a salir sorteado con un boleto solo de ida a Marte. Sin duda, estaba todo el pescado vendido. Tenía toda la apariencia de ser una broma muy macabra y esta vez era él la víctima. Ahora solo le restaba esperar a que terminara y soportar con hombría el desenlace.

XXXVI

Base de la Fuerza Aérea Edwards.
Condado de Kern, California, EE.UU.
Cinco meses atrás.

Había llegado por fin el gran momento por tan largo tiempo anunciado y también por muchos esperado, aunque no por todos: volverían a las instalaciones del Centro de investigación de vuelo Dryden, mejor conocido como Neil A. Armstrong, ubicado en la Base de la Fuerza Aérea Edwards, en el estado de California. En aquel lugar comenzarían a tener sus clases prácticas de vuelo en los Northrop T-38A(N) *Talon*, aviones biplaza de entrenamiento avanzado que les permitirían recibir técnicas de pilotaje como ser el vuelo en formación, realizar acrobacias, vuelos nocturnos por instrumentación, navegación y vuelos a velocidades supersónicas, entre otras técnicas. La única excepción sería el lanzamiento de armamento, fuera con munición real o de fogueo.

Con todo, Odinrod no estaba tan contento. Luego de las experiencias que había tenido con la centrifugadora 20-G y el "Cometa Vómito", no se veía para nada atraído por las sensaciones fuertes. Y tenía un fuerte presentimiento de que les esperaban aún unos cuantos vertiginosos sacudones capaces de acabar destruyendo por completo su voluntad a través del estómago.

Lestari Hidayat subió a uno de los autobuses acompañada de Aisha Nawaz, con quien había hecho muy buenas migas. Ambas se fueron hasta el fondo para poder parlotear más tranquilas. Se sentaron en los asientos laterales al que estaba ocupando Odinrod (pues siempre procuraba un lugar apartado), por lo que no pudo evitar escuchar sus conversaciones.

—Yo soy óptica, y para serte sincera, no tengo idea de qué haré subida a un aparato como ese —protestó Lestari.

—No levantes la voz. No querrás que nos escuchen hablando con tanta franqueza —musitó Aisha—. Yo soy enfermera y aquí me ves. No creo que sea para tanto. Será algo así como dar algunas vueltas en calesita.

—Sí, pero me parece una locura que nos suban a esos aviones en tan poco tiempo. No me siento preparada en ningún sentido.

—Nadie nunca se siente completamente preparado. No te preocupes por lo que aún no ha pasado. Ya veremos qué acontece. Solo relájate y disfruta del momento. Este tipo de paseos no se dan todos los días.

—Es que ahora estoy dudando —susurró Lestari—, no me anoté para ser piloto de un avión Caza, sino para... para...

Aisha la inquirió con la expresión de su rostro.

—Sino para enamorarme allá en Marte de un astronauta y vivir junto a él la más grandiosa historia de amor jamás contada.

Aisha no pudo contener la risa.

—Ay, Lestari, tú sí que vives en una nube de ensueño. De todas formas, si quieres ser la primera terrícola en desposarse en Marte, tendrás que pasar por todas las pruebas que se te presenten. Tienes que estar agradecida de haber llegado hasta estas instancias. La gran mayoría ha visto frustrados sus mayores sueños.

Lestari consideró las palabras de su amiga con mucho interés. De pronto, había cambiado la perspectiva de todas sus peripecias sufridas durante aquel emprendimiento espacial. Al fin adquirían sentido tantas idas y venidas.

—Y tú, ¿qué opinas Odinrod? —preguntó Aisha, al observar de súbito a un costado.

Odinrod siempre se mantuvo viendo al frente, pero tenía la oreja parada. No era de intervenir mucho en las conversaciones, pero se divertía con las ocurrencias de la gente. Y aquel desopilante coloquio no tenía una pizca de desperdicio. Así que se hizo el sorprendido mientras volteaba hacia las dos mujeres.

—¿Perdón? No estaba prestando atención. ¿De qué iba la plática?

Aisha entrecerró los ojos como diciendo *ya te creo* y luego retomó la pregunta inicial:

—Que ¿qué opinas de esta nueva aventura que vamos a tener con estos avioncitos?

Odinrod ladeó levemente la cabeza para luego replicar:

—Bueno, yo no estoy tan lejos de la opinión de Lestari...

Luego de unos segundos, Aisha abrió grande la boca en una expresión de asombro.

—¡Ja! Te atrapé. Me dijiste que no estabas escuchando y ahora resulta que sabes cuál es la opinión de Lestari.

Odinrod se sonrojó.

—Vamos, tú sabes a qué me refiero. No quería meterme en vuestra conversación, nada más.

—Está bien, Odinrod. Era una broma. Ahora dime, ¿le temes a las piruetas en el aire?

Él se tomó unos segundos para responder. No lo admitiría, pero la sola expresión le provocó un retortijón en el estómago.

—Bueno, yo no lo llamaría miedo exactamente. Tal vez sea un poco de aprensión a las situaciones extremas o simple precaución. Con pensar en que vamos a andar dando vueltas de campana por los aires...

Aisha carcajeó, cortándole la oración.

—¿De qué te ríes?

—No se dice vuelta de campana, eso se aplica a los barcos. Los aviones hacen tonó[28], looping[29] o tirabuzón para dominar una eventual barrena plana[30].

—Lo que sea, todas esas cosas, como volar más rápido que el sonido o pesar más de lo normal, me ponen los nervios de punta —dijo poco convencido—. Si fuera para que volásemos, tendríamos plumas y habríamos nacido con alas, ¿no crees?

—Y ¿cómo vas a hacer para pasar todas las pruebas? Ten cuidado si no quieres quedarte por el camino, mi amigo.

—No sé, ya veremos. A fin de cuentas, solo soy un odontólogo que necesita ir a Marte por diversos motivos. Y no son precisamente por deseos propios ni mucho menos para pilotear uno de esos.

Cuando llegaron a la Base se ahorraron las presentaciones, puesto que no era la primera vez que visitaban el lugar. Les entregaron sus respectivos monos de vuelo ignífugos, como el que solía vestir el capitán Butler, solo que en color verde. Esta vez pasaron a una sala de instrucciones, donde recibieron una clase introductoria, en la cual se hizo especial hincapié en las normas de seguridad.

—Damas y caballeros, es bueno aclarar que vosotros no saldréis de aquí siendo pilotos de T-38. Para ello necesitaríais poco menos que eclosionar la crisálida. Solo tendréis una familiarización con las sensaciones del vuelo de

---

[28]Giro en redondo hacia los lados.
[29]Rizo en el plano vertical.
[30]Pérdida de sustentación prolongada, en la cual el avión cae en una posición de morro bajo describiendo una trayectoria helicoidal alrededor de su eje vertical.

alta performance y os servirá además como refuerzo de los vuelos en simulador que ya estáis teniendo. No se espera en principio que dominéis el avión, poco a poco iréis tomándole la mano. Lo principal a tener en cuenta y en lo que se insistirá hasta el cansancio será la seguridad. Si alguno de vosotros no respeta las normas de seguridad que se os impartirán, yo mismo me encargaré de enviaros a casa de una buena patada en el trasero o lo que es más probable, dentro de un féretro con una moñita de regalo.

>>Todos los procedimientos de cabina serán realizados por el instructor de vuelo que irá a cargo de vosotros, incluyendo las configuraciones de la aeronave necesarias para realizar las sucesivas maniobras. No tocaréis nada salvo que el instructor os lo indique, de lo contrario apenas bajéis os cortaré la mano con mi navaja reglamentaria. Cuando el instructor os diga que el avión es vuestro, vosotros responderéis: <<mío el avión>> y cuando él conteste: <<suyo>>, recién entonces comenzaréis a realizar las maniobras que el instructor indique. ¿Quedó claro?

—¡Sí, señor! —respondieron todos al unísono y a gran voz.

Luego de la charla introductoria, fueron asignados a sus respectivos instructores, quienes se dividían entre todos los reclutas que iban quedando. Cuando le tocó el turno a Odinrod, su mono de vuelo ya desprendía un fuerte olor a sudor, a consecuencia del cortisol en sangre segregado por los nervios. No había comenzado a volar aún y ya tenía revuelto el estómago. Le temblaban las manos y se le había secado la boca. Por suerte, el uniforme era bastante suelto y cómodo para andar. El instructor que se le había asignado justo era el capitán Samuel Butler, quien volvió a presentarse en chanza y a continuación lo condujo hasta un pequeño cubículo. En el interior había una mesita, dos sillas, una pizarra con marcadores de varios colores y una maqueta con un mango ergonómico para facilitar la explicación de las maniobras que realizarían ese día con demostraciones en miniatura. Allí efectuarían el briefing prevuelo, repasando detalladamente cada una de las etapas del vuelo, valiéndose para ello de todas los implementos disponibles y las técnicas conocidas.

—¿Estás asustado? —inquirió el oficial enfundado en su mono de vuelo azul.

Odinrod trató de tragar saliva, sin embargo, ya no le quedaban reservas. Y el hecho de que fuera una cara conocida no fue de mucha ayuda para tranquilizarlo un poco. Dudó unos instantes, pero en este caso no podía decir la verdad, así que soltó:

—No, señor.

—Pues, deberías.

Ante la parquedad de Samuel y la siniestra mirada que puso cuando lo dijo, las alas nasales de Odinrod se abrieron cual si fueran a echarse a volar. Los ojos parecían salírsele de las órbitas y pudo sentir cómo se erizaba al igual que un gato a punto de ser descoyuntado por un perro rottweiler.

—Antes que nada, te enseñaré a ponerte el traje anti-G. Sin él no durarías mucho tiempo consciente.

Luego del briefing, Odinrod fue siguiendo al instructor de cerca hasta la aeronave estacionada en la plataforma de vuelo. Siendo las diez de la mañana, el calor abrasaba todo cuanto se encontrase sobre el enceguecedor hormigón. Con el apretado traje anti-G en el que lo habían embutido a lo último, sentía como si literalmente fuese a derretirse. El solo hecho de pensar en colocarse aquel casco que llevaba dentro de la bolsa que colgaba de su mano lo asfixiaba. Fue guiado hasta la escalera dispuesta para el acceso al interior de la cabina. Odinrod se trepó y se posicionó en el asiento delantero, ajustándolo a sus dimensiones personales. Por ser la primera vez, el instructor lo ayudó a atarse con los arneses, le conectó la manguera del traje anti-G al sistema de presurización y el cable del casco al intercomunicador. A continuación, conectó la manguera de su mascarilla al sistema de oxígeno mientras le explicaba el funcionamiento de dicho sistema.

—Espero que hayas prestado atención porque créeme que lo necesitarás. Y, por último, ten bien a mano la bolsa para el vómito. No quiero que enchastres mi precioso bebé con toda tu porquería. Si te atreves a hacerlo, te lanzaré al vacío en pleno vuelo.

Aquella aseveración no fue de mucha ayuda en cuanto a su pésimo estado.

Al apoyar el cuerpo sintió el ardor del asiento ergonómico expuesto al ardiente sol a lo largo de su humanidad. Cuando comprobó las pequeñas dimensiones de la carlinga que ahora ocupaba, una apremiante sensación de claustrofobia le invadió por completo. Asimismo en el momento que el instructor lo sujetó con los arneses al asiento, ciñéndolo con mucha presión, y luego que se hubo colocado el ajustado casco y bajado el visor de éste, la impresión de sofocarse fue desesperante. Hubiera escogido sufrir la muerte por ahogamiento en las frías y oscuras profundidades del mar.

El pedestal frontal y los paneles laterales repletos de pantallas, relojes indicadores de diversos parámetros, luces, interruptores y alguna que otra palanca no le impresionaron demasiado, puesto que ya había estado lidiando con el simulador del Conqueror. Además, no iba a tener que operarlos en ningún momento, ya que de ello se encargaría el instructor. La única perilla que le interesaba tener bien a mano era la de encendido del sistema de oxígeno inyectado mediante la mascarilla y el potenciómetro, con el cual se podía variar la cantidad de oxígeno fresco que recibiría.

Se colocó la máscara trabándola a un costado del casco. En su interior había una mezcla de olores, entre goma y la sumatoria de anteriores vómitos, disimulados por el alcohol en gel con que la habían limpiado, los cuales le revolvieron el estómago. A esas alturas ya había empapado completamente el mono de vuelo. Los guantes que llevaba puesto escurrían agua. Ahora, completamente rodeado y ceñido por todas partes, estuvo seguro de que se desmayaría incluso antes de comenzar a volar o, en el mejor de los casos, le daría un oportuno síncope que acabaría con todo aquel sufrimiento de una buena vez.

Samuel, luego de ocupar su posición en el asiento trasero y atarse, comenzó a hacer todos los chequeos en voz alta como requería el procedimiento estándar. Lo hacía más bien por costumbre, pues Odinrod no podía verificarlo por control cruzado, ya que no estaba calificado en la aeronave. Cuando encendió la batería, toda la carlinga se iluminó, algunas luces destellaron por unos segundos y varios tipos de pitidos sonaron en los auriculares acoplados al interior del casco.

—¿Cómo me escuchas? —preguntó el instructor.

—Fuerte y claro, señor —respondió a través del micrófono que portaba la máscara.

Odinrod, por su parte, no prestaba atención a otra cosa que no fuera la cúpula suspendida en lo alto sobre su cabeza por un pistón hidráulico. Temía por cierto que, si aquel plexiglás curvo se cerraba, acabaría muriendo escaldado en su propia transpiración. Sentía como si lo estuvieran rostizando y, para colmo de males, pronto comenzaría a dar vueltas como un pollo al espiedo dentro de un horno de rotisería. En favor de su propia supervivencia, el instructor la mantuvo completamente abierta, incluso durante el rodaje para que corriera aire, hasta llegar al punto de espera, lateral a la cabecera, donde solicitaría autorización a la Torre de Control para ingresar a la pista activa.

Cuando finalizaron el largo rodaje hasta la posición de despegue y la cúpula comenzó a cerrarse, Odinrod se preguntó con un reproche qué diantres hacía subido a aquel aparato. Trataba de entender en qué estaría pensando cuando accedió a inscribirse en aquel sorteo. El instructor alineó la aeronave con la pista y luego de recibir autorización para el decolaje, soltó los frenos al tiempo que comenzaba a incrementar la potencia de forma suave y continuada hasta llevarla a tope. Una gama de sonidos que iban desde el ultrasonido hasta un penetrante ronquido surgía del interior de las turbinas quemando combustible a máxima capacidad. Aquel rugido le hacía vibrar hasta los intestinos. La fuerza de empuje de casi tres mil doscientos kilopondios que ejercían entre ambos motores lo aplastó contra el asiento. Todo comenzó a temblar súbitamente. Trató de tranquilizarse a fin de no entrar en pánico absoluto y acabar activando la palanca de eyección por error.

Las balizas al costado de la pista comenzaron a pasar a toda velocidad y en poco tiempo sintió cómo se encontraban en el aire, volando. Un golpe seco sonó en la panza del avión cuando el tren de aterrizaje acabó de subir y las compuertas se cerraron detrás del mismo. Luego un zumbido indicó que los flaps[31] comenzaban a retraerse. Ahora la aeronave estaba configurada para el vuelo y en condiciones de comenzar a realizar las maniobras que habían *brifeado* en lo previo.

El instructor se comunicó con la Torre informándole que habían arribado al sector asignado y que volvería por frecuencia para el retorno a tránsito[32]. Aquel espacio de vuelo estaba reservado para ellos. Luego de recibir la autorización, se dedicó por entero a Odinrod.

—Muy bien, chico. Primero procederé a realizar la demostración de cada maniobra y luego te harás cargo tú. Así que presta mucha atención. Comenzaremos practicando una "S" Alfa a los efectos de que adquieras dominio de la

---

[31]Superficie alar que sirve para incrementar la sustentación a bajas velocidades.
[32]Serie de maniobras estandarizadas que llevan al avión al aterrizaje.

aeronave. Esta maniobra ejercitará la coordinación de tus miembros en combinación con tus sentidos. Luego pasaremos a la siguiente maniobra en orden de dificultad.

Aquel aburrido pero necesario ejercicio de coordinación les llevó casi toda la hora de vuelo. Consistía en realizar un simple ascenso coordinado de tal manera que alcanzara quinientos pies más de altitud en un minuto y luego comenzar un descenso manteniendo los mismos parámetros. Resultó notablemente más difícil de lo que en primera instancia parecía. Estaba tan concentrado corriendo detrás de las agujas del altímetro, del *Climb*[33] y del reloj, al tiempo que intentaba mantener el rumbo, que cuando menos lo esperaba, el instructor le indicó que ya les quedaba poco tiempo para retornar a la base.

—¡Se ha acabado la vuelta, hijo! Te ha costado bastante la maniobra, eres más duro de lo que creía. Pero es muy importante para el resto de lo que viene. Como he reservado unos minutos, en estos pocos que nos quedan ejecutaré algunas maniobras algo más divertidas para despabilarte un poco y que bajes más entusiasmado, porque te noto muy apocado.

Odinrod no recibió con mucho agrado aquella noticia. En realidad, hubiera preferido menos motivación y, en cambio, proceder a aterrizar en el acto.

—Haremos algunos rápidos *tonós* y luego un looping antes de regresar. Revisa nuevamente que tengas trabados los arneses, no quiero que te desnuques contra el vidrio en la primera vuelta. Sujétate —fue lo último que dijo.

El instructor bajó un poco el morro para ganar velocidad y luego de ajustar una actitud de ascenso nuevamente, dio un par de giros completos por el lado derecho. Todo comenzó a dar vueltas como en una pesadilla.

---

[33] También conocido como Indicador de velocidad vertical o variómetro (VSI por sus siglas en inglés), es un instrumento que indica el régimen de ascenso o descenso.

Lo detuvo en seco, tanto que Odinrod golpeó con el casco la cúpula por el lado contrario. Para entonces, ya había cerrado los ojos con todas sus fuerzas, como si aquella acción fuese a mitigar la histeria que lo estaba azotando. Tanteó el interruptor del oxígeno, que hasta ese momento no lo había necesitado, y encendió el sistema, incrementando al máximo el aire en la cara. Esto lo refrescó un poco; no obstante, casi de inmediato, sin que lo viese venir, el instructor dio dos giros más por el otro flanco y ya Odinrod no pudo contenerse más. Angustiado, manoteó la bolsa del bolsillo en la pierna y con la otra mano intentaba desprender la mascarilla, pero los guantes no ayudaban. Pese a todos sus esfuerzos no logró hacerlo y el vómito acabó desbordando la mascarilla por todo su rostro hasta empaparle el pecho. Aquel desastre provocó que vomitara aún más y casi se ahogara con su propio vómito. En consecuencia, se le metió parte del desayuno por las narices.

El instructor, antes de activar los postquemadores para superar la barrera del sonido, escuchó por el interfono el desagradable sonido y se abstuvo de continuar con lo planificado. El penetrante hedor inundó de inmediato toda la carlinga. Las señales del desastre eran más que evidentes.

—Creo que es hora de volver a casa, ¿no crees? — ironizó el instructor con una sonrisa, a punto de acuciarlo las náuseas por la repugnante fetidez encerrada en el pequeño espacio que los contenía. Nadie tenía la capacidad de acostumbrarse a aquella peste por muchos alumnos que pasasen a convertirse en sus víctimas.

Odinrod por fin logró quitarse la máscara luego de sacarse los guantes y continuó vomitando hasta los últimos jugos gástricos dentro de la bolsa. Era un círculo vicioso de asco retroalimentándose en un ciclo perpetuo. En medio de apabullantes mareos, juró que, sin importar nada, no bien tocara tierra firme se iría a casa.

XXXVII

Shanghái, República Popular China.
Diecinueve meses atrás.

El viento que soplaba en las alturas donde trabajaban, aunque había remitido en cuanto a los días anteriores, estaba al límite de lo recomendado para realizar aquella arriesgada maniobra. Asimismo los plazos para izar la antena de telecomunicaciones a la cima de aquel rascacielos se acortaban y la meteorología pronosticada para los próximos días no era muy promisoria. Era una ventana que se abría como brindándole la única oportunidad de hacerlo. Si no la aprovechaba, todo el proyecto podría eventualmente fracasar, cosa que sería fatídica para su trayectoria como ingeniero por mucho que hubiera escalado.

El operador de la grúa accionó su radio y Ming Zhou contestó.

—Aquí Grúa.

—Adelante.

—El balanceo es muy importante, podríamos llegar a exceder los grados recomendados para la maquinaria. ¿Continuamos con la operación de todas formas? Creo firmemente que deberíamos suspender por hoy.

—Tensa los tirantes —ordenó Ming.

Se hizo un silencio. De repente, en plena faena de extrema exigencia, algo lo sacó de concentración. Sin esperarlo, comenzó a sentir que su celular vibraba dentro del bolsillo de su jean. Lo ignoró y continuó con la difícil tarea.

—Están al máximo —replicó el hombre sentado dentro de la pequeña cabina a ciento sesenta pisos de altura.

—Incrementa un dos por ciento más la tensión.

No se oyó respuesta. El operador conocía los límites de las lingas de acero y sabía que aquella decisión podría resultar fatal.

—Pero, podrían reventar los cables de sujeción.

—No pregunté tu opinión. Digita un dos por ciento antes de que yo mismo te baje de allá arriba.

Con todo, el deber del obrero era obedecer las órdenes del jefe, sobre quien en definitiva recaía toda la responsabilidad. Así que ajustó la tensión en la pantalla táctil. Se pudo escuchar cómo toda la estructura crujía bajo la presión ejercida sobre los materiales. Tomó unos momentos para que el balanceo comenzase a aminorar lo suficiente como para continuar el izamiento de la imponente estructura sin que se destruyera contra el propio edificio o acabara derribando la grúa instalada en la cima, con operador incluido.

—Ahora continúa subiéndola —ordenó Ming con autoridad.

Por el contrario, Ming sabía que el fabricante siempre se tomaba un generoso margen a su favor, con el objetivo de evitar tragedias que pudieran generarle onerosas demandas. Además, estaba en juego una estrepitosa caída del prestigio que ostentaba la corporación, todo lo cual conduciría a un inevitable quiebre de la firma. Tenía muy claro que ejercer un dos por ciento adicional en los tirantes no representaría un riesgo que no pudiera asumir en circunstancias tan apremiantes como aquella.

Todos contuvieron la respiración mientras la ciclópea estructura ascendía lentamente. Para el resto de los mortales, sobrepasar los límites estipulados en las especificaciones del fabricante era un completo suicidio. Nadie en su sano juicio osaría hacer tal cosa. En tanto, Ming confiaba en los estudios que había realizado y la experiencia que había adquirido a lo largo de su prominente carrera. Las miradas estuvieron fijas en la torre hasta que alcanzó lo más alto del edificio. Cuando la depositaron en la posición correcta, asegurándola con veinticuatro bulones de casi diez centímetros de ancho cada uno, por fin liberaron el aire de los pulmones que habían contenido sin darse cuenta. Los gritos de festejo de los obreros se hicieron generalizados. Recién entonces Ming pudo sonreír, al encontrarse más descontracturado, sabiéndose vencedor en una nueva liza.

El celular le recordó que había estado sonando insistentemente, al vibrar por enésima vez. Ming lo sacó y observó el remitente. Era un número de línea que no tenía registrado. Atendió sin muchas expectativas.

—Aló.
—¿Señor Ming Zhou?
—Con él habla.
—Señor, nos estamos comunicando desde la secretaría de la presidencia para informarle que ha salido favorecido en el sorteo realizado para conformar un grupo de mil personas, las cuales cumplirán con un reclutamiento de donde surgirán los futuros astronautas que viajarán a Marte como parte del proyecto de la empresa Space Dragon de colonizar dicho planeta. Usted irá a Estados Unidos de Norteamérica junto a catorce compatriotas en representación de la República Popular de China —dijo sin pausas la mujer, como si estuviese leyendo un manual.

Ming se quedó petrificado y aunque hubiera podido moverse, se había quedado mudo también. Lo que no habían logrado situaciones de intensa presión como la que hacía solo unos instantes había enfrentado y salvado con éxito, lo habían conseguido unas pocas palabras.

—¿Señor? —indagó la mujer al otro lado, al no escuchar nada— ¿Sigue allí?

—Sí, continúo aquí. Disculpe, es que me tomó por sorpresa. Ya estaba al tanto de mi participación en el sorteo, pero, ¿qué debo hacer para...?

—Ya está todo listo. Solo tiene que empacar. Un automóvil oficial pasará a recogerlo el lunes de la semana próxima a las siete en punto para llevarlo al Ministerio de Relaciones Exteriores a firmar el pasaporte y al día siguiente, lo conducirán hasta el aeropuerto.

—Pero ¿el pasaje...?

—Se lo entregará el chofer cuando pase por usted el martes. Cualquier otra necesidad o requerimiento que tenga no dude en hacérnoslo saber. ¿Alguna otra consulta?

—Supongo que no —dijo resignado Ming—, gra... gracias.

XXXVIII

Instalaciones de Space Dragon.
Westmont, California, EE.UU.
Cinco meses atrás.

Las clases iban transcurriendo con el desarrollo previsto para cada una de las materias en la diagramación planificada. A medida que se iban abordando ciertos temas específicos, comenzaron a recibir las visitas coordinadas previamente de representantes de las distintas reparticiones de la NASA. Expertos provenientes de aquellos puntos donde se manejaban conceptos semejantes o provechosos para la formación de los futuros astronautas de Space Dragon. De esta forma, iban alternando las asignaturas referentes a la misión en sí misma con los conocimientos aportados por técnicos, científicos e instructores de los diversos Centros e instalaciones que poseía la Agencia especializada en viajes espaciales.

Ese día tendrían una conferencia impartida por un Agente de finanzas, quien se desempeñaba realizando actividades comerciales para el Centro de Servicios Compartidos de la NASA, ubicado en los terrenos del Centro Espacial Stennis en Mississippi, uno de los diez Centros de campo de la Agencia en Estados Unidos, quien era secundado por un ingeniero que también trabajaba en dicho luegar.

El instructor a cargo ese día se hizo presente en el salón para anunciarles que los invitados de esa jornada estaban un tanto retrasados por motivo del tráfico, pero les advirtió que no se movieran del salón ni armaran corrillo porque podrían llegar en cualquier momento.

Contando con unos momentos de espera, Ming Zhou se acercó a la ventana junto a la cual Naila Purkait se hallaba de pie recostada al marco. La morena observaba una colorida fuente muy bien conservada próxima al edificio principal de Space Dragon. En el centro se erigía un obelisco de buen tamaño. Afuera el sol aportaba toda su luz para ofrecer la calidez de un hermoso día.

—Qué rico perfume traes—susurró al sentir un exquisito aroma.

Ella sonrió sin quitar la vista de aquel monolito de granito rojo. Ya conocía la voz de Ming y sabía que no le daba muchas oportunidades de estar a solas consigo misma. Era lo más parecido a una abeja en torno a un panal repleto de miel.

—Gracias, fue un obsequio.

—Y ¿se puede saber de quién?

Ella hizo una pausa.

—Un gesto de Odinrod en un momento que me vio un poco decaída.

Aquel dato no lo hizo muy feliz, así que prefirió omitir opinión y cambiar soslayadamente de tema. La rivalidad entre ambos se había instalado hacía ya un tiempo. Comprendió que debía hacer más puntos.

—¿Por qué tan pensativa? Con ganas de regresar a casa, tal vez.

—Estaba pensando en la relación que podría existir entre un feo bloque de piedra puntiagudo como aquel con todo esto. Quién sabe, quizás haya una línea recta que una los tres puntos: Marte, ese antiestético y desproporcionado pilar y mis pobres tigres de bengala.

Ming frunció toda la cara, satirizando la ocurrencia de Naila. Con las manos un poco levantadas, exclamó:

—Tienes cada salida. Nunca dejas de sorprenderme. Un día se te va a volar la cabeza de tanta cavilación. Y a todo esto, dime una cosa, ¿allá en Bangladesh dejaste a alguien abandonado además de tus tigres?

Esta vez no sonrió, solo mantuvo su mirada triste clavada en aquella estilizada pirámide de piedra.

—No sé si hice lo correcto en seguir adelante con toda esta odisea, pero tampoco sé si vale la pena permanecer en este mundo en el estado que se encuentra.

—No entiendo, ¿a qué te refieres?

—Es una larga historia. Quizá si ambos llegásemos a Marte te la cuente. Allá tendremos suficiente tiempo para charlas dedicadas a todos estos temas.

—Realmente me encantaría que ambos pudiéramos ir juntos a Marte —susurró Ming con una pícara sonrisa.

En ese momento, alguien mandó la voz de a*tención* y todos se pararon firmes. Los visitantes habían llegado acompañados del instructor, quien ordenó ocupar sus respectivos lugares y tomar asiento en silencio.

—Me da la impresión de que será bastante aburrida esta conferencia —le dijo por lo bajo Ming a Naila mientras se dirigían a sus pupitres.

—Señoras y señores, el Agente Tyson junto a su equipo de trabajo, se encargan de la gestión financiera y el asesoramiento a toda la Agencia en cuanto a recursos humanos, tecnología de la información, adquisiciones y servicios de apoyo comercial. El ingeniero Michaku forma parte del equipo de trabajo del Centro Espacial Stennis, uno de los diez centros de campo de la Agencia Espacial en los Estados Unidos. Él se encuentra trabajando en estos momentos en las pruebas finales del motor RS-25. Ellos han viajado desde muy lejos para ilustraros sobre estos temas.

Así que sepan sacarles el mayor provecho que podáis. Os dejo en buenas manos.

Días más tarde recibieron la visita de una técnica en lanzamientos de satélites de nombre Josefa Campana procedente del Centro Espacial John F. Kennedy, ubicado en Cabo Cañaveral, Florida. Con su exposición pudieron entender mejor todo el proceso de puesta en órbita de dichos artefactos, su propósito, funcionamiento e indispensable utilidad en el funcionamiento del mundo globalizado, así como en su aplicación durante el proceso de colonizar Marte.

Le siguieron disertaciones sobre el soporte vital proporcionado por la Instalación de Montaje de Michoud en Nueva Orleans, a cargo de un ingeniero aeronáutico llamado Steven Hulking. Y luego, fueron ilustrados por el astrofísico Alfred Boyle en magistrales lecciones. Con él trataron temas relacionados con el estudio de la Tierra, el sol, el sistema solar y el universo. Todos proyectos llevados a cabo por el Centro de Vuelos Espaciales Goddard, nombrado así en honor a uno de los padres de la cohetería, situado en Greenbelt, Maryland, a las afueras de Washington. Además, pudieron aprender sobre las operaciones del Hubble y el próximo Telescopio Espacial James Webb que estaban planificando poner en órbita. Allí era donde los científicos pulverizaban los meteoritos capturados en el espacio o caídos a la Tierra para su posterior análisis, en busca de señales de los bloques de construcción de la vida. También manejaban las comunicaciones entre el Control de Misión y los astronautas en órbita a bordo de la Estación Espacial Internacional.

Posteriormente tuvieron conferencias sobre el cambio global basados en los estudios realizados por el Instituto de Estudios Espaciales Goddard, emplazado en la Universidad de Columbia, en Nueva York. También sobre los trabajos de verificación y validación independiente realizados por el Sitio IV y V, ubicado en el corazón del sector de tecnología emergente de Virginia Occidental. Dicho sector ostentaba el galardón de haber contribuido al mejor registro de seguridad de la NASA desde el inicio del programa, como parte de una estrategia de la Agencia para proporcionar los niveles más altos alcanzables de seguridad y rentabilidad para el software de misión crítica, a resultas del trágico accidente registrado durante el lanzamiento del transbordador espacial Challenger a principios de 1986.

Finalizando el ciclo de conferencias, procedentes de Virginia arribaron a las instalaciones de Space Dragon un ingeniero llamado Ronald Apettit y un científico de nombre Scoty Kelt. El Ingeniero trabajaba en el Centro de Investigación de Langley, en Hampton, quien, junto a otros expertos, se dedicaba a realizar mejoras revolucionarias en la aviación, ampliar la comprensión de la atmósfera de la Tierra y desarrollar tecnología de punta para la exploración espacial del mañana.

Por su parte, el científico se desempeñaba en la Instalación de vuelo Wallops, en Wallops Island. Dicha instalación, en colaboración con agencias locales, estatales y federales, se encontraba abocada a la realización de pruebas de monitoreo de aguas subterráneas y pozos de agua potable. Durante más de cuarenta años se habían dedicado al Programa de cohetes de sondeo de la NASA, al lanzamiento de globos científicos y de pequeños vehículos de investigación. Formando parte de las últimas misiones espaciales, estaban incluidos los rovers enviados a Marte, su más sobresaliente contribución.

XXXIX

Lagos, República Federal de Nigeria.
Veinte meses atrás.

Luego de aquel furibundo arrebato de indignación mezclado con agria frustración, Kingsley debió sobreponerse y armarse de valor a fin de poder enfrentar la cruda realidad junto a aquellos pequeñitos, el eslabón más frágil e inerme de toda la cadena. Si había alguien que no podía flaquear era él.

Abordaría aquel espeluznante caso, como tantos otros que había visto en los pocos años que llevaba ejerciendo como psicólogo para el gobierno de su país. Una vez concluido, se iría lejos, lo más lejos posible. Intentaría abandonar cualquier aspiración que tuviera que ver con arreglar un mundo corrompido y perdido. Sabía muy bien que mientras estuviese gobernado por hombres malvados permanecería quebrantado en la más absoluta obscuridad.

Con el estómago revuelto y las rodillas flojas, trató con todas sus fuerzas de erigirse cual puntal que diera sostén a unas delicadas mentes en pleno desarrollo. Criaturas que ahora se tambaleaban entre una infame existencia y el apacible sosiego de la locura. ¿Cómo recomponer un sinfín de cristales rotos y volver a hacer que tintinearan con la primordial armonía? Debía representar la imagen de una confiable compasión provista de sentido en contraste con la despiadada y aberrante vorágine carente de toda explicación.

Dedicó todo el tiempo que fue necesario a tratar de apaciguar las heridas en carne viva y aún sangrantes infringidas en aquellas frágiles y sensibles almas. Todo el esfuerzo convergió en mitigar los traumas enfebrecidos, a consolar los ánimos desolados. Se dejó a sí mismo completamente de lado en favor de aquellos pobres desdichados. Se abocó a ganarse su amistad con sinceridad y a proveer cuanto pudiera de todo lo que habían sido despojados.

Una vez hecho todo lo humanamente posible por ayudarlos, exhausto anímicamente, algunas semanas más tarde se fue a su casa a refugiarse del horror. Sabiéndose inútil entre tanta destrucción, los sentimientos de impotencia se mezclaban entre tanto dolor. Había comprendido que no podría solucionar nada, al final todo seguiría igual. Por mucho que insistió el gobierno en su permanencia no lograron hacerlo cambiar de postura.

Llegó a su modesto departamento de la costera ciudad de Lagos, la segunda más populosa de todo el continente africano después de El Cairo, como a un ansiado refugio. Una vez allí, buscó denodadamente apartar su mente de las infames escenas que se habían grabado a cincel. Trataba de hacer muchas cosas para mantenerse ocupado, lo que en el fondo no era más que un intento de escapar, de evadir los terribles recuerdos. Empero siempre volvía la sensación de ser perseguido por las atrocidades que ocurrían en su propio país. Era como si en cada esquina esperasen por él las víctimas de todas las tragedias que le había tocado atender. No podía concentrarse en ninguna tarea sin que oleadas de sonidos, olores e imágenes espantosas lo sacaran de enfoque una y otra vez.

Al no contar con más familia que unos tíos, con los cuales no tenía contacto desde que había muerto su madre cuando era tan solo un niño, tuvo que reconfortarse con lo que tuviera a mano. Siempre había sido aficionado al dibujo y la pintura. Aunque trató de incursionar de lleno nuevamente en el fascinante y aun terapéutico mundo del arte, su resolución flaqueaba tan pronto hacía los primeros trazos. Acababa así abandonando cualquier impulso proveniente de un chispazo de inspiración. De esta forma, perdía el entusiasmo progresivamente hasta que al final acababa más desanimado que antes, tirado sobre la cama pensando en anestesiar todo con alcohol o cosas mucho peores. Era un intento de fuga, pero sin una vía de escape.

Buscó en la televisión y solo encontró de la más repugnante basura que lo deprimía aún más o bien lograba despertar lo peor en él. Dejó volar su ánimo con la música haciendo una minuciosa selección, manteniéndolo más ocupado la propia búsqueda de composiciones lo suficientemente elevadas, que la utilidad que en realidad tuvieron una vez compendiadas. Leyó muchos libros y en ello encontró una muy buena forma de evasión, pero cada vez que cerraba la máquina del tiempo y del espacio de turno, las memorias ominosas volvían cual demonios acechantes que lo hostigaban sin cesar.

Incursionó en el delicioso mundo de la gastronomía, experimentando con todo tipo de platos. Se enfocó con mucho más ahínco en la preparación que en la degustación (pues era muy poco su apetito) de las exquisiteces que iban surgiendo cada vez con mayor pericia. Asimismo, al finalizar cada comida se sentía más culpable al acudir a su mente aquellos niños que estaban padeciendo hambre. Hastío y asco era todo lo que quedaba al concluir cada día.

Cierta ocasión no soportó más el encierro y salió a tomar un poco de aire. Pensó en ir a comer una hamburguesa bien grasienta o darle una oportunidad al cine. Ninguna de las opciones terminaba de convencerlo, todo parecía más de lo mismo con su insípido sabor. Fachadas repletas de mensajes subliminales o adoctrinamiento del más duro, donde primaba la idea subyacente por encima de la calidad o el buen gusto. Caminó a través de la populosa ciudad, dejando que su mente dormitara en las vidrieras. Se mecía en la ficticia molicie que brindaba el hipnotismo de la interminable y deslumbrante oferta que conducía al vacío del consumismo salvaje. Sin un propósito ni planificación alguna, continuó recorriendo la parte más colorida de la urbe en busca de algo que lo llenara. Miraba todo sin apreciar realmente cuanto le rodeaba. De este modo, iba por completo desconectado de la gente y la realidad. Resultaba más fácil aislarse. ¿Para qué arrimarse a una fogata que no calentara? ¿De qué valdría usar un hielo que no enfriara?

En estas circunstancias se encontraba, cuando un cartel publicitario llamó súbitamente su atención extraviada. Se trataba de un loco sorteo para ir a colonizar el planeta Marte. En un principio creyó que sería la publicidad de algún perfume o algo por el estilo, pero a la imagen le faltaba un ojo o una pirámide para que fuera original. Aunque luego de observarla más detenidamente descubrió que allí estaba.

Hasta ese momento se había dejado arrastrar como en un bote a merced de la corriente, casi sin conciencia de nada. Entonces, volvió en sí para prestar más atención a la consigna de aquel anuncio. Era una extraña ficción que, aunque descabellada, parecía estar volviéndose realidad. Leyó los detalles y era como una invitación personal a solucionar todos los problemas que lo estaban aquejando. Venía a ser todo lo que hubiese deseado de una propuesta: irse muy lejos, a otro mundo, otra realidad, otras alternativas, y para siempre. Una empresa más parecida a una terapia que a una iniciativa espacial. Se imponía como un nuevo comenzar de un modo ineludible. Un ofrecimiento muy seductor.

Tomó nota mentalmente de la dirección a donde debería dirigirse y las condiciones requeridas. No tenía necesidad de volver a casa, todo lo que necesitaba lo llevaba consigo, aun lo que no deseaba. Se tomó el primer taxi que pasó por aquella calle. Hacia aquellas oficinas se dirigió sin dilación y con una renovada esperanza, aunque incierta.

    Ahora tenía un propósito que no atormentaría su mente por los magros resultados obtenidos. Se sentía egoísta, pero no había nada que pudiera hacer. Adormecía su remordimiento sabiendo que no era de gran ayuda. Por mucho que se esforzara, sus contribuciones siempre resultaban siendo como querer apagar un incendio con un gotero. Tal vez la paz que buscaba se encontrara en lo alto del cielo entre las estrellas.

    El infierno continuaría estando sobre la Tierra, con o sin él.

XL

Centro Gagarin de Entrenamiento de Cosmonautas, Moscú, Federación de Rusia.
Cuatro meses atrás.

Las veinte horas de T-38 con toda su adrenalina incluida llegaron a su fin. Los habían llevado al límite, los hicieron alcanzar el tope de vértigo en sus vidas, poniéndoles literalmente el mundo de cabeza. Odinrod nunca hubiera creído que tendría tal capacidad de vomitar si no hubiese sido por la bondadosa vivencia que les facilitaron. Ahora, como forma de retribución por el buen desempeño de los treinta y cuatro valientes que iban quedando, harían la última excursión antes de partir en el viaje sin retorno. No obstante, esta vez sería a las antípodas del mundo a bordo de un avión comercial con destino al Centro Gagarin en la Federación de Rusia.

Desde el mismo momento en que Svetlana Smirnov se enteró de que irían a su ciudad natal Moscú no había parado de contarles a todos sobre la maravillosa tierra de su corazón. Estaba tan emocionada que, a pesar de lo turbulento que estuvo el aire durante buena parte del vuelo, se paró en medio de uno de los pasillos entre las hileras de asientos del avión y comenzó a declamar en un tono casi poético sobre su patria. Tan ensimismada estaba, resaltando aquellas cosas que más caracterizaban a su tierra, que no reparó siquiera en que algunos dormían. Les describió la grandeza de la madre Rusia y su poderosa influencia a nivel mundial. Tuvieron que alcanzarle un pañuelo para que se secara la baba que caía de su boca al hablar de su amado país.

—Verán que no exagero —exclamaba Svetlana con las venas de su cuello hinchadas—. Tan rápido como lleguen no podrán evitar enamorarse de su cautivante belleza. Allí nunca podrían aburrirse, se sentirán seguros y satisfechos.

—Sveta ¿por qué no nos quedamos a vivir en tan maravillosa ciudad juntos? Prometo que no permitiré que pases frío en invierno— interrumpió João Carvalho con una sonrisa socarrona.

Ella meneó la cabeza.

—Por la sencilla razón de que si mi novia se enterase te picaría en pedacitos y los lanzaría al frío río Moscova —replicó Svetlana.

João sonrió desconcertado, o era muy ingeniosa en la elaboración de sus chistes o definitivamente no había nada de jocoso en su comentario, y por transitiva, ninguna posibilidad con ella.

Arribaron al Aeropuerto Internacional de Moscú-Domodédovo, situado treinta y cinco kilómetros al sur del centro de Moscú, más de dieciséis horas después. Admirando el paisaje, se sorprendieron de ver una moderna edificación y un entorno muy diferente de todo lo que habían escuchado o imaginado hasta entonces. Asimismo, el frío los abrazó como dándoles una apretada bienvenida. Una comitiva de oficiales los estaba esperando. Luego de los saludos protocolares, subiéndose a los autobuses proporcionados por la Fuerza Aérea rusa, tomaron por la A-105 hasta la regional E-115 que circunvalaba la zona metropolitana y recorría el anillo exterior del *Óblast*[34] de

---

[34]Rusia está dividida en 85 sujetos federales de los cuales 47 son Óblast (entidades subnacionales) que a su vez están divididos en Raiones.

Moscú. Durante el trayecto fueron rodeando la parte céntrica de la capital rusa. Y aunque se desplazaron por la periferia, pudieron admirar una ciudad cosmopolita, vanguardista y sofisticada, pero sin perder su auténtica identidad. Ante las bocas abiertas de sus compañeros, Svetlana no pudo contenerse a decir:

—Yo les dije. Yo les dije —repetía—. No podrán decir que no les dije.

Importantes espacios repletos de bullente verde y amplios bosques contrastaban con grandes áreas de industrialización. En la capital se intercalaban sobresalientes casas adornadas como si fueran de muñecas con enormes superficies de almacenamiento. Incluso pasaron por las inmediaciones de unos humeantes reactores nucleares. Allí se podía encontrar lo tradicional, que iba desde construcciones abovedadas de corte basilical con varias naves denotando la influencia de la arquitectura de Constantinopla, hasta fortalezas, monasterios e iglesias ortodoxas con llamativos colores y sus característicos perfiles tanto puntiagudos como bulbosos. Y también lo último en materia de urbanización como ser plazas de comida rápida idénticas a las halladas en occidente o centros comerciales descomunales con toques arquitectónicos futuristas. Todo siempre muy pulcro y ordenado, y en impecable estado de conservación.

Al arribar a la Ciudad de las Estrellas, una ciudad militar cerrada llamada Centro Gagarin de Entrenamiento de Cosmonautas, los regios edificios de concreto los impactaron bastante. Acostumbrados a las edificaciones repletas de vidrios espejados de Estados Unidos, la sobria arquitectura que presentaba todo el enorme complejo marcaba una notable diferencia desde la misma entrada. En algunas de las fachadas se podían apreciar figuras en bajorrelieve de quince metros de altura de un cosmonauta sosteniendo una alegoría de la carrera espacial y en el otro lateral un hombre de aspecto antiguo, tal vez un granjero, sosteniendo una representación abstracta del imperio en memoria de sus raíces rurales.

Fueron recibidos con gran hospitalidad y vieron un video institucional subtitulado al idioma inglés. Una vez culminado, hicieron una recorrida por todo el Centro estatal de investigación y pruebas para capacitación de cosmonautas, que llevaba el nombre de Yuri Alekséyevich Gagarin, un piloto militar y cosmonauta soviético, reconocido mundialmente por ser el primer ser humano en viajar al espacio exterior. Así, anduvieron por la extensa superficie respirando el frío aire, rodeados de pinos y algunos edificios de construcción cilíndrica muy llamativos.

Les mostraron una gran centrífuga de cuatro velocidades al estilo ruso: una especie de brazo ciclópeo de color gris con su puño en el extremo. Todos quedaron sorprendidos cuando los guías aseguraron que era la más grande y poderosa del mundo. Los monitores encargados de acompañarlos guardaron silencio. Quizá tendrían que ponerse de acuerdo entre las dos potencias en compararlas. También probaron las bondades del simulador con que contaba dicho Centro, descubriendo que tenía cualidades muy interesantes, mostrando una notable similitud con la realidad y por momentos, daba la impresión de ser aun superior al simulador que hasta entonces habían tenido la oportunidad de operar. A lo largo del recorrido encontraron algunas estatuas representativas de la cosmología, vestigios de otra época, remanentes que habían perdurado como legado de la ex Unión Soviética.

Fueron conducidos hasta uno de aquellos edificios de forma cilíndrica que habían visto, el cual albergaba una gran piscina de doce metros de profundidad con enormes aparatos en su interior. Aquellos simuladores de inmersión habían sido instalados para llevar a cabo el entrenamiento de los cosmonautas. Para lo último quedó uno de los orgullos de la nación, la réplica de la estación espacial de investigación Mir[35], la primera en estar habitada de forma permanente desde finales de la década de los ochenta, siendo en su momento accesible tanto para cosmonautas como para astronautas. La estación original había sido desprogramada, luego de quedar obsoleta, y lanzada en forma controlada al océano Pacífico tras casi desintegrarse por la fricción con la atmósfera durante el reingreso. Dicha réplica había sido utilizada para el entrenamiento de los cosmonautas y ahora oficiaba de muestra para visitantes y turistas. Constaba de varias secciones separadas, a las cuales se podía acceder mediante escaleras que daban a plataformas o andamios en madera que rodeaban por completo los aparatos para poder observar de cerca y con mayor detalle toda la superficie.

Seguidos a corta distancia por el traductor, los anfitriones rusos se detuvieron ante una estatua de Lenin. El director se dispuso a dar lo que pareció una suerte de discurso patriótico mezclado con un toque de afectada confraternidad:

—Estimados camaradas provenientes de todas partes del mundo, os volvemos a reiterar nuestro agrado en que nos hayáis honrado con vuestra visita. También agradecemos por la preferencia de Space Dragon, que nos ha elegido entre tantas distinguidas Agencias Espaciales en el mundo para motivaros e instruiros. Este renombrado Centro, en cuyas instalaciones se han llevado a cabo tantos prodigios espaciales que trascendieron lo conocido para grabarse en los anales de la historia para siempre, se complace en agasajaros y en haceros partícipes de los avanzados mecanismos de preparación de cosmonautas para contribuir con la colosal empresa de colonizar el planeta Marte, aportando de esta manera su humilde granito de arena. Esperamos que os hayáis sentido cómodos y que haya sido

---

[35]En ruso significa paz o mundo.

de vuestro agrado toda la jornada. Ahora pasaremos a tener el almuerzo y luego podréis visitar la ciudad con más detenimiento, como estoy seguro de que estaréis deseando.

Para el almuerzo, degustaron platos típicos de la gastronomía eslava tales como el *Pelmeni*, un enrollado de carne o pollo y huevo duro; *Shashlyk*, un plato preparado con carne y cebolla; *Borsch*, del cual existían dos tipos distintos, el frío: una sopa más bien dulce, ya que se debía azucarar y servir acompañada de crema ácida, y el caliente, una sopa de verduras, especialmente de remolachas; y *Uja*: sopa de salmón o bacalao con patatas.

Durante la comida mantuvieron entretenidas conversaciones de camaradería, intérpretes mediante. Luego de la sobremesa los llevaron a conocer el Kremlin. Una vez puestos los pies en aquel lugar, todos se quedaron impresionados por la magnificencia que irradiaba. La única que no pudo disfrutar a cabalidad del paseo fue Svetlana, aun estando en tan amado terruño, a raíz de los malos recuerdos que le ocasionaba aquel lugar. Se enorgullecía de que sus compañeros comprobaran por sí mismos todo cuanto les había estado contando. Y aunque debía ser la más contenta del grupo con el hecho de estar allí, por el contrario, deseaba emprender el retorno cuanto antes, pues cada calle y cada esquina por la que transitaban habían sido mudos testigos de aquella infame traición.

XLI

Ciudad de México, Estados Unidos Mexicanos.
Dos años atrás.

Con el arrojo y la temeridad de un guerrero antiguo, enfrentado codo con codo junto a su ejército a los escuadrones de combate del enemigo, Guadalupe Canul se introdujo en el hormiguero de la ciudad que con mucho mérito se había ganado el primer puesto en materia del mayor congestionamiento del mundo. Le sacaba el máximo rendimiento al scooter rosado, mientras su amiga se aferraba a ella como si su propia vida dependiera de ello. Aun rodeada de un tráfico infernal, repleto de atolladeros y embotellamientos de todas clases, la pequeña motocicleta se desplazaba con gracilidad por cuanto recoveco fuera surgiendo a lo largo del camino.

    La aglomeración urbana más grande del continente americano y del mundo hispanohablante se erigía como un reto de proporciones hasta para el conductor más avezado y exigía un temple de acero a la hora de afrontar situaciones de las más diversas. Guadalupe había nacido para ello. Nunca había demasiado espacio para maniobrar, los márgenes siempre eran reducidos y la velocidad de avance debía ser lenta y pausada de forma constante. Era una verdadera prueba de paciencia, personalidad y resistencia. Con todo, los humores se iban caldeando a medida que el reloj corría a toda velocidad mientras los conductores recorrían cortos tramos a paso de tortuga. Así, dominados por la frustración, las ventanillas se bajaban, las cabezas asomaban y los insultos se transformaban en verdaderos coros que atiborraban el aire. Con innumerables incidentes eran acompañados de una sinfonía de bocinazos, aceleradas, chirridos de gomas, choques, entre un montón de ruidos estridentes más.

Muchos preferían mantenerse impasibles en el interior de sus coches, platicando con el acompañante, indagando en sus celulares, escuchando música por bluetooth o en su defecto el noticiero, mientras disfrutaban del frescor del aire acondicionado. No tenía caso levantar tanta temperatura por nada, puesto que no solucionaría en absoluto las circunstancias, sino que, por el contrario, podría empeorarlas en sumo grado con la eventualidad de un conductor ofendido que resolviera descender del otro coche en conflicto portando un garrote improvisado o, incluso peor, revólver en mano, dispuesto a cometer un asesinato. De manera que, salvo los casos excepcionales, las interminables hileras de coches detenidos que circulaban más lentos que un hombre al paso se mantenían en el mismo estado latente, hasta que por fin cada uno de los millones de conductores llegaba a su destino luego de horas enteras de resignada espera en obligada tranquilidad.

Entre medio de aquella maraña de vehículos arrojando todo el humo de sus escapes y el calor de los motores, pasaba como un relámpago Guadalupe con su amiga de toda la vida. Un bloque compacto de millones de vehículos de las más diversas clases bloqueaba toda posibilidad de avanzar a no ser de las únicas dos maneras posibles, aguardando al lento movimiento de las masas o en la versatilidad de un biciclo. Aunque sin dejar de lado la pericia del conductor, por supuesto.

Resultaba hasta satisfactorio ver los rostros de los conductores llenos de hastío dentro de los coches, algunos, por cierto, de lujosa extravagancia. Entretanto, ellas iban rebasándolos como una flecha con mínimo esfuerzo. En más de una ocasión les sacaron la lengua a los ocupantes de coches deportivos de alta gama que se encontraban detenidos en mitad de la autopista. Estos, rodeados de un sinfín de otros vehículos, desde hacía varias horas y por muchas más, solo podían limitarse a menear la cabeza asombrados o indignados.

Pese a la maniobravilidad de su <<Speedy Gonzales>>, como le gustaba apodarla en cariñosa referencia al dibujito animado, no resultaba de todas formas una tarea sencilla ni mucho menos inofensiva. Recorrer cualquier distancia dentro de aquel hervidero de vehículos, por corta que fuese, siempre se presentaba como un peliagudo asunto. Los atajos solían ser peores que las rutas principales y era allí donde generalmente se concentraban los accidentes más brutales.

Con la adrenalina en el arco rojo, sobre todo su amiga que no dejaba de gritar al pasarle rozando a cada vehículo, finalmente llegaron al bar de siempre, uno que les quedaba bastante cerca. Le echó candado contra una columna del alumbrado público y se fueron con sus cascos en mano a tomar unas copas para festejar el triunfo de la carrera pasada y de haber llegado hasta allí sanas y salvas, lo cual no era poca cosa.

—La próxima conduzco yo —farfulló la amiga con el corazón en la mano.

—¡Ni loca! No soy suicida para permitir semejante acto de inmolación —respondió Guadalupe con una sardónica mueca—. El día que me venzas en las pencas te habrás ganado el derecho a conducir, mientras tanto, sigo siendo la mejor opción.

Una vez adentro y con las palpitaciones en un rango más acorde a la ocasión, se dispusieron a disfrutar de sus bebidas. El lugar era confortable, con butacas revestidas en cuerina, enfrentadas entre sí, y separadas por una mesa que sobresalía de la pared. La amiga la observó un instante para luego indagar:

—¿Puedo hacerte una pregunta?

—Ya lo estás haciendo, entonces ¿para qué preguntas?

La amiga puso en blanco los ojos. Sabía que Guadalupe era muy bromista y que nada se lo tomaba en serio. Para ella todo era un chiste, aun la existencia misma. Consideraba que bien podía ser un mecanismo de defensa.

—Eres una ingeniera agrónoma de renombre que se ha ganado una encumbrada posición, incluso en una sociedad tan machista como la nuestra, ¿por qué querrías hacer tal cosa como inscribirte en un sorteo para ir a colonizar Marte? Sinceramente no puedo entenderte.

Guadalupe dejó escapar una risotada. Se echó un trago y pidió otra ronda al camarero con un gesto de la mano. Suspiró hondo, tomándose un tiempo para responder. Ameritaba inspiración de alguna musa. Mientras repasaba el lugar con la mirada, replicó:

—No todo es dinero o logros en este mundo. Imagínate cómo será en otro.

—Dices eso porque has conseguido todo lo que te has propuesto en la vida.

—Precisamente por esa razón es que aspiro a más, porque me ha parecido demasiado fácil.

—Creo que deberías ser más agradecida con todas las oportunidades que has recibido. Oportunidades que te han brindado tantas cosas buenas. Tienes que valorar todo lo que has conseguido, incluyendo a los amigos —comentó frunciendo la comisura de la boca—. Aun así, tu vida no ha sido lo que se dice "fácil", al menos no en tu infancia.

Guadalupe fijó los ojos en ella, su estado de ánimo siempre alegre cambió súbitamente. Su amiga sabía que así sería. Se había tocado una cuerda que desafinaba en todo el concierto de su vida. A nadie le agrada que le arruinen una función con ruidos estridentes.

—No me estoy refiriendo a eso. Lo del orfanato y demás cosas no importan para mí, las he superado y olvidado. Lo que cuenta es lo que he conseguido por mérito propio y quiero más.

Su amiga la contempló con compasión, sabía que detrás de toda aquella parafernalia de superación, alegría y conquista, había un trasfondo de dolor y vacío. Y el hecho de ignorarlo podría traer aparejado otros problemas de derivaciones impredecibles.

—Sabes que es bueno hablar de ciertas cosas que nos lastiman. Puede resultar sanador si lo permites. El no tomarlas en cuenta solo provoca más incomodidad y...

Guadalupe lanzó un resoplido.

—Se suponía que íbamos a festejar, ¿no es así? —musitó al tiempo que deslizaba el pequeño vaso sobre la mesa— ¿Acaso vinimos hasta aquí para que me sermonees y saques a relucir todo mi maldito pasado?

—Yo no quise...

—¡Ahora escúchame! —prorrumpió con firmeza— ¿Crees que por hablar de todas las veces que aquel gordo sádico abusó de mí siendo tan solo una niña voy a cambiar de opinión o a ser diferente?

La amiga se sorprendió ante tal reflexión. Solo quería ayudarla. Pero Guadalupe siempre era como un volcán a punto de hacer erupción y la situación había subido en demasía la presión interna.

—No quiero que cambies —protestó quedamente.

—Soy como soy y mis anhelos de superación no disminuirán por mucho que hurgue en la basura de mi pasado. Es lo que quiero hacer y lo haré cueste lo que cueste. ¿Te has puesto a pensar que quizá mis anhelos sean los únicos que pueden separarme de la miseria que me persigue?

—No tiene nada que ver una cosa con la otra. Tú no tuviste la culpa Guadalupe —dijo su amiga al borde del llanto.

—Eso ya lo sé, pero no impedirá que haga todo lo que me venga en ganas. Mucho menos obstaculizará aquello que me proponga hacer. Si quieres acompañarme bien, sino no hay problema. Pero yo ya me he decidido, independientemente de lo que tú quieras hacer. Con tu respaldo o sin él.

Su amiga lo pensó un momento y luego sonrió.

—Sabes que te respaldo en todo. Nada más quería ser un apoyo.

—No te preocupes, estoy bien. Sé cuidarme sola— contestó en seco. Le dio un mordisco a la rodaja de limón y se acabó su vaso de tequila—. Y ahora termínate eso que aún nos falta atravesar media ciudad hasta esas dichosas oficinas. No quiero llegar y encontrarme con que están cerradas.

—Yo me quedaría aquí si por mí fuera —dijo, mostrando su poco convencimiento ante la idea que se le había metido en la cabeza a su amiga— y volvería a casa en autobús tranquilamente —agregó, al considerar lo peligroso que era atravesar media ciudad.

Guadalupe la miró de reojo.

—¡Ya ándale! Déjate de cosas y vámonos —siempre era tan decidida que solía resultar avasallante para quien la rodease—. Ya sabes quién conduce.

La muchacha, ante la imposibilidad de hacerla cambiar de opinión, dio unos cuantos sorbos rápidos poniendo unas caras como para hacer un meme y dejó la mitad en el vaso. Guadalupe pidió la cuenta y salió a la calle varios pasos por delante. Guardó el candado debajo del asiento y encendió el scooter de un pedalazo, procurando cuidar de la batería. Se colocaron los cascos y volvieron a sumergirse en el peligroso torrente vehicular que inundaba las calles de Ciudad de México.

XLII

Instalaciones de Space Dragon.
Westmont, California, EE.UU.
Cuatro meses atrás.

Esa mañana comenzaron con otra clase sobre cómo vivir y desempeñarse de manera segura en Marte. Había muchos aspectos nuevos a tener en cuenta respecto a la vida en la Tierra. Muchos datos eran brindados a modo informativo o anecdótico, en cambio, otros constituían un verdadero peligro para la supervivencia. Se habló sobre las condiciones que tendrían que soportar, los desafíos que enfrentarían, las responsabilidades que les habían endilgado y los riesgos extremos de no hacer estrictamente lo que tenían permitido. Les embutirían los detalles técnicos hasta que les salieran por las orejas.

—Como ya os había comentado en una clase anterior, luego de vuestro arribo a Marte, en un corto plazo a futuro, está previsto enviar refuerzos, tanto de víveres, materiales y equipamiento de primera necesidad, así como de personas —comenzó enunciando el profesor, quien provenía del ámbito civil, a diferencia de la mayoría de los otros instructores que formaban parte de las esferas castrenses—. Vosotros mismos jugaréis un papel crucial en este respecto, ya que seréis los encargados de realizar las solicitudes de todo aquello que consideréis como faltante o que estuviere escaseando.

>>Durante el reclutamiento, por razones de orden y disciplina, han sido terminantemente prohibidas las relaciones amorosas. Sin embargo, una vez allá será menester que comencéis a interactuar entre vosotros y a pensar en el futuro de la humanidad en aquellas lejanas tierras como parte del plan de colonización. Ya sabéis a lo que me refiero.

Una risa generalizada recorrió todo el salón. El profesor se sonrojó, aunque no entendía muy bien qué les había causado tanta hilaridad. Hasta que un alumno alzó la mano con cierto aire malicioso.

—Adelante.

—Profesor, se está refiriendo a nosotros como si fuésemos robots que tendrán que ensamblar otros robots más pequeños —reclamó valiéndose de la prerrogativa que concedía el hecho de que un profesor fuera civil (aunque muchas veces eran más rigurosos que los propios militares de carrera)—. Las relaciones humanas no funcionan así.

—Bueno, vosotros me entendéis. Lo que quise decir fue que luego de estableceros allá seréis libres de hacer lo que queráis, ya no habrá restricciones en este aspecto. Sin embargo, es necesario que sepáis que la diversidad genética es necesaria para mantener grupos grandes y saludables. El hecho de no tener suficientes personas para engendrar hijos con frecuencia conduce a la endogamia. Esto llevaría a la pérdida de más del ochenta por ciento de la diversidad dentro de un gen y que con el tiempo os volváis vulnerables a una única enfermedad que acabe por extinguiros —en plena explicación pudo observar las caras absortas, entonces decidió aclarar—. Pero no os preocupéis, antes de que esto ocurra ya habrán llegado por entonces más personas para evitar catástrofes de esta índole.

Se miraron entre todos los compañeros, pues desconocían que pudiese haber una catástrofe en ciernes relacionado a este asunto. Recién se daban por enterados de semejante dato. Aunque estaban acostumbrados a que muchos de los profesores tendieran a volverse excesivamente dramáticos.

—Por otra parte, podréis disfrutar de un completo gimnasio donde manteneros en forma —se apresuró a cambiar de tema porque había resultado ser un tópico bastante complicado de abordar—. Además, tendréis a disposición una piscina climatizada que cuenta con todos los implementos necesarios para un correcto entrenamiento. Tendréis también jacuzzi junto con todo otro tipo de comodidades. Hay varios viveros y establos que deberéis manejar mancomunadamente con la IA para proveeros a vosotros mismos de la comida.

La mayoría se quedó con la imagen del jacuzzi dando vueltas en la cabeza. Los establos pasaron desapercibidos.

—Todo el complejo cuenta con instalaciones subterráneas y corredores por donde podréis desplazaros de una edificación en superficie a otra en caso de exceso de radiación espacial, tormentas de arena o cualquier otro tipo de contingencia. Dispondréis de cuatro areneros para movilizaros en vuestras exploraciones de campo. Recordad que poseen una autonomía muy limitada. Son de fácil recarga y mantenimiento, para lo cual dispondréis de todas las herramientas necesarias y también asesoramiento mecánico a distancia.

Ya se veían jugando carreras entre las rojas dunas del planeta vecino. Lestari se imaginaba dando un paseo estelar junto a su caballero interplanetario.

—Los desechos orgánicos generados, tales como cáscaras, restos de comida, incluso la mugre que juntéis cuando se barra el interior, puesto que en gran medida será vuestra propia piel muerta, lo reciclaréis como compost para abonar la tierra. Todo sirve. Aunque vuestros cultivos estarán basados principalmente en el método hidropónico; al menos en los inicios mientras vayáis terraformando el planeta.

>>Con ese propósito llevaréis moscas con vosotros, para facilitaros la tarea de lograr el proceso de descomposición. Al llegar allá, deberéis recordar liberarlas para que comiencen a reproducirse y extenderse por la base. El resto de los desechos inorgánicos serán incinerados en hornos dispuestos para tal fin.

>>¿Alguna consulta hasta este punto?

Ante el silencio, el profesor continuó diciendo:

—Cambiando de tema, Marte posee dos satélites que lo orbitan: Fobos y Deimos; sin embargo, apenas podréis ver en el cielo nocturno a través de las ventanas unas pequeñas lucecitas similares a las estrellas que vemos aquí puesto que, a diferencia de nuestra hermosa luna, son demasiado pequeños para ser observados a simple vista. Así que nuestro astro, eterno compañero de baile de la Tierra, será una más de las cosas que echaréis de menos en aquellos lejanos lugares.

Hasta ese momento no habían considerado la idea de que no tendrían la luna para admirarla en momentos de melancólica remembranza. Aquella sería una pérdida muy importante.

—También podréis comprobar al caer la noche que las constelaciones se verán ligeramente diferentes a como las conocéis aquí, aunque puede que no lleguéis a notarlo. Pero no os preocupéis por ello, ya que no las necesitaréis para hacer navegaciones nocturnas —dijo en tono de broma, puesto que no podrían salir por la noche—. En cuanto a las dimensiones aparentes en el cielo del astro rey no distinguiréis diferencia alguna con el percibido en la Tierra, ya que no tendréis cómo comparar el tamaño con respecto a cómo se ve aquí. Simplemente os parecerá que se ve muy similar, aunque en realidad su apariencia será un tercio menor. Cuestión de perspectiva.

>>Luego de finalizado el vuelo espacial, algo más de ocho meses después, seréis despertados de forma permanente antes de entrar en la órbita de Marte. Si todo transcurre como lo planeado seréis meros espectadores. Cuando la IA os indique, deberéis colocar en vuestros trajes espaciales unas pesas. Irán en las muñecas, la cintura y los tobillos para simular una fuerza de gravedad similar a la de aquí en la Tierra con el objeto de que os vayáis adaptando progresivamente a la registrada en Marte. No son muy pesadas, pero han sido pensadas para que no sea tan brusco el cambio de la gravedad de la Tierra a la de Marte. El propósito es que haya una transición más gradual.

Parecían empeñados en querer arruinarles la mayestática experiencia de sentirse ligeros como una pluma y saltar tan alto cual si pudieran volar. ¿Por qué querrían impedirnos de experimentar los más divertido de estar en el espacio? Se preguntaban todos.

—Si tuviera que ser a la inversa, es decir que tuvierais que retornar a la Tierra, la adaptación a la gravedad ostensiblemente mayor de la Tierra sería mucho más dura y peligrosa, pero ni siquiera se considera tal posibilidad. Luego del amartizaje (hemos tenido que acuñar dicho neologismo al comenzar este emprendimiento), comenzaréis con la lista inicial de procedimientos hasta completarla. Esto os asegurará un correcto comienzo de vuestra estadía y el exitoso cumplimiento de la misión a largo plazo.

>>Recordad encender los monitores a través de los cuales recibiréis toda la información referente a la meteorología y a los eventos provenientes del espacio exterior. Se sabe que pueden surgir muy aceleradamente enormes tormentas de polvo, entre otros fenómenos menos comunes, pero igual de letales, las cuales podrían durar semanas e incluso meses, oscureciendo todo sitio por donde pase, causadas por vientos que fácilmente pueden superar los ciento cincuenta kilómetros por hora. Estas tormentas llegan a alcanzar dimensiones a escala planetaria, así que debéis ser muy precavidos en cuanto a este peligro. Para vuestra tranquilidad las instalaciones montadas allá son a prueba de lluvia de meteoritos, olas de radiación cósmica, huracanes y molestas acumulaciones de arena.

Siempre tenía que haber algo que se interpusiese con sombrías amenazas. No hay nada perfecto, reflexionaban algunos.

—Como ya se os ha dicho en anteriores ocasiones, se ha procurado proporcionaros la mayor cantidad posible de entretenimiento. Os lo digo porque supongo que estaréis preocupados por este tema. Tendréis una amplia gama de películas guardadas en dispositivos de almacenamiento de datos, así como programación en diferido debido a las grandes distancias que os separarán de vuestra madre Tierra. Podéis olvidaros de cualquier campeonato en vivo y en directo.

>>Asimismo, podréis realizar videoconferencias con vuestras familias. También será requerido que llevéis a cabo consultas psicológicas cada dos semanas en privado con el profesional que haya sido seleccionado para integrar el grupo de colonos. En este sentido, es menester que os informe acerca de los inconvenientes que pueden surgir debido al aislamiento continuo. Esta situación, al prolongarse en el tiempo, podría provocar un aumento de la parsimonia, estados de carencia, agotamiento, pérdida de atención, irritabilidad y depresión. Razón por la cual, estará terminantemente prohibida la tenencia de cualquier tipo de arma. Doy por hecho que ya os habrán informado al respecto.

Los alumnos se miraron, coincidiendo en que tal vez el profesor estuviese un poco loco, como todos los científicos genios.

—Todo lo anteriormente dicho es parte del mismo programa que se aplica a los astronautas a bordo de la Estación Espacial Internacional para evitar el aburrimiento, conductas agresivas o autodestructivas, y el corrosivo aislamiento que os mencionaba. Para prevenir en la medida de lo posible todas estas cuestiones, se os ha provisto de toda clase de medios de distracción tales como mesas de pool, futbolito, libros, entre otras cosas, ya que lamentablemente no podréis salir de compras o ir a boliches nocturnos de parranda como solíais hacerlo.

Una joven de entre los reclutas levantó la mano. El instructor le dio la palabra y ella se puso de pie muy oronda. Era Guadalupe Canul, la mexicana que se había vuelto célebre entre sus compañeros por su forma de ser.

—Y ¿qué hay de entretenimiento para las mujeres? A mí, por ejemplo, no me gusta jugar al futbolito.

Se escucharon algunas risitas de fondo.

—¿Qué sugiere señorita? Soy todo oídos.

—Creo que hablo por todas cuando pido señales de cable de variedad y chimentos, un buen surtido de maquillaje, cremas para la piel, diversidad de perfumes, secadores de cabello, planchitas, esmaltes de uñas, sets de manicure, juegos de mesa y cartas de póker. Ah, y videojuegos, pero que no sean solo de guerra porque aburren. Puede ser algo como *Just Dance*, por ejemplo.

>>Hay que tener en cuenta, a su vez, las inclinaciones hacia el arte que pueda tener alguna de nosotras, las cuales no pueden ser reprimidas. Nosotras somos distintas, no somos tan básicas, somos más sofisticadas que los hombres. No nos pueden satisfacer con solo una mesa de ping-pong y encasillarnos en los superficiales estándares de conducta humana como si fuésemos simples plantas que solo necesitan algo de luz y un poco de riego.

>>Ya se nos ocurrirán más cosas, ¿no es verdad chicas? —argumentó, buscando la complicidad de las demás

compañeras, quienes asintieron con efusividad al borde del aplauso—. Le haremos llegar por escrito la lista de pedidos —agregó y tomó asiento con el respaldo de la arenga generalizada.

Guadalupe podía ser muy recia y contundente cuando quería, pero no dejaba por ello de ser a la vez muy femenina y brillante.

El instructor asintió con la cabeza, mostrando evidente interés por algunos pormenores que no habían tenido en cuenta hasta ese momento. Estaba visto que hasta al mayor grupo de expertos convocados de todo el mundo en las más diversas áreas para la concreción de aquella colosal empresa, se le podía pasar algún detalle. Sobre todo, cuando se trataba de asuntos tan importantes como satisfacer los requerimientos de las mujeres.

—Tomaré nota entonces y le haré llegar la solicitud a mis superiores.

XLIII

Yakarta, República de Indonesia.
Dos años atrás.

Curiosamente, ese día a Lestari no le importó perderse su telenovela predilecta. De hecho, ni se acordó de que podría haberla dejado grabando para verla después. Atesoraba un sueño mucho más elevado y sublime, en contraste con lo que ahora se tornaban en simples nimiedades. En comparación, todo lo demás parecía perder importancia. Ni siquiera se había registrado y ya podía sentir cómo palpitaba su corazón de la misma forma que lo hacía cuando la protagonista iba a ser besada por el personaje principal. Eran los mismos nervios de cuando aquel traidor otrora la tomaba entre sus brazos para besarla apasionadamente. Solo esperaba no estar siendo tan tonta como lo fue con él en aquel entonces.

    Un país compuesto de decena de miles de islas volcánicas repletas de los paisajes más hermosos que pueden encontrarse en el planeta, representaba su hogar. Crisol de cientos de grupos étnicos de idiomas distintos y una flora y fauna de una descomunal biodiversidad. Enclaves dueños de las playas visualmente más impactantes. Se alternaban volcanes con espigadas cascadas en lugares paradisíacos. Allí, donde se puede encontrar desde dragones de Komodo en caminos poco transitados hasta exuberantes selvas que albergan animales tan exóticos como orangutanes, la subespecie de tigre más pequeña e incluso elefantes, iba ella de camino a inscribirse en un sorteo que podría llevarla a Marte sin posibilidad de regreso. Con todo, Lestari nunca había tenido ojos para toda aquella embriagadora belleza, como suele pasar con todo aquel que por poseer algo en abundancia no sabe valorarlo en la debida forma.

Toda esa gente, las personas de su pueblo, tan trabajadora, humilde y ensalzable. Nunca había apreciado el paisaje, empero ahora comenzaba, aunque fuera en una pequeña proporción, a reparar por primera vez en sus maravillas inconmensurables. Tantos pueblos conformando uno solo, fue su reflexión inmediata. Tantas religiones y un mismo origen. Pura diversidad en la unidad. Comprendió cuánto amaba a aquel pueblo ancestral del cual provenía su sangre. Cuánto se había perdido por procrastinar asuntos de real importancia. Sintió que el tren de la vida estaba partiendo y mientras ella permanecía sentada en la estación. Todo por optar encerrarse entre cuatro paredes en vez de haber salido a devorarse aquel fascinante mundo en el que vivía. Sus ojos no dejaban de sorprenderse a medida que desfilaban los impactantes paisajes por la ventana del autobús.

El sintoísmo, la religión que Lestari profesaba, traducida como *el camino divino*, buscaba las relaciones armoniosas entre los seres humanos, la naturaleza y los *kami*, o sea, lo que es superior a la condición humana, traducido como dios o espíritu. Sin embargo, era consciente de que nunca se había acercado siquiera a lograrlo. Se veneraba a los antepasados, lo cual siempre había tratado de hacer, aunque le resultaba más fácil y grato con su fallecida madre que con otros integrantes de su genealogía. A otros en particular antes los despreciaba aun sobre sus propias tumbas.

Todo ello, junto con la sofisticada forma de animismo naturalista de dicha devoción espiritual, se había diluido en un trajín materialista. Elevados principios morales que se habían envilecido por costumbres insubstanciales y vanas. Ahora, reconocía que había suplantado la inefable grandeza de la naturaleza por entretenimiento superficial. Tampoco había permitido que las prácticas y rituales que podrían ayudarla a elevarse sobre lo mundano y profano se impregnaran en su vida cotidiana como consecuencia de haber sido absorbida por lo superfluo del mundo.

No pudo evitar sonreír con lágrimas asomando de sus párpados al ver a lo lejos una madre elefante jugando con su pequeña cría. Nunca imaginó que su país tuviera playas tan espectaculares. La variedad de colores, formas, olores y sonidos la dejó pasmada. Había vivido tan inmersa en su ajetreo diario, engullida por la moderna y desenfrenada Yakarta. Se había ensimismado tanto en tonterías y cosas sin sentido ni valor real que, al cabo, era una completa desconocida a sus propias tierras. No obstante, podía percibir en todo ello doradas reminiscencias de su niñez, las cuales quedaron grabadas a fuego en gratos recuerdos que habían permanecido dormidos, pero no borrados.

Por un momento dudó en anotarse para el sorteo. Se replanteó el primer impulso en vista de que nunca había salido siquiera de su ciudad y ahora proyectaba exponerse a la posibilidad de ir a conquistar otro planeta. No había sido capaz de conservar el amor de su hombre y soñaba con cautivar el corazón de un astronauta occidental. ¿No sería otro desvarío romántico de su cabeza tal vez confundida por tanta ficción? ¿Estaría acaso persiguiendo otra ilusión, yendo detrás de una utopía más?

Se consoló pensando en el tiempo de que dispondría para recorrer toda aquella riqueza natural. Le infundió ánimo el considerar que no era demasiado tarde para recuperar el tiempo perdido. Asimismo, no se desvió de su opinión inicial; su realidad personal no cambiaría porque visitara hermosas playas y recorriera densas junglas repletas de increíbles animales. Si no daba un giro brusco a su cotidianeidad continuaría siendo una desdichada. Permanecería convencida de que la vida nunca le dio una verdadera oportunidad y que la mala suerte la habría perseguido hasta la misma fosa. Sería un pequeño paso, como dijera en su momento Neil Armstrong, en la persecución de su sueño, que quizá le depararía una sorpresiva consecución hacia el final.

En el asiento que se hallaba enfrentado al suyo iba un joven bien parecido que no le había quitado los ojos de encima mientras ella se embelesaba de tanta belleza allá afuera. Cuando lo notó no pudo controlar su instinto de amante apasionada y le lanzó un atisbo de los que tanto había practicado frente al espejo tratando de imitar a las expertas actrices de las telenovelas. Aquella mirada reservada solo para momentos únicos como aquel. A estas alturas le salían con la naturalidad de una verdadera ganadora del premio Oscar.

Después de todo, ocasiones como aquella no se daban muy a menudo; de hecho, en su caso, era la primera vez que algo así le sucedía. El joven sonrió y desvió la mirada afuera. Ella pensó que sería una buena aventura pasajera mientras esperaba a abordar el cohete que la enviara al planeta rojo. De todas formas, era demasiado atractivo como para arriesgarse a caer en sus tentáculos. Nunca era aconsejable estar a merced del sexo opuesto. Debía ser fuerte y no acabar locamente enamorada de aquel apuesto espécimen, pues de seguro sería como todos los demás: mentiroso y manipulador. Esto podría ser compensado por lo condenadamente sabroso que se veía, aunque no evitaría que fuera un asunto *non sequitur*. Esta vez sería ella quien llevara las riendas de la relación, utilizándolo como mero pasatiempo. Además, la ayudaría a olvidar las preocupaciones de ser una futura representante de la humanidad ante la comunidad cósmica.

Con esto en mente, lo buscó con un desfachatado examen visual. Se había propuesto tomar la iniciativa como nunca lo había hecho antes. Le lanzó la mirada del flechazo irresistible, pero él continuaba observando el paisaje como si nada ocurriese. El sujeto ignoraba por completo el riesgo que corría. No podría evitar por mucho tiempo sentir que lo atravesaban con dos ardientes arpones balleneros. Admitía que era un hermoso paisaje, pero ella sabía que en realidad lo hacía para evitar caer bajo sus influjos. Era el típico juego del gato y el ratón que tan bien conocía. Parecía que comenzaba a ponerse nervioso. No quería asustarlo, solo pescarlo enredándolo entre sus redes para luego hacerlo a la plancha a fuego lento y de vuelta y vuelta.

Fingió desviar la mirada hacia el suelo, pero continuó viéndolo con la vista periférica. Luego de lo que pareció una eternidad por fin regresó dentro del vehículo, entonces ella volvió a la carga. Le mantuvo la mirada con unos leves movimientos de cabeza, para rematarlo con un seductor mohín. El chico, al notarlo, abrió grande los ojos y tragó saliva. Ya era suyo, era hora de pasar al segundo nivel: se mordió el labio. Ante esta inequívoca señal de flirteo, el equivalente a la danza de apareamiento en el reino animal, el muchacho se puso pálido. Echó un vistazo a ambos lados como buscando un testigo para lo que estaba sucediendo. Lamentablemente, pareció evidente que había sido demasiado para él, puesto que se puso de pie de un salto y se buscó otro asiento disponible lejos de Lestari.

Al principio ella se sintió algo confundida, pero luego recordó que los hombres no son buenos bajo presión y que tal vez finalmente hubiera terminado amedrentándolo. De cualquier forma, todavía faltaban unas cuantas paradas para bajar, así que decidió continuar con el juego de la cacería.

No permitiría por nada en el mundo que se le escapase como la arena entre los dedos.

El muy ladino había escogido un asiento que no tuviera compañía. Sin duda estaba haciéndose de rogar. Resultaba evidente que le había dejado el camino despejado para que continuara con la persecución y fuera a sentarse junto a él. Una vez a su lado, a sabiendas de que se había jugado todas las fichas de una, todo continuaría según el plan. Él de seguro le tomaría la mano disimuladamente y ella sonreiría victoriosa tras haber conseguido la presa. Era pan comido.

Lestari pensó en seguir con el juego de seducción hasta las últimas consecuencias, sacando a relucir al depredador que llevaba dentro. Se había hartado de ser la expectadora pasiva que veía cómo pasaba la vida frente a ella sin tomar acción alguna. Consideró utilizar todas las tácticas que tenía en su arsenal para comenzar un romance, pero, luego de pensarlo bien, optó por desistir en pos de mantenerse enfocada en la meta que se había propuesto. No perdería de irse a Marte detrás del amor de su vida por un hombre cualquiera en un idilio pasajero. Ya llegarían otros que la satisfarían temporalmente.

Lástima por aquel pobre e indefenso incauto; Lestari había llegado a la parada en la que debía descender para concurrir a las oficinas donde anotarse para el sorteo. No tenía la más remota idea de lo que se había perdido, pensó Lestari. Ni siquiera sospechaba lo que le habría deparado si no hubiese sido salvado por la campana. Toda la destreza que podría haberle transmitido y las sensaciones que podría haber experimentado junto a ella. Aunque pensándolo bien, arribó a la conclusión de que habría sido demasiado mujer para él. Llegado el momento, sería una lata deshacerse de un tipo que acabara volviéndose loco por ella, tan fastidioso y complicado como impedir que una abeja no persiga la miel. Ya le llegaría al pobre muchacho el momento de encontrar a su media naranja, pensó; ella no estaba disponible.

Recorrió todo el autobús solo para lanzarle una desdeñosa mirada por encima del hombro. Así aprendería a tomar él la iniciativa la próxima vez que una mujer de su calibre estuviera a su alcance o al menos así pareciera.

XLIV

Sede Central de la NASA.
Washington D.C., Distrito de Columbia, EE.UU.
Tres meses atrás.

El día acompañó, amaneciendo despejado y radiante, para facilitar la salida del avión. Las autoridades habían estado al pendiente de los pronósticos meteorológicos. Harían el último viaje oficial fuera de California antes de partir para Marte. Esta vez irían de visita a la Sede Central de la NASA. Sería meramente una formalidad y un buen medio para satisfacer la curiosidad, puesto que en realidad no estaba previsto que aprendieran nada específico o aplicable a su formación. Sin embargo, no dejaba de ser un privilegio estar allí y poder vanagloriarse después contándolo a todo aquel que pudieran.

Desde el ómnibus hasta cuando subieron al avión, Akira Nakamura y Kingsley Osayande buscaron sentarse juntos. Se habían hecho muy buenos amigos y en las postrimerías del reclutamiento, ante la eventualidad de que uno de los dos quedara eliminado, se sentirían profundamente dolidos por la pérdida del otro de llegar a ocurrir tal cosa. Sus respectivas personalidades circunspectas, Akira sereno y conciliador, y Kingsley retraído y taciturno, los llevaban a congeniar muy bien. En compañía de Akira, Kingsley se explayaba, y Akira, en la de Kingsley, reía como hacía mucho no lo hacía.

A casi un año y medio después de haber comenzado aquella travesía, habían visto lugares fascinantes y experimentado cosas increíbles, que de otra forma nunca hubiesen podido. No sabían si estaban preparados para una empresa como la de conquistar el inhóspito y, en ocasiones, agresivo ambiente del planeta vecino, pero al menos habían recibido todo lo que la ciencia moderna les había podido ofrecer. En sus casos, si no llegase a funcionar como estaba previsto, no tenían mucho que perder de todas formas.

—Después de lo que hemos visto, quizás esta visita podría parecer un tanto insípida, ¿no te parece? —comentó Akira Nakamura.

—Estaba pensando en eso mismo. Pero creo que es una parada obligatoria, una especie de guiñada a la NASA de parte de Space Dragon —replicó Kingsley Osayande—. Después de todo, la NASA ha facilitado todas sus instalaciones y muchos de sus recursos, incluso ha invertido un dinero considerable en nosotros. Le debe mucho.

—Opino lo mismo; era de esperarse que hubiese mutuos intercambios. Aprovechemos para despejarnos un poco de Westmont y descansar de ejercitar todo el día. Creo que estaríamos perfectamente preparados para dos *Iron Man* consecutivos si se nos plantease el desafío, ¿no te parece? —bromeó Akira.

Kingsley rio.

—Son unas cuantas horas de vuelo, nos vendrán muy bien para descansar un poco y allá por seguro que comeremos mejor que en Westmont. Estos paseos siempre son preferibles a la férrea rutina a que nos someten. Aunque hay que reconocer que últimamente han suavizado bastante el trato.

—Es cierto, hasta hemos comenzado a estrechar vínculos con varios de los instructores —observó Akira—.

Ahora, si me disculpas, voy a dar una cabeceada como bien sugerías. Cualquier cosa me despiertas para el alfajor y el refresco. Luego de los repetitivos fideos con tuco a que nos tienen acostumbrados en Westmont, un poco de azúcar refinada mezclado con grasas saturadas no nos caería nada mal. De hecho, nos vendría como anillo al dedo.

—Ni que lo digas, yo haré lo propio. ¡A ver quién despierta a quien! Buen descanso amigo.

Aunque atravesaron todos los Estados Unidos, no les quedó mucho tiempo disponible para conversar una vez que despertaron, pues ya estaban a quince minutos de aterrizar. Justo a tiempo para ver hordas de aviones en circuito esperando su turno para aterrizar en el transitado Aeropuerto Nacional Ronald Reagan.

Al llegar, se encontraron con un gran edificio de oficinas de siete plantas que, comparado con otros centros de la Agencia, no resultaba para nada impresionante ni mucho menos extraordinario. Quizá los hubiesen malacostumbrado a ver cosas demasiado impactantes, de manera que ya nada tenía el poder de sorprenderlos.

Para la sorpresa colectiva no hicieron una recorrida del establecimiento, tal vez porque no valía la pena mostrar solo un sinfín de aburridas oficinas. Pasaron directo al pulcro salón de conferencias. No había que ser adivino para suponer que les esperaba un video institucional. Luego de unas breves palabras de uno de los directivos, se apagaron las luces y se encendió el proyector.

Básicamente fue un resumen de todo lo que habían visto hasta ahora, es decir los principales objetivos que perseguía la Agencia: los trabajos en investigación realizados en materia de aeronáutica, siendo pioneros en nuevas tecnologías de vuelo que mejoraban la capacidad de exploración, con aplicaciones prácticas en la Tierra. Las operaciones centradas en la Estación Espacial Internacional y la exploración espacial humana más allá de la órbita baja de la Tierra. Los trabajos en ciencia, explorando la Tierra, la Luna, Marte y más allá, trazando la mejor ruta de descubrimiento para cosechar los beneficios de la exploración espacial para la sociedad. Todo lo relacionado a la tecnología espacial, viniendo a ser un catalizador para la creación de nuevas tecnologías y la innovación necesaria para mantener el liderazgo de la NASA en el espacio y, a su vez, beneficiar a la economía de los Estados Unidos. Y, por último, el apoyo a la misión, supervisando la gestión de las áreas funcionales institucionales que respaldan la misión de la Agencia. Entre otro montón de tareas subsidiarias de menor relevancia.

Al finalizar el video fueron invitados a una ronda de prensa. Se había planificado que fueran seleccionados dos integrantes al azar de los treinta y tres que quedaban. Aquella movida ninguno de los reclutas la tenía prevista, pero no podían decir que no les habían advertido durante las clases del curso de instructor académico. Habían sido puestos en sobre aviso respecto de sorpresivas situaciones como aquella. Cuando Kingsley Osayande y Aisha Nawaz se enteraron de que saldrían en vivo en uno de los principales canales de televisión de Norteamérica casi escaparon corriendo por la puerta de emergencia.

Aparentemente todo había sido urdido con cierta antelación. Un estudio de televisión completo esperaba a por ellos. El set ya había sido armado y la iluminación ya estaba montada y funcionando a pleno. Manojos de cables grises inundaban el suelo como las raíces en una jungla. Un montón de gente con auriculares y hojas de papel en la mano iban y venían de un lado al otro, ultimando los detalles. Dos cámaras de filmación con sus pedestales de rodamiento aguardaban la entrada de los protagonistas. El periodista entrevistador, los CEOs de la NASA y de Space Dragon, y ambos entrevistados estaban siendo maquillados tras bambalinas. Lo más difícil fue impedir que el maquillaje de

Kingsley no se corriera por causa de la copiosa transpiración que manaba de toda su piel por los nervios. Akira trataba de disimular su risa ante el aterrorizado Kingsley.

Cuando todo estuvo a punto y listo para trasmitir, tomaron asiento en donde se les indicó. Súbitamente, tanto Aisha como Kingsley olvidaron todo lo que habían aprendido hasta ese momento. El nerviosismo puede jugar malas pasadas como dejar en blanco a alguien en pleno plató. Era tan grande el susto que si en ese momento les hubiesen preguntado para qué se estaban preparando no habrían tenido idea de qué responder. Por suerte o previendo esto, la aviesa presentadora comenzó una amena conversación primero con el CEO de la NASA y luego con el de Space Dragon. La intención era romper el hielo. Sin duda, llevaba con destreza la entrevista.

—Ya van quedando pocos —enfatizó la periodista con una sonrisa—. Se puede inferir que el proceso de selección ha sido muy exigente.

—Es cierto, estos treinta y tres valientes son la prueba viviente de lo arduo que ha sido todo el proceso de formación y selección llevado a cabo por Space Dragon— puntualizó el CEO de Space dragón—. No obstante, extraer diez de entre ellos será una tarea aún más monumental, puesto que todos poseen extraordinarias capacidades y condiciones para integrar la nómina de seleccionados.

Algunas alusiones jocosas y comentarios descontracturados surtieron un efecto tranquilizador tanto en Kingsley como en Aisha, lo que distendió un poco el tenso ambiente que reinaba. Cuando les llegó el turno, por lo menos ya podían hablar nuevamente.

—Aisha Nawaz, nacida en Karachi, Pakistán, es enfermera. También le gusta la filosofía, ¿no es así?

Aisha sonrió con timidez.

—Así es.

—Y, como pueden ver, también habla muy bien el inglés. Cuéntanos más sobre ti, Aisha. Sobre tus creencias religiosas, tus gustos. Queremos saberlo todo.

Se tomó un momento y luego comenzó a decir:

—Tengo veintisiete años, soy soltera y como practicante de la fe hinduista, me gusta entregarme habitualmente en oración y meditación para alcanzar...

En ese momento se escuchó una voz masculina de fondo que gritaba desaforada:

—¡Corten! ¡Corten! ¿No se suponía que era musulmana? —preguntó el hombre, el cual, por el porte y la decisión con que procedía, parecía ser por lo menos el director del canal.

Aisha se quedó perpleja. Los CEOs se encogían de hombros. Se produjo un incómodo momento de desconcierto. La agitación fue inmediata y la inquietud generalizada y evidente. Kingsley, en tanto, se quedó pasmado, pues les habían dicho que sería en vivo. El director se acercó a los CEOs y luego de cuchichear unos momentos entre ellos, se dirigieron a Aisha.

—Aisha —dijo el CEO de Space Dragon—, vamos a pedirte que, por el momento, durante esta entrevista omitas la información en cuanto a tu fe. ¿Está bien? ¿Habría algún inconveniente con esto?

Aisha lo consideró un momento, pero como ya se había acostumbrado a cumplir órdenes sin cuestionamientos y, en realidad, no acababa de entender la razón de no comentar aquel punto, aceptó sin replicar.

La entrevista prosiguió tal cual como venía. Luego de algunas preguntas dirigidas a Aisha, pasaron a Kingsley, quien no tuvo restricciones en cuanto a hablar sobre la fe que profesaba.

XLV

Karachi, República Islámica de Pakistán.
Veintidós meses atrás.

Entre la filosofía que suele navegar por las más disímiles aguas y la ontología que recorre los insondables universos entrecruzados del ser, deambulaba Aisha Nawaz tratando de encontrarse a sí misma, en efecto perdida. Su mente estaba llena de ideas místicas de una complejidad superflua. Doctrinas mezcladas con extravagantes concepciones del más allá y estrambóticas idas y venidas desde el pasado, pasando por el presente, hasta lo futuro. Se percibía inmersa en un continuo ciclo de reencarnaciones hasta no conseguir abandonar el Karma. Un sistema de creencias heterogéneo y sin estructura la conducía a la adoración de una multiplicidad de dioses que obtenían sus atributos de la interpretación que cada uno pudiera darle.

Se ocupaba de sus afligidos pacientes con la misma diligencia que dedicaba al estudio de los textos sagrados: las *Vedas*, los *Upanishad*, la *Bhagavad-gītā* y las *Āgama*. Esto le daba cierta orientación en las normas de conducta a seguir, como respetar el sistema social de castas o los rituales requeridos. También creía en la existencia de un Ser supremo o *Brahma*, en quien aspiraba a que su alma se diluyese cuando se liberase del cuerpo. Para esto debía esforzarse por cumplir con las obligaciones eternas, como ser la honestidad, la tolerancia, abstenerse de hacerle daño a cualquier ser viviente, además de la compasión, la paciencia y el autocontrol, entre muchos otros atributos y acciones.

Una ola de calor sin precedentes había afectado al país hacía poco tiempo, matando a más de setesientas personas[36]. Esto trajo aparejado sequía y consecuentes pestes como cólera y tifus, que asolaron las zonas más damnificadas. Parecía que todo conspirara para que las cosas fueran de mal en peor. Cuando no eran los desastres ocasionados por el gobierno corrupto, se avecinaban las injerencias externas persiguiendo espurios intereses, viniendo a ser peor lo postrero que lo primero. Todo ello se alternaba con los devastadores desastres naturales, tan comunes por aquellos lares, y la incontenible violencia en las calles que mantenía en jaque a la población decente. Se sentía como envuelta en todo tipo de arbitrarios desmanes de los hombres e incontenibles catástrofes ocasionadas por la propia naturaleza, que parecía estar fuera de control. En medio de aquel caos, Aisha se zarandeaba como un junco a merced de la tormenta.

Todo el dolor propio que había experimentado a lo largo de su vida decidió ignorarlo, en razón de que era como si en respuesta a su búsqueda de felicidad recibiera en pago aún mayor sufrimiento. A resultas de ello, había renunciado incluso a uno de sus sueños más íntimos, el de casarse. Y la mejor forma que encontró de hacerlo fue entregándose a servir a los demás. Solo que ahora sentía que ya no tenía cabida allí. No le quedaban fuerzas para continuar con semejante labor. Era el suicidio, cosa prohibida en su sistema de creencias por considerarse un acto capaz de interrumpir la sincronización del ciclo de muerte y renacimiento, u optar por irse de este mundo terrible mediante algún otro medio, para no regresar.

---

[36] https://republica.com.uy/700-personas/

Ese día en el hospital aparentaba ser uno más, como cualquier otro. Fueron reuniéndose en la sala de guardia doctores, enfermeros y tisaneros. Se encontraron en las noticias con que se había perpetrado un devastador atentado terrorista (luego sería considerado el más mortífero en la historia del país), aunque ningún grupo extremista había reivindicado el hecho todavía. El conteo oficial había arrojado un saldo preliminar de cientotreintainueve muertos y cerca de quinientos heridos[37]. Consistió en dos explosiones suicidas ocurridas al paso de la comitiva en que se trasladaba Benazir Bhutto, ex primera ministra del país, quien retornaba tras ocho años de exilio. La gran mayoría de las víctimas eran miembros del Partido Popular de Pakistán, que lideraba Bhutto.

Se activaron todos los protocolos de emergencia y en estas condiciones aguardaron la brutal marea. Pocos minutos después comenzó el infierno, con la llegada de las ambulancias transportando multitudes de personas con quemaduras y amputaciones diversas. Aisha estaba asqueada de los horrores que surgían por todas partes cual aterradores fantasmas. Tanto así que, al final del día, una decisión tan definitiva como irse a otro mundo se tornó muy sencilla de ser tomada.

A lo largo de la vida había tratado de cumplir con todas las exigentes actitudes y aptitudes que le exigían sus creencias, siendo entorpecida por el malogrado albedrío de otras personas y los avatares de la vida. Y en este constante denuedo se encontraba cuando, al ser relevada de paliar aquella carnicería, exhausta y completamente sobrepasada, salió decidida a tomarse el autobús, pero no como solía hacerlo con destino a su casa, sino que esta vez era una ocasión especial.

---

[37]https://www.elmundo.es/elmundo/2007/10/18/internacional/1192737563.html?a=59cbbd5df39760b7da2d407062ffba62&t=1192782307

Siempre había hecho cuanto podía por aliviar el dolor ajeno, pero se había erigido en una tarea monumental, resultando ser del todo imposible de atender a cabalidad. Cuanto más se esforzaba, mayor era el incremento de necesitados, creciendo de manera exponencial tanto en cantidad como en aflicción. Y aquella jornada de luto había logrado lo que ninguna otra situación pudo: empujarla a darse por vencida, a huir lo más lejos posible.

La bulliciosa y caótica ciudad de Karachi, por causa del hervidero de gente que la abarrotaba, también había contribuido ya desde antes a convencerla de tomar aquella decisión para nada sencilla. La había llevado a pensar en intentar finalmente trascender por todo lo alto. Si llegaba a salir sorteada y terminar embarcándose en la mayor de las aventuras, quizá lograría entender un poco más todas aquellas doctrinas, símbolos y nociones que bombardeaban su cabeza, y que apenas podía vislumbrar. Entre personas completamente diferentes y viviendo una realidad diametralmente opuesta, podría a lo mejor aliviar al menos sus propias heridas. Allá en el cielo, pisando tal vez el mismo polvo de las estrellas, acaso lograse dejar atrás todos los horrores que había presenciado a lo largo de su vida.

¿Podría ser que tuviera un rol eminente que jugar en aquellos remotos lugares del espacio? Quién podía saber si su influencia no resultara siendo determinante en aquella iniciativa espacial. Su ausencia en Pakistán y en el mundo no solo no sería echada de menos, pensó, sino que por cierto pasaría completamente desapercibida. Cualquier otra persona podría cumplir con creces la función que ella desempeñaba; sin embargo, entre un grupo tan reducido de astronautas, su presencia tal vez fuese decisiva en alguna misteriosa forma que ahora no podía dilucidar.

El sol se alejaba en el horizonte, vistiéndose de diferentes tonalidades a medida que iba avanzando la tarde. Una ligera niebla ocasionada por la polución en el ambiente actuaba a modo de pantalla para contener una vasta paleta de colores que iba variando progresivamente a medida que continuaba la eterna circunvalación de la lumbrera mayor. El atronador sonido de las calles pareció diluirse ante aquella espléndida belleza. El olor a humo en el aire se disipó entre la pureza de las cosas que Aisha recreaba en su mente, aquellas cosas que tanto necesitaba, mientras se imbuía en una soporífera meditación.

Tal vez su destino siempre hubiese sido el de viajar al espacio y consolidarse como mensajera de la Tierra ante el universo. Quizás el motivo de su existencia fuera el de ser embajadora de sus creencias superiores entre sus propios compañeros de viaje. Después de todo, por una buena razón se requería un enfermero. Su profesión era indispensable y sus conocimientos acerca de la existencia entera aún de mayor importancia, aunque, por el momento, ellos lo ignorasen completamente. Por alguno de aquellos motivos nunca se había sentido a gusto en el mundo.

Con todo lo vivido y las conclusiones a que había arribado, no le resultó para nada difícil subir al elegante edificio donde se albergaban las oficinas sucursales de Space Dragon en Karachi. Con absoluta decisión y tranquilidad de conciencia se dispuso a llenar los formularios y estampar una rúbrica. Nunca había pagado por algo con tanto entusiasmo, como aquellos diecisiete dólares de la inscripción. Cuando volvía a casa ya entrada la noche, se sentía aliviada, aun con todo el cansancio que llevaba a cuestas.

Se felicitaba por lo que había hecho, y, pese a que fuese muy improbable que alcanzara aquellos lejanos sueños suyos, estaba satisfecha.

XLVI

Instalaciones de Space Dragon.
Westmont, California, EE.UU.
Tres meses atrás.

El gran día había llegado y allí estaba el ansiado corolario. La expectativa era máxima, los nervios insoportables. Asimismo, los temores iban creciendo hasta volverse en algunos casos verdaderos cíclopes en extremo difíciles de enfrentar.

De los treinta y tres reclutas que aún se mantenían en competencia por un boleto hacia el infinito, se seleccionaría a los diez agraciados que tendrían el privilegio de abordar el Conqueror con destino al planeta rojo. Luego continuarían tanto con clases de repaso como otras más intensivas sobre todo lo relacionado a colonizar el planeta, la nave y el viaje, entre otros menesteres. Les informaron a su vez que, a partir de aquel punto, se incrementarían las apariciones en público y que se concederían numerosos reportajes. De allí en más, deberían realizar varias conferencias de prensa pautadas desde un comienzo. Eran los momentos culminantes de todo un arduo proceso, aunque a decir verdad no estaban muy seguros de cómo se llevaría a cabo.

Aunque no solía ocurrir, ese día una fina e intermitente nieve se precipitaba sobre toda la ciudad. El frío seco se hacía sentir cuando el viento comenzaba a soplar. Una serenidad singular se había cernido sobre el complejo de Space Dragon. No se escuchaban golpes en el suelo producidos por las botas de los reclutas marchando a paso ligero. Tampoco había gritos de órdenes impartidas ni contestaciones aún más fuertes. Desde el exterior, daba la impresión de que las instalaciones estuviesen deshabitadas. Ya no había apremio por parte de los instructores ni inseguridad en los alistados. Todo parecía en calma, pero la incertidumbre era mayor que nunca.

Recibieron órdenes de concurrir a la sala de conferencias de la compañía a las diez en punto de la mañana. Mientras marchaban por la plaza de armas pudieron ver cómo comenzaban a arribar todo tipo de vehículos negros con chapa oficial. Al llegar, se encontraron con todo un espectáculo montado. Numerosos medios de comunicación acudieron a la cita para transmitir en vivo y en directo la novedosa noticia. Al verlos, los fotógrafos convirtieron la sala en un verdadero juego de luces estroboscópicas.

Los reclutas fueron puestos a discreción, o sea que podían moverse, pero sin apartarse de sus lugares, sobre el lado derecho del estrado. Las autoridades invitadas, a medida que iban llegando, eran conducidas por el personal encargado de guiarlos hasta los primeros asientos junto con la mesa directiva de la compañía Space Dragon. Los periodistas estaban ubicados detrás, a los lados y en unos cubículos laterales de vidrios polarizados construidos específicamente para albergar a los técnicos encargados de controlar las consolas de sonido y de regulación de la iluminación.

Para las diez y media ya estaba todo preparado. Las autoridades estaban presentes en su totalidad. Cinco minutos antes de que se dieran las once el instructor Samuel Butler, quien se hallaba a cargo de la formación, mandó que adoptaran la posición de firmes. A partir de ese momento ni una sola mosca osó remontar el vuelo. En punto, el orador comenzó a hacer el reconocimiento de las autoridades presentes, y luego de una breve introducción, señaló que los diez nuevos astronautas, cuyos nombres serían revelados a continuación, habían sido seleccionados mediante un minucioso sistema de evaluación de puntuación por mérito y actitud llevado a cabo a lo largo de todo el proceso de reclutamiento.

—Y los diez reclutas que en este momento pasan a integrar la selecta nómina de astronautas son, en orden alfabético por sus apellidos: Canul, Guadalupe, procedente de los Estados Unidos Mexicanos. Ella es ingeniera agrónoma y trabajaba para el gobierno de su país. Habiendo cumplido con todos los parámetros, requisitos y pruebas exigidas durante el proceso de evaluación ha sido seleccionada para integrar la distinguida tripulación del Conqueror. Felicitaciones a la novel astronauta y futura colona de Marte.

Al escuchar su nombre, Guadalupe sintió que las piernas se le aflojaban. Casi se lleva las manos a la cara, pero se contuvo al recordar que estaba en formación.

Los flashes estallaron en un sordo repiqueteo al compás de los aplausos, repitiéndose la misma escena entre cada nombramiento que se llevaba a cabo.

—Carvalho, João, procedente de la República Federativa de Brasil. Carvalho es ingeniero informático. Habiendo cumplido con todos los parámetros, requisitos y pruebas exigidas durante el proceso de evaluación ha sido seleccionado para integrar la distinguida tripulación del Conqueror. Felicitaciones al novel astronauta y futuro colono de Marte.

João apenas movió la comisura de la boca. Sabía que lo lograría, aunque no sabía qué hacer a partir de ahora. Tampoco estaba seguro de querer irse para siempre a un lugar árido con unas pocas mujeres. Quizás esto último fuera lo que más lo inquietaba.

—Gadhavi, Odinrod, proveniente de la República de la India. Él es odontólogo. Habiendo cumplido con todos los parámetros, requisitos y pruebas exigidas durante el proceso de evaluación ha sido seleccionado para integrar la distinguida tripulación del Conqueror. Felicitaciones al novel astronauta y futuro colono de Marte.

Odinrod percibió claramente cómo se le revolvía el estómago. Estuvo a punto de echarse a vomitar, pero se contuvo por poco.

—Hidayat, Lestari, proveniente de la República de Indonesia. Ella es óptica. Habiendo cumplido con todos los parámetros, requisitos y pruebas exigidas durante el proceso de evaluación ha sido seleccionada para integrar la distinguida tripulación del Conqueror. Felicitaciones a la novel astronauta y futura colona de Marte.

Lestari solo pensaba en cuál de sus compañeros sería su príncipe azul. Sin embargo, cruzaba los dedos, deseando con todas sus fuerzas que el apuesto Samuel Butler los acompañara, aunque no pasara de ser una vana ilusión.

—Nakamura, Akira, procedente del Estado del Japón. Es un médico cirujano y se especializa en el área de neurología. Habiendo cumplido con todos los parámetros, requisitos y pruebas exigidas durante el proceso de evaluación ha sido seleccionado para integrar la distinguida tripulación del Conqueror. Felicitaciones al novel astronauta y futuro colono de Marte.

En ese preciso instante Akira solo podía pensar en su esposa. Solo por ella sería capaz de abandonar aquel logro.

—Nawaz, Aisha, procedente de la República Islámica de Pakistán. Ella es enfermera de profesión y además es una filósofa autodidacta. Habiendo cumplido con todos los parámetros, requisitos y pruebas exigidas durante el proceso de evaluación ha sido seleccionada para integrar la distinguida tripulación del Conqueror. Felicitaciones a la novel astronauta y futura colona de Marte.

Aisha siempre lo había sabido. El propósito entero de su existencia se encontraba allá arriba entre las estrellas.

—Osayande, Kingsley, proveniente de la República Federal de Nigeria. Psicólogo con vasta experiencia en situaciones difíciles y de extrema complejidad. Habiendo cumplido con todos los parámetros, requisitos y pruebas exigidas durante el proceso de evaluación ha sido seleccionado para integrar la distinguida tripulación del Conqueror. Felicitaciones al novel astronauta y futuro colono de Marte.

Kingsley sintió un estremecimiento que le hizo dudar sobre querer realmente irse y de estar a la altura de las circunstancias.

—Purkait, Naila, proveniente de la República Popular de Bangladés. Purkait es veterinaria y les contaremos un detalle interesante sobre ella que hasta ahora no lo habíamos divulgado, y que les aseguro que los sorprenderá tanto como a nosotros, es poseedora de un coeficiente intelectual de ciento sesenta y cinco. Habiendo cumplido con todos los parámetros, requisitos y pruebas exigidas durante el proceso de evaluación ha sido seleccionada para integrar la distinguida tripulación del Conqueror. Felicitaciones a la novel astronauta y futura colona de Marte.

Naila deseó no tener que irse, pero era una decisión tomada y las demás opciones no eran las más alentadoras. Por su parte, Odinrod suspiró pues ya no tendría que seguir cruzando los dedos. Pese a que daba toda la impresión de que se habían cortado todas las relaciones diplomáticas, él no perdía las esperanzas en lo absoluto. Ahora sí adquiría sentido para él irse a Marte para siempre.

—Smirnov, Svetlana, procedente de la Federación de Rusia. Ella es ingeniera mecánica y ha patentado un motor a agua muy eficiente. Habiendo cumplido con todos los parámetros, requisitos y pruebas exigidas durante el proceso de evaluación ha sido seleccionada para integrar la distinguida tripulación del Conqueror. Felicitaciones a la novel astronauta y futura colona de Marte.

Svetlana apretó los dientes de emoción hasta que crujieron. Era la mejor forma que había concebido de obtener venganza y por fin lo había logrado.

—Zhou, Ming, procedente de la República Popular China. Es un ingeniero que ha llevado a cabo desafiantes proyectos mediante el empleo de ingeniosos métodos. Habiendo cumplido con todos los parámetros, requisitos y pruebas exigidas durante el proceso de evaluación ha sido seleccionado para integrar la distinguida tripulación del Conqueror. Felicitaciones al novel astronauta y futuro colono de Marte.

Ahora sí que sería reconocido a lo largo de toda China y pasaría definitivamente a ser el orgullo nacional.

Cuando dieron a conocer el décimo integrante de la tripulación, los diez estaban muriendo de la ansiedad porque mandaran romper filas para festejar saltando de la alegría. Sin embargo, no solo se demoraba el momento, sino que les esperaban aún más sorpresas.

XLVII

Bombay, República de la India.
Veinte meses atrás.

En torno a noviembre, como cada año, debido al frío y la ausencia de viento la calidad del aire llegaba a niveles críticos, añadiéndose las grandes quemas de campos por parte de agricultores situados en la periferia de la capital del estado indio de Maharastra. De manera que, una espesa bruma se establecía de forma permanente hasta que descendieran las lluvias entre junio y setiembre. Entonces, las copiosas precipitaciones limpiaban el ambiente además de cobrarse la vida de miles de personas. Mientras tanto, una sensación de encontrarse en una película de terror se apoderaba de todo aquel que fuera un poco fantasioso y se preciara de mediano observador.

Odinrod era un hombre rutinario. Le gustaba seguir patrones y llevar una vida ordenada. Los contrastes tan marcados entre las estaciones del año y la dependencia de los constantes cambios obligaban a serlo. Cada día se levantaba a las seis de la mañana con la primera melodía de la alarma de su celular. Abría todas las cortinas y ventanas de la casa para que se ventilase bien. Cepillaba dos veces cada cara de sus dientes y terminaba con su lengua. Peinaba su cabello negro azabache y completamente lacio hasta lograr la perfección.

La noche anterior, lavaba *urad dal*[38] y arroz por separado y luego los colocaba en agua durante tres horas. A continuación, los mezclaba, añadiendo sal a gusto, para dejarlos macerando toda la noche. Al día siguiente, revolvía bien la pasta hasta lograr una masa uniforme y en un recipiente aparte combinaba chiles verdes, ajo, cebollas, cilantro y jengibre, todo bien picado. Hecho esto, añadía en una cacerola un poco de aceite y una vez caliente, esparcía la masa de arroz y urad dal de tal forma que formara una cubierta circular similar a un panqueque, para cocinarla por ambos lados, espolvoreando la mezcla de ingredientes mezclados previamente. Una vez que estuviese dorado el *uttapam*, también conocido como pizza india, estaba listo el desayuno. Entonces procedía a servírselo a su madre.

Tras el desayuno, besaba la frente de su madre y luego se iba a tomar el metro hasta la casa de sus patrones, donde permanecía todo el día (ahora que ya había terminado los estudios) haciendo labores de criado. Normalmente, al mediodía tenía un par de horas libres, salvo que los patrones hubiesen recibido visitas, tiempo que aprovechaba para utilizar una computadora antigua que el patrón le había cedido para uso personal.

Al caer la noche regresaba a su casa, donde su madre le esperaba con una rica cena casera en la cual predominaba por lo general el picante, independientemente de cuál fuese el plato. Durante la cena intercambiaban noticias y luego de una ducha reparadora, se iba rápidamente a la cama.

Cierto día, luego de revisar algunos de los principales periódicos digitales, los que tenía marcados como favoritos, procedió a abrir su casilla de correo electrónico. Cuando apareció la bandeja de entrada en pantalla, un mensaje sin remitente ubicado en el primer lugar desapareció algunos

---

[38]Lentejas.

segundos después. Se extrañó un poco, pero restándole importancia, pasó a ver qué había llegado.

Vio algunos mensajes basura que eliminó de inmediato sin siquiera abrirlos luego de marcarlos como *spams*. También le habían llegado varios mensajes de todo tipo de publicidades. Los ojeó rápidamente, deteniéndose en uno que prometía un viaje inolvidable a las paradisíacas playas del atolón de Bora Bora en Tahití. Había otro que invitaba a disfrutar de la belleza de las playas de Cabo Frío en el estado de Río de Janeiro, Brasil. Soñó despierto con aquellas propuestas de ensueño. Al no haber nada más, cerró el buscador.

Abrió un archivo de Word titulado <<Mi diario personal>> y se puso a escribir. Allí guardaba sus memorias, sus momentos lindos. Se había propuesto llevar un registro de las cosas importantes, para recordar que la vida valía la pena vivirla a pesar de todo, y también de los asuntos perniciosos, para aprender de los errores y mantenerlos en el recuerdo para no volver a cometerlos. Había días en los que se sentía inspirado y dejaba correr la pluma, plasmando incluso algún que otro poema desperdigado por sus hojas. En otras ocasiones se descargaba despotricando contra el personaje o las circunstancias de turno.

Allí, en aquel registro que no ocupaba más que unas pocas decenas de kilobytes en el disco, estaba la esencia de su existencia entera. Luego de escribir el capítulo diario de su vida, cerró la sesión y volvió al trabajo.

XLVIII

Instalaciones de Space Dragon.
Westmont, California, EE.UU.
Tres meses atrás.

Luego de la alegría de los diez seleccionados y la tristeza de los veintitrés eliminados, por diferentes razones todos deseaban romper formación. Los unos para saltar y poder expresar toda su felicidad reprimida y los otros para tomar sus maletas y marcharse a casa lo antes posible. No obstante, pasados unos minutos aún se mantenían firmes en sus posiciones. Las autoridades continuaban ocupando sus asientos. El orador bajó a hablar con el director de Space Dragon. Cualquiera hubiera dicho que nadie sabía a ciencia cierta qué venía a continuación.

El orador volvió al atril y se puso a buscar entre sus papeles. En seguida, se aclaró la garganta y recorriendo con una rápida mirada el auditorio, comenzó a decir:

—Damas y caballeros, el Capitán Samuel Butler es un destacado integrante de la Fuerza Aérea de los Estados Unidos de Norteamérica, piloto de F-18, con cuatro mil trescientas horas de vuelo y una amplia experiencia en combate. Con participación en misiones reales en Afganistán, Siria e Irak, lo cual le valió la Medalla por Servicio Distinguido. Es además científico en el área de astrofísica y graduado en CALTECH, prestigioso Instituto de Tecnología de California. Tenemos el agrado de informarles que, habiendo finalizado con honores su formación como astronauta, se ha presentado como voluntario para formar parte de la tripulación que viajará a Marte para llevar a cabo su conquista. Nos complace saber que aportará toda su dilatada experiencia para asegurar la exitosa realización de este emprendimiento.

Luego de lo que parecía haber sido una oda al superhéroe de turno, los aplausos comenzaron paulatinamente a sumarse, producto de la inesperada sorpresa causada, hasta que se hicieron generalizados. Lestari Hidayat supo al instante que sus destinos habían sido trazados desde el punto de partida para converger.

Había gran simpatía por el capitán Butler entre los reclutas. En un comienzo se había presentado muy riguroso y severo, pero rápidamente fue transformando su forma de ser y pronto pasó a ser uno más entre ellos. Se había ganado su confianza y con excepción de Svetlana y Naila, todas las demás estaban chaladas por él.

Solía darles un rato de clase y luego cedía ante las peticiones de que contara sus hazañas militares y los puntos más interesantes del extenso anecdotario en su haber. Era agudo y afable, aunque no solía sonreír demasiado. Y pese a que fue volviéndose paulatinamente el instructor favorito, algunos aseguraban haber visto en determinados momentos un frío brillo en sus ojos. Pero ellas argumentaban que lo decían solo porque estaban celosos.

El orador se dispuso a concederle la palabra a quien se había erigido como un salvador.

—Ahora, le cederemos el tiempo al héroe de la jornada, quien estando dispuesto a abandonar su brillante y promisoria carrera militar, ha decidido sacrificar el servicio a su país en el frente de batalla. En un loable acto de entrega desinteresada, demostrando una entereza encomiable, se ha ofrecido de forma voluntaria para apoyar esta misión aun más de lo que hasta ahora lo ha hecho y contribuir con un aporte de inestimable valor. Con sus conocimientos en astrofísica, en las ciencias del espacio, en tecnología aplicada, su vasta experiencia tanto en aviación como en situaciones extremas, habiendo sido sometido a peligros mortales, y también su pericia en conducir personal y su habilidad innata para liderar personas, su presencia en este monumental proyecto es por mucho indispensable y de vital importancia para dirigir los incipientes pasos de estos diez valientes en una tarea extremadamente difícil. Capitán Butler, es toda suya la palabra.

El capitán Butler, portando su uniforme de gala, lucía imponente llevando todas sus coloridas y brillantes condecoraciones colgadas al pecho. La Medalla al Servicio Distinguido refulgía al reflejar los destellos de los flashes de las cámaras fotográficas que se disputaban la mejor fotografía del momento. Su aspecto era de una perfecta pulcritud y su andar de igual marcialidad. Todas las miradas estaban puestas en él. Su asignación a la misión de colonizar Marte estaba siendo retransmitida a lo largo y ancho del mundo. Cada hogar donde hubiese un televisor se mantenía en vilo.

—Excelentísimas autoridades aquí presentes, damas y caballeros todos. Hoy es un gran día para la historia espacial del planeta entero. Hemos presenciado cómo han sido seleccionados hombres y mujeres provenientes de diversos países. Estos astronautas, que han sido exhaustivamente instruidos en las instalaciones de Space Dragon y de la NASA, traen consigo sus respectivos conocimientos en las diferentes disciplinas que se consideraron más importantes para dar el paso inaugural de un proceso mucho mayor. Una misión que lejos de acabar aquí, solo es el primer movimiento de imprevisibles repercusiones y que tendrá su continuación en las futuras generaciones que estén dispuestas a hacer el necesario y abnegado sacrificio en pos de objetivos superiores. Propósitos que trascienden a la humanidad misma y que, como tal, deberían de unirla en un esfuerzo conjunto por lograr el fin último que es el de conquistar el universo mismo.

>>No han podido frenarnos los desafíos, ni nos han amedrentado los amenazantes peligros siempre latentes. No nos han desalentado los obstáculos aparentemente insalvables ni detenido las oposiciones, aunque fueron muchas y muy duras. Los esfuerzos han sido enormes, el presupuesto ingente, como suele ser en programas de semejante magnitud, las adversidades terribles; pero la dedicación, el empeño, la búsqueda incansable de salidas y soluciones, y un corazón bien dispuesto, han logrado superar todo cuanto se ha presentado a lo largo del tortuoso camino.

>>Los once nos sentimos privilegiados, honrados y agradecidos de formar parte de este proyecto sin parangón desde el comienzo de la humanidad con el invento de la rueda hasta el presente. Pondremos lo mejor de nosotros, de nuestros talentos, nuestros conocimientos, nuestra energía y toda nuestra voluntad para que la misión sea un rotundo éxito. Estamos comprometidos en que sirva para sentar las bases de un despliegue aún mayor, hasta lograr que la colonización planificada sea completa y se traduzca en un éxito rotundo. Recién entonces el tan anhelado y por tanto tiempo postergado nuevo orden mundial por fin será establecido de manera definitiva.

>>En nombre de mis compañeros agradezco esta invaluable oportunidad y reconozco el honor que tenemos de ser aquellos que abran la brecha en una cruzada que parecía la madre de todas las utopías. Siendo el punto inicial de una carrera de largo aliento, llevaremos a cabo nuestros deberes conscientes de que podría representar el futuro de la especie humana como tal. Un esfuerzo sin precedentes que arrojará resultados insospechados que van más allá de las aspiraciones soñadas por el más optimista de los visionarios.

Nuestro más sincero agradecimiento a Space Dragon con todo su excelente equipo de profesionales y peritos, y también a la NASA, sin cuya imponderable colaboración no hubiese sido posible este colosal emprendimiento. A por Marte y más allá —gritó Samuel Butler levantando el puño.

Un aplauso generalizado y de pie ovacionó el cierre de la presentación de los astronautas encargados de la formidable tarea de colonizar el planeta Marte.

El capitán volvió al frente de la formación y con voz enérgica mandó romper filas. Los diez seleccionados saltaron de contentos, dando gritos de euforia. El resto fue autorizado a hacer las valijas y emprender el retorno a casa.

Los diez se quedaron observando sin tener muy claro cómo proceder en cuanto al capitán Butler. Él, por su parte, sonrió y, tomándose un instante, dijo:

—Vamos chicos, podéis abrazarme también. Ahora formamos equipo y somos iguales en esta magnífica misión —parecía manifestar cierta sorna en el tono que estaba utilizando—. Podéis despreocuparos, ya no estáis solos. Venga, que hay que festejar a lo grande.

XLIX

Daca, República Popular de Bangladesh.
Veinte meses atrás.

Pese a la dificultad para conseguir trabajo como veterinaria y aun luego de haber tomado la decisión de participar en el sorteo que podría darle una chance de terminar sus días en Marte, continuó buscando incansablemente sin desalentarse. Cada día salía a las calles, así diluviara y aunque amenazara con venirse el mundo abajo no tenía intenciones de desistir. Era una mujer que no se daba por vencida tan fácilmente. Si bien no le gustaba alardear, le sobraba aptitud y capacidad para hacer cualquier cosa que se propusiese.

A falta de una computadora personal o un teléfono celular adecuado (cómo extrañaba su antiguo celular) para buscar trabajo de forma más eficiente, cuando tenía dinero suficiente frecuentaba cibercafés para hacerlo en línea. Alternaba con recorridos aleatorios de las calles, empero manteniendo una ilación cronológica de los mismos. En ocasiones, se distraía viendo videos graciosos de los animales que ella tanto amaba.

A veces aprovechaba algún periódico abandonado en los contenedores de basura de las plazas públicas para indagar en la sección de empleo. No tenía pensado pasarse los próximos meses hasta el sorteo (suponiendo que tal fuese el caso de salir sorteada) en la absoluta vagancia con la consecuente necesidad de mendigar luego un trozo de pan. Aunque en última instancia, llegado el extremo de no tener para comer, se emplearía en lo primero que se le presentara. En tal caso, postergaría la búsqueda de cumplir con su profesión con la cual siempre había soñado y por lo que se había preparado tanto a costa de tantas penurias.

Mientras recorría las calles y hurgaba en la basura, más de una vez la confundieron con una pordiosera. En alguna oportunidad le habían ofrecido por caridad alguna moneda. Y a juzgar por sus acciones y su aspecto: ropa gastada, sandalias agujereadas, una flacura que evidenciaba una avanzada desnutrición y en ocasiones hurgando en los botes de deshechos, hasta ella dudaba de cuál sería su verdadera condición social. Esto no le molestaba demasiado, ya estaba acostumbrada. Aunque pudiera ser definida a la perfección como una mendiga, no se sentía una, sino que se consideraba más bien una víctima pasajera de las circunstancias.

Asimismo, prolongaba su permanencia en las calles. No podía decirse que la sedujera demasiado la idea de volver a casa. Una improvisada y húmeda covacha amoblada de una cama desvencijada y un colchón viejo, una cocinilla de tres kilos y algunos trastos tiznados distribuidos por el suelo. Sin duda, aquel no era el ambiente más inspirador, sino más bien un tétrico y deprimente sitio al cual acudir solo en casos de extrema necesidad, como ser las fisiológicas. Era preferible a tener que dormir en la calle y le evitaba ser arrestada por la policía o peor aún, correr el riesgo de ser abusada en cualquier sentido.

De esta forma, deambulando jornadas enteras a lo largo y ancho de la ciudad, se topaba con muchas situaciones un tanto extrañas. Cierta ocasión tuvo que correr a refugiarse bajo un alero a fuerza de no ser machacada por una fuerte granizada con pedruscos del tamaño de pelotas de beisbol. Sin embargo, hubo una que llamó de inmediato su atención. En reiteradas oportunidades le pareció percibir que la estaban siguiendo. Cuando comenzó a prestar más atención descubrió que efectivamente un automóvil negro con vidrios espejados la estaba acechando o al menos eran demasiado reiteradas las veces que lo encontraba merodeando por los alrededores.

Tratando de no ser muy evidente, procuró evadirlo. Entró a un sitio donde tal vez le permitiría escabullirse luego de transcurrido un rato sin ser vista, pero resultó ser más difícil de lo que hubiera pensado. En aquella primera oportunidad, al salir ya no estaba por la zona, pero cuando menos lo esperó asomó el capó por la esquina. Reintentó la maniobra en otros lugares, pero sin éxito. Siempre volvía a aparecer.

Al principio pensó que pudieran ser diferentes autos, pero ocurridos varios encuentros, decidió memorizarse la matrícula, con lo que advirtió no solo que no era de la ciudad, sino que definitivamente era el mismo vehículo. Trataba de mantenerse a distancia, por temor a que quisiesen secuestrarla, empero conforme se iban sucediendo los diferentes eventos en relación con aquel misterioso automóvil negro, fue descartando esta posibilidad ya que en reiteradas ocasiones confluyeron muy de cerca y nada ocurrió. Solo se limitaban a observarla sin realizar ninguna otra acción.

Habiéndole perdido el miedo y provocándole cada vez más intriga, cierto día decidió tenderles una trampa para tratar de obligarlos a que dieran la cara. Hizo como si no los hubiese visto y continuó con su recorrido acostumbrado. Al llegar a un restaurante que conocía de antemano (sabía que tenía dos puertas de entrada separadas por unos quince metros puesto que ocupaba una gran superficie), continuó hasta la segunda puerta e ingresó con naturalidad al mismo. Antes de que se percataran de su presencia en aquel distinguido sitio de comidas y procedieran a expulsarla, atravesó rápidamente todo el lugar y salió por la otra puerta, la que había pasado enfrente, la cual estaba ubicada bastante cerca del automóvil negro. El coche se encontraba aparcado en la otra acera.

Como una exhalación cruzó la calle en dirección al vehículo con la firme intención de verles las caras, decidida a enfrentarlos y exigirles una explicación. No obstante, cuando llegó a la ventanilla del conductor y la golpeó con su frágil puño, el coche puso en marcha y, chirriando las cubiertas, sin más se desapareció por una arteria secundaria. Solo pudo ver en el interior a dos tipos de traje y lentes negros. Después de aquel evento no tuvo noticias del auto por bastante tiempo, con todo, cada tanto volvía a aparecer sin hacer otra cosa que mantenerse a distancia con el motor detenido.

Trató de convencerse de que quizá fuese un invento de su imaginación o una mera casualidad. Le restó importancia y continuó con su rutina diaria. Cada tanto, se volvía a topar con el mismo vehículo, que siempre se mantenía aparcado a un buen trecho. Pero, como había demostrado no representar una amenaza real, paulatinamente fue ignorándolo hasta que pasó a formar parte integral del paisaje. Tan solo comenzó a ignorarlo, dedicándose a lo suyo, puesto que en una comisaría no la tomarían en serio. Sonaría demasiado conspiranoico.

Cierto día, saliendo de su apartamento llegó a la carnicería de la esquina. Allí solía pedir los restos de recortes del preciado producto que se juntaban en la mañana luego de que los proveedores repartieran la carne y los empleados trozaran las medias reses. Tenían que hacerlo antes que los clientes comenzaran a congregarse en masa, ya que gozaban de buena afluencia de público. Los muchachos que trabajaban allí ya la conocían. Al verla venir, siempre le apartaban una bolsa de recortes con generosos sobrantes de carne. Los tres estaban embobecidos con la morocha.

El dueño siempre había sido muy amable con ella y era habitual que charlaran un rato. A Naila la hacía reír y aunque ya no le preguntaba por trabajo, porque en un par de ocasiones le había dicho que no tenía vacante, ese día, de improviso, le ofreció empleo de cajera. El hombre era ya muy entrado en años y estaba lleno de achaques, había reconocido que no podía permanecer horas enteras atendiendo el negocio y que era tiempo de ceder el banquillo que había ocupado por tantos años.

Una alternativa tan buena como aquella, situándose aquel negocio tan próximo a su lugar de residencia no podía ser desperdiciada, a lo que aceptó sin reservas. Al menos hasta que consiguiera en una veterinaria o bien saliera sorteada para irse en un viaje sin retorno al planeta Marte.

L

Instalaciones de Space Dragon.
Westmont, California, EE.UU.
Dos meses atrás.

Los diez sentían que estaban de parabienes, ya que además de haber sido seleccionados, se les concedió el fin de semana libre. Y, por si fuera poco, les obsequiaron pasajes con estadía para uno de tres destinos de su preferencia: Las Vegas, las cataratas del Niágara o el cañón del Colorado.

Algunos querían diversión fácil y eligieron ir al desierto de Mojave de Nevada, otros se inclinaron por la aventura, con lo que optaron por la emoción de una de las cascadas más grandes del mundo, los menos buscaban más armonía y serenidad, prefiriendo contemplar la imponencia del Gran Cañón del Colorado mediante una agreste travesía.

No obstante, Odinrod solicitó la posibilidad de visitar a su anciana madre, quien se encontraba muy enferma; pero le fue denegado el pedido. Incluso se sorprendió cuando le indagaron sobre ella, como si no tuvieran conocimiento de su existencia. De manera que, no contando con más opciones se fue a las cataratas del Niágara, en parte porque le parecían más impresionantes, pero también y, sobre todo, porque estaba convencido de que sería el sitio que Naila seleccionaría. Se vio tentado a preguntarle, pero al final consideró que no sería lo más inteligente en el plano sentimental.

Los veintitrés que no fueron seleccionados ya se habían marchado con una brutal decepción a cuestas. El silencio era más insoportable que nunca, como si hubiera quedado la esencia de las almas que habían estado penando por aquellos lugares. Las obligadas separaciones estaban haciendo mella. Algunas amistades que se habían forjado con lazos de hierro se vieron truncadas en un instante, pues no cabía el iluso consuelo de quizá volver a verse en otra ocasión. Los que quedaron se irían a Marte para no volver, y los que se fueron retomaron sus vidas tan pronto pudieron en el punto justo donde las habían interrumpido. Solo permanecería el recuerdo hasta donde la debilidad humana lo permitiese y el trajín diario no lo truncase, diluyéndolo paulatinamente hasta hacerlo desaparecer. Era como un ambiguo día de festejo y de luto al mismo tiempo.

Les dieron tres días completos y la tarde del jueves, la cual se iría entre el viaje y el traslado hasta el hotel. João, Guadalupe, Ming y Svetlana, por supuesto, eligieron Las Vegas. Lestari y Aisha se fueron al Gran Cañón, y Akira, Kingsley, junto con Naila y Odinrod hicieron el periplo a las grandes caídas de agua juntos. Tanto João como Ming les hubiese gustado ir detrás de Naila, pero el poder seductor de la *Ciudad del Pecado* fue demasiado grande. Ya tendrían tiempo de sobra para tratar de conquistarla en la triste y apagada soledad de otro mundo.

Pagaron entre todos un taxi que los llevara hasta el aeropuerto, aunque los gastos corrían por parte de la Compañía. Pese a que fueron un poco apretados, se divirtieron un montón. Estaban muy animados de presenciar aquella grandiosa maravilla de la naturaleza. Nunca se hubieran imaginado que el haber tomado la decisión de anotarse a aquel sorteo casi dos años atrás les depararía tan gratas sorpresas, al punto de llevarlos a ver aquel portento mundialmente conocido.

Una vez en el aeropuerto, Kingsley y Akira se enfrascaron en una conversación cerrada que no daba lugar a terceros. En cambio, Naila se mostraba distante y permanecía callada. Odinrod procuró respetar su espacio y sin demostrar antipatía, buscaba poner una prudente distancia entre ellos. Quizás ignorarla surtiera un efecto positivo que la condujera hacia él.

Mientras hacían la comprobación de pasajes y la revisación y el pesaje del equipaje, Naila lo observaba furtivamente. Odinrod nunca advirtió que estuviera siendo espiado, ya que trataba de no acosarla demasiado, manteniéndose tanto como podía distraído en otras cosas. En su esfuerzo casi no le prestaba atención, lo que causaba aún mayor interés en ella. Cuando subieron al avión, Odinrod tomó asiento y a continuación sintió cómo se le comprimía el corazón al percatarse de que estaría sentado por varias horas junto a la hermosa morena. Le dio la bienvenida con una cálida pero discreta sonrisa.

Akira y Kingsley se sentaron en los asientos ubicados detrás de ellos. Se habían abierto mutuamente, de tal manera que se contaban todo. Hablaban sobre su pasado, sus vivencias, sus anhelos y perspectivas respecto del futuro. Descubrieron que tenían muchas cosas en común como el arte y los infortunios, y esto los sumía en un mundo paralelo, donde el tiempo no existía y las preocupaciones desaparecían. Simplemente seguían a Naila y Odinrod casi inconscientemente, confiando en que los guiarían en todos sus pasos.

Luego de que Naila guardase su equipaje de mano en la gaveta encima de los asientos, antes de que ocupara su lugar Odinrod le cedió la ventanilla. Naila sonrió y luego de tomar asiento hizo una observación:

—Será un viaje muy romántico, ¿no te parece?

El comentario lo confundió un poco, en vista de las últimas evasivas y actitudes un tanto hostiles que había tenido para con él. Así que contestó como le parecía dentro del contexto general.

—Eso dependerá de todas las partes implicadas.

Ella no respondió, solo observó por la ventanilla redondeada con una pícara sonrisa, mientras el avión comenzaba a rodar lentamente hacia la pista. Durante el vuelo no hablaron mucho, Odinrod ya estaba cansado de tantos acertijos y no estaba de humor como para andar jugando al gato y el ratón. Por el contrario, a ella sí le parecía divertido y consideraba que sería la mejor forma de dejar correr el tiempo con aquel trasfondo. Entre las ocasionales intervenciones que ambos hicieron, ella lanzó una punzante pregunta, aunque en apariencia inofensiva:

—¿Por qué elegiste venir a las cataratas?

Odinrod arqueó las cejas echándose para atrás. De ninguna manera le diría la verdad.

—Ciertamente no fue por tu causa.

Ella frunció los labios.

—Ah, ¿no? ¿Estás seguro?

—Para que sepas, me anoté a las cataratas antes que tú. Así que bien podría decirse que fuiste tú quien vino a las cataratas por causa de mí.

Ella emitió una risita sarcástica.

—Sí, ¿cómo no? Ya quisieras. Estoy segura de que te hubiese encantado ir a Las Vegas a satisfacer todos tus más bajos instintos.

—No voy a responderte —masculló Odinrod—, no vale la pena. Es obvio que no me conoces lo suficiente. Ni siquiera instinto tengo —dijo tratando de ser gracioso, pero al escucharse no sonó tan divertido como había pensado, sino más bien penoso.

Dicho esto, no hubo más interacción hasta llegar al aeropuerto internacional de Cataratas del Niágara en el condado de Niagara en Nueva York. Al arribar al hotel se sorprendieron al ver que sus habitaciones habían sido reservadas una contigua a la otra. No tuvieron más remedio que instalarse evitando dirigirse la palabra. Se quedaron en sus respectivas habitaciones hasta que al otro día llegaron Kingsley y Akira a buscarlos para irse al tour que la compañía había contratado.

Una vez que estuvieron en el magnífico accidente natural se quedaron anonadados ante la imponencia de las tres caídas de agua que componen todo el escenario natural devenido en atracción turística mundial. El ruido atronador que surgía del fondo de cada garganta era impresionante. No en vano las tribus iroquesas le dieron el nombre Niágara a dicho río, que traducido viene a ser <<trueno de agua>>.

Nubes de agua en suspensión tendían un velo por todo el paisaje, sobre el cual se dibujaban diferentes arcoíris con la brillante luz del sol que atravesaban todo el sitio de lado a lado. Se subieron a una embarcación que los llevaría por el río que sirve de límite entre Ontario, Canadá y Estados Unidos, en la región de los *Grandes Lagos*. Pasarían frente a la cascada americana, la de mediano tamaño con un diez por ciento del flujo de agua. Seguirían hasta llegar al centro de la catarata *Horseshoe*, cuyo significado es «caídas de la herradura», también conocida como la catarata canadiense. Esta caída era la mayor de todas con diferencia, tanta era su fuerza que la enorme cantidad de minúsculas gotas en el aire llegado a cierto punto dificultaban aun poder respirar, causando por momentos una apremiante impresión de ahogo.

Luego de unos momentos se habían empapado en la neblina que inundaba el entorno, pero con la gratificación de contemplar aquel verdadero espectáculo. La adrenalina también fluía a raudales por el peligro que representaba su potencia descomunal al verterse ciento setenta mil metros cúbicos de agua por minuto desde sesenta y dos metros de altura. Concediéndoles el tiempo suficiente como para satisfacer los sentidos, volvieron a la dársena de donde habían partido previamente para proceder por tierra a la isla de la Cabra.

Dando un rodeo, fueron conducidos al frondoso cayo, el cual se encontraba ubicado en medio del río entre la caída canadiense y la americana, a través de un puente que conectaba el islote con el lado norteamericano. El sitio era boscoso y húmedo a causa de la constante pulverización de ambas caídas, pero en buen estado de conservación y bien explotado para promover el senderismo y utilizarlo como privilegiado lugar de observación. Desde allí sacaron incontables fotos, aprovechando la vista panorámica sin igual de la cima de ambas caídas. Pudieron contemplar un pequeño naufragio encallado hacía casi un siglo justo en la cima de la catarata.

El viaje guiado continuó hacia un ascensor que bajaba hasta el pie de la catarata. Desde allí se accedía a la cueva de *Los Vientos* donde los excursionistas podían situarse debajo de la catarata llamada *Velo de Novia*. Aun siendo la más pequeña de las tres, brindaba la experiencia única de observarla desde dentro.

Odinrod, ubicado a las espaldas de Naila, la contempló en detalle. Estaba mojada de pies a cabeza, su ropa escurriendo agua se pegaba a su cuerpo esbelto. No pensaba que algún día pudiera confesárselo, pero en verdad creía que era extraordinariamente hermosa, y desde cualquier ángulo. Su cabello chorreando agua le confería un toque aún más sexi y aquel momento tan singular de encontrarse bajo aquella legítima maravilla natural, creaba el clima perfecto de romanticismo al cual ella misma había aludido acertadamente en el avión. Atónito en su figura lo sorprendió Naila al voltearse sin previo aviso, casi como si lo hubiese intuido. Odinrod cambió rápidamente el punto de mira, pero ya era demasiado tarde; ella se aproximó contoneándose con una sonrisa.

—¿Te gusta lo que estás viendo? —inquirió con un gesto muy sugestivo.

Odinrod volvió a mirarla simulando total sorpresa, como si nada hubiera pasado. Dejar entrever que había sido injuriado por lo general resultaba ser una buena estrategia en situaciones de vulnerabilidad como aquella.

—¿A mí me estás hablando?

—Si no fueras tan orgulloso, pudiera ser que estuviésemos pasando un momento fabuloso. En cambio, prefieres hacerte el ofendido, mostrándote como si fueras todo un superado.

—¡Por favor! No seas tan engreída, ni que fueras la única mujer en el mundo.

—Tal vez no de éste, aunque no estoy tan segura en el otro —dijo con un tono de indiferencia—. Pero no te preocupes, ya vendrás a darme la razón cuando no tengas a quién recurrir.

—Puedes esperar sentada, porque parada te vas a cansar —afirmó de forma muy poco convincente.

Luego de esta conversación tan escabrosa, no se volvieron a dirigir la palabra. Las rispideces habían ido en aumento y procuraban desde entonces no agravar la situación. Kingsley y Akira estaban en su mundo dual sin percibir que se estaban suscitando serios problemas de convivencia entre sus dos compañeros de expedición. En estas condiciones, con forzadas actuaciones y fingimientos de estar todo bien, volvieron cuatro días después a Westmont.

Al llegar, los estaban esperando los otros seis para acosarlos a preguntas sobre su viaje y para contarles todo lo grandioso que habían sido los suyos. Las cataratas perdieron un poco su esplendor por boca de Odinrod como resultado de su crisis interior y Naila; sin embargo, Akira y Kingsley les volvieron a dar el lugar encumbrado que se merecían con fantásticas descripciones. Por su parte, los que fueron a Las Vegas solo querían volver allí otra vez.

—¡Fue increíble! —gritaba João.

—Era como estar en muchos lugares a la vez. Mirabas hacia un lado y tenías la torre Eiffel de París y en el otro creías estar en Egipto al ver la esfinge de Guiza o la Gran Pirámide. Caminabas un poco y te encontrabas con el Castillo de Disney y un poco más allá te topabas con la estatua de La Libertad. Fue asombroso, todo reluciente y de un glamour hipnotizante —exclamó Svetlana.

—Y ¿qué tal estuvo el Gran Cañón chicas? —preguntó Akira.

—¡Absolutamente asombroso! —prorrumpió Lestari con un suspiro— Solo faltaba mi príncipe azul para que fuera perfecto.

—Nunca me había sentido tan pequeña. Ponerme de pie al borde de aquellos riscos interminables, con aquella enorme grieta extendiéndose hasta el infinito ante nosotras, me hizo sentir humilde —dijo Aisha con una expresión profunda—. Agradecí de todo corazón la oportunidad de poder presenciar una maravilla tan impresionante.

—Bueno, chicos. Realmente me alegro de que todos hayáis disfrutado tanto de vuestros respectivos viajes. No quiero cortaros la inspiración, pero allí viene el instructor y creo que estamos en hora de ir a gimnasia —refunfuñó Odinrod—. Mejor nos vamos preparando.

—Tenía que ser el aguafiestas —musitó Naila.

—¿Qué dijiste? —preguntó Odinrod, fijándole la mirada.

El ambiente se cortaba como con cuchillo.

—Nada, que vayamos a cambiarnos de una vez —repuso—. Definitivamente se ha terminado lo bueno.

LI

Moscú, Federación de Rusia.
Veinte meses atrás.

En la planta automotriz donde había estado trabajando anteriormente, Svetlana era muy estimada por su experticia, su talento y su sentido de la sinergia. Había logrado una rápida promoción dentro de las esferas fabriles. Ninguno de sus empleadores daba crédito a que hubiese estado trabajando en una ferretería con las capacidades que poseía. Tan bien conceptuada estaba que, en cierta ocasión, aludiendo motivos personales, pidió ser transferida a otra planta que estaba en la zona norte de Moscú. Su exnovia se había mudado a aquella región y le venía al pelo dicho cambio para poder estar más cerca de ella y así verla más seguido. Su encargado lo consultó con el gerente, quien muy a su pesar debió hacer lo propio con el directivo asignado a dicha planta y, sin más dilaciones, fue transferida a la actual donde ahora se desempeñaba. Tras lo cual, se mudó tan pronto como pudo.

En sus comienzos, había diseñado y ayudado a instalar un equipo mecánico que reducía considerablemente los tiempos de producción, el cual resultó a la postre en pingües ganancias para la compañía. Aunque en la actualidad se dedicaba a seleccionar materia prima importada, especificar los materiales a ser utilizados en la fabricación de nuevos componentes y repuestos, y a calcular costos y duración de los diferentes procesos de ejecución y fabricación. También dirigía, como asignación secundaria (aunque era lo que a ella más le gustaba hacer), las operaciones de manufactura y el posterior mantenimiento de la maquinaria, en una constante evaluación y optimización de los procesos de conversión y usos del calor y la energía mediante la investigación, la gestión y la innovación tecnológica.

En los últimos tiempos se había formado como programadora informática, pues derrochaba energía y entusiasmo. Paralelamente, hizo una especialización en robótica, con lo que había comenzado a desarrollar modelos matemáticos y computacionales para facilitar la aplicación de los criterios de ingeniería en la optimización de los equipos, sobre todo los robóticos. Siempre buscaba mejorar los procesos aplicados al diseño de los nuevos modelos de automóviles. Se había abocado a instalar matrices de mejora continua que empujaban cada día hacia la perfección del método aplicado. Con esto se podía identificar y corregir problemas relacionados con la maquinaria utilizada.

Podía decirse que casi había alcanzado su techo en materia de preparación (aunque siempre existe la posibilidad de perforar y seguir) cuando le sobrevino el mazazo emocional que sufrió a causa de su novia. Toda la motivación que demostraba en su actuación diaria se desinfló como un neumático rajado. Había sido motivo de inspiración para sus compañeros, pero desde aquel trágico suceso, hasta sus raíces vocacionales sufrieron el temblor anímico. Ya no tenía la misma energía de siempre. Mientras que antes, el presentarse a trabajar era algo que disfrutaba, ahora le pesaba mucho. Al final de cada jornada se sentía agotada y sin una verdadera razón para volver al día siguiente.

Aquellos brazos robóticos de color anaranjado que zumbaban al moverse a una velocidad imposible para un ser humano, muchos de los cuales habían sido adquiridos mediante licitación, instalados, configurados, e incluso diseñados y programados por ella misma, vinieron a ser su pasión hasta que conoció a su exnovia. Entonces, su trabajo pasó a ser un motivo de orgullo y un arma de seducción que ostentar. Se la pasaba alardeando sobre las tareas que hacía y comentando lo fascinante que era. Había logrado lo impensable, abrirse paso en un mundo dominado casi exclusivamente por hombres. Nadie le había regalado nada en su empeño por conseguirlo y podía decir con la frente bien en alto que no tuvo que acostarse con nadie para lograrlo.

En estas condiciones se hallaba, trabajando desganadamente en la reparación de una manguera hidráulica, evitando pensar que lo hacía nada más que por el salario, cuando su encargado la llamó con un chiflido desde la oficina en el piso intermedio. Al distraerla de lo que estaba haciendo, la manguera se zafó y un chorro de líquido negro, espeso y apestoso la embadurnó casi por completo.

—¡Ey! Svetlana, cuando tengas un segundo sube, ¿sí? —solicitó conteniendo una risa al verla enchastrada por aquel líquido viscoso.

Ella asintió con la cabeza, mordiéndose por no soltar un improperio. Luego de ajustar bien la tuerca, asegurándose de que ya no perdiera más líquido hidráulico, se limpió lo mejor que pudo con una estopa que tenía a mano, de las que suele haber por todos lados en un taller que se precie como tal. Observó el desparramo de líquido por el piso (eso quedaría para después) y subió sin mucho apuro el corto tramo de escaleras hasta la sección de oficinas construidas en isopanel.

Cuando iba a golpear solo por educación, el encargado le hizo señas con la mano a través de la ventana indicándole que pasase.

—¿En qué te puedo servir, Pashenka? —inquirió Svetlana.

El hombre, que se hallaba de pie, terminó de analizar rápidamente unos papeles y luego levantó la vista. Simulando sorpresa ante el estado de su uniforme, el cual se hallaba por lo regular en impecables condiciones, no pudo evitar hacer un comentario jocoso antes de pasar a la razón de haberla llamado:

—¿No te parece que ya no necesitas de ensuciarte para probar que estás trabajando?

Ella frunció la comisura de los labios para farfullar:

—Muy gracioso. ¿Para qué me llamaste?

—Fuera de broma. No quiero darte falsas expectativas, pero creo que se viene una especie de ascenso o algo por el estilo para ti —dijo en un tono que denotaba reserva—. Solo espero que no me reemplacen por ti y si me despiden por tu causa, te pido que me tengas en cuenta a futuro —ironizó el hombre.

—¿A qué te refieres? ¿Por qué lo dices? —volvió a preguntar, pero esta vez con el ceño fruncido.

—Un alto directivo me llamó por teléfono y pidió todos tus datos. Incluso me estuvo haciendo muchas preguntas sobre ti. Hasta sobre tus creencias me indagó, cosa que me llamó bastante la atención —dijo pensativo, luego reanudó con lo que venía diciendo—. Intenté sacarle alguna prenda, pero no soltó nada, simplemente me dijo que era para actualizar la base de datos de la empresa, nada importante. Obvio que no le creí para nada ese cuento. Estoy seguro de que te deben de estar considerando para algo importante y la verdad que no me sorprendería en lo más mínimo.

Svetlana desvió la mirada pensativa, preguntándose de qué podría tratarse aquel asunto. Después de los últimos infortunios no venía mal una buena noticia. Ante su silencio, el hombre continuó diciendo:

—No te hagas demasiadas ilusiones, pero creo que ya puedo darte un principio de felicitación. Lo que amerita que invites un trago, ¿no?

Svetlana volvió su mirada hacia el hombre, pero esta vez con una sonrisa sincera, para agregar:

—Esperemos primero a ver qué pasa y luego los tragos estarán asegurados. Vuelvo a lo mío y gracias por el dato —dijo con displicencia mientras se iba.

Estaba saliendo por la puerta cuando se volvió hacia su encargado. El hombre la observó, pues ella le llamó la atención con el dedo índice:

—Ah, y la próxima vez espera a que termine de hacer lo que sea que esté haciendo. Te lo comento solo para evitar posibles accidentes. Cuestión de seguridad laboral básica.

El hombre arqueó las cejas.

—¿Aunque sea para darte buenas noticias como en esta ocasión? —preguntó tratando de ganarse su simpatía.

Ella, muy seria, afirmó:

—Ni siquiera por esa razón.

El hombre sonrió sonrojado.

—En serio, disculpa. No volverá a suceder, lo prometo.

LII

Instalaciones de Space Dragon.
Westmont, California, EE.UU.
Dos meses atrás.

Despertaron con calor, que era mitigado por una suave brisa que se colaba por las ventanas entreabiertas. En el cielo no se veía una sola nube. Hacía un día radiante, libre de humedad en el ambiente y una presión atmosférica ideal. Todavía quedaban rezagos del inolvidable viaje que hicieron a los tres diferentes destinos que los llenaban de nostalgia. Ahora estaban otra vez en medio del tedio que causaba la rutina de Space Dragon, la cual se tornaba cada día más chata. Sin embargo, en esta ocasión algo peculiar ocurría, y era un asunto significativo sin cuestionamiento.

    Luego de levantarse se asomaron por las ventanas, llamados por el sonido de los frenos de aire, voces indefinidas y distintos golpes. Descubrieron un intenso movimiento afuera. Enormes camiones remolcando contenedores negros habían arribado desde muy temprano y se encontraban descargando e instalando múltiples equipos. Numerosas camionetas se distribuyeron por toda la playa de estacionamiento. Un pequeño ejército de utileros comenzó a descargar todo tipo de materiales de la más diversa índole. Fueron agrupando por sectores los diferentes elementos: los focos de iluminación, por un lado, y las sillas plegables, por el otro. Acomodaban por todo el lugar trípodes, cámaras de filmación, pantallas reflectivas, sombrillas, mesas, heladeras, monitores, generadores. Tendieron kilómetros de cableado, además de estivar innumerables cajas de todos los tamaños y otro montón de objetos difíciles de identificar. Era un despliegue muy similar a un día de camping bien planificado.

Les dieron prisa durante el desayuno y, en vez de proceder al salón de clases como de costumbre, a continuación, se les ordenó permanecer en el comedor. Los sorprendió el ingreso al recinto de una horda de mujeres parlanchinas acompañadas por hombres afeminados. Otros sujetos llenos de tatuajes y piercings los secundaban portando ingentes cantidades de estuches, neceseres y algunos artefactos de iluminación. Seguían las órdenes de los precedentes a pie juntillas, sin manifestar emoción alguna.

Antes de que los futuros colonizadores de Marte pudieran siquiera reaccionar habían sido rodeados por tres o cuatro de aquellas mujeres y hombres que entraron primero. En lo que pareció un instante estaban siendo maquillados de pies a cabeza bajo una mansalva de pinceles, lápices de colores, brochas y esponjas, sin mediar explicación. No los dejaron ni hablar, solo fueron espolvoreados, sombreados y delineados hasta que se transformaron literalmente en otras personas que ya no se parecían a ellos mismos.

Por fin, luego de sobrevivir a la tan intensa como asfixiante sesión de maquillaje, fueron conducidos al salón de clases. Allí les esperaban algunos instructores, los cuales estaban acompañando a los productores de cine, quienes se encargarían de dirigir y realizar el extenso rodaje de un comercial que sería presentado en televisión abierta fraccionado en varias partes. Luego de la presentación por parte de uno de los instructores, uno de los productores les explicó de forma concisa cómo sería todo el proceso y en qué consistiría su participación. En pocas palabras, les tranquilizaron diciéndoles que serían guiados a lo largo de todo el rodaje y que no tendrían que preocuparse por los detalles puesto que ellos se encargarían de todo.

A partir de aquel preámbulo formal, procedieron a los alojamientos donde tuvieron que simular las diferentes actividades que realizaban diariamente, desde tender la cama hasta cepillarse los dientes. Una ardua sesión filmográfica que incluía continuas detenciones para volver a rodar la misma toma hasta que saliera perfecta. Cambiaban de escena, y antes de iniciar, realizaban millones de fotografías desde todos los ángulos. Reacomodaban los diferentes elementos que compusieran el escenario, entre otro tipo de cuestiones técnicas muy específicas, y otra vez a empezar. Se desayunaron de que había transcurrido casi todo el día en un extenuante y extenso circuito de filmación, y solo había abarcado la parte inicial del día, el cual había remitido veinte minutos tan solo para almorzar.

No podían creer que en el espacio publicitario mostrarían hasta los momentos en que restregaban dentro de los retretes con viejos cepillos de diente. Los hacían correr, agacharse, saltar, sonreír, poner cara de esfuerzo y luego sonreír otra vez al mejor estilo *Top Gun*. Fue tan variada la gama de cosas que les habían hecho hacer, que en determinado momento se encontraban perdidos en cuanto a poder formularse una vaga idea de cómo sería el comercial completo. De los alojamientos, período que, para asombro de todos, requirió tres agotadores días, pasaron a la plaza de armas.

A cielo abierto tuvieron que formar, marchar a paso redoblado y también a paso ligero, perdiendo la cuenta de las vueltas que dieron en torno a la plaza de armas, así como marcar el paso vigorosamente hasta empaparse en sudor. Los instructores les ordenaron hacer abdominales hasta que se les acalambró el estómago y pagar lagartijas hasta que comenzaron a fallarle los brazos. Toda aquella locura iba de mal en peor, peor aún que el mismo reclutamiento. Luego, los instructores les gritaron órdenes inconexas a la cara con tal ímpetu que les saltaban las venas del cuello. En ocasiones, ciertamente dejaba de ser divertido. De a ratos, se tornaba bastante detestable, al extremo de volverse un calvario en los momentos más álgidos. Cuando menos lo esperaban todo se detenía abruptamente para que fueran conducidos a ser maquillados por enésima vez. Era la más pintoresca de las pesadillas.

Pasados un par de días, agradecieron que hubiese acabado la parte de la plaza de armas. Ya deseaban que se terminase de una vez por todas todo el rodaje. No obstante, cuál no fue su decepción al verse en plena escena en la pista de guerra, la cual incluía una demoledora rutina de ejercicios e interminables repeticiones de los diferentes elementos que la componían. Aquel primer día en que apareció todo un convoy de vehículos pesados nunca hubieran sospechado la infernal tarea que les esperaba por delante. Cuando a la semana de rodaje se largó a llover torrencialmente, los diez nóveles astronautas lloraban de la emoción por estar colmados de agradecimiento en sus corazones ante aquella dulce tregua que manaba del cielo.

Los productores, por su parte, ya comenzaban a impacientarse. Agradecieron cuando la meteorología les dio un respiro. Es que perdían mucho dinero con cada día improductivo. Abría la posibilidad de iniciar la tortura de los protagonistas otra vez, con lo que el suplicio recomenzó con más intensidad y redoblado apremio que antes. Había que recuperar el tiempo perdido. Al salón de clases le siguió el laboratorio de inmersión, luego la cámara hipobárica, la máquina centrífuga de 20-G, el <<Cometa vómito>>, el simulador del Conqueror y los vuelos en avión.

Odinrod no daba crédito a estar vivenciando todas aquellas espeluznantes experiencias otra vez. Incluso hicieron una visita a un estudio de Hollywood para rodar una escena en donde se simulaba un ambiente de gravedad cero. Allí se encontraron con un complejo sistema de arneses, los cuales, complementados con pantallas verdes y la utilización de una técnica audiovisual llamada Croma, crearon una genuina ilusión capaz de persuadir hasta al ojo más experimentado en CGI[39].

Finalizaron en un desierto de Arizona donde se había creado todo un set de filmación ficticio confeccionado en yeso y cartón pintado de blanco. En fugaces recorridos por la zona, descubrieron que el convincente escenario estaba sostenido por una rústica estructura de madera. Allí fingieron llevar a cabo los distintos tipos de tareas que eventualmente realizarían durante el proceso de colonización del planeta rojo, haciendo la mímica de cada cosa. Varios meses después de que toda aquella gente hubiera invadido las instalaciones de Space Dragon, por fin se daba oficialmente por terminado el rodaje del dichoso comercial.

Cuando por fin acabó aquel tormento, habían llegado a odiar más a los productores que a los instructores más severos. Los días posteriores los carcomió la ansiedad por estar pendientes del tan esperado spot publicitario. Al final de cada jornada, esperaban todos frente al televisor comiéndose las uñas. Los días pasaban, concluyendo en cada oportunidad con una decepción.

Un buen día, apareció por primera vez en casi todos los principales medios la entrega inicial. Saltaban de emoción en sus asientos. Rápidamente pudieron notar que el noventa y ocho por ciento de todo lo que se filmó no había sido tenido en cuenta en la cinta. Todo aquel abundante material había caído en el pozo sin fondo de una despiadada edición.

---

[39] Computer-generated imagery por sus siglas en inglés o imágenes generadas por ordenador.

Recorte tras recorte fue desapareciendo todo el esfuerzo que habían realizado.

Fugaces flashes se sucedían unos tras otros en una secuencia aparentemente lógica de perfecta sincronización. Sin embargo, no guardaban el orden en que lo habían hecho durante el rodaje. Sus rostros aguerridos se alternaban con expresiones sufrientes. Enseguida aparecían a cuerpo entero realizando entrenamiento vigoroso, así como desempeñándose en actividades exageradas que normalmente no harían. El telón musical era verdaderamente impresionante y estimulante a la vez. Todo duró unos pocos minutos y terminó con una rimbombante leyenda que rezaba sobre la fabulosa colonización de Marte como uno de los logros más supremos de la especie humana. Al comenzar a continuación otro anuncio de una reconocida marca de refresco, la sensación era de satisfacción, por un lado, e ira y gusto a poco, por el otro.

A la semana de la primera emisión se estrenó una segunda parte, la cual causó aún mayor impacto en la teleaudiencia. Esto fue mucho más consolador para los principiantes artistas. Transcurrida la segunda semana se estrenó un tercero y así sucesivamente, pero a partir de allí con frecuencia diaria. Recién entonces aparecieron las sonrisas seductoras.

Una vez culminado el ciclo, comenzaron a repetirlo desde el principio a todas horas hasta el hartazgo. A lo largo de las diferentes entregas se llevaron varias sorpresas, algunas de ellas un tanto desconcertantes. En algunos intersticios notaron la aparición de ciertos actores de renombre haciendo la venia o el saludo militar. Daba toda la impresión de que fuera dirigido a ellos.

—¡Guau! Y ¿dónde estaban George Clooney, Will Smith o Brad Pitt? En el spot aparecen, pero jamás los vi en persona —protestó Guadalupe Canul—. De haberlos tenido frente a mí me hubiera comido a cualquiera de ellos.

—De eso se trata la magia del cine, todo es una falacia que nos hacen creer de manera muy convincente— comentó Kingsley Osayande encogiéndose de hombros.

En otros casos, como por ejemplo una simulación por computador donde, mediante avanzados efectos de CGI, se mostraba el despegue del Conqueror con un nivel de realismo que los dejó cruzando miradas entre ellos. Luego, ya supuestamente establecidos en la superficie de Marte, filtro mediante, el cual le daba el toque marciano perfecto al ambiente, su pantomima de realizar tareas en un desierto de Arizona con unas casetas de cartón y madera detrás, se convirtió como por arte de magia en una escena tan concluyente que hasta ellos mismo por un momento alcanzaron a dudar. Se preguntaban si ya no tendrían clones suyos viviendo en Marte.

Cuando se emitieron todos los episodios ya eran, de manera indiscutible, mundialmente famosos. A partir de aquel momento, fueran adonde fueran, eran aclamados por las multitudes enardecidas. Después de tanto sufrimiento, ahora por fin sentían que había valido la pena tanto esfuerzo y monótona repetición. Comenzaban a creer que casi podían tocar el cielo con las manos.

LIII

Tokio, Estado del Japón.
Veinte meses atrás.

Devastado, Akira se refugió en su masajeador encefálico personal: el celular. Quería evitar pensar para que no le sobreviniesen los recuerdos. No se creía capacitado para ejercer como cirujano, pues representaría un esfuerzo físico y mental que no estaba en condiciones de afrontar. Su situación anímica no se lo permitiría. Como resultado, pidió un receso para irse de vacaciones. Así, paseó con el dedo sobre la pantalla táctil de su móvil, haciendo un extenso sobrevuelo sobre el mundo digital, mientras permanecía encerrado entre las cuatro paredes de su casa.

No se sentía motivado ni siquiera a cocinar, a él que le agradaba tanto. Cuando le daba hambre solo se limitaba a llamar a un delivery para que le trajera comida chatarra y problema solucionado. Básicamente, se echó a morir sobre uno de los futones, sin hacer nada más que otear el pequeño aparato que, pese a caber en la palma de su mano, era una ventana sin límites de frontera alguna. No existía algo que le llamara la atención, ya no sentía deseos de leer un libro ni mucho menos de hacer ejercicio físico. Nada importaba a estas alturas. No valía la pena ningún esfuerzo.

Siempre había sido aficionado a madrugar para ver amaneceres, pero desde que su esposa se fuera de casa, había perdido el sentido del tiempo. Se levantaba a la hora que se despertara, cosa que iba atrasándose cada vez más, pues muchas veces se dormía en la sala de estar a altas horas de la madrugada luego de largas sesiones de malgastar el tiempo. Había perdido la costumbre de afeitarse a diario. De este modo, el espejo lo sorprendía a menudo mostrándole a un sujeto desaliñado y barbudo. En ocasiones, no se duchaba como solía hacerlo antes de ir a la cama; no había una razón lo suficientemente fuerte como para preocuparse demasiado por ello. El silencio en la casa era por momentos atronador y la soledad igual de insoportable.

Desde hacía algunos años había incursionado en la pintura, pero ahora los pinceles se habían resecado y los lienzos enmohecido en un rincón. El polvo se había adueñado de cada recoveco y las telarañas colgaban por todas partes, repletas de víctimas disecadas. La comida se pudría en el interior de la heladera y los frascos de conserva caducaban en la alacena. Las facturas se vencían abarrotadas dentro del buzón y la ropa sucia se amontonaba en el canasto del baño hasta desbordar. Se notaba la falta de una mujer.

Cuán importante era su esposa, no porque de ella dependiera todo. De hecho, él era quien más actividades domésticas hacía por motivo de los horarios de trabajo que cada uno tenía. Sino que lo motivaba a hacer su parte, con lo que funcionaban como un verdadero equipo de alto rendimiento. Se habían convertido en una máquina de extraordinaria precisión, autosustentada de energía en una sinergia contagiosa.

Ya nada le importunaba, todo le daba igual. Solo una cosa tenía el poder de desquiciarlo en su cancina rutina, y estaba ocurriendo justo ahora y desde hacía un tiempo atrás: la velocidad del celular había disminuido mucho, demasiado para su gusto. Peor aún, no solo había sufrido un ralentizado normal a raíz del tiempo que tenía de uso, sino que se enlentecía excesivamente de forma drástica, de repente y en cualquier momento. Cada vez era más frecuente que se viera obligado a realizar cierres forzados o simplemente debiera recurrir a reiniciarlo, porque no respondía en absoluto a los comandos requeridos.

Como haría cualquier simple mortal en cuanto a la tecnología, inicialmente recurrió a procurar hacer espacio. De esta forma, lo primero que hizo fue limpiar todo el *caché*. Lo siguiente fue dirigirse directo a la galería con objeto de seleccionar las fotografías, videos y documentos más importantes para hacer un respaldo moviéndolos a la tarjeta de memoria. Al final terminó eliminando todo sin miramientos, junto al resto de aplicaciones. Le daba pereza elegir entre tantos archivos cuál guardar y cuál descartar. Reconoció que nunca usaba nada de aquella información. Lo ayudaron a tomar la decisión las fotografías de su esposa. No vio razón alguna para conservarlas.

A continuación, fue a herramientas para optimizar el funcionamiento de la memoria RAM[40] y el procesador. Y para asegurarse de que los cambios surtiesen el efecto deseado reinició el aparato. Al fin y al cabo, ya había perdido la cuenta de todo el tiempo que había desperdiciado por razón de todas las veces que se había visto constreñido a reiniciarlo. Una vez más no haría gran diferencia.

A su vez, en los últimos tiempos comenzó a notar que las facturas del contrato telefónico se habían vuelto más elevadas. El extraño comportamiento de su móvil había comenzado a ocurrir hacía solo algunos meses, coincidiendo con aquel incremento. Hasta ese entonces, siempre había sido muy fiable, sin mostrar ningún tipo de anomalías con anterioridad. Así que, además de prestarle atención a esto, comenzó a hacer un seguimiento de la información que poseía, ya que le pareció percibir ora la desaparición de

---

[40] Memoria de acceso aleatorio (Random Access Memory, por sus siglas en inglés).

algunos elementos, ora la aparición de otros. También creyó constatar el movimiento de una carpeta a otra de determinada información que él no había realizado.

Cuando por fin volvió a reencender, lo hizo con gran rapidez, pero, para su frustración, fue decreciendo progresivamente hasta quedar igual de lento que antes. Súbitamente, el sistema operativo le sugirió cerrar cierta aplicación que desconocía, con la advertencia de que estaba consumiendo excesiva batería y acaparando una buena porción del uso de la memoria RAM. Decidido a tomar cartas en el asunto de manera determinante, se fue a ajustes para borrar aquella aplicación y cualquier otra que no soliese utilizar. Había desinstalado un montón de aplicaciones, dejando solo las básicas, aquellas que el sistema no permitía borrar con objeto de mantener un correcto funcionamiento. Estaba tan obsesionado por aumentar el rendimiento de su único compañero que no tuvo el más mínimo reparo en proceder a limpiarlo por completo.

Estaba acostumbrado a recibir anuncios aun fuera de las aplicaciones. No le sorprendía encontrar gadgets instalados sin su permiso. Así que no le extrañó encontrarse con una aplicación instalada sin su consentimiento, de la cual no conocía siquiera su función. Le restó importancia y procedió a desinstalarla y borrarla. Cuando lo encendió, el teléfono parecía recién comprado y todas sus funciones parecían reaccionar más rápido de lo normal. Llegó a la conclusión de que, ante la falta de sentido que esto tenía, lo más probable sería que en realidad fuese él quien estuviese demasiado habituado a que anduviera excesivamente lento y ahora el contraste fuese extraordinario.

A poco de encender la wifi el teléfono comenzó una sincronización automática y a menos de la mitad del proceso el celular volvía a funcionar a paso de carreta. En esta limpieza profunda se encontraba cuando descubrió que aquella aplicación cuya función ignoraba y que había desinstalado hacía tan solo unos momentos, se había vuelto a instalar por sí sola. De hecho, había abierto muchas veces los ajustes y estaba seguro de que nunca la había visto antes. Mucho menos que hubiese sido él mismo que la hubiera instalado. Esto lo enfadó bastante, lo suficiente como para considerar presentarse ante el proveedor del servicio de telecomunicaciones con el objeto de efectuar el correspondiente reclamo.

Esta vez sus sospechas aumentaron sobremanera, con lo que procedió de inmediato a apagarlo y sacarle la batería. Creyó que luego de esta maniobra ya no tendría más inconvenientes. Sin embargo, al reencenderlo, cuál no fue su sorpresa al ver que comenzaba nuevamente la porfiada sincronización. Ya colmada su paciencia, esperó que acabara de encenderse para poder chequear de una vez por todas su cuenta de Facebook. Después de todo, se había pasado un montón de tiempo hurgando en su teléfono sin sacarle ningún provecho. Para rematar, nunca pudo entrar a la red social, ya que le daba error al ingresar su contraseña. Si bien recurrió a restablecer la contraseña, luego de ver que no tenía ninguna novedad de sus redes sociales, acabó por sacarle la batería definitivamente y ya no usarlo más. Había sido suficiente por un día.

Al día siguiente, se fue a comprar otro celular y se acabaron los inconvenientes. No obstante, un tiempo después comenzó otra vez a ralentizarse y a ocurrir cosas inexplicablemente extrañas. Pensando que así eran siempre los caprichos binarios del mundo digital, acabó resignándose a su suerte y ya no tomó más medidas al respecto.

LIV

Instalaciones de Space Dragon.
Westmont, California, EE.UU.
Dos meses atrás.

El tiempo de preparación, instrucción y entrenamiento tanto corporal como técnico había culminado. Ahora quedaba por delante repasar todo lo anteriormente visto para reafirmar los conocimientos ya adquiridos y mantener el estado físico logrado.

La disciplina requerida para el cumplimiento de la misión ya había sido inculcada con la suficiente profundidad como para relajar un tanto el trato y flexibilizar el sistema punitivo instaurado desde un comienzo. De esta manera, la vida en Space Dragon se había vuelto bastante más llevadera faltando poco tiempo del tan esperado momento de partir. Todo iba cuesta abajo ahora.

Comenzaba una nueva etapa dentro del proceso completo. Ya se habían hecho numerosas incursiones en el ámbito de la divulgación mediante el uso de todo tipo de herramientas publicitarias, incluso antes del sorteo. Aun durante las tratativas previas a la concreción del proyecto en sí mismo, la compañía había comenzado a invertir cuantiosas sumas de dinero en radiodifusión. Campaña subvencionada por el gobierno federal y esponsorizada por una constelación de firmas privadas.

Desde hacía varios años aparecían en los anuncios publicitarios de las principales cadenas televisivas y de otros importantes medios de comunicación cada quince minutos, aun en horario central, extensos comerciales de dicho programa espacial rodados en alta definición, donde se podía apreciar la inversión de elevados presupuestos de producción, al punto de contratar directores de renombre y populares artistas del medio. Al principio había sido a nivel nacional, pero luego comenzó a trascender fronteras.

Las entrevistas con los directivos de Space Dragon habían comenzado en los días previos a la confirmación del envío de la primera nave que abriría el período de avanzada. Esporádicamente se citaban los avances de las distintas fases. Primero se trataron las reuniones llevadas a cabo con entidades del ramo con amplia experiencia en viajes espaciales para incursionar en las negociaciones preliminares. La información brindada comenzó a aparecer de modo paulatino. El sorteo se divulgó más avanzada la campaña publicitaria como broche de oro.

Se había hecho común que en los flashes informativos se hiciera mención de las coordinaciones realizadas y las asociaciones logradas por Space Dragon con otras corporaciones del ámbito privado, así como de los acuerdos alcanzados con instituciones públicas, información que era facilitada por la propia compañía y en ocasiones por la NASA. Tanto en radio, en televisión, como en los diarios se hacía constante referencia a los inmensos esfuerzos que estaba realizando la empresa pionera en la incursión de semejante utopía. Objetivo que, de ser logrado, elevaría a la humanidad al estatus de interestelar, dejando atrás la anticuada condición de terrestres.

Cada progreso efectuado en las fases previas era comunicado cual cadena nacional de radio y televisión. El mismo gobierno hacía mención de los progresos conseguidos. Asimismo, se publicaba no solo en cada diario, semanario y periódico existente, sino que aun reconocidas revistas científicas internacionales, medios independientes y aun todo tipo de tabloides se hacían eco de la noticia con portadas enteras a todo color y con el método más llamativo que poseyeran en su aljaba de repertorios. Se había convertido en una cruzada mundial.

De esta forma, cada cohete que partía hacia Marte transportando materiales logísticos o cada pared que levantaban los rovers sobre suelo marciano, era lisonjeado con bombos y platillos por cada medio de comunicación existente. Se rodaron varios documentales de alto presupuesto con diferentes enfoques. Nadie quería quedar afuera de la causa en boga que había marcado el ritmo de la farándula y aun una nueva era. Incluso las noticias falsas brotaban por todos lados como las setas en un bosque de pinos en tiempos de humedad.

Las redes sociales como Flickr, Meetic, Yelp o Facebook, Google Plus, Twitter, MySpace o Ning explotaban con la eventual colonización de Marte. Medios interactivos como Brightcove, Dailymotion, DTube, Livevideo, Revver, Veoh, UStream.tv, blip.tv y Vimeo no se quedaban atrás. En YouTube era *trending topic*[41]. En Patreon se había vuelto tendencia absoluta. Incluso se había apoderado de la plataforma Hulu. Hasta en Tu.tv, un medio digital de habla hispana, se había viralizado el tema del momento. En foros y chats se instauraban extensos y sesudos debates sobre el tema. Podía afirmarse que no había sitio donde no se hablara del tema de mayor actualidad. La colonización de Marte logró acaparar la atención de cada rincón del planeta.

Un verdadero bombardeo masivo se había producido deliberadamente en muchos casos y a través de diferentes recursos, pero también de forma inconsciente e involuntaria

---

[41]Tema de tendencia.

en otros tantos, donde las multitudes contribuían de manera gratuita y automática con la instauración de la idea, diseminándola como una pandemia ocasionada por un contagioso virus. Se habían creado programas televisivos en torno al concepto, así como abundante merchandising tocante a la conquista del planeta rojo de las formas más ingeniosas. En las cadenas de restaurantes de comida rápida obsequiaban juguetes con simpáticos motivos marcianos y las carteleras de cine se abarrotaban de películas abordando temas relacionados.

El espectáculo estaba montado al punto de volverse una maquinaria arrolladoramente imparable, que generaba pingües dividendos y suscitaba toda la atención. Ya nadie recordaba problemas graves que afectaban terriblemente a la sociedad y aun a la humanidad entera; toda la atención había sido desviada con un éxito rotundo a la prometedora conquista del espacio. Solo faltaba un letrero colgando en las fachadas de las casas que dijese: *No molestar, estamos siguiendo la conquista del espacio en vivo*.

De manera que, tanto las clases de repaso como el ejercicio físico pasaron completamente a segundo plano. La directiva de la Compañía comenzó a darle absoluta prioridad a la participación de los once astronautas en shows televisivos y entrevistas a los más diversos medios. Los siguientes días transcurridos fueron una verdadera locura de citas con trasmisiones de actualidad en maratónicos ping-pongs de preguntas y respuestas en vivo. Hasta concurrían a programas de entretenimiento donde realizaban divertidos juegos en los que parodiaban cómo sería vivir en Marte. El público no solo reía con ellos, sino que los amaban. Se había convertido en una verdadera idolatría hacia ellos.

Los porcentajes de audiencia alcanzaban cotas inusitadas cada vez que aparecía alguno de los once en pantalla, sin importar la popularidad que soliese tener el programa en cuestión. Muchos canales, de hecho, volvieron a las andanzas gracias a la vida que los astronautas les habían infundido con su sola participación. Cuantiosas sumas de dinero provenientes de las tandas comerciales superaban incluso a las obtenidas durante el medio tiempo del Super Bowl.

Siendo así, fueron invitados a participar en uno de los programas más famosos de la televisión norteamericana. Dicho show, entre otros segmentos, contaba con una sección en la que se invitaba a los participantes a ingresar a una cabina telefónica, mientras que el conductor les hacía las preguntas enviadas por los televidentes. Así que, luego de reírse bastante con otro tipo de cosas al principio de la emisión, pasaron a la parte central:

—Muy bien, João. Tu turno. Va la primera pregunta —dijo el conductor.

—Dispara, Jimmy —invitó el brasileño—. No olvides que soy un astronauta; me han preparado para afrontar cualquier desafío.

El público invitado sentado en las gradas rio con la simpatía del brasileño.

—¿Impondrás la costumbre del carnaval carioca en Marte? ¡Tiempo!

João no pudo evitar carcajear. Tomándose la barbilla en una fingida actitud pensativa, procedió a contestar:

—¡Ni que hablar, hombre! ¡Quiero ver a esas astronautas danzando a todo ritmo en un *sambódromo* improvisado! ¿Puedes imaginártelo? Voy a gestionar su construcción apenas llegue.

La gente volvió a reír, pero esta vez entre silbidos y aplausos de ovación.

Todo se hacía a contrarreloj en vista del poco tiempo que restaba para tan patrocinado despegue. Durante sus paseos, las tiendas más distinguidas y las principales firmas les obsequiaban de sus exclusivos artículos. Significaba una excelente oportunidad de promocionar la marca, que no podían desperdiciar.

En las calles cada vez que salían a estirar las piernas las multitudes se abalanzaban con fanática devoción cual afamadas estrellas de cine o del rock. Querían tocarlos, pedían desesperadamente autógrafos, buscaban a como diese lugar una selfi junto a sus ídolos. La gente los adoraba como dioses que hubieran bajado del Olimpo, o que estuvieran a punto de volver allí. Solo unos pocos hacían preguntas incómodas, pero eran rechazados violentamente por los fanáticos, que no toleraban que nadie se atreviese a frustrar un momento tan sublime. Eran protegidos fervientemente por sus seguidores.

Pasaron de ser simples personas de a pie, desconocidas para la mayoría del mundo, a convertirse en verdaderas celebridades dignas de culto. Sus anteriores vidas rutinarias, aburridas e insulsas se tornaron en una vertiginosa espiral de emociones arrolladoras y momentos inolvidables.

Ni en sus sueños más alocados hubieran imaginado tener una participación tan grande en programas mundialmente populares, mucho mayor que cualquier personaje reconocido, así fuese de la farándula o la política. La fama y el prestigio los habían alcanzado casi sin darse cuenta y sobre todo sin buscarlo. Solo que ahora no estaban tan seguros de haber terminado de pagar el precio completo. Pudiera, tal vez, acabar siendo demasiado alto.

Cierta noche salieron a cenar juntos a un restaurante reservado solo para la alta alcurnia. El ambiente suntuoso les permitía verse libres del asedio paparazi. Alejados de las molestas demostraciones de admiración del vulgo, pudieron brindar a sus anchas. Sin reparar en gastos, seleccionaron el menú. Como era de esperarse, corría por cuenta de la casa. La cortesía se había vuelto la alfombra roja tendida ante sus pies.

Odinrod no podía dejar de ver a Naila, que lucía deslumbrante con su elegante vestido. Habían ido todas juntas a una intensa y costosa sesión de belleza y, como resultado, no parecían las compañeras que solían correr junto a ellos enfundadas en sus monos de vuelo corrientes. Agradecía que la situación lo contuviera, porque, de lo contrario, habría perdido la cabeza. También notó cómo a Ming se le iban los ojitos sobre ella más de lo que podía soportar. La obsesión rondaba entre ellos.

Por su parte, siendo propensa a los cálculos matemáticos, Naila hizo una observación:

—Chicos, ¿han notado todo el dinero que ha estado haciendo Space Dragon a costa nuestra?

Al principio parecía de poca importancia aquel asunto. A ellos no les iba a cambiar nada su situación. A fin de cuentas, eran conscientes de que Space Dragon debía solventar las inmensas inversiones realizadas.

—¿Por qué lo dices? —preguntó Akira.

—¿No han notado que nos visten con determinadas marcas? Aquí se ha montado todo un sistema de franquicias y promoción contratada. ¿Realmente creen que todas nuestras apariciones en radio y televisión son gratuitas?

—Evidentemente tendrán que recaudar de donde puedan para solventar los ingentes gastos de esta misión —dijo Kingsley.

—Yo creo que no solo han solventado los gastos, sino que se ha convertido en un negocio muy rentable para ellos. Pero eso no es todo —continuó diciendo Naila—. ¿Qué les pareció el costo de la inscripción?

Todos estuvieron de acuerdo en que había sido bastante accesible, por no decir barato.

—Muy en cuenta, ¿verdad? —continuó diciendo— Sin embargo, escuché que se calcula que el número de inscriptos para el sorteo superó ampliamente los dos mil millones de personas.

—¿Y? —preguntó Lestari, restándole importancia a la observación—. ¿Qué con eso?

—Que, si multiplicas ese número por el costo de la inscripción, te da la friolera cifra de treinta y cuatro mil millones de dólares. Para algo tiene que bastar semejante cantidad, ¿no?

La cena ya no fue lo mismo después de aquella ilación.

LV

São Paulo, República Federativa del Brasil.
Veinte meses atrás.

Trataba de combinar ambos espejos, el del botiquín del baño y otro que había comprado específicamente para manejarlo con una sola mano. A la luz de la bombilla eléctrica buscaba el mejor ángulo para observar su nuca. Las entradas se veían a simple vista, pero las disimulaba bastante bien con un peinado estratégico y el pelo lo suficientemente largo. Enfocó ambos espejos hasta que descubrió lo que más temía. En efecto, allí estaba.

Hacía tiempo que João venía notando una progresiva disminución en la densidad del número de cabellos en su cabeza, pero se negaba rotundamente a admitirlo. Luego de la ducha, evitaba mirar de forma directa el desagüe. Al fin y al cabo, si el piso negreaba de pelos, no tenían necesariamente que provenir de su cabeza (después de todo, tenía abundante pelo por todo el cuerpo). Pensaba que escondiendo como el avestruz la cabeza en tierra podría ocultar lo que estaba a la vista. Aún con toda su acérrima negación, había llegado al punto crítico de una calvicie ya imposible de ocultar y menos de negar.

Siempre se había considerado una persona ávida de vida social. Se autodefinía como un noctámbulo extrovertido e incansable, con lo que la actividad en la madrugada era su punto fuerte. Era conocido en la movida nocherniega por aparecerse casi todas las veladas en los locales bailables más populares. Tomaba algo, mientras echaba un vistazo, y luego continuaba la recorrida en busca de una presa (aunque con cada ocasión le costaba más). Toda esta vida de desenfreno se había hecho tan habitual que llegó a convertirse en un verdadero deporte para él. Pero tarde o temprano, semejante tren de vida acabaría por pasarle factura.

Su afición por la cerveza bien helada había terminado por acarrearle molestas y poco agraciadas consecuencias. A esto había que sumarle la escasa o nula participación en actividades deportivas que tenía y su aversión por el ejercicio físico. De manera que, con el transcurso de no muchos años, su juventud claudicó ante la falta de cuidados personales, cediendo paso a una prominente pancita, una papada incipiente y unas ojeras por demás considerables. Una vejez prematura se había asomado.

Cuando por fin se convenció de la irrefutable realidad de que le brillaba la pelada sin importar cuánto girara hacia un lado o hacia el otro el espejo detrás de su cabeza, el shock fue tal que acabó desencadenando una demoledora secuencia de eventos decisivos. Primero que nada, lo hizo reaccionar, permitiéndole ver con total claridad lo que se presentaba ante sus ojos. Todo ocurrió muy rápido, casi sin darse cuenta.

Allí estaban: unas patas de gallo profundas cual doble de escocés sin hielo, imposibles de disimular, que enmarcaban tétricamente sendas ojeras tan negras como las noches que solía transitar. A continuación, apareció de la nada una grotesca papada que lo impactó de lleno como un gancho izquierdo al hígado. Luego, la pancita cervecera entró en acción con abundante fuego cruzado, haciendo estragos tanto en lo psicológico, como en lo anímico y lo emocional. Tuvo que reconocer, doblegado y vapuleado su amor propio, que estaba hecho un verdadero desastre humano, razón por la cual hacía meses que no ligaba una mísera conquista.

Decidido a tomar cartas en el asunto, se fijó una práctica diaria de ejercicios para comenzar a revertir los daños acumulados a lo largo de tantos años de juerga combinada con sedentarismo extremo. El primer día se levantó temprano y, con mucha pereza y poco convencimiento, se preparó por primera vez en su vida un licuado de frutas. Cuando se descubrió buscando el azúcar en el mueble aéreo para agregarle sin reservas, retrocedió espantado. Se encontraba ante una de las tantas debilidades que debería impedirse a sí mismo a partir de aquel instante. Comprendió que sería muy duro iniciar una vida saludable.

La intención era comenzar corriendo cuatro kilómetros, si fuese el caso que le diera el cuerpo. Al regreso haría algunas series de abdominales y flexiones de brazo. Y para cerrar el círculo, algo de elongación y listo el pollo. Había estado asesorándose por profesionales viendo unos videos que encontró como parte de un tutorial de YouTube.

A poco de comenzar, con la frente en alto y sacando pecho, un calambre fulminante lo imposibilitó de poder continuar. Se lamentaba por no haberle puesto banana al licuado, pues la falta de potasio no se había hecho esperar. Al menos era el culpable que había encontrado. Se detuvo a estirar un poco, procurando desagarrotar el músculo con el cuidado suficiente de no desgarrarse. Pasada la tormenta, decidido a no desperdiciar el primer día de entrenamiento, continuó envalentonado por haber superado el obstáculo inicial. Solo que esta vez se lo tomó con más calma y salió a un ritmo menos exigido. Iba bien hasta que, contra todo pronóstico, ocurrió lo peor. Antes de los dos kilómetros recorridos, sintió un doloroso tirón en la parte posterior de la pierna que lo obligó a volver caminando a casa. Sin embargo, no todo fue pernicioso en el fallido intento por convertirse en un atleta de elite.

Mientras se desplazaba lastimosamente, arrastrando su colgajo de pierna, una joven y esbelta muchacha pasó trotando a su lado, exhibiendo buena parte de su tonificado y escultural cuerpo. Al percibirlo, dio la vuelta y se quedó levantando las rodillas a su lado. Con lo cual João tuvo que mirar rápidamente hacia otro lado, para disimular que estaba observando pasmado su excelente estado físico con toda la boca abierta.

—Hola, ¿te encuentras bien? —inquirió preocupada.

João la volvió a mirar, solo que esta vez a los ojos y realmente sorprendido. Entretanto, bregaba por esconder los sobrantes de musculatura abdominal.

—Sí, sí. Solo fue un pequeño tirón muscular. Nada grave —esgrimió cual experimentado profesional—. Es que estoy entrenando duro para una maratón y me temo que, en mi afán de superarme a mí mismo, me excedí demasiado en el esfuerzo.

Ella asintió con la cabeza, denotando admiración.

—¡Guau! Siempre ha sido mi sueño correr una maratón —exclamó ella—. Quizás, una vez te hayas recuperado lo suficiente como para comenzar a entrenar de nuevo, podamos hacerlo juntos, así aprendo de tu experiencia y nos motivamos mutuamente. ¿Qué te parece la idea?

João, por un momento se sintió presa del pánico, empero luego recordó que no podría correr por las próximas semanas y se tranquilizó pensando que quizá lograra concretar algo antes de tener que demostrarle que era un maratonista consumado.

—Me parece fantástico. Haré mi mejor esfuerzo por estar listo lo antes posible. Te lo prometo.

Ella sonrió complacida.

—No te preocupes, no sea que te esfuerces demasiado y por sobreexigirte, tu pierna acabe peor de lo que estaba. No quiero que se malogre tu carrera como maratonista. Mira, por hoy hagamos lo siguiente: sentémonos un rato a descansar en aquel banco, así tendrás tiempo para recuperarte lo suficiente como para llegar hasta tu casa. De paso, platicamos un rato y nos vamos conociendo un poco mejor. ¿Está bien?

João no daba crédito a lo que estaba escuchando. Nunca le había resultado tan fácil interactuar con una chica. Era tan considerada. Sería pan comido.

—Concuerdo contigo. A decir verdad, me duele mucho la pierna y con este hermoso día da gusto sentarse a tomar un poco de aire y charlar un rato.

Ella lo ayudó a acercarse hasta el banco, poniendo el brazo de João sobre sus hombros, cosa que João disfrutó arteramente. Al tomar asiento, enseguida se pusieron a conversar como si se conocieran de toda la vida. Se hicieron chistes y rieron a más no poder. Se tomaban el pelo y se preguntaban cosas. De esta forma, en un vehemente intercambio descubrieron un sinfín de detalles el uno del otro.

Se notaba que ella estaba a gusto con él. Sonreía mientras lo observaba de hito en hito. João rápidamente percibió que ella lo tocaba mucho, ora en el hombro, ora en un brazo; un roce aquí y otro por allá. Había estado leyendo en un artículo de Internet sobre el comportamiento femenino, donde aseveraba que cuando una mujer hacía este tipo de cosas era porque sentía una fuerte atracción física por el hombre en cuestión. Se sintió envalentonado al considerar que jugaba con las cartas vistas.

—Hagamos una pregunta cada uno ¿sí? —propuso entusiasmada ella.

—Está bien. Comienza tú.

—Mmmmm… ¿tienes novia?

—No.

—Ahora te toca a ti —observó ella para que continuara con el juego.

—¿Tienes novio?

—Nop. ¿En qué año naciste?

—1989, ¿y tú? —preguntó dubitativo João.

—Eso no se le pregunta a una chica —dijo dándole un suave empujón con la mano en su pecho—. Perdiste el turno, ahora voy yo: ¿de qué religión eres?

—Ninguna, soy ateo. ¿Y tú?

—Guau. Ateo. Que interesante —observó inclinando la cabeza hacia un lado—. Digamos que soy católica no practicante —respondió con una risita pícara.

João frunció el entrecejo.

—Y eso ¿qué significa?

—Que asisto a la catedral solo cuando me invitan a un casamiento y para chismosear de la novia. Después me dedico a portarme mal el resto del tiempo —explicó levantando una ceja, con lo que se vio muy sexi—. No sé si eso responde a tu pregunta.

Por un momento llegó a preguntarse si se le estaría insinuando o quizá flirteando en lo que bien podría definirse como la primera cita. De hecho, la más inusual y contundente que había tenido.

—Es la descripción más extraña y a la vez original que he escuchado en toda mi vida —exclamó riendo a carcajadas, absolutamente convencido de que esta vez se había enamorado irremediablemente—. La única forma de que me quedara más claro sería que me lo demostraras en la práctica.

Ella rio desinhibida.

De manera espontánea, hubo un largo intercambio de preguntas y respuestas, y pese a que acabó preguntando prácticamente solo ella, a João le pareció que habían sido tan solo unos fugaces minutos y que sabía todo sobre ella.

Estaba seguro de que la vida entera junto a ella podría pasársele volando. Por su culpa comenzaba a arrepentirse de estar en camino a un reclutamiento para ir a Marte. Transcurrido un tiempo indefinido, ocurrió que quedaron para otro día en sentarse a conversar en aquel mismo banco a la misma hora.

Llegó a su casa sediento y con la lengua afuera. Aquella incómoda caminata, aunada al poco más de un kilómetro que había llegado a correr, lo había dejado extenuado. Lo primero que atinó a hacer fue irse directo a la heladera a bajarse un refresco entero, pero al empinarlo, volvió a reaccionar aterrorizado. Otra de sus debilidades que debería negarse y más ahora que volvía a tener una verdadera fuente de motivación. Tal vez hasta tuviera que acabar corriendo una maratón para no quedar en evidencia.

LVI

Los Ángeles, California, EE.UU.
Un mes atrás.

Tras el exitoso anuncio publicitario que los había dejado en boca de todos y la seguidilla apretujada de participaciones en programas de tevé y de solicitudes de conferencias de prensa, se habían vuelto tan notorios que todo mundo los reconocía fuesen donde fuesen. Cada joven tenía un afiche de los once héroes colgado de la pared principal de su habitación. Las multitudes permanecían pendientes de ellos y estaban bajo el radar de todos los medios.
    Quizá como otro medio de patrocinarlos masivamente, les permitían salir de compras más seguido. Podían asistir a otros eventos como partidos de básquetbol o combates de artes marciales mixtas. De este modo, se los podía encontrar tanto en un cine como en un encuentro de beisbol. Sobre todo, porque eran invitados por los propios organizadores, quienes les obsequiaban boletos correspondientes a asientos VIP. Eran una atracción en sí mismos y significaban un eficaz medio de promoción del espectáculo. Y por la misma razón Space Dragon les permitía salir cada vez con más frecuencia.
    Con esta posibilidad, la gente fanática de los once adalides andaba atenta a pescarlos por algún sitio en busca de un autógrafo o una fotografía. A fin de cuentas, sería un

recuerdo único de alguien que en breve no volverían a ver en persona nunca más. Los recordarían a través de esporádicas emisiones interplanetarias. Esto obligaba a los astronautas a andar de incógnitos, encubiertos por capuchas e incluso barbas falsas. Aunque por lo general no daban resultado, solo llamaban más la atención y provocaba que los descubrieran más rápido.

Kingsley había optado por asistir al Museo de Arte Africano-americano localizado en la ciudad de Los Ángeles. Invitó a su amigo Akira a que lo acompañase, quien aceptó con gusto, pues era amante del arte. Plasmadas en las obras se podía apreciar cómo los artistas conservaban sus raíces tradicionales en su cosmovisión de las cosas. Al llegar al lugar se encontraron con gente sorprendida de verlos. Habían optado por ir al descubierto.

La mayoría se acercó a ellos con el fin de manifestarles su agrado, con lo que su paseo se convirtió en una exhibición de ellos mismos. Esto les aguó la fiesta, impidiéndoles poder disfrutar a pleno de la riqueza que poseía el museo. De allí en delante tuvieron que dedicarse a firmar autógrafos y a posar para los ávidos teléfonos celulares. Todo era sonrisas, abrazos y comentarios afables. Su visita quedó reducida a un abordaje de fervientes fanáticos, de manera que dieron una rápida recorrida cuando los seguidores se lo permitieron y ni bien tuvieron una oportunidad partieron de allí esquivando fieles como quien sortea alambres de púa.

Una vez que lograron salir de aquella trampa mortal conformada por entusiastas seguidores, se toparon con otra horda de fanes en el exterior. Trataron de zafarse con cortesía, sin embargo, eran estrechados por todas partes. En la desesperación por tocarlos, perdían toda noción de consideración. Avanzaban con dificultad hacia el vehículo que los había transportado hasta el lugar y que esperaba ahora en las inmediaciones con un chofer entretenido en los videojuegos de su celular. Con todo, pese a encontrarse a unos pocos metros de la escapatoria, algo los detuvo en seco.

Se encontraron con un reducido grupo de jóvenes vistiendo remeras que llevaban inscriptas en el pecho la singular frase: <<Tierra plana bajo un domo impenetrable>>. Evidentemente, alguien en el interior del museo (de seguro un infiltrado) había alertado al grupo. Ni bien tuvieron a las dos estrellas espaciales más al alcance, comenzaron a solicitar que les respondiesen algunas preguntas. Al advertirlo, los fans tuvieron un arrebato de ira y avanzaron contra ellos para lincharlos. Pero el pequeño grupo no se amedrentó y continuó insistiendo. Entonces, al ver que aquella situación no acabaría bien, los dos astronautas debieron detenerse a tranquilizar a la turba enardecida. Establecida la armonía nuevamente, decidieron responder al menos algunas de sus interrogantes nada más que por buena educación.

Consideraron que serían puras ideas descabelladas de una caterva ignorante con mentalidad retrógrada. Así que los enfrentaron con la idea de que sería una instancia sencilla de sortear comparada con otros momentos con los cuales habían tenido que lidiar. En cambio, resultó ser una situación mucho más insidiosa de lo que hubieran imaginado. Pronto comprendieron que aquel encuentro no había sido más que una redada, impulsada por mentes más preparadas de lo que habrían supuesto en un comienzo.

—Solo un par de preguntas, señor Nakamura —pedía respetuosamente uno de los militantes. El chico, gordinflón y con bastante graduación en los lentes, portaba en la mano un improvisado micrófono remendado con cinta amarilla.

La multitud gritaba de fondo: <<Dejen de fastidiar con sus estúpidas ideas de la edad media.>> Algunos los empujaban y los agredían verbalmente. De repente, Akira habló:

—Está bien, adelante. Permítanles expresarse. Es la regla de oro. Debemos ser respetuosos si queremos tener el mismo trato.

En ese momento, la muchedumbre hizo silencio y las hostilidades cesaron en el acto. Al acaparar toda la atención, el terraplanista acercó el destartalado micrófono a su boca, que tenía conectado mediante un cable a un grabador bastante antiguo.

—¿Por qué piensa que una compañía privada logró en unos pocos años resolver todos los problemas y desafíos que presentaba tan ambicioso proyecto como es el de colonizar el planeta Marte, cuando la NASA junto con todo el resto de las agencias espaciales del mundo no pudieron hacerlo en el transcurso de cinco décadas de haber pisado la Luna?

Akira pronto descubrió que no había sido tan buena idea después de todo acceder a las peticiones de aquellos extraños sujetos. Desde la primera pregunta se pudo percibir cómo se creaba una incómoda situación. Percatándose de su error y adivinando los problemas que le acarrearía con sus jefes, un escalofrío recorrió su espalda.

—Bueno, quizás esa pregunta debería ir dirigida a la Compañía, quienes son los responsables de llevar adelante dicha empresa. Es todo mérito suyo. No olvides que se la estás planteando a unos simples servidores que no son más que una pequeña pieza dentro de un enorme rompecabezas.

—No se preocupe, no es la primera vez que un hombre en una posición encumbrada como la suya elude una pregunta semejante. Suelen causar este tipo de efecto. No tengo más preguntas, muchas gracias.

La gente dejó de mirar al interlocutor de Akira para depositar su atención sobre otro de los jóvenes que procedía a formular una nueva pregunta ante la evidente evasiva de Akira.

—Señor Osayande, ¿conoce la ecuación de la aceleración que ejerce la gravedad de la Tierra sobre un objeto? —dijo el muchacho que ostentaba un llamativo copete sobre la cabeza.

Kingsley sonrió.

—Por supuesto, muchacho —dijo con confianza—. Hemos visto ese tipo de fórmulas hasta en la sopa. ¿Qué necesitas saber?

—Entonces estará al tanto de que la fuerza de gravedad de la Tierra es de 9.81 metros por segundo al cuadrado. Por lo mismo, aplicando dicha ecuación a la masa conocida de la Luna, tenemos que la gravedad de la luna es de 1.62 metros por segundo al cuadrado.

—Así es. Estas son cifras que han sido establecidas por la Oficina Internacional de Pesos y Medidas en 1901, si mal no recuerdo de lo que nos enseñaron en las clases teóricas de física.

—Eso es correcto. Sabiendo esto, podemos concluir que, aplicando la ecuación a la ISS, teniendo en cuenta que se encuentra a 400 kilómetros de altitud, según datos oficiales, si lo adicionamos al cuadrado del radio de la Tierra, el resultado es de 8.77 metros por segundo al cuadrado. Lo cual nos lleva a preguntarnos, ¿por qué siendo la gravedad de la Luna sustancialmente menor a la calculada para la ISS, los astronautas no flotan en la superficie de aquella y en la Estación Espacial permanecen flotando constantemente?

Kingsley tragó saliva. No se la había hecho fácil esta vez, pero ahora no le quedaba más remedio que apechugar. Al parecer estaban bien informados y mejor preparados, cosa que en ese momento él comenzaba a dudar de sí mismo.

—Bueno, supongo que es el resultado de estar en microgravedad —dijo al recordar aquel término que había escuchado en alguna oportunidad, tratando de verse con la seguridad de quien habla con propiedad.

—En ese caso —continuó diciendo con toda naturalidad—, ¿no sería más micro la gravedad ejercida por la luna?

Las expectantes miradas del público iban de un lado a otro como en un intenso partido de tenis. La única diferencia era que todos los espectadores hinchaban por los astronautas de forma unánime.

—Es que debería tener en cuenta que la estación, junto con su tripulación, se encuentra en una constante caída libre —comenzó a explicar Kingsley luego de recapitular en su mente por un instante—. Dicho de otra forma, para ilustrarlo mejor, sería algo así como la roca al final de una honda que gira bajo un equilibrio entre las fuerzas centrífuga y centrípeta, o para explicarlo en forma más sencilla, entre la expulsión que ejerce la rotación de la Tierra y la atracción provocada por su masa.

—Esa explicación tan conveniente cualquier persona la puede encontrar con solo leer los textos científicos disponibles basados en su mayoría en los estudios realizados por la NASA —dijo asintiendo con la cabeza como si supiera por anticipado lo que habría de decir—, al igual que todas las demás que hemos escuchado hasta ahora para resolver problemas escabrosos y cuestiones incongruentes del espacio. Pero yo quiero saber su opinión personal, no la que le han enseñado desde pequeño cuando cursaba secundaria como un dogma más. Si tuviera que explicarlo sin tener que recurrir a repetir lo que todos afirman sin pruebas reales y fidedignas, ¿qué diría usted?

—Es que esa es la explicación científica oficial. No me he planteado la idea por mí mismo ni veo una buena razón para hacerlo. Para ello los científicos se han devanado la cabeza haciendo experimentos y cálculos matemáticos, para que no tengamos que hacerlo nosotros. Sería un desperdicio de energía.

—Teniendo en cuenta su respuesta, ¿cómo explica la ciencia oficial el experimento realizado por el empresario diseñador de videojuegos Richard Garriott cuando en 2008, tras lograr el acontecimiento inédito de acceder a la ISS en calidad de turista espacial, dejó caer un martillo y una carta de naipe, y el martillo permaneció flotando mientras que la carta se precipitó al suelo de la estación? ¿No viene a ser como del todo absurdo que esto haya sucedido? ¿No contradice dicha prueba al homenaje que el comandante David Scott le hizo a Galileo en 1971 durante la misión Apolo 15 sobre la superficie lunar dejando caer un martillo y una pluma, objetos que fueron filmados cayendo a la misma velocidad por efecto del vacío como se supone que debería ser? —dijo y extendió hacia su entrevistado el celular con el que estaba grabando.

Kingsley sintió cómo se le subía el color al rostro. La gente esperaba la respuesta autorizada del astronauta con los ojos bien abiertos. No podía permitir que aquello terminara como en una especie de paliza sobre un ring de boxeo. Todos aguardaban a que le diera su merecido y lo vapuleara en público hasta dejarlo en ridículo. Deseaban que lo machacara hasta que ya no desease andar haciendo preguntas absurdas. Aquello se estaba poniendo por demás interesante para el público presente, así como de peliagudo para ambos astronautas. No obstante, el grupo de jóvenes estaba tan tranquilo como una lechuga de la huerta.

—A decir verdad, no estaba muy al tanto de ese experimento, pero supongo que debe de tener una explicación plausible.

El entrevistador volvió a llevar el micrófono del celular a sus labios.

—¿Quiere decir entonces que las leyes de la física aplican para unos objetos y para otros no, o para un lugar en concreto y para el resto de los sitios no? ¿No contradice esto a la segunda ley de Newton que en resumidas cuentas dice que la caída de un objeto no va en función de la masa?

—Nunca me había puesto a pensar en ello. Pero gracias por el dato —atinó a decir Kingsley mientras sentía como se le comprimía el estómago—. Continuaré investigando por mi cuenta.

El entrevistador sonrió compasivamente.

—No se preocupe señor Kingsley, usted solo es uno más entre las multitudes que también han sido engañadas. Nosotros, en su momento, también supimos ser adoctrinados por el mismo sistema educativo implantado de manera subversiva con objeto de cumplir con una agenda oculta. Solo es cuestión de abrir los ojos y ver. Ninguna culpa tiene usted o su compañero en todo este show mediático. No le molestamos más. Os agradecemos por vuestra amable atención. Tengan ustedes un buen día.

Dicho esto, el grupo se marchó sin más, dejando a Kingsley y a Akira descolocados y rodeados de una dubitativa multitud que se había quedado pensativa y anonadada luego de ver cómo un pugilista novato noqueaba al campeón de los pesos pesados.

LVII

Shanghái, República Popular China.
Veinte meses atrás.

El negocio de la construcción estaba en pleno auge en China y Shanghái, y sus alrededores no eran la excepción. Una ola arrolladora de edificaciones se había extendido por todo el país y los edificios brotaban del suelo por miles al igual que las malas hierbas crecen en el campo. La burbuja inmobiliaria se inflaba sin control del gobierno en un intento por mantener el crecimiento de la economía siempre al alza.

La empresa para la que Ming Zhou trabajaba tenía muchos competidores de peso y esto llevaba a una vorágine salvaje por disputarse la concesión de los diferentes proyectos. Muchas veces se renunciaba a las ganancias por acaparar la mayor cantidad posible de lotes. La intención de fondo era finiquitar al enemigo para erigirse como un monopolio sin amenazas que hicieran peligrar la estabilidad de la firma.

De manera que Ming se la pasaba yendo de una obra a otra con el propósito de mantener en relativo control a los miles de obreros bajo su égida. Siendo así, prácticamente vivía en su coche, conduciendo largas distancias en su empeño por no descuidar ni un detalle. Era como un fantasma que se hacía presente en todas partes. Cuando llegaba la hora del almuerzo, si le daba hambre se detenía en el primer local de comida rápida que se cruzara. Descendía solo si tenía necesidad de ir a hacer del dos, de lo contrario, ordenaba, pagaba y retiraba la grasosa bolsa desde el interior de su automóvil.

Este tipo de restaurantes se había viralizado en las zonas urbanas de China, con lo que Ming había aprendido a sacarle buen provecho. Si tenía que cambiar las aguas por el camino, simplemente utilizaba con experticia los vasos de refresco vacíos que abundaban desparramados por el piso de su auto. De otro modo, se detenía sobre la banquina frente a algún descampado, abría la puerta del acompañante y la de atrás, y de esta forma se proveía de su propio baño. Había hecho un arte de optimizar recursos valiosos como el tiempo y las energías.

La zona que le correspondía controlar era bastante extensa, pero no lo suficiente como para que la empresa estuviese dispuesta a pagar un boleto de avión. Debía conformarse con que le proveyeran del combustible con la correspondiente rendición de las boletas de compra. De manera que, para administrar mejor los tiempos y que le sobrara algo como para divertirse un rato, comía mientras conducía al son de pequeñas orquestas que tocaban instrumentos de percusión como el *gong*, otros de viento como el *sheng*, el *dizi* o el *guan*. Aquella suave música tradicional de China, producida por instrumentos de cuerdas frotadas como el *erhu* o el *dahu* o de cuerdas punteadas como ser el *guqin* o el *sanxian*, le facilitaba la digestión. Para el resto del camino prefería *Buitres*, *La trampa* o en su defecto *El Canto del Loco*. Aunque no entendía una palabra de lo que decían aquellas bandas que encontraba por casualidad en YouTube, al menos le infundían ánimo en su monótona rutina.

Si todo iba bien y no perdía demasiado tiempo en solucionar problemas relacionados con el suministro de materiales u otros menos corrientes, pero más complejos, como lesionados o fallas estructurales, entonces salía a recorrer la ciudad. Lo hacía con el propósito de distenderse y recrear la vista donde lo agarrase la puesta de sol, para luego pasar la noche en algún hotel. De lo contrario, dormía en el asiento trasero de su auto, luego de darse una ducha en la misma obra en que se encontrase inspeccionando.

En el tiempo libre revisaba su celular por si uno de los directivos o de los capataces le enviaba algún mensaje, ya que en su vida personal no tenía a nadie que le escribiera. En parte, era la razón por la que le dedicaba tanto tiempo a su trabajo, pero también el motivo de que tuviese tanto éxito en la compañía. Era muy estimado por sus jefes pues se había ganado con creces el excelente concepto que tenían sobre él. Por tanto, cuando se enteraron de que Ming se iría a Marte no lo podían creer y para más de uno fue causante de gran disgusto. Si bien lo aceptaron sin protestar cuando se enteraron de que la orden venía del mismo presidente de China, no dejaba de ser una pérdida muy importante para la firma.

Había sido abandonado recién nacido en un hospital público y luego criado por dos energúmenos de los cuales debió salir huyendo cuando era apenas un joven antes de que acabasen con su vida a palos. Lo más parecido a un amigo que había tenido en su existencia era el cajero automático cuando le entregaba sin ambages el dinero de su sueldo. Y en cuanto al amor, su definición más aproximada se basaba en el monto que estuviera dispuesto a pagar. Su vida era lo más parecido al gran océano Pacífico, pero con un centímetro de profundidad.

Su única preocupación aparte de conservar el trabajo, del cual nunca se tomaba días libres ni mucho menos vacaciones, era hacerle el servicio al coche (su herramienta de trabajo) y no quedarse sin gasolina. No podía ser tan malo después de todo cambiar de hábitos radicalmente; de vivir dentro de su vehículo comiendo basura y echando a perder la integridad estructural de su columna vertebral, pasaría a hacerse al universo para conocer un nuevo mundo. Cada día estaba más ansioso por comenzar dicho periplo y abandonar aquella rutina miserable. Cuanto más lo pensaba y se imaginaba cómo sería todo, más lo deseaba, y con cada problema nuevo que iba surgiendo, acarreándole andanadas de preocupaciones y quitándole el sueño por la noche, más y más le urgía despegarse de la Tierra.

Cierta ocasión, teniendo intenciones de partir para la ciudad de Hangzhou, una ciudad aledaña a Shanghái, uno de los directivos que más y mejor se relacionaba con el personal se apareció en la obra donde Ming se encontraba. Este hombre solía visitar a los obreros para cerciorarse de que estuviesen conformes con el trato y las condiciones laborales, pero no era común que coincidiera con Ming. Tuvieron una conversación profesional en la oficina, puesto que el ruido que producía toda la actividad de la obra hacía imposible la comunicación efectiva afuera. Tras enterarse de que iría a controlar Hangzhou, el jefe le planteó acompañarlo, con la salvedad de hacerlo en el coche de Ming por razón de que tenía pensado, luego de dar una recorrida por las construcciones que se estaban llevando a cabo en aquella ciudad, tomar un avión con destino a Rusia. Tenía agendada una reunión de negocios con empresarios de aquel país.

Ming estaba acostumbrado a viajar solo, sin embargo, no le desagradó del todo la idea de tener a alguien con quien charlar durante el viaje. Más aún en aquel caso, en que era el jefe con la mejor imagen entre los empleados. De cualquier manera, no podría rechazar la oferta por mucho que quisiera. Aunque cuando lo pensó con mayor detenimiento, le aterrorizó la posibilidad de subir a aquel distinguido empresario al basurero de su automóvil. Así que, buscó una buena excusa para desmarcarse de su jefe un momento. La intención era tener la oportunidad de acondicionar un poco el interior de su auto. Su mayor preocupación eran los envoltorios de uno de sus vicios más pertinaces: las barritas de cereal, los cuales se juntaban de a montones por todo el piso.

Cuando se dispuso a limpiar un poco, encontró mucho más que unos simples envoltorios esparcidos por el fondo de su auto. Descubrió cosas que ya había olvidado como monedas y billetes que alcanzarían para un almuerzo, restos de comida ya peludos por los hongos, pelusas del tamaño de una pelota de golf, cascarudos muertos y algunos vivos, un cortaúñas, preservativos en sus paquetes y otros usados y correctamente atados por la boca, lapiceras, servilletas arrolladas, post-it desechados, un calcetín que había perdido hacía mucho tiempo, mondadientes, y unos ochocientos gramos de migas desperdigadas por toda la irregular superficie de la alfombra desgastada del piso. Estaban también las manchas en el tapizado, asunto que no disponía de tiempo o medios suficientes como para hacer mucho.

Una vez que Ming lo hubo ordenado hasta llevarlo a un estado un poco más aceptable, traspasaron el equipaje del jefe de un vehículo al otro y se subieron. Al ocupar sus asientos, un penetrante olor a comida, exacerbado por haber estado expuesto al sol, hizo que Ming se avergonzara del estado de su auto y se reprochara no haber abierto las ventanillas un rato antes para que al menos se ventilara un tanto. Ante la momentánea parálisis de Ming, su jefe exclamó:

—Muy bien, emprendamos el viaje.

No era un gran trayecto, poco menos de ciento ochenta kilómetros, pero era más que suficiente para tocar diversos temas de conversación. Fue una excelente oportunidad de conocer un poco mejor a aquel hombre y en verdad resultó ser una persona muy agradable. Todo iba sobre ruedas hasta que el jefe le pidió fuego para encender un cigarrillo.

En el conector de doce volts tenía puesto el adaptador para USB con el cable para recargar su celular y había guardado en la guantera el encendedor eléctrico del auto. Ming le indicó que lo buscara allí. Ni bien la hubo abierto, se lamentó de haber olvidado limpiarla también. No contenía muchas cosas, pero una de las pocas que había le erizó el bello de la nuca.

El jefe levantó hacia el parabrisas un vaso de papel lleno hasta la mitad de un líquido amarillento para examinarlo a trasluz. Ming sintió deseos de abrir la puerta y lanzarse a la velocidad que venía.

—Con la sed que traigo, si tuviese disponible un poco de hielo para echarle a este refresco, me lo bebería con todo gusto —afirmó el hombre, mientras arrojaba el vaso por la ventanilla. Resultó ser muy bueno minimizando detalles desagradables.

Suspirando ante aquel comentario y a propósito de él, Ming le propuso pasar por un autoservicio de comida (fue un acto reflejo condicionado por la costumbre), a lo que el jefe, sonriendo, le invitó a comer en un restaurante de lujo, ofreciéndose por supuesto a pagar. Para aquel encumbrado empresario no había apuro de tiempo ni necesidad económica alguna.

Ming encendió las balizas y se detuvo a la vera de la carretera a buscar la dirección de un buen restaurante en su móvil. No quería tomarse atribuciones indebidas como pedirle a su jefe que se encargara de buscar. Entretanto encendía los datos y abría el buscador, justo se apagó el dispositivo tras agotarse la batería. El jefe sacó el suyo y se puso a buscar mientras Ming reinició la marcha. Una vez que decidieron a qué restaurante concurrirían, Ming escribió la dirección en el GPS[42] que llevaba colocado al frente y se encaminaron hacia el referido lugar. De pronto, la pantalla

---

[42] Sistema de Posicionamiento Global (en inglés, Global Positioning System).

del GPS parpadeó momentáneamente, minucia que pasó casi desapercibida. Mientras entraban en la ciudad, continuaron la conversación que habían dejado inconclusa al hacer el paréntesis para buscar un lugar donde almorzar.

—Como te venía diciendo —reenganchó el jefe—, si fuera tan sencillo ya habrían enviado gente a hacer una exploración preliminar. Por algo ni siquiera continuaron yendo a la Luna.

Ming hizo un suave bamboleo de la cabeza en una discreta señal de discrepancia.

—Con los avances tecnológicos que ha habido no creo que ir a Marte sea tan peligroso ni tan difícil a estas alturas. Ya deben de tener todo resuelto desde hace mucho tiempo.

En ese momento, el pequeño aparato negro situado frente a sus ojos, sujeto a la parte superior del tablero, interrumpió la conversación que traían con la siguiente frase:

—*Marte no es una dirección válida o comando aceptado. Seleccione otra, por favor.*

Ambos hicieron silencio y luego de observar fijo el GPS, se volvieron lentamente hacia el otro con expresión de desconcierto. En medio del creciente suspenso, el jefe largó una sonora carcajada que logró sobresaltar a Ming.

—Una vez un amigo me comentó que nos espían hasta por los GPSs. Después de este extraño episodio acabaré creyendo que no estaba tan equivocado, después de todo.

Ming sonrió por compromiso ante el comentario de su distinguido acompañante. Con todo, se quedó pensando en el comportamiento tan inusual del aparato.

LVIII

Westmont, California, EE.UU.
Un mes atrás.

La vida en Westmont se había vuelto bastante más llevadera y aún tenían permiso para salir todos los días. Estaba incluido el concurrir a lugares exclusivos con todo pago los fines de semana. Lo cierto era que, a poco más de dos semanas de partir con destino a Marte, tenían fuertes deseos de disfrutar al máximo de su tiempo remanente en su tierra querida. Sitio que en breve pasaría a ser la tierra de sus ancestros.

Ese fin de semana, el anteúltimo antes de marcharse definitivamente, decidieron salir todos juntos. El destino lo llevaron a votación y acabó ganando la Montaña Mágica de las Seis Banderas, uno de los parques de atracciones más famosos del mundo ubicado en Valencia, Santa Clarita, a las afueras de Los Ángeles. Con una extensión de más de ciento cinco hectáreas, su poder de fuego radicaba en su extraordinario número de montañas rusas, ostentando la friolera de diecinueve de las más fulminantes del planeta. La idea, o mejor dicho la excusa perfecta, era ir adaptándose a las próximas experiencias que se avecinaban.

Cada una de aquellas colosales estructuras contaba con elementos que las volvían únicas como ir de pie, volar colgado del asiento o incluso ir de cara al suelo. A su vez, todo el parque en su conjunto contaba con varios récords mundiales en muchas de sus atracciones. La montaña rusa llamada *Goliath* poseía la que fue la caída más alta y larga en su momento, o la *Viper*, que continuaba siendo la más alta y rápida de su tipo, o la *Ninja*, la cinta negra de las montañas rusas, que fue la primera montaña rusa de tipo suspendida en la costa oeste y era una de las pocas que quedaban en el mundo. También estaba la *X2*, una de las más modernas del mundo, cuyos asientos giraban trecientos sesenta grados a lo largo del paseo. Sumado a esto, y por si fuera poco, en sus instalaciones se había filmado la película *Rollercoaster*.

La mayoría estaban muy emocionados, salvo Odinrod que no le convencía demasiado la propuesta. No era precisamente el tipo de sujeto que anda buscando emociones fuertes, y asistir al mayor parque de montañas rusas del mundo no era por cierto la opción más serena que se pudiese explorar. Ya había tenido más que suficiente con lo vivido hasta ahora entre máquinas "desmayadoras" de gente como la centrífuga 20-G, simuladores causantes de los mareos y vómitos más terribles jamás construidos y vuelos infernales que parecían sacados de una auténtica película de terror. Aunque no dejaría pasar la oportunidad de pasarla bien junto a sus compañeros. Mucho menos querría convertirse en el aguafiestas de la jornada en las postrimerías de su viaje sin retorno a convivir juntos el resto de sus días. Además, no se perdería de estar allí donde fuese Naila.

Una vez puestos todos de acuerdo, fueron embarcados en uno de los autobuses de la compañía. Ahora lucía un logo publicitario que hacía referencia a la colonización de Marte al mejor estilo cinematográfico de Hollywood, con la imagen impresa de los once a todo lo largo al igual que los vehículos que suelen transportar a los grandes equipos de fútbol o las bandas de rock famosas, el cual suplantaba al de las reconocidas marcas comerciales auspiciantes que había tenido hasta ese entonces. Casi todos tomaron asiento de a pares, junto a quien se sentían más identificados. Aunque formando un único cúmulo en la parte central. Salvo Svetlana, que estaba algo distraída y prefirió ocupar sola una ventanilla un poco apartada. El resto iba muy compenetrado en anticiparse a imaginar el paseo. Así, se intercambiaban comentarios sobre lo asombroso que sería. Para sorpresa de Odinrod, pese a que sobraban muchos asientos vacíos y estuvo disponible como al pasar la invitación de Ming, Naila tomó el lugar a su lado.

La conversación que mantuvieron fue un tanto insulsa, más bien forzada. Eran como el agua y el aceite. Por más que lo intentasen no podían evitar repelerse o al menos mantenerse divididos y enfrentados. Las relaciones venían tensas desde un principio y aunque existían intentos de reconciliación esporádicos, los resquemores siempre presentaban trabas para una fluida interacción sin inconvenientes. Al igual que dos cables haciendo cortocircuito, cada vez que se acercaban los chisporroteos se reanudaban.

El sol ingresaba por las ventanas mientras afuera el día radiante evocaba los tiempos de mayor dicha. Tanto así que procuraron llevar sombreros y se untaron bloqueador solar antes de partir, para no acabar achicharrándose al final de la jornada. Pues tenían pensado pasar el día y recorrer el parque completo, subiéndose a todas las montañas rusas que les fuera posible. Sin dudas, sería un día de pleno disfrute con muchas emociones fuertes. La sensación que tenían era la de encontrarse en un sueño, como si estuviesen viviendo una película de ciencia ficción.

Desde lejos, ya se podía apreciar las colosales y coloridas estructuras de acero irguiéndose a gran altura por sobre el paisaje ondulado y pequeños bultos desplazándose a toda velocidad a lo largo de ellas. La euforia se iba apoderando del grupo a medida que se aproximaban. Al ir llegando, se escuchaba de fondo música típica de calesita mezclada con las de otras atracciones del complejo. Los alaridos de los que iban montados en aquellos bultos que subían y bajaban como bólidos dominaban el ambiente, y a Odinrod le crispaban los nervios. En tanto que, una poderosa amplificación le daba musicalización a todo el lugar con los estilos más movidos en boga.

El aroma a pop entraba por las ventanas abiertas, provocando que les gruñeran las tripas. La primera impresión era la de un hervidero de gente en una frenética actividad, aunque al observarlo más detenidamente se podía percibir que en realidad era una ilusión óptica causada por la gran cantidad de gente que realizaba diferentes actividades. En general, todo mundo circulaba plácidamente sin ningún tipo de preocupaciones.

Al ingresar el autobús por uno de los accesos principales, de inmediato logró desviar la atención de la gente de lo que estaban haciendo y depositarla en los once individuos asomados por las ventanillas. Muchos gritaban enardecidos, mientras que otros entusiastas salieron corriendo en dirección al vehículo. Era una verdadera locura de adoración. La muchedumbre saltaba hacia las ventanas tratando de alcanzarlos, en tanto el coche aparcaba con cuidado de no aplastar a nadie.

La seguridad del lugar debió establecer de inmediato una zona de exclusión a los efectos de que pudiesen descender sin ser atropellados por el abordaje del público. Comenzaron la colocación de un vallado antes de que el grupo de astronautas descendiese del vehículo. Con este panorama se encontraron para concluir que no sería tarea fácil sacarle buen partido al parque. No así fue el sentimiento que tuvieron al ver que les arrojaban ositos de peluche y animales inflables a pesar del perímetro dispuesto, algunos de los cuales ingresaban por las ventanillas abiertas.

Bajo una lluvia de dinosaurios, Samuel Butler recibió un golpe en el rostro con un diplodocus de plástico.

Pasada la horda inicial, la fiebre de astronautas remitió cierto grado, lo que les permitió deambular con algo más de soltura. Como todo un clásico, hicieron una primera escala en la tienda donde preparaban manzanas acarameladas y algodones de azúcar. Unos se inclinaron a favor de la fruta y otros hacia la dulce ilusión; productos que, como no podía ser de otra manera, les fueron obsequiados como cortesía de la casa. Mientras satisfacían su glotonería, hicieron una parada en un puesto de tiro al blanco.

Corrían por el escenario de latón unas siluetas de vaqueros alternados con las de indios. Les ayudaron a colocarse un cinturón de cuero repleto de balas plateadas de utilería. En la canana se hallaba enfundada la réplica exacta del revólver utilizado en el viejo oeste Colt *Peacemaker* calibre 45 de 1873. Debían acertar en un noventa por ciento para pasar a la siguiente ronda. Samuel junto a Guadalupe demostraron toda su experticia, resultando ser los mejores tiradores de la partida. Uno a uno, fueron siendo desclasificados hasta que solo quedaron ellos dos. Se desató un extenso duelo al no fallar ninguno. Una tanda tras otra, iban cayendo los indios bajo los disparos alternados de los contrincantes. El peluche se lo llevó Guadalupe tras una reñida final, lo que suscitó sospechas de condescendencia en el público presente.

Luego de aquella sangrienta competencia donde todos los espectadores acabaron cantando arengas a los finalistas, por fin llegaron a la primera montaña rusa a la que habían previsto montarse: el *Coloso Retorcido*, donde la madera se entremezclaba con el acero, para convertirse en la montaña rusa híbrida más larga del mundo. Akira, Odinrod y Kingsley no quisieron subirse, pero el resto se trepó a darse un shock de adrenalina. Por motivo de tiempo, tenían planificado hacer las largas filas de entre cinco a diez de las más intimidantes. Pero al final, el hecho de que la gente les permitiera pasar sin tener que esperar les dio la posibilidad de probar unas cuantas más de las previstas. Sin embargo, ninguno fue capaz de soportar la totalidad por motivo de que llegó un punto en que sus estómagos se lo impidieron por completo.

Ya para la tercera montaña se dividieron en dos grupos, los osados, que continuaron con la desenfrenada maratón, y los perfiles bajos, que optaron por atracciones de emociones más moderadas. De manera que Samuel, Ming, Svetlana (que ya se había animado otra vez), Guadalupe, João y, para sorpresa de todos, también Aisha, continuaron flagelándose entre las retorcidas y empinadas estructuras de acero hasta que vieron su fin de rodillas o traseros arriba con sus cabezas metidas dentro del primer contenedor que encontraron, lamentándose de haber degustado tanto daba que fuera manzana o algodón. Mientras que, Akira, Naila, Kingsley, Odinrod y Lestari se desviaron de lo proyectado hasta el *Jet Stream*, una aventura escénica con vistas increíbles, suaves recorridos combinados con sorpresivas caídas de agua capaces de provocar un infarto sin previo aviso. Luego de refrescarse un poco, pues acabaron empapados, se fueron a los autitos chocadores. Allí rieron hasta desgañitarse, mientras buscaban alcanzar a los otros para colisionarlos de lleno.

Al descender de aquella fábrica de tortícolis, corrían las lágrimas por las mejillas de Naila de reírse tanto. Cuando se reunieron afuera del juego, Naila lo abrazó a Odinrod mientras continuaban riendo. Odinrod comenzó a dejar de reír progresivamente al tiempo que Naila también se fue poniendo seria. Él la miró fijo a los ojos, advirtiéndole de manera silente que de continuar posando sus brazos sobre sus hombros acabaría besándola. Ella lo desafió con la suya a que lo hiciera. No obstante, en el momento cúlmine llegaron los demás, con lo que se vieron forzados a separarse rápidamente. Su sospechosa actitud, junto a sus miradas agachadas, los delataron.

Antes de que Lestari y Kingsley comenzaran a lanzarle todo tipo de chanzas, un grupo de periodistas los abordó como una bandada de buitres carroñeros. Habían recibido reiteradas recomendaciones y numerosas exhortaciones en Space Dragon de evitar aquel tipo de confrontaciones a raíz del incidente ocurrido entre Akira y Kingsley a la salida del museo de arte al enfrentarse al peligroso grupo de terraplanistas. Y aunque ya habían sido advertidos, los reporteros los cercaron por todos lados y no les dejaron otra alternativa. La mesa estaba servida.

—¿Qué opinan de los comentarios generalizados que circulan sobre las teorías de conspiración que envuelven a todo el proyecto de colonizar Marte?

Los astronautas se miraban de reojo, esperando el uno por el otro, pero ninguno se animaba a dar el puntapié inicial. Un incómodo momento de silencio se produjo ante la falta de iniciativa, hasta que Naila se decidió a tomar la palabra.

—Para serle franca, no tenemos conocimiento acerca de las teorías a las que usted hace referencia.

—¿No han escuchado hablar sobre que ninguno de los cohetes precursores supuestamente enviados por Space Dragon ha salido de la Tierra?

Kingsley sonrió sin poder creer lo que estaba escuchando. La necesidad de captar la atención, pensó, podía dar lugar a sacar las más insólitas conclusiones.

—Si no han salido, ¿a dónde han ido entonces?

—Al parecer hay fuertes indicios, surgidos del testimonio de ciertos pescadores, de que caen en el océano Pacífico, luego de describir una amplia parábola descendente, en una zona restringida por buques de la Armada. Según sus testimonios, allí se impide la libre navegación so pena de ser hundidos.

—Bueno, esperemos que no caigamos nosotros también —dijo sonriendo Naila al escuchar la inverosímil afirmación—. Porque siendo así ni los pescadores podrían rescatarnos.

Ante esta acusación, Akira tomó la posta con una notoria indignación.

—Usted sabe mejor que nadie que este tipo de rumores siempre se esparcen diseminados por gente controversial que se sustentan gracias al sensacionalismo. Solo piense en la gran cantidad de personas que deberían de estar implicadas en semejante entelequia. Sería la elucubración más elaborada que jamás se haya llevado a cabo para lograr concretar el mayor timo de la historia.

—Ellos no solo afirman que ya se ha logrado una hazaña similar con el viaje a la luna, aun cuando contaban con una tecnología mucho más elemental que la que se dispone hoy día, sino que además incluso ustedes mismos han sido engañados —espetó rápidamente otro periodista.

En ese momento, por suerte para ellos porque el ambiente comenzaba a caldearse, llegaron al lugar los demás compañeros. Iban encabezados por Samuel, quien, al ser el más experimentado en aquellos asuntos, y como líder y referente del grupo tomó las riendas del asunto.

—Disculpen damas y caballeros, pero nos hemos quedado sin tiempo y debemos partir de inmediato. Ha sido un placer. No más preguntas.

Dicho esto, no fue de recibo la inmediata andanada de interrogantes que comenzó a surgir como ráfagas de ametralladora bajo los estroboscópicos destellos de las decenas de flashes. Entretanto, los once astronautas se daban prisa por volver al resguardo del autobús y escapar cuanto antes de las fauces del lobo.

LIX

Lagos, República Federal de Nigeria.
Veinte meses atrás.

Un agua mansa se precipitaba sobre la ciudad desde hacía un par de días. Pequeñas corrientes eran impulsadas cuesta abajo. El repiqueteo de las gotas le causaba una vaga nostalgia, sumiéndolo en un soporífero letargo. Estaba ideal para dormir una siesta. Afuera, una tonalidad gris se adueñaba de todas las cosas. El barrio estaba en calma, apreciándose muy poco movimiento en las calles. Kingsley Osayande le quedaba por atender al último paciente agendado para esa jornada y estaba a punto de llegar. Esperaba luchando con una pertinaz somnolencia.

Había continuado trabajando en su consultorio posterior a su retorno del trabajo de campo, luego de agenciarse unas breves pero merecidas vacaciones. Solo que había reducido las horas de consulta y ciertos casos los derivaba en otros profesionales de su confianza. También se había rehusado sistemáticamente a las esporádicas solicitudes del gobierno de prestar auxilio en aquellas zonas afectadas por la lucha entre diferentes clanes rivales. No se sentía con las fuerzas como para afrontar aquel tipo de cuestiones que por lo general derivaban en situaciones excesivamente dramáticas y por tanto traumatizantes.

Prefería brindar la mejor solución a sus pacientes, y la opción que consideró más viable era la de hacerse a un lado para no estorbar. Siempre asumía como propios los problemas de quienes acudían por ayuda, de manera que, desde hacía un tiempo, había tomado la firme resolución de no interferir con el bienestar del individuo por motivos meramente personales.

Aguardaba jugando con un adorno compuesto por tres aros interconectados, los cuales giraban uno dentro del otro en una mágica danza sin fin. Le traía reminiscencias del sistema solar y lo increíble que era todo el asunto. Para que fuera más rápido, empujaba con el índice los pequeños contrapesos que normalmente giraban a un ritmo constante por la fuerza de un imán en su base, que a su vez era energizado por un par de baterías ocultas dentro de la carcasa negra encargada de sostener todo el artilugio. Con la cabeza apoyada sobre la otra mano a nivel del ingenio, observaba aburrido el giro azaroso de los aros plateados, cuando súbitamente se pasó de fuerza y lo empujó de tal modo que acabó arrojándolo al suelo tras sobresaltarse con el estridente timbre del consultorio.

Salió de su despacho a la sala de espera a recibir al paciente. El oscuro día dejaba casi en penumbras el interior del recinto, con lo que Kingsley encendió la luz eléctrica. Era un hombre entrado en años que tenía un trastorno obsesivo-compulsivo que le causaba malestar y ansiedad. Se trataba de una obsesión relacionada con la constante e imperiosa necesidad de orden y absoluta simetría. Su cabello veteado de canas y su expresión cansada denotaban muchos años de un invasivo e incapacitante proceder que probablemente hubiese llegado a convertirse en un verdadero impedimento para desenvolverse de forma normal en su vida cotidiana.

No bien aceptó la invitación por parte de Kingsley de tomar asiento, sus ojos comenzaron a bailotear de nerviosismo. La primera reacción que tuvo fue la de suplicarle mediante gestos y señas que guardara aquel aparato giratorio dentro de un cajón con la finalidad de sacarlo de su vista, puesto que no lo soportaba. A continuación, giró la silla en la que estaba sentado. Se colocó de espaldas a las estanterías donde Kingsley tenía toda su biblioteca y también muchas carpetas y folios guardados, para evitar ver la falta de alineación que había entre estos. Todavía sin pronunciar palabra, deslizó con el dedo la agenda de Kingsley hasta dejarla perfectamente alineada con una de las esquinas del escritorio. Después de esto se excusó quedamente:

—Sepa disculparme, doctor, por tomarme ciertas atribuciones, pero es que como podrá apreciar, sufro de un TOC que ha llegado al punto de dominar por completo mi voluntad. Ya no soy dueño de mis acciones.

Una vez finalizada la primera cita con aquel paciente, Kingsley volvió a quedar en soledad dentro de su despacho. Había pasado un tiempo ya desde que se había inscrito en aquel descabellado sorteo, con lo que prácticamente lo había olvidado, de modo que al recibir aquella llamada telefónica reanudó todas las fantasías que se había hecho en su momento. Resultó ser un agente del gobierno, quien lo llamaba con motivo de felicitarlo por la ayuda brindada a las víctimas sobrevivientes de las matanzas perpetradas por las diferentes facciones en pugna y otorgarle un merecido reconocimiento por la ardua labor desempeñada. Cuando le preguntaron por la fecha más próxima en que pudieran visitarlo y hacerle entrega del distintivo honorífico, Kingsley le respondió que, si les quedaba bien, ese mismo día estaba disponible, con lo que, con la anuencia del que había llamado, le brindó su dirección y quedaron en que a la tarde pasarían por su consultorio.

No era el tipo de sujeto que se desvive por los aplausos, pero un reconocimiento por todo cuanto había hecho y sufrido tampoco venía mal, aunque su paga de mayor valor retributivo era la sonrisa de los más vulnerables como sublime corolario. Por tanto, asomado por las ventanas, a la hora concertada vio cómo un coche ejecutivo, que no llegó a distinguir la marca ni la matrícula, se aparcaba frente a su entrada. Bajo la lluvia que ahora arreciaba por ocasionales rachas de viento, descendieron tres hombres vestidos de traje y corbata. Le llamó la atención que uno de ellos fuera de tez blanca, pero no le dio mayor importancia. Después de todo, era el resultado del éxito en las políticas migratorias de inclusión, que estaban avanzando con gran celeridad.

Todos se presentaron y lo saludaron con amplias sonrisas. Uno de los hombres, de aspecto nigeriano, hizo una especie de discurso oficial rimbombante. Acto seguido, en una suerte de protocolo previamente establecido, el hombre blanco le hizo entrega de la distinción, la cual constaba de una pirámide flanqueada por dos ramas de olivo, todo en dorado, con una inscripción al pie que agradecía los servicios prestados por Kingsley.

Aprovechando una pequeña pausa, Kingsley los invitó a tomar asiento. Ya se habían escurrido un poco, dejando cada uno un charco de agua en el suelo al ingresar. Tras aquella sencilla ceremonia tuvo lugar una conversación más distendida. Aunque al finalizar le dio más la sensación de haber sido una especie de interrogatorio que una plática casual. Fueron haciéndole una gran cantidad de preguntas, entre comentarios jocosos eso sí, a medida que avanzaba la charla. No tuvo ningún reparo en contestar, no tenía motivos.

Kingsley los invitó con *kunu*, una bebida típica de Nigeria. Una vez se hubieron acabado los vasos, tras despedirse se marcharon por donde vinieron. Luego que hubo quedado solo nuevamente, pensó sobre lo peculiar que había sido aquella visita. Observó el feo presente que le habían entregado, cuyo significado o simbolismo desconocía. Siempre tenía gusto a poco lo que pudiese ofrecer el sistema.

La lluvia golpeaba ahora los vidrios de las ventanas en recias oleadas. De pronto, advirtió que el hombre blanco casi no había dicho palabra. Quizá, pensó, fuese un extranjero radicado en Nigeria hacía poco o un representante diplomático de alguna embajada que todavía no dominase muy bien el idioma. De cualquier modo, todo el episodio le había resultado por demás peculiar. Se encogió de hombros mientras depositaba el objeto en una de las repisas, junto a algunos de sus diplomas. Una chuchería más para la surtida colección de pisapapeles.

Un par de horas más tarde, el teléfono volvió a sonar. Se sorprendió al enterarse de que eran otra vez del gobierno. Solo que en esta ocasión figuraba en la pantalla del teléfono otro número, diferente al anterior. Probablemente se habrían olvidado de algo o tal vez fuese para dispensarse por haberse acabado todo el kunu. Para su desconcierto, en esta oportunidad era una muchacha que lo citaba desde la oficina del gobernador para que tuviese una entrevista con el jerarca.

—Y ¿cuál sería el motivo? —preguntó intrigado Kingsley. Si bien tenía contactos frecuentes con el gobierno, nunca pensó que estarían tan pendientes de él.

—El gobernador desea felicitarlo por haber sido uno de los agraciados en el sorteo realizado para participar de la formación de astronautas llevada a cabo por la Compañía Space Dragon con el propósito de enviar a los finalistas en una misión espacial de colonización del planeta Marte.

Kingsley se quedó mudo. Había salido sorteado, era una noticia fantástica. Sin lugar a duda era un día de parabienes.

—¡Qué coincidencia! Hace un rato también me vinieron a visitar unos agentes del gobierno por otro asunto.

—Disculpe usted, señor Osayande, pero no tengo conocimiento de que alguien del gobierno haya sido comisionado para hacer tal cosa.

Kingsley pensó para sí: <<Ya me parecía demasiada dádiva>>. Esto se ponía por demás misterioso, aunque no le sorprendería en lo más mínimo que hubiese descoordinaciones entre empleados públicos. Era la regla más que la excepción. Como cualquier gigante, toda gestión estatal suele tener un andar desgarbado y un tosco proceder.

—Sin embargo, vinieron y me entregaron un reconocimiento —acotó Kingsley, tratando de no quedar en ridículo—. Aquí lo tengo en mi despacho.

Hubo silencio en la línea. Era probable que estuviese haciendo algunas averiguaciones. Naturalmente, las comunicaciones entre oficinas no eran su fuerte y sus propios integrantes eran conscientes de ello.

—No descarto que pudiera ser así, quizá se trate de otra repartición del Estado. Lo que puedo confirmarle es que de estas oficinas no se dispuso la entrega de reconocimiento alguno.

LX

Instalaciones de Space Dragon.
Westmont, California, EE.UU.
Quince días atrás.

Al arribar a las instalaciones en Westmont, Samuel, siendo el derecha, entregó novedades a sus superiores. Así lo requería una institución de corte militar como lo era Space Dragon, con lo que por fuerza debió informar sobre la complicación que habían tenido con aquel grupo de periodistas independientes. Sus compañeros habían hecho varios intentos de persuadirle de pasar por alto aquel incidente, pero sin lograrlo. Cuestión que no cayó muy en gracia dentro del ámbito directivo.

A la tarde del día siguiente, Lestari y Aisha solicitaron permiso para ir hasta el supermercado, pero les fue denegado sin mayores explicaciones. Para el miércoles, es decir dos días después, se hacía evidente que no les dejarían volver a salir salvo por causas muy justificadas. Muy a su pesar, volvían al más férreo régimen de internado. Tan solo esperaban que, llegado el viernes, les autorizaran a salir un rato al menos a tomar aire fresco y ver un poco de gente. Habían pasado de forma repentina de una agitada popularidad a un tedioso ostracismo forzoso.

Desde que fueron seleccionados para integrar la tripulación del Conqueror, habían comenzado a percibir el salario completo pactado al comienzo de casi once mil dólares, mientras que hasta ese momento se les había provisto de una suma irrisoria para gastos menores. Con lo que, sumándose al hecho de que no les cobraban ni por artículos ni por servicios en casi ningún sitio, contaban con mucho dinero para gastar y mayores deseos de derrocharlo, pero muy poco tiempo disponible, con excepción de Odinrod que procuró enviar el monto total a su madre en su India natal. Así que tenían sobradas razones para estar ansiosos de poder salir a pasear.

La sensación de agobio producida por el encierro iba en aumento. El ánimo había decaído considerablemente entre el grupo mientras aguardaban a que llegara por fin el viernes. Algunos creían que solo sería un castigo temporario, en tanto que otros consideraban que aquel régimen, de permanecer de lunes a viernes en las instalaciones de Space Dragon, había sido lo pactado desde un comienzo, y que siendo lo justo, no tenían derecho a quejarse. Aunque siempre está el pesimista que aseguraba no volverían a dejarlos salir por mera precaución. Entretanto, se recibían las apuestas (rezagos en aquellos que habían visitado Las Vegas). De paso, aprovechaban que los habían bajado a tierra para repasar las emergencias, los límites y los procedimientos para controlar el Conqueror en caso de que se saliera de control. No podían perder de vista que estarían al mando de un titánico toro mecánico.

Esa tarde los mandaron a dar cuatro vueltas al perímetro del terreno que ocupaba el cuartel general de Space Dragon. Aquella aparente parvedad representaba un total aproximado de dieciséis kilómetros. Lo habitual era que hicieran dos vueltas, con lo que consideraron que les estaban suministrando otra forma adicional de castigo (un tanto pesada por cierto) como consecuencia de haber incurrido nuevamente en un desliz que terminó acarreando una nueva polémica que involucraba a todo el proyecto en su conjunto. De todas formas, emplearon el tiempo de la corrida, dilatado por la desidia manifestada en desaprobación por las represivas medidas tomadas, para conversar un poco y de paso distenderse con el paisaje.

—Me cae un poco gordo que Samuel no nos acompañe en este tipo de paseos —refunfuñó Svetlana— Parece que tiene coronita.

—Me animo a opinar por todos cuando digo que somos diez los que pensamos igual —agregó Kingsley.

—¿Qué opinan de las preguntas que hicieron los periodistas el otro día? —lanzó sobre la mesa João.

—La verdad no sé de qué teorías de conspiración hablan —protestó Aisha agitada.

—Yo creo que sé a qué se refieren —comentó Naila.

Todos dejaron de mirar el camino delante de sus pies, los cuales se alternaban cansinamente, para volver la vista hacia Naila.

—Yo creo que también sé —terció Akira—. O por lo menos tengo una idea.

—Bueno, ¡hablad ya! ¿A qué estáis esperando? —protestó Guadalupe— Que no me entero de nada.

—Antes de venir aquí, me la pasaba subida al metro recorriendo mi ciudad Daca en busca de empleo. Mientras tanto, aprovechaba la señal de wifi para ver videos en YouTube. No se imaginan las cosas que se pueden encontrar allí, de las más curiosas y ocurrentes hasta de lo más locas y aun desconcertantes. Luego comencé a notar una enorme censura aplicada a ciertos temas, con lo que me fui pasando a Telegram donde se podía hablar más libremente. Entre toda esta inmensa variedad de temas y tenores, me enganché con este asunto de la Tierra plana.

Todos rieron.

—¡Por favor, Naila! —exclamó Lestari— ¿Realmente crees en una idea tan retrógrada?

—En realidad logró despertar mi curiosidad, pero no estoy segura. Al principio me parecía un disparate, tengan en cuenta que me encanta todo lo que tiene que ver con el espacio. Sin embargo, poco a poco fui interiorizándome en cuanto a las explicaciones y teorías formuladas hasta que, un buen día, colapsó mi sistema de creencias. Incluso pasé días sin poder dormir y me dolía la cabeza de tanto pensar al respecto. Ahora ya no sé en qué creer.

—Vamos, Naila. Te creía más inteligente. ¿No se supone que tienes un coeficiente intelectual superior al de Einstein? —se rio João—. No puedes creer en una idea tan descabellada en pleno siglo XXI. La NASA nos ha mostrado mediante filmaciones y un sinnúmero de imágenes, cómo funciona todo. Además, si mal no recuerdo, fuiste tú quien dijo a aquellos periodistas que no sabíamos nada sobre las teorías de que estaban hablando.

—¿Y qué pretendías, que me pusiera a discutir en frente de las cámaras sobre este tipo de cosas? Eso sí sería una verdadera estupidez de mi parte, el equivalente a un suicidio televisivo. Acabaría en Bangladesh con mi infructuosa búsqueda de trabajo, en la más absoluta banca rota.

—Y entonces, ¿qué te motiva a continuar con todo este proceso? ¿El dinero? —inquirió Odinrod, tratando de entender su forma de pensar.

Se hizo un silencio sepulcral.

—De hecho, si me llevan a Marte será la prueba irrefutable de que todas esas teorías son puras especulaciones absurdas, y ya el dinero no tendrá ninguna importancia. Tal vez esa haya sido una de las razones que me llevaron a embarcarme en esta locura. No sé si eso responde a tu pregunta.

Al finalizar las cuatro vueltas estaban exhaustos, con las camisetas completamente empapadas, pese a su buen estado físico. El calor los había aplastado, levantándoles alguna que otra ampolla en los pies. Lo único que los animaba era el hecho de que fuese viernes por la tarde y se aproximaba la hora de la verdad. No perdían las esperanzas de que les permitieran salir. Estiraron bien todos los músculos para no quedar a la miseria al día siguiente por el considerable esfuerzo y se fueron a duchar. Ya no sobraban demasiadas energías como para tratar ningún otro tema.

Se aprontaron como para salir a romper la noche, pero cuál no fue su decepción, cuando al solicitar permiso en cuanto a la licencia del fin de semana, no solo les fue nuevamente denegado, sino que ninguna explicación recibieron.

LXI

Ciudad de México, Estados Unidos Mexicanos.
Veinte meses atrás.

Había llegado al final de una larga semana luego de una ardua jornada de trabajo. Guadalupe regresó a casa con un solo objetivo en mente: darse una buena ducha para meterse a la cama hasta el día siguiente sin siquiera cenar. Estaba tan cansada que le costó incluso introducir la llave dentro de la cerradura. Le pesaba aún tener que desvestirse, de manera que fue haciéndolo a medida que avanzaba hacia el baño, sintiendo cada prenda como si tuviese pegamento que la adhiriera a su piel a medida que se desprendía de ellas a lo largo del camino. Avanzó a rastras hasta la bañera y reguló el grifo con la paciencia exacerbada hasta que por fin comenzó a salir tibia el agua. Echó algunas sales (las primeras que encontró a mano) y sin esperar a que se completase, se metió casi desplomándose en su interior.

El agua caliente comenzó a relajar su cuerpo tenso. Cerró los ojos y con los dedos medio e índice de cada mano se masajeó muy despacio las sienes. Trató de dejar la mente en blanco, buscando no pensar en nada. Pero para su fastidio, la imagen de aquel obeso desagradable volvía a su retina. Era uno de sus jefes que se la pasaba acosándola. Fuera donde fuera, allí estaba él con su sonrisita de depravado sexual persiguiéndola por todos lados como un espectro. En reiteradas ocasiones le había puesto los puntos sobre las íes; no obstante, el sujeto no había captado la onda o se había hecho el desentendido. Y nuevamente volvía al ataque en cada oportunidad que se le presentase. Empero esta vez se había pasado de la raya, no solo la había manoseado, sino que cuando ella lo apartó de un empujón, él se puso serio y con todo el descaro del mundo, la apretó contra la pared profiriendo amenazas de despedirla si volvía a hacer algo parecido.

Necesitaría más que un baño de inmersión para superar aquel trago amargo. En parte, gracias a situaciones como aquella, se felicitaba por haberse anotado en aquel sorteo. Ahora que tenía asegurada la partida, no la desaprovecharía bajo ninguna circunstancia. Si por lo menos el acosador fuera otro de sus jefes, el que estaba para comérselo en dos panes, pero no, tenía que ser aquel grasiento repugnante. En realidad, lo que realmente estaba necesitando eran unas largas y placenteras vacaciones. Sin embargo, durante las últimas veces que había salido con licencia, descubrió bastante horrorizada que, si quería tener todo pago, debía contar con la presencia de aquel esperpento, pues él mismo se encargaba de los arreglos realizando personalmente todos los trámites, con lo que se aseguraba un lugar a su lado. De lo contrario, no solo le recortaban los días de licencia, sino que además se le negaba el salario vacacional o directamente no le autorizaban a salir entre las fechas que ella solicitase.

La primera vez vino a descubrir la treta del hombre cuando ya estaba recostada en una reposera frente al mar. Dormitaba al sol con los penachos de las palmeras meneados por la suave brisa a sus espaldas. El agua cristalina rompía a pocos metros de sus pies como si le susurrase una canción de cuna, cuando súbitamente sintió un beso sobre sus labios. El muy atrevido había alquilado la habitación contigua a la suya, frente a la playa. Por si fuera poco descaro, le trajo un daiquiri de frutilla (con lo que detestaba la frutilla). Para la siguiente ocasión, tomó sus precauciones y llevó dinero para alquilar una habitación en un hotel diferente al que la empresa le había provisto, con lo que despistó por completo a la pesada mole. Como consecuencia, al año próximo le fueron posponiendo la licencia hasta que llegó el invierno. Encima, se la dividieron en dos turnos, aduciendo escasez de personal. Se cercioró de que supiera que había sido una venganza.

Con aquella perfecta forma de convertir el paraíso en un verdadero infierno revoloteando dentro de su mente, se fue entregando al sueño lentamente, aunque era un dormir confuso y agobiante. De pronto, dio un brinco que arrojó un tsunami de agua al suelo. Había comenzado a tener una pesadilla en la que aquel rollizo individuo la perseguía desnudo por la playa, agitando sus gelatinosos excedentes por los aires, mientras estiraba el pico tratando de besarla. El corazón le quedó a punto de salírsele por la boca.

Puso en blanco los ojos y se sumergió completamente dentro de la tina. Al salir con la cabeza echada hacia atrás para que el cabello no le cubriera el rostro, notó de forma borrosa por el agua en los ojos, un pequeño bulto negro en el portalámparas ubicado a un costado de la claraboya en el techo sobre ella. Se quitó el resto de agua de entre las pestañas con los dedos y entornó los párpados en un intento por aguzar la vista. Cuando pudo ver con claridad, se quedó pensativa, tratando de recordar si aquel pequeño objeto siempre habría estado allí.

Quizá formara parte integral del portalámparas. Entonces, espantada, se cubrió las partes íntimas al considerar la posibilidad de que aquel despreciable tipo hubiese pagado para que instalasen cámaras en el interior de su casa y así poder espiarla a sus anchas. Era una hipótesis perfectamente plausible teniendo en cuenta la clase de degenerado que había demostrado ser. Se puso de pie, tratando de taparse con las manos y los brazos hasta que manoteó la toalla. Luego de envolverse en ella, se subió al resbaloso borde de la bañera y haciendo equilibrio en puntas de pie, logró alcanzar con la yema de los dedos la extraña pieza cilíndrica.

Al analizarla con detenimiento bajo la luz, pudo comprobar sin dudas que era una cámara de medio centímetro de diámetro por uno de profundidad. No poseía cables que sobresalieran, de modo que debía operar con tecnología inalámbrica. Tampoco se podía observar más detalle que el diminuto lente y un casi imperceptible orificio, el cual supuso que sería el micrófono.

—¡Ese maldito pervertido! —exclamó Guadalupe llena de rabia e indignación—. Cuando lo tenga a tiro le voy a romper todos los dientes.

Pensó en aplastar el artilugio contra el piso, pero luego reconsideró, optando por guardarlo para tener pruebas cuando radicase la denuncia correspondiente. Cuando lo estaba dejando en el cajón de la mesa de luz, se le ocurrió azorada que podría haber más artefactos como aquel por toda la casa. Comenzó por su habitación. La registró de arriba abajo hasta que encontró otra cámara igual enfocada hacia su cama. Con esto pudo comprobar la existencia de otros dispositivos. Era tan obvio que un degenerado como su jefe haría algo semejante y tan predecible que la colocaría en aquel sitio que no le sorprendía para nada. Una vez que se cercioró de haber limpiado su habitación de componentes de espionaje, decidió irse a dormir para recuperar energías. Continuaría buscando al día siguiente, aprovechando que tendría todo el fin de semana por delante.

Temprano al otro día, ansiosa por deshacerse de todos aquellos implementos de fisgoneo instalados en su casa, se puso manos a la obra. Para su sorpresa, se encontró con una cámara de aquel tipo en cada una de las reparticiones de su vivienda y también algunos botoncitos negros del tamaño de una lenteja, que presumió serían micrófonos. Estaban colocados en ciertas partes menos transitadas como los laterales de la casa y el pequeño rincón donde tenía el lavarropas debajo del termofón. A estas alturas la paranoia se había apoderado completamente de ella. Aunque no se explicaba por qué se tomaría tantas molestias, llegando al extremo de instalar micrófonos hasta en el exterior de su domicilio.

Siempre había fantaseado con aquel tipo de cosas, al verlas en las películas, pero el hecho de estar viviéndolo ahora mismo resultaba ciertamente alucinante al tiempo que inquietante. Se sentía ultrajada. Hasta cierto punto se alegraba de poder enviar a aquel trastornado a la cárcel; sin embargo, temía que hubiese represalias en su contra por parte de la mesa directiva. No podía creer que hubiera sido observada en cada uno de los aspectos de su vida, incluso en las instancias más íntimas. Quién podía saber cuánto tiempo llevaba espiándola. Mientras consideraba esto, sintió la desazón de haber sido violentada su intimidad. Preguntándose cómo habrían entrado a su casa sin que lo hubiera sospechado siquiera, un frío recorrió su espalda al reconocer su vulnerabilidad.

El domingo, luego del desayuno, había planificado salir a hacer ruta en su motocicleta. Quería olvidar la perturbadora experiencia de haber sido oteada desde todo punto de vista y en las más diversas situaciones. Luego de vestirse el traje protector, se encaminó hacia su consentida. Se estaba calzando el casco cuando se quedó contemplando la motocicleta un instante. Dejó el casco sobre el asiento y quitándose los guantes, comenzó a tantear todo el chasis como una desquiciada. Un vecino que pasaba la miró de reojo y apresuró el paso ante su extraño comportamiento. Repentinamente, con la lengua entre los labios por la concentración, sonrió. Había encontrado otra lenteja negra adherida al borde interno del tanque de combustible, solo que esta vez se asemejaba más a un dispositivo de rastreo. Al parecer, también le había estado siguiendo los pasos.

LXII

Instalaciones de Space Dragon.
Westmont, California, EE.UU.
Una semana antes del despegue.

Comenzaba así la última semana que permanecerían sobre el globo azul, agradable y hospitalario, previa a partir con rumbo a un planeta extraño, distante y hostil. Hasta este punto llegaban sus vidas en la Tierra, sus sueños, sus amistades y aún su paradigma existencial. Ingresaban ahora a un estadio que, aunque pasaron más de un año y medio estudiando y analizando hasta el más mínimo detalle, en realidad sentían que desconocían por completo. Todos los temores comenzaban a surgir juntos y azuzados por las dudas crecientes.

Habían transitado momentos muy duros de estrés emocional y físico. Los habían llevado al límite, poniéndolos a prueba bajo estrictas normas de disciplina. Largos días de encierro fueron complementados con un riguroso régimen de entrenamiento, siendo a su vez acompañado de un rígido y apretado horario a cumplir. Habían sido atomizados de la más diversa información relacionada a la terraformación de un planeta estéril, el pilotaje de una nave única y formidable, a lo cual se adicionaba el repaso de los conocimientos de física, biología, química y matemática básica hasta desembocar en lo último en materia de ciencia y tecnología avanzada. Ahora se aproximaba rápidamente el día decisivo en que comenzarían a utilizar todo aquel saber al llevarlo a la práctica. La fuente de su imaginación al fin empezaría a materializarse.

Comenzaron a caer en la cuenta de que habían alcanzado fronteras insospechadas con una pequeña acción de su parte al entrar en aquel sorteo dos años atrás. El camino recorrido había sido increíble, muy similar a una montaña rusa que hubiese roto con creces todos los récords posibles. Algo así como si fuese la sumatoria de la Montaña Mágica de las Seis Banderas. Las sorpresas nunca pararon de llegar desde que pisaron aquellas instalaciones por vez primera hasta la misma meta. No solo sus vidas habían cambiado en un giro completo del destino, sino aun el propio carácter. Sus perspectivas del cosmos habían tomado un cariz diferente.

Fueron aprendiendo tantas cosas que ahora los sorprendía la complejidad del asunto que tenían entre manos, de la misma forma que los amedrentaba la magnitud que implicaba. Llegaron a odiar y a amar aquel sitio, donde supieron cómo atormentarlos, pero también se aseguraron de brindarles las experiencias más fascinantes que hubieran podido figurarse siquiera. Habían cultivado amistades imperecederas, y a causa de algunas de ellas, sus corazones se rompieron tras la separación permanente; asimismo, consolidaron con sus compañeros, miembros de la tripulación, el estrecho vínculo que se perpetuaría hasta el día de su muerte.

Con motivo de tener una atención con los heroicos astronautas que estaban a punto de emprender la navegación más importante de la historia de la humanidad, solo comparable, por su significación, al que realizara Cristóbal Colón, les permitieron recibir la visita de parientes o allegados, o de lo contrario, ir a visitar a familiares de primer grado de consanguineidad.

—Tiene que ser una broma —masculló Svetlana— ¿Y los que no tenemos familiares? ¿Nos quedamos aquí encerrados como unos maleantes, prisioneros hasta que nos arrojen a los confines del espacio para siempre?

—Ay, no seas tan exagerada Sveta —dijo Lestari.

—En realidad, si no me equivoco, los únicos que cumplen con los requisitos son Samuel y Odinrod —señaló Naila—. El resto no tiene a nadie más en este mundo que a sí mismo.

Todos repararon extrañados en aquel punto.

—De todas formas, no sé si considerar a Samuel como parte del grupo —terció Kingsley.

—¡Guau! No deja de ser un tanto curioso ese detalle, ¿no? —añadió Ming.

—Parecería más bien ser una conveniente coincidencia, diría yo —acotó João—. Sobre todo, teniendo en cuenta que la madre de Odinrod se está muriendo de cáncer.

Naila lo fulminó con la mirada.

—¡No digas eso, João! Eso lo supones tú.

—Es nada más que una simple observación. Solo me remito a exponer la deducción a la que he llegado por lo que ha contado Odinrod. No es para ofender a nadie —respondió João a la defensiva.

En ese momento ingresaron al salón Samuel y Odinrod. Regresaban de recibir instrucciones en cuanto a su petición de salida transitoria que difería de la de los demás.

—Muchachos, tengo buenas noticias para todos. Hemos sido autorizados a salir mañana, solo que con la compañía de dos guardaespaldas cada uno —comunicó Samuel con una oronda sonrisa, como si hubiera conseguido el premio mayor para todos.

El resto no sabía si alegrarse o protestar.

—Bueno, peor es nada —comentó por lo bajo Aisha.

Los demás la miraron.

—¿Qué? —dijo sin terminar de entender qué había dicho mal—. Es preferible salir con una correa al cuello que permanecer encerrados aquí.

Samuel continuó diciendo:

—Con excepción de Odinrod, que tendrá tres días para volar hasta la India, despedirse de su madre y volver. Aunque tampoco se salvará de ir acompañado por sus dos guardaespaldas, que lo protegerán en todo momento de cualquier peligro, incluidos periodistas y reporteros. Ya conocen las reglas, nada de entrevistas ni ponerse a argumentar o a responder preguntas de ninguna clase a nadie. ¿Alguna duda?

—Sí, yo —dijo levantando la mano Lestari.

—Dime.

—¿Podemos elegir a los guardaespaldas?

La risa fue generalizada.

Samuel se fue a casa de sus padres, mientras que el resto se internó en lo profundo de la ciudad a saciarse hasta el hartazgo de todo aquello que el dinero pudiera comprar. Por su parte, Odinrod se dio prisa en ir a tomarse el primer vuelo que lo llevara a su país. No había tiempo que perder. Sus guardaespaldas corrían detrás suyo por todo el aeropuerto cargando enormes maletas, a la par de algunas personas que comenzaban a perseguirlo ni bien lo reconocían al verlo pasar. En tanto que, Odinrod llevaba una funcional mochila colgada a la espalda.

Luego de una maratónica carrera que incluía esperas, chequeos y trasbordos, por fin llegaron al aeropuerto internacional Indira Gandhi, el coloso de Nueva Delhi. Además, tuvieron que hacer escala en el congestionado aeropuerto John F. Kennedy, en Nueva York. Había transcurrido casi todo un día. Por culpa de los dos guardaespaldas la empresa no había conseguido tres pasajes directos a Bombay, su ciudad natal. Le restaba un vuelo doméstico de casi dos horas, espera incluida, hasta su ciudad querida. La ansiedad lo carcomía, no podía esperar a llegar para ver a su madre.

Allí los estaba esperando su antiguo jefe, quien amablemente se ofreció a ir a recogerlos al aeropuerto. Su esposa prefirió quedar en casa para que pudieran viajar más cómodos. Luego de un cálido y breve recibimiento, se subieron al Jaguar negro y partieron para el hospital donde habían internado a su madre. Al llegar, Odinrod caminó detrás de su jefe con los nervios de punta, mientras lo guiaba hasta la habitación en donde se encontraba ella. Al trasponer la puerta, decayó su ánimo y su voluntad languideció.

La pequeña mujer, que alguna vez había sido vigorosa y pujante, ahora yacía inerte tendida sobre aquella cama, visiblemente desmejorada. Estaba reducida a cuatro líneas delgadas que apenas sobresalían entre los pliegues de las sábanas. Los tubos y múltiples vías conectados a su cuerpo diminuto la mantenían con vida. A pesar de su extrema debilidad, hizo un titánico esfuerzo para salirse de un aplastante sopor, producido por la morfina, que la sumía en un sueño continuo. Apenas consiguió abrir los ojos. Al verlo, renovados bríos la impulsaron a sonreír levemente pese al intenso dolor que sufría.

Se sorprendió al constatar cuánto se había deteriorado en el tiempo que estuvo ausente. Se recriminaba haber tomado la decisión de participar de aquel proyecto que ahora carecía de significado real para él. Nunca se había sentido tan ajeno a todo aquel programa que era llevado a cabo por una compañía privada con base en Estados Unidos como en ese preciso instante. A tan solo unos pocos días del gran lanzamiento, la situación lo compelió a reconsiderar, lamentándose por las acciones que había realizado. Con su corazón estrujado por la pena, cerró los ojos e inhalando profundo, se sentó en el sillón ubicado junto a la cama.

Tomó su frágil mano; se sentía como la mano de una niña. Le partió el alma verla en aquel estado. Aun así, se armó de valor para sonreír con ternura.

—Hola, madre.

—Qué alegría volver a verte, hijo — musitó de forma casi ininteligible.

—Te extrañé todo este tiempo, madre.

Ella apenas dibujó un mohín.

—Me quedaré contigo —continuó diciendo Odinrod—. Ya he ido demasiado lejos con todo esto. Es hora de volver a casa, recuperar el juicio y abandonar toda esta ilusa fantasía —aseveró en un arrebato de lucidez, sin considerar que había un contrato firmado de por medio.

Ella sacó la mano con dificultad de debajo de la de su hijo para posarla encima, estando impedida de oprimirla.

—Yo estoy muriendo, no abandones todo por nada —dijo segura—. Haz que valga la pena y cumple con tu sueño.

—Madre… —intentó cuestionar Odinrod.

—Si me amas, escucha lo que te digo —lo interrumpió ella en un tono muy pausado—. No me hagas discutir y continúa con lo que te has propuesto.

Él se la quedó observando confundido, hasta que ella volvió a repetir muy bajo, pero con fuego en la mirada.

—¡Vete!

LXIII

Yakarta, República de Indonesia.
Veinte meses atrás.

Al siguiente día de trabajo, después de anotarse para el sorteo, se había lanzado hacia su jefe para exigirle inmediata licencia y vacaciones pagas, envalentonada por haber expandido sobremanera sus horizontes. Aquel día memorable en que se creyó inmortal su jefe se vio tan sorprendido por la desfachatez de su mejor y sobrecalificada empleada, que no solo le concedió todos los días de licencia que le correspondía, sino que además le añadió dos más con un adelanto de sueldo y todo ello prácticamente sin chistar.

En su momento, se quedó tan contenta por la respuesta afirmativa de su jefe que casi arrojó las bandejas para salir corriendo a preparar las maletas. Ya más tranquila, mientras disfrutaba del sol sobre blanca y fina arena a la orilla de suaves olas color turquesa, llenando la vista con los cuerpos esculturales de los jóvenes que corrían por la playa, cayó en la cuenta de que su jefe no solo era bueno para las matemáticas, pues con la velocidad de un rayo calculó los días extras que había generado a lo largo del tiempo que Lestari llevaba trabajando en su restaurante, sino que además era un vil tacaño que no se dignó a pagarle salario vacacional luego de haber trabajado varios años sin tomarse siquiera un par de días francos. En aquella ocasión estuvo a punto de abrazarlo y besarlo de la alegría; menos mal que se abstuvo de hacerlo, porque ahora con todo gusto le daría con una bandeja por la cabeza.

Menos de un mes después de la mayor locura de su vida, Lestari se encontraba otra vez acarreando bandejas con comida y a posteriori la cuenta. En el presente quedaban los resabios de aquellos días de placer corporal y relajación mental. Se añadía el trago amargo de tener que subsistir los siguientes diez días posteriores a su retorno con los bolsillos tan vacíos como la heladera gracias al dichoso adelanto. Al mediodía comía en el trabajo, aunque si la pescaban ingiriendo un bocadillo se lo pasaban a descuento en el acto. Una vez en casa, trataba de distraerse del reclamo de su estómago a base de telenovelas hasta el desayuno del próximo día. Al menos se lo dejaban a precio de costo. Aunque siempre picoteaba algo en los descuidos del jefe.

Hacía malabarismos entre las mesas con dos bandejas repletas en cada brazo. Corría de aquí para allá tomando órdenes de las más diversas, de tal manera que, tras años de un constante ejercicio de la memoria, ya no necesitaba anotar los pedidos. Aquella virtud redundó en un considerable beneficio al respecto. Limpiaba las mesas que eran liberadas con el fin de acondicionarlas para el siguiente comensal, entre protestas, indecisiones y cambios en la opción del menú por parte del cliente, el cual siempre tenía la razón. Una agotadora y agobiante rutina capaz de hacer sucumbir hasta al más aguerrido de los gladiadores; no obstante, ella estaba acostumbrada y aun se había adaptado como una bailarina de ballet sometida al más severo entrenamiento. De este modo, giraba en puntillas por entre los múltiples obstáculos fijos y móviles que se atravesaban en su camino, con la gracilidad de un cisne. De hecho, disfrutaba haciéndolo pues se sentía el centro de la atención en un espectáculo de la más selecta alcurnia.

Aquella vorágine despiadada de alguna forma era como una vía de escape a encerrarse entre cuatro paredes a recordar al infame de su exnovio. Después de todo, cada capítulo de cada novela que veía acababa por recordarle a aquel gusano que siempre sería el amor de su vida y el responsable de toda su aciaga desdicha. Mientras continuara con aquella vida no vería el fin de su miseria. Ni siquiera podía concentrarse en sus plegarias rituales puesto que la imagen de aquel pérfido sujeto sobresalía entre la de sus dioses en su cabeza. Era algo así como una de esas películas de terror donde el asesino aparece por todas partes con un hacha en la mano por mucho que corra la víctima, sin posibilidad alguna de poder escapar.

Lo cierto era que, como un masoquista que procura su propio dolor, volvía a la falacia de su refugio cada día (en buena parte porque no tenía otro sitio donde ir) en una espiral de aflicción interminable. Y como cada día, al final de una dura jornada de trabajo, llegó a su pequeño apartamento. La misma rutina de siempre. Solo que esta vez algo no andaba del todo bien.

Estaba intentando acertarle la llave a la cerradura cuando la puerta se abrió apenas. El movimiento fue casi imperceptible, pero alcanzó para que un escalofrío recorriera su médula espinal. Sus ojos se desorbitaron al notar que la madera del marco estaba astillada. Era la evidencia irrefutable de que alguien había forzado la puerta. No sabía si empujarla de un golpe para ver al intruso y así poder reconocerlo una vez que lo atrapasen o si salir corriendo en ese mismo instante, obedeciendo a su instinto de supervivencia y asegurar de esta forma su integridad física.

No permitiría que se saliera con la suya tan fácil; era su propiedad y no estaba dispuesta a dejar que sus derechos fueran vulnerados, así como así. Pateó la puerta en una inusitada demostración de coraje e intrepidez, empero sintiendo que se le aflojaban las piernas. La escena que observó la indignó al tiempo que la tranquilizó. Habían revuelto toda su casa, pero ya no estaban allí.

El instinto la llevó a recorrer el desastre sin tocar nada, solo analizando el modus operandi de los delincuentes y su motivación. Quizá tuviese dotes de investigador después de todo, así que estudió aquel rompecabezas con detenimiento, en tanto telefoneaba a la policía. Si eran ladrones tuvieron muy mala fortuna en la elección o aún peor olfato, en cuanto tenía poco y nada de valor que mereciera la pena robar. Pudo corroborar, a poco de comenzar a explorar el interior de la casa, que no eran unos malnacidos malvados en el sentido de que no habían procurado romper nada a propósito, más allá del tiradero que ocasionaron. Tampoco se observaba que hubiesen ensuciado algo o cualquier otro acto de vandalismo que demostrase saña. Lo que llamó su atención fue que no se hubiesen llevado el televisor, uno de los artículos de mayor valor que poseía y que, a su vez, era de más fácil transporte si se lo comparaba con la heladera, por ejemplo.

Poco tiempo después, un patrullero llegó con las sirenas encendidas a su casa. Dos agentes de policía se presentaron y con la anuencia de Lestari ingresaron al domicilio. Luego de tomarle los datos, mientras uno (por suerte para ella el más guapo) se quedó tomando declaraciones a la damnificada, el otro, un individuo desalineado y carente de toda gracia, comenzó a registrar la casa.

—¿Qué cosas notó que le hayan sustraído?

Lestari hizo una pausa, tratando de identificar algún objeto en particular.

—En realidad, por lo que he visto no se han llevado mucha cosa.

—¿Computadora, celular, dinero, joyas? Cualquier objeto de valor que desee recuperar.

Ella sonrió ruborizada.

—Digamos que no tengo nada de eso. Lo único de valor que podrían haberse llevado es el televisor y está en su lugar.

El agente dejó de ver el papel donde escribía para observarla por encima de las gafas de sol.

—¿Podemos concluir entonces que no le han sustraído nada de entre sus pertenencias?

—Tal parece —admitió encogiéndose de hombros. Qué pena por ella, era tan lindo.

—Evidentemente lo que usted sufrió fue una especie de robo entregado, ocurre cuando alguien (el entregador) pasa los datos al perpetrador. Pero en este caso también fue errado, y esto porque aquel o aquellos que iban a efectuar el hurto se equivocaron de casa. Como resultado, revisaron la vivienda y al verse frustrada su intención, se marcharon sin más. De todas formas, dejaremos constancia de la denuncia en la Seccional. Le recomiendo que llame a un carpintero lo antes posible para que le arregle el marco de la puerta. Con su permiso señora, nosotros procederemos a retirarnos. Nuestro trabajo ha finalizado aquí.

Lestari quería que se quedara un rato más, se sentía segura con su presencia allí y muy a gusto con tan agradable compañía. Además, esperaba otra cosa de las pesquisas, algo más elaborado e interesante. Aquel procedimiento no se parecía en nada a lo que había visto en el cine.

—Pero ¿no van a hacer más averiguaciones con los vecinos o a tomar huellas digitales?

El agente sonrió ante la ingenuidad de Lestari.

—En estos casos no amerita llamar a la policía técnica, puesto que no hubo lesionados ni pérdidas materiales —dijo con un matiz profesional, a continuación, se inclinó hacia ella en actitud confidente—. Esto que quede entre nosotros, en la realidad, aunque no hubiesen usado guantes, es bastante difícil obtener huellas lo suficientemente claras y completas como para que sirvan en la identificación de una persona. Eso es más propio de las películas; en la vida real no ocurre así. Pero no se lo comente a nadie; no queremos que esta información tan crítica llegue a oídos de los malhechores —remató en fingida discreción.

Lestari, por un lado, se sorprendió por el dato que el policía le estaba dando y, por el otro, dio un sonoro suspiro que recorrió toda la casa al tenerlo tan cerca.

Cuando dejaron la sala de estar para ir a buscar al otro agente que se encontraba en su alcoba, lo descubrió estirando una de sus tangas más osadas con tres dedos de una mano. El pequeño y delgado triángulo rojo llamaba la atención cual aviso publicitario luminoso junto a un camino vecinal.

—¿No creo que encuentre alguna pista sobre los ladrones por allí? —dijo entre dientes Lestari.

El policía soltó la prenda rápidamente, tratando de disimular con una ojeada a su alrededor.

—No hay que descartar ninguna hipótesis en la investigación —respondió el muy descarado.

Una vez que se hubieron marchado, Lestari procedió a llamar a un carpintero, así como el agente se lo había recomendado. De inmediato, se dio a la tarea de poner orden en aquel caos. No tenía mucha ropa, pero lo poco que tenía los malhechores se lo habían dado vuelta patas arriba. Dobló y guardó toda su ropa, aprovechando para barrer y hacer una buena limpieza. Acabó en el baño fregándolo a fondo con un cepillo, puesto que había estado muy ocupada los últimos tiempos con los desenlaces de algunas de las telenovelas que seguía. Se sumaba a esto la falta de motivación de que adolecía. Por lo menos, viendo el vaso medio lleno, no había pasado de un desorden y la rotura menor de la entrada, pérdidas de escasa entidad.

Casi a media noche ya estaba todo mucho mejor que antes de la intrusión, y la puerta reparada y además reforzada. Por culpa de aquellos delincuentes se había perdido sus telenovelas y se vio obligada a entrar en gastos no previstos que de seguro desestabilizarían su endeble economía hacia fines del mes. De cualquier forma, estaba demasiado cansada como para seguir dándole importancia a aquel incidente.

Tras una ducha reparadora se fue a la cama. Aunque estaba molida, el hecho de haberse visto vulnerada le causaba una sensación de inseguridad que no la dejaba conciliar el sueño. Así que se decidió a escribir en su diario personal tanto sobre aquella experiencia traumática como las vivencias positivas que había tenido a lo largo del día. Lo consideró una especie de terapia basada en el optimismo. Siempre daba buenos resultados ventilar lo que estaba encerrado.

Se calzó las pantuflas y comenzó a buscarlo, pero sin éxito. Se esforzó por ubicarlo mentalmente durante la limpieza que había realizado, sin embargo, no recordaba haberlo visto por ningún sitio en todo el rato que estuvo ordenando la casa. ¿Qué ladrón se tomaría las molestias de romper la puerta y hurgar en toda una vivienda para llevarse tan solo el diario personal de una mesera? Era una idea muy improbable, más bien descabellada.

¿No habría sido aquel policía con pinta de degenerado al cual sorprendió con las manos en sus bragas? Esto sí tenía un poco más de sentido.

LXIV

Base de la Fuerza Aérea Vandenberg.
Santa Bárbara, California, EE.UU.
Dos horas para el despegue.

El día amanecía tal y como estaba previsto por el servicio meteorológico, radiante, fresco y sin una sola nube. No obstante todas las precauciones tomadas, el despegue tuvo que adelantarse un día a causa de las condiciones climáticas previstas para el día siguiente, debiéndose realizar entonces el veintitrés de diciembre.

    El oscuro cielo comenzaba a cambiar de colores con una inicial falda angosta y rojiza sobre el horizonte. Aún se podía ver la luna llena en todo su esplendor, iluminando todos los campos circundantes, acompañada de las estrellas más brillantes. El rocío humedecía todas las superficies, confiriéndoles más brillo bajo la influencia del satélite natural. Una leve brisa comenzaba a acariciar los pastizales. Incluso se podía escuchar el característico canto de algún que otro grillo. Y en medio del paisaje, cual desafiante puñal, se erguía el mayor de todos los cohetes espaciales jamás construido por el hombre. Había sido bautizado oficialmente con el nombre Júpiter, en honor al mayor de los planetas del sistema solar. Aquella formidable máquina sería la encargada de impulsar hacia Marte mediante tres etapas desechables al módulo llamado por el nombre Conqueror.

Con una altura de 117 metros, superaba al Saturno V en más de seis metros. Y su diámetro de 11 metros, era sobrepasado en diámetro solo por el cohete soviético Energía de 20 metros. El colosal Júpiter tenía cinco motores STN-13 en su primera etapa, capaces de generar 46 000 KN (unas 4 750 toneladas) de empuje para mover una masa de 3 060 toneladas. Sujeto a la estructura de la torre de lanzamiento e iluminado en la noche, bajo los potentes focos de luz, lucía realmente formidable. Era como una bestia esperando a ser soltada para desafiar a quien quisiera domarla.

El SLC-2E (Complejo de lanzamiento espacial número 2 al Este) perteneciente a la Base Aérea Vandenberg situado en el condado de Santa Bárbara, en el estado de California, en su momento había sido demolido, tras utilizarse para los lanzamientos Delta, Thor-Agena y Thorad entre 1966 y 1972. Ahora, restaurado a raíz de un contrato de arrendamiento por parte de la compañía Space Dragon, estaba listo para convertirse en uno de los sitios más famosos de la historia. Desde aquel lugar, ubicado a un par de kilómetros de las edificaciones de la Base, se había realizado una buena proporción de los lanzamientos previos como parte del proceso de acondicionamiento de Marte para hospedar al puñado de astronautas. Allí los esperaba la imponente nave, enhiesta sobre la rampa, lista para encender los intimidantes motores e impulsarlos hacia el espacio. Por su parte, los once se preparaban en las instalaciones espaciales de la base, siendo auxiliados por personal técnico en la colocación de sus trajes, en tanto repasaban los procedimientos esenciales que, llegado el caso, podrían salvarles la vida de surgir una eventual situación crítica.

La carga útil estaba situada en la parte superior del cohete. Allí, el Conqueror, sujeto a la tercera etapa, con sus pequeñas alas en V coronaba el gigantesco aparato, haciéndolo lucir cual arpón ballenero. No podrían aterrizar en Marte con aquellos planos por la baja densidad de su atmósfera, su propósito era más bien el de darles una segunda oportunidad en caso de que el Júpiter tuviera algún desperfecto y se encontrasen con la suficiente altitud como para desacoplarse y maniobrar en un descenso controlado hasta la pista de aterrizaje más próxima.

Subirían al mismo mediante sendos ascensores ubicados en la parte inferior de la torre de lanzamiento. Una vez cerrada y asegurada la escotilla, se liberaría la zona de lanzamiento de todo el personal de apoyo y de la Policía Militar. Comenzarían entonces los chequeos de los sistemas, los procedimientos previos al encendido, y luego de las mediciones de telemetría, finalmente el encendido propiamente dicho. A lo lejos, fuera del perímetro de seguridad, se podía distinguir unas graderías construidas para el público que quisiese presenciar el lanzamiento, así como unos palcos previstos específicamente para la prensa que cubriría el acontecimiento. Las autoridades presentes eran ubicadas en un privilegiado sitio de observación que se hallaba a corta distancia. Construido dentro de la base específicamente para ser a prueba de explosiones e impactos de alta energía.

Se encontraban desde la madrugada en un sencillo pero pulcro salón, cuyo piso revestido de azulejos ajedrezados relucía. El techo hacía juego con las paredes, todo de color blanco. En aquel austero salón se podía apreciar unas pocas cosas nada más. Conformaban todo el mobiliario una quincena de sillas con sus mesas plegables integradas, sobre las cuales habían depositado los cascos y los guantes. Dominaba la visión una amplia pizarra que había sido atiborrada de esquemas, números y fórmulas por dos instructores encargados de darles un repaso previo y que desde hacía un rato se habían marchado, dejándolos solos. Remataban la panorámica una papelera, un dispensador de agua y un teléfono de color verde, al que todos echaban un vistazo insistentemente cada cinco segundos.

—¿Y si me dan ganas de hacer pis antes de irnos? —preguntó Lestari, más por romper el desesperante silencio imperante, que por una interrogante que realmente mereciera la pena evacuar.

—Y vas al baño —respondió Ming con una mueca que denotaba lo banal que consideraba su pregunta.

—No digo por eso, sino por este traje. ¿Cómo hago? —protestó ella—. Además, ¿dónde queda el baño?

—Vamos, Lestari. Debe de haber uno allí afuera y cuando lo ubiques te las ingenias. Eres una astronauta, no debería ser un problema para ti ese asunto. Estamos a pocos minutos de encontrarnos sentados sobre casi dos millones de litros de combustible extremadamente inflamable y tú te preocupas por si te dan ganas de hacer pis —le gruñó Ming, ya molesto de que lo arrancara de su propia lucha con los nervios por cuestiones sin importancia.

—Tranquilo, Ming. Ten paciencia. Es la ansiedad que nos provoca diferentes reacciones —trató de apaciguar Kingsley—. Tú no has parado de caminar de un lado al otro desde que se fueron los instructores. Y sin darte cuenta también acabas alterándonos a todos.

—Tienes razón, King —dijo Ming y luego se dirigió a la muchacha levantando la mano en señal de paz—. Discúlpame, Lestari. Intuyo que todos estamos muy nerviosos y esto nos pone excesivamente susceptibles.

Lestari aceptó las disculpas con un movimiento de cabeza, pensando para sí: <<De cualquier manera, ¿qué caso tiene preocuparse por si algo llegase a salir mal?>>

Luego de lo que pareció una eternidad, para sorpresa y decepción de todos, nunca sonó el teléfono verde, sino que se abrió la puerta y un asistente que llevaba auriculares con micrófono incorporado les indicó que había llegado el decisivo momento por tan largo tiempo esperado.

El corazón de cada uno comenzó a acelerarse, golpeando con impetuosa fuerza el pecho. La transpiración perlaba la frente de la intrépida tripulación a pesar de los numerosos aires acondicionados que inundaban el lugar de aire frío. Luego de tomar sus respectivos cascos, tras colocarse los guantes, fueron poniéndose de pie con circunspección para comenzar a dirigirse hacia el vehículo que los conduciría hasta la plataforma de lanzamiento. Aquel trayecto lo hicieron como si marcharan en medio de un cortejo fúnebre. No se manifestaba alegría ni entusiasmo en sus rostros, sino concentración teñida de leves trazos de preocupación disimulada de la mejor manera posible.

—Mi aliento apesta —confesó Aisha—. Daría cualquier cosa por un sándwich caliente. No sé por qué no hemos probado bocado desde ayer.

Akira tuvo que reír ante la ocurrencia de su compañera.

—Es para prevenir vómitos. Recuerdas que en algún momento nos explicaron que tal ocurrencia podría causar muchos inconvenientes como ahogamiento del tripulante o impedir una correcta visualización de los instrumentos —explicó Akira—. Algo así te desconcentraría e incluso podría ocasionar un cortocircuito eléctrico.

—Aparte de las náuseas en el resto de la tripulación —agregó Svetlana—. No olvides ese pequeño detalle.

Akira continuó diciendo:

—Pero lo verdaderamente curioso es que te haya dado antojo de un sándwich caliente. A mí me apetece una generosa tortilla de papas —añadió, con una carcajada.

Subieron al autobús y Naila se sentó junto a Odinrod. El amanecer se veía espléndido desde aquel lugar, con tonalidades mucho más claras y coloridas ahora, a punto de dar paso a los primeros rayos del sol. Cuando el autobús arrancó luego del sibilante soplido de los frenos de aire al ser liberados, Naila tomó su mano. Odinrod la observó. Ella permaneció así, inmóvil y con la vista fija al frente, hasta que llegaron al sitio de estacionamiento de la plataforma, al pie de toda la monumental e intrincada estructura. En las proximidades se podía apreciar un intenso movimiento de personal y a la Policía Militar estoica, proporcionando seguridad a todo el sitio. Al llegar, soltó su mano y se fue adelante con el casco bajo el brazo sin voltear en ningún momento.

Una vez que llegaron a la base de la plataforma, cinco de ellos subieron al ascensor de la izquierda, como había sido estipulado previamente, acompañados del personal de servicio encargado de asistirlos en tomar sus posiciones dentro de la nave. Los otros cinco hicieron lo propio en el de la derecha junto al resto del personal asignado.

Al oprimir el botón, sintieron cómo comenzaban a subir en una primera instancia y luego un pequeño chasquido acompañado de una leve impresión de haberse movido hacia la derecha. No obstante, el indicador digital del ascensor continuaba indicando un aumento constante en la cifra. Al alcanzar el nivel veinticinco se detuvo de forma casi imperceptible. Las puertas corredizas se abrieron, para encontrarse con una manga muy corta que los conducía hasta la escotilla abierta del Conqueror.

Fueron ocupando sus posiciones mientras el personal de servicio se encargaba de colocarles correctamente el casco, trabándolo con el seguro a un costado de este. Luego los asistieron en la colocación de los arneses de seguridad de manera que quedasen bien sujetos a fin de que no saliesen catapultados durante las enormes fuerzas de aceleración a que estarían sometidos durante la etapa del despegue.

Una vez que todo hubo quedado acondicionado dentro de la cabina, luego de recibir la confirmación visual del personal, el supervisor accionó un botón rojo en la pared y las sirenas de advertencia, que indicaban el inicio del lanzamiento, comenzaron a sonar. Juntamente, las luces de color ámbar instaladas a lo largo de toda la plataforma se encendieron y empezaron a girar. Por su parte, el personal comenzó a marcharse de forma ordenada, cerrando la escotilla tras de sí.

LXV

Karachi, República Islámica de Pakistán.
Veinte meses atrás.

Ocurrió poco tiempo después de haberse anotado al sorteo, cuando había llegado al colmo del hastío en su trabajo. Creyendo que ya no podría soportarlo más, la invitación más inesperada y fabulosa que Aisha podría haber tenido surgió como una bocanada de aire fresco a su vida.

 En su trabajo, entre sus compañeras, el chismerío había alcanzado cotas insospechadas. Unos se engañaban a otros, y ellas les robaban el marido a las demás. El ambiente se había vuelto tan tenso que el solo hecho de pensar en ir a trabajar se volvía un ejercicio desesperante. Procuraba entonces no tener roces con nadie para así evitar sanciones y poder volver a casa al finalizar el horario tan pronto como le fuera posible.

 Al llegar a su apartamento por la mañana, luego de otro extenuante y enfermizo turno nocturno, se acordó de revisar el buzón. Dentro había correspondencia acumulada de hacía semanas; sin duda había estado demasiado sumida en sus problemas laborales. Se dio una ducha y se metió a la cama. Al despertar, se fue directo al refrigerador. Estaba tan hambrienta como una manada de leones enjaulados. Todavía quedaban dos sándwiches olímpicos de una bandeja de seis que había comprado el día anterior. Se los devoró casi sin darse cuenta mientras comenzaba a revisar uno por uno los sobres que había dejado sobre la mesa temprano en la mañana.

    Luego de dos o tres facturas de servicios públicos, se fue a servir un vaso de agua fría con rebanadas de limón y trozos de jengibre que ella siempre tenía preparado. Al volver encontró el recibo de teléfono y dos folletos de una iglesia, hasta que llegó a un sobre color ladrillo con las palabras <<*Invitación especial*>> al frente. Frunció el ceño antes de comenzar a abrirlo con curiosidad. En el interior había una sencilla hoja A4 doblada en tres con unas pocas líneas: <<Estimada Aisha Nawaz, por la presente tenemos el agrado de extenderle la invitación a participar de un taller de filosofía que se llevará a cabo en la dirección que figura en el encabezado. El mismo tendrá una duración de dos semanas (martes y jueves a partir de las diecisiete horas), siendo completamente gratuito. Dicha invitación fue motivada gracias a su pasión por el Arte de reflexionar y meditar. Cordialmente, El Club de peripatéticos aristotélicos.>>

    Cuando terminó de leer no estaba muy segura de cómo reaccionar ante aquella invitación. Tampoco se explicaba cómo se habrían enterado de que le gustaba la filosofía. Quizás un conocido se lo habría comentado a otro amigo y así llegase a difundirse hasta la persona pertinente que acabó dando con ella. Aunque ahora, con el aumento de la tecnología, lo más probable fuese que sus propias búsquedas digitales le hubieran mostrado sus gustos a algún grupo o foro de personas con las mismas aficiones y así se hubiese establecido la conexión. De todas formas, no le importó demasiado aquel pormenor, estaba deseosa de que llegara el martes para concurrir al primer día de taller filosófico.

    Menos diez estaba descendiendo del autobús sin que le quedara más remanente de uñas que comer. Un pequeño local situado a pocas calles de donde vivía Aisha era el susodicho centro de reuniones destinado para la realización del taller. Allí había visto funcionar gimnasios, dojos de karate, y hasta una emisora de radio local. Pero, luego de algún tiempo de soportar los altibajos en la economía, teniendo que pagar la renta que llegaba de forma inexorable a principio de cada mes, todos habían terminado como sus predecesores: claudicando y dejando vacío el lugar para el siguiente postor. Percibió que había movimiento en su interior, así que fue acercándose. Procuraba que la cautela refrenase las ansias.

Alguien asomó de repente la cabeza por una de las ventanas como si estuviese esperando a que llegara. La descubrió parada afuera al otro lado de la calle, así que salió a recibirla. Era una muchacha joven y simpática que con una gran sonrisa preguntó:

—¿Has recibido una de nuestras invitaciones?
—Así es.
—Pues, adelante. Eres bienvenida. Me llamo Marilyn y soy una de las moderadoras del taller. Ven, acompáñame.

Le llamó la atención tanto el nombre como el aspecto de la mujer, puesto que no correspondían con los arquetipos de Pakistán, pero tratando de que no se notase la siguió hasta el interior. Un olor bastante fuerte a humedad, mezclado con algún otro aroma que no supo identificar, se percibía en el ambiente. A medida que iban tomando asiento en ronda, notó también algunas telarañas creando abstractas figuras entre las manchas de humedad en las esquinas contra el cielorraso. No había nadie que tuviese ni el talante ni el aspecto de tener jerarquía en materia filosófica. Infirió que sería una jornada más de dejar fluir el pensamiento en una lluvia de ideas. Algo así como un medio para descargar toda la materia prima mental que pudieran generar para llegar a un producto final que pudiera ser utilizado en quién sabe qué tipo de función o quizá prebenda. Aun así, le encantaba todo lo relacionado con la reflexión y sobre todo cuando la sacaba de la rutina.

El primer día fue dedicado exclusivamente a la presentación de cada uno ante los demás compañeros. Se animó a los participantes a explayarse tanto como pudieran en la información proporcionada. Muy poco más fue lo que se tocó el resto de la ocasión hasta que se dio por concluida la primera reunión. Rápidamente entendió que sería más como un grupo de amigos aficionados a debatir sobre temas profundos que un verdadero taller de filosofía; sin embargo, no le disgustó la idea de conocer gente diferente y crear nuevas amistades que compartiesen sus mismos gustos. El jueves se puso más interesante el asunto y comenzaron a tratar tópicos más específicos, aunque no dejaban de ser las clásicas premisas que se encuentran en la tapa de los libros de filosofía más difundidos, las cuales son también las más trilladas. Asimismo, tendían a irse por las ramas y a encausarlo más hacia lo personal que a discutir las propuestas echadas sobre la mesa.

Para el martes siguiente aquello se había desvirtuado a tal punto que había pasado a convertirse en una verdadera charla entre amigos donde se compartían experiencias, sentimientos, información personal y hasta las creencias religiosas de cada uno. Tanto así que habían acordado llevar cerveza y pizza para compartir durante las siguientes sesiones. Aisha no bebía alcohol, pero no consideró prudente oponerse a la decisión unánime del grupo.

—Aisha, te toca a ti —dijo uno de los moderadores, mientras daba un sorbo al vaso de plástico descartable—. Cuéntanos, ¿a qué religión perteneces?

No entendía qué tenía que ver sus creencias religiosas con el taller en cuestión. Supuso que sería para discutir a continuación los dogmas y las bases filosóficas del tema.

—Bueno, vivo en un país cuya inmensa mayoría (si no me equivoco anda en el entorno del noventa y seis por ciento) es musulmana, así que todos inferirán que es la religión que profeso —comenzó a explicar Aisha, que al ver la atención que le estaban prestando, decidió franquearse sin reservas—. De hecho, si entran a mi casa lo primero que se encontrarán será un afiche colgado de la pared con varias imágenes representativas del islam. Es un obsequio que me hizo una amiga musulmana, allí se puede ver una luna creciente (aunque yo opino que es un eclipse anular) y una estrella de cinco puntas, rodeadas de varios perfiles más, característicos de esta religión, como ser una mano que simboliza la mano de Fátima, una brújula para orientarse a la Meca en las oraciones diarias, un cubo negro que representa a la Kaaba, un libro abierto que viene a ser el Corán, una mezquita con torres que significa la Masjid al-Haram en la Meca, la mezquita sagrada donde los musulmanes tienen que peregrinar por lo menos una vez en la vida, y una persona orando en representación de las cinco veces al día que un musulmán debe orar dirigido hacia la Meca...

En ese momento, uno de los participantes del taller que estaba llegando tarde, irrumpió en el salón con lo que interrumpió lo que Aisha venía diciendo en su larga disquisición. El joven tomó asiento mientras se deshacía en disculpas. Uno de los moderadores de aspecto caucásico se vio ostensiblemente molesto. Para cuando se normalizó la situación nuevamente y se procuró reanudar la plática, hubo un inadvertido cambio en el rumbo de la conversación al disgregarse el hilo que traía. Aisha dejó de ser el centro de la atención y el grupo pasó a enfocarse en otra joven que levantaba la mano para contar su propia experiencia con la religión que prometía ser muy interesante.

Aisha no llegó a saber si habían entendido que, a pesar de toda la introducción que había hecho, en realidad no era musulmana sino hinduista por motivo de sus padres inmigrantes. Lo cierto fue que, el último jueves, con poca filosofía y mucha insipidez, se dio por culminado el insustancial taller. Al pasar por allí al día siguiente, descubrió para su sorpresa que habían abandonado el local. Lo dejaron tan vacío como antes de su llegada. Y, desde que se hubo despedido del grupo por última vez, ya no volvió a ver a ninguno de los participantes.

LXVI

Base de la Fuerza Aérea Vandenberg.
Santa Bárbara, California, EE.UU.
Despegue del Conqueror.

Cada uno tenía perfectamente definido su rol dentro de la tripulación. Lo habían practicado en el simulador hasta que llegaron a soñar con los procedimientos. Comenzaron así a realizar todos los chequeos desde sus respectivos puestos. Eran secundados por Lestari, quien se encargaba de leer la cartilla para su seguimiento y de corroborar que cada cosa se cumpliera correctamente.

Samuel Butler era el responsable de la misión y, por lo tanto, el piloto encargado de que posaran el pie sobre suelo marciano sanos y salvos. Naila era la segunda al mando por sus dotes como piloto y por haber obtenido las mayores calificaciones tanto técnicas como prácticas a la finalización del curso de vuelo, cumpliendo así la función de copiloto. Guadalupe y Akira, quienes le seguían en el promedio de notas, eran sus suplentes en caso de cualquier inconveniente que pudiese ocurrir. Svetlana y Ming eran los navegantes en caso de falla de la computadora. Kingsley y Aisha eran los operadores de los sistemas auxiliares. João y Odinrod se encargaban de las comunicaciones por radio y fungían como respaldo de las otras funciones a bordo, con excepción de las de piloto y copiloto del Conqueror.

Finalizado el chequeo de cada uno de los diversos sistemas que configuraban la nave en su complejidad, comenzaron con los procedimientos previos a la puesta en marcha de los motores. Entretanto, desde el Control de Misión iban analizando las mediciones de telemetría enviadas por cada uno de los sensores instalados a lo largo y ancho del Júpiter. Cumplidas todas las etapas y completadas todas las comprobaciones, luego de verificarse que todo estuviese en orden y funcionando correctamente, se procedió al encendido de los cinco motores que conformaban la primera etapa.

Se inició así la secuencia de ignición por el motor ubicado en la parte central, que era fijo. Fue seguido por los cuatro exteriores en sentido antihorario. Entre cada encendido había un retardo de trecientos milisegundos para reducir las sobrecargas estructurales del cohete. Estos podían ser dirigidos para controlar la trayectoria de ascenso. La enorme estructura comenzó a vibrar en todos los rangos de frecuencia, a tal punto que incluso se dificultaba enfocar la vista en los instrumentos. Todavía no comenzaba a elevarse, pues los motores aún estaban acelerándose, pero ya se percibía un leve bamboleo. Mientras tanto, el cohete continuaba sostenido por unos enormes brazos mecánicos a la torre de lanzamiento y adherido a la plataforma por un sistema de pernos del grosor de postes telefónicos. Con todo, el estruendo que se podía escuchar dentro de la cabina, a pesar de la estructura aislante y los mismos cascos que llevaban puestos, era ensordecedor.

Cuando los motores hubieron alcanzado la máxima potencia, el cohete fue liberado en dos tiempos. Comenzó por los brazos mecánicos laterales, seguido medio segundo después por los pernos que lo sujetaban al suelo, una vez que estuvo estabilizado. Un golpe seco los aplastó contra sus asientos, como si un camión hubiera chocado la parte posterior de su automóvil. A estas alturas, el Júpiter estaba quemando un promedio de once mil litros por segundo de kerolox. Esta sumatoria del carburante (queroseno refinado denominado RP-1) y el comburente (oxígeno líquido a temperaturas criogénicas), resultaba en el propelente más potente descubierto hasta el momento.

    Los miles de personas que presenciaban el impactante espectáculo desde las gradas, además de los miles de millones por todo el planeta, no pudieron evitar dejar escapar un rumor de asombro ante el poder que manifestaba el colosal aparato. Aun con gafas espejadas el fulgor de las toberas era tal que cegaba parcialmente a los espectadores. El ruido era tan intenso que, a pesar de la distancia que los separaba del lanzamiento, ponía a los tímpanos al límite de su resistencia y daba la clara impresión de que el suelo vibrara bajo sus pies. Al principio, se podía ver cómo comenzaba a subir lentamente, luego, paulatinamente la velocidad comenzó a aumentar con rapidez hasta que una nube estalló repentinamente, envolviendo en parte toda la estructura. Aquella nube era producto de millones de litros de agua vaporizada por las toberas propulsoras, la cual era vertida a la plataforma para que no fuera completamente consumida por los potentes chorros de fuego.

    Girando levemente, comenzó a alejarse para dejar una distancia segura con la torre de lanzamiento. Esto se hacía así en prevención de posibles ráfagas de viento o cualquier falla de funcionamiento que pudiera ocurrir. A los once segundos ya había superado la torre, precisamente cuando la computadora de a bordo comenzaba a buscar el acimut correcto. A los ochenta segundos desde el despegue, alcanzó el punto de vuelo con máxima presión dinámica (denominada Max Q), momento en el cual se pudo escuchar la explosión sónica ocasionada por la onda de choque al disiparse gran parte de la energía acumulada previamente. Al superar la barrera del sonido, la condensación de agua generada por la repentina bajada de presión y consecuentemente de la temperatura, formó un hongo blanco que rodeó instantáneamente la zona posterior del plano alar de manera muy parecida al tutú de una bailarina de danza clásica.

Antes de alcanzar los dos kilómetros de altitud, había superado los mil ochocientos kilómetros por hora. A los ciento treinta segundos, previo a que el motor central se apagara para reducir la tensión sobre la estructura del cohete, era el momento en que la tripulación experimentaba su mayor aceleración, de treinta y nueve metros por segundo al cuadrado. Debían resistir una fuerza de 4 G, o lo que es lo mismo, una presión de cuatro veces el propio peso sobre sí mismos. Era el período más álgido del despegue, luego del escape gravitatorio con sus peligros implícitos.

Desde allá abajo sobre la Tierra, la gente veía al Júpiter comenzar a inclinarse levemente. La estela de brillante fuego y denso humo que iba dejando detrás, ahora era mucho más grande que el propio cohete. Con todo, el ruido continuaba siendo atronador y la energía que liberaba aún mantenía a la multitud atónita. Súbitamente, estallaron en aplausos y vítores de emoción (también era un medio para liberar la acumulación de tensión) ante la gran hazaña efectuada por el ser humano. El cohete continuaba ascendiendo al cielo y alejándose en curso aparente hacia el océano Pacífico por la perspectiva del observador.

Transcurridos dos minutos y medio, habían alcanzado los sesenta y dos kilómetros de altitud a una velocidad de ocho mil novecientos kilómetros por hora. Continuaba acelerando. Llegaba a su fin la utilidad de la primera etapa. Luego que la primera fase se hubo cortado al recibir el aviso de los sensores de combustible de que se estaba agotando, con la ayuda de diez retrocohetes se separó de la segunda etapa, cayendo más tarde al océano Pacífico a unos seiscientos kilómetros de la plataforma de despegue, en un área segura precalculada. Esta separación se pudo sentir dentro de la cabina como un nuevo golpe acompañado de un sacudón y un escalofriante chirrido de metales.

—*La separación de la primera etapa se ha efectuado con éxito* —informó la IA—. *Encendido de la segunda etapa culminado.*

La tripulación trataba de concentrarse en controlar que todo se desarrollase correctamente, pero los impetuosos zarandeos que experimentaban y los fuertes sonidos de todas clases que escuchaban a su alrededor no facilitaban en lo absoluto la tarea. Enforcarse se volvía más dificultoso que lidiar con todos los indicadores y controles. Un ronquido como de ultratumba acompañaba de fondo los chasquidos que se intercalaban con ocasionales contraexplosiones generadas por alguna pizca de agua presente en el combustible que era inyectado a los motores. La desesperación de llegar a la conclusión de que morirían de un momento a otro, se entrelazaba cruelmente con la angustiante resignación de saber que no había nada que pudieran hacer para evitarlo. El consuelo radicaba en que al menos sería instantáneo, no se enterarían de nada.

A estas alturas, el Conqueror era solo visible mediante catalejos. Una sensación de alivio se cernía sobre el público al ver que casi desaparecía de la vista y todo había salido sin contratiempos. Permanecerían allí un rato más, compartiendo el desayuno, disfrutando del espléndido día. La adrenalina generada por aquel acontecimiento les dejaría el resto del día con un estado de ánimo exultante. Luego se marcharían a casa llenos de emoción para seguir a través de la televisión la continuación de la apasionante historia en ciernes. Un canal abierto transmitiría momento a momento, las veinticuatro horas del día, no solo toda la travesía de los once héroes, sino que además les mantendría informados de cada cosa que estuviese sucediendo en el nuevo mundo. Sería la versión espacial del Gran Hermano tantas veces emitido en la Tierra a través de diferentes franquicias.

La segunda fase duró seis minutos, impulsándolos hasta una altura de ciento noventa kilómetros y una velocidad de casi veinticinco mil kilómetros por hora. Se acercaban rápidamente a la velocidad orbital. Una vez que los diez motores de combustible sólido quemaron gran parte del propelente, comenzó la secuencia de separación de la segunda etapa, para precipitarse a cuatro mil quinientos kilómetros de distancia del sitio de despegue. Una fracción de tiempo después se iniciaba la ignición de la tercera y última etapa.

La tercera fase duró dos minutos y medio, luego de haberse iniciado unos doce minutos después del lanzamiento. Esta fase permitiría que la nave, ahora espacial, orbitara dos veces y media alrededor de la Tierra a una altitud aproximada de cuatrocientos treinta kilómetros. Afuera, el resplandeciente azul de la Tierra resaltaba de forma hermosa, como si manara luz de sí misma, en contraste con el negro aterciopelado del cielo. Todavía no podían liberarse de sus cinturones hasta el reencendido de la tercera etapa, lo que se había apodado como *la inyección*. Aun así, se podía apreciar de vez en cuando la curvatura de la Tierra con los suaves giros de la nave. En determinado momento, Lestari, quien era la tripulante con menos tareas designadas durante ese período de tiempo, creyó ver que una de las ventanillas de repente tuvo un efecto como de parpadeo por algunos segundos. Se quedó observándola unos instantes hasta que Ming, al percatarse de que su compañera estaba catatónica, se vio obligado a preguntarle:

—¿Qué ocurre? ¿Acaso has visto un OVNI?

—En realidad no sé lo que vi —dijo evidentemente confundida—. Tonterías mías, no me hagas caso. Creo que todo lo ocurrido a lo largo del despegue me ha impactado demasiado.

La inyección que los impulsaría hacia Marte, inició a las dos horas y media del lanzamiento, cuando la tercera fase se reinició una vez que estuvieron alineados con la trayectoria de Marte. Este apagado temporal se efectuó a fin de ahorrar combustible. Por seis minutos empujó al Conqueror hasta llevarlo a una velocidad de diez kilómetros por segundo. La velocidad necesaria para conseguir escapar de la atracción gravitatoria ejercida por la Tierra.

Lestari aún se encontraba meditabunda por lo que había ocurrido con respecto a aquella ventanilla, cuando la voz digital de la IA informó:

—*Hemos comenzado a escapar a la fuerza gravitatoria de la Tierra.*

LXVII

Espacio interplanetario.
Tres horas tras el despegue.

Habiendo recibido el impulso gravitacional de la Tierra, aunado al empuje de la última etapa del Júpiter, fueron catapultados a Marte a la vertiginosa velocidad de treinta y siete mil kilómetros por hora con respecto a la Tierra, porque en el espacio todo es relativo al punto de referencia. Con todo, en la cabina hacía bastante tiempo que no se percibía movimiento alguno.

Una vez que se apagó la tercera etapa, los únicos sonidos que se podían escuchar eran los generados por los ventiladores encargados de enfriar las computadoras y el siseo de los giroscopios girando a cinco mil setecientas revoluciones por minuto. Solo algún que otro pitido o zumbido emitido por los sistemas de control de la nave rompía la monotonía reinante.

De pronto, cuando creyeron que comenzaban a percibir la ingravidez, tal cual estaba previsto a la distancia exacta de la Tierra y con puntualidad británica. La IA, encargada de controlar cada aspecto del viaje del Conqueror y todo lo relacionado a su funcionamiento, hizo un nuevo anuncio a la tripulación:

—*Iniciando despliegue del mecanismo de centrifugado asistido. Comenzando con el apagado de los giroscopios del*

Conqueror. Colocarse por favor las pesas para contrarrestar la baja gravedad resultante.

Esto había sido motivo de decepción para la tripulación desde que se lo habían explicado durante el reclutamiento. Sabían que dicho sistema les impediría experimentar el excitante estado de ingravidez que todo astronauta debería de poder vivir alguna vez a lo largo de su carrera. Asimismo, gracias a este ingenioso recurso, la pérdida de masa muscular y densidad ósea por parte de los astronautas se vería reducida considerablemente. Estaban convencidos de que unos huesos un poco más blandos y unas carnes más flácidas no harían una gran diferencia. Todos coincidían en que aquella solución tecnológica les había aguado la fiesta por completo.

Tres segundos después, un violento sacudón, acompañado de un chasquido metálico, fueron la prueba inequívoca de que la maniobra comenzaba a efectuarse según lo planificado. El ruido de los engranajes rotando uno contra el otro indicaba que el mecanismo funcionaba a la perfección. Una vez que escucharon otro sonido sordo junto a un golpe seco, supieron a ciencia cierta que la traba se había accionado correctamente. Con esto se podía dar por finalizado el despliegue. Entonces la computadora volvió a informar:

—*Despliegue concluido exitosamente. Comenzando encendido de los cohetes propulsores encargados de generar la rotación del Conqueror. Alineando el eje de giro con el campo gravitacional más próximo: la Tierra.*

Desde las clases que habían recibido durante su preparación en la Tierra, les habían advertido que, aunque prácticamente no percibieran el giro, el hecho de ver que afuera todo daba vueltas podría causarles mareos y, por consiguiente, náuseas y vómitos. La computadora continuó diciendo:

—*Sincronización de los parámetros involucrados en la obtención de fuerza de gravedad artificial finalizada. Ante la eventualidad de vértigo o aturdimiento, se recuerda que en los apoyabrazos de vuestros asientos se encuentran depositadas las píldoras de dimenhidrinato para mitigar sus efectos.*

Odinrod, por prevención, se las había tomado media hora antes de abordar el Conqueror.

Una vibración en aumento se pudo sentir con claridad. Comenzaban a girar. Hubo algunos que buscaron con apremio las píldoras, aunque ya era demasiado tarde. Aun habiéndolas tomado, no fue suficiente para mitigar los efectos de la rotación y comenzaron a vomitar copiosamente, con Odinrod a la cabeza. Luego de transcurridos unos quince minutos se escuchó la voz nuevamente:

—*Se han alcanzado las revoluciones calculadas de acuerdo con la distancia a la Tierra e irán aumentando progresivamente conforme el Conqueror vaya alejándose. Se informa que se ha establecido una fuerza de gravedad artificial de 2,23 veces la percibida en la superficie lunar. Ya es seguro liberar los arneses de seguridad. Se recuerda a la tripulación que no es recomendable observar hacia el exterior para evitar mareos.*

Tenían instrucciones específicas de entrar en estado de hibernación tan pronto fuera posible a los efectos de ahorrar oxígeno y suero alimenticio. Este contenía los nutrientes y el agua que necesitarían para sobrevivir los ocho meses y siete días de navegación que llevaría todo el trayecto desde la Tierra hasta Marte. A pesar de los acotados márgenes que poseían en este respecto y el rápido giro de la nave, no podían perderse la oportunidad de contemplar el fascinante exterior. Allí estaba la negrura tan infinita como sus misterios y, flotando en medio, la hermosa esfera azul que iba alejándose a medida que transcurría el tiempo. Se la podía contemplar junto a su eterna compañera de danza de pálida blancura.

Se quitaron los ajustados cinturones de seguridad para asomarse por las pequeñas ventanillas. Sus miradas se perdieron en la inmensidad para embelesarse del monótono y aun así fantástico paisaje. Todo giraba muy rápido, salvo el contrapeso opuesto al Conqueror que permanecía fijo frente a las ventanillas laterales izquierdas a una distancia de trescientos metros. A resultas del giro no se podía ver con claridad el espacio circundante, de todas formas, para algunos valía la pena echar un vistazo. Después de unos momentos de cautivante, así como vertiginosa observación, Samuel les conminó a proceder con el protocolo de suspensión de la tripulación lo antes posible, con lo que fueron volviendo a sus asientos.

Una vez que se colocaron los arneses nuevamente, pasaron a conectarse todos los aparatos que los mantendrían dormidos, alimentados, monitoreados y limpios. El orden era primero conectar el conducto de los deshechos (de precaria funcionalidad), luego colocar el casco que les suministraría el oxígeno (ante la eventualidad de una despresurización de la cabina). A continuación, debían acoplar el sistema de oxígeno y, por último, conectar el suero mediante la vía que traían inyectada desde la Tierra previo al despegue. La máquina encargada de dosificar lo necesario de acuerdo con los datos arrojados de las mediciones corporales, comenzaba a administrarles el sedante que los sumiría en una inconciencia superficial. Asimismo, permitiría reducir los signos vitales al mínimo y, por ende, el consumo de energía, agua, alimentos y oxígeno.

Antes de pasar a la inactividad, João se reportó con el Control de Misión:

—Huston, se informa que pasaremos a reposar a partir de este momento.

Seis minutos después se escuchó la respuesta.

—Recibido. Conqueror, tengan un buen descanso y aun mejor viaje.

Cuando llegó el retorno de la comunicación ya no había nadie despierto para escucharlo.

Una vez que estuvieron dormidos y aislados del medio en el que se hallaban, con la finalidad de esterilizar la cabina de mando, un sistema de pulverización fumigó todo el interior del Conqueror con diferentes productos químicos encargados de eliminar todo virus, bacteria o cualquier otro ser vivo que pudiese haberse colado de polizonte en la nave. Luego que la nube tóxica se hubo dispersado, solo quedó el rumor de los instrumentos. La iluminación de todas las pantallas y testigos se atenuó de forma automática al mínimo para reducir el consumo de energía proporcionada por un reactor nuclear en miniatura, construido específicamente para el Conqueror. Los paneles fotovoltaicos desplegables y direccionables dispuestos en el exterior del fuselaje permanecían como respaldo del primero. El excedente de energía se redirigía a mantener cargadas una treintena de baterías como supletorio de las fuentes de energía principales. Se desplazaban así por el vacío interestelar en absoluto silencio con destino al planeta a conquistar.

Estaba programado que fueran despertados todos los días a horas consecutivas para que pudieran ejercitarse durante una media hora y no interferir con la rutina de los demás compañeros. Por consiguiente, al que le tocase el turno tendría los aparatos exclusivamente para sí solo. De paso, debería hacer un monitoreo rápido de los sistemas del Conqueror, corroborando así que la IA funcionara en la forma debida y hacer cualquier ajuste requerido de ser necesario. Próximo a la finalización del tiempo correspondiente a cada uno, procederían a higienizarse mediante paños húmedos asépticos, harían sus necesidades si la naturaleza los llamase en ese momento y podrían disfrutar del paisaje de un universo profundo (aunque giratorio) hasta que tuvieran que volver a la suspensión parcial, una vez transcurrida la hora.

En cuanto Odinrod despertó, procedió a hacer el recorrido inverso al momento de tomar posición en su asiento: primero se sacó la vía que iba conectada a la mariposa en su brazo a través de la cual se le suministraba el suero, luego desconectó el conducto de los deshechos, se quitó el casco, y, por último, se desacopló del sistema de oxígeno. Se desabrochó los arneses, se desembarazó del traje y se dirigió a ponerse ropa deportiva.

Por seguro que, con su manifiesta acrofobia, ni loco se asomaría al revoltijo que se estaba desatando en las ventanillas. Echó una rápida ojeada al panel de control y al pedestal de instrumentos, revisó los datos de telemetría monitoreados constantemente por la computadora, y una vez que se hubo cerciorado de que todo estuviese en orden, se dirigió a los aparatos de gimnasia. Comenzaría corriendo veinte minutos y el resto del tiempo lo dedicaría a tonificar la musculatura.

Al pasar junto al asiento de Naila, no pudo evitar detenerse a su lado a observarla un momento. Era tan hermosa que podría quedarse allí viéndola todo el viaje. Si despertara en aquel preciso instante tal vez le confesaría sin reservas que estaba completamente enamorado. Si no fuera que nadie se lo había preguntado y, por supuesto, que él no estaba en verdad dispuesto a revelarlo abiertamente. Sus labios rojos y carnosos eran una tentación en todo igual a una fruta en su sazón. De no ser tan contumaz y peleadora, quizá podrían llevar una relación con algo menos de tropezones y raspaduras, aunque más no fuera de amistad platónica. Suspiró hondo, mientras se deleitaba en su cautivante belleza un instante más, y prosiguió con su camino sin hacerse muchas ilusiones.

Ese mismo día, encontrándose Ming en su hora diaria de estar despierto, en calzoncillos puso una silla junto a Naila para aprovecharse de su vulnerabilidad. Muy entretenido estaba en sus actividades poco decorosas, cuando unas extrañas ondas de brillantes colores, similares a las auroras boreales, comenzaron a dibujar sinuosidades en el interior del Conqueror. Ming se olvidó por completo de lo que estaba haciendo y se puso de pie. Deslumbrado por aquel fantástico fenómeno, sin lograr encontrarle una explicación, recurrió a la IA en busca de respuestas.

—IA, ¿qué está ocurriendo? ¿Acaso me has puesto alguna droga en el suero? —dijo con la boca abierta— ¿Qué es esto que estoy viendo? ¿Estoy alucinando?

—*Estamos atravesando el borde más alejado del cinturón exterior de los anillos de Van Allen. Es una zona de la magnetósfera terrestre donde se concentran grandes cantidades de partículas cargadas de alta energ...*

—Sí, ya sé lo que son los cinturones de Van Allen. Pero, ¿por qué percibo estas extrañas luces? Quiero saber si es peligroso exponernos a esta zona.

—*El campo magnético de la Tierra atrapa partículas cargadas (o plasma) provenientes del Sol a raíz del viento solar, así como partículas cargadas que se generan por interacción de la atmósfera terrestre con la radiación cósmica y la radiación solar de alta energía. Estos cinturones altamente radiactivos contienen antiprotones y también antipartículas de enorme fuerza electromagnética. Así que sí, es peligroso. De todas formas, se ha calculado la trayectoria más eficiente para reducir los daños y aumentar las probabilidades de completar la misión. Técnicamente, una leve exposición no causaría un daño mayor a los tejidos vivos.*

—¡Técnicamente! ¡¿Un daño mayor?! Como no eres tú la que se está fumando toda esta porquería —exclamó alarmado—. Y ¿qué recomiendas que haga para que no nos fritemos?

—*Sería mejor que volvieras a colocarte el traje y entraras en suspensión cuanto antes.*

Le llegó el turno a Naila de despertar. El silencio era casi absoluto. El tenue ronroneo de algunas máquinas junto a la sensación de estar sola en la inmensidad del espacio la hizo extrañar el interminable bucle de noticias, información, redes sociales, fotografías, videos, entre otro montón de cosas que proveía su celular al instante con tan solo el simple roce de su dedo sobre la pantalla táctil. Echaba de menos ver la ternura de los animales plasmada en graciosas filmaciones publicadas por sus dueños o la dulce inocencia de los niños inmortalizada en escenas familiares de antología. También le gustaba tanto comprobar el ingenio humano al realizar sencillos pero irrefutables experimentos que comprobaban verdades eternas. Aunque ciertamente se alegraba de encontrarse muy lejos de la siniestra maldad que puede crecer en el corazón de ciertas personas.

Hizo el mismo proceso que los anteriores, salvo que no se detuvo a observar por la ventana. Una vez que todo comenzó a girar, ciertamente las ventanillas habían perdido el atractivo. Le parecía una estupidez exponerse a una imagen que rotaba a toda velocidad sin permitirle apreciar nada. Cuando pasó cerca de Ming sonrió al recordar todas las tonterías que hacía por llamar su atención. A dos asientos de distancia, se limitó a permanecer de pie junto al sillón que ocupaba Odinrod, ahora sumido en un sueño artificial, para poder observarlo sin que nadie la molestase o la interrumpiese, sabiendo que no habría otro lugar más a solas que aquel para hacerlo con tranquilidad.

Si no fuera tan distinto a todo lo que siempre había soñado de un hombre, bien podría suponerse que estaría chalada por él. Era el momento perfecto para aprovechar a darle una buena bofetada que bien merecida se la tenía y así descargarse todas las ganas acumuladas. Lástima que tenía puesto el casco y no surtiría ningún efecto. También podría desconectarle el ducto de oxígeno. Se inclinó despacio, meneando la cabeza en señal de desaprobación y cuando lo tuvo a tiro, besó con delicadeza el cristal que se interponía entre los labios de Odinrod y los suyos.

Luego de un frío, pero electrizante roce, se fue a hacer su ronda de ejercicios establecidos con una buena dosis de motivación.

LXVIII

Espacio profundo.
Desde un mes y medio antes del amartizaje.

El resto del viaje fue un iterativo ciclo de despertares y volver a dormir. Dentro de las pocas variantes que podían surgir estaban las prácticas más triviales como el cortarse las uñas, rasurarse una vez por semana o elegir los músculos que tonificarían con los electrodos. Disfrutaban aun de cepillarse los dientes, aunque todos odiaban las toallas húmedas dispuestas para la higiene personal. Aunque admitían que les habían salvado la vida con respecto al famoso sistema de eliminación de deshechos corporales.

En reiteradas ocasiones Aisha tuvo que ser despertada para intervenir con sus conocimientos de enfermería a fin de volver a colocarle la vía a los que se les había infiltrado por las reiteradas conexiones y desconexiones. Asimismo, habían descubierto, muy a su pesar, que el sistema de eliminación de desechos incorporado en los trajes no era todo lo eficiente que debiera ser y que habían prometido que sería.

La repetitiva alternancia y el permanecer durmiendo casi todo el día comenzaba a trastornar el estado anímico de la tripulación, con ribetes de depresión. Los efectos eran tan imprevisibles como diferentes de uno a otro. Iban desde las secuencias más desopilantes hasta los momentos más lamentables.

Lestari, por ejemplo, había abandonado completamente el ejercicio físico pese a las insistentes recomendaciones hechas por la IA. Suplantó la rutina programada por pasársela llorando todo el tiempo. Kingsley, en cambio, lloraba mientras corría en la cinta, hasta que un día se encontró con un tablero de ajedrez comenzado por Akira. Aisha sobrellevaba bastante bien el aislamiento compartido sumergiéndose en libros digitales relacionados con la filosofía, además de todo aquello que tuviera que ver con el misticismo y los diferentes estados de conciencia. João se las había ingeniado para ver fútbol en diferido y Guadalupe, al ver una esquela de João avisándole de su logro, veía el mismo encuentro (gravado por João) cuatro horas más tarde cuando le llegaba el turno de despertar. Svetlana buscaba reducir el tamaño de su motor a agua con un reguero de apuntes en sus cuadernos, estudiando un sinfín de otros tipos de alternativas. Ming, por su parte, aprovechaba para manosear a sus compañeras dormidas con el consiguiente corolario. En tanto que Odinrod comenzó una retahíla de correspondencia mediante papelitos con Naila, contándole en una primera carta que había tenido un sueño donde ella lo besaba.

A tres meses de haber despegado de la Base Aérea Vandenberg, la rutina ya se hacía insoportable. La ansiedad por comer algo sólido era atroz y la necesidad de escuchar otra cosa que no fuese el desesperante arrullo emitido por las computadoras por momentos se volvía abrumadora. Estaban comprobando por sí mismos y en carne propia, que todo aquello que ingresaba por los sentidos era para alimentar el alma y ahora era como si consumieran comida chatarra sin interrupciones.

Cinco meses más tarde algunos no querían volver a dormir, mientras que otros no deseaban despertar hasta llegar por fin a Marte. Los hubo quienes se dormían sin colocarse sus trajes espaciales, y aun los había quienes lo hacían desnudos. En más de una ocasión, luego de ser exhortados reiteradas veces por la IA a que volvieran a su asiento, se debió despertar a otros miembros de la tripulación para compelerlos a entrar en estado de inconciencia. Luego de buscarlos por todo el Conqueror, pues algunos se escondían, había que perseguirlos porque se daban a la fuga a pesar de las reducidas dimensiones de la cabina de mando. De esta forma, se registraron insólitos episodios de corridas y tacleos dentro del Conqueror. Fue durante este lúgubre periodo del trayecto en que cierta nebulosa de enajenación invadió sus mentes, cuando todos despertaron al unísono.

No los sorprendió tan solo el hecho de que todos estuviesen despiertos a la vez, pues creyeron que podrían estar llegando a Marte. También le añadía condimento a la situación que las luces de color ámbar, dispuestas una en cada esquina, giraran al ritmo de las alarmas. La IA ya había realizado las primeras comunicaciones de emergencia con el Control de Misión y se había resuelto volver a la actividad a toda la tripulación con el propósito de resolver la falla que estaba sufriendo el SPS o sistema de posicionamiento espacial.

La IA mantenía el curso de interceptación de la trayectoria descripta por Marte llevando a cabo de forma ininterrumpida un complejo proceso de cálculos matemáticos a raíz de los datos brindados por dicho sistema. Ante tal eventualidad, la tripulación debería dirigir la nave en forma manual, aunque asistida por la IA, hasta que se solucionase el problema. A raíz del mal funcionamiento del SPS la navegación conducida por la computadora no era confiable y tendrían que trabajar en conjunto tanto para llegar a buen puerto como en vigilar las decisiones que tomase aquel super cerebro cibernético.

João, que en ese momento se encontraba desnudo observando un combate de artes marciales mixtas, se dio prisa a enfundarse en su traje a fin de respaldar a Odinrod en las comunicaciones con el Control de Misión. Por su parte, Odinrod procedió de inmediato a entrar en contacto radial con Houston:

—Aquí el Conqueror, reportándose en protocolo de emergencia.

Con un retardo de once minutos en las comunicaciones de acuerdo con la actual distancia que se hallaban de la Tierra, la tripulación debía proceder con diligencia y resolución, asesorados por la IA, evitando depender demasiado del control en tierra. Así que Aisha y Kingsley, los operadores de los sistemas auxiliares, se dispusieron rápidamente a extraer el sistema de posicionamiento espacial utilizando un destornillador eléctrico. Era una pequeña caja metálica ubicada debajo de uno de los paneles que recubrían el piso del Conqueror.

Mientras tanto, Samuel y Naila hacían las correcciones necesarias para volver al rumbo correcto, siguiendo las instrucciones de Svetlana y Ming, quienes, siendo los navegantes asignados, tenían la responsabilidad de hacer los cálculos precisos que los devolverían al curso adecuado. Una vez que extrajeron la caja, fueron donde Lestari, quien tenía los manuales del Conqueror, a estudiar cuál podría ser la posible falla. Descubrieron luego de un análisis exhaustivo que en el interior había un fusible diminuto el cual se había quemado. Procedieron a cambiarlo y a volver a instalar la caja en su lugar, conectando los cables de entrada y salida de datos, así como los de alimentación de energía.

—Solicito una nueva verificación de los sistemas, IA —ordenó Lestari.

—*Verificación de los sistemas completada. Desperfecto en el sistema de posicionamiento espacial resuelto. Tomando el control del Conqueror nuevamente* —respondió la computadora.

Todos intercambiaron miradas. Aisha se quejó:

—Podrían haberle instalado una voz un poco menos robótica, ¿no?

Todos comenzaron a reír. Aquel comentario había servido para distender la tensa atmósfera que se había cernido en la cabina de mando.

—Y tú João tienes prohibido andar desnudo frente a nosotras, ¿te quedó claro? —se impuso Svetlana.

Habiendo la tripulación solucionado con gran pericia una falla que podría haberlos enviado a los confines del universo, conllevando a un trágico desenlace, ahora volvían a recuperar la disciplina y el orden. A partir de aquel momento procuraron enfocarse en los procedimientos establecidos desde una primera instancia y para los cuales los habían capacitado por tanto tiempo. Comenzaron a hacer todo lo que se les había encomendado, sin apartarse un ápice. Pese a que dormían todo el día, volvían a tener plena conciencia del riesgo que enfrentaban de relajarse demasiado. Comprendieron que, no obstante la monotonía, debían considerar con seriedad los peligros a que estaban expuestos ante la falta de profesionalismo o de concentración. El Conqueror volvía a funcionar en perfecta armonía, sin sobresaltos ni sorpresas de ningún tipo por parte de la tripulación.

Transcurrieron los dos meses siguientes casi sin inconvenientes. La distancia que los separaba de su destino se acortaba día a día con celeridad. De manera que, durante el período de tiempo en que se hallaban todos dormidos entre las horas de actividad, comenzaron a despertar uno por uno. Creyendo que podría ser otra emergencia, una vez que se encontraron lo suficientemente en sus cabales como para recibir el mensaje, la IA anunció:

—*El inicio de la desaceleración mediante retrocohetes comenzará en cinco minutos, por tal razón han sido despertados. Bienvenidos a la aproximación final al planeta Marte.*

La tripulación se levantó las viseras protectoras de los cascos, pues allí dentro hedía a perro muerto, y dieron vítores de júbilo. Eran las buenas nuevas que habían estado esperando tan largamente. Por fin se terminaba aquel suplicio, dando comienzo a un nuevo y mucho más emocionante capítulo en sus vidas.

—*Entrando a la zona orbital de Marte a ciento veinticinco kilómetros de altitud. Iniciando el repliegue del sistema de centrifugado* —informó la computadora—. *Ya podéis quitaros las pesas de la cintura, las muñecas y los tobillos.*

La velocidad de rotación había disminuido prácticamente al mínimo y ahora se podía ver el planeta rojo casi sin inconvenientes, aun en el caso de Odinrod. Las comunicaciones con el Control de Misión en su actual posición tenían un retardo de veintidós minutos entre ida y vuelta. Por este motivo, se efectuaban casi como una formalidad, puesto que establecerlas se volvía muy impráctico y poco útil. De manera que, interactuando con la IA, la tripulación había pasado a ser los espectadores más privilegiados del amartizaje desde que surgiera la falla del SPS hacía algunos meses atrás.

—*Alcanzando los grados de inclinación necesarios para el ingreso a la atmósfera marciana. Comienzo de los seis minutos de descenso. Velocidad de descenso de diecinueve mil kilómetros por hora. Temperatura en el escudo térmico de mil cuatrocientos sesenta grados centígrados.*

El brillo que ingresaba por las ventanas comenzó a aumentar. Las viseras fotocromáticas se oscurecieron para proteger la vista de los tripulantes. En el interior del

Conqueror se podía sentir cómo se incrementaba la temperatura paulatinamente a medida que el roce con la atmósfera marciana se hacía más intenso según se iba elevando la presión y la densidad del aire. Un indicador digital de temperatura exterior ubicado en la pared continuaba aumentando. Aun con todos los mecanismos de protección con que estaba equipada la nave, incluyendo sus propios trajes refrigerados, había posibilidad de freírse de forma instantánea con el mínimo desperfecto que se produjese. El ruido del viento huracanado en el exterior de inmediato comenzó a inundar el habitáculo de los astronautas al ingresar nuevamente, luego de tanto tiempo, a un medio donde las ondas de sonido podían desplazarse. Una vibración de alta frecuencia les hacía cosquillas en las sentaderas. Un olor como a ladrillo quemado, proveniente de la cerámica al rojo vivo del escudo térmico, se percibía aun a través del casco.

—*Alcanzando la velocidad óptima para accionar los paracaídas.*

Se prepararon para recibir el impacto. Se escuchó el tumultuoso golpeteo de las cuerdas y la tela desplegándose a gran velocidad y, de pronto, un poderoso golpe los sacudió hasta el centro para dejarlos pegados al asiento. La desaceleración fue evidente. Akira vio a Lestari que cruzaba los dedos y a Odinrod apretando los ojos como si se resistiesen a ver cualquier posible desgracia. A continuación, comenzó a sentirse un suave movimiento de péndulo.

—*Descenso por paracaídas establecido a una velocidad de veintitrés kilómetros por hora. Se estima el amartizaje en tres minutos. Los escudos térmicos y de anti impacto de meteoritos se desprenderán en treinta segundos.*

Una explosión se pudo oír cuando se accionaron los percutores encargados de desprender los broches que mantenían posicionados los escudos en la parte frontal y lateral del Conqueror. El sol brillaba en el cielo marciano con una elevación que correspondería aproximadamente a las nueve de la mañana en la Tierra y un azimut que lo situaba próximo al verano en los trópicos terrestres, tal cual lo habían pronosticado los instructores durante las clases teóricas.

—*Desplegando dispositivo de amartizaje* —anunció la computadora cuando comenzó a extender las tres patas responsables de amortiguar el impacto y luego sostener la nave en posición vertical—. *Desprendiendo los paracaídas para encender los retrocohetes. Prepararse para el impacto sobre la planicie Utopía en veinte segundos.*

Dichos motores, seis en total, habían sido diseñados para aminorar la caída a ocho kilómetros por hora. El característico sonido de soplete se podía escuchar a través del fuselaje del Conqueror. Una nube de polvo ocre se levantó del suelo, dejando a la tripulación completamente a ciegas de las ventanas hacia afuera. Súbitamente, otro golpe, pero esta vez mucho más apagado, les indicó que se habían posado sobre la superficie marciana. En ese momento, todos gritaron de alegría y también como un medio de liberar las tensiones reprimidas.

—Houston, pasados trece minutos de las diecisiete UTC[43], seis minutos después de la entrada en la atmósfera, el Conqueror ha amartizado con éxito —reportó Odinrod.

—*Prepararse para despresurización de la carlinga. Asegurad la correcta colocación del traje espacial. Bajad la visera protectora. En una hora y cincuenta y cuatro minutos se podrá realizar la apertura de la escotilla.*

Afuera, a través de las ventanillas, se podía observar una tenue tonalidad rojiza en todo el ambiente. Muy a pesar de que los asientos ergonómicos se adaptaban perfectamente a sus cuerpos, incluso contaban con un sistema de inflado

---

[43]Tiempo universal coordinado, por sus siglas devenidas de la transigencia entre las versiones en inglés y francés. Las 9 a. m. en Westmont.

diferencial para evitar escaras por el prolongado tiempo de reposo al que habían estado sometidos, no querían volver a sentarse o acostarse en ellos jamás de los jamases. Se quitaron los arneses y los ductos, para realizarse un chequeo mutuo de sus trajes espaciales. Debían verificar todo antes de proceder a abrir la escotilla. Tanto esto como el descenso del Conqueror a la superficie de Marte se podría llevar a cabo solo una vez se dieran las once y hasta las catorce, las horas más aptas para transitar a la intemperie como lo habían explicado en clase.

LXIX

Llanura de Utopía, planeta Marte.
Primer día.

Tras pasar por incontables vejaciones, soportando sueño, cansancio, frío, entre otras muchas cosas más, recién ahora podían decir que todo aquello era simple historia.

Habiendo dejado sus vidas atrás, relegado sus necesidades más básicas a un lado y aun renunciado a su amor propio, todo por cumplir con un sueño en apariencia inalcanzable, en ese momento veían el resultado final de todo su esfuerzo y el premio por su abnegada entrega. Habían conseguido el tan ansiado sentimiento de realización. Una vez que hubieran descendido por la rampa, con el pie posado sobre las rojizas arenas de Marte, podrían decir con cabal satisfacción que habían cumplido con sus más altas aspiraciones.

Los últimos ocho meses habían sido los más largos e insoportables de sus vidas. Sin embargo, pese a que todavía no podían salir de aquella cápsula metálica, tan pronto la puerta por fin se abriera, todo pasaría a convertirse en meras anécdotas pertenecientes al pasado. El reclutamiento había sido muy difícil y gravoso de principio a fin, pero ahora todas las cosas por las que se habían embarcado en aquella misión sin retorno quedaban definitivamente atrás, sin posibilidad de tener que volver a enfrentarlas una vez más.

Con todo, nadie osaba ser quien abriera aquella puerta, que simbolizaba un pasaje a lo desconocido.

Cuando Samuel giró la rueda metálica y abrió la escotilla, la brillante luz del sol entró iluminándolo todo. Aquella tibia caricia arrancó un suspiro de alivio en los once astronautas. Bajaron lentamente por la rampa, dudando a cada paso. Pese a toda la preparación que habían recibido se sentían inseguros, se percibían vulnerables. Ya de pie sobre tierra firme, se miraron unos a otros y comenzaron a derramar lágrimas de emoción.

El entorno era levemente menos rojo de lo que habían supuesto. Observando en lontananza se podía ver extensos valles de suelo rocoso en alternancia con arena, delimitados a lo lejos por algunas colinas aserradas que se recortaban en el horizonte como los dientes de un animal prehistórico. A cierta distancia pudieron ver los grandes paracaídas alejándose, dando giros con el viento. Se habían desenganchado de forma automática después de tocar la superficie, como estaba previsto, para evitar la posibilidad de que derribaran el Conqueror al suelo. Ya tendrían tiempo de recogerlos.

La primera sensación que tuvieron fue la de un lugar desierto, completamente sin vida, como bien lo sabían. A la derecha, a unos setecientos metros se podía ver las instalaciones construidas previo a su viaje. Eran unas construcciones de tipo iglú, con forma de cúpula algo achatadas, como las que construyen los esquimales en el ártico, pero mucho más grandes y bastante más sofisticadas, de diez metros de diámetro por cuatro metros en su punto más alto. Su color blanco mate las hacía claramente visibles a la distancia. También se podía observar las galerías que servían de conexión entre los diferentes iglús. El resto, que comprendía el mayor porcentaje, estaba oculto bajo la superficie.

Dieron sus primeros pasos por las arenas cobrizas hasta que se encontraron sobre un suelo de hormigón que se extendía hasta los iglús. O bien la gravedad era imperceptiblemente inferior a la de la Tierra o simplemente ya se habían acostumbrado a la reducción gradual durante su estadía en el Conqueror gracias a los múltiples métodos paliativos empleados. Avanzaron azorados, observando hacia todas partes en un intento por abarcarlo todo con los sentidos. Era un mundo muerto, pero completamente nuevo, hasta ese día sobrevolado por sondas y transitado únicamente por robots. Habían dado otro pequeño paso para el hombre, pero un gran salto adicional para la humanidad, mucho mayor que el efectuado en la luna hacía más de cincuenta años. Algo de esa envergadura era lo que el siglo XXI había estado deparando y que todo el mundo aguardaba con impaciencia frente a sus televisores. Samuel filmaba con una cámara de alta definición cada cosa que iba pasando para guardarlo de recuerdo y, a su vez, retransmitirlo a la Tierra por intermedio de la IA.

A medida que se aproximaban comenzaron a notar otros detalles. Destacaban algunas antenas de gran calibre que estarían enlazadas con las sondas puestas en la órbita de Marte que fungían como satélites. Había también tanques de agua elevados, paneles fotovoltaicos, molinos eólicos, hasta lo que parecía ser el reactor nuclear del cual les habían hablado durante las clases en Space Dragon. Por toda la zona se habían dispuesto columnas de iluminación bordeando los caminos pavimentados que comunicaban todo el lugar. Además estaban los areneros que serían sus medios de transporte, y más allá se podían ver los legendarios rovers entre los cuales estaba el Opportunity, que había estado recorriendo Marte desde 2004. Aquellos aparatos se habían vuelto obsoletos por la falta de conservación, tras el agotamiento de las baterías, al yacer cubiertos por una gruesa capa de arena. Pero eso pronto podría cambiar con el mantenimiento llevado a cabo por los recién llegados astronautas. Aunque no descartaban encontrarse con el Curiosity, que aún andaba recorriendo el planeta con su misión científica.

—Siempre me había imaginado que todo sería más rojo —comentó Guadalupe.

—Las percepciones siempre nos engañan, Lupe— atribuyó Akira—. De todas formas, la arena es algo rojiza y el cielo tiene una cierta tonalidad anaranjada que le confiere una mágica hermosura.

—Sí, y nuestros trajes parece que también —apostilló como al pasar Naila, al tiempo que se observaba el brazo.

—¿A qué te refieres? —indagó Kingsley— Si son anaranjados.

—Puedes observar el cambio de tonalidad en las juntas que son azules.

Al llegar frente a la entrada principal, la puerta corrediza se abrió en forma automática, levantando algo de polvo. Ingresaron a un hall de color salmón donde, luego de volver a cerrarse la puerta tras ellos, varios chorros de aire cargados de vapor de agua presurizaron el ambiente con la humedad y la composición adecuada de manera que fuera apto para respirar. Enseguida se abrió la segunda puerta que comunicaba con el interior de la base. Avanzaron hasta entrar a uno de los salones principales, con lo que se cerró la puerta detrás de ellos para sellar el ambiente presurizado.

La misma voz que representaba a la IA del Conqueror les dio la bienvenida:

—*Buenos días, héroes procedentes de la Tierra. Sean bienvenidos a lo que de aquí en más será vuestro hogar. Estaré para asistiros en lo que necesitéis. Las iguanas que trajisteis con vosotros ya han sido descongeladas y se encuentran completamente activas, listas para ser puestas en libertad.*

Ante el vital recordatorio de la IA, procedieron a liberar los animalitos de su jaula congeladora. La pareja de reptiles salió con paso lento de la caja translúcida que los contenía. Cada uno aguardaba impaciente por la reacción de ambos animales. Continuaron caminando hasta que uno de ellos se detuvo. Todos contuvieron la respiración. El hecho de que no lo lograse representaría una situación catastrófica para toda la tripulación. De repente, prosiguió junto al otro con su recorrida del lugar a un ritmo cansino, pero sin detenerse.

—*Ya es seguro, ahora podéis proceder a quitaros el traje espacial. Para ello contáis con la sala de trajes espaciales. Una vez que los hayáis guardado en sus respectivos lugares podéis poneros cómodos.*

La sala de trajes también había sido pintada del mismo color rosa anaranjado que poseía el hall de presurización. Tal vez fuese a modo de recordatorio del riesgo que se corría al hallarse en la frontera entre el aire presurizado compatible con la vida y el vacío relativo del exterior completamente letal.

Pese a las múltiples clases teóricas que habían recibido en las que les detallaron casi cada aspecto de las instalaciones, el inicio de su estadía allí estaba repleto de sorpresas y la existencia de la IA operando en aquel lugar era una de las más inesperadas. Quizá desde Space Dragon lo hubiesen hecho a propósito para evitar que se aburrieran.

Cuando la computadora dejó de hablar, se quitaron los guantes y el casco, y comenzaron a recorrer el interior de lo que en delante sería su casa.

—*Vuestras habitaciones están ubicadas al final del pasillo. El Control de Misión os había asignado una a cada uno por anticipado, pero yo consideré que lo más adecuado sería que vosotros mismos os pongáis de acuerdo en la elección.*

Cruzaron miradas con los ojos bien abiertos.

—¿Ahora considera? —farfulló Aisha—. Os digo que cada vez me da más mala espina esta cosa.

—Tranquila, Aisha. Hasta ahora nos ha sido de gran ayuda —dijo Odinrod, procurando mediar entre las partes—. Solo trata de ser amigable.

—Y agradecida —añadió Lestari.

Aisha frunció la comisura de la boca.

—Demasiado condescendiente para mi gusto. Preferiría que se dedicase a hacer su trabajo y dejara de pensar por nosotros.

El interior era blanco, desprovisto de adornos o artefactos de utilidad, tendrían mucho trabajo que hacer para darle vida a aquel lugar. Deberían hacer una profunda labor de redecoración, luego de descargar todo el contenido de los contenedores transportados desde la Tierra durante los últimos cinco años y medio para conseguir volverlo acogedor. Además, necesitaba el toque femenino: las plantas que actualmente permanecían en etapa de semilla y las mascotas que dormían en estado embrionario.

Hicieron sorteo para ver quién se quedaría con cuál habitación. Luego de darse la ducha más larga y placentera de sus vidas, se reunieron en el comedor a prepararse el almuerzo más apetecible que recordaban haber probado. Sus estómagos se habían encogido bastante, pero no sería problema agrandarlos en lo sucesivo. Nunca unas latas en conserva habían sido tan deliciosas; no obstante, cuando descubrieron dónde estaban las impresoras 3D de alimentos todo dio un giro de ciento ochenta grados para ellos.

—Bien chicos, aquí estamos —comenzó a decir Samuel, luego de tragar con dificultad toda la comida que había acumulado en la boca—. Debemos comenzar a planificar lo antes posible nuestro trabajo aquí. Para ello, este es un buen momento de empezar a organizarnos.

>>Lo primero que debemos hacer es iniciar la incubación de los embriones y la plantación de las semillas

para generar alimento fresco cuanto antes. Luego, según las directivas que traemos desde la Tierra, procederemos con los siguientes pasos indispensables para la consecución de la colonización de este planeta. Ya tendremos tiempo de descansar y relajarnos, hasta entonces manos a la obra.

LXX

Llanura de Utopía, planeta Marte.
Segundo día.

Luego de estirar un poco las piernas se pusieron manos a la obra. Había mucho por hacer. Debían comenzar por desembalar todo lo que se había traído desde la Tierra: desde utensilios de cocina hasta microscopios, pasando por herramientas básicas como ser palas, pinzas, destornilladores y martillos, hasta artilugios de alta precisión como electrobisturíes, láseres de medición y de corte, balanzas, sismógrafos, y un etcétera bastante extenso. Por si fuese poco, había que trapearlos porque estaban cubiertos de polvo y muchos de ellos aun volver a montar algunas de sus partes.

    Se encontraron con que, al empezar a sacar todas las cosas que había en los contenedores, les comenzó a quedar chico el espacio. Y la lista de los diferentes inventarios aún estaba a medio tildar. Pese al ejercicio diario previsto durante el viaje, con tanto trabajo se sentían exhaustos y, con todo y el frío, transpiraban a mares. Al llegar la noche caían rendidos en sus camas para recomenzar al día siguiente otra jornada de arduo trabajo.

    Aun así, Svetlana tenía el ánimo y las energías suficientes como para jugarse una carta arriesgada.

    —Aisha, ¿sabes qué admiro de ti?

Aisha la observó con interés.

—Que eres una mujer pujante y nunca te amilanas ante los desafíos que se te presentan. Lo noté desde el entrenamiento en Westmont.

—Gracias —respondió contenta Aisha—. También considero que eres una mujer sobresaliente.

—Y también creo que eres una mujer hermosa —agregó en un tono más bajo, como contándole un secreto.

Aisha hizo silencio antes de contestar.

—Creo que te estás confundiendo conmigo, Svetlana.

Svetlana apartó la vista de ella y continuó cargando cajas.

—Mejor sigamos trabajando que tenemos mucho por hacer todavía —dijo Aisha como para cerrar la conversación.

Acarreaban cosas durante las tres horas que podían salir al exterior. El resto del tiempo se la pasaban ubicándolas con la mejor disposición posible, a fin de aprovechar el espacio de la forma más eficiente. La espalda los estaba matando con tanta semilla sembrada en el sector de cultivos. Tan solo los jacuzzis de sus habitaciones lograban mitigar las contracturas generadas por largas horas de labor casi ininterrumpidas. Por la noche les sobrevenían terribles calambres en tanto se adaptaban a la nueva dieta de alimentos sólidos y a dormir tan solo ocho horas diarias. Quizá debieran aumentar la proporción de potasio en la máquina impresora de alimento.

—Nunca pensé que fuera a trabajar tanto —protestó Ming mientras ayudaba a Akira a subir un lavarropas a un montacargas para transportarlo hasta el interior de las instalaciones—. Pasé de ser un renombrado ingeniero en mi país a agachar el lomo todo el día como un simple peón.

Akira meneó la cabeza, esbozando una sonrisa.

—Pero ¿cómo duermes ahora?

—Ah, eso sí, no te quepa la menor duda de que ni una piedra se me iguala. Ahora, también te digo una cosa, que mi cintura ya no tiene arreglo, está completamente arruinada.

Ambos rieron.

—*Akira y Ming, es hora de volver al resguardo de la base. Faltan diez minutos para las catorce horas y vuestros trajes tienen un remanente de trece minutos de oxígeno* — les puso sobre aviso la IA por los intercomunicadores de sus cascos.

Akira observó uno de los indicadores en su muñeca. Efectivamente restaban trece minutos de oxígeno y la temperatura exterior caía con celeridad. Sumado a esto, en poco más de media hora los niveles de radiación cósmica serían letales.

—No puedo creer lo rápido que pasa el tiempo cuando uno se encuentra atareado —profirió sorprendido Akira—. Démonos prisa o no sé de qué podríamos morir primero.

Ingresaron por la puerta de carga con apenas unos minutos para que se dieran las dos de la tarde, el límite máximo permitido. Una vez que se presurizó el recinto más grande que había en toda la base, procedieron a descargar con ayuda del montacargas todo lo que habían acarreado y a tacharlo en el inventario. Adentro, el resto de sus compañeros ya estaba organizando otro montón de cosas.

—Por favor, instalen el mejor invento del Siglo XX lo antes posible —bromeó Aisha con voz de mujer desesperada.

Todos se echaron a reír.

Dejando para terminar de ordenar todo más entrada la tarde, se fueron a dar una ducha para luego prepararse algo de comer. Entrada la noche, volvían a hacer una pausa para retornar a las tareas por la mañana del día siguiente.

—Sí que hay muchas cosas en esos contenedores— observó Kingsley, mientras degustaba un cilindro veteado de diferentes colores que asemejaban los ingredientes de una típica hamburguesa terrestre.

Utilizando una sofisticada técnica 3D molecular de sintetizado selectivo por láser, la impresora de alimentos de última tecnología lograba los sabores especiales de la fruta mediante la combinación de jugo de fruta y alginato de sodio. Estos productos en polvo eran hidratados durante el proceso, permitiendo alimentos con todo tipo de formas y tamaños, y completamente orgánicos. Mediante el uso de un extrusor se introducía el material en diferentes tipos de boquillas que, mediante la regulación de la temperatura y la densidad de la mezcla, podía imprimir casi cualquier alimento con sabores a gusto del consumidor. Dicho producto de característica pastosidad poseía las propiedades fisicoquímicas y reológicas adecuadas, adicionada con bacterias probióticas que ayudaban a equilibrar la salud intestinal.

—Esto está muy bueno, pero no sé si duraré mucho tiempo sin hincarle el diente a una jugosa chuleta— sentenció João.

—Si te hicieras vegetariano no tendrías ese problema, pues estas manzanas impresas están muy ricas y se pueden confeccionar en el tamaño que desees —replicó Lestari.

Luego de un momento de comer en silencio, deteniéndose un poco a meditar sobre su situación de colonos de Marte, Lestari dijo:

—Esta noche, sin importar cuán cansada esté, voy a tomarme un tiempo para ver el cielo nocturno de este planeta.

—Es cierto, yo te acompaño. Me da mucha curiosidad saber cómo se verán las constelaciones desde aquí y en especial, cómo se verán Fobos y Deimos, y también la

Tierra y la Luna —agregó Svetlana—. Quizás hasta podamos ver los dos satélites durante el día.

—No lo creo, Sveta —respondió Samuel—. Son demasiado pequeños para verlos durante el día, desaparecen al igual que las estrellas. De hecho, aun por la noche se confundirán fácilmente con otras estrellas del firmamento.

Al caer la noche, ante la iniciativa de Lestari, todos estaban pegados a las ventanas del comedor. Era el lugar que tenía los mayores ventanales, de ochenta centímetros de alto por un metro y medio de alto. No eran enormes, pero al menos estarían juntos y tendrían una visión más amplia del cielo. Al contemplar hacia afuera, lo primero que les llamó la atención, antes incluso que el mismo cielo, fue la extraña sensación que producía ver por las ventanas, como si padeciesen hipermetropía o algo por el estilo.

—Qué sensación más desagradable —protestó Guadalupe.

—Me pasa lo mismo —confirmó Odinrod—. ¿Qué será?

—*Respondiendo a la pregunta surgida, se debe a un efecto óptico causado por varios factores: primero, la ventana posee doble vidrio, segundo, el espesor de estos es de tres centímetros y a su vez, el externo es convexo hacia el exterior para hacerlo más resistente contra los fuertes vientos que pueden llegar a soplar en este planeta*— respondió la IA—. *También se han diseñado con una forma redondeada en los bordes, tomando de la experiencia obtenida de la industria aeronáutica, para soportar mejor el diferencial de presión entre el ambiente interior y el exterior. ¿No sé si esto aclara tu duda?*

—Eres una genia, IA —agradeció Guadalupe.

—Era lo que faltaba —refunfuñó Lestari—. Una genia sabelotodo que nos escucha en todo tiempo y lugar.

—Vamos, Les, no seas tan mala onda. Dale una chance a nuestra amiga, solo quiere ayudar.

—Creo que vamos a tener que abocarnos a la tarea de crear nuevas constelaciones, porque en verdad que no reconozco ninguna —comentó Akira—. Evidentemente nuestra presente ubicación lo ha variado todo.

—Naila, si quieres podemos encargarnos de ello —musitó Ming—. Juntos podríamos ver las estrellas toda la noche.

Odinrod fijó la mirada en él como para estrangularlo, pero aquel no lo notó.

—En realidad, para semejante faena necesitaría a un hombre que pudiese permanecer despierto toda la noche, no a alguien que se durmiese a cinco minutos de comenzar —replicó Naila.

Todos echaron a reír, con la única excepción de Ming.

Al siguiente día, se encontraban Aisha y Naila desembalando algunas bolsas de semillas para comenzar a plantar. De pronto, Aisha llamó con urgencia a Naila, que estaba situada en la otra mesa.

—¿Qué ocurre? —preguntó Naila— Me asustaste.

—Mira —dijo Aisha mientras le mostraba el interior de una de las bolsas.

—¿Gorgojos?

LXXI

Llanura de Utopía, planeta Marte.
Noveno día.

Ya habían transcurrido dos años desde que se vieron por primera vez al inicio del reclutamiento, cuando corrían hacia todos lados concéntricamente a aquellas barracas repletas de cuchetas. Ahora eran mujeres y hombres diferentes a los de entonces. Habían cambiado tanto que ni ellos se reconocían a sí mismos. Para muchos fue una experiencia enriquecedora, que los había llevado a madurar y a crecer como personas en muchos casos, sacando lo mejor de sí. Sin embargo, a decir de unos pocos, solo había servido para exacerbar las miserias que arrastraban de antes.

 El trabajo más duro y urgente se había realizado. Una rutina más estable comenzaba a establecerse en la vida del grupo. Los conocimientos que cada uno poseía de acuerdo con la profesión en que se habían especializado se requerirían o no según la etapa de la colonización en que se encontrasen. En el caso de Akira, quien era médico cirujano, Odinrod, siendo odontólogo, Aisha, que era enfermera, o Lestari, como óptica, nadie deseaba que se tuviera que echar mano de sus servicios. Naila, debería desempeñarse como veterinaria una vez que los animales estuviesen lo suficientemente desarrollados. Ming, como ingeniero, no se requerirían de sus servicios hasta que el proyecto no avanzase lo suficiente, puesto que todo había sido planificado con antelación al dedillo. Solo con la llegada de otros contingentes de astronautas, se tendría que comenzar a pensar en llevar a cabo las ampliaciones necesarias para albergarlos. En tanto que Svetlana, con sus amplios conocimientos en ingeniería mecánica, João, con sus profusos recursos en informática, Samuel, siendo un científico astrofísico, y Guadalupe, como ingeniera agrónoma, estaban a la orden del día en los quehaceres precursores. Por su parte, Kingsley, en su función de psicólogo, era consultado en secreto más a menudo de lo que hubiera sospechado o aun deseado. Se había convertido en el baúl de las confidencias.

Habían hecho algunas salidas para recorrer los alrededores. La curiosidad los estaba matando. Hasta el momento no habían encontrado nada interesante. Todo el paisaje era muy monótono, incluyendo el cielo. Sin embargo, para sorpresa de todos, al noveno día se encontraron con una formación nubosa bastante importante. Eran unos penachos alargados y parecían encontrarse a gran altitud. Se quedaron pasmados observando aquellas nubes, a lo que decidieron comunicarse en el acto con el Control de Misión. A fin de cuenta, un descubrimiento de aquella magnitud debía ser informado de inmediato, puesto que no se suponía que hubiera nubes en Marte. Con todo, se encontraron con la respuesta anticipada de la IA que quiso ahorrarles tiempo y gasto innecesario de energía.

—*Las sondas que orbitan al planeta ya han detectado con anterioridad la presencia de este tipo de formaciones nubosas.*

—¿Cómo es eso? —preguntó extrañada Naila—. En ningún momento nos habían informado sobre la formación de nubosidad en Marte.

—*Era un detalle menor de escasa o nula significación en cuanto al clima* —continuó explicando la IA—. *Es un fenómeno que no implica ningún tipo de relevancia y no influye en nada al ambiente que os rodea. No se creyó necesario considerar esta nimiedad, tal como otras tantas que iréis descubriendo con el transcurso de los días.*

—¿Y de qué se trata? —indagó Kingsley.

—*Son cirrus muy similares a los observados en la Tierra. Se pueden encontrar a gran altura, por encima de los diez kilómetros. Están compuestas por cristales de hielo y aparecen con la falta de vientos cortantes. En realidad, no causan ningún tipo de alteración meteorológica.*

Pese a aquel impactante descubrimiento, la exploración continuaba siendo demasiado poco llamativa, ya que el cráter más próximo, el Rynok, se encontraba a ciento veinte kilómetros de distancia. Inalcanzable con los medios que contaban. La experimentación científica tampoco era su encargo ni debía ser su prioridad. Como resultado, con toda la situación bajo control y el proyecto encaminado, se dispusieron a ver en grupo una película de terror que aún estaba en cartelera en la Tierra, gracias a los dotes de <<pirateador>> que João había demostrado poseer. Imprimieron suficientes papas fritas como para alimentar a cinco elefantes africanos adultos. Prepararon toda la sala, disponiendo los sillones en abanico frente a uno de los primeros artefactos que extrajeron de los contenedores: la televisión QLED de pantalla curva 4K UHD de cincuenta y cinco pulgadas, con sonido envolvente.

—Siempre supe que eras uno de los elementos más importantes del equipo —lo aduló Ming en chanza, referente a haber conseguido la película.

—Apoyo la moción —terció Guadalupe.

De repente, Lestari tuvo un estornudo que llamó la atención de todos.

—¿Y eso? —preguntó Naila, con el ceño fruncido—. ¿Acaso estás resfriada?

—¿Puedes creerlo? Tal parece que me he cogido uno de los buenos —dijo sin reparar en lo que podría implicar aquel detalle.

—Puede ser una alergia —diagnosticó Akira.

—No lo creo porque hasta chuchos me vienen, además me duele todo el cuerpo —explicó Lestari.

Akira observó a Naila.

—Muy bien, chicos. Hagan silencio que ya comienza —pidió Aisha.

—No entiendo por qué tenía que ser una de terror —protestó Lestari—. Yo hubiera preferido una comedia romántica.

Todo comenzó con la pantalla negra. Una música tétrica de fondo iba en aumento. Súbitamente, todo se silenció, preparando al público para dar el primer gran susto de la película. La ansiedad iba oprimiendo el pecho como un infarto que precede a un fulminante paro cardíaco. Algo pareció moverse; todos contuvieron la respiración. Entonces, dieron un salto acompañado de gritos y quejidos al ver la cara demacrada de la bruja aparecer de golpe en primer plano.

Cuando finalizó y por fin comenzó a desfilar el reparto, tenían el cabello crispado, transpiraban en frío y ninguno se atrevía a moverse de su asiento. Disimuladamente miraban hacia todos lados y sentían que en cualquier instante algo los tomaría por los tobillos. En ese momento, João se puso de pie de un salto a propósito, con lo que todos se exaltaron.

—¿Qué haces, imbécil? —gruñó Guadalupe.

—Perdón. Es que no aguanto más. Me estoy haciendo encima —dijo riendo y salió corriendo.

No se suscitaron muchos comentarios sobre la película. Luego que hubo pasado un poco el miedo, comenzaron a levantarse sin demasiado apuro y a retirarse a sus alojamientos (aunque a decir verdad ninguno quería quedarse atrás). Al poco rato de que se hubieron dispersado y se apagaron las luces asociadas a los sensores de movimiento en los pasillos, se sintió un gemido de dolor, acompañado de una carcajada, que recorrió todo el lugar. Parecía trasladarse el terror de la película a la vida real. Sin embargo, enseguida hubo silencio de nuevo hasta que se escuchó a João gritando desesperado:

—¡Aisha, Aisha! ¡Akira! Vengan rápido, por favor.

—¿Qué ocurre? —preguntó Naila, quien fue la primera en llegar por encontrarse más próxima a la habitación de Ming.

No necesitó que se lo explicase. La escena era esclarecedora por sí misma. João había quitado la parrilla de la cama de Ming y, antes de que llegase, se había escondido debajo para jugarle una broma. Consistía en tomarlo por los tobillos para que saltara del susto hacia arriba de la cama y cayera al suelo. Empero no salió como esperaba. Sucedió que, al sentarse en el borde se fue hacia atrás en ausencia de la parrilla y se golpeó la nuca con el filo del travesaño opuesto de la cama. Esto le provocó un feo corte en el cuero cabelludo que, en un santiamén, empapó en sangre la camiseta blanca que llevaba puesta, así como el colchón.

Ming estaba medio grogui, por lo que en ese momento no se enteró de nada. Ya en la enfermería, cuando Aisha comenzaba a suturarle la herida, comenzó a entender lo que había sucedido, entonces estalló la reacción como una mina antipersonal de efecto retardado.

—Te juro que cuando lo agarre lo voy a matar, lo voy a estrujar con mis propias manos —vociferó Ming con los puños apretados.

LXXII

Llanura de Utopía, planeta Marte.
Décimo día.

Pasada la mala experiencia que acarreó la broma pesada de João, al día siguiente comenzaron a salir al exterior con el objeto de recabar información, recoger muestras para posteriores estudios, realizar mediciones y explorar el entorno. En clase les habían dado a entender que su principal función allí era la de procrear marcianos descendientes de terrícolas. Sin embargo, no tardaron en comprender que, si no se mantenían ocupados haciendo todo tipo de cosas, el aburrimiento tomaría cuenta con rapidez de sus mentes. Quizá pudieran transformarse en psicópatas asesinos que se exterminaran unos a otros.

Hasta ese entonces, desde la sonda Mariner 4 lanzada en 1964, con las primeras fotos cercanas del planeta, donde mostró impactos similares a los de la Luna, las sondas Mars soviéticas que descubrieron las grandes tormentas de polvo originadas en el hemisferio sur que llegaban a oscurecer todo el planeta, hasta la primera satelización de una sonda con la Mariner 9, los datos recabados habían sido muy prolíferos. Luego vendrían las sondas Viking 1 y 2, que consiguieron transmitir fotografías de la superficie desde las planicies de Chryse y Utopía, donde actualmente se hallaba asentada la novel colonia humana, pasando por la Mars

Pathfinder que descendió llevando el astromóvil autopropulsado Sojourner.

Llegaría más tarde, a comienzo del Siglo XXI, la Mars Odyssey, para constatar la existencia de agua en estado sólido. Más adelante, siendo enviados con éxito el Spirit y el Opportunity, por fin se concretaría a través de aquellos ingenios el descubrimiento de extensas acumulaciones de hielo. Además de otros muchos esfuerzos realizados por las Agencias Espaciales europea, india y rusa por conocer más en profundidad al planeta rojo. Siendo tan abundantes los datos recabados hasta el presente, no era requerido ni mayormente necesario que llevaran a cabo experimentos científicos o de investigación, con lo cual no se les alentaba en este aspecto. Su misión básicamente era la de instalarse, adaptarse, contribuir con la terraformación de Marte y, eventualmente, poblar el planeta. Esto último era en definitiva su misión más importante antes de tener que recurrir a la fecundación in vitro.

De todas formas, la curiosidad, la búsqueda por demostrar la enjundia de su presencia allí, y, sobre todo, la gran cantidad de tiempo que les sobraba, los motivaba a escarbar en los secretos que pudieran esconder aquellos inhóspitos territorios. De manera que, entre las once y las catorce, mientras unos montaban los areneros para recorrer los alrededores, otros tomaban muestras de arena y roca, cavando profundos agujeros en el suelo. Sveta hacía mediciones de la toxicidad del aire, su composición y demás características. Todo dato fuera de lo ya conocido era escrutado por los sensores que la IA poseía, tomándose pormenorizada nota de estos en su pormenorizada base datos. Cualquier cosa inusual que encontrasen durante sus recorridos, la llevaban al interior de la base para ser analizada mediante todo tipo de ensayos químicos y físicos, para luego ser clasificada, etiquetada y posteriormente archivada para más estudios con posterioridad.

No había por qué extenderse demasiado en cuanto al área de exploración, puesto que el planeta entero estaba siendo monitoreado y estudiado constantemente, sobre la superficie y desde el espacio. En el polo norte se hallaba amartizada desde mediados de 2008 la sonda Phoenix, estudiando su constitución y estructura. También estaba la Mars Reconnaissance Orbiter con su búsqueda especializada de agua, capaz de detectar la mínima traza de acuíferos subterráneos. En la planicie Elysium, en la zona ecuatorial del planeta, a unos tres mil cuatrocientos kilómetros de distancia de la zona donde se encontraba asentada la colonia, estaba instalado el InSight, un robot estático de exploración del interior de Marte utilizando métodos de investigación sísmica, transmisión de calor y geodesia. Y, por supuesto, se encontraba recorriendo el planeta, con la tarea de examinar su composición, el rover más avanzado jamás enviado a Marte, el Curiosity. Todo estaba enlazado a la IA de forma remota. Cada descubrimiento lo retransmitía al grupo para que no se preocupara demasiado en utilizar su tiempo en investigar cosas que ya estaban siendo investigadas de sobra.

De todas formas, pese a todo el estudio a que estaba sometido constantemente el planeta, habían descubierto algunas singularidades interesantes. Por ejemplo, advirtieron que Marte podía llegar a ser, en determinadas condiciones y en ciertas épocas del año, incluso más húmedo que María Elena Sur, el punto más seco registrado, entre las regiones de Arica y Parinacota en el desierto de Atacama. Con la diferencia de que aquel árido desierto escondía bajo su aspecto muerto un espectáculo maravilloso que surgía cada cuatro años, dependiendo de las precipitaciones que se registrasen. En estado latente, los bulbos y las semillas de más de doscientas especies de flores permanecían a la espera de las escasas lluvias que de forma esporádica se daban cita allí, para al fin eclosionar, transformando un paisaje de yerma monotonía en una verdadera exhibición de múltiples colores.

Una vez que las alarmas comenzaron a sonar en los intercomunicadores de los cascos por la proximidad de las catorce horas, se encaminaron al resguardo de las instalaciones sin más dilación. Todos regresaban algo decepcionados por lo escaso que era lo visto o lo hallado. Era lo más parecido a recorrer un desierto cualquiera de la Tierra. Lestari parecía ser la excepción, pues evidenciaba un gran entusiasmo en su comportamiento. Cuando se reunieron en uno de los habitáculos de presurización, todos percibieron con interés la eufórica actitud de su compañera. Naila no se resistió a preguntar:

—Algo encontraste. Ya cuéntanos, mujer.

Lestari sonrió con fruición.

—No me lo van a creer. Ni yo me lo creo —pensó un instante—. De hecho, no llego a comprenderlo del todo.

—¡Cuéntanos! Vamos, que nos estás matando de la intriga.

—Creo que encontré un pequeño fragmento de hueso —dijo en voz baja, apretando una pequeña caja metálica contra su pecho.

—¿Hueso? Eso es una locura —censuró Samuel—. Hace casi sesenta años que se está peinando este desierto con los equipos más avanzados jamás creados por el hombre con la esperanza de encontrar el más mínimo rastro de vida y hasta ahora no se ha localizado ningún indicio, ni siquiera una microscópica bacteria, y tú, en diez días te topas de lleno con un hueso. Con muchísima suerte, si alguno entre nosotros fuese geólogo o quizá biólogo, encontraría impreso en una roca un antiguo organismo unicelular fosilizado desde hace millones de años.

—Sé que suena extraño, pero aquí lo traigo conmigo —adujo la morena—. Por esa razón someteré la muestra a los estudios pertinentes, con el fin de determinar que sea un fragmento de hueso o no. No estoy afirmando nada, solo quiero descartar posibilidades o confirmar mis sospechas.

—¡Por favor! O eres muy ingenua o demasiado vanidosa —criticó Samuel.

—Vamos, Samuel. No seas tan duro con ella —trató de suavizar la situación Akira—. Solo estamos haciendo lo mejor que podemos por volver fructífera la misión.

Samuel se tomó un momento y luego dijo:

—Discúlpame Lestari, creo que me dejé llevar por las emociones.

—No te preocupes, Sam —respondió Lestari con una sonrisa compasiva. A aquel robusto espécimen rubio podía perdonarle cualquier cosa—. Somos conscientes de que toda la responsabilidad ha recaído sobre tus hombros y que esto puede generar mucho estrés en una persona.

Lestari, sin sacarse el traje, se fue directo al laboratorio. No podía esperar para efectuarle todas las pruebas que estuvieran a su alcance. Estaba compenetrada en reunir los elementos necesarios como tubos de ensayo, agitador de tubos Vortex, matraces, microscopio, mufla, entre otros utensilios, cuando una mano se posó sobre su hombro. Ella se volteó con un respingo para encontrarse muy de cerca con Samuel:

—Disculpa si te asusté. Es que realmente quería pedirte perdón por la forma en que me expresé hace un rato.

—Está bien. Como te dije, te entiendo y sabes que tienes todo mi apoyo. No te preocupes, ¿sí? —susurró mientras observaba sus ojos de un aciano color azul.

—Gracias. Eres tan comprensiva. Quiero ayudarte con esto, pero ya ves, ni siquiera nos hemos quitado este polvoriento traje. Tenemos tiempo para hacer esto, de hecho, el resto de nuestras vidas. Vayamos a cambiarnos y luego volvamos a desentrañar este misterio, ¿te parece?

Lestari dudó, pero luego cedió ante las persuasiones de su apuesto compañero cuando pronunció las palabras mágicas:

—Quisiera que hiciésemos esto juntos.

Luego de ponerse ropa cómoda, la siguieron Naila, Akira, Odinrod, Kingsley y Aisha. Samuel apareció al rato. El resto se entretuvo en otras actividades porque no se habían tomado en serio el supuesto hallazgo. La expectativa entre los que se hicieron presentes era muy grande. De ser realmente un fragmento de hueso, pasaría a convertirse en el mayor descubrimiento de todos los tiempos. Sería la confirmación irrefutable de la existencia de vida extraterrestre.

—Kingsley, hazme el favor y tráeme de aquel estante un mortero y el aparato de kipp. Odinrod, alcánzame, tú que estás más cerca, el mechero bunsen y el crisol de porcelana.

Cuando tuvieron todo pronto para comenzar con los análisis del presunto fragmento ósea encontrado, Lestari se dispuso a abrir la caja que supuestamente contenía una prueba de trascendental relevancia para justificar tanto esfuerzo y presupuesto invertido.

Destrabó el broche que mantenía cerrada la tapa y la apartó hacia atrás sobre sus diminutas bisagras. Todos contenían el aliento; la tensión iba en aumento. Era increíble que los otros cuatro estuviesen perdiendo el tiempo en videojuegos tal vez, en la fábrica de contaminación mental, o sea la televisión, o incluso pornografía, ocultos en la privacidad de sus habitaciones. Lestari abrió los ojos a tal punto que parecía como si fuesen a salírsele de las órbitas. Ninguno entendió su reacción. Comenzó a mirar hacia todas partes, como buscando una respuesta o intentando darle lógica a la situación más incoherente que pudiese haber confrontado.

—¿Qué ocurre, amiga? — indagó Aisha, no exenta de preocupación por la vacilante conducta de su compañera.

—¡Habla ya, mujer! —reclamó Naila ya exasperada.

—Esto no es lo que encontré allá afuera —susurró evidentemente aturdida.

Uno a uno, fueron aproximándose a la abertura de la caja para asomarse a observar en su interior. En el fondo se podía apreciar una piedra que, pese a ser blancuzca y alargada, no dejaba duda de su naturaleza.

—Ya veo. Quisiste vengarte de João y como ni se molestó en venir tras de ti, no te salió la broma —dedujo Kingsley—. Quiero creer que fue esto y no pensar que nos has visto la cara de palurdos.

—Chicos, les juro por la diosa Ganga[44] que lo que yo encontré fue un fragmento de un hueso astillado posiblemente proveniente de un animal pequeño similar a un roedor.

—Sí, cómo no —dijo Naila—. Creo que ya estamos de bromas por hoy. Yo me largo.

El resto siguió a Naila, desaprobando con la cabeza y cuchicheando entre ellos.

—No te preocupes, Lestari —se adelantó Samuel a refrendar la percepción de su compañera—. Cualquiera que viese esta roca sin el suficiente detenimiento podría confundirla fácilmente con un hueso. Quizá sean los fervientes deseos que tenemos todos por hacer valer nuestro viaje hasta aquí.

Lestari no se conformaba con aquellas palabras. Se encontraba entre confundida y molesta.

—Pero no te desanimes, todavía hay mucho por descubrir. Quiero que tengas bien presente que cuentas con todo mi respaldo…

De repente, un silbido similar al emitido por el viento recorrió todas las instalaciones. Lo siguió un fuerte golpe que interrumpió de manera abrupta la conversación. El

---

[44]La diosa regente del río Ganges en la religión hindú.

desconcierto era tal que el asunto del supuesto hueso pasó por completo a segundo plano.

LXXIII

Llanura de Utopía, planeta Marte.
Ese mismo día, por la tarde.

La IA había informado con anterioridad a los colonos que estaba pronosticada la llegada de una tormenta de arena en el correr del día siguiente, con mayor probabilidad hacia la tarde. Auguró que podría durar varias semanas y alcanzar dimensiones planetarias. Por lo que, al volver de las expediciones regulares, habían cerrado todas las aberturas con una protección exterior blindada, fabricada mediante la utilización de materiales compuestos especiales de alta resistencia contra fricción e impactos, preparada específicamente para tal fin.

Por ventura lo hicieron, puesto que daba la impresión de que el fenómeno meteorológico se había adelantado al pronóstico. Con aquel tipo de cuestiones no se podía jugar, ninguna precaución estaba de más.

Era la primera tormenta de arena masiva que afrontaban desde que habían arribado al planeta. Habían recibido mucha información con respecto a este inusual fenómeno, pero el experimentarlo en persona era una cosa muy diferente. La sensación sería traumática. Sentir un violento flujo extremadamente abrasivo royendo toda superficie que se interpusiese en su camino podría convertirse en la experiencia más aterradora que alguien llegase a vivir.

Aquel tipo de fenómeno atmosférico se originaba a partir de la diferencia de energía recibida desde el sol a consecuencia de su posicionamiento con respecto a este. Al ubicarse en la zona del perihelio de su órbita, es decir el momento de mayor acercamiento a la estrella, la temperatura se elevaba en el hemisferio sur hacia finales de la primavera, lo que ocasionaba que el suelo perdiera la poca humedad que contenía. De esta forma, se desencadenaba una violenta tempestad que desplazaba del suelo reseco grandes masas de polvo. Estas se elevaban a enormes altitudes, cubriendo todo el planeta. Aquel fenómeno podía incluso modificar su tonalidad al ser observado desde el espacio. Esto también causaba que las temperaturas máximas disminuyeran, y a su vez, por el efecto invernadero provocado por la nube de polvo, las temperaturas mínimas aumentaran. Los diferenciales de temperatura aumentaban el apretamiento de isobaras en la circulación atmosférica y, por ende, se incrementaba la velocidad del viento por un efecto similar al de Venturi.

Ni bien hubieron regresado, procedieron a guardar los areneros en el iglú dispuesto para ello. Unos acarrearon al interior los instrumentos de medición que habían colocado a la intemperie, mientras que otros los iban llevando hasta el depósito en el subsuelo. Plegaron las antenas de comunicaciones y a continuación, procedieron a cerrar puertas y ventanas, sellándolas con las cortinas levadizas de titanio y grafeno, previamente instaladas durante la construcción. Siendo así, al terminar de cerrar las persianas mediante un interruptor ubicado junto a la puerta principal, quedaron aislados del exterior, iluminados únicamente por alumbrado artificial. Se quitaron los trajes y los guardaron en la habitación contigua a la entrada. Solo quedaba tratar de relajarse.

Todo iba bien hasta que se volvió a instalar la discusión por el presunto hueso. Momento en que pudieron escucharse desde el exterior los primeros soplidos. El viento había comenzado a azotar al planeta. Se podía oír el intimidante aullido afuera. La arena y lluvia de piedras comenzó poco a poco a exfoliar la pintura del casco reforzado en el exterior de los iglús. La forma semiesférica algo achatada de las construcciones era la ideal para soportar aquel tipo de fenómenos particularmente adversos.

—*En este momento, se están registrando rachas de viento que superan los doscientos kilómetros por hora*— informó la IA.

—Es como un poderoso huracán, pero mucho más letal que uno por la duración —comentó Akira sentado en el borde de uno de los sillones, machacándose una mano con la otra.

La furia que se desataba afuera había sorprendido a todos, pero con el paso de los días, comenzaron a acostumbrarse al escalofriante silbido que producía y los ocasionales golpes que se podían escuchar. Tanto fue así, que casi llegaron a ignorarlo por completo. El único que se desesperaba por momentos era Odinrod, que no lograba superarlo del todo. Aun así, procuraba no demostrarlo demasiado para no convertirse en el hazmerreír del grupo.

Los días pasaban y la situación seguía incambiada. Buscaban cosas para hacer, pero el ocio los volvía propensos a cometer estupideces. El peor de todos era João, quien tenía debilidad por las bromas, sobre todo las pesadas, que siempre resultaban de mal gusto y con un final impredecible. Se le sumó Guadalupe, con quien congeniaba muy bien. Entre los dos se las ingeniaban para mantener al resto en estado de alerta.

Pasadas dos semanas y con la tormenta de arena en pleno vigor, se propusieron montarle una buena a Odinrod, que era el que evidenciaba mayor temor a lo que ocurría afuera. La trama consistía en un plan muy sencillo, pasarle un papel por debajo de la puerta de su habitación con un llamado de apareamiento de parte de Svetlana y viceversa con ella. Luego aguardarían ocultos a ver qué ocurría, portando una cámara de filmación para que todo quedase registrado. Existían dos opciones, hacerlo público más tarde con el objeto de generar una situación hilarante entre el grupo o de lo contrario guardarlo para diversión propia según el desenlace que tuviera.

Deslizaron juntos los trozos de papel y corrieron a esconderse en la habitación de João que quedaba al final del pasillo. Con la puerta entornada, una cabeza sobre la otra y la cámara debajo, seguían la situación momento a momento sin perderse detalle. De pronto, Odinrod abrió la puerta con expresión de absoluto desconcierto. Cuatro puertas más allá, salió Svetlana como un torbellino por el corredor en dirección a Odinrod, quien sostenía el pedazo de papel entre sus manos. Ella avanzó muy rápido, sin dar tiempo a nada. Él la observaba en el umbral de su puerta con las cejas arqueadas, sin atinar a nada ni mucho menos sospechar algo. Ella, sin detener la marcha, con el envión que traía lo sacudió con un demoledor gancho de derecha. Hasta Mike Tyson se habría muerto de la envidia si lo hubiera visto. Odinrod dio dos pasos hacia atrás y, medio grogui, cayó sentado al suelo todavía sosteniendo el papel. Su nariz sangraba profusamente y el labio superior se abrió de arriba abajo en un feo corte.

—La próxima vez no seré tan benévola —soltó Svetlana y dando media vuelta, volvió con paso decidido a su habitación. Lo último que se escuchó fue cuando cerró de un portazo.

Guadalupe y João contenían la risa detrás de la puerta, mientras las lágrimas les rodaban por las mejillas. Fueron cerrando muy despacio la puerta para que no llegase a escucharse nada. Se empujaban uno al otro tapándose la boca para no estallar en carcajadas. Rieron lo más silenciosamente que pudieron hasta que se les acalambró el estómago. Lentamente fue pasando la gracia y luego de unos comentarios jocosos más, se observaron mutuamente a los ojos y de repente se quedaron serios. Estaban sentados en el suelo, muy juntos. Sus piernas se entrecruzaban en algún punto. Se contemplaron largo rato hasta que Guadalupe en un ágil movimiento le dio un pico de improviso y volvió a separarse. Entonces él la tomó por la nuca y la besó con hambre. Ella nunca volvió a su habitación esa noche.

Al otro día, Odinrod fue a desayunar con el labio lastimado muy hinchado; la hemorragia de la nariz ya había remitido. El ojo izquierdo ya se veía negro por el derrame que comenzaba a avanzar por la parte inferior. Cuando llegó al comedor ya estaban todas las mujeres, excepto Guadalupe, reunidas en cónclave alrededor de una mesa. Al verlo llegar, Lestari se puso de pie y se dirigió hacia él. Naila lo miraba de reojo.

—¿Qué te ocurre, Odinrod? Eres un pervertido —le lanzó a la cara.

Odinrod frunció el ceño. Aquello ya se pasaba de marrón oscuro.

—¡Esperen un momento! —protestó enérgicamente Odinrod—. Yo no hice nada. En todo caso la víctima aquí soy yo.

—Sí, ¿cómo no? —dijo con ironía Svetlana desde lejos.

—Escúchame, yo solo abrí la puerta de mi habitación y tú viniste y me golpeaste. Cuando fuiste tú quien me mandó un mensaje bastante sucio —dijo señalando a Svetlana.

—¡Ahora quieres congraciarte con todos inventándote una gran mentira! —gritó indignada Svetlana—. Y no solo te golpeé, sino que además te noqueé —agregó orgullosa—. Ahora ya sabes las consecuencias para la próxima vez que se te ocurra andar mandando mensajes soeces.

Odinrod pensó en cuanto a lo que había dicho su compañera y pronto comprendió que una mano maliciosa estaba detrás de todo aquello, y lo más seguro era que fuese João. Prefirió no continuar con la discusión. Tarde o temprano aquel entuerto se dilucidaría. No había adonde escapar. Se hallaban en un lugar muy reducido y si de algo estaba seguro era de que las mentiras tienen patas cortas. Así que se imprimió unos sándwiches y sirviéndose jugo de naranja, se sentó aparte a esperar y escrutar el movimiento de cada uno. Por lo pronto, João no se había aparecido todavía en el comedor. Cosa que dejaba un muy buen indicio.

Al rato cayó Guadalupe, con cara de haber tenido una noche ajetreada. Su presentación fue poco después de los demás hombres. Todos la miraron desconfiados. Sin embargo, João continuaba sin salir de su guarida.

—¿Dormiste en tu cama anoche? —preguntó por lo bajo Aisha.

—Y a ti ¿qué te importa? Y si hubiese dormido en otra cama, ¿cuál sería el problema? La veda de carne humana ha expirado al llegar a Marte. Al fin y al cabo, ¿no estamos aquí para poblar este páramo? —dijo levantando un hombro desdeñosamente.

Sonrientes, todas cruzaron miradas de complicidad. Svetlana era la única excepción, puesto que había guardado alguna esperanza con respecto a ella y ahora parecía esfumarse con la primera tormenta de arena.

Cuando por fin apareció João, con unas ojeras como platos, todos lo observaban con sorna. Salvo Odinrod, que estaba decidiendo con qué objeto romperle la cabeza. Los hombres, por su lado, se habían reunido a la barra previamente a discutir sobre el incidente entre Odinrod y Svetlana. Reunión que había sido promovida por la víctima y aderezada por Ming, que también buscaba venganza desde que João se convirtiese en el gestor de las siete grapas que, como un decorativo recordatorio, ahora portaba en el cuero cabelludo. Aunque tenía la disyuntiva de que tampoco le disgustaba demasiado que Naila viera con malos ojos a Odinrod, pues había notado cómo lo miraba. Pero como no podía pretender tenerlo todo, en esa ocasión prefirió apoyarlo. Ahora era más importante tomar medidas con el peligroso bromista.

El brasileño repasó a todos con una mirada nerviosa, antes de preguntar:

—¿Qué?

Por una parte, las mujeres querían saber son sumo interés si había tenido sexo con Guadalupe, mientras que los hombres, por su parte, andaban en pos de su cabeza. Tan pronto como el sospechoso tomó asiento en el banquillo de los acusados, ante el parcial jurado e hizo la primera declaración, el juicio comenzó:

—¿Qué te pasó en el labio, amigo? —dijo divertido—. Parece como si te hubieses topado de frente con un tren.

—Muy gracioso, João. Creo que sabes muy bien qué fue lo que me pasó —espetó ya entrando en cólera.

—Vamos, chicos. Ahora todo lo que se hace o se deja de hacer en este lugar es culpa mía. ¿Acaso me vas a responsabilizar por esa herida en tu labio?

—No fuiste tú quien me golpeó, pero sí el responsable.

—Oye, Odinrod. Esa es una acusación muy grave —reclamó simulando indignación—. ¿Acaso tienes pruebas?

—Claro que tengo pruebas. Mira, ésta ¿no es tu letra? —dijo mostrándole la esquela que habían arrojado por debajo de la puerta.

João tomó el trozo de papel que tan bien conocía y lo examinó detenidamente en una soberbia actuación, para decir a continuación:

—Noup. Si quieres puedes comparar —y sacando su libreta de anotaciones del bolsillo trasero del pantalón, se la entregó en mano a Odinrod.

Odinrod estudió sus facciones buscando una sola expresión que lo delatara, antes de abrir la pequeña libreta e inspeccionarla minuciosamente. Sin lugar a duda, aquella letra no tenía nada que ver con la de João. Se abría así otra línea de investigación. Asimismo, las sospechas aún eran grandes y algunos indicios lo incriminaban. Pero era evidente que había un secuaz escondido entre el grupo y creía tener una vaga idea de quién podría ser. Se volteó en redondo hacia Guadalupe.

—Guada, solo por descartar cualquier posibilidad, ¿me puedes mostrar algo donde figure tu letra? —dijo Odinrod con un tono sibilino.

Guadalupe tragó saliva y viéndose acorralada, atinó a argumentar:

—¡Sí, la letra es mía, pero la grabación la tiene João!

João dejó en blanco los ojos al ver la rapidez exhibida por Guadalupe en delatarlo.

Con aquella declaración no había mucho más que agregar. Siendo un asunto pergeñado por los dos, si bien no daba lugar a que la cuestión quedara completamente zanjada, al menos permitió que los ánimos se aplacaran bastante, al menos a niveles que posibilitarían una convivencia medianamente factible de allí en delante. No obstante, ocurrieron varias cosas en forma paralela. Las ilusiones de Svetlana, por lo pronto, se habían ido al garete. Todos prácticamente confirmaron la relación entre Guadalupe y João. Ming, de momento, no iba a conseguir vengarse como hubiese querido y volvía a ver a Odinrod como un peligroso competidor por el corazón de Naila. Por su parte, Odinrod había logrado limpiar su imagen, con lo que volvía a ganarse la confianza de Naila. Y en cuanto a la venganza, se podría decir que no había rencores, aunque ya se le ocurriría algo. Pero sería más divertido si lo agarraba desprevenido. La venganza es un plato que se come frío, pensó Odinrod.

LXXIV

Llanura de Utopía, planeta Marte.
Trigésimo segundo día.

El rugido de la tormenta continuaba afuera, pero repercutiendo adentro entre los colonos, en sus mentes. Sin embargo, algunos se las habían ingeniado para pasarla por alto, entreteniéndose en todo tipo de actividades recreativas. João había atraído a una tercera parte de los integrantes de la colonia a los tentáculos de la consola de videojuegos de última generación: Samuel y Guadalupe. Ocasionalmente se les sumaba Svetlana, cuando no estaba trabajando en su capricho vital del motor a agua.

Una variedad de otras opciones se presentaba para hacer. Akira y Kingsley se habían dedicado al mantenimiento de la huerta. Apretar el botón de riego automático de los cultivos hidropónicos era lo más insulso de hacer en toda la misión. De allí ya podían comer algunas hortalizas como lechugas y espinacas, además de pepinos y rabanitos frescos, por lo que todos les estaban muy agradecidos. En tanto que, gracias al empeño y los cuidados, sobre todo de Aisha y Lestari, ya habían nacido los primeros hámsteres, pollos y ratones, por ser los animales que poseían los períodos de gestación más cortos. Todo iba bien en este sentido hasta que llegó el momento de llevar algunos pollos al horno. La situación se caldeó de tal manera que desencadenó una acalorada discusión. Lestari se negaba rotundamente a consumir una de sus mascotas creada por ella misma, respaldada por Aisha. En tanto que los demás pugnaban por saborearle hasta los huesitos.

—Oye, Les. Akira y Kingsley no ponen el grito en el cielo cuando nos devoramos sus deliciosas y nutritivas espinacas marcianas —argumentó Samuel—. No entiendo por qué te altera tanto que degustemos un pollito. No quisiera saber si estuviésemos proponiendo comernos a uno de tus hámsteres.

—Tú bien sabes que no es lo mismo. Si prefieres puedes continuar comiendo espárragos, por mi parte no hay problema.

Luego de algunas otras discusiones similares, y ante la rotunda negativa de Lestari a transigir en aquel sentido, hubo que tomar cartas en el asunto y comenzar a criar animales por cuenta propia para el consumo personal. Al ser criados por ellos mismos no resultaba tan fácil comérselos después, pero la mayoría lo sobrellevó bastante bien. Pronto pasaba la tristeza cuando comenzaban a ponerse doraditos dentro del horno.

Ajena a aquellas riñas alimentarias, Naila se iba casi todos los días a la piscina media olímpica que tenían a disposición. Se pasaba las horas distendiéndose con largas rutinas de diferentes estilos. Cuando Ming se percató, comenzó a hacerse también asiduo usuario de la pileta. Al principio todo iba bien, hasta que Ming comenzó a buscar ocasión de darle charla. Entonces Naila empezó a procurar andariveles más alejados. Pero Ming, sumergiéndose por debajo de las bandas, volvía a arremeter. De esta manera, se propuso variar los horarios. Pese a ello, Ming tenía bien estudiados todos sus movimientos y siempre, más tarde o más temprano, volvía a aparecer. Fue así que resolvió invitar a Odinrod, con lo que se acabó el problema de distracción. Para Odinrod aquello tenía un significado muy especial, mucho más del que Naila le asignaba. Sin embargo, cuando reparó en que Ming se acercaba a ella para cuchichearle, prefirió dedicarse a lo suyo y mantener distancia, convencido de que estarían saliendo juntos. Por su parte, había servido para profundizar la rivalidad que existía entre los contrincantes y aumentar el encono que Ming le profesaba a su competidor.

Todo iba como de costumbre cuando Akira se encontró a João en cuclillas contra un rincón. Se aproximó con cautela para no asustarlo y, a su vez, desentrañar el misterio. Al llegar a su lado, João lo observó hacia arriba, en tanto Akira inquiría con un gesto de la mano. João le hizo señas de que se agachara y pusiera su oreja contra la pared. Akira se arrodilló y gateó hasta el punto indicado.

—¿Escuchas eso? —preguntó susurrando João.

Akira escuchó con atención mientras observaba a João con expresión enigmática.

—¿Qué ocurre? Es el ruido de la tormenta afuera.

João negó con la cabeza.

—¿No percibes una vibración?

—João, ¿esta es otra de tus bromas?

João lo miró extrañado.

—No, escucha la vibración.

—La tormenta hace vibrar el complejo entero y tú me preguntas si escucho una vibración.

—No estoy hablando de ese tipo de vibración, sino de uno específico, que solo se puede escuchar con un altavoz llevado al límite de su potencia admitida por demasiado tiempo.

La cara de Akira lo dijo todo.

—¿Te estás refiriendo a una especie de acople?

—No, el acople es el efecto larsen, un fenómeno que ocurre por la retroalimentación acústica en bucle entre el micrófono y un altavoz.

—Explícate entonces.

—Esto es otra cosa. Estoy hablando de un sonido saturado por exceso de volumen a la bocina o incluso por un desperfecto de fábrica.

—¿Así que...? —quiso seguir sabiendo un poco más Akira.

—Es como si el ruido de la tormenta fuese en realidad una transmisión de audio —João golpeó el panel blanco de la pared con el nudillo del dedo—. Parece sólido, pero suena algo hueco. Escucha en este punto.

Al principio Akira se mostró incrédulo, pero luego volvió a escuchar la pared. De pronto, abrió grande los ojos.

—¿Qué crees que pueda ser? —preguntó intrigado.

—No lo sé, es algo que no me lo esperaba.

—Tal vez el exterior esté amplificado para que estudiemos mejor el sonido de la tormenta. Sugiero que vayamos a por los demás para mostrarles esto, porque es muy interesante. Quizás a alguien se le ocurra alguna explicación.

Se pusieron de pie y fueron en busca de otros para que también fueran testigos de aquel misterio y los ayudaran a dilucidar su significado. Al retorno, trayendo con ellos a Kingsley, Samuel y Aisha, se pusieron de rodillas a escuchar. No obstante, ya no se podía oír otra cosa que la tormenta afuera.

—Esto es rarísimo —gruñó João—. Ya no se escucha nada.

Aisha, observando con suspicacia a João, dijo:

—¿No será otra manifestación de tu insaciable humor negro?

Akira tuvo que salir al paso.

—Yo también lo escuché.

—Me extraña viniendo de ti, Akira —comentó Kingsley—. Yo te consideraba un hombre serio y respetable.

—Tú sabes que no mentiría en algo como esto.

—Voy a buscar la manera de sacar ese panel que recubre la pared —dijo decidido João—. Hay algo que no me cierra.

—Compañeros —terció Samuel, tratando de resolver el acertijo— hay mucho ruido por todas partes proveniente de afuera, tanto así que casi tenemos que gritar para lograr comunicarnos. Creo que no ha habido mala fe en esto, solo confusión o una percepción errónea quizás.

—Yo sé muy bien lo que escuché y era el sonido de un parlante sobre exigido o rasgado por el uso desmedido y continuo —volvió a sentenciar João.

—Pero ya no se escucha nada, qué casualidad —alegó Aisha—. Además, tu palabra ha ido perdiendo mucho valor con el paso del tiempo. No eres precisamente lo que se dice la persona con mayor credibilidad del grupo.

—Dejémoslo por ahí y volvamos a lo nuestro —siguió intentando apaciguar los ánimos Samuel—. João, te espero para una partida de *"Mortal combat"*.

Luego de unos momentos de dubitación, todos se dispersaron, aunque João lo hizo con una muy mala espina.

LXXV

Llanura de Utopía, planeta Marte.
Trigésimo quinto día.

El sol estaba radiante como siempre, mientras no se avecinara otra tormenta de arena. Salieron a evaluar los daños ocasionados por la ventisca. Algunos focos de iluminación externa estaban colgando de las columnas. Una de las antenas de comunicaciones, pese a su robusta construcción y a que las habían plegado, fue derribada al suelo. En tanto que el exterior de las instalaciones, antes blanco, ahora lucía en una tonalidad gris opaca causado por el intenso y prolongado efecto de arenado al que fue sometido. Había mucho trabajo de mantenimiento y reparación por hacer. Solo pintar todo el lugar les tomaría semanas enteras de ardua labor. Por lo pronto, lo más urgente era la reparación de la antena, el resto podía esperar.

La tormenta había pasado, con lo que volvían a ser libres. Lestari continuaba haciendo expediciones de excavación con la esperanza de hallar otro hueso que confirmara su primer hallazgo. Estaba segura de lo que había encontrado. Samuel solía hacerse de uno de los areneros y se perdía hasta las catorce horas entre las colinas que se recortaban en el horizonte. Para ese entonces, Guadalupe y João habían formalizado su relación y prácticamente no salían al exterior. Permanecían horas enteras en partidas de fútbol o a la caza de nazis zombis, en una platónica simbiosis con la consola de juego.

Una vez que los animales comenzaron a aparecer en el laboratorio, Naila debió entrar en acción como veterinaria que era, así que sus visitas a la piscina se fueron haciendo cada vez menos frecuentes. Dado que Ming estaba allí por una única razón: Naila, al verla de forma más esporádica pronto dejó de asistir. Viendo que había sido usado por ella, y al desaparecerse Ming, Odinrod se hizo asiduo concurrente y le perdió un poco el rastro a aquella morena que por la noche le quitaba el sueño.

Surgieron así algunos encontronazos por las tareas que había para hacer y la falta de iniciativa que evidenciaban algunos integrantes del reducido grupo. No era fácil lograr que todos trabajasen mancomunadamente. Algunos se habían vuelto perezosos y no les seducía la idea de cumplir con tantas faenas. Entre los que habían tomado la iniciativa de refaccionar todo lo dañado, hubo una tentativa de llevar a cabo un proceso de sumario con la finalidad de aplicar algún tipo de medida punitiva o sanción disciplinaria ante la falta de disposición, pero luego de discutir el asunto rápidamente quedó sin efecto. Optaron, en cambio, por ignorarlos nada más como método de castigo y matarlos con la indiferencia. Le impondrían la ley del hielo.

Unos días después ya habían reparado gran parte de lo que el viento destruyó. Una vez que se libraron de las reparaciones se organizaron para comenzar a pintar los iglús. Procuraron mantener un ambiente ameno pese a la importante ausencia de cuatro compañeros: los dos tortolitos viciosos, además de Ming que se quedaba en su habitación sin que nadie supiera a ciencia cierta qué era lo que hacía (todos sospechaban que no estaría procurando llevar un estilo de vida ascético) y Samuel que prefería distraerse con largas recorridas en arenero, luego de levantarse muy tarde en la mañana.

Armaron dos grupos con la idea de comenzar por los extremos y encontrarse a la mitad en el tiempo que requiriese. Svetlana, Naila y Odinrod se fueron al área oriental, en tanto que Akira, Lestari, Kingsley y Aisha comenzaron por la parte occidental. El comienzo, como todo inicio, fue divertido, además del aditamento del entusiasmo de encontrarse descansados y con una tarea inusual por delante. No bien comenzaron, Svetlana dijo con cierto tono de misterio:

—Tengo algo muy importante que contarles.

—Pues adelante, cuéntanos —dijo Naila con interés.

—He logrado reducir el tamaño del motor a agua que he estado desarrollando todo este tiempo —sonó como un hecho perentorio— y ¿saben qué?

Ambos la miraron con atención.

—Se lo instalaré a uno de los areneros y podremos recorrer muchísima más distancia —exclamó enardecida—. Será pan comido. Ya verán.

Odinrod sonrió desconfiado y en broma le disparó con la pistola pulverizadora de pintura en la visera del casco de Svetlana, dejándola completamente ciega. La protesta de Svetlana no se hizo esperar:

—¿Qué hiciste? ¿Ahora cómo me quito esto? —protestó levantando las manos al frente.

—Perdóname, Sveta. Estaba probando su funcionamiento, pero creo que se me fue la mano. Nunca pensé que fuese a tener tanta potencia.

—A la que se me va a ir la mano por segunda vez va a ser a mí cuando te vuelva a romper la nariz.

—¡Ey! Que yo sepa todavía no me has pedido disculpas por ese lamentable suceso. Naila, ¿podrías acompañarla hasta el quinto hall de presurización mientras yo voy haciendo esta parte?

Naila asintió con la cabeza y la llevó de la mano con cuidado de que no fuese a tropezar. Al retorno, entretanto

Odinrod continuaba pulverizando la pintura, le indagó con una mirada de sospecha.

—Lo hiciste a propósito para deshacerte de ella, ¿dime la verdad?

—Fue una broma, nunca pensé que este aparato tuviera tal capacidad para pintar, al punto de cubrirle por completo el visor del casco con un breve disparo.

—Ya lo creo.

—¿Qué crees? ¿Qué lo hice para estar a solas contigo?

—Algo así.

—Ni que fueras tan importante.

—Ya veo. Las casualidades se conforman de causalidades, no al revés.

El rostro de Odinrod se deformó en una mueca sardónica.

—Por algo elegiste formar grupo conmigo.

—Ah, ¡por favor! —disparó Naila ya indignada— Invité a Svetlana porque sino te hubieras quedado solo.

—Sí, cómo no —repuso como un niño peleón.

Viendo que no llegarían a ninguna parte con aquella pueril discusión, Naila optó por desviar el rumbo.

—Cambiando de tema, ¿no te parece un tanto curioso que Sam se vaya por ahí casi todos los días y no se aparezca hasta pasadas las tres horas que podemos permanecer afuera?

Odinrod frunció el ceño. No lo había notado, pero ahora que Naila lo mencionaba, sí que era por lo menos curioso.

—Quizás esté deprimido o melancólico y necesite salir a tomar aire fresco y organizar sus ideas. Después de todo, es el único que aún no ha recurrido a Kingsley para descargar sus frustraciones. Aunque sea el jefe accidental del grupo no hay razón para que sea inmune a todo sentimiento nocivo.

Naila afinó los labios.

—Sabes, han estado ocurriendo muchas cosas que me han parecido algo extrañas.

—¿Como qué cosas por ejemplo? —preguntó con expectación Odinrod.

—Bueno, esa es un buen ejemplo. Pero fíjate una cosa, en la Tierra, cuando un huracán toca un continente, ¿cómo se desplaza el viento?

La pregunta lo dejó algo descolocado, pero hizo un esfuerzo por no verse poco inteligente frente a la chica de sus sueños.

—Supongo que sopla en un sentido, es decir en una dirección general.

Naila lo señaló de súbito con el dedo.

—¡Exacto! Dicho esto, ¿qué notas de raro aquí mismo?

Odinrod puso a correr el hámster a máxima velocidad, escrutando cada palmo de lo que lo rodeaba. Aun así, no lograba captarlo, amén de que aquellos ojos de tigresa le impedían pensar con lucidez.

—Tendrás que disculparme, pero se me escapa —dijo apenado.

—Veo que no eres muy buen observador después de todo. Te hacía más perspicaz. Mira, el desgaste de la pintura luce uniforme y a lo largo de toda la superficie. Observa cómo se extiende hasta abajo contra el suelo de forma pareja pese a ser una estructura semiesférica. Eso no parece obra de la naturaleza, más bien parece un trabajo hecho por el hombre. Debería haber desgastado una cara de la estructura y poco más.

—Ahora que lo mencionas, en esto tienes razón, pero debo señalar que no conocemos en profundidad la mecánica con que se rigen las tormentas aquí en Marte. Tú estás haciendo una conjetura en base a los parámetros que conoces de la Tierra, tal vez aquí sea diferente. No olvides que estuvimos más de tres semanas a merced de la tormenta. Eso, ya de por sí, no es para nada normal en la Tierra.

—De acuerdo con los datos arrojados por las diversas sondas enviadas a estudiar el comportamiento de la atmósfera de Marte, las tormentas de arena tienen su origen en el hemisferio sur y se extienden a todo el planeta siguiendo un patrón bien definido.

—Y, ¿cuál es la explicación que le das? Porque no estoy captando a qué quieres llegar.

—Pienso que la circulación del aire se efectúa en un sentido general, de la misma forma o muy similar a la de la Tierra. Solo opino que es muy peculiar. Quizá debamos hacer un estudio más exhaustivo sobre este fenómeno en particul… —iba diciendo cuando se quedó helada—. ¡La que nos hemos mandado!

—¿Pasó algo?

—¡Las moscas! Hemos olvidado soltar las moscas que trajimos desde la Tierra para ayudar a la descomposición del material orgánico.

—Acompáñame, vayamos ahora mismo a comprobarlo —dijo preocupado Odinrod.

Cuando dieron con la caja trasparente, como era de esperarse, se encontraron con el fondo de la caja negreando de moscas muertas.

LXXVI

Llanura de Utopía, planeta Marte.
Trigésimo octavo día.

En el otro extremo de la estructura edilicia, la cual formaba una L (aunque si se observaba desde una perspectiva aérea, teniendo en cuenta la pavimentación del suelo, tenía la forma de una pirámide), se turnaban entre los cuatro con las dos pistolas con que contaban. Akira alternaba con Lestari y Kingsley lo hacía con Aisha. El primer día fue muy productivo y avanzaron bastante entre charlas y risas. Tan entretenidos estaban que todas las veces los sorprendía la IA avisándoles que era hora de regresar al resguardo de la base. De hecho, resultaba tan cómodo que la IA se encargara de ponerles sobre aviso que dejaban todo en sus manos, usándola de Wikipedia, diccionario, calculadora, despertador o, como en este caso, de centinela encargado de avisar.

Al tercer día el dolor en las cervicales y las molestias en hombros y brazos comenzaban a hacer mella. Ya dejaba de ser tan divertido el trabajo como en una primera instancia.

—Ya no aguanto más el cuello —se quejó Aisha.

—Uf, sí. Esto se está volviendo agotador —agregó Akira.

—Les cuento algo curioso que me ocurrió el otro día —dijo Lestari en tono de misterio, procurando olvidar las dolencias.

Los otros tres la miraron con expectativa y aprovecharon a bajar las pistolas de pintar.

—Saben que golpee en la habitación de Samuel varias veces y tras asumir que definitivamente no se encontraba, pese a que estaba segura de que lo había visto entrar hacía solo unos momentos, me fui otra vez a mi habitación. Luego de unos quince a veinte minutos, para mi sorpresa, fue él quien llamó a mi puerta para preguntarme qué necesitaba.

Todos sonrieron confusos.

—Y, ¿qué tiene de extraño eso? —preguntó Kingsley—. Me parece más extraño que estuvieses llamando a su puerta tan reiterativamente.

—Esperaba más de ti, King. Solo pregúntate, ¿por qué demoró tanto en salir? ¿Por qué no dio señales de vida luego de tanta insistencia?

—Quizás estaba en el baño debatiéndose en una lucha de vida o muerte —rio Aisha—. A veces ocurre cuando estás estreñido.

—Esa explicación no me convence, en todo caso hubiera gritado algo para que lo dejase en paz.

—¿Por qué insistías tanto? —preguntó Aisha.

—Porque sabía que estaba allí. Por el contrario, si resulta que realmente no estaba en su habitación, ¿cómo supo que estuve golpeando su puerta? No tiene ningún sentido.

—Vamos, mujer. Estás viendo fantasmas donde no los hay. Tal vez venía llegando y al verte de regreso a tu habitación, supuso que habrías estado llamando a su puerta.

—Se pueden encontrar un millón de explicaciones si se quiere, pero una cosa es que se los cuente y otra muy distinta el haberlo vivido. Sigo sosteniendo que todo fue muy extraño.

—Y a todo esto —inquirió con suspicacia Aisha—, ¿qué hacías tú tocando la puerta del rubio? Eso sí que puede llegar a tener una peliaguda explicación.

—Bueno —comenzó a explicar con cierto tartamudeo—, como él me había propuesto que trabajásemos juntos en la búsqueda de otro fragmento de hueso, yo estaba buscándolo para invitarlo a comenzar de una buena vez.

Todos se echaron a reír.

—¿De qué se ríen? Eso fue lo que ocurrió —arguyó indignada.

—Por supuesto —dijo Akira—. Creo que más que hueso, lo que andabas buscando era un poco de carne.

—¡Oye, samuraicito! Ten cuidado con lo que insinúas pues esta ninja te puede hacer puré.

Ese mismo día, cuando se reunieron todos como de costumbre en el comedor para almorzar en torno a las quince horas, Guadalupe se puso de pie para anunciar una gran noticia:

—Queridos compañeros, solicito vuestra atención para daros las buenas nuevas —dijo, mientras se retorcía los dedos de la emoción.

Algunos infirieron qué podría ser, en tanto que otros no se dieron por enterados.

—João y yo queremos participarlos de la concepción del primer bebé en este planeta, ¡nuestro hijo! —dijo con un gritito de excitación.

Todos se quedaron boquiabiertos, aun los que lo habían conjeturado.

—¿Quieres decir que de aquí a unos meses nacerá el primer marcianito con sangre brasileña y mexicana corriendo por sus venas? —bromeó Ming.

—Así es, mi amigo —asintió João—. Y se llamará João, igual al padre.

—¡No! ¡Otro João no, por favor! —dijo en tono jocoso Kingsley.

—Después de la que me hicieron —intervino Odinrod—, creo que lo menos que pueden hacer es ponerme de padrino del niño, ¿no?

—Por supuesto, Odinrod. Tú serás el padrino —dijo con una sonrisa Guadalupe—, y Sveta la madrina.

Esa misma tarde, luego de la grata noticia confirmada por los futuros padres, la IA se comunicó con Odinrod para informarle sobre la situación de su madre en la Tierra:

—*Odinrod, desde el Control de Misión en la Tierra me han solicitado que te enlace vía satélite mediante una videollamada con tu madre. Ella se encuentra en un estado muy delicado de salud, por lo que se ha resuelto realizar esta conexión remota. Supuse que querrías tenerla en la privacidad de tu habitación, así que he preparado todo para que se efectúe allí. Recuerda que tendrán un retardo tanto de audio como de video de veintidós minutos.*

Odinrod se encontraba en el invernadero dándole una mano a Aisha y Lestari cuando recibió la comunicación por los altavoces. Estaba inclinado sobre uno de los largos cajones que contenían las plantas. Se incorporó para quedarse mirando a lo lejos, con expresión apagada. Por momentos se había olvidado de la crítica situación de su madre; ahora, con esto, presentía que estaba por cerrarse un doloroso capítulo en su vida. Se quitó los guantes y el delantal de trabajo que llevaba puesto, y se dirigió a su dormitorio. Una vez allí, se lavó las manos y tomó asiento ante la televisión.

—Estoy listo —dijo Odinrod.

—*Iniciando comunicación.*

En pantalla apareció la imagen de su madre sobre la cama de un hospital diferente de donde él la había visitado por última vez. Observaba hacia el costado. Alguien le estaba diciendo que podía comenzar a hablar, entonces ella atisbó la cámara y sonriente, dijo en un volumen muy débil, casi inaudible:

—Hola, querido hijo. Estos amables caballeros nos han permitido que podamos comunicarnos contigo. Esto se lo debo a Madhur, tu antiguo jefe. ¿Lo recuerdas? —dijo con la entereza suficiente para hacer una broma entre tanto sufrimiento— Él ha hecho muchas gestiones para que pudiésemos vernos por última vez. Creo que ha tenido que mover muchas de sus influencias para conseguirlo.

Aparecieron por los contornos de la pantalla sus bondadosos jefes junto a sus hijos, saludando y mandando besos con las manos.

—Ellos se han hecho cargo de mí, y me han traído a un hospital de Varanasi. Como conocen muy bien mi situación, han insistido en que se realizase esta videollamada porque saben que pronto mis cenizas tendrán que ser arrojadas al río Ganges y por fin podré ser liberada del ciclo de reencarnaciones.

Súbitamente, la señal se cortó y apareció un mensaje sobre la pantalla negra que decía <<Mensaje pausado. Aguardando transmisión.>>

—*Ahora puedes hablar, Odinrod* —intermedió la IA para facilitar la comunicación—. *Luego deberás esperar veintidós minutos.*

—Hola, madre. Qué alegría me da volver a verte. También me da paz saber que estás en Varanasi. Envíales un saludo enorme a mis queridos jefes y mi más profundo agradecimiento por todo lo que han hecho. No tengo palabras para expresar toda mi gratitud hacia ellos en reconocimiento por todo cuanto han hecho por nosotros. Aquí estamos tratando de cumplir con el objetivo, aunque no resulta para nada fácil. En verdad que todo ha sido más difícil de lo que jamás hubiéramos imaginado. Me has hecho mucha falta, y en todo este tiempo me he replanteado un sinfín de veces el haberme embarcado en esta misión. Por otra parte, la belleza y confort que ofrece la Tierra, y en especial nuestra amada India, no tienen parangón. Es una pena que solo lo apreciemos cuando ya lo hemos perdi... —iba diciendo Odinrod cuando volvió a cortarse la transmisión y a aparecer otro mensaje en letras blancas sobre fondo negro: <<Enviando mensaje. Aguardando retorno.>>

Odinrod sintió que se le partía el alma al tener la última comunicación con su madre agonizante de aquella manera tan irreverente.

—IA, avísame cuando falten dos minutos para reestablecer la señal.

—*Así será hecho, Odinrod.*

Odinrod se fue a dar un baño mientras tanto. Veinte minutos después la IA volvió a hablar:

—*Odinrod, faltan dos minutos para el restablecimiento de la comunicación.*

—Gracias —dijo como un acto reflejo y tomó asiento frente a la televisión.

Su madre volvió a aparecer sonriente, pero con un semblante cansado. En un tono de complicidad dijo:

—Te revelaré un secreto para que tu estadía allí sea más llevadera. De hecho, después de contarte lo que voy a decirte pasan a convertirse en la etapa de mayor dicha de toda tu existencia.

Odinrod sonrió caritativamente.

—Naila está completamente enamorada de ti. No seas tan reacio y dile de una buena vez lo que sientes por ella.

Esta vez Odinrod se quedó repentinamente serio.

—Podría convertirse en la historia de amor más famosa y exclusiva de todos los tiempos. Quiero que me prometas que el próximo bebé será el tuyo con esa hermosa morocha. Si es nena quiero que le pongas su nombre y si quieres también puedes agregarle el mío, y si es varón quiero que lo llames Madhur, en honor al hombre que ocupó con distinción el lugar de tu padre. Y para ir finalizando, quiero que tengas cuidado de ese tal Ming. No te fíes de él, es traicionero y te ha tomado idea...

La trasmisión volvió a cortarse y reapareció el primer mensaje automático. Odinrod estaba tan sorprendido de todo lo que conocía su madre que se quedó petrificado pensando en cómo había hecho para saber tanto.

—*Odinrod, ya puedes hablar, de lo contrario tendrás menos tiempo de recepción luego* —le puso al tanto la IA.

—Sí, está bien —le respondió a la IA, luego continuó con el mensaje dirigido a su madre—. Madre, me has dejado muy sorprendido. Cuéntame, ¿cómo sabes todas esas cosas que están pasando aquí? Conoces más detalles de nuestra vida aquí de los que yo mismo tengo conocimiento. No entiendo cómo es que estás al tanto. Te amo madre. Con dolor en el alma me voy despidiendo porque he notado que te has agitado mucho a raíz del esfuerzo que has tenido que hacer para comunicarte conmigo. Sé que las emociones deben de haber sido muy fuertes para ti tanto como lo han sido para mí. Los echo de menos y les envío el abrazo más apretado desde el planeta Marte. Los llevo a todos en el coraz...

La señal otra vez se cortó. Aparentemente duraba unos cuarenta y cinco segundos antes de que apareciera el fastidioso mensaje en pantalla.

—*¿Deseas que te avise cuando falten dos minutos?* —inquirió la IA.

—Sí, por favor.

No se fue muy lejos, se quedó ordenando su cuarto y al terminar se tiró sobre la cama. Más bien aprovechó el tiempo para digerir en silencio lo que había ocurrido. No entendía qué estaba pasando. Los veinte minutos pasaron volando. Cuando menos lo esperaba volvió a aparecer su madre en pantalla por la postrera vez.

—Querido hijo, quisiera seguir hablando por siempre contigo, pero estos señores me indican que ya no hay más tiempo. Respondiendo a tu pregunta, yo pensaba que ustedes estaban al tanto de que eran grabados sin falta cada día. Tienen para ustedes solos un programa de televisión que es transmitido a lo largo de todo el globo en vivo y en directo las veinticuatro horas del día. Son las personas más famosas que jamás hayan estado en televisión. No sabes las cosas que…

Apareció un mensaje que rezaba: <<*Fin de la transmisión*>>.

LXXVII

Llanura de Utopía, planeta Marte.
Cuadragésimo tercer día.

Esa noche Odinrod no pudo conciliar el sueño. No lograba encontrar una posición cómoda, por lo que se revolvió hasta la madrugada. Se arrebujó entre las sábanas a tal punto que al despuntar el día se asemejaban más a una serpiente constrictora en torno a su cuerpo que a ropa de cama. La cabeza le daba vueltas como si su cerebro estuviese dentro de una licuadora. El chisporroteo mental que le había ocasionado saber que estaban siendo monitoreados todo el tiempo, en concomitancia con la fulminante noticia de que su madre estaba muy próxima a partir, lo tenía en vilo. Algo se le escapaba, entonces recordó la conversación que había tenido con Naila, con lo que decidió comentárselo con el propósito de tratar de dilucidarlo entre los dos.

Muy temprano ya estaba en pie y a las siete de la mañana aguardaba en el comedor, con medio vaso de agua sin tocar, a que Naila apareciera. Tuvo que esperar casi cuarenta minutos más hasta que por fin ella pasara a desayunar. Cuando la vio se fue directo a su encuentro y tomándola de la mano, la llevó a uno de los sofás. Naila no entendía nada, por lo que lo observaba con recelo. Nunca se sabía si la plúmbea rutina que llevaban en Marte no tendría el poder de trastornar tanto a alguien como para que se volviese un peligroso maníaco.

—¿Te encuentras bien? —preguntó algo preocupada—. ¿Cómo está tu madre?

Odinrod observó hacia todos lados como si no hubiese escuchado las interrogantes de su interlocutora, luego se inclinó hacia ella. Naila pensó que la iba a besar y aguardó intrigada para comprobar hasta dónde sería capaz de llegar. Entonces Odinrod, para su decepción, le susurró al oído:

—Nos están filmando todo el tiempo.

Naila se echó levemente hacia el costado, mirándolo de reojo.

—¿Qué dices? —preguntó en voz alta con una acentuación que denotaba alteración.

—Calla, mujer —la compelió disimuladamente—. Es como un <<Gran Hermano>> retransmitido a la Tierra. Conocen todo lo que hacemos, todo sobre nuestras vidas aquí en Marte. Por lo que sé, hay cámaras ocultas por todos lados.

—Y eso, ¿cómo lo sabes?

—Me lo dijo mi madre durante la videoconferencia. Saben más de nosotros que nosotros mismos. Me expuso cosas que nadie más, a parte de nosotros, podría saber.

De alguna manera consideró probable algo así en cuanto lo escuchó de Odinrod. Había muchas cosas que la mantenían con la incógnita, pero que no terminaba de desentrañar. Se quedó, por tanto, pensativa, con la mirada perdida, pero la mente completamente enfocada. Odinrod la observaba de hito en hito, esperando una reacción de su parte acorde a la magnitud de la revelación que acababa de hacerle. De repente, como si hubiera despertado de un sueño, al ver que Odinrod iba a decir algo, posó el dedo índice sobre sus labios a los efectos de impedirle que continuara hablando. A continuación, sin mediar palabra, se levantó y se fue en dirección al corredor que conducía a las alcobas hasta que desapareció en la curva.

Unos minutos después volvió con un cuaderno de tapa dura cargado de coloridos adornos y dos pequeñas libretas de anotaciones. Tomó asiento junto a Odinrod y dijo:

—Juguemos al tutifruti. ¿Lo conoces? —y le alcanzó una de las libretas y la lapicera que traía consigo para él.

Odinrod sospechó que no era precisamente un juego lo que ella procuraba hacer y le siguió la corriente.

—Sí, claro. Me encanta ese juego.

—Bien, jugaremos con las siguientes categorías: frutas, comidas, nombres, animales, países y marcas.

Una vez que anotaron las categorías en las respectivas columnas, Naila dijo:

—¿Ya estás?

Odinrod asintió con la cabeza.

—Muy bien. Comienzo yo con el abecedario y luego sigues tú. A...

—Para.

—La J.

Ambos comenzaron a escribir en sus libretas. Al terminar, Naila gritó:

—¡Tuti!

Cerraron las libretas y se las intercambiaron. Odinrod comprendió rápidamente la idea y la abrió, tapándola disimuladamente con las manos. Había escrito en letra pequeña y de modo apresurado, pero se entendía:

—Están pasando muchas cosas extrañas, no solo esto que me has contado. ¿No te has preguntado cómo pudiste tener una videoconferencia en tu habitación a través de tu televisión cuando ni siquiera estaba previsto que algo así ocurriera?

Odinrod, al acabar de leer, dijo:

—Eres muy hábil para este juego. Me toca el turno de decir el abecedario. Comienzo. A...

—Para.

—La H —dijo Odinrod y comenzaron a escribir—.

En determinado momento, Odinrod levantó la vista hacia Naila, quien escribía con la lengua asomando hacia el costado, como si estuviese muy concentrada en el juego. Comprendió entonces que, no solo era una excelente actriz, sino que además se convenció de que podría jugar al tutifruti con ella el resto de su vida. Unos momentos después Odinrod gritó:

—¡Tuti!

Volvieron a intercambiarse las libretas. Esta vez Odinrod le escribió:

—Recién anoche caí en la cuenta de que también nos expían a través del televisor en nuestras mismas recámaras.

Naila había aprovechado para escribir también.

—He estado pensando en algunas cuestiones puntuales que no tienen mucho sentido, pero sería muy largo de tratarlo de esta manera. Es por esa razón que te he traído mi diario personal. En él he estado tomando apuntes sobre todas aquellas cosas que me han parecido muy inusuales. Luego que las analices con detenimiento volvamos mañana a jugar al tutifruti y quizás a ti también te surjan otros detalles que yo haya pasado por alto.

Estaban aún leyendo cuando comenzaron a llegar los demás colonos. Lestari se desperezaba mientras se desplazaba arrastrando las pantuflas por la moqueta. Ming no vio con buenos ojos que estuviesen sentados juntos en el sofá, así que ni siquiera dio los buenos días, solo se dirigió al refrigerador con evidente mal humor.

—Buenas. ¿En qué andáis, chicos? —preguntó Aisha—. Estáis demasiado madrugadores.

—Nada, solo jugábamos al tutifruti, pero ahora que llegasteis os vamos a acompañar a desayunar —dijo Naila mientras iba a acodarse a la barra que separaba la cocina de la sala de estar.

¿Tutifruti a esta hora y sin haber desayunado? Se preguntó Aisha.

Odinrod no podía comer nada; con el diario personal de Naila en las manos no le pasaría bocado por la garganta. Tratando de no verse demasiado sospechoso en su comportamiento, se puso de pie, se sirvió un vaso de jugo y se dirigió directo a su habitación. No podía esperar para leer todas sus hojas, analizarlas desde la primera hasta la última. Aquel pequeño cuaderno escondía los secretos del cosmos. Se introdujo y atrancó la puerta tras de sí. La luz se encendió automáticamente gracias al sensor de movimiento. Sentía como si llevara consigo la piedra filosofal y estuviera sumamente ansioso por ponerla a prueba. Con todo, arrojó como por descuido la camisa que se había quitado encima de la televisión. Prefería tener a un fantasma por compañía que a aquel aparato.

Tomó asiento en su escritorio, encendió la lámpara portátil y comenzó a leer: <<Hoy es el segundo día consecutivo sin probar bocado. Necesito encontrar trabajo rápido o acabaré desfalleciendo de hambre en medio de la calle.>>

Odinrod sintió un estremecimiento que recorrió todo su cuerpo. No había tenido la oportunidad de conocerla tan bien hasta ese momento. No obstante, tampoco era su propósito hurgar en su vida privada. Prefería descubrir aspectos más personales de su vida según fueran saliendo de su boca por voluntad propia y no por ser él mismo un fisgón. Decidió así avanzar las páginas de manera más selectiva y con especificidad en el tema que lo convocaba.

Llegó entonces a unos meses después del comienzo del reclutamiento: <<Hoy vimos en la tele del casino la conferencia de prensa formal llevada a cabo por representantes de Space Dragon. Se anunció que la cantidad de reclutas se había reducido a sesenta y seis. Es extraño que en la primera conferencia que se dio a conocer la primera

cifra, esta casualmente fuera el número seiscientos redondo.>> Entre paréntesis aclaraba <<número cabalístico por excelencia>>.

A partir de aquel punto Naila comenzó a centrarse más en las incongruencias y situaciones inusuales, que en otros aspectos personales o cotidianos. Unos días después hacía mención de un episodio singular que había tenido lugar con la siguiente purga llevada a cabo por la compañía espacial. Se trataba de una eliminación en apariencia selectiva donde se despedía a todo aquel que fuese oriundo de un país relativamente pequeño o poco poblado. La siguiente hoja tenía corazones pintados, por lo que paso a la otra, puesto que no quería meterse en su intimidad. Pero se chasqueó al encontrarse en la siguiente con la frase: <<Es tan lindo, pero demasiado tímido como para que se anime. Si fuera bangladeshí ya lo hubiera hecho>>.

Quiso volver la hoja para ver a quién se estaba refiriendo, pero no lo hizo pese a que lo carcomía la curiosidad y pasó la página. Retomaba el tema sobre el siguiente descarte de reclutas. Con posterioridad a ello, realizando un discreto proceso de consulta al azar, Naila pudo extraer la conclusión de que se habían descartado las religiones minoritarias. <<¿Será con la intención de atraer más audiencia?>> se preguntó.

Terminó de leer aquella hoja y pasó a la siguiente. Estaba adornada con diferentes colores fluorescentes. La letra era estilizada y se notaba un trazo más cuidadoso. Comenzaba con una carita de alegría dibujada en el ángulo superior izquierdo y decía así: <<Hoy en el casino por poco y no acaba besándome>>. Se detuvo allí, pensando en que no era correcto que leyera aquello, tampoco consideró que fuese la manera adecuada de enterarse. Se sentía culpable de voyeurismo, pero flaqueaba. No obstante, luego de haberse resistido un par de veces, su fuerza de voluntad se vio superada y, escudándose en la conveniente justificación de que si se trataba de él tenía el derecho a saber, continuó leyendo: <<El corazón me latía al galope y me transpiraban las manos. Pero bueno, supongo que quedará para más adelante>>. Odinrod recordaba muy bien aquella instancia.

LXXVIII

Llanura de Utopía, planeta Marte.
Cuadragésimo quinto día.

A un mes y medio de haber pisado tierras marcianas, el grupo ya estaba instalado y en pleno funcionamiento cual máquina fabril. Pero como todo mecanismo fabricado por el hombre, algún trastorno o desavenencia, en dicho caso, surgía esporádicamente. Y el que se avecinaba era el equivalente a que un motor se quedara sin aceite y los engranajes implicados corrieran el riesgo de trabarse a máxima capacidad unos contra otros.
    Aisha era una mujer decidida, con iniciativa y proactiva. Lo había aprendido en los años que ejerció como enfermera. Sabía que la mayoría hablaba mucho más de lo que actuaba, por eso había que marcar la diferencia. Asimismo, lo complementaba armoniosamente con una espontánea y genuina bondad. Lo mismo daba que fuera un paciente terminal que estuviese sufriendo lo indecible o que se encontrase con un paciente caído en el suelo, pues no podía esperar a que alguien más viniese a levantarlo. No vacilaba, simplemente se ponía manos a la obra. Tanto más si ocurría algo mucho más terrible como un atentado con un saldo de cientos de heridos graves que necesitasen con urgencia la ayuda de todo aquel que pudiese aportar una mano. No podía permitirse la prerrogativa de verse

superada, o amedrentada por lo difícil de la tarea, ni siquiera era aceptable un titubeo más que por motivo de encontrarse buscando la mejor solución al problema. Y parecía que su carácter fuerte e indoblegable resultaba muy atractivo para Kingsley. El único problema era que también Akira había sido deslumbrado por la conjunción entre firmeza y ternura en los atributos de su personalidad.

Mientras Naila y Odinrod se pasaban cartas con todo tipo de especulaciones por debajo de la puerta (eso sí, siempre boca abajo para que no pudieran ser leídas por las cámaras), Kingsley invitaba a Aisha a una cena romántica a la luz de la vela en el hangar donde se guardaban los vehículos y la maquinaria pesada.

Naila trataba de convencer a Odinrod de que algo no estaba bien, mientras que Odinrod no dejaba de pensar en las entradas sentimentales que ella había realizado en su diario personal desde que tuvieron su primer encuentro en el avión de simulación de gravedad cero. Por su parte, Kingsley se esforzaba porque todo fuese perfecto. Se había provisto de la comida más rica y elegante que pudiese obtener de una máquina expendedora de nutrientes saborizados. Buscó en sitios especializados en reglas de etiqueta sobre todo lo relacionado a corrección y protocolo. Había reparado en todos los detalles, mantel blanco impecable, doblado de las servilletas, y disposición de copas y cubiertos. Se anticipó a cultivar rosas, con el aditamento de acelerantes, para que hubiese sobre la mesa un hermoso ramo de pimpollos confeccionado por él mismo cuando ella llegara. Aisha, muy a gusto y sin ningún apuro, disfrutaba de las solícitas atenciones que recibía a diario de parte suya, pero también de Akira, que se desvivía por ganarse sus favores.

Mientras Kingsley hacía su jugada maestra tratando de seducir a Aisha entre la silenciosa compañía de areneros y retroexcavadoras livianas, Odinrod y Naila jugaban al tutifruti de manera profesional en el comedor.

—Todo es muy raro porque deberíamos de haber sido diez los que viniésemos a Marte y al final se agregó uno más en público —propuso Naila.

—¿Qué tiene de raro? —preguntó Odinrod.

—Que el once es un preeminente número cabalístico relacionado al ocultismo y la taumaturgia. También está la forma en que se hizo, de manera totalmente arbitraria. Se aseguraron de llamar la atención y romper el molde.

Odinrod se esforzaba por mantener los pies sobre Marte, cosa que ya de por sí era bastante exótica y sui géneris.

—Existen explicaciones de sobra que justifican la venida de Samuel con nosotros. No quiero que te vuelvas excesivamente paranoica y acabes viendo conspiraciones por todas partes o amenazas donde no las hay.

—¿No te parece raro que justo hayan sido seleccionados los derechas de cada compañía o los primeros en la derecha? —soltó Naila—. A mí me parece como si hubiese estado todo armado de antemano con minuciosa meticulosidad.

—Bueno, puede ser raro o lógico en toda regla —arguyó Odinrod.

—O selección anticipada —recalcó ella.

Kingsley desató con delicadeza el pañuelo que vendaba sus ojos. Aisha pudo ver entonces que estaba frente a una mesa exquisitamente preparada. Enseguida se percató de que se encontraban en el estacionamiento, pero, contrario a lo que pudiera pensarse, ella sabía que era un excelente lugar para tener un momento de privacidad, así que no le restó en nada a la magia del momento, sino que contribuyó en hacerlo aún más especial. Sonriente, se volteó hacia

Kingsley, quien, con ansiosa expectación, aguardaba la reacción de ella.

—Está todo realmente muy hermoso —susurró ella—. ¿De dónde has sacado estas rosas tan bellas? —dijo mientras las tomaba de sobre la mesa para regodearse en su aroma. No podía creerlo, estaba teniendo una cita en Marte.

—Fui hasta la Tierra a buscarlas y regresé para traértelas —mintió con su mirada de galán, al mejor estilo James Bond, la que guardaba tan solo para ocasiones especiales como aquella.

—¿Todo eso has hecho por mí? —dijo fingiendo candidez.

—Haría eso y mucho más —respondió él con tono grave.

Ella le lanzó una electrizante mirada que tuvo el poder de ponerlo nervioso. Así que involuntariamente distendió la situación, desviando la atención hacia la cena.

—¿Quieres tomar asiento?

—Sí, claro. Gracias —dijo, mientras él arrimaba la silla para que ella tomara asiento con comodidad. Su perfume le arrancó un suspiro de embeleso.

Platicaron sobre muchas cosas, mientras degustaban los sabores que Kingsley había seleccionado. Reían, entrecruzando miradas, al tiempo que brindaban con símil jugo de naranja. Cuando acabaron el postre, Aisha dijo de repente, sin que Kingsley lo viera venir:

—Eres muy lindo, ¿lo sabes?

Akira tenía una propuesta que le había parecido muy interesante hacerle a Aisha, que quizá podría conducir a otra de mucho mayor importancia. Con esto en mente, anduvo buscándola para planteársela, pero no la hallaba. La esperó toda esa tarde en el comedor, pero nunca apareció. Al caer la noche, decidió ir a tocar a su puerta para extenderle la invitación; no obstante, para su desilusión, se encontró con que tampoco estaba allí. Desde lo de João y Guadalupe, ese tipo de desapariciones inexplicables se habían convertido en el terror que aleteaba por los pasillos para todo aquel que tuviera comprometido el corazón. De esta manera, mohíno y contrariado, se fue a su habitación sin cenar, con las esperanzas intactas, pero tocado en su seguridad y confianza.

Al día siguiente se dio prisa a llamar a su puerta con el fin de evacuar cualquier barrunto que pudiera haber. Para su tranquilidad, unos momentos después ella salió lista para ir a desayunar.

—Akira, disculpa que te haya hecho esperar. Es que estaba terminando de atarme los cordones. Voy de camino a desayunar, ¿quieres acompañarme mientras me cuentas lo que venías a decirme?

—Sí, claro —dijo Akira más animado, aunque echó una fugaz mirada al interior de su dormitorio por las dudas.

—Entonces... —inquirió Aisha.

—Bueno... —carraspeó—, quería invitarte a salir a hacer un recorrido por la sierra de Latebra. Por lo que se puede ver a la distancia parece un lugar muy bonito. Quizá podamos ir en un arenero y al llegar allí, dar un paseo caminando. ¿No sé qué te parece la idea?

—¡Me encanta! Nos encontramos en el estacionamiento a las once menos cuarto, ¿está bien?

—Claro, por supuesto —dijo extasiado Akira.

Media hora antes Akira ya tenía todo pronto, esperándola a la vera de la puerta de presurización. Había aparcado el arenero frente a la salida, completamente cargado de baterías y listo para emprender el viaje. Con auriculares puestos, golpeaba el pie rítmicamente al son de *Bad to the bone* de George Thorogood and the Destroyers. De súbito, casi se le salta de las manos el reproductor de MP4 al darse cuenta de que había olvidado los guantes en la sala de los trajes espaciales. Salió corriendo lo más rápido que pudo con aquel incómodo traje, rogando porque Aisha no llegara antes de que él regresara. Se vería muy poco galante. Cuando regresó, transpirando y jadeando por el esfuerzo, ella ya estaba allí, apoyada en el guardabarros del arenero.

—Disculpa que olvidé los guantes y…

—No te preocupes, guapo. Aunque, por lerdo, perdiste la oportunidad de conducir. Ponte el casco y abre la puerta que se hace tarde.

Akira oprimió el botón, las puertas corredizas se deslizaron con un siseo y Aisha avanzó hasta la cámara de presurización. Las puertas volvieron a cerrarse a sus espaldas y la IA hizo la advertencia de rigor: <<*Prepararse para despresurización. Chequear casco, guantes y botas selladas al traje. En caso de no estar listo oprima el botón de detención. Comenzando despresurización en tres, dos, uno.*>>

Cuando la puerta se abrió, Aisha pisó el acelerador a fondo y el arenero casi lanzó arena hacia atrás, en cambio comenzó a acelerar hasta su límite de velocidad con el típico sonido producido por un motor eléctrico.

—Así que me vas a llevar a dar una pintoresca vuelta por la sierra —dijo ella con cierto sonsonete. No se sentía nada mal tener para elegir.

—Esa era la idea.

Cuando llegaron al lugar tras haber eludido algunos cráteres de escasa entidad por el camino, Aisha detuvo el vehículo a las faldas de las elevaciones e hicieron pie a tierra. La serranía de mediano tamaño, cuyo pico más alto no superaba los cuatrocientos metros, se encontraba a poco más de cuatro kilómetros de las instalaciones.

Akira la invitó a escalar y ella aceptó. Comenzaron a subir la pendiente algo pedregosa sin mucho riesgo de caída, pues no era muy abrupta ni tenía grandes escollos que sortear. De todas formas, lo hicieron con calma, disfrutando del paseo. Entretanto, iban charlando y mostrándose el uno al otro detalles llamativos del paisaje circundante.

—Sabes que me vino muy bien salir a dar una caminata para despejarme un poco. Comenzaba a sentirme asfixiada allí dentro. Ya no soportaba el encierro.

—Es cierto, por momentos se vuelve bastante insoportable la vida entre aquellas paredes redondeadas. De hecho, es como una sola pared —dijo en tono de broma.

Ella sonrió.

Hubo una pausa.

—Dime, ¿qué me dices de Lestari y Samuel? —agregó Akira, al pausarse la conversación. Tocar temas sentimentales ajenos siempre resultaba ser una excelente forma de entrar en ambiente.

—Creo que, si fuese por ella, podrían tener hasta nietos a estas alturas. Pero me da la impresión de que él...—buscó las palabras adecuadas y luego decidió cambiar la idea—. En realidad, no sé muy bien qué es lo que él quiere.

Cuando quisieron darse cuenta ya estaban en la cima de uno de los picos que sobresalían entre los demás. Allí, Aisha contempló todo alrededor, lo que le causó un hondo suspiro. Más allá se podía apreciar otras serranías alternadas por valles igual de secos que el que habían transitado para llegar hasta aquel lugar. El paisaje era monótono dentro de lo que cabía, pero bello. De pronto, notó que Akira se fue repentinamente hacia abajo. Por un momento creyó con un susto que se caía cuesta abajo, pero enseguida constató que había hincado una rodilla en el suelo y levantaba hacia ella un pequeño anillo. Aquella escena la dejó petrificada.

—¿Te casarías conmigo? —preguntó Akira con voz temblorosa.

LXXIX

Llanura de Utopía, planeta Marte.
Quincuagésimo tercer día.

Las instalaciones habían sido ideadas y construidas para satisfacer todas las necesidades de un ser vivo. Con todo, ya fuese por la variedad que ofrecía, su acogedora constitución, la perfección en su confección o tal vez la absoluta libertad que brindaba de hacer casi cualquier cosa que desearan, la Tierra era con diferencia inigualable e insustituible. La riqueza que ofrecía en la diversidad no tenía parangón.

Los colonos se mantenían lo más atareados posible con todo tipo de actividades. La búsqueda de distracciones en los más diversos medios generadores de ocio era uno de los elementos que más energía les exigía. Aun así su mente se retrotraía una y otra vez hacia su lugar natural de residencia. Muchas veces se preguntaban cómo harían los moradores de desiertos y rápidamente llegaban a la conclusión de que el solo hecho de saber que se hallaban en un lugar como la Tierra cambiaba la forma de considerarlo todo. Aunque fuese un inhóspito páramo, conservaba el encanto de estar en la Tierra.

Pese a buscar entretenerse con todas las diferentes opciones que proporcionaba su amplio y confortable refugio, el vacío que por momentos se apoderaba de ellos no podía ser llenado de forma alguna. La mayoría tendía a descargarse películas románticas, clásicos del cine o de antaño. Algunos recurrían a la máquina expendedora de alimentos en su intento por conseguir lo que les hacía falta y mitigar la frustración acumulada. Los que preferían alimentar sus almas con la música, con el propósito de aderezar la vacuidad subyacente, se descubrían repitiendo las mismas canciones que los enamorados escuchan cuando se encuentran distantes de su amor. La ausencia de aquello que no podían explicar o aun entender era irreemplazable.

En el comedor, durante las comidas, aun con todo el esfuerzo que hacían por no demostrar su nostalgia y en algunos casos pesadumbre, se pescaban unos a otros cabizbajos. Se configuraba así un ambiente de pocas palabras y mucho pensamiento. Las hojas de los diarios personales se llenaban de recuerdos y añoranzas. Aunque un tercio hacía cuanto podía por eludir estos sentimientos mediante la búsqueda de emociones fuertes y la ensoñación de las distracciones mentales, dejándose atrapar por el hipnotismo de la televisión o los potentes psicoactivos de los videojuegos.

Ante la distante actitud de Aisha, Kingsley se aisló en su rincón, sin entender qué estaba sucediendo con ella. Luego de algunas interacciones tan buenas que habían tenido, contrario a lo que hubiera imaginado, ella prefirió mantenerse evasiva y solitaria. Simultáneamente, Akira también sufría el repentino alejamiento de la mujer que había cautivado su corazón. Al pedirle matrimonio había esperado obtener una respuesta positiva, o quizá negativa en el peor de los casos. En cambio, para su sorpresa, recibió un tajante <<*no puedo darte una respuesta ahora*>>.

De manera que, al cruzarse con Aisha por una de esas perseguidas casualidades, Kingsley la tomó por el brazo al notar que intentaba evadirlo. Ella lo miró con los ojos de una niña asustada que se encuentra huyendo de sus padres. Por un momento, aquel juego de seducción le había parecido divertido y hasta lisonjero respecto de su autoestima; no obstante, cuando tomó cabal conciencia de lo que implicaba, la realidad la desbordó de tal forma que llegó a abrumarla por completo. La encrucijada en la que se encontraba era muy amarga, un dilema en el que ella misma se había metido. Ambos eran de su agrado, pero a su vez eran sus amigos y también muy amigos entre sí. Todo podría acabar en un completo desastre.

—Aisha, ¿te encuentras bien?

—Sí, ¿por qué me lo preguntas?

—Porque no te he visto pasar a comer y te he notado muy distante últimamente. Estoy preocupado por ti— terminó la oración con una inflexión en la voz.

Ella lo observó con compasión. No quería lastimar a nadie, pero sabía que aquella situación podría dejar no uno ni dos, sino tres corazones rotos. Buscaba la mejor salida a aquel entresijo. De repente, como si la hubiese encontrado entre el millar de recovecos de un nudo gordiano, con una mirada luminosa dijo:

—Ven conmigo —y tomándolo de la mano se lo llevó consigo.

Sobre la hamaca que pendía de dos extremos de las paredes se encontraba Akira, balanceándose con desgana. Se impulsaba levemente, apoyándose en una silla que había acercado, mientras observaba unas pequeñas manchas en el techo curvo. ¿Qué habría hecho mal? Ya le había dado a entender con anterioridad que estaba interesado en ella, incluso ella misma había flirteado claramente con él. ¿Por qué huía así ahora? De pronto, al escuchar unos rápidos pasos que se acercaban y al reconocer en una de las voces a la de Aisha, casi se cayó de la hamaca al intentar incorporarse. Aisha y Kingsley se detuvieron frente a Akira, tomados de la mano. Akira observó la escena y con desazón, creyó comprenderlo todo.

—Aquí estamos los tres —dijo Aisha—. Decidamos entre todos la mejor solución a esta embarazosa situación. Confieso que es demasiado para mí.

Por las expresiones en los rostros de Kingsley y Akira, era obvio que no entendían ni un poco a qué se estaría refiriendo.

—Esto es bien sencillo —comenzó a aclarar ella—. Ambos se me estuvieron insinuando y coquetearon conmigo por un tiempo. El tema es que ambos me caen bien. Ahora, ¿me podéis explicar qué debo hacer? Porque yo no tengo ni la más remota idea de cómo proceder —dijo levantando las manos, al borde de sucumbir a un ataque de nervios—. Si estaba arrepentida de haber venido a este maldito desierto, ahora me habéis convencido del todo de querer volver a la Tierra por cualquier medio posible.

Ambos se miraron tan incrédulos como atónitos. Luego de unos intersticios, Akira por fin tomó la iniciativa en un acto de resignación condescendiente hacia su amigo:

—Entiendo que me superpuse a las intenciones de Kingsley. Si bien ignoraba que tú —dijo refiriéndose a Kingsley— estabas interesado en ella, pido disculpas por no haber sido lo suficientemente cauto en conocer más a fondo la situación personal de Aisha.

Ella meneó la cabeza, contrariada.

—No había ninguna situación personal con nadie cuando me propusiste casamiento.

Kingsley abrió grande los ojos al escuchar sus últimas palabras.

—Siendo así, soy yo quien está completamente de más en esta discusión. Si mi amigo te pidió que te casaras con él, el que hizo todo al revés fui yo. No hay nada más por discutir. Me hago a un lado.

Le sorprendió a Aisha ver con cuánta facilidad se retiraban de la contienda ambos exponentes. Resultaba que, de momento, y para su asombro, se estaba quedando sin el pan y sin la torta.

—Chicos, chicos. No nos apresuremos. Pasamos de dos pretendientes a ninguno en cuestión de segundos. ¿Qué significa todo esto? Resolvamos aquí y ahora cuál de los dos se quedará conmigo —dijo ahora con cierto dejo de indignación en el tono.

—Yo le cedo todo el camino a mi amigo —sentenció Akira—. Jamás le haría algo así. Me interesa más que ambos seáis felices y no arriesgarme a perder la amistad de uno de vosotros. Por eso doy un paso al costado.

—No, mi querido amigo, yo no la quiero. Es toda tuya —insistió Kingsley—. Si le propusiste matrimonio es porque la amas y yo sería incapaz de ser un obstáculo entre vosotros. De ninguna manera.

Aisha se tomaba la cabeza con toda la boca abierta, totalmente anonadada.

—¡Pónganse de acuerdo, muchachos! —exclamó desesperada.

Entonces, luego de considerar las palabras de Aisha, ambos se miraron, para a continuación afirmar categóricamente casi al unísono:

—Quizá seas tú quien deba escoger.

Ante la irredargüible verdad que se había presentado ante su persona, Aisha sintió un creciente pánico que provocó que saliera corriendo a encerrarse en su habitación a llorar.

En similares circunstancias, Lestari sufría la falta de respuestas por parte de Samuel, quien le había hecho muchas promesas, pero que, de las cuales, hasta ahora no había cumplido ninguna. La había ilusionado y ahora la evitaba como a una mala y muy contagiosa enfermedad. Había llegado al punto de demostrar una especie de fastidio hacia ella. Ya no se imaginaba en sus brazos, solo pretendía que hubiera una convivencia apacible y amena. Se conformaba con que fueran amigos. No obstante, tanto peor cuanto más se esforzaba por caerle bien. Por lo cual, fue cayendo inexorablemente en un pozo depresivo que le provocaba terribles ataques de ansiedad. Apoyándose en su amiga Aisha, mucho más fuerte de carácter y porque siempre resulta más sencillo opinar sobre problemas ajenos que sobre los propios, recibió de ella ánimo y el consejo de que se olvidara de él. También le sugirió que consultara con Kingsley, que con tal propósito había hecho el viaje desde la Tierra hasta Marte.

—Necesito tu ayuda, amigo mío —suplicó Lestari, con los ojos rojos, a la puerta de Kingsley.

—Tranquila, querida —trató de consolarla, esforzándose por no develar el secreto de que en realidad no era la única, sino una más de la mayoría de los colonos cuyos ánimos se caían a pedazos—. Espera que me voy a poner unas chanclas y de inmediato te vienes conmigo al consultorio médico. Tengo que justificar el sueldo que jamás cobré —bromeó en un intento por distraerla de sus pesares—. Ven, vamos.

Lestari asintió con la cabeza gacha, sin escuchar en realidad lo que había dicho.

Por su parte, Svetlana se había resignado a permanecer sola, pues sabía de primera mano cuándo una persona está enamorada y, por si fuere poco, siendo correspondida.

LXXX

Llanura de Utopía, planeta Marte.
Quincuagésimo octavo día.

El día amanecía soleado como casi siempre, con las contadas excepciones de las tormentas de arena. Un paisaje límpido se extendía hacia todos lados. La visibilidad era usualmente muy buena y la regularidad ambiental casi tenía la precisión de un reloj suizo, por lo que se podía predecir fácilmente las variaciones relacionadas con el clima.

La moral del grupo en general estaba muy baja. Asimismo, curiosamente esto había estimulado un rápido avance en el seguimiento de las directrices impartidas por Space Dragon, asesoramiento mediante de la Agencia Espacial norteamericana, para el eventual cumplimiento de los objetivos trazados. Se debía a que los colonos, en su intento por sacudirse la morriña, se enfocaban de lleno en sus tareas previamente asignadas. De este modo, pese a que eran muy numerosos los lineamientos planteados, los planes iban ejecutándose a un ritmo sostenido. Tan dinámico se había vuelto el desempeño demostrado, que logró superar todas las expectativas, logrando sorprender hasta al propio Control de Misión.

Por tanto, el desarrollo de animales in vitro había sido todo un éxito. De hecho, muchos de ellos estaban en pleno crecimiento y otros incluso ya habían sido adoptados como mascotas. Las plantaciones medraban sin ningún tipo de inconvenientes bajo condiciones muy específicas de microclima favorable. Este ambiente artificial era regulado y controlado por la computadora, inclusive el riego y la fertilización. Los colonos habían optado por confiarle este tipo de tareas, descansándose en muchos aspectos relacionados. El análisis de la composición del suelo marciano había sido exhaustivo, y con excepción del supuesto hueso encontrado por Lestari, no se había hecho ningún otro tipo de descubrimiento. Las mediciones del aire, su composición, toxicidad y densidad, y los estudios realizados sobre las radiaciones cósmicas habían arrojado los mismos resultados que los ya obtenidos por las diferentes sondas y robots enviados a estudiar Marte con anterioridad. El agua obtenida de acuíferos subterráneos era pura, sin trazas de elementos nocivos para el consumo o firmas significativas de sustancias radiactivas.

Se habían llevado a cabo varias incursiones en algunos de los valles y montes que rodeaban a la base, pero no habían sido realizadas de manera sistemática y organizada. Tampoco se había categorizado o compendiado los datos obtenidos. Más bien fueron a impulsos de iniciativas personales y de forma aislada por parte de algunos de ellos. De todas formas, de manera espontánea se decidió comenzar a expandir el área de reconocimiento y profundizar la investigación respecto del territorio que los circundaba. Samuel insistió en que no era necesario, que a los efectos prácticos sería casi una pérdida de tiempo, pues toda la superficie del planeta estaba siendo estudiada exhaustivamente a través de diferentes medios, pero el resto hizo caso omiso a sus persuasiones. Se organizaron en grupos de a dos y, aprovechando los cuatro areneros con que contaban, se lanzaron hacia los cuatro puntos cardinales para hacer un uso lo más eficientemente posible de los recursos con que contaban. El objetivo ulterior era maximizar los resultados obtenidos de la exploración.

Hacia el sur emprendieron la marcha Kingsley y Akira, hacia el oeste fueron Aisha y Lestari, hacia el este Odinrod y Naila y hacia el norte se dirigieron Svetlana y Samuel. Guadalupe quiso evitar andar dando botes por la irregular superficie que los rodeaba a fin de cuidar de su embarazo y João prefirió quedarse con ella a hacerle compañía. Ming hubiera deseado ir con Naila, al igual que Svetlana, pero ambos sabían que las parejas ya se habían formado por anticipado de manera tácita, comprendiendo para sus adentros que no había lugar para ellos en su corazón. Así que Ming cedió su lugar y se mantuvo al margen en aquel emprendimiento colectivo y ante la falta de voluntarios, Svetlana se ofreció para secundar a Samuel.

El primer día recorrieron un área no mayor a cuatro kilómetros cuadrados. El área máxima, según los datos aportados por los instructores en Space Dragon de acuerdo con la autonomía de los vehículos de que disponían, era de trescientos catorce kilómetros cuadrados aproximadamente. Con esto en cuenta, realizaron una cuadrícula para no repetir las zonas ya recorridas. Si bien el tiempo para realizar las exploraciones era muy breve, sabían que tenían mucho tiempo para estar allí, así que continuaron de un modo metódico con grandes expectativas a largo plazo. Se propusieron barrer el terreno poco a poco, concienzudamente cada día, como si cumplieran con un horario de trabajo regular. También eran conscientes de que a medida que fueran alejándose del campamento base, más tiempo tardarían en trasladarse hasta las zonas más alejadas, con lo que dispondrían de menor tiempo de exploración. Esto iría aumentando exponencialmente la sumatoria de tiempo que deberían de invertir en reconocimiento de manera directamente proporcional a su acercamiento al perímetro exterior.

Fueron pasando los días y cada pareja de exploradores iba avanzando lentamente por el sector de la cuadrícula que le había tocado de acuerdo con lo que habían convenido. En cierta ocasión, Svetlana y Samuel dejaron a sus espaldas al Conqueror, ubicado sobre la pista. Svetlana le comentaba a Samuel que el problema de la autonomía y velocidad de los areneros se terminaría en cuanto ella les instalara su motor a agua.

—¿No sería demasiado complicado construir tales motores? —indagó Samuel—. ¿Tendríamos los medios para fabricarlos?

—Claro, y lo que falte se lo encargaremos a Space Dragon para el próximo reabastecimiento logístico.

De pronto, llegaron a una formación rocosa bastante alta y escarpada, a la cual ella se decidió a escalar.

—¿Te parece buena idea? Creo que puede ser un tanto riesgoso —insistió Samuel.

—De todas formas, debemos recorrer cada palmo del área que nos permita la autonomía con que contamos actualmente. Y este cerro forma parte de nuestro sector. Así que, ya que estamos aquí, voy a subir a ese peñasco. Además, me parece un excelente punto de observación. ¿Me acompañas o te quedas? Vamos, no seas cobarde.

—Sí, claro. No voy a dejarte sola, a ver si todavía te caes y nadie se entera. Estamos aquí para ayudarnos los unos a los otros. ¿Verdad?

Comenzaron por tanto a escalar con algo de dificultad. Luego de un trecho podían escuchar el jadeo del otro por el intercomunicador. Entraron rápidamente en calor y comenzaron a transpirar. Los músculos de las piernas les ardían y pronto pudieron comprobar que habían subestimado el tamaño del peñasco. De repente, Svetlana, que iba delante, tuvo un resbalón que la dejó tendida sobre el pedregullo suelto. Samuel trató de sujetarla, pero fue poco lo que pudo hacer. Se dio un buen porrazo que la hizo perder el aliento.

—¿Estás bien? —preguntó Samuel.

—Sí, solo fue el golpe. No te preocupes.

—Te das cuenta de que cualquiera de nosotros podría rasgar en un momento la cubierta protectora del traje con alguna saliente afilada o estrellar la visera del casco y probablemente estallaría por una súbita descompresión— comentó Samuel, tratando de hacerle tomar más consciencia del peligro al que se estaban exponiendo.

—Desde que despegamos de la Tierra nos hemos empeñado en hacer cosas que siempre conllevan un elevado riesgo de morir. Si vamos a estar pendientes de ello todo el tiempo no haríamos nada, simplemente nos quedaríamos encerrados en nuestras habitaciones por miedo a perder la vida como tortugas dentro de sus caparazones —replicó ella sentenciosamente—. Ya casi llegamos a la cima. Solo un pequeño esfuerzo más.

Cuando por fin alcanzaron la cúspide, al filo de un risco de unos treinta metros de altura, pudieron ver muy lejos. La vista era estupenda, ayudada por la buena visibilidad imperante; aunque la escarpadura era de vértigo. En la distancia, a sus espaldas, se podía apreciar la base en forma de pequeños cuencos blancos boca abajo. A primera vista solo se podía distinguir una sucesión de valles y elevaciones de variados tamaños y formas. Por lo demás, se percibía un paisaje muy homogéneo en su estructura y composición. Svetlana comenzó a grabar en el dispositivo de su traje algunas observaciones de lo que veían, mientras recorría con la mirada todo el horizonte. De pronto, dejó de hablar y se quedó inmóvil.

—¿Qué ocurre? Parece como si hubieras visto un fantasma —ironizó Samuel—. Ten cuidado, pues estás demasiado en el borde —le advirtió preocupado.

Svetlana no hizo caso del comentario de su compañero. Se tomó unos instantes para contemplar un punto en el horizonte. Una vez que lo hubo analizado detenidamente, levantó el brazo con el dedo índice extendido, sin dejar de grabar en ningún momento:

—Acércate —le indicó Svetlana, parada en puntas de pie al borde del pronunciado risco.

Samuel dio con cuidado un paso hasta donde ella se encontraba parada y observó en dirección adonde estaba señalando.

—¿Qué hay? —preguntó susurrante Samuel, inclinándose un poco hasta el nivel de los ojos de su compañera, hasta casi tocar su casco con el de ella.

—¿Ves allá detrás de aquellas colinas la parte superior de un objeto de idéntico color a la arena de aquí, apenas asomándose?

Samuel aguzó la vista y luego de unos segundos dijo:

—Lo siento, pero no veo nada. Absolutamente nada.

—Debemos rodear este peñasco y tratar de llegar hasta allá —dijo de manera perentoria.

En ese momento, la IA les informó por el intercomunicador: <<*Samuel y Svetlana, os queda un remanente de tiempo apenas suficiente para emprender el retorno a la base. Os recomiendo que iniciéis el regreso cuanto antes.*>>

Svetlana observó los indicadores en ambas muñecas y tomándose unos momentos para calcular, dijo:

—Puede que el tiempo y el remanente de oxígeno nos alcancen para llegar hasta aquellas otras sierras que están al frente. Allí estaremos un poco más cerca del lugar donde están las estructuras —aseveró con excitación en la voz.

—Sveta, ¿estás segura de lo que dices? Descríbeme en detalle qué es lo que estás viendo. Quizá podamos volver mañana a investigar con más tiempo. La IA puede fijar las coordenadas.

—Parecieran ser techos de edificaciones, no sé. Tal vez sean hangares de alguna civilización alienígena de tiempos remotos. No tengo ni idea. Solo sé que allí están.

Samuel la tomó por los brazos para ponerla de frente hacia él. Mirándola a los ojos a través de ambos cristales volvió a preguntarle con gravedad en la voz:

—Sveta, esto es muy serio y yo te conozco muy bien, tú no eres de hacer bromas. ¡Estás completamente segura de que has visto algún tipo de estructuras artificiales más allá de aquellas sierras?

Ella, mirándole fijo a los ojos, dijo:

—Por supuesto. Te he dicho que allí hay una especie de construcciones artificiales muy bien mimetizadas con el ambiente, eso sí. Pero no sé de qué se trata realmente, por eso quiero investigar.

—Querida Sveta, lamentablemente tengo la corazonada de que nunca llegarás a concretar la instalación de tu motor a agua a uno de los areneros.

—No entiendo a qué te estás refirien… —fue lo último que dijo cuando se precipitó al vacío para caer entre las rocas al pie del peñasco. La caída fue de una violencia tal que murió en el acto.

Samuel descendió a toda prisa en dirección al arenero por la misma ladera que habían subido, pues era imposible bajar por donde había caído Svetlana. El corazón le sacudía el pecho. Estaba totalmente contrariado. No podía creer que aquello hubiera sucedido. Mientras se deslizaba por la empinada pendiente, preguntó con la voz sumamente agitada:

—¿Cómo está ella?

—*Svetlana ha muerto, Samuel* —respondió la IA—. *Sus signos vitales se han detenido completamente.*

—Da inmediato aviso a todos los demás —ordenó Samuel.

—*Ya lo he hecho.*

Alcanzando el terreno nivelado, saltó dentro del arenero y se puso en marcha para rodear la formación rocosa. Luego de algo menos de diez minutos, tras apearse del vehículo, avanzó entre las grandes rocas que impedían el paso al vehículo. Golpeándose contra las piedras, llegó trastabillándose hasta el lugar donde se encontraba el cuerpo inerte de Svetlana. La cargó en sus brazos y, con enorme dificultad, la llevó hasta el arenero. Una vez la hubo recostado en el pequeño coche, se encaminó a toda velocidad hacia la base.

—Avisa que estamos yendo hacia la base. Que preparen todo para una intervención quirúrgica.

—*No te preocupes por ello, está hecho.*

Al llegar a la base, todos estaban esperando en el hall principal de presurización con la puerta exterior abierta. Samuel se metió como venía, frenando a unos centímetros de la puerta interior. Ni bien se hubo cerrado la puerta, Naila oprimió el botón de presurización. Los chorros de aire con pulverización de agua fueron lanzados y luego de unos segundos, la puerta interior se abrió. El vehículo avanzó y todos lo siguieron corriendo detrás.

—¿Cómo está? —preguntó afligida Aisha, mientras se quitaba el casco.

—Está muy mal, por la gravedad de las lesiones no creo que sobreviva —dijo Samuel.

Akira, que ya tenía todo listo para asistirla, pidió al resto de sus compañeros que se apartaran e hicieran espacio para que Aisha y él pudieran trabajar con mayor soltura. Al verla, Aisha de inmediato supo que estaba muerta, solo esperó a que Akira, como médico, constatara oficialmente la defunción. Apenas con observarla fue suficiente para que Akira voltease hacia Samuel.

—Samuel, ¿cómo dices que está muy mal? ¿Acaso no te diste cuenta de que murió prácticamente de forma instantánea? ¡Mira el estado en el que está!

Lestari comenzó a llorar estrepitosamente. Odinrod cayó desmayado. Naila se tapaba la boca sin dar crédito ante la espantosa escena. El casco se había hecho añicos, había sangre por todos lados y se notaban las fracturas expuestas atravesando incluso el traje en algunas partes. La escena era dantesca.

—Bueno, es que en la desesperación por traerla a la base cuanto antes, no me puse a ver en detalle. A fin de cuentas, no soy médico.

—¡Chicos! ¡Por favor! Sé que la muerte de Svetlana nos ha dejado a todos muy alterados y es comprensible, pero os pido encarecidamente que no haya discordia entre nosotros —aplacó Aisha—. Suficiente tenemos con el trágico deceso de nuestra querida compañera.

—¿Qué ocurrió Samuel? —preguntó conmovido Kingsley.

—Estábamos explorando y de pronto Svetlana, al ver un peñasco, se le metió en la cabeza escalarlo. Yo insistí en que era peligroso, pero no me hizo caso y comenzó a subir. Yo me fui detrás de ella para respaldarla, pero como del otro lado había un despeñadero, cuando llegué ya había caído. No me dio tiempo de nada. No sé cómo pudo ocurrir esta terrible desgracia.

LXXXI

Llanura de Utopía, planeta Marte.
Sexagésimo primer día.

Todos estaban devastados por lo sucedido el día anterior. Reinaba una atmósfera pesada y los ánimos se caldeaban fácilmente. Nadie decía una palabra, temían dar un paso en falso y ser recriminados por los demás o quizás acabar siendo injustos, aunque en realidad nadie tenía el talante como para hacer ningún tipo de comentario.

Samuel se comunicó con el Control de Misión para ponerlos al tanto de todos los detalles del accidente. Era una situación muy peliaguda que nadie sabía cómo manejar. Esperaban instrucciones del mando.

—Supongo que les informarán a sus parientes en la Tierra sobre lo sucedido —dijo como un reproche Lestari.

—Ella no tenía parientes —aclaró Naila alicaída.

Todos se voltearon a verla, extrañados.

—Ninguno de nosotros tiene parientes en la Tierra. Solo Odinrod y Samuel.

Se procedió entonces a llevar a cabo todos los honores fúnebres que le correspondía por haber fallecido en cumplimiento del deber. Se hizo entrega simbólica de una medalla póstuma luego de un minuto de silencio, todo en estricta solemnidad. Miradas reticentes saltaban de unos a otros. Nadie pudo contener las lágrimas, habían vivido muchas cosas en común y compartido momentos que los habían marcado para siempre. Samuel se culpaba por la muerte; repetía una y otra vez que él podría haber hecho algo por salvarla, a lo que enseguida acudían algunos de sus compañeros a consolarlo. Kingsley lo contenía como compañero y también como profesional. No era momento de recriminaciones, sino de sostener.

Se encontraban en un hierático momento, tratando cada uno de digerir lo ocurrido a su manera, sumidos todos en un clima tenso y pesimista. De pronto, Naila, quien se hallaba sentada en un extremo del salón donde velaban los restos de su extinta compañera, se puso de pie. Unos pocos la observaron, el resto permaneció abstraído en lúgubres pensamientos. Cruzó con cuidado todo el recinto hasta el sillón donde se encontraban Guadalupe, João y Odinrod. Se inclinó hacia este último, tratando de no llamar demasiado la atención, y le dijo al oído:

—Observa detenidamente encima del ataúd.

Odinrod vio el clavel de color anaranjado que Guadalupe se había encargado de cultivar concretamente para una ocasión como aquella. Lo habían puesto como demostración de condolencias y respeto, simbolizando la unión que se había gestado entre el grupo. Continuó recorriendo la superficie lustrosa del plástico impreso en imitación de la madera caoba. Unos pocos centímetros más adelante llegó a la bandera de la Federación de Rusia, cuidadosamente plegada. Hasta aquel punto no había encontrado nada extraordinario o fuera de lo común. Siguió explorando con la mirada hasta que, al alcanzar la zona correspondiente a la ubicación de los pies, detuvo sus ojos sobre una mosca que aseaba parsimoniosamente sus alas con las patas.

Una vez concluido el sepelio, Akira y Aisha se encargaron de finiquitar la cremación, luego de realizar una autopsia asesorada mediante una tediosa videoconferencia por forenses calificados situados en la Tierra. Se había dispuesto iniciar la investigación del accidente tres días más tarde de culminados los honores fúnebres a los efectos de respetar el luto debido, pese a no ser lo recomendable según los expertos. Transcurridos los tres días, se convocó a una reunión en la sala de operaciones, lugar adonde normalmente no asistían. Allí se designaron oficiales encargados de los diferentes factores y se principió formalmente la investigación. Samuel quedó excluido por haber estado implicado en el hecho, por lo que le competía las generales de la ley. A Guadalupe se le prescribió reposo absoluto tras diagnosticársele un embarazo de alto riesgo. João se quedó a cuidar de ella.

Kingsley, por obvias razones, se hizo cargo del factor humano y lo acompañó Akira. El factor medioambiental lo tomaron Lestari y Aisha. Odinrod se ocupó del factor material y Ming fue elegido secretario, encargado de llevar las actas que surgieran de las reuniones que se efectuasen y de tomar notas de las declaraciones del que, en este caso, era el único testigo presencial de lo ocurrido, además de confeccionar los anexos y recabar pilas de datos. Y Naila fue seleccionada, de forma unánime por el grupo, como la Oficial Investigadora.

La investigación comenzó en el lugar donde ocurrió el accidente, como lo requerían los manuales para profesionales en investigación de accidentes. De allí se tomaron muestras, fotografías, y la descripción y consiguiente reconstrucción del hecho, con un relato cronológico del declarante. Una vez que terminaron con las pesquisas en el sitio, al no haber antecedentes, se procedió a la identificación y análisis de las causas. Entre las primeras y más importantes recomendaciones para el Oficial Investigador, figuraba el axioma de perseguir con empeño el identificar las causas y nunca buscar responsables. Además de aceptar solo hechos concretos, probados y objetivos, nunca suposiciones ni interpretaciones que pudieran entorpecer el avance de la investigación. Y, por último, evitar hacer juicios de valor para no condicionar en manera alguna la investigación.

Una vez que los oficiales correspondientes a los tres factores presentaron su informe en base a los datos recabados, se procedió a la confección de las conclusiones por parte del Oficial Investigador, para a posteriori y como último paso, detallar las medidas preventivas recomendadas. Los factores material y medioambiental fueron de escasa o nula significación e influencia en la ocurrencia del accidente. En cambio, por obvias razones, el factor humano resultó determinante en el trágico desenlace. De manera que, una vez culminada toda la etapa de investigación algunas semanas más tarde, Naila procedió a dar lectura de su informe y los dictámenes surgidos:

—Se comprobó que el factor medioambiental no tuvo incidencia alguna. Al momento del accidente se registraba viento calmo, excelente visibilidad, ambiente seco (que no contribuiría a una superficie resbaladiza), sin constatarse ningún fenómeno atmosférico de significancia que pudiere favorecer la caída de la interfecta —Leyó por mera formalidad. Luego continuó con el segundo factor de menor relevancia relacionado al accidente—. Continuando con el factor material, se pudo comprobar que el calzado que la occisa portaba poseía excelente capacidad de sujeción, así como el resto del equipo, que se encontraba en óptimas condiciones de uso, sin constatarse relación aparente entre la ocurrencia del accidente y el equipo empleado.

>>Para finalizar, se abordará el factor humano como uno de los elementos más relevantes en el acaecimiento de la fatalidad en cuestión. De acuerdo con el testimonio brindado por el único testigo de lo ocurrido, la occisa, demostrando una actitud de extrema temeridad, subió por su propia cuenta a la cima del peñasco desde donde se precipitó

al vacío. Lo hizo pese a las muchas recomendaciones realizadas por el compañero que la secundaba. Como resultado, la caída desde unos treinta metros le ocasionó heridas de gravísima entidad que desembocaron en el consiguiente fallecimiento.

>>Conclusión: Se desprende del análisis que su caída fue debida a dos posibles causas, las cuales pudieron actuar de forma concomitante, un traspié o como resultado de haber sufrido un vahído, con lo que se descarta la posibilidad de un suicidio de acuerdo a las declaraciones del testigo.

>>Recomendaciones: Se recomienda evitar en la medida de lo posible o extremar el cuidado en caso contrario, en toda tarea o situación que implique un riesgo evidente para la integridad física o la vida.

>>Finalizado el informe de la investigación realizada, se abre un espacio de preguntas, aportes o sugerencias.

Había un malestar general entre todos los integrantes del grupo de colonos. Algunos le reprochaban en silencio a Samuel que hubiera permitido que subiera hasta un lugar tan peligroso, mientras que otros no se fiaban por completo de él. Todo se traducía en miradas de recelo y aun recriminación de manera solapada. Reinaba un ambiente de desazón contenida. Sin embargo, todos permanecieron en silencio a pesar de los muchos pensamientos que surcaban sus mentes y en algunos casos envenenaban sus corazones. Hasta que pudo escucharse una voz que nadie esperaba oír:

—*Quisiera aportar un granito de arena en contribución a la investigación* —expresó la IA por voluntad propia, ya que hasta ese momento nadie le había preguntado nada ni tenido en cuenta en lo más mínimo.

Todos se sorprendieron ante la sorpresiva intervención de la IA, mientras que Samuel dio un respingo.

—¿Qué tienes para aportar IA? —inquirió Naila, sin muchas aspiraciones, aunque visiblemente maravillada y esperando equivocarse.

—*Samuel no fue el único testigo de lo sucedido*— comenzó a decir—. *Yo también estaba presente en el momento de lo sucedido. De hecho, tengo la grabación en mi base de datos realizada por Svetlana durante el ascenso por la ladera del peñasco hasta el preciso momento de la caída.*

La comisión investigadora en su totalidad se quedó estupefacta al constatar que habían olvidado por completo a un participante clave y, por ende, un testigo de privilegio. Se les había pasado por alto a todos y cada uno, e incluso debieron admitir que se había omitido en cuanto a la investigación evidencia de extrema importancia. Muchos escépticos volvieron a cobrar ánimo, creyendo que quizás ahora sí se hiciese justicia y la verdad saliera por fin a la luz. Toda la situación daba un giro.

—Comienza por dejarnos escuchar la grabación que Svetlana hizo —ordenó Naila expectante.

—*Copiado*[45].

Todos escucharon con suma atención cada segundo transcurrido desde el momento en que Samuel y Svetlana vieron el peñasco hasta las últimas palabras pronunciadas por ella. Las palabras joviales de la joven conmocionaron a los presentes. Todos esperaban pruebas contundentes que cambiaran el resultado de la investigación, tal vez con una consiguiente incriminación de Samuel. Por su parte, los nervios comenzaron a apoderarse con celeridad de la humanidad del condecorado militar y astronauta norteamericano, quien trataba de disimular su creciente perturbación exteriorizada en sudoración.

---

[45] Expresión utilizada en la jerga militar que significa entendido.

—<<*Ya casi llegamos a la cima. Solo un pequeño esfuerzo más*>> —fue lo último que se pudo escuchar, luego estática nada más. Entonces, a continuación, la IA volvió a intervenir— *Fin de la grabación.*

LXXXII

Llanura de Utopía, planeta Marte.
Sexagésimo séptimo día.

Recostada en su cama, Naila no podía dejar de pensar en tantas cosas que habían ocurrido. Cosas que le hacían ruido. En su cabeza no paraban de dar vueltas muchos detalles que no cerraban. Trataba una y otra vez de encontrarle significado a ciertos acontecimientos que carecían de sentido. Todo aquel cúmulo de situaciones y puntos aparentemente inconexos y en ocasiones absurdos, no solo la desconcertaban bastante, sino que además la tenían sumamente intranquila.

    Ciertos indicios la llevaron a estudiar más en profundidad todo lo relacionado con los ciclos lunares. Anduvo indagando en la biblioteca de Alejandría moderna, lo que vendría a ser la Web. Buscó varios temas en paralelo, pero que al final confluían. En su afán por saber más, abría una pestaña tras otra, con temor a cerrar alguna ante la eventualidad de perder o dejar relegada información valiosa. Cuando la idea le quedó más o menos clara, notó sorprendida que tenía decenas de sitios abiertos y un resumen bastante contundente en cuanto a sus sospechas. Pasadas algunas horas, tomó su cuaderno, ahora atiborrado de anotaciones, y salió disparada de la habitación como una bala de cañón.

La idea era sencilla, pero muy posiblemente efectiva: reunir a todos y plantearles una predicción imposible con la intención de a priori poder convencerlos de otras cuestiones todavía más difíciles de creer. Le pidió a Odinrod que la ayudara a congregar al resto de los compañeros, exceptuando a Samuel, en el depósito subterráneo.

—Y Sam, ¿por qué no? —preguntó Odinrod.

—Si estoy en lo cierto, tengo un pálpito de que no nos convendrá su presencia en los asuntos que vamos a tratar. Será mejor que seamos muy cautos en esto.

Cuando llegaron todos, se encontraron con un montón de pequeños contenedores y cajas de cartón. Aquella precaria construcción formaba un cuadrado en el medio del salón que llegaba hasta los dos metros de altura a manera de muro medianero. Naila los había puesto de aquella manera para crear un lugar donde estar en privado, fuera del alcance de las cámaras. Ingresaron por una pequeña apertura, mientras Naila los iba ubicando en el reducido interior. Una vez que todo estuvo pronto, corrió las cajas para terminar de cerrar el improvisado cubículo. Todos la miraban como si la considerasen una completa demente. Mientras tanto ella repartía libretas y lapiceras a cada uno. Al terminar, entregó el cuaderno donde había estado sacando apuntes al primero que tenía a su derecha y con el dedo hizo señas de que leyera en silencio y, al terminar, lo pasase al siguiente compañero. Todos fueron leyendo sucesivamente:

—Mañana se pronosticará una tormenta de arena que durará aproximadamente una semana. Por favor, no comenten nada de esto con Samuel ni digan nada en voz alta. Solo regresen a este mismo sitio en ocho días y les revelaré cómo lo supe y qué otras más cosas interesantes tengo para contarles. Les pido absoluta reserva y si tienen alguna pregunta ahora mismo o les surgen en el correr de la semana, escríbanlo en la libreta que acabo de darles y me la entregan en mano, con sus respectivos nombres. Gracias.

Todos se quedaron sin palabras. No había preguntas, la consigna era clara. Abrieron un resquicio entre las cajas y comenzaron a marcharse sugestionados por una tremenda intriga. En ese momento se pudo escuchar que la puerta automática se abría. Se miraron entre todos. Samuel, al toparse con todos sus compañeros juntos en aquel lugar tan inusual, no tardó en exclamar:

—¿Qué está pasando aquí? ¿Ocurre algo de lo que yo no deba enterarme?

—No es nada, Sam. Solo fue una casualidad —se apresuró a decir Odinrod.

Samuel sonrió con sorna.

—Me estáis haciendo sentir discriminado. Si no me lo contáis voy a creer que me estáis ocultando algo.

—Como dijo Odín, no pasa nada. No te preocupes —trató de tranquilizarlo Kingsley.

—Vamos chicos. ¿Acaso es por la muerte de Svetlana? Se supone que, después del resultado de la investigación, todo había quedado zanjado.

—Sam, no quiero que pienses cosas que no son. Simplemente estábamos ordenando el depósito que estaba hecho un desastre. Nada más —explicó de forma muy poco convincente Naila.

De improviso, Ming abrió la boca:

—Está bien, no tiene caso seguir ocultándolo. Yo te diré lo que estábamos haciendo.

Todos contuvieron el aliento. Samuel le dirigió su atención.

—Estamos planificando una sorpresa para tu cumple, pero no te diré más. Confórmate con eso.

Samuel levantó una ceja.

—Enserio, Sam. No te hagas la cabeza. Vayámonos de aquí que ya hemos terminado por hoy y no queremos que se arruine el pastel —agregó Odinrod.

Samuel asintió con la cabeza, pero sin tragarse una sola palabra de todo aquello. Notó las cajas apiladas, sin embargo, omitió comentario. Todos comenzaron a marcharse, hasta que solo quedaron Naila y Odinrod. Cuando por fin se quitaron de encima al incrédulo Samuel, Odinrod escribió en su libreta y se la pasó a Naila:

—¿Cómo supo que estábamos en el depósito? Algo no cuadra.

—Intuyo que pudo habérselo dicho la IA —escribió Naila en respuesta—. Esa era otra de mis sospechas, por eso la hice corta, para finalizar antes de que se apareciera, y por escrito. No sé qué está pasando aquí, pero ten por seguro que voy a averiguarlo.

Al siguiente día, todos esperaban el cumplimiento de la predicción de Naila, pero con pocas expectativas. En realidad, ninguno la había tomado demasiado en serio. De repente, escucharon confundidos el anuncio hecho por la IA a través de los altavoces.

—*Advertencia meteorológica: se pronostica para mañana en el correr de la mañana la llegada de una ola de radiación cósmica de alta energía proveniente del cúmulo abierto de estrellas de Las Híades. Se ha detectado actividad estelar intensa en ese sector que podría extender el fenómeno durante varios días, hasta una semana o más. Se recomienda tomar todas las precauciones del caso, como evitar salir al exterior y cerrar las protecciones dispuestas en las aberturas.*

Cruzaban miradas de dificencia, sin comprender del todo qué era lo que estaba sucediendo. No sabían qué pensar al respecto. ¿Desde cuándo Naila se había convertido en una especie de vidente? Todos sabían que había nacido dotada de una inteligencia extraordinaria, pero aquello sobrepasaba los límites de la lógica. Aunque no le había acertado al fenómeno, sí predijo el anuncio y anduvo muy cerca en el tiempo de duración. Se preguntaban en qué asuntos andaría metida.

Todos la miraron a un tiempo, pero ella hizo un gesto pidiendo discreción. Pasado ese día, una vez que hubieron cerrado todas las persianas plegables, se dispusieron a permanecer al resguardo de las instalaciones hasta que se les informase que ya no había riesgo de salir al exterior.

—Al menos no vamos a tener que volver a pintar el techo —se adelantó a decir Lestari.

Ocho días después la IA informó que había cesado la radiación cósmica y que ya era seguro salir al exterior nuevamente. En esta ocasión, no tuvieron que invitarlos a ir al depósito, en vez de salir a pasear en arenero, comenzaron a reunirse espontáneamente en cuanto escucharon el fin de la advertencia, solo que lo hicieron en el comedor para no levantar sospechas, luego que Samuel se fue a hacer sus recorridos rutinarios en arenero. Todos traían consigo sus libretas, con múltiples interrogantes planteadas a la recién descubierta adivina. Otros se adelantaron y mucho antes comenzaron a pasarle por debajo de la puerta de su dormitorio las preguntas que tenían.

—¿Cómo sabías que iba a ocurrir algo? —preguntó Aisha—. ¿Cómo acertaste hasta en su duración?

—¿Qué está ocurriendo? ¿Por qué no podemos decir una palabra? —fue lo escrito por Ming.

—¿Por qué no lo participamos a Samuel? —fue la duda planteada por Kingsley.

Entonces comenzó a develar el misterio en su libreta. Escribía con la lengua asomando por la ansiedad, como solía hacerlo.

—En realidad no sabía qué cosa iba a ocurrir, solo intuía que nos iban a mantener aislados del exterior por el término de siete días, lo cual efectivamente ocurrió como pudieron comprobar. Aún no sé muy bien qué es lo que está pasando, pero hay demasiadas cosas que no encajan. En cuanto a Samuel, tengo mis reservas por algunas cosas que ha estado haciendo, sin contar con que fue muy irregular su nombramiento. Chicos, hablemos claro, fue metido a dedo. No estoy segura de poder fiarme de él. Pero vayamos por parte, como dijera *Jack*. Primero que nada, ¿están al tanto de que nos vigilan en todo momento y todo lugar con un sistema cerrado de videocámaras?

Las caras hablaron por sí solas.

—¿Nunca se preguntaron por qué entrenamos tanto con vuelos de simulación de cero gravedad, si nunca íbamos a estar en condiciones reales de ingravidez?

Cuando acabaron de leer, se notaba en sus rostros que aquellas cosas los incomodaban por la confusión que traían aparejada. Nunca resulta cómodo o fácil de digerir pensar que te han estado embaucando como a un perfecto tonto.

—Quizá fuera por prevención, en caso de que fallara el sistema de centrifugado del Conqueror —escribió João, tratando de explicar aquellos cabos sueltos.

Había demasiadas incongruencias como para detenerse a debatir en cada una.

—¿Se dan cuenta con qué facilidad nosotros mismos nos encargamos de encontrarle respuesta a todo, por muy ilógico que sea? Tenemos una enorme capacidad de explicar y justificar el relato oficial, aunque las evidencias indiquen lo contrario —dijo Naila, en un intento por hacerlos pensar. Era menester que ellos por sí mismos encontraran las respuestas a fin de que no las rechazaran de plano—. ¿Recuerdan la foto tomada por el Sojourner en 1997 que estuvimos analizando durante las clases? ¿No recuerdan al ratón Mickey? ¿Se suponía que encontrásemos gorgojos en las semillas cuando se nos aseguró que fueron almacenadas en las más estrictas condiciones de asepsia?

—Y ¿qué tal la mosca que vimos sobre el féretro de Svetlana? ¿Recuerdan que nunca soltamos las moscas que trajimos de la Tierra? —añadió Odinrod.

Naila creyó que Odinrod comenzaba a ver. Pero lo que no consideró fue que él estaba cegado de amor y que diría cualquier cosa por agradarle, aun repetir sus propios argumentos.

Akira abrió los ojos de par en par y comenzó a escribir en la libreta.

—Yo vi unos puntitos negros que me resultaron muy familiares mientras estaba recostado sobre la hamaca del comedor hace unos días. Ahora que lo mencionas, pienso que bien pudieran ser excremento de mosca o de algún otro tipo de insecto. Cosa que no tiene sentido si lo piensas bien.

—Escriban aquí las religiones que profesan —pidió Naila.

Todos fueron agregándose a la lista, pero sin entender de qué iba aquella. Cuando retornó a las manos de Naila, por un momento dudó, pero luego chasqueó los dedos y comenzó a escribir otra vez.

—Los únicos dos que coinciden son Aisha y Odinrod.

Aisha arqueó las cejas, luego las fue bajando como si le estuviese encontrado poco a poco el sentido a una imagen que parecía estar de cabeza.

—Sí, pero ¿recuerdan el incidente durante una entrevista en que cortaron la grabación cuando dije que era hinduista y luego me pidieron que no hablara de ello? —trajo a colación Aisha—. Se veían muy molestos. Creo que estaban convencidos de que yo era musulmana —dijo al tiempo que distorsionaba su rostro en una mueca de incredulidad—. Demasiada casualidad para mi gusto.

En ese momento se quedó petrificada al caer de lleno en la cuenta de lo que había ocurrido realmente. Naila continuó escribiendo.

—El resto pertenece a los credos mayoritarios que abarcan el mundo. Si lo analizan verán que falta solo la religión musulmana.

—¿Estás hablando de que buscaban conformar una especie de ecumenismo espacial y que cometieron un error? —inquirió Ming.

—Algo así, o tal vez deseaban atraer la mayor cantidad posible de miradas, puesto que somos originarios de los once países más populosos del mundo. Recuerden que, con seguridad, más de dos tercios del mundo nos está viendo en este mismo momento. Podrían ser varias las razones.

Entonces Aisha volvió a escribir.

—Creo que me estuvieron espiando incluso antes de comenzar el reclutamiento.

—¿Por qué lo dices?

—Porque ocurrió algo muy extraño unos días después de que me inscribiera en el sorteo. Me invitaron a un taller de filosofía en el cual lo menos que hicimos fue hablar de filosofía. Todo el tiempo estuvieron haciendo preguntas personales, divagando y haciendo bromas, muy poco profesional, diría yo. Resulta que un día me preguntaron sobre mi religión y cuando les estaba por decir, entró alguien y cortó la conversación. Ahora que lo pienso, creo que creyeron a raíz de lo que venía diciendo que era musulmana. Como no pude terminar de explicar en cuanto a mi fe, nunca se enteraron de que en realidad era hinduista.

—Chicos, si les parece nos juntamos mañana en mi habitación. No sea que en cualquier momento aparezca Samuel y otra vez comience a hacer preguntas que no podamos contestar. No sé si estemos preparados para descubrir que quizá no controlemos nuestras vidas. No estoy segura de que sea el momento indicado de llegar al fondo de la madriguera del conejo.

LXXXIII

Llanura de Utopía, planeta Marte.
Sexagésimo octavo día.

Se reunieron en la habitación de Naila como habían quedado el día anterior. Esta vez sí pudieron atrancar la puerta y estrecharon un círculo, libreta y lapicera en mano, pero no sin antes cubrir la televisión con una sábana y cualquier otro aparato sospechoso de portar alguna cámara.

—¿Quién comienza? —escribió Naila.

Aisha estaba muy intrigada y levantó la mano.

—Svetlana me comentó cierta vez que, siendo ella ingeniera mecánica y graduada en robótica, no entendía cómo todas estas complejas instalaciones habían podido ser construidas o ensambladas por robots —recordó Aisha—. Ella creía que, por la enorme dificultad que comprendería, era absolutamente imposible que pudieran hacer algo semejante. Según su opinión, era una verdadera hazaña sin precedentes.

—Bueno, ya que estamos hablando de cosas extrañas. Yo recuerdo que durante el viaje de la Tierra hasta aquí una de las ventanas parpadeó como si fuese una televisión transmitiendo un video defectuoso —comentó Lestari—. En ese momento no le presté mayor atención, pero ahora que lo reconsidero, puede que tuviera algún significado.

—Es cierto, yo la vi mirando fijo a una de las ventanas —dijo Ming—. Así que fue eso.

Naila iba recopilando todas las historias que aportaban sus compañeros como quien junta evidencias para reconstruir la escena de un crimen. Se la notaba muy excitada, tanto por corroborar sus sospechas como por ayudar a sus propios compañeros a abrir los ojos.

—Si me preguntas, las sensaciones que tuve mientras subíamos en ascensor al Conqueror fueron bastante confusas —aportó Odinrod.

—Creo que estamos encontrando cosas donde no las hay —intervino Kingsley—. Tal vez sea por esa razón que Samuel no esté aquí, porque es el único que tiene los pies sobre la tierra y que administra la debida coherencia en momentos de insensatez.

Lestari se quedó pensativa de repente, como si le hubiera caído la ficha.

—¡El hueso! —escribió con mano temblorosa—. Creo que fue él quien lo cambió por la piedra que vieron ustedes.

—¡Ah, por favor! Lestari, eso ya es un asunto saldado —se apresuró a escribir Aisha—. Admite que quisiste tomarnos el pelo y te salió el tiro por la culata.

João tan solo se limitaba a leer lo que escribían. No podía creer cómo se habían acogido a cuanta idea absurda se les había ocurrido para comenzar a armar toda una descabellada teoría de conspiración. Más bien le parecía como si estuviesen aburridos y se estuvieran divirtiendo un montón con aquel juego de misterio que encerraba toda una trama de confabulación. Viendo que Aisha y Kingsley tampoco terminaban de tragarse todos aquellos cuentos de fantasía, decidió hacer una intervención.

—Vamos, gente. Yo también tuve el episodio del panel en la pared que sonaba a un parlante desgarrado, y, sin embargo, no ando inventándome todo tipo de estupideces propias de un lunático. Hemos constatado las mediciones de los instrumentos indicándonos altos niveles de radiación cósmica, la tóxica composición del aire y también hemos escuchado la tormenta y luego presenciamos los estragos que ha hecho. ¿Cómo podéis refutar eso?

—João, tú como técnico en aparatos electrónicos, bien sabes que los instrumentos perfectamente pueden estar amañados —le escribió Naila—. En cuanto a la tormenta de arena, te digo que la forma en que desgastó la pintura exterior no tiene ninguna lógica. Pero hay más cosas, por ejemplo, ¿por qué Lestari se cogió un resfriado?

—No lo sé, debe de haber una explicación que supongo solo un patólogo podría dar con toda propiedad. No somos expertos en el tema. No es mi campo, tal vez Akira podría explicar eso.

Akira frunció el mentón sin decir nada.

—¿Por qué son tan lentos los areneros y cuando Svetlana pretendió instalarle su motor a agua a uno de ellos, al poco tiempo casualmente le ocurrió un accidente fatal? ¿No es demasiado conveniente? Yo considero que es para mantenernos acotados a un área reducida.

João levantaba la mirada hacia el techo.

—¿Por qué las cubiertas de los cascos tienen una tonalidad rojiza? ¿Por qué seleccionaron a Odinrod cuando le fue tan mal en cada una de las pruebas a las que fue sometido y desecharon a otros mucho más capaces? Sin ofender, Odinrod —le sonrió Naila.

Odinrod se avergonzó ante el comentario; aun así, sabía muy bien que tenía razón. João se negaba a escuchar, solo meneaba la cabeza en señal de desaprobación y sonreía incrédulo.

—Solo pregúntate por qué nos espiaron a Aisha y a mí.

—¿A ti también te espiaron? —preguntó extrañada Aisha.

—Así es, unos tipos en un auto negro me estuvieron siguiendo como un mes de corrido.

João no podía creer lo que estaba escuchando. Ahora empezaban las persecuciones.

—No entiendo cómo pasaste el psicológico, con esos delirios de persecución exacerbados que tienes —se burló João—. Creo que estás viendo demasiadas películas de complots.

—¡Oye, João! No te burles que esto es muy serio —le salió al cruce Aisha—. Y no nos pasó solamente a nosotras dos, Svetlana también me contó que, al poco tiempo de haberse inscripto para el sorteo, uno de sus encargados recibió una llamada de alguien que nunca se supo quién era, quien le extrajo todo tipo de datos personales de ella mediante engaño.

Todos la miraron intrigados.

—Es que me contaba muchas cosas porque creo que yo le gustaba —escribió, para luego encogerse de hombros.

Odinrod levantó la mano y pasó la libreta con sus anotaciones. La conversación era lenta pero efectiva, como comunicarse por correspondencia. Nadie se interrumpía y había serenidad en el ambiente, lo que facilitaba pensar.

—Ahora que escucho que todas estas cosas ocurrieron después de la inscripción, creo que a mí también me pasó algo curioso que podría estar relacionado con lo que están hablando. Quizá tú mismo João, que eres informático, me puedas dar una explicación a lo que me sucedió.

>>En mi antiguo trabajo tenía una computadora donde cada día chequeaba mi mail y algunos periódicos en formato digital. Resulta que ni bien me inscribí en el sorteo, comencé a ver en mi bandeja de entrada un mensaje sin remitente que desaparecía una fracción de tiempo después de que abría el mail.

João se puso serio y consideró con detenimiento lo que le había ocurrido a Odinrod.

—Ese, para alguien que sabe, es un claro indicio de que tu computadora estaba siendo jaqueada; sin embargo, para la mayoría de las personas puede pasar por completo desapercibido —explicó João hasta que se detuvo a considerar sus propias palabras—. Sin duda es un detalle muy extraño.

Akira leyó cómo venía la conversación. Luego de meditarlo unos momentos, algo vino a su memoria y de inmediato se puso a escribir.

—A mí se me instalaba en el celular una aplicación que nunca supe para qué servía y cuando la desinstalaba, al reiniciarlo se volvía a instalar. Además, descubrí que era la responsable de que mi teléfono anduviera extremadamente lento —luego se lo pasó a João.

Todos se agolpaban tratando de seguir el hilo de la conversación. João lo leyó con un evidente cambio de actitud ante tantas casualidades y respondió:

—Eso también parece ser una clara evidencia de que tenías intervenido el móvil. La lentitud se debe a que el malware instalado se encuentra realizando acciones en segundo plano sin tu consentimiento, de manera que consume una porción importante de la memoria RAM— Akira se quedó observando lo escrito sobre el papel.

Le tocó el turno a Ming, quien había seguido con atención cada historia, con una situación que por entonces le había despertado serias sospechas y que ahora adquiriría una nueva significancia.

—A mí me habló el GPS cuando le comenté algo sobre Marte a mi jefe. Fue como si nos hubiera estado escuchando y cuando dije la palabra clave, entonces se pronunció de inmediato. Además de ese curioso episodio, no me ocurrió ninguna otra cosa extraña.

Pensó un instante.

—A decir verdad, ahora que lo recuerdo, sí que me ocurrió algo muy raro. Tal vez a alguien más le pasó. Durante el viaje vi unas luces de colores que centelleaban en el interior del Conqueror. La IA me explicó que era porque estábamos atravesando los anillos de Van Allen.

Cruzaron miradas y comenzaron a negar con la cabeza, con expresiones de desconcierto.

—¿Alguien más? —preguntó Naila, a estas alturas segura de que sí.

—Creo que a mí también me sometieron a un interrogatorio en mi propio consultorio sin que siquiera me diese por enterado en aquella instancia —admitió Kingsley decepcionado de sí mismo—. Me parece que extrajeron toda la información que quisieron con una simple charla y sin ningún tipo de escrúpulos. Una ingeniosa manera de ocultar algo a simple vista.

Lestari, al leer lo que escribió Kingsley, se quedó turuleca. Sintiéndose un fiasco, tomó la lapicera.

—Entraron a mi casa rompiendo la puerta y lo revolvieron todo. Yo creí que habían sido unos ladrones que se chasquearon por no encontrar nada de valor, pero resulta que sí habían robado algo, se llevaron lo único que andaban buscando: mi diario personal.

Guadalupe abrió la boca con expresión de incredulidad.

—En mi casa instalaron todo tipo de cámaras diminutas y micrófonos, y yo pensando que había sido el degenerado de mi jefe —se tomó la cabeza al constatarlo—. ¡No puedo creerlo!

—No dudo que también lo hayan hecho en mi departamento —complementó Lestari.

Entonces, viendo que era el único a quien no habían espiado, João comenzó a hurgar en su mente buscando alguna evidencia de que también hubiera sido víctima de espionaje. No podía ser la única excepción. No obstante, no recordaba nada raro que tuviera la más mínima relación, hasta que su arrogancia por fin le permitió ver, dando paso a la cruda realidad.

Aquella hermosa mujer con la cual se había encontrado en la plaza la primera vez que salió a correr. Ahora entendía que todo había sido demasiado fácil, demasiado inusitado, demasiado perfecto. Mientras recordaba se pasó la mano por la frente. Al comprobar que no era excepción de nada se sintió un completo perdedor.

LXXXIV

Llanura de Utopía, planeta Marte.
Septuagésimo segundo día.

Con la mente desbordada, Odinrod tomó uno de los areneros e imitó a Samuel en sus escapadas diarias. La batería estaba completa, así que iría lo más lejos posible, pero teniendo siempre en cuenta el regreso a riesgo de no perecer. Mirando hacia el horizonte se fijó como objetivo unas colinas pedregosas hacia el noroeste.

El día había amanecido límpido como de costumbre. El paisaje rojizo se extendía en todas direcciones sin muchas variaciones, tan solo rocas y arena fina en una alternancia de valles y montículos más o menos prominentes. El sol de mediodía en lo alto del firmamento era lo único que se podía apreciar en el cielo diurno. Con aquel panorama ya bien conocido se hizo a un incierto camino. Como si al final del mismo hubiera respuestas a tantas interrogantes que por todos lados surgían.

El panel de instrumentos del arenero era sencillo, contaba con un velocímetro y un reloj analógicos y un indicador digital de carga de batería. A la derecha tenía una pequeña gaveta y nada más. El resto del vehículo estaba constituido por los dos asientos de tipo deportivo y una caja metálica ubicada al medio, continuando la línea del freno de mano. Detrás de los asientos se alojaban el motor eléctrico y las baterías que lo impulsaban. Encima se había configurado una bandeja para trasportar objetos de mediano tamaño. De repente, con el acelerador a fondo como todo mundo normalmente lo usaba por la reducida velocidad final que desarrollaba, soltó el pedal y clavó los frenos. Las ruedas se trabaron sobre la grava suelta pese al sistema antibloqueo de frenado con que contaba y el arenero derrapó de costado hasta que se detuvo en seco envuelto en una nube de polvo.

Se quedó completamente quieto, observando con suma atención por entre la polvareda la cima de la colina entre dos picos. De pronto, pisó a fondo nuevamente el acelerador y se encaminó hacia el lugar decidido a dilucidar aquel misterio. Todavía se encontraba a unos ochocientos metros de distancia. La ansiedad lo carcomía mientras avanzaba con lentitud pasmosa. Los pensamientos surgían de las profundidades como un potente geiser de agua hirviente. Si bien las fantasías siempre estaban presentes, nunca se hubiera esperado encontrarse con algo así.

Al llegar por fin al pie de la ladera saltó del vehículo en cuanto se detuvo y comenzó a escalar una pendiente más o menos escarpada. Lo que fuera que había visto ya no estaba allí. A mitad de camino de la cima pensó que quizá no hubiera sido tan buena idea subir, sino que tal vez habría sido más inteligente rodear la elevación y cortarle el paso por el otro lado. Aunque tampoco estaba seguro de a qué se enfrentaría y el peligro que conllevaría hacerlo. Pero ahora ya era tarde para echarse atrás. Con todo, una vez que alcanzara lo más alto tendría a lo mejor una buena visión que le permitiera divisar lo que fuera que hubiera visto.

Con ciento veinte pulsaciones y los músculos de las piernas ardiéndole, llegó hasta la pequeña quebrada donde, a lo lejos, le pareció haber visto una figura humanoide observándolo oculto detrás de las salientes rocosas, la cual desapareció rápidamente. Examinó los alrededores notando que había muchos posibles sitios donde poder esconderse, puesto que todo el lugar estaba repleto de grandes piedras de varias toneladas que convertían la pendiente en un verdadero laberinto. No obstante, convencido de que había visto algo, y que, fuera lo que fuera, no podría esconderse por mucho tiempo, se dispuso a realizar una búsqueda exhaustiva, peinando la zona de forma metódica.

Comenzó a avanzar hacia su derecha por entre las enormes rocas que accidentaban la pendiente o trepándose a horcajadas cuando era imposible rodearlas. De reojo iba controlando todo el margen izquierdo de manera que no se le escapase el pequeño marcianito que anduviese merodeando por la zona. Bajó lo suficiente como para constatar que no había nadie hasta abajo y luego comenzó a avanzar circunvalando el cerro a mitad de trayecto entre la cima y el valle. Temiendo por las implicancias de aquel encuentro, sin saber qué esperar y con la incertidumbre de las consecuencias de hallarlo, fue buscando nervioso detrás de cada saliente como un perro sabueso, pero esperando un eventual ataque de alguna clase.

Cuando estaba por alcanzar la mitad de lo que él consideraba la zona más probable de búsqueda, deseando haber llevado algún tipo de medio de defensa ante una posible amenaza, la IA se hizo presente en la escena a través de los intercomunicadores del casco de Odinrod.

—*¡Alerta roja! ¡Alerta roja! Se urge a todo el personal a abandonar toda tarea que se esté realizando y se dirija de inmediato al resguardo de las instalaciones.*

Odinrod de inmediato observó su reloj, aún faltaba más de una hora para las catorce.

La IA continuó diciendo con suma urgencia:

—*Se ha detectado una inminente lluvia de meteoritos con un escaso margen de unos minutos. Repito, ¡alerta roja! Esto no es un simulacro.*

La IA comenzó a repetir con apremiante insistencia una y otra vez las mismas palabras. Odinrod se quedó tan sorprendido ante la advertencia que la IA estaba emitiendo que su mente acabó por desviarse de lo que había ocurrido. Entretanto, consideraba la mejor forma de retornar al arenero para alcanzar la protección de la base lo antes posible. Sin duda había logrado sacarlo de contexto. En el apuro de escapar de allí cuanto antes, sumado al impacto que había causado en su juicio el haber visto un ser vivo desconocido en aquel lugar, consideró rápidamente la posibilidad de matar dos pájaros de un tiro: terminar de rodear el cerro en dirección al arenero y de paso echar un vistazo rápido por si encontrase lo que creía haber visto. Deseaba con todas sus fuerzas por una parte confirmar su hallazgo, pero también escapar al peligro que comenzaba a suscitarse.

Avanzó unos metros más en la misma dirección que traía, hasta que la IA dejó de repetir la misma frase que indicaba la alerta roja, para dirigirse específicamente a él con el fin de hacerle entrar en razón y obligarlo a desistir de su empecinamiento.

—*Odinrod, según mis cálculos, de continuar con la dirección que llevas tardarás cinco minutos más en llegar hasta el todoterreno, tiempo que resultaría fatal para tu supervivencia. La amenaza se aproxima al planeta con una letalidad del cien por ciento. Debes dirigirte de inmediato a la cima y luego descender hasta el vehículo sin más dilación para lograr alcanzar la protección de la base.*

Odinrod reaccionó ante la conminación que la IA le estaba haciendo. Recapacitando sobre la locura que significaba continuar con su empeño, aceptó la orden que le estaba dando para su bien, y por fin abandonó su tentativa, encaminándose a la cima en el acto. Ahora lo motivaba otro asunto, era cuestión de vida o muerte. Trepó la pedregosa cuesta tan aprisa como lo había hecho al otro lado. La adrenalina otra vez estaba a tope. Al llegar a la cima se dejó caer a toda velocidad con grandes zancadas, puesto que por la ladera que había subido previamente el terreno era mucho menos accidentado y pedregoso.

De pronto, tropezó con una piedra, lo que causó que volara por los aires dando un giro completo. Mientras todo daba vueltas a su alrededor, sintió un aflictivo temor a que su traje se desgarrara al caer al suelo con la velocidad que traía o incluso romper la visera de su casco al impactar de lleno en la caída. Golpeó violentamente con las piernas en el piso y continuó rodando sin control hasta que se detuvo a unos metros del arenero. Se levantó y siguió corriendo sin pensar en que podría haber pasado algo. De todas formas, en poco tiempo estaría muerto bajo los cañonazos provenientes del cielo, así que por el momento daba igual.

Saltó dentro del vehículo y pisó a fondo el acelerador. La velocidad que el motor eléctrico le imprimía al arenero era tan angustiantemente baja, que lo hacía considerar la posibilidad de bajarse y echar a correr en su afán por llegar de una vez por todas al interior de la base. Le pidió a la IA que solicitara al primero que llegara que le abriera la puerta exterior de la sala de presurización número dos, la que le quedaba más directa al arribo. A lo que le tranquilizó, asegurándole que se encargaría de todo.

—¿En cuánto estimas la caída de los meteoritos? —preguntó desesperado Odinrod mientras conducía directo a la segunda puerta.

—*Están ingresando en este preciso instante a la atmósfera marciana. Te restan pocos segundos para llegar al resguardo de las instalaciones antes de que impacten contra la superficie. No hay tiempo que perder.*

Odinrod se aproximó a toda velocidad hasta ingresar al hall de presurización donde lo esperaba Naila para cerrar la puerta exterior, con lo que se torció un poco. Al entrar frenó, pero tomando un anticipo erróneo, no pudo evitar chocar contra la puerta interior. Naila oprimió el botón y una vez que la puerta se hubo cerrado, los chorros de aire y vapor inundaron la sala.

—IA, ¿estado de la puerta?

—*No se han producido daños de consideración que impidan presurizar el ambiente* —respondió unos segundos más tarde—. *Es urgente que se cierren las protecciones exteriores.*

En ese momento apenas se pudo ver el impacto contra el suelo de algunas rocas del tamaño de pelotas de tenis. El espectáculo de ver abrirse pequeños cráteres en la tierra con cada pedrusco era aterrador. Enseguida, accionadas por Samuel, comenzaron a cerrarse las persianas protectoras por precaución. El estruendo producido por los golpes sobre la estructura era intimidante. Una vez presurizada la sala, ambos se quitaron los cascos y se ciñeron en un fuerte abrazo que duró un largo rato. Aquel momento resultó más reconfortante para ambos de lo que hubieran supuesto.

—Creí que no lo lograría —le susurró Odinrod al oído con la voz entrecortada.

—Yo confiaba en que sí lo harías —dijo ella mirándolo a los ojos.

Una vez que ingresaron con el arenero al estacionamiento de vehículos, lo conectó al tomacorriente para recargarlo, como lo requería el procedimiento habitual, y se dirigieron en silencio a la sala de trajes espaciales. De todas formas, el ruido ocasionado por el brutal golpeteo era ensordecedor, impidiendo hablar con naturalidad. Al entrar a la sala, antes de proceder a quitarse y guardar los trajes, se munieron de tapones para los oídos pues se hacía insoportable.

Comenzaron a quitarse los trajes, colgando cada parte en su sitio correspondiente. De repente, Odinrod se quedó helado. Aquel descubrimiento no solo lo había desconcertado, sino que también le recordó el incidente que había tenido con el escurridizo alienígena. Así que llamó con espasmódicos movimientos de la mano a Naila, apresurándola con los ojos desorbitados. Al acercarse lo suficiente, le indicó el lugar en la pierna del traje donde se podía apreciar una clara perforación causada durante su caída al descender por la colina.

LXXXV

Llanura de Utopía, planeta Marte.
Septuagésimo segundo día.

La tomó de la mano y se la llevó a la habitación casi a la carrera. En otras circunstancias aquello podría haber escandalizado a cualquier mujer, pero distaba mucho de ser el caso. Pasaron expresos por el lado de varios compañeros a lo largo del camino, quienes sospecharon muchas cosas, pero solo pudieron quedarse con la incógnita.

No bien traspusieron la puerta, Odinrod la aseguró y se fue a buscar papel y lápiz. Al volver, ya venía escribiendo por el camino. Cuando terminó, le pasó la libreta a Naila. Mientras leía, él se ocupó de cubrir la televisión con la sábana, un procedimiento que se había vuelto estándar. Ella, de pie próxima a la puerta aún, intentó descifrar los jeroglíficos que Odinrod había hecho a las apuradas. Era difícil de entender, pero se podía captar la idea. El asunto era que había subido a un cerro tras el presunto avistamiento de un alienígena. Y que, al dispararse la alerta roja, debió abandonar la búsqueda y salir huyendo, con lo que acabó cayendo durante el descenso, momento en el cual se perforó su traje.

Al terminar de leer, ella comenzó a escribir.
—Y ¿cómo lograste llegar vivo a la base?

—Es lo que yo me pregunto. Hay algo que no cuadra —escribió rápidamente Odinrod—. Esto se está poniendo color de hormiga. Supongo que habrá una explicación.

Estaban sumidos en aquella intrigante situación, cuando la IA hizo un anuncio por los altavoces:

—*Se aproxima una tormenta de arena de reducidas dimensiones. Se ha formado rápidamente por las condiciones climáticas reinantes, posiblemente estimulada por el fenómeno de la lluvia de meteoritos. Este fenómeno aumentó ostensiblemente la temperatura ambiental y aparentemente ha trastocado el delicado equilibrio existente en la atmósfera de este planeta, al levantar enormes cantidades de polvo como resultado de la gran cantidad de impactos registrados.*

No prestaron mucha atención al anuncio, solo continuaron sacando conclusiones sobre lo ocurrido en aquel cerro. Eran muchas cosas las que estaban ocurriendo de manera casi simultánea. Lo único que lamentaban era no poder ir en lo sucesivo otra vez a aquella colina para investigar más a fondo el asunto. Buscaron una posible solución a la interrogante del agujero en el traje de Odinrod. Se les ocurrió la posibilidad de que el pantalón pudiera estar aislado por la junta con la parte superior del traje, lo cual explicaría que la bajísima presión exterior (poco más que el vacío del espacio) no afectase las vías respiratorias y el resto de las partes vitales del organismo. Quizá la despresurización hubiera permanecido circunscripta a la zona baja del cuerpo. Esta conclusión les tranquilizó de momento.

Convinieron en salir a explorar ni bien hubiera terminado aquella imprevista tormenta de arena. También quedaron de acuerdo en no divulgar nada sobre la rotura del traje espacial hasta que ellos mismos lo hubieran digerido en parte al menos. Las interrogantes se acumulaban mientras que las respuestas ni siquiera comenzaban a llegar.

Tres días después había pasado la tormenta y pudieron abrir las persianas reforzadas. Todos estaban ansiosos por ver las huellas dejadas por la caída de meteoros; sin embargo, cuál no fue su decepción cuando se encontraron con un paisaje incambiado. Solo se apreciaba acumulación de arena por todas partes. Ante las preguntas que todos se hacían, la IA procedió a dar la oportuna respuesta:

—*Los fragmentos de rocas estelares se pulverizaron en parte al ingresar a la atmósfera, a causa del rozamiento y las elevadas temperaturas a las que estuvieron expuestos, y, en parte, al impactar contra el suelo los de mayor tamaño. Por otro lado, los cráteres formados, los cuales no superaban el medio metro de diámetro, fueron borrados por la tormenta de arena.*

La explicación fue válida para la mayoría; no obstante, para Naila y Odinrod no fue suficiente. Ya no se conformaban tan fácilmente luego de la cadena de eventos que habían estado observando. De todas formas, esperaron que dieran las once para hacerse de un arenero e ir a investigar la colina donde Odinrod creía haber visto a un ser desconocido. Por precaución, Odinrod prefirió no arriesgarse y cambió el pantalón de su traje por uno sano. No quería probar a ver si acabaría estallando en mil pedazos o si se fritaría vivo en una indecible agonía.

Se desplazaron hasta el lugar en cuestión. Al llegar, recorrieron todo el sitio de punta a punta, empero no encontraron nada fuera de lo normal. Naila, a sabiendas de que la IA podía escucharlos a través del traje, escribió:

—Descríbeme lo que viste con la mayor cantidad de detalles posibles.

—Vi una porción de la silueta de un humanoide. Todo fue muy rápido, no podría describírtelo con lujo de detalles. Solo sé que al recorrer la zona con la mirada vi la parte superior de un alienígena oculto detrás de aquellas rocas.

—Dime que no estás bromeando conmigo —escribió suplicándole Naila.

—Sabes que no bromearía contigo con algo así y menos en este momento —le dejó por escrito mientras la miraba a los ojos.

Naila sintió que aquella era una buena oportunidad para poner los puntos en claro.

—Y ¿qué tengo yo de especial que no tengan los demás? ¿Por qué me lo cuentas a mí? —preguntó como al pasar, aunque creía conocer la respuesta.

—Tú sabes la respuesta.

—No lo sé —le dijo mirándola con ansiedad—. Dímelo tú.

—Si no tuviera este casco te besaría —dijo en voz alta Odinrod. Las emociones pasadas habían causado que perdiera un poco y de momento la inhibición.

Ella recordó que no tenían por qué esconder aquella situación y sonrió al verse sorprendida.

—Entonces volvamos y dejemos los espejismos para después. Tenemos asuntos que resolver —dijo con una sonrisa pícara.

—Tengo mis resguardos de contar lo sucedido. Después de todas las cosas que han acontecido, temo que pudieran creer que sea una broma o, peor aún, que me consideraran loco.

—Yo te apoyaré en todo. Yo confío en ti. Confía tú en mí.

Mientras tanto, en los sótanos de la base, Aisha estaba dejando un surco en el suelo de tanto ir y venir. Pensaba en sus dos pretendientes y las propuestas de amor que le habían extendido. De pronto, ya no lo pensó más y subió eufórica las escaleras. La respuesta había llegado con claridad, consistía en seguir su corazón y no la razón. Solo aquel camino la llevaría a buen puerto. A uno lo amaba como hombre, al otro lo quería como amigo, sentimiento que hasta ese momento le había impedido hacer un movimiento que llegara a lastimarlo. De todas formas, sería mucho peor si no tomaba cartas en el asunto y actuaba con responsabilidad. Además, ellos ya se habían expedido. Ahora era ella quien estaba obligada.

Buscó a Akira hasta que lo encontró nuevamente tirado en la hamaca del comedor, observando los supuestos excrementos de mosca en el techo como una constelación negra impresa en un cielo blanco. Se acercó sigilosamente hasta que lo tuvo a tiro para plantarle el beso de su vida. Esta vez sí se cayó al suelo por la sumatoria de sorpresa y entusiasmo.

—¡Te amo! Y, sí, quiero casarme contigo —respondió Aisha al borde del llanto que le generaba la emoción, pero sonriendo de alegría.

Habían pasado más de tres semanas desde su propuesta. Akira ya había perdido toda esperanza. No creía en verdad que fuera a darle siquiera una respuesta. Asimismo, allí estaba ella, con su arrolladora forma de ser, llevándoselo por delante con la pasión de un tren de carga. Justo lo que más le gustaba de ella.

—Vayamos juntos a darle la noticia a Kingsley —propuso ella—. Creo que sería la mejor forma de salir de este embrollo y la manera menos dolorosa de dar por terminado el asunto. Él no merece continuar pasando por esto.

Akira sonrió con cierto dejo de tristeza. La alegría se veía empañada por la compasión que sentía por su amigo.

—Vamos —dijo y se la llevó de la mano.

Kingsley era un hombre curtido por los rigores de la vida y conocía muy bien los recovecos de la conducta humana. Aquel revés no le haría mella y mucho menos a sabiendas desde un comienzo de que nunca lo había amado como a su amigo del alma. Todo transcurrió con naturalidad durante el proceso de esclarecimiento y ese mismo día se anunció la primera boda llevada a cabo en tierras marcianas.

LXXXVI

Llanura de Utopía, planeta Marte.
Septuagésimo séptimo día.

La desvalida situación sentimental de Lestari la había llevado al cobijo de la tierna comprensión de Kingsley, quien, a su vez, no pudo evitar ir cayendo envuelto entre las redes de su más asidua paciente. Él, sin intenciones de aprovecharse de su paciente, y ella, definitivamente aprovechándose de su terapeuta, acabaron anunciando su enlace matrimonial para el mismo día en que se efectuaría el de Aisha y Akira. Lo prepararían en conjunto, prometiendo ser una velada extraordinaria a todo lo grande. En la Tierra las redes sociales ardían y los noticieros no descansaban. Sería la boda más multitudinaria jamás registrada en los anales de la historia. En todos los centros de reuniones había una pantalla gigante transmitiendo el minuto a minuto de las vidas de los once héroes espaciales.

Lestari no había podido con su genio y había echado mano de sus artimañas de conquista, con lo que en poco tiempo tuvo al pobre Kingsley rendido a sus pies. Resultó ser una estrategia fulminante. Por su parte, Samuel se lo había perdido, sin que le quedase de otra que continuar con sus salidas de largos y melancólicos paseos en arenero. Naila y Odinrod no perdían oportunidad de besarse donde fuese. La búsqueda del marciano fue rápidamente abandonada luego de varias infructuosas salidas. Parecían dos adolescentes en plena ebullición, y entre tantas veces, Ming se los encontró muy acaramelados en la sección de prácticas veterinarias. No sabía muy bien si los animalitos estarían siendo atendidos como correspondía, pero lo que sí le quedó muy claro fue que Odinrod se la estaba pasando de mil maravillas. Tanto así que habían pasado al olvido todas las incongruentes cosas que por doquier estaban ocurriendo sin cesar. Era como recurrir a un somnífero para escapar del insomnio mediante un sueño artificial.

Mirando a su alrededor, sintiéndose solo y sin posibilidades, algo se despertó en su interior. Le pareció como si lo hubiesen dejado relegado en un juego amoroso donde las fichas ya estaban todas colocadas en las casillas ganadoras por anticipado. Aquella morocha increíble, con la que más de una noche había soñado, le había dado tantas expectativas y ahora se entregaba por completo a otro como si nada.

Lo había tomado como un verdadero acto de la más vil traición y con el anuncio de casamiento de las dos parejitas de enamorados, aunado a la concepción de João y Guadalupe, todo había tomado un giro brusco hacia el ámbito de lo personal. Comenzó a considerar el esquema completo como una descarada burla organizada hacia todo lo que él representaba. El veneno que fluía por sus venas inició la fermentación.

Empezó de esta forma a incubar en su interior un malsano encono hacia el grupo y en particular hacia Odinrod y Naila. Animadversión que acabó por enfermarle el alma en muy poco tiempo. Se retiró a su habitación, aislándose en su propio mundo, con la certeza de que todos estaban en su contra y que procuraban activamente su mal. No confiaba en nadie y su resentimiento supurante fue ganando cada vez más espacio entre todas las inconexas ideas que surgían de su mente. Hasta que cierto día, preocupada por su situación y consciente de que en parte era también responsable de lo que le estaba ocurriendo, Naila decidió llamar a su puerta para intentar hacer las paces y drenar así los rencores. Asumía que eran personas razonables que podrían zanjar con relativa naturalidad cuestiones como aquella.

Cuando abrió la puerta, al verla, un nuevo brillo surgió en la mirada de Ming. Era como si hubiese perdido el sentido de la realidad, pues hasta ese momento le había parecido que era completamente adversa respecto a él. Siendo así, en su composición de una dimensión alterna, se volvía extremadamente inestable, transmutándose en ocasiones en algo potencialmente peligroso. De esta forma, con una alegre sonrisa que nada tenía que ver con su verdadera situación interior, la invitó a pasar para conversar más tranquilos. Era como si estuviese en el mismísimo ojo del huracán.

Una vez dentro, tomaron asiento en el sofá. Naila, al observarlo con cuidado, cambió de opinión en cuanto al estado emocional de su compañero. A pesar de ser muy perspicaz, su actitud optimista en cuanto a su compañero le impidió ver la amenaza latente. Le daba la impresión de que estaba bien, como si lo hubiese superado sin mayores inconvenientes. Se lo notaba tranquilo y bonachón, con su característica simpatía. Le ofreció una taza de cebada caliente y luego de traérsela, volvieron a retomar la conversación con mayor seriedad, que hasta ese momento había sido bastante insulsa.

—Y tú, ¿cómo te sientes? —preguntó Naila.

—Bien, sobre todo ahora que estás tú.

Naila sonrió ante el halago. Sin embargo, no era bueno que continuara con aquellas insinuaciones.

—Pregunto porque todos hemos notado que te has apartado del grupo, y nos preocupa que haya cualquier tipo de rispideces siendo tan pocos y dependiendo tanto los unos de los otros. Debemos cooperar y ser muy tolerantes y comprensivos en procura de una buena convivencia.

—Para nada, está todo bien —dijo sonriendo levemente y tomó la mano de Naila—. Estoy totalmente de acuerdo.

Ella arqueó las cejas algo confundida. Enseguida sacó la mano de la manera más delicada posible para que no resultase grosera. Él observó cómo retiraba la mano y volvió a mirarla a los ojos. Pero esta vez, Naila sintió un escalofrío. Comprendió que se había equivocado, que resultó un error haber ido a la habitación de Ming. De modo que se puso de pie ya incómoda, para decir a manera de despedida:

—Bueno, sinceramente me alegro de que te encuentres bien. Deseamos todos que vuelvas a integrarte con nosotros y ten por seguro que estamos a las órdenes para lo que necesites —dijo Naila, notando que Ming se interponía con una inquietante serenidad entre ella y la puerta de salida—. Así que podemos seguir siendo amigos —agregó como pacificador corolario.

—¿Ya te vas? —inquirió Ming poniéndose serio. Pareció saborearse el labio inferior—. No probaste la cebada.

—Es que tengo otras cosas que hacer y...

Él se pasó la mano por la boca y agachando la cabeza, espetó:

—¿Te vas con el indio? —alzó la voz.

Ella no contestó, solo trató de rodearlo para llegar hasta la puerta. Él le cortó el paso, plantándose muy cerca de ella, tanto que pudo sentir en el rostro su aliento caliente. Ella volvió a intentar pasar por el otro lado, pero él la tomó por los brazos y en un rápido movimiento la arrojó sobre la cama. Ella intentó escapar, pero él se lanzó sobre ella y con feroz brutalidad, comenzó a arrancarle la ropa con violentos tirones. Ella quiso gritar, pero él la silenció con la mano. Comenzó a golpearlo y a arañarlo desesperadamente, él intentaba sujetarle las manos. Entre una andanada de manotazos, ella logró apartar la mano de Ming que obstruía su boca, con lo que consiguió gritar pidiendo auxilio.

Odinrod escuchó desde la cocina unos gritos apagados y comenzó a caminar en dirección al sonido. Cuando se dio cuenta de que era una mujer la que gritaba en la habitación de Ming, comprendió al instante lo que estaba pasando. Abrió la puerta con un golpe de su hombro. Al encontrarse con aquel panorama, Naila ya semidesnuda con la ropa hecha girones y Ming sobre ella forcejeando y golpeándola, se le fue encima con la sangre hirviéndole en las venas. No era un hombre belicoso, pero en aquel momento su instinto lo impulsó a actuar con decisión.

Se trabaron en lucha rodando por el piso, mientras Naila trataba de golpearlo cada vez que tenía la oportunidad. Con todo, Ming era más fuerte y pronto comenzó a superarlo, propinándole salvajes puñetazos a la cara. En determinado momento, Odinrod le metió un dedo en el ojo y gracias a la terrible molestia que Ming sufrió, logró sacárselo de encima y llevarse a Naila de aquel lugar. Ming quedó tomándose la vista.

Por el camino se encontraron a Akira y Aisha, quienes los siguieron hasta el comedor donde estaban João, Guadalupe, Lestari y Kingsley preparándose un desayuno antes de que se dieran las once. La sorpresa fue completa cuando advirtieron el estado de ambos. Cuando terminaron de contarles lo sucedido, tomaron entre todos la decisión de detener a Ming. En primera instancia, lo encarcelarían hasta que fuera debidamente enjuiciado. Naila se fue a cambiar, pues su ropa estaba toda desgarrada, y Odinrod a lavarse la sangre de la cara y a enjuagarse los coágulos de la boca. El resto se encaminó a capturar a Ming y pedirle explicaciones por lo que había hecho. Al llegar al campo de batalla en que se había convertido la habitación de Ming, se encontraron con que ya no estaba allí.

Cuando estuvieron en condiciones, Naila y Odinrod fueron detrás del grupo. No obstante, se quedaron petrificados al toparse nuevamente con Ming. Esta vez portaba lo que parecía ser un vistoso juguete de plástico en la mano. Inesperadamente, levantó el colorido artefacto con mano temblorosa hacia Odinrod y a continuación, se escuchó un estampido que retumbó por todo el abovedado interior de la base. Odinrod se agachó al ver el fogonazo que surgió de lo que parecía ser el cañón de un revólver construido seguramente en una de las impresoras 3D. Un hoyo se abrió en la pared a un costado de Odinrod. Mientras Ming se disponía a abrir el arma para recargarla, puesto que era de un solo disparo, Odinrod huyó en dirección contraria. Simultáneamente, Naila procuró apaciguar al desquiciado hombre, pero pronto descubrió que no tenía caso intentarlo. Ming estaba enceguecido por la furia.

Entretanto corría, Odinrod pensaba en una escapatoria. Dentro de las instalaciones no iría muy lejos antes de que Ming lo atrapara. Sabía que estaban cercanos a las once de la mañana, con lo que se dirigió a la sala de los trajes espaciales, la cual quedaba próxima al hangar donde se guardaban los areneros. Si permanecía oculto no pasaría mucho tiempo antes que Ming diese con su escondite. Entró corriendo y comenzó a ponerse el traje. Temía que Ming llegara en cualquier momento, pero logró salir en dirección a los areneros antes de que su perseguidor le diera alcance. Saltó dentro del arenero más próximo a la puerta de la sala de presurización y pisó el acelerador. Abrió el portón que daba a la sala y se metió con el arenero. Cuando oprimió el botón, notó que Ming aparecía por la puerta de ingreso al hangar. Se abrió la puerta de salida al exterior y Odinrod salió despedido sobre su vehículo, sin darle tiempo a disparar de nuevo.

Convencido de que Ming entraría en razón en algún momento luego de un período prudencial de reflexión sobre lo demencial que había sido todo lo acaecido, decidió irse lejos hasta que pasara la tormenta. Lo mejor sería darle un tiempo para que se aplacaran los ánimos caldeados. Por lo pronto, no era mala idea aprovechar para ir hasta el cerro donde había visto al supuesto alienígena mientras dejaba que las aguas se calmaran. Sin embargo, para su contrariedad, al voltearse vio que Ming venía detrás de él en otro arenero dejando una estela de polvo a sus espaldas.

Odinrod tragó saliva sintiendo que se le estrujaba el pecho. Ming había estado actuando muy extraño últimamente y ahora parecía decidido a ultimarlo después de lo sucedido. Sabía que no lo alcanzaría nunca mientras fuesen ambos en su respectivo vehículo con el pedal del acelerador a fondo, sino que se mantendría la distancia que le llevaba de ventaja, pero también tenía claro que en aquellas condiciones aquel era un viaje sin retorno y que no duraría demasiado. A lo sumo, tendría un remanente de tres horas de vida.

Los separaba una distancia de unos quinientos metros, así que comenzó a reducir la velocidad de su arenero para tener mayor autonomía. Cuando Ming estuviese más cerca, aceleraría a fondo nuevamente. Con esto se aseguraba de que Ming se quedaría sin baterías antes que él o al menos eso suponía. Consideró la posibilidad de hacer un rodeo para volver a la base, puesto que no podría permanecer huyendo por siempre a la intemperie sin que los diferentes peligros que acechaban por doquier sobre aquel planeta se volvieran mortales realidades. Pero estimó que, al comenzar a girar hacia uno de los lados, le permitiría a Ming acercarse poco a poco hasta finalmente alcanzarlo por el efecto resultante de recortar camino. La única escapatoria que veía factible por el momento era continuar recto al frente a menos de treinta kilómetros por hora mientras mantuviese una separación tolerable.

Era evidente que Ming iba a fondo, tratando denodadamente de darle alcance para así poder ultimarlo. El tramo que los separaba fue reduciéndose poco a poco. Odinrod recordaba de las clases brindadas en Space Dragon que aquello reduciría drásticamente la autonomía del vehículo. Con esto en mente, esperó hasta tenerlo a unos cien metros de distancia para comenzar a acelerar nuevamente. Esperaba que esta maniobra le diera una pequeña ventaja más adelante, la cual le sería de gran ayuda.

LXXXVII

Llanura de Utopía, planeta Marte.
Septuagésimo séptimo día.

En la base, Naila se había quedado mirando por las ventanas cómo Ming salía en persecución de Odinrod, completamente dispuesto a matarlo. El resto le hacía compañía sin tener muy claro qué hacer. Salir detrás de ellos no haría una gran diferencia luego de tanto tiempo. El único que no estaba allí con ellos era Samuel, quien ostentaba la máxima jerarquía, aunque tácita dentro del equipo. Así que, como derecha del grupo, Naila fue a buscarle para plantearle la crisis que estaban viviendo para ver de encontrarle una solución lo más adecuada posible, en vista de que todo se había escapado de las manos.

Supuso que habría salido a dar un recorrido en arenero como de costumbre, así que se fue directo al hangar de estacionamiento de vehículos. Cuando llegó se encontró con los dos areneros restantes. De modo que regresó por el subsuelo, por si acaso lo encontraba en alguna de las diferentes reparticiones, en dirección a la habitación de Samuel. No estaba por ningún sitio, por lo que al llegar a su alcoba golpeó la puerta en reiteradas oportunidades. La situación era crítica y no admitía dilación. Con todo, parecía que no estuviese allí tampoco. No tenía idea de adónde podría haber ido.

Según sus cálculos, Odinrod estimó que tendría en total algo más de veinte minutos de autonomía. Ming probablemente se quedase sin energía varios minutos antes. Aunque ahora lo tenía a menos de cincuenta metros de distancia. Tendría que mantener el acelerador a fondo hasta que la batería se agotase completamente si quería continuar así. El indicador digital de energía iba disminuyendo rápidamente y Ming continuaba a toda velocidad detrás suyo, pisándole los talones. Un descuido y caería en las manos de su persecutor. Cualquier cosa que fallase y estaría muerto pocos segundos después con un tiro en la cabeza.

Continuó hasta que solo quedaron dos segmentos luminosos de color rojo intenso. Nunca había conducido tanto como para llevarlo a aquel nivel de batería. Pero para su zozobra, Ming aún parecía seguir teniendo empuje en el motor. Pensó en la posibilidad de que su arenero no estuviese completamente cargado cuando lo tomó y que aun pudiera agotarse antes que el de Ming. Aquella idea no lo animó demasiado. Odinrod iba afirmado en el volante, pero llevando los ojos clavados en el contador de carga. De pronto, cayó a un solo segmento. Era su fin. En ese preciso instante tomó conciencia de la situación. Entendió cuán próximo estaba a la muerte; no sabía cuántos segundos le quedarían por seguir avanzando.

Ya no tenía caso seguir observando como un desquiciado el indicador, así que miró al frente, pero enseguida recordó a su cazador. Se volteó como pudo, pues los areneros no estaban provistos de retrovisores, luchando con el incómodo traje y la dificultad que le ocasionaba el casco. Con un suspiro notó que por fin se había quedado rezagado. Sonrió pensando en que lo había logrado, pero le duró poco la alegría cuando su arenero también comenzó a perder potencia. Echó otra mirada al indicador y ya no había nada allí. Cuando se apeó, unos setenta metros los separaban el uno del otro.

Naila volvió desconcertada con el grupo al no dar con el paradero de Samuel. Las otras mujeres se le arrimaron para consolarla. Los hombres discutían la mejor forma de solucionar aquel problema, aunque por ahora no divisaban nada lo suficientemente plausible.
—Ayúdenme a buscarlo —suplicó Naila. Era lo único que podía hacer para no sentirse inútil y, por si fuera poco, vilmente culpable.
—Tranquila, mi niña —la serenó Guadalupe—. Nos dividiremos y lo buscaremos, no te preocupes.
—Yo me encargaré de las comunicaciones con el Control de Misión para informarles de lo sucedido —dijo João y luego le encargó a Guadalupe, señalándola con el dedo—: Y tú cuida de esa panza.
No era que Samuel fuera a tener la solución ni mucho menos, pero dentro de la impotencia que reinaba, algo había que hacer y aquello parecía ser lo más apropiado por lo pronto. Se dispersaron, dividiéndose todo el complejo. No obstante, luego de buscar por todos lados, Samuel continuaba sin aparecer.

Había pasado algo más de una hora desde que salieron de la base y ambos trataban de mantener el paso. Nunca habían llegado tan lejos y probablemente nunca lo hubieran hecho de no ser por aquel altercado. El complejo de edificaciones hacía rato que ya no era visible. Subiendo y bajando colinas y atravesando extensos llanos, entre polvo y rocas, continuaron avanzando sin detenerse en ningún momento. Odinrod se esforzaba por salvar la vida, mientras que a Ming lo impulsaban los deseos de venganza.
A causa del casco, le era prácticamente imposible mientras corría voltearse a ver a qué distancia venía Ming.

De manera que avanzaba con la terrible incertidumbre de que se fuese adelantando poco a poco hasta tenerlo a tiro. Ming, en cambio, iba dosificando sus fuerzas de acuerdo con el ritmo que sostuviese Odinrod. Ahora le tocaba el turno de llevar la ventaja.

Ambos tenían presente que estaban al límite de alcanzar el punto de no retorno, si ya no lo habían sobrepasado, después del cual, por mucho que se esforzasen nunca lograrían llegar con vida a la base. De esta forma, para Odinrod no tenía caso pensar en salvarse volviendo al resguardo de la base cuando estaba a punto de ser asesinado por Ming, y Ming ya no tenía una razón de peso suficiente para continuar viviendo en aquel lugar. Si lograse por ventura volver, sería encerrado por intento de violación y de asesinato, y su situación vendría a ser peor que cualquier otra. Hacía tiempo que ya no tenía cabida entre aquella gente, así que para él su intempestiva salida había sido desde un principio sin retorno.

Exhausto, sin conseguir retener el aliento, Odinrod redujo la velocidad. Desplazándose de lado, dio con dificultad una mirada hacia atrás. Ya no soportaba la incertidumbre, le parecía como si en cualquier momento Ming fuera a caerle encima. Para su alivio, descubrió que Ming se había retrasado bastante al aminorar la marcha a un tranco largo. Con lo que pudo imitarlo y tomar así un poco de aire. Sin embargo, el esfuerzo sostenido había hecho que los niveles de oxígeno del traje se redujeran drásticamente. Era uno de los factores que brindaban mayor autonomía dentro de los que imponían el margen de tiempo que poseían para mantenerse en el exterior. Pese a esto, ahora promediaba con la caída de la temperatura o el aumento de la radiación cósmica.

De pronto, sonó en los intercomunicadores de ambos cascos la voz de la IA:

—Ming, Odinrod, debéis emprender de inmediato el regreso a la base a riesgo de padecer la muerte por una de las varias causas probables.

Ambos hicieron caso omiso a la recomendación brindada por la IA. Aquella situación excedía todo criterio coherente. Un minuto más tarde volvía a advertir:

—Odinrod, Ming, corréis serio peligro de muerte. Os estáis adentrando a una situación irreversible.

Luego de más de dos horas de marcha, ambos alternaban largas caminatas con trotes cortos. Cada tanto Odinrod se volvía a ver a Ming. De repente, al traspasar la cima de una cuesta, Odinrod se encontró con una enorme sierra que superaba fácilmente los mil metros de altura. No había sitio por donde pasar sin tener que escalar el enorme accidente geográfico. Si se hacía a un lado o hacia el otro, Ming le daría alcance fácilmente, con lo que decidió continuar al frente y comenzar a escalar.

La IA hacía rato que ya no insistía más, ya no había vuelta atrás posible. Se encaminaban hacia una muerte segura. Para entonces, ni siquiera ellos sabían con certeza porqué continuaban avanzando si ya todo estaba perdido.

Ming llegó hasta el pie del monte y al ver a Odinrod a algunas decenas de metros más arriba, comenzó a subir también. Con aquel nuevo desafío ante ellos, se concentraron en subir a lo más alto; nada más importaba. Odinrod ya no estaba tan preocupado por Ming, a pocos minutos de alcanzar las catorce horas, sabía que ambos estarían muertos incluso antes de que su perseguidor lograra darle alcance. Siguió trepando con pies y manos, hasta que de repente acudió a su mente el recuerdo de su amada. Justo cuando por fin la había conquistado, en el momento preciso cuando logró morder aquellos labios carnosos y sentir su corazón latiendo fuertemente contra el suyo, se desencadenaba la más fortuita y desafortunada sucesión de hechos lamentables. Acontecimientos que desembocaron en la tragedia más inaudita que alguien pudiera concebir.

Observó los indicadores en su muñeca izquierda, allí el reloj le mostró que faltaban dos minutos para las catorce horas, un margen fatídico para atravesar una frontera final. La humedad en el ambiente y la presión atmosférica las ignoró. Luego indagó en su muñeca derecha. Allí estaban agrupados los parámetros de los cuales dependía su vida: los niveles de oxígeno, de radiación cósmica y de temperatura exterior. Los tres indicadores parecían haberse sincronizado pues el oxígeno llegaba a su fin casi al tiempo que la radiación cósmica alcanzaba niveles nocivos para cualquier organismo vivo, en tanto que la temperatura exterior comenzaba a caer en picada. No sabía cuál de los factores en juego lo mataría primero.

Su vida llegaba a su fin, pero no sin antes alcanzar la cúspide de aquel elevado cerro. Daría pelea hasta que la muerte por fin lo alcanzara. Cuando puso su pie sobre la roca chata que coronaba la cima, la escena que se presentó ante él casi logra desestabilizarlo al punto de hacerlo caer de espaldas cuesta abajo. Aunque se sentía mareado y confundido, tal vez en parte por la falta de oxígeno y los efectos de la radiación cósmica en aumento, sabía que tenía que continuar hasta exhalar su último aliento. De lo contrario moriría ignominiosamente a manos de Ming, quien había demostrado que no tendría piedad de él y que no se detendría hasta acabar con su vida. Así que continuó bajando por la cara opuesta del cerro. De todas formas, mientras le dieran las fuerzas, trataría de averiguar qué era aquello que veían sus ojos directo al frente a las faldas del cerro.

Ming por fin alcanzó la cima precedido de Odinrod. Su reacción fue la misma, solo que no estaba pendiente de los indicadores de su traje y, por ende, no tenía mucha idea de que estaba muy próximo a morir por una de varias causas potenciales. Se detuvo un instante a tomar aire, pues las piernas ya no le respondían. Mientras tanto, hizo un estudio del inaudito paisaje. Vio más abajo a Odinrod que descendía sin demasiada prisa, más bien concentrado en lo que tenía más adelante.

LXXXVIII

Llanura de Utopía, planeta Marte.
Septuagésimo séptimo día.

Ninguno de los dos daba crédito a lo que sus ojos veían, aunque para Odinrod la situación con el alien ahora comenzaba a tener más sentido. Estando en la Tierra ambos habían escuchado tantas veces sobre incontables avistamientos de OVNIs, habían visto en la tele tantos programas y documentales dedicados al estudio de la visita de seres procedentes del espacio interestelar, incluso desde hacía un tiempo se insinuaba la inminente desclasificación de expedientes secretos. Ahora presenciaban con sus propios ojos la prueba absoluta e irrefutable de su existencia en aquel planeta, fuera de antaño o actual, daba lo mismo. Uno de los grandes misterios de la humanidad había sido develado, aunque los testigos se hallasen en las postrimerías de sus vidas.

Ambos continuaron descendiendo la empinada pendiente, pero ahora guardando mayor sigilo. No sabían con qué podrían encontrarse. Las extrañas edificaciones mimetizadas con el entorno gracias a su color rojizo idéntico al terreno se extendían por el valle en un área de unos nueve mil metros cuadrados entre las tres reparticiones. Eran formas redondeadas que llegaban hasta el suelo por los extremos, los cuales terminaban en un segmento más angosto que en la zona central.

Sentimientos encontrados batallaban en su interior. Por un lado, tenían casi al roce de la punta de sus dedos la posibilidad de investigar las ruinas de una civilización antiquísima procedente de vaya alguien a saber qué lejana estrella. Y por el otro, estar esperando los últimos estertores de vida de un momento a otro. Qué irónica podía ser la vida en ocasiones. Ir tan lejos, llegar tan cerca, para morir a escasos metros del mayor descubrimiento de todos los tiempos. Ser testigos privilegiados de algo así sin poder contarlo a nadie. La respuesta a una de las mayores incógnitas de la humanidad moriría allí con ellos.

Al llegar al valle, Odinrod se escondió detrás de una gran roca. Observó lo que para él era lo más acuciante en ese momento, los niveles en su muñeca derecha. El oxígeno se había acabado, quizás estuviese respirando ahora mismo los últimos remanentes en los tanques. Por suerte para él los indicadores nunca eran tan exactos. La radiación estaba en arco rojo, indicando de manera palmaria que estaba expuesto a un aluvión mortífero de radiación tanto ionizante como cósmica, con lo que literalmente se estaba cocinando a fuego lento. Y la sensación térmica disminuía un grado cada pocos segundos, mostrando una temperatura de menos cincuenta y siete grados centígrados.

Lo curioso era que, a estas alturas, pasada ya media hora de las catorce horas, debería de estar agonizando y, sin embargo, no sentía que algo realmente hubiera cambiado demasiado. Más bien se sentía bastante normal. Tal vez el haber estado corriendo le hubiera ayudado a mantener el cuerpo caliente, pero no veía efecto alguno en su cuerpo a causa de la ingente cantidad de radiación o la acuciante falta de oxígeno. Quizás estuviese alucinando por efecto de ello y su mente le estuviera jugando una extraña pasada, simulando que nada pasaba. Sentía que era mucho mejor que la muerte llegara de aquella manera, sin ser advertida.

A continuación, giró hacia su persecutor, pero no lo vio. Podía decirse que ya había perdido importancia el hecho de que lo alcanzase y le diese muerte de un disparo. Probablemente sería preferible una muerte como aquella, rápida y sin dolor, que perder la vida lentamente, desangrándose gota a gota, tras un sufrimiento largo y desgarrador mientras se rostizaban sus intestinos o se ahogaba sin oxígeno. Volvió a asomarse por un costado de la enorme roca que le servía de escondrijo. No se podía ver nada más que las extrañas y gráciles edificaciones; en el exterior no había nada ni se distinguía movimiento alguno. Parecía un sitio abandonado.

Determinado a no morir antes de ver qué maravillas tecnológicas escondería el interior de aquellas magníficas construcciones de apariencia metálica, avanzó silenciosamente, tratando de reducir la silueta al agacharse lo más posible. A medida que se acercaba el corazón iba latiéndole más y más fuerte. Le parecía como si fuesen construcciones antiquísimas, como las ruinas egipcias, pero de una civilización evidentemente mucho más avanzada. No podía creer ser espectador de aquello. Cómo desearía contarle a Naila lo que estaba viendo. En ese momento recordó el intercomunicador y que la IA podría retransmitir a la base su mensaje. Al menos les revelaría el descubrimiento de semejante misterio. Lo intentó en varias oportunidades, pero sin éxito alguno. Solo silencio obtuvo por respuesta. Definitivamente estaba demasiado distante y oculto detrás de muchos accidentes geográficos como para que tuviera recepción, así que desistió.

Como lo supuso siempre, los materiales utilizados no eran muy diferentes de los que usaba el hombre en la Tierra para construir edificios modernos. Aunque era difícil saber qué aleaciones de elementos químicos contendría sin un análisis de laboratorio. Posó su mano sobre la superficie liza de color mate y sintió la electrizante magia del contacto con una civilización alienígena. Trató de asimilar cada uno de los detalles que presentaba. Todo era absolutamente increíble, pero no era ciencia ficción, sino que era un sueño vuelto realidad. Al fin y al cabo, sería una muerte digna después de todo. Moriría satisfecho luego de ver tanto.

Naila se derrumbó en los brazos de Aisha, quien siempre estaba dispuesta a brindar su hombro a quien lo estuviese necesitando. Comenzó a llorar sin consuelo al pensar en que ambos ya estarían muertos. Se sentía terriblemente culpable y desdichada. Su amiga trataba de reconfortarla, pero ninguna palabra pertinente acudía a su boca, de hecho, no había mucho que decir. Se miraban unos a otros, sin poder creer la locura de todo cuanto había ocurrido. Encima Samuel también estaba desaparecido. El caos se había cernido sobre ellos.

Del Control de Misión habían dado en su momento órdenes explícitas de que Ming fuera arrestado y de inmediato encarcelado para un posterior juicio oral. Ahora ya no había que preocuparse por ello. Primero había sido la desgracia de Svetlana y ahora aquella serie de fatalidades; todos se sentían profundamente consternados con lo que estaba ocurriendo. De continuar con la seguidilla que traían, pronto no quedaría nadie para lamentarlo.

Súbitamente, Naila se apartó de Aisha y se fue corriendo. Nadie entendía nada, pero comprendían que pudiera estar demasiado conmocionada, cosa que podría ocasionar manifestaciones de algún comportamiento alterado como aquel. También eran conscientes de que probablemente prefiriese estar sola. Sabían que eran momentos difíciles para ella.

Naila corrió por el pasillo que conducía a las habitaciones y al llegar a la de Samuel, comenzó a patearla hasta que por fin logró abrirla. No estaba en el dormitorio, así que se fue al cuarto de baño sin importarle un bledo qué estuviese haciendo, pero para su sorpresa se encontró con que tampoco estaba allí. Dubitativa, salió del lavabo con paso lento hasta que acabó sentándose en la cama. Aquello no tenía ningún sentido, pensaba con un reproche. ¿Estaría tan aturdida que no alcanzaba a darse cuenta de algún detalle crucial que estuviese pasando por alto? Se sentía completamente estúpida e inservible. ¿Qué cosa se le estaba escapando? Sentía que algo la eludía de la forma más tonta.

Entonces, luego de repasar distraída la pared del fondo de la habitación, paró de lloriquear ipso facto y levantó la cabeza de entre sus manos, que a su vez estaban apoyadas sobre las rodillas por los codos. Aquella habitación era idéntica a las demás, salvo por un pequeño detalle, aquel recuadro en la pared frente a ella que había estado mirando casi sin percatarse de su existencia.

Una réplica de *El aquelarre* de Goya de un metro de largo por uno y medio de alto, ahora se encontraba a un lado del recuadro, apoyada contra la pared que daba al baño. Dedujo que debía ser usada para cubrir aquel pasaje secreto. Se puso de pie muy despacio, como si fuese a cazar un animal muy escurridizo, y se deslizó hasta el lugar entrecerrando los ojos. Comenzó a tantear la superficie, estudiándola de forma minuciosa, pero no encontraba lo que se suponía andaba buscando. De repente, apretó los labios como si hubiera resuelto un crucigrama de máxima dificultad y empujó con decisión.

En cualquier momento caería muerto o agonizante, así que Odinrod se dispuso a aprovechar cada segundo que le quedaba de vida para investigar aquellas antiguas ruinas. O tal vez no fuesen precisamente ruinas después de todo, quizá se estuviese adentrando en un cuartel de una fuerza alienígena de avanzada que se encontrase planificando toda una invasión a la Tierra. ¿Estarían utilizando aquel planeta cercano a la Tierra como punto de reunión y repostaje?

Incluso no descartaba la posibilidad de que la CIA o la NASA estuviesen al tanto y que por esa razón los hubieran enviado justo a aquel sitio, cercano a las construcciones extraterrestres. Lo extraño era que no le hubiesen puesto sobre aviso ante un eventual encuentro cercano. Era demasiada casualidad. Todo iba bien hasta que le vino a la mente la turbadora interrogante de cómo sería aquella especie, qué aspecto mostrarían, qué clase de intenciones tendrían. ¿Sería una raza amigable o, por el contrario, un género de seres depredadores resuelto a borrarlos del mapa para llevar a cabo sus desconocidos propósitos?

Estaba seguro de que toda aquella estructura estaría compuesta de elementos muy resistentes, que quizá ni siquiera figurasen en la tabla periódica descubierta hasta ahora en la Tierra, inmunes al paso del tiempo o a los efectos corrosivos del ambiente. Todo lo concerniente a aquel emplazamiento debería de ser asombroso e impactante. Hasta podrían contener sofisticadas naves extraterrestres o armamento confeccionado con una evolucionada tecnología intergaláctica. ¿Quién podía saber qué tipo de incomprensibles instrumentos poseerían? La ciencia que manejaran probablemente fuese de extraordinaria superioridad, dejando a todo lo que conocía a un nivel equivalente al de las primitivas herramientas utilizadas por los cavernícolas, al extremo de semejarse a magia o aun a poderes propios de la divinidad, en comparación con la tecnología alcanzada por la raza humana.

De pronto, encontró en la pared lo que parecía ser una puerta, pero sin ningún tipo de picaporte o cosa semejante. Se acercó con cautela hasta que dio un sobresalto al abrirse con un zumbido la abertura. El corazón se le aceleró aún más y la respiración se le entrecortó. El vello de la espalda se le crispó como un animal cuando presiente que está en peligro. Con los ojos bien abiertos continuó avanzando, decidido a contemplar los increíbles misterios que aquel lugar debía de esconder aun a costa de despreciar su propia vida. Observó algunos objetos similares a contenedores y otras cosas que había por todo el lugar. Entonces, algo lo confundió a tal punto que casi cayó dominado por un vahído al suelo.

LXXXIX

Llanura de Utopía, planeta Marte.
Septuagésimo séptimo día.

Una vez liberada de la traba que la mantenía en aquella posición, la puerta revotó hacia ella por efecto de un resorte dispuesto para tal fin. Sin tener idea de cómo proceder, Naila se adentró con recelo en la abertura que se había abierto en la pared. Cual gacela que se desplaza por una pradera de altos pastizales, donde podría estar acechando algún depredador, comenzó a gatear por el pasadizo secreto llena de temor. En cierto punto, a unos tres metros de profundidad, se encontró con un desvío en ángulo recto hacia la izquierda desde donde se podía vislumbrar el final del túnel. Continuó hacia la luz hasta que llegó a una repartición que no conocía y que por seguro no figuraba en los planos de la base.

Era un sitio de reducidas dimensiones, de dos por dos aproximadamente, pero donde ya podía ponerse de pie sin inconvenientes. Al no encenderse de forma automática la luz, tanteó a su lado hasta que logró encontrar el interruptor de la luz. En su interior contenía tan solo una pequeña caja plástica de color negro depositada sobre el suelo y lo que parecía ser una compacta motocicleta eléctrica estacionada junto a un tomacorriente. La curiosidad la llevó a ir primero por el contenido de la enigmática caja, luego se encargaría de investigar más en detalle el vehículo. Levantó la caja y lo primero que notó fue que era bastante liviana. Le resultaba algo familiar. Liberó la traba plástica y al abrir la tapa comprendió que era el estuche forrado de espuma de poliuretano flexible de una pistola, solo que estaba vacío.

Dejando el estuche donde lo había encontrado, se fue a examinar el diminuto vehículo. Era un biciclo plegable que no excedía los veinte kilos de peso. Disponía de un freno y el acelerador en el manubrio, nada más. En la horquilla delantera se encontraba alojada la batería y un minúsculo motor eléctrico instalado en el mismo eje de la rueda. Era sencillo, pero muy práctico a la vez.

Las interrogantes surgían a un tiempo por miles y con multiplicidad de posibles respuestas. ¿Por qué Samuel contaba con aquel pasaje que comunicaba su habitación con aquel pequeño garaje? ¿Por qué tenía privilegios como por ejemplo portar un arma? ¿No estaban aquellas cuestiones relacionadas con su arbitrario y por demás sospechoso nombramiento? Pero, ¿cómo podría salir al exterior sin un traje espacial? Buscó el indispensable implemento por todas partes, pero sin éxito. Siendo así, se decidió a ir hasta la sala de trajes a comprobar que hubiera tomado el suyo. También pensó en la posibilidad de que tal vez hubiera tenido uno extra en aquel sitio desde el principio.

Hacia un costado de la amplia edificación, Odinrod notó unos aparatos muy parecidos a focos de iluminación, similares a los usados para realizar rodajes de película. Comenzó a acercarse pues supuso que serían algún tipo de arma capaz de disparar alguna clase de rayo láser o algo por el estilo. Al avanzar descubrió más cajas de color negro y extraños envoltorios brillantes como si fuesen cápsulas contenedoras de algún ser vivo. De repente, notó una especie de carretes portando lo que parecía ser grandes cantidades de cable de color gris. Continuó caminando hasta que percibió a su derecha un habitáculo comparable a una oficina con vidrios polarizados. Se olvidó de las armas que había visto al principio y cambió el rumbo hacia aquel sector para indagar sobre su nuevo descubrimiento.

Ya próximo al cubículo se asomó por lo que parecían ser ventanas, y, tapando el reflejo con las manos, observó el interior. Adentro se podía ver algunos aparatos que emitían todo tipo de luces de colores y lo que daba la impresión de ser cuatro monitores de unas cincuenta pulgadas que colgaban del techo cuyas pantallas estaban fraccionadas en un montón de imágenes más pequeñas. Aguzó la vista hasta que creyó adivinar la silueta de Lestari, enseguida vio en otro de los recuadros a un hombre que parecía ser Kingsley, pero pronto comprendió, al ver en otro de los segmentos a alguien que no podía ser otro que Akira, que eran las cámaras instaladas en el interior de la base de las cuales Naila había estado hablando.

¿Cómo podía ser que pudiesen verlos desde allí? Tal vez habrían logrado interceptar y decodificar la señal con sus sofisticados medios de inteligencia, con lo que pudieron, de allí en más, infiltrarse en la actividad realizada por los colonos terrícolas para espiarlos a voluntad. Continuaría recorriendo el lugar mientras todavía le diesen las fuerzas en busca de más descubrimientos sorprendentes. Ahora lo único que deseaba era encontrar una de sus naves o dar con el paradero de alguno de los responsables de aquellas instalaciones para al fin ver cuál sería su aspecto, no importando ya cuál fuera la suerte que corriera posterior a ello. Vencido el temor a la muerte, todo era posible.

Naila cruzó corriendo por entre sus compañeros, quienes estaban desperdigados por el comedor, en dirección a la sala de trajes. Todos se quedaron mirando perplejos unos a otros sin entender lo que estaba ocurriendo. ¿Se le habría saltado la chaveta? Era algo muy común en los genios y más aún cuando eran sometidos a situaciones muy dolorosas. Lo que quedaba claro era que se estaba comportando muy extraño.

Al llegar, se puso a revisar todos los trajes, pero no faltaba ninguno, salvo los que Odinrod y Ming habían utilizado. Entonces volvió a toda velocidad a la habitación de Samuel, con lo que volvió a cruzar corriendo por sus compañeros. En esta oportunidad, convencidos de que había gato encerrado, se fueron detrás de ella. Al entrar, sabiendo que era muy probable que la siguiesen luego de su estrafalaria conducta, decidió trancar la puerta para no ser molestada hasta que dilucidase lo que estaba ocurriendo. Así que sus compañeros enseguida le perdieron el rastro y pasaron de largo en dirección a su dormitorio, donde suponían que debía estar.

Se metió por el pasadizo y se deslizó en cuatro patas hasta el sitio que había descubierto previamente. Al llegar, el hecho de encontrar la luz apagada la confundió un poco, pues creía haberla dejado encendida al retirarse. Sin embargo, cuando presionó el interruptor de la luz se quedó literalmente patidifusa al no encontrar la motocicleta en el lugar. Se agachó con lentitud mientras se rascaba la cabeza. Pensó que debía de estar volviéndose loca. Tenía en su mano un walkie-talkie que antes no estaba allí. Luego de un breve intervalo de confusión recién pudo reaccionar y hacer algo. Quería entender de qué se trataba todo aquello. Se fue hasta la pared donde se apreciaba un picaporte corriente y abrió la puerta. La impresión fue tan espantosa que retrocedió pálida hasta chocar contra la pared opuesta.

El sol entró a la pequeña pieza opacando la luz artificial que la había iluminado hasta ese momento. El exterior implacable estaba allí, ante ella y la había sorprendido sin protección alguna ni sistema de presurización a la vista. En un acto reflejo contuvo la respiración y atinó a lanzarse dentro del pasadizo para huir lo más rápido posible hacia el resguardo de la base. En cambio, se detuvo a pensar antes de hacer cualquier cosa.

En el momento que Odinrod iba dándose vuelta, buscando la salida de aquel hangar, un grito lo hizo saltar en su lugar. Lo que veía no coincidía con nada de lo que esperaba encontrarse por aquellos lugares. Tenía sentido que siempre hubiera sido así. Quizás hubieran adoptado la misma imagen de los hombres para pasar desapercibidos, en una especie de camuflaje holográfico o transformación de tipo camaleónica. Tal vez fueran aquellos dioses de quienes desde la edad de piedra se había hecho referencia en pinturas rupestres o mención a través de tradiciones orales. Lo cierto era que un par de hombres altos y rubios vestidos con uniformes de corte militar estaban allí, cortándole la retirada. Tan solo deseaba que no hiciesen experimentos con él, aunque le preocupaba desconocer cuál sería su dieta.

—No te resistas y seremos amables contigo —dijo uno de los seres.

Lo primero que Odinrod notó fue su extraordinaria capacidad de adaptación al medioambiente, puesto que no llevaban ningún tipo de mecanismo para respirar o de protección contra las amenazas existentes. Bien podría ser también que aquel sitio estuviese adecuadamente acondicionado o incluso que pudiesen respirar el aire de Marte. Luego que uno de ellos hubo hablado, comprendió que estaban perfectamente preparados para hacerse pasar por humanos e infiltrarse a voluntad en la Tierra sin ser detectados.

Mientras tanto, Ming se había desviado hacia el hangar más grande de los tres que se podía ver en un principio. Una puerta automática corrediza se abrió ante él y se introdujo bordeando una de las paredes, tratando de esta manera de no quedar tan expuesto. Un sensor de movimiento encendió las luces del inmenso lugar. De una rápida ojeada descubrió que era un hangar para albergar aviones de gran porte, devenido en estacionamiento de camiones y todo otro tipo de vehículos, el cual aparentemente estaba sin custodia permanente. Asimismo, le llamó la atención uno en especial. Se aproximó a la extraña estructura negra afianzada por un enganche a un camión. Tenía la forma de un cilindro de unos siete metros de largo por treinta de diámetro.

Al observarlo de cerca, notó que había una especie de escotilla en su superficie que le resultó familiar. La abrió y se introdujo por ella. Se quedó helado con lo que descubrió y que reconoció al instante. Allí estaban los once asientos reclinables que habían llegado a detestar. Los paneles de interruptores, los pedestales de instrumentos, los comandos de control, los aparatos para hacer ejercicio y, por supuesto, la porquería de retrete. Todo estaba allí tal como lo habían dejado. Todavía se podía percibir la fetidez en el ambiente como resultado de haber estado por tan largo tiempo confinados allí dentro.

No entendía qué era lo que estaba ocurriendo. Una potente disonancia cognitiva golpeó su mente con la contundencia de un mazo. Aquel fenómeno psicológico producido ante un dilema existencial, le impedía aceptar lo que sus ojos le estaban mostrando, con lo que se negaba a asumir la fulminante verdad.

Continuó recorriendo el lugar sin poder creer lo que veían sus ojos. Todos los recuerdos volvían tan lúcida aquella pesadilla. Escrutando aquel inmenso simulador transportable, encontró un pequeño artilugio en el techo del Conqueror, muy bien oculto entre otros aparatos que nunca habían tenido que utilizar durante la navegación espacial.

—Tú fuiste el encargado de reproducir muchas de las ilusiones que vivimos durante el viaje —exclamó absorto Ming—. Así que aquí están los famosos anillos de Van

Allen que vi. Todo fue creado mediante la proyección de convincentes hologramas.

No pudo evitar reír, producto de la sorpresa y el desconcierto.

De súbito, una sensación de impotencia se adueñó de sus entrañas, mientras que los ojos se le llenaron de lágrimas a causa de la ira incontenible que surgía desde lo más profundo de su ser.

XC

Llanura de Utopía, planeta Marte.
Septuagésimo séptimo día.

Naila soltó la respiración sin apuro, muy segura de sí. No podía ver el sol por la posición en la que se encontraba, pero allí estaba ella en todo su esplendor ante sus ojos: la luna menguante recortada en el azul del cielo tal cual como la recordaba. La prueba irredargüible que necesitaba.

En ese momento respiró con tranquilidad, sin apremio de ninguna clase. Ahora entendía las inexplicables desapariciones de Samuel. Se develaba así el verdadero motivo de que fueran tan acotadas las horas que les permitían salir al exterior, complementándose con los diferentes fenómenos que de forma esporádica se suscitaban en aquel planeta. Todo era para esconder lo que no podía ser ocultado o falseado mediante ilusiones y engaños. La verdad debía ser ocultada a como diera lugar.

Cerró la puerta para no despertar más sospechas de las que ya lo habría hecho. Sabía que no tendría caso levantar mucho revuelo y crear un escándalo, solo redundaría en perjuicio de ella. Entonces notó que por el lado de afuera no había picaporte. Siempre había estado allí aquella salida alterna y no la habían advertido. Apagó la luz y retornó al interior de la base, asegurándose de dejar todo tal y como estaba antes de que ella llegara.

Una vez adentro, tomó uno de los tacos de madera con que solían jugar al pool y se fue a la primera ventana que encontró. Luego de ubicarse en la posición adecuada, la midió con la parte trasera del madero y acto seguido le asestó un buen golpe. El cristal interno se hizo añicos y, rebotando contra el exterior, cayó hacia adentro al suelo. Se acercó con ojo analítico y, extendiendo la mano con cuidado de no cortarse con algunas puntas que sobresalían, presionó con el dedo índice el siguiente vidrio que daba hacia afuera. Cediendo ante la presión, la imagen se deformó y ondas concéntricas de distintos colores, como en un efecto tornasolado, se esparcieron por la superficie de la pantalla plana de tipo *LED*.

Estudió el marco negro de la ventana un momento hasta que detectó las pequeñas cámaras dispuestas en diferentes puntos encargadas de detectar el movimiento y la posición del espectador, las cuales simulaban ser los remaches dispuestos para sujetar la abertura. Funcionan como una especie de cámara Gesell, pensó Naila. Todo había sido muy bien estudiado con anticipación, parecía no haber quedado ningún detalle librado al azar.

—De seguro las cámaras encargadas de transmitir las imágenes exteriores a la pantalla estarán bien ocultas en el exterior de la pared —se dijo en voz baja para sí—. El resto habrá sido puras recreaciones digitales.

Un escalofrío recorrió toda su médula al acudir como un rayo la imagen de Svetlana. Con todo lo que había descubierto, lo único que esperaba ahora era que Samuel no estuviese implicado en su muerte como el directo responsable. Deseaba con todas sus fuerzas que hubiese sido un accidente.

Sintiéndose un poco mareado, Ming se acuclilló para mitigar los efectos. Fue entonces cuando vio algo debajo de los paneles de instrumentos, lugar donde nunca habían prestado atención por estar tan concentrados en los instrumentos. Se acercó y lo tanteó con la mano. Era poroso y parecía metálico. Estaba algo oscuro allí dentro, pero alcanzó a distinguir que era un altavoz. Los que la IA utilizaba estaban sobre sus cabezas y eran de menor potencia. Siguió buscando y no solo encontró varios más a lo largo del Conqueror, sino que además descubrió como una decena de micro cámaras distribuidas por todo aquel proverbial montaje.

Todo había sido una artificiosa representación, desde los movimientos y las vibraciones en la cabina encargadas de producir las sensaciones corporales, hasta los sonidos mediante parlantes (cosa que le recordó la ocasión en que João les comentó sobre los extraños ruidos percibidos en la pared de la base). Se había contemplado cada aspecto relacionado a la ilusión creada, incluyendo las imágenes exteriores proyectadas a través de pantallas en las ventanillas. Toda la supuesta astronave había sido una jodida centrifugadora capaz de simular cualquier condición de vuelo y, por ende, toda posible percepción que pudieran tener en un supuesto viaje espacial. Habían podido falsificar todo, salvo la gravedad, razón por la cual se habían inventado el sistema de centrifugado, como un mago sacando al conejo de la galera. Todo el viaje no había sido más que un monumental acto de ilusionismo.

Habían pasado más de ocho meses dentro de una lata de sardinas, acinados como ratones de laboratorio para materializar una maldita puesta en escena. Todo ese tiempo habían estado observando pantallas y escuchando efectos de sonidos generados en un estudio. Cada cosa había sido un sesudo y costoso engaño que trascendía aun a la tripulación. Se había proyectado desde el comienzo como un embuste a escala planetaria. Las razones podían ser muchas, pero las que se le antojaban más probables eran el dinero y el poder resultantes de mantener a las masas dormidas. Provocar una distracción de otros problemas más graves existentes mediante la euforia de la conquista y el enardecimiento de la imaginación. Como por obra del destino, las circunstancias lo habían colocado en una posición desde donde tendría al menos una chance de hacer justicia.

Cuando algunos de sus compañeros la encontraron, Naila ya estaba terminando de barrer los vidrios del suelo. Antes de que pudieran verlos, se apresuró a echarlos al recipiente de la basura.

—¿Qué ocurre Naila? —preguntó visiblemente preocupada su amiga Aisha—. ¿Qué estás haciendo?

Naila la observó un instante antes de responder. Dudó en tratar de explicarle o permanecer en silencio por el momento.

—Nada, solo había un poco de mugre por aquí y lo que hice fue juntarla, nada más.

—Sé que resulta difícil de asimilar lo que ha ocurrido, lo es para todos, pero estás actuando demasiado rara, si quieres puedes contármelo. Quizá sirva para que te sientas mejor. Sabes que puedes desahogarte conmigo.

—No sé qué puede tener de raro que junte la basura. No te preocupes, no me ocurre nada. Todo está bien —dijo de manera concluyente, segura de que no tenía caso alguno continuar revelándoles más cosas que no entenderían o que simplemente no estaban preparados para conocer. Además, sería una pérdida de tiempo que la retrasaría de encontrar más indicios del engaño que la conducirían a más respuestas reveladoras.

Los guardias echaron mano del aturdido Odinrod y mientras uno lo esposaba a la silla, el otro se encargó de comunicar por radio:

—PM[46] a Central, hemos capturado a uno de los fisgones en las proximidades de la sala de monitoreo.

La actitud que presentaban era la de alguien que los estaba esperando, como si hubieran sabido por anticipado de su llegada. Aún sin entender el cuadro completo, para colmo del estupor, apareció Samuel ante él vistiendo una remera con el logo de la NASA en la parte izquierda del pecho, pantalón cargo color caqui y botas de media caña; la ropa que solía usar dentro de la base.

—No seas ridículo y ya quítate ese casco —soltó Samuel con una expresión de fastidio.

El guardia a su izquierda le sacó el casco de un tirón.

—¿Qué hacemos con él, señor? —preguntó uno de los guardias.

—Sigan el protocolo previsto para estos casos. Vayan por la retroexcavadora mientras yo me encargo de él —les ordenó a los guardias—. Y no me interrumpan hasta que haya terminado. Ah, y traigan implementos de limpieza cuando vuelvan.

Se podía ver la pistola en la funda engarzada a su cinturón; sin embargo, prefirió sacar un cuchillo táctico de unos treinta centímetros de hoja, sobre cuyo lomo se podía apreciar una amenazante sierra de enormes dientes. Odinrod había notado algo en su mirada desde el principio que le confería un aspecto intimidante. Ahora comprendía que era un fuego siniestro lo que ardía en su interior por mucho que se esforzara por disimular bajo un fingido atuendo de simpatía. Habiendo sido descubierto, ya no tenía caso continuar reprimiendo toda su maldad contenida, podría liberarla con sevicia. La verdad se presentaba ante su atónita mirada de la peor forma imaginable.

—Nunca me agradaste, ¿sabes? —comenzó a decir el capitán Samuel Butler apretando los dientes, hasta casi hacerlos crujir—. Siempre fuiste un debilucho bueno para nada, pero Space Dragon ya te había escogido por ser el

---

[46] Siglas de 'Policía Militar'.

candidato de tu país que mejor se adecuaba a sus intereses. No quedaba de otra. ¿Qué podía hacer yo?

>>Así que disfrutaré de sacrificar tu miserable existencia lentamente, desangrándote gota a gota, para extinguirte luego del último alarido. Podría volarte la tapa de los sesos y ahorrarte mucho dolor, pero estaría perdiéndome la parte divertida, así que lo haremos de la forma que más placer me da.

El filo del cuchillo relució ante los desorbitados ojos de Odinrod, que lo seguía en su lento movimiento sin perderlo por un segundo de vista. El sudor corría por su frente. Tragó saliva como pudo, totalmente rígido por el pánico. Todo había terminado para él.

Entonces se escuchó una detonación que recorrió de un extremo al otro el inmenso hangar con una interminable sucesión de ecos.■

Fin

EPÍLOGO

Hemos llegado al final de esta cena. Quise hacer una chorizada sencilla y me salió una parrillada completa. Por mi parte me he divertido mucho haciéndola, de vuelta y vuelta como dijera mi viejo. Espero sinceramente que tú también la hayas pasado bien al acompañarme. Lo importante es que pasamos tiempo de calidad juntos, compartiendo un montón de cosas nuestras, de lo que llevamos adentro, de las que nos enorgullecemos y otras no tanto, pero es lo que somos, un cúmulo de virtudes y defectos, aciertos y errores. Mejor es poner las cartas boca arriba a ser hipócritas, ¿no?

Por momentos no estuve muy seguro de si colocar algunas velas o simplemente permanecer a la luz del fuego crepitante. Estaba indeciso si poner un bonito mantel floreado para que fuera más romántica la velada o simplemente tender una frazada para jugar unos trucos y pasar super entretenidos. Quería agasajarte así que no sabía si utilizar las copas de cristal o las jarras más grandes, del tipo cerveceras para que te fueras satisfecho. Pero como no tomo alcohol en ese sentido vas muerto conmigo, a lo sumo un refresco o un jugo natural, aunque prefiero simplemente agua. A pesar de esto, todo lo que hice fue para que te sintieras a gusto. Veo que la mayoría prefiere las tablas de picar a la vajilla fina. Lo tendré en cuenta para la próxima ocasión.

No te preocupes que yo levanto la mesa. Aprovechemos estos últimos momentos para salir a ver las estrellas. Estiremos las piernas mientras charlamos un rato. Ahora que las trepidantes sorpresas ya pasaron, las risas se apagaron y estamos en silenciosa calma otra vez, dime ¿qué ves cuando miras al cielo? Aun iré más allá, ¿qué sientes cuando contemplas a tu alrededor? Si no has echado una ojeada todavía, te recomiendo que hagas este simple pero crucial ejercicio, apaga un momento todos los objetos hipnotizadores que saturan tus sentidos, bombardeándolos de arrolladora sobreestimulación, y tómate un tiempo para recordar lo que conversamos durante esta velada.

Ahora me conoces un poco más, espero no haber hablado solo yo; recuerda que tú siempre puedes aportar tus ideas e intervenir con tu poderosa imaginación. Aguardo los comentarios después, para la próxima que invites tú o por medio de la extraordinaria conectividad que poseemos hoy día. Fue un gusto haber compartido la mesa contigo, mirarte a los ojos y charlar sobre tantas cosas. Recuerda que nada es por casualidad en este mundo, sobre todo en este preciso instante en que estamos admirando el firmamento juntos.

AGRADECIMIENTOS

A mi amada esposa, la fuente de mi inspiración, que me aconseja y me corrige. Quien me apoya y me fortalece en el día a día. Muchas gracias amor de mi vida.

A nuestro hijo, que constantemente me da lecciones de cómo intentar una y otra vez sin perder el entusiasmo.

A mis progenitores, quienes fueron excelentes padres y que, indirectamente, gracias a ellos es que existe este libro.

A todos los amo con todo mi corazón, mi alma, mi mente y mis fuerzas, al igual que a mi Padre Celestial, quien me ha inspirado y ayudado en cada palabra de cada oración de cada párrafo de cada página, capítulo tras capítulo de este libro.

A mis lectores/correctores/degustadores: Ana Luz Peláez, Juan Luis Cerizola, Juan Gorgoroso, Vanesa Fontes y Noelia López por su disposición y valiosas sugerencias, recomendaciones y correcciones. Pero, sobre todo, por brindarme su invaluable amistad.

A los dos dibujantes Lucas y Andy, quienes estuvieron involucrados en la creación de la portada y que me tuvieron la paciencia del mundo. Gracias por compartir vuestro enorme talento conmigo.

A Santiago Nieto, por confiar en mí y estar siempre dispuesto a escuchar.

A Waldemar Sosa, por su amistad y por seguirme la corriente.

A Gabriel Fernández, por la eterna fuente de recursos que ofrece a un escritor, y a Teresa, su esposa, por su bondad. Los quiero mucho.

A Alex Da Silva, por interesarse, por estar dispuesto a prestar atención y a intercambiar argumentos.

A Lucas Cuadrado, por los momentos que hemos compartido departiendo hasta altas horas de la madrugada de temas que trascienden esta vida hasta la mismísima eternidad.

A Gonzalo y Eduardo Risso, por su ayuda y aliento fortalecedor.

A Carlos da Rosa, por su amistad y apoyo desde la distancia.

Y finalmente, gracias a todos aquellos que, de una u otra forma, me motivaron y me dieron para adelante en este gran proyecto que me propuse llevar a cabo, sin cuyo aliento hubiera sido aún más difícil de lo que fue, si no imposible.

Referencias y webgrafía

1. Wikipedia.
2. https://www.nasa.gov/about/sites/index.html
3. https://www.nasa.gov/centers/ames/spanish/research/lifeonearth/lifeonearth-windtunnels.html
4. https://www.infobae.com/america/mundo/2018/06/26/masacre-en-nigeria-el-mundial-no-logra-detener-la-matanza-entre-musulmanes-y-cristianos/ (XV)
5. http://www.diarioya.es/content/brutal-matanza-de-cristianos-en-nigeria (XV)
6. https://www1.grc.nasa.gov/facilities/ (XXII)
7. https://www.nasa.gov/simlabs/vms (XXIV)
8. https://www.uasvision.com/2013/04/09/nasa-uavsar-mission-prepares-for-global-hawk-port/ (XXX)
9. https://www.nasa.gov/centers/jpl/about/index.html (XXX)
10. https://www.ideasbiologicas.com/curiosidades/elementos-esenciales-para-el-crecimiento-de-las-plantas (XXXII)
11. http://www.lahuertinadetoni.es/como-conservar-semillas-de-manera-eficaz-en-casa/ (XXXII)
12. https://www.zankyou.es/p/como-se-desarrolla-una-boda-budista-53796 (XXXII)
13. https://es.wikihow.com/sembrar-una-semilla (XXXII)
14. https://japanseye.com/2018/02/01/los-arboles-japoneses-y-su-madera-como-reconocerla/ (XXXIII)
15. https://www.maderea.es/tecnicas-union-madera-japonesas/ (XXXIII)
16. https://www.condospalillos.com/blog/2013/11/05/desayuno-japones-tradicional (XXXIII)
17. https://www.google.com.uy/search?q=miso+blanco&oq=miso+blanco&aqs=chrome..69i57j0l5.1003j0j7&sourceid=chrome&ie=UTF-8 (XXXIII)
18. https://es.wikipedia.org/wiki/Tatami (XXXIII)

19. http://autotravel.ru/phalbum.php/90104/110 (XL)
20. http://www.bestrussiantour.com/es/space/de_ciudad_de_las_estrellas (XL)
21. https://www.logitravel.com/guias-de-viajes/gastronomia-rusia-134_2.html (XL)
22. https://www.japan-experience.es/para-saber/entender-a-japon/el-sintoismo (XLIII)
23. https://www.elpais.com.uy/mundo/despues-contaminacion-atmosferica-nueva-delhi.html (XLVII)
24. https://www.lasociedadgeografica.com/blog/gastronomia/desayuno-indio/ (XLVII)
25. http://www.cocinayvino.com/destacado/uttapam-desayuno-tipico-la-india/ (XLVII)
26. https://www.nationalgeographic.com.es/viajes/grandes-reportajes/las-25-mejores-playas-del-mundo_7481/7 (XLVII)
27. https://www.uninorte.edu.co/web/ingenieria-mecanica/perfiles (LI)
28. http://w2.ucab.edu.ve/los-7-sitios-que-le-pisan-los-talones-a-youtubecom.html (LIV)
29. https://josefacchin.com/lista-redes-sociales-mas-importantes-del-planeta/ (LIV)
30. https://www.lanacion.com.ar/1302615-5-sitios-para-ver-videos-on-line-alternativos-a-youtube (LIV)
31. https://psicologiaymente.com/clinica/obsesiones-compulsiones-toc (LIX)
32. https://casasincreibles.com/20-bebidas-tipicas-que-tienes-que-probar-cuando-viajes/ (LIX)
33. https://www.montevideo.com.uy/Ciencia-y-Tecnologia/Los-seis-minutos-de-terror-del-amartizaje-de-InSight-uc702839 (LXVIII)
34. https://tecreview.tec.mx/cuanto-tardara-comunicarse-entre-la-tierra-y-marte/ (LXVIII)
35. https://www.3dnatives.com/es/comida-impresa-en-3d-cocina-3d-210520182/ (LXX)

36. https://www.elpais.com.uy/vida-actual/desarrollan-impresora-3d-capaz-alimentos-comestibles.html (LXX)
37. https://www.elobservador.com.uy/nota/el-gorgojo-la-plaga-de-las-alacenas-en-los-meses-de-calor-201924184330 (LXX)
38. https://www.tplaboratorioquimico.com/laboratorio-quimico/materiales-e-instrumentos-de-un-laboratorio-quimico.html (LXXII)
39. https://www.vix.com/es/btg/curiosidades/6230/por-que-a-veces-se-puede-ver-la-luna-durante-el-dia (XC)

Otros títulos del autor:

Esteban, el discípulo - Editorial Rumbo. Amazon.

Momentos (cuentos cortos) - Amazon.

La caramelera - Amazon.